Die Legende von Azfareo

Im Dienste des blauen Drachen

6

ki Chitose

Charaktere
Rukul
Eine Priesterin, die in ihrem Heimatdorf keine Bleibe mehr hat und als Julius Pflegerin in den Palast des Königreichs Azfareo kommt. Auch ihre ältere Schwester ist eine fähige Priesterin.
Julius
Der König, der über das Reich Azfareo herrscht. Durch einen Fluch hat er zurzeit Drachengestalt, doch in Wirklichkeit ist er ein Mensch. Ganz selten kann er sich in einen Menschen zurückverwandeln, warum er dies kann, ist aber noch ungeklärt.
Shiki Chitose präsentiert
Die Legende von Azfareo
Im Dienste des blauen Drachen

Reyns

Als einer der Ältesten hat er einen der wenigen Posten inne, der ihm erlaubt, Julius zu sehen. Er versteht keinen Spaß.

Heinedark

Ein Überlebender aus dem Land Mida, das in einen Krieg hineingerissen und zerstört wurde. Er herrscht über den »Kiefer des Drachen«. Obwohl auch er Träger des Drachenfluchs ist, kann er seine Gestalt nach Belieben ändern.

Kilt

Trotz seines zierlichen Aussehens ist er ein guter Kämpfer.

Jed

Ein kluger Kopf, der sich mit Heilkräutern auskennt.

Rakia

Mayushkas großer Bruder ist gebildet und kann zaubern.

Mayushka

Rakias kleine Schwester. Sie kann wie ihr großer Bruder gut zaubern.

???

Ein verdächtiger Mann, der nach Julius Kampf gegen Heine aufgetaucht ist. Er führt einen kleinen Drachen namens Stella mit sich.

Was bisher geschah Aus seinem Dorf vertrieben, bekommt das Mädchen Rukul eine Stelle als Pflegerin des im Königspalast lebenden Drachen Julius. Zuerst nähert sich Rukul ihm nur ängstlich, doch nach und nach wird sie seiner unbeholfenen Freundlichkeit gewahr und die beiden gewinnen Vertrauen zueinander. Eines Tages erscheint der pechschwarze Drache Heinedark am Himmel von Azfareo, dringt in den Königspalast ein und entführt Rukul. Julius macht sich auf den Weg zu Heines Residenz und liefert sich einen heftigen Kampf mit ihm. Heine, der seine Heimat Mida liebt, entscheidet sich nicht für den Tod, sondern das Leben ... Dann taucht ein verdächtiger Mann auf, der den Rückzug von Julius und Heine beobachtet ...!

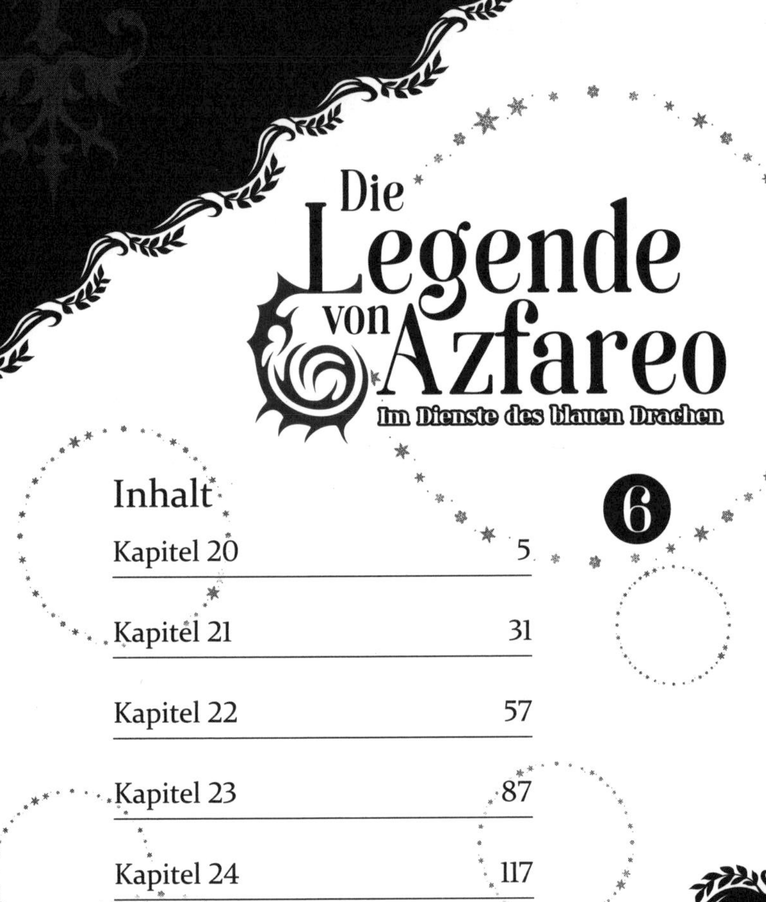

Inhalt

Die Legende von Azfareo
Im Dienste des blauen Drachen
Kapitel 20
Drei Tage später ...
Kling
Kling

Kling
シャラン
Kling
シャラン
Verzeiht bitte die Störung!

Schmerzen Eure Wunden sehr?
Alles gut.

Er lügt.
Bei so vielen Verbänden …
… hat er sicher Schmerzen.
Klack
カチャ
Ich … … muss Euch jetzt berühren.
Bitte sagt Bescheid, wenn Ihr irgendwo nicht angefasst werden möchtet.
Irgendwie …

Gatonk
... haben wir es in einer Kutsche zurück in unser Land geschafft.
Sir Melgad hat sie wohl bei Lord Reyns angefordert.
Gatonk
Offenbar konnte die Abwesenheit des Königs geheim gehalten werden.
Nach all dem Regen ist heute schönes Wetter!

Wo seid Ihr gewesen, Fräulein Rukul?
Ähm ...
Ich hatte auswärts etwas zu erledigen ...
Heine ...

... ist schwer verwundet ...
... hinter den Bergen verschwunden.
Ohne einen Blick zurück ...
... und auch ohne ein Wort des Abschieds.

...
Rukul!
Oh!
Ja?

Verzeiht! Ich war ...
... in Gedanken.
Tock
コト
...
Nimm das wieder an dich.
Das ist doch ...
Ich dachte, ich hätte es verloren ...
... aber Ihr habt es gefunden.
Vielen Da...
Nach deiner Entführung ...

...
fühlte
ich mich
mehr tot als
lebendig.
So
etwas
...
...
möchte
ich nie wieder
durchmachen
müssen.

Weich mir nicht mehr von der Seite!
Sonst …
… ist er immer ganz anders, wenn er mit mir schimpft.

Klopf
Klopf
Oh!
Lord Reyns!
Tock
Tock
Tock
Zieh dich zurück, damit sich Seine Majestät ausruhen kann.
Jawohl!
Ähm ... Julius ...
Klack
Bitte ruht Euch gründlich aus ...
... und ...
Klack
...
Badamm
Ich ziehe mich zurück ...!

1.

Hallo! Ich bin Shiki Chitose. Vielen Dank, dass ihr Band 6 von *Die Legende von Azfareo* in Händen haltet!

Seit dem letzten Band sind nur drei Monate vergangen, sodass es auch diesmal beim Zeichnen drunter und drüber ging …!

Ich hoffe, dass ihr auch an diesem Band Spaß haben werdet!

Und damit wieder zurück zur Geschichte!

Oh …

Ich hab vergessen, mich zu entschuldigen …

»Weich mir nicht mehr von der Seite!«

Erröt

Hallo!
Seid ihr mit der Besichtigung des Palasts fertig?
Nick
Der Palast ist ziemlich groß ...
Meldet euch, wenn ihr euch nicht zurechtfindet.
Als ob wir uns hier verlaufen würden!
Was?!
Findet ihr die langen Gänge nicht verwirrend?
Rakia und Mayu ...
Hat sich schon mal verlaufen.

... haben wir im Palast aufgenommen.
Wir wissen nicht, woher sie kommen. Zudem können sie zaubern.
Wir sollten sie zumindest einsperren ...
... statt sie wie Gäste zu behandeln!
Ich bin dagegen!
Azfareo ist ein aufgeklärtes Land. Wir weisen niemanden ...
... wegen seiner Fähigkeiten oder seiner Herkunft ab.
...!
Obwohl Lord Reyns bis zum Schluss dagegen war ...

... hat Julius nicht nachgegeben.
Ach ja!
Wie wär's ...
... wenn Ihr mit den beiden in die Stadt geht?
Sie brauchen Kleidung zum Wechseln ...
... und kennen sich hier noch nicht aus.
Ihr könntet sie von dem kandierten Blumenkonfekt kosten lassen.
Hier etwas Geld für Eure Ausgaben.
Wie?
Ähm ...
Du magst doch Süßes, nicht wahr, Mayu?
Nick
Na dann!
Auf in die Stadt!

Dann komm ich auch mit.
Dreh
Hey, Opa!
Hör auf, Mayu vorzuschieben, damit Rukul sich mal 'ne Pause gönnt.
Hi hi
Wie?
Dieser durchtriebene ...
... Alte!
Lärm
Lärm
Was nun ...?!

Ich kann mich nicht entschei-den ...!!
Dir stehen beide!
Durch die künstlichen Kanäle ...
... hat die Stadt stets genug Wasser.
Südlich vom Palast gibt es viele Händler, die Lebensmittel anbieten.
Dreh

カサッ

Raschel

Bitte sehr!

Kan-
diertes
Blüten-
konfekt!

ぱくっ

Happs

Lecker
...

Das
freut
mich!

Das
ist alles
für dich,
Mayu!

Bestimmt
hatte Mayu
noch nie mit
anderen
Menschen
zu tun.

Als wir Mayu nach Azfareo brachten …

… hat sie weder protestiert noch war sie traurig.

Sie …

… wollte Rakia sicher keinen Ärger machen.

Ich möchte …
Hier ist Wasser!
… dass die beiden viel Schönes erleben!
Tapp
Tapp
Aah!
Urgh! Viel zu süß …!!
Man kann den Palast von fast jeder Stelle in der Stadt sehen.
Wenn ihr euch verlaufen solltet …
… haltet zuerst nach ihm Ausschau!
Ju!
Dreh
»Ju« …?
Ihr habt also verstanden!
Ju?

Flapp
Ju!

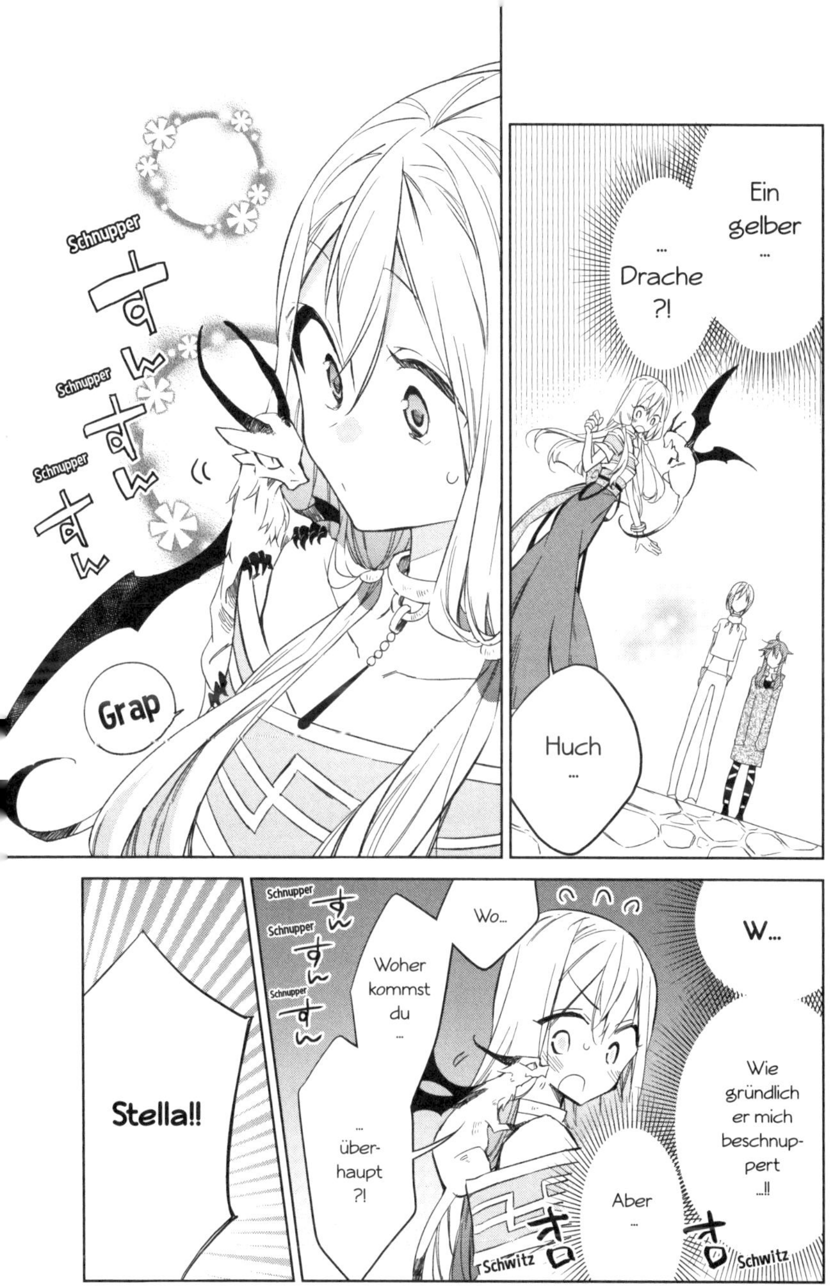

Ein gelber … … Drache ?!
Huch …

Schnupper
Schnupper
Schnupper
Grap

W…
Wie gründlich er mich beschnup-pert …!!
Aber …
Schwitz
Schwitz
Wo…
Woher kommst du … … über-haupt ?!
Schnupper
Schnupper
Schnupper
Stella!!

Schwank
Schwank
Du sollst doch keine Leute beißen!
Wupp
Fauch
Schnapp
Uh ...!
Waaaaah!
Oje oje oje!

A…
Alles in Ordnung?!
Schnapp
Schnapp
Schnapp
Au au au!
Stella!!
Bitte verzeiht den Aufruhr!
Schmoll
Platt
Ich heiße Adel …
Fledder
… und das hier ist Stella.

Flapp
Erstaunlich!
Sonst ist Stella nicht so anhänglich ...
Sitz
Wie süß!

Dodomm
Medizin ...
So etwas gibt es ...?!
... für Drachen ?!
Hm?
Gewiss.

Ich bin nämlich ...
... ein Drachen-forscher!

10/6
Kapitel 21

Medizin für Drachen?!

So etwas gibt es ...?!

Ich bin nämlich ...

... ein Drachenforscher!

Seit meinem Wechsel ins Hauptmagazin von *Hana to Yume* zeichne ich für die Titelbilder ziemlich unbekümmert modern anmutende Kleidung. Was sagt ihr dazu? Sie zu zeichnen, macht mir unglaublich viel Spaß, aber da es schwierig ist, Julius in Drachengestalt in Kleidung zu stecken, laufe ich Gefahr, nur zu Accessoires zu tendieren. Dazu muss mir noch etwas einfallen.

Das ist ...

... großartig!

Ich wusste nicht, dass es jemanden wie Euch gibt ...

Hey!

Wupp

ひょこ

Du bist einfach nur zu leichtgläubig!

Soso!

Ein Drachenforscher ...

Könnt Ihr das beweisen?

…

Nur …

ぱさ…

Flapp

Kennst du vielleicht …

… die »Stadt der Wissenschaft« Rufuto?

Ich bin einer ihrer Gelehrten!

Was für eine aufwendige Stickerei!
Boah!
...
Rufuto, die Stadt der Wissenschaft ...
Es heißt, sie befinde sich irgendwo in Rischuria ...
El Fatol
Rischuria
Runaela
Cadias
Azfareo
Lagathe
... nordwestlich von Azfareo!
Osgard
Schluck
Dort versammeln sich talentierte Menschen aus aller Welt ...
... die alle nur erdenklichen Forschungen betreiben.
Ich hab schon mal ...
... von einem Wappen gehört, das Forscher tragen dürfen, die mindestens den Rang eines Masters bekleiden.

Lins
ちら
Und das ...
... trägt ausgerechnet dieser vertrottelt aussehende Kerl?!
のほほん
Lächel

Könntet Ihr mir etwas davon abgeben?!
Hm …
Nun ja.
Auch bei Drachenmedizin …
… ändert sich die Zusammensetzung je nach Statur, Art und Alter des Drachen …
Schnupper
Schnupper
… ganz genau wie bei der Medizin für Menschen.

Julius und dieser Kleine ...
... sind tatsächlich sehr unterschiedlich gebaut.
Falls Ihr ...
... die Medizin für den blauen Drachen braucht ...
... ist es besser, wenn ich ihn zuvor persönlich untersuche.
Verstehe ...

Was ?!
Hab … … ich …
…
… Julius überhaupt erwähnt?
Ich war mir nicht ganz sicher, aber …
… das war wohl ein Volltreffer.

Vor einigen Tagen hab ich nämlich einen blauen Drachen aus dem Palast von Azfareo davonfliegen sehen.

In einer Stadt mit vielen fliegenden Händlern ...

... sind kleine Drachen nichts Ungewöhnliches ...

... und wenn Ihr Euch einen haltet, könnte ich verstehen, dass Ihr Medizin für ihn haben möchtet.

Aber als ich von der Statur gesprochen habe, habt Ihr gezögert ...

... weil Ihr die Medizin vermutlich für einen Drachen vorgesehen hattet, der ganz anders gebaut ist als Stella ...

... und so hab ich mal ins Blaue hinein geraten.

Könntet Ihr mich zu diesem blauen Drachen bringen?

パタン
Klapp
Ich bin jetzt im Bilde ...

Ich habe mich davon überzeugt, dass es sich hierbei zweifelsohne ...

... um das Zeichen eines Masters aus Rufuto handelt.

2.
Aktueller Teil 1

Etwa im April dieses Jahres habe ich angefangen, zur Kräftigung meines Körpers ins Fitnessstudio zu gehen. Da ich aber bis auf Stretch-Yoga in meinem ganzen Leben noch nie richtig Sport gemacht habe, hatte ich anfangs ziemlich große Probleme.

Vor allem auf dem Laufband wurde mir übel ...!

Da ich auch richtig seekrank werde, habe ich womöglich anfällige Bogengänge.

Aber ich werde mir Kraft und Muskeln erkämpfen ...!

Wenn man einmal von der Tatsache absieht ...

... dass du dich verplappert hast!

E...

Es tut mir leid.

Mecker

Warum in aller Welt ...

... musst du immer Ärger ins Haus bringen?

Mecker

Seufz

Ah!

Reyns!

Ich bitte um Entschuldigung!

Dann soll doch … … dieser Adel Seine Majestät einmal untersuchen.

Seine Flügel und den Zustand seiner Wunden können wir schließlich nicht selbst beurteilen.

Starr

Ich hoffe, du weißt Bescheid …

Ja!

Er ist der Lieblingsdrache des Königs. An diese Geschichte …

… werde ich mich halten.

Dreh

Pass auf, dass du keinen Fehler machst!

Hast du noch etwas Zeit?

Julius
...
»Weich mir nicht mehr von der Seite!«

Erröt

Sst

Aber ...

Hi!

Was hast du?

Warum bist du auf einmal so nervös?

Oh ...

Endlich sehe ich Euch ...

... wieder mal lächeln.

Das hat mich irgendwie beruhigt.

Oh!
Äh …
Was wolltet Ihr denn von mir?
Ihr habt mich doch zurückgerufen.
Stimmt!
Ach ja …
… wegen der Medizin.
Dein Ausrutscher war deiner Sorge um meine Gesundheit geschuldet …
… und dafür danke ich dir.
Und …

Flapp
... auch ich ...
... bin be-ruhigt, weil ich dich nach so langer Zeit wie-der ...
... fröhlich gesehen habe.
Klopf
Klopf
Oh!

Er kommt! Ihr sagt bitte kein Wort, Julius.
Tuschel
Schon klar!
Tuschel
Bitte tretet ein!
Knarz
Zisch
Flapp
Ju!
Flapp
Stella!
Ju!

Du willst immer gleich auf der Schulter sitzen, was?

Wa...

Was ist das für ein ...

... winziger Drache?!

Und was will er von Rukul?!

Ah!

Wahnsinn!
Tapp
Tapp
Was für ein Riesen-drache!
Wer hätte gedacht, dass ich so etwas jemals aus der Nähe betrachten kann …
Herr Adel!
Das ist Julius, der geliebte Drache des Königs von Azfareo.

Diesmal werde ich mich nicht verplap-pern …
… und Julius wahre Identität geheim halten!
Sst
?
Herr Adel?
Es ist mir eine Ehre, Eure Bekannt-schaft zu machen …

... König von Azfareo ...
... der unter dem Schutz des Drachen steht.

Kapitel 22

In diesem Sommer bin ich kaum zu sommerlichen Aktivitäten gekommen. Wie war es bei euch? Ich hab Rukul gezeichnet, wie sie an meiner Stelle den Sommer in vollen Zügen genießt, aber dieses Kapitel wurde erst im September veröffentlicht, sodass es jahreszeitlich nicht ganz gepasst hat. Nächstes Jahr möchte ich ganz oft ans Meer und auf viele Feste gehen!

Kleiner
Scherz!

Ha ha!
Aber das wäre mein Wunsch ge- wesen!
Was ?!
Wir Drachenfor- scher träumen davon, dass dieses Land ...
... das unter dem Schutz der Drachen steht ...
... von einem König regiert wird, der selbst ein Drache ist ...!!
Wäre das nicht wunderbar roman- tisch?!
Bamm

A...
Ach so!
Wir sind gar nicht aufgeflogen ...!
Aber Romantik beiseite ...
Julius kann sprechen ...
... nicht wahr?
Dodomm
Wupp

Vor einiger Zeit wurden in diesem Palast ...
... Menschen aus den verschiedensten Dörfern versammelt, um die Schuppen des Drachen zu pflegen.
Einige von den Mädchen, die es nicht lange ausgehalten haben und in ihre Dörfer zurückkehrten ...
... sollen ausgesagt haben, dass der Drache im Palast sprechen kann.
Ich erforsche Drachen seit über zwanzig Jahren, aber ...
... einem, der sprechen kann, bin ich noch nie begegnet.

Wenn die Aussagen stimmen …
… würde ich gern Eure Stimme hören …
… Julius.
Eure Kennt-nisse sind …
… bewun-derns-wert.

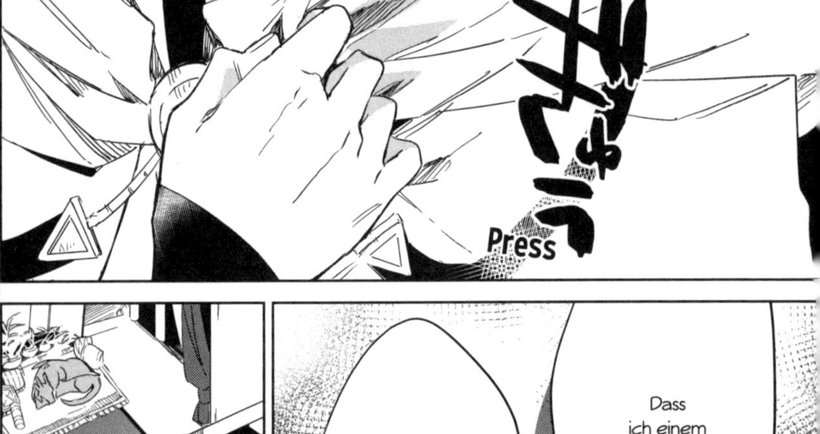
Press

Dass ich einem mystischen Wesen ...
... wie Euch begegnen darf.

Ich, Adel ...
... werde Euch im Namen der großen Weisheit ...
... stets zu Diensten sein!
Diesen Raum könnt Ihr für Eure Forschungen nutzen ...

Klack
ガチャッ
Hier gibt es alles, was man für Experimente benötigt.
Lebten in diesem Palast früher auch Forscher?
In der Tat …
Auch wenn ich mich scheue, ihn unseren letzten König zu nennen …
… hat jener Vorgänger fast alle, die über Wissen in Bezug auf Drachen verfügten, entlassen …
… sodass wir jetzt dringend Drachenexperten benötigen.
Als Forscher aus Rufuto seid Ihr uns hier herzlich willkommen.

Staun
Staun
So einen Raum gibt es hier ...?
Ich weiß längst nicht alles über den Palast ...
Hm?
Knurr
Was hast du, Stella?
Fürchtest du dich vor etwas?
Es gibt drei Mahlzeiten am Tag ...
... und falls Ihr noch etwas für Eure Forschung braucht, macht einfach eine Liste.
Wir werden nach Möglichkeit alles besorgen.
Freu
Freu
Großartig! Ihr seid perfekt organisiert!
Aber ...

... es ist Euch untersagt, ohne Erlaubnis den Palast zu verlassen.
Was?!
Nur wenn ich es für notwendig erachte, dürft Ihr mit einer Wache zusammen ausgehen.
Inklusive der Torwächter habe ich alle Wachen im Palast über Euch informiert ...
... sodass ich es in jedem Fall mitbekommen werde ...
... falls Ihr Euch unerlaubt hinausbegebt.

Wenn es dazu kommen sollte …
… habt Ihr mehr als nur schwere Verletzungen zu fürchten.
Aber Lord Reyns …!
Außenpolitisch sind Informationen über diesen Drachen eine außerst delikate Angelegenheit …
… und weil Ihr hier stark involviert sein werdet …
… müssen wir dafür sorgen, dass durch Euch keine Informationen nach außen dringen.
Habt Ihr dafür Verständnis?

Also dann ...
Ich habe noch andere Aufgaben ... ... zu erledigen.
Badamm
...!
Tapp
Das klingt ja fast nach Hausarrest!
Ich werde mit Lord Reyns reden ...!
Geht schon in Ordnung, Rukul!
Aber ...!
Mach dir keine Gedanken!

3.
Aktueller Teil 2

Seit Kurzem gehe ich ins Baseballstadion. Es bereitet mir unglaublich viel Spaß, mir dort Spiele anzuschauen ...!

Obwohl ich mir noch nicht alle Regeln gemerkt habe, genieße ich die Begeisterung der Fans und meine Mahlzeiten dort sehr.

In letzter Zeit kaufe ich mir jedes Mal, wenn ich zu einem Spiel gehe, Fanartikel zum Anfeuern. Das steigert die Spannung nur noch weiter!

Tipp
Gut!
Ich habe nichts Unge-wöhnliches feststellen können.
Dreh
Straa
aahl

Einige zerbrochene Schuppen an der Stelle, wo er sich gestoßen hat …
… und gebrochene Fingerknochen in den Flügeln. Die Flügel haben auch Risse …
… aber offenbar sind keine Bakterien durch die Wunden eingedrungen.
Er hat mit einem anderen Drachen gekämpft, oder?
Ich hörte, das sei vor drei Tagen passiert, doch dafür heilen die Wunden schnell.
Vermutlich beschleunigt er den Heilungsprozess, indem er die Energieströme dieser Gegend nutzt.
Da bin ich …
… wirklich froh.

Hach! Julius ist wirklich ein hübscher Drache …
… aber wie konnte er nur seine Flügel so ruinieren?
A…
Also …
Diese Flügel …
Fällt Euch an denen …

...
wirklich
nichts Unge-
wöhnliches
auf?
Äh
...
Bestimmt
...
...
schöpft er Ver-
dacht, wenn ich ihm
sage, dass Julius bis
vor Kurzem noch
keine Flügel hatte.
Er liegt
dir sehr am
Herzen, nicht
wahr?
Nick

Keine Angst! Seine Flügel sind ganz normal.

Wie es scheint, gehört Julius zur ältesten Spezies von Flugdrachen.

Das erklärt seine hohe Intelligenz.

Hmm

Nun! Ich wage zu behaupten ...

... dass es besser ist, ihn regelmäßig fliegen zu lassen, wenn er erst einmal vollständig genesen ist.

Das wäre gut für seine Gesundheit!

Man muss der Natur ihren freien Lauf lassen.

Der Natur ...

... ihren freien Lauf lassen.

Press

Ich werde mit den Proben aus der Mähne und den Schuppen ...

... seinen Zustand noch weiter analysieren.

Freu

Badamm
Dreh
Julius …
Was habt Ihr denn?
Grummel

Das war eine Untersuchung!
Da längst raus ist, dass Ihr sprechen könnt ...
... müsst Ihr auch sagen, was mit Euch nicht stimmt.
Dieser Adel hat doch selbst gesagt ...
... dass bei mir alles normal ist.
Pah!
Ich muss noch Dokumente durchsehen!
Der Grenzschutz muss überprüft ...
... und ein Schreiben an Runaela vorbereitet werden.
Auf mich wartet ein Haufen Arbeit!
Gut! Dann werde ich ...
... mich anderweitig nützlich machen.
すっ
Sst
とん
Tapp
とん
Tapp
くる
Dreh

Julius …
Wenn Ihr Euch über-nehmt …
… werde ich wirklich sauer.
Ihr dürft mich über Euren körperlichen Zustand nicht belügen!

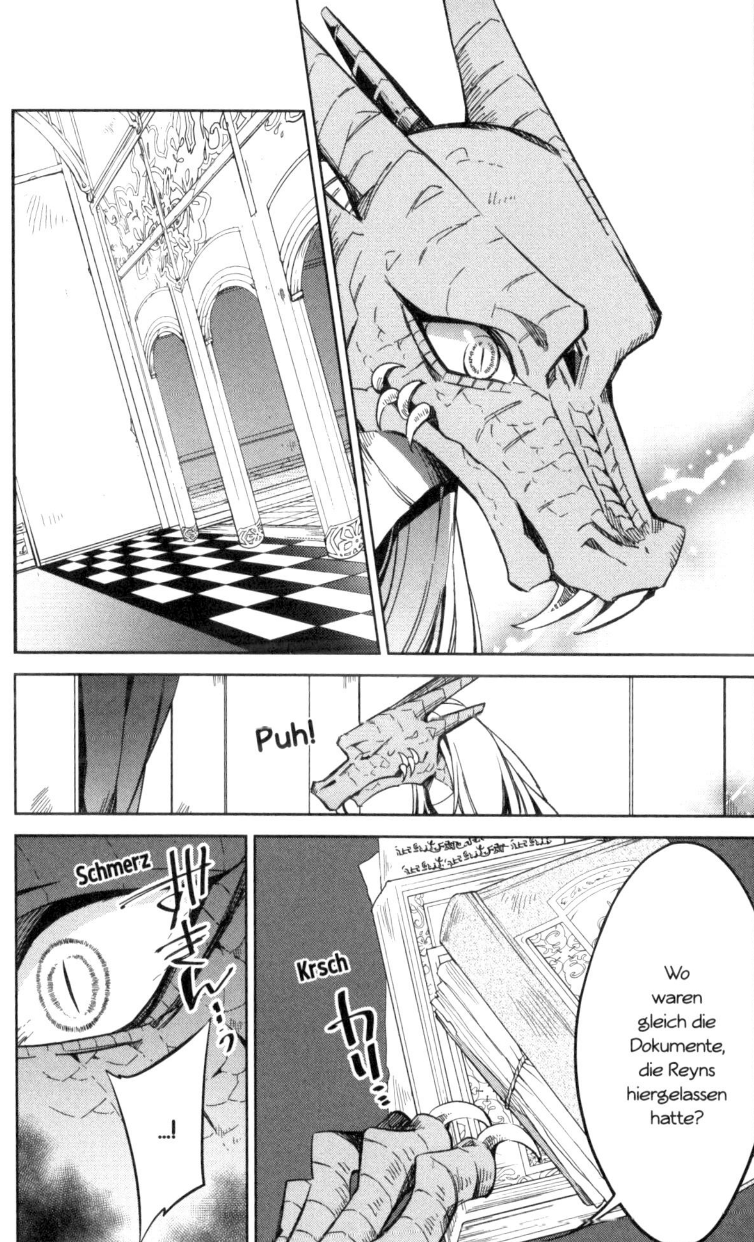
Puh!
Wo waren gleich die Dokumente, die Reyns hiergelassen hatte?
Krsch
Schmerz
...!

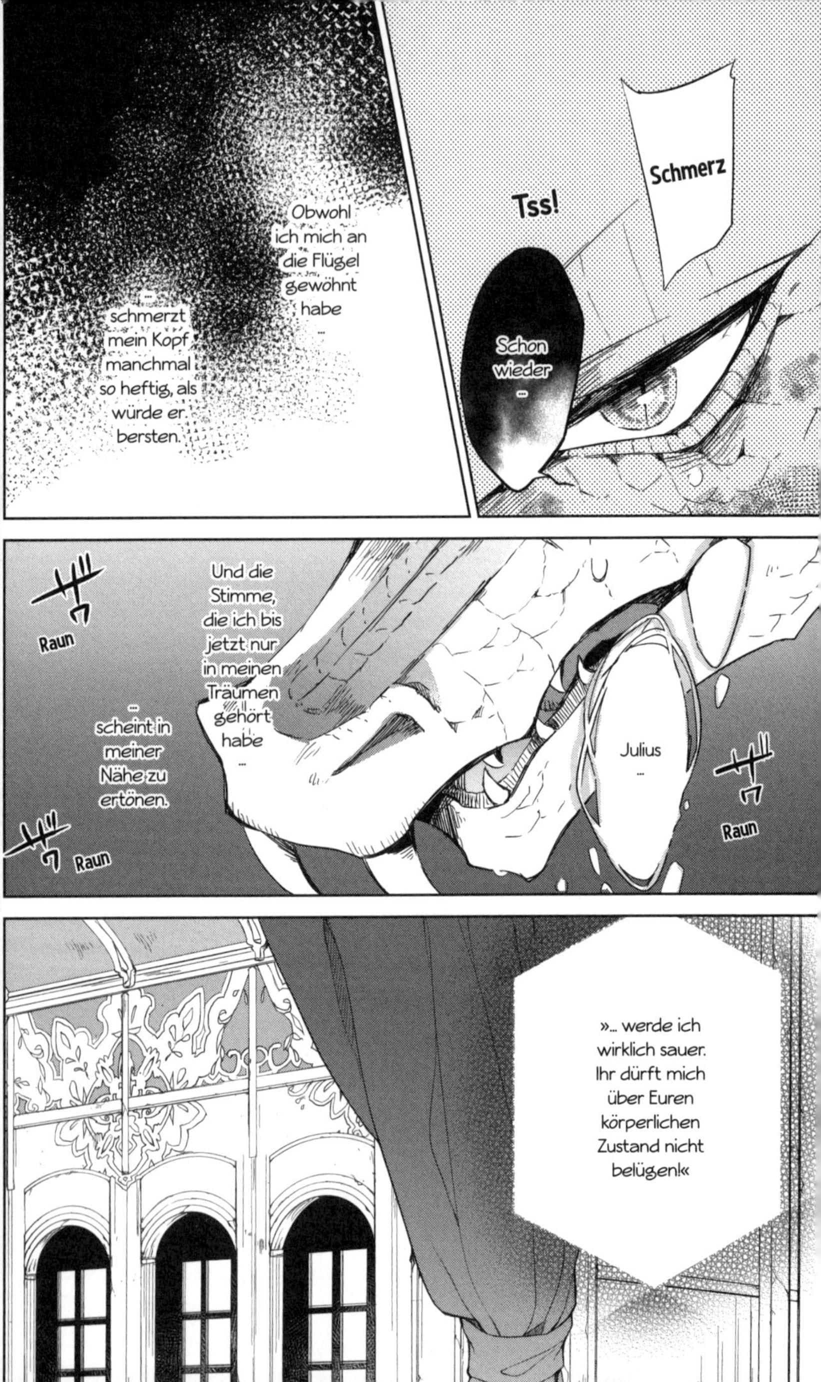

Schmerz

Tss!

Schon wieder ...

Obwohl ich mich an die Flügel gewöhnt habe ...

... schmerzt mein Kopf manchmal so heftig, als würde er bersten.

Raun

Julius ...

Und die Stimme, die ich bis jetzt nur in meinen Träumen gehört habe ...

... scheint in meiner Nähe zu ertönen.

Raun

Raun

»... werde ich wirklich sauer. Ihr dürft mich über Euren körperlichen Zustand nicht belügen!«

Fuh!
Bestimmt wird sie böse, wenn sie dahinterkommt.
... dass sie noch trauriger wird.
Feierabend für heute!
Aber ich kann es ihr nicht sagen!
Ich bereite ihr schon genug Sorgen ...
... und will nicht ...
Der Nachtwind tut richtig gut!

Wooosch
Genau!
» ... dass es besser ist, ihn regelmäßig fliegen zu lassen, wenn er erst einmal vollständig genesen ist.«
Ich muss mir aufschreiben, was Herr Adel heute gesagt hat!
Flapp
Flapp
Wenn er fliegen kann, wird er wie ein wilder Drache seine Schuppen auf natürliche Art verlieren ...
... sodass ich ihm die kaputten nicht mehr abreißen muss.

Für Julius ist das sicher eine Erleichterung …
Wie schön …
Klack
…
Ob er keine Pflege mehr brauchen wird …

Wird Julius ...
... mich dann ...
... vielleicht gar nicht mehr brau-chen?

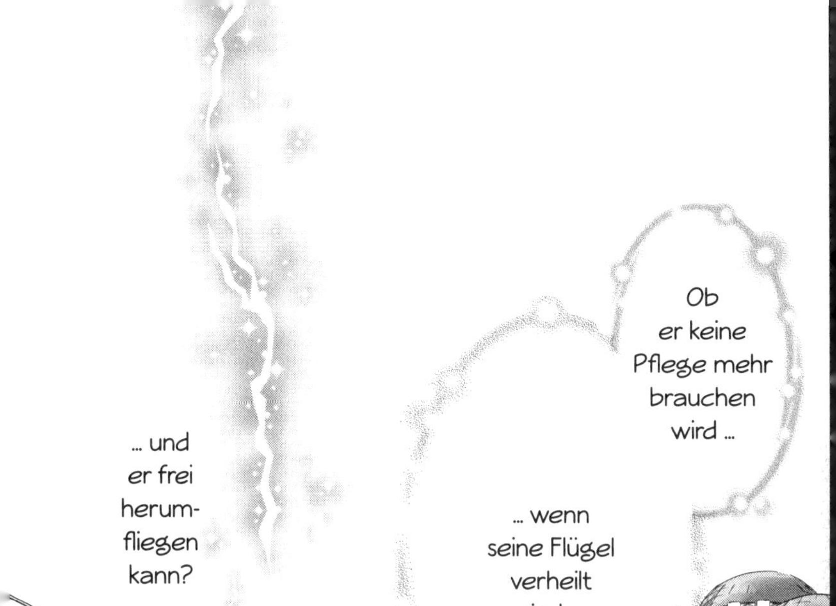

Ob er keine Pflege mehr brauchen wird ...

... wenn seine Flügel verheilt sind ...

... und er frei herum-fliegen kann?

Kapitel 23

Dieses Bild von Rukul habe ich als Vorschau für das Magazin *Hana to Yume* gezeichnet. Da Vorschaubilder komprimiert werden und geraster-te Flächen dann manchmal Moirés bilden, habe ich hier versucht, ganz ohne auszukommen.

Wird Julius mich dann ...
... vielleicht gar nicht mehr brauchen?
... kul.

Fräulein Rukul!
Zuck
Oh!
Ihr schält die Schale zu dick.
Geschälte Kartoffel
Roll
Wie?!
Oh!
So eine Verschwendung!
Tut mir leid ...!

Ich muss besser aufpassen!
Nur weil wir genug zu essen haben, dürfen wir Nahrung trotzdem nicht verschwenden!
Jawohl!
Ich gebe mein Bestes ...!
Mein Ziel ist eine Schale von einem Millimeter!
Schnibbel
Schnibbel
Berg aus geschälten Kartoffeln.
Lass uns eine Pause machen!
Gern!
In letzter Zeit ...

Klack
カチャ…
Schwupp
ぴょこ
… scheint Julius schwer beschäftigt zu sein.

Wie geht es mit dem Fest voran?
Nun, die Vorberei-tungen sind ...
Knarz

Was gibt's, Rukul?
Hast du ein bestimmtes Anliegen?
Puh

Schreck
Nein!
Bitte entschul-digt die Störung!
Oje ...!
Badamm

Julius …
… sah total erschöpft aus.
Jetzt muss ich erst recht etwas für ihn tun …!
Ich werde sein Ersatzkissen ausbessern.
Die Nähte werfen Falten, Fräulein Rukul!
Was?!
Die Wäsche hat abgefärbt!
Schock
Oh! Die Sachen waren noch ganz neu! Ich wollte sie getrennt waschen!

Hau … ruck!

Plitsch

Plitsch

Bitte lasst Euch bei der Arbeit nicht stören, Julius.

Ich werde hier nur ein bisschen putzen!

4\.
Aktueller Teil 3

Ich habe mir schon immer gerne Leichtathletik- und Turnwettkämpfe im Fernsehen angeschaut, aber aus Unkenntnis der Regeln keinen Baseball. Nun habe ich mir vorgenommen, künftig meinen Spaß an Baseball-Übertragungen zu haben!

Da ich selbst so wenig Sport gemacht habe, wächst meine Bewunderung für die Athleten umso mehr ...

Habt ihr vielleicht Lieblingssportarten?

Schieb
Plitsch
Sst
Sst
Pass besser auf!
Oh!
Vielen Dank!

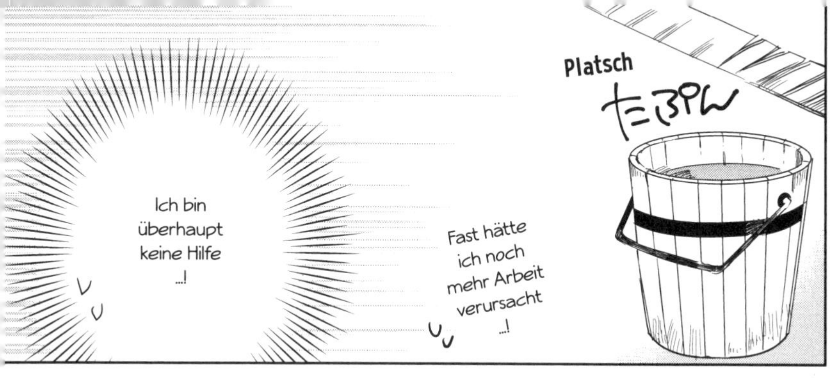

Schwank

Ich muss schauen, was ich sonst noch tun kann.

...

Klack

Bitte entschuldigt die Verspätung!

Hier ist Euer Abendessen!

Seine Besprechung mit Lord Oran hat schon begonnen!

Tapp

Tapp

Tut mir leid, aber das Kochen hat länger gedauert als erwartet ...

Tock

Heute hab ich mal was anderes ausprobiert!

Hm
Das Gericht sieht aufwendig aus ...
Und hier ein Saft zu Eurer Mahlzeit!
Bitte sagt Bescheid, wenn Ihr etwas Bestimmtes essen möchtet! Ich möchte Verschiedenes ausprobieren ...!
Rukul ...
... seit gestern benimmst du dich irgendwie seltsam.
Ist etwas passiert?
Poch

F...
Findet Ihr?
Ich bin doch so wie immer ...
Wenn sie es mir nicht verraten möchte ...
... werde ich sie nicht weiter löchern.
Aber ...

… ich mache mir Sorgen um sie.

Möchtest du etwas Bestimmtes tun?

Wenn du Zeit brauchst …

… kann mein Essen auch jemand anderes kochen.

Ich darf nicht so schwarzsehen!
Ich darf nicht so …
Schüttel
Schüttel
Julius hat das bestimmt nicht so gemeint!
… ängstlich sein!
Zuck
Vor lauter Kopfschütteln brummt mir der Schädel.
Vielleicht …
… möchten Eure Majestät erst einmal speisen.
Ich ziehe mich daher zurück.

Immer, wenn ich etwas an- packen will, drehe ich mich nur im Kreis.
Rukul ...?
Er soll sich meinet- wegen ...
... keine Sorgen machen.

Ich muss lächeln!
Alles gut! Ich bin wohl nur …
… ein wenig erschöpft.
Ich wäre gern in allem etwas ge-schickter.

Was jetzt?

Wenn ich mich nicht zusammenreiße ...

... breche ich noch vor lauter Angst in Tränen aus.

Hust!

Euer Majestät und Fräulein Rukul hatten doch darüber gesprochen, etwas mehr Natur hereinzubringen.

So könnt Ihr für Eure Gesundheit spazieren gehen.

Wir haben die Wege etwas breiter angelegt ...

... damit sie Euch genug Platz bieten.

Zumindest im Garten Nummer vier.

Verstehe!

Gute Arbeit!

Ihr habt ihn auch noch nicht fertig gesehen, nicht wahr, Fräulein Rukul?

Vielleicht möchtet Ihr ihn Euch anschauen, solange Seine Majestät speist?

D...
Das mache ich!
Tapp
Dann sehe ich ihn mir mal an!
Badamm
Baff
Was war nur los mit ihr ...?
Dann werd ich erst mal essen.
Gluck

Säuerlich und leicht süß ...

Ein Geschmack, der mir ziemlich fremd ist.

Sind das ausgedrückte Beeren?

Das ist der Saft der Ruberry-Frucht.

Diese Beeren helfen bei Erschöpfung.

Ihre Farbe ist ein schönes Violett.

Wegen ihrer harten Schale müssen sie einzeln ...

... von Hand geschält werden. Das ist recht zeitaufwendig.

すん

Schnupper

Auch die Blumen zu meinem Essen ...

... duften so frisch.

Ob sie sie eben erst für mich ...

Ich werde ein paar pflücken.

... gepflückt hat?

Wupp
すくっ
Ihr Lächeln von eben macht mir Sorgen.
Stapf
Tut mir leid, Oran ...
... aber den Rest erledigen wir später.

Alles gut!
Für den Moment sind wir fertig.
Euer Majestät wollten doch in letzter Zeit ...
... so viel auf einmal erledigen, um später mehr Zeit für Fräulein Rukul zu haben.
Pah
Stimmt ...

Klack
Klack
Wie lange bin ich schon nicht mehr die Flure entlangge- gangen …
Wuoooh
Garten Nummer vier, sagte er?
Gleich da vorn …
Klack

Ein süßer Duft strömt mir entgegen.
Haben sie auch Laleas angepflanzt?
Der Weg ist wirklich gut begehbar.
Wo bist du … … Rukul?
Ich möchte mit dir reden!

Wooosch
Rukul?
Raschel
Raschel
Sie wollte doch in den Garten ...
Wo steckst du?!

Rukul
...?

Wo steckst du?!

Rukul ...?

Rukuu

Kapitel 24

Und hier mein letzter Einleitungskommentar. Ich werde mich auch für den nächsten Band ins Zeug legen und würde mich freuen, wenn ihr wieder dabei seid! Danke, dass ihr bis hier gelesen habt! Shiki Chitose

Ja?

Wupp

Wa...

Was ...? Wo hast du gesteckt?

Wie?!
Äh ...
Julius?!
W... Was habt Ihr denn?
Ich ...

Ich dachte, du seist verschwunden.
Ich würde den Palast doch nicht einfach so verlassen!

Schon gut!
Da bin ich aber froh!
Die ange-spannte Atmo-sphäre ...
... scheint verflogen!

Wunder-
schön, nicht
wahr?
Stimmt!
Wie
lange
mag es her
sein, dass
ich mir den
Palast von
draußen
angesehen
habe?

Habt Ihr das nächste Mal Lust auf ein Picknick mit Tee und Gebäck?
Hier?
Ja!
Als kleines Kind hab ich unglaublich gern meine Mahlzeiten im Wald eingenommen.
Habt Ihr als Kind einmal im Freien gegessen, Julius?
Der Palast hat so viele Gärten!
Nein, hab ich nicht.
Ach so.
Ich war immer …

…
»Immer« was …?
Ich hab mich in Gesellschaft meist unwohl gefühlt …
Seltsam …
… dass es jetzt anders ist.

Wer kann diese Aufgabe lösen?
Stille
Katonk
Schon wieder nur Julius?

Nimm dir ein Beispiel an Julius, Erik!
Jawohl.
Kannst du Erik Nachhilfe geben?
Nick
Der König wird in diesem Land …
… nicht durch die Thronfolge, sondern nach Eignung auserwählt.
Mit dem herannahenden Tod des Königs …
… werden die Kinder aus der königlichen Verwandtschaft in den Palast gerufen und erzogen.
Wer soll der nächste Thronanwärter sein?
So ein Blonder …
Flatter
Tapp
Tapp
Ähm …
Das habt Ihr verloren!
Was?!

Na, so was!
Vielen Dank!
Mein Taschen-tuch!
Hi hi c ...
Verbeug
Er ist ja wirklich blond!
Tuschel
Tuschel
Mein Vater war Mitglied des Adels von Azfareo, aber er ist schon tot, seit ich den-ken kann ...
... und meine Mutter ist von schwacher Gesundheit und schlief immer im Inneren des Palasts.
Aber gibt es überhaupt so blonde Eltern?
Tuschel
Tuschel
Und deswe-gen ...
... hatte ich nieman-den ...
... der mich vor neugierigen Blicken be-schützte.
Schleich

Flatter
Krrr
Dieser Vogel ist schon wieder hier ...

Was macht Ihr denn hier?
Lord Oran!
Im Frühling kam dieser Vogel noch nicht hierher …
… aber neuerdings seh ich ihn oft in diesem Garten.
Ihr seid ein wirklich guter Beobachter!
Lord Oran starrt mich nicht so an wie die anderen.
Flatter
Oh!

Schweb
Soll ich Euch verraten, wie dieser Vogel heißt?
...
Das finde ich selbst heraus!
Eine lobenswerte Einstellung!
Hier steht er nicht drin ...
Habt Ihr den Namen herausgefunden?
Noch nicht ...
Ich hätte ihn sofort nach dem Namen fragen können ...

... aber dann wäre ich mir wie ein verwöhntes Kind vorgekommen.
Hier finde ich ihn auch nicht.
Sieht dieser ihm ähnlich? Hm ... Eher nicht.
...!
Gefunden!
Das ist gar kein einheimischer Vogel!
Kein Wunder, dass ich ihn nicht in Bildbänden für lokale Vogelarten gefunden hab!
»Nirvas« ...
Auf der anderen Seite des Meeres gilt er als der »Vogel, der uns zeigt, was Glück ist«.

Mutter!
Ich hab eine seltene Blume gefunden! Bitte sehr!
Ach! Vielen Dank!

Ob Mutter diesen Vogel schon mal gesehen hat?

5.
Aktueller Teil 4

Im August bin ich mit der Seilbahn auf den Berg Gozaisho in der Präfektur Mie gefahren.
Da mir Höhe nichts ausmacht (vielmehr liebe ich sie), sah ich die Sache locker und freute mich darauf, aber in dieser Seilbahn bin ich echt nervös geworden. Obwohl das Wetter gut war und auch kein nennenswerter Wind wehte, machte ich beim Passieren des weißen Eisenturms (etwa 61 Meter hoch), dem Symbol der Gozaisho-Seilbahn, ein ernstes Gesicht. (*lach*) Aber auf dem Gipfel war es herrlich, und wenn ich all meinen Mut zusammengenommen habe, möchte ich mir auch die schneebedeckten Berge im Winter ansehen.

…
Heute rate ich von einem Treffen ab …
… da Lady Arias von einem sehr schlimmen Husten geplagt wird.
Hah
Sst
Ach so …
Tapp
Äh, Master Julius? Wolltet Ihr etwas Bestimmtes?

»Was für ein absonderlicher Junge!
Man weiß gar nicht, was in seinem Kopf vorgeht.«
Diese störenden Geräusche ...
»Hat er keine Geschwister?«
»Ich glaube, Cousins. Aber ich habe noch nie gesehen, wie er sich mit ihnen unterhält.«
... kommen immer näher.
Ha ha ha ha!
Ah ...

Erik …
Wenn du magst, kann ich dir Nachhilfe geben, wie der Lehrer …
… neulich gesagt hat.
Du hast dich …
… bei Lord Oran eingeschmeichelt, was?
Meine Mutter sagt, dass die Leute …
… ihn umgarnen, weil er ein Eldor ist!

Er behält dich nur im Auge, weil deine Mutter krank ist …
… also bild dir nichts drauf ein!
Kicher
Kicher
Was für 'ne komische Farbe!

Hier hab ich mich immer …
… unwohl gefühlt.

Einige Zeit später …
… als auch in Azfareo der Schnee fiel.
Bei Julius ist das …
… »Omen« erschienen!
Lärm
Lärm
Ab jetzt müsst ihr ihn Master Julius nennen!
J…
Jawohl …!
Von da an benahmen sich alle mir gegenüber ganz anders.

Auch mein Unterricht …

… veränderte sich …

… und ich lernte, wie ein König regiert.

Kreisch!

Master Julius …

Krck

Krck

Eure Augenfarbe …

Meine Augen leuchteten plötzlich in einem strahlenden Gold …

Seit gestern haben sie eine andere Farbe …

… und meine Ohren konnten jetzt weit entfernte Geräusche wahrnehmen.

B...
Bitte verzeiht mir! Ich wollte Euch rufen, weil Euer Bad fertig ist ...
... aber ich werde Euch sofort neue Kleidung zum Wechseln holen.
Diese hier sind schon in Ordnung.
Ich mache dir keine Vorwürfe ...
Oh!
Sie zittert ...
... nicht vor Angst, getadelt zu werden ...
... sondern grundsätzlich wegen meiner Gegenwart.
Auch seine Vorgänger sollen ganz unbekümmert geblieben sein, als sich bei ihnen das »Omen« zeigte.
Unglaublich, das mit den Augen!
Ob er keine Angst hat?
Tuschel
ヒソ
ヒソ
Tuschel

Badamm
Die Zeit, in der ich mich in der Bibliothek verkroch …
… um allein zu lesen, schenkte mir Freiheit.

Allein konnte ich diesem unangenehm aufkeimenden Gefühl entkommen ...
... und in diesen einsamen Stunden lernte ich viel aus den Büchern ...
... über die Entstehung unseres Landes ...
... oder seinen Schutz durch den Fluch des Drachen.
Obwohl ich ihnen niemals begegnen würde, empfand ich ...
... Respekt ...
... und eine Art freundschaftliche Sympathie für die einstigen Könige.
Ob auch sie so allein waren wie ich ...?

Der Vogel kam nicht mehr.
Nirvas sind Wander-vögel.

Wenn er geblieben wäre, hätte ihn jemand gefüttert ...
... und er wäre vor Wind und Regen geschützt.
Was ihn am Ziel seiner Reise erwartet, ist ungewiss ...
Aber ...
... und doch führt er so ein Leben?
... seine Lebensweise, die das genaue Gegenteil meiner eigenen war ...
... fand ich aus unerfindlichen Gründen ...
... beneidenswert.
Die Legende von Azfareo 6 - Ende

Die
Legende
von
Azfareo
Im Dienste des blauen Drachen

Die
Legende
von
Azfareo
Im Dienste des blauen Drachen

Auf den folgenden Seiten
findet ihr Bilder, die ich einmal für
Beilagen oder Cover gezeichnet habe.

Ich bin sehr dankbar, dass ich
für *Die Legende von Azfareo*
so viele Bilder zeichnen durfte.

In der Anfangszeit hab ich mir total den Kopf darüber
zerbrochen, wie ich Julius (den Drachen) kolorieren soll.
Selbst jetzt irre ich noch umher ...!

2016 The Hana to Yume Ausgabe 12/1 – Cover

2016 The Hana to Yume Ausgabe 12/1 – Beilage

2016 *The Hana to Yume* Ausgabe 12/1 – Prämie 1

2016 The Hana to Yume Ausgabe 12/1 - Prämie 2

2018 *Hana to Yume* Ausgabe 13 – Cover

2018 Hana to Yume Ausgabe 22 – Cover

Nachwort

Das ist das Ende der kleinen Sammlung an Extras. Dass ich in diesem Band viele junge Juliusse zeichnen konnte, hat mir viel Spaß gemacht! (Im nächsten Band kommt noch mehr davon.) Und ich freue mich auch sehr darauf, den neuen Drachen Stella weiterzuzeichnen.

Ich würde mich freuen, wenn wir uns auch im nächsten Band wiedersehen!

Shiki Chitose

Die
Legende
von Azfareo
Im Dienste des blauen Drachen

Green Garden

Sozan Coskun

Auf der Suche nach ihrem Vater begibt sich Mai zur legendären Traumwerkstatt von Professorin Vendricks, die mit Mais Vater an einem Forschungsprojekt gearbeitet hat. Die beiden kamen dem dunklen Geheimnis einer schier unerschöpflichen Energiequelle auf die Spur, für die die Menschheit einen sehr hohen Preis zahlt. Als Mai den Laden betritt, ahnt sie nicht, dass dies der Beginn einer Reise ist, die ihr ganzes Land verändern wird ...

Der Hexer und ich

Asato Shima

Der neue Schüler, der neben Nagi sitzt, hat ein großes Geheimnis: Er ist eine männliche Hexe, eine echte Seltenheit. Und damit nicht genug: Wenn er sich einem Mädchen nähert, hat er keine Kontrolle mehr über seine Kräfte. Ist er etwa allergisch gegen Mädchen?

Deutsche Ausgabe / German Edition
Altraverse GmbH – Hamburg 2022
Aus dem Japanischen von Sakura Ilgert

AZFAREO NO SOBAYONIN by Shiki Chitose

First published in Japan in 2019 by HAKUSENSHA, Inc., Tokyo.
German language translation rights arranged with HAKUSENSHA, Inc., Tokyo
through Tuttle-Mori Agency, Inc.

Redaktion: Joachim Kaps
Herstellung: Cathrin Hamester
Lettering: Studio Charon

Druck: CPI books GmbH, Leck
Printed in Germany

ISBN 978-3-96358-436-7
2. Auflage 2022

www.altraverse.de

specials Småland Öland Blekinge

– eine Auswahl

BIRGIT BOCK-SCHRÖDER hat in Schweden studiert und zehn Jahre lang einen Wohnsitz in Småland gehabt. Als Autorin zahlreicher Reiseführer und langjährige Pressesprecherin des Schwedischen Fremdenverkehrsamts ging sie immer wieder auf Entdeckungstour im Norden. Heute berät sie schwedische Unternehmen und ist nach wie vor in ihrer zweiten Heimat unterwegs.

ALEXANDER GEH lebt als freier Autor und Lektor in Offenbach am Main und ist federführend in der Edition Elch tätig. Obwohl er meistens aus Norwegen und Dänemark berichtet, kann er seine Neigung zu Schweden nicht leugnen und ist regelmäßig vor Ort. Für diese Auflage hat er vor allem Outdoortouren erkundet und die Fülle der Informationen »in einen Guss gebracht«.

Seine weiteren Titel in der Edition Elch:
Dänische Inseln 1: Fünen, Ærø, Langeland
Dänische Inseln 2: Lolland, Falster, Møn
Fjordruta – Wandern in Norwegen
Fjorde, Gletscher, Wasserfälle – Radwandern in Norwegen

Ein herzliches Dankeschön: Elisabeth Heiny, Eberhard Krieger, Silke Peter, Sebastian Rehn, Gabriele Willinger und an Gudrun Schulte, unsere allererste Schweden-Autorin in der Edition Elch, die für die ersten beiden Auflagen dieses Titels hauptverantwortlich war.

Birgit Bock-Schröder und Alexander Geh

Edition Elch

Die Autoren dieses Reiseführers haben die zusammengetragenen Angaben nach bestem Wissen erstellt, die Redaktion hat sie mit größtmöglicher Sorgfalt überprüft. Dennoch sind inhaltliche Fehler nicht vollständig auszuschließen. Daher besteht auf die Angaben keine Garantie seitens des Verlages oder der Autoren. Im Fall von inhaltlichen Abweichungen übernehmen weder der Verlag noch die Autoren dafür Verantwortung und Haftung; dies gilt sowohl für »normale« Änderungen, zum Beispiel von Telefonnummern, Preisen und Öffnungszeiten, als auch im Hinblick auf mögliche Unfälle, etwa im Rahmen von sportlichen und anderen Aktivitäten.

LESERTIPPS

Schreiben Sie uns bitte, sofern Sie vor Ort Änderungen erlebt oder falls Sie Ergänzungsvorschläge haben. Wird Ihr Tipp in der nächsten überarbeiteten Ausgabe verwendet, bedanken wir uns mit einem Freiexemplar. Verlag und Autoren freuen sich über jede Zuschrift:

Edition Elch
Stichwort: Småland, Öland, Blekinge
Hamburger Straße 70
D – 63073 Offenbach am Main
E-mail: ee30@edition-elch.de
Internet: www.edition-elch.de

Fünfte, komplett aktualisierte und erweiterte Auflage 2017

ISBN 978-3-937452-30-2

Elch-Logo: © *Petra Gran*
Fotos: *siehe Bildnachweis auf Seite 288*
Redaktion und Satz: *Pekka Sjöblom*
Karten und s/w-Scans: *Brigitte Otto, Konstanz*
Produktion: *druckhaus köthen, Köthen/Anhalt*

Inhalt

ÖLAND

BLEKINGE

Repräsentative Fotos folgen im Buch genügend, hier zwei Besonderheiten: oben der Abenteuerpark Little Rock Lake mitten in Småland (siehe Seite 138), unten vom Meer ausgewaschene Kalksteinsäulen, Rauken, in Byrums Sandvik auf Öland (siehe Seite 222) ▶

Vor der Reise

Information

FÜR DIE REGIONEN ZUSTÄNDIG

◎ **SMÅLAND** setzt sich zusammen aus drei Landesteilen, deren Verwaltung in Läns (Regierungsbezirke) organisiert ist: Jönköpings Län im Norden, Kronobergs Län im Süden und Kalmar Län im Osten. Gemeinsam betreiben sie das Informationsportal www.visitsmaland.se, das es auch in einer redaktionell eigenständigen (!) Version in deutscher Sprache gibt: www.visitsmaland.se/de.

Anfragen sind an die jeweiligen Läns-Organisationen zu richten, die Landesvorwahl lautet 0046.

Jönköpings Län: Smålands Turism AB, Västra Storgatan 18 A, SE – 55111 Jönköping, Tel. 0046 – 36 – 35 12 70, info@smalands turism.se/

Kronobergs Län: AB Destination Småland, Kronobergsgatan 7, SE – 352 33 Växjö, Tel. 0046 – 470 – 73 32 70, info@destinationsmaland.se/

Regionförbundet i Kalmar Län, Nygatan 34, SE – 391 27 Kalmar, Tel. 0046 – 480 – 44 83 30, info@rfkl.se/

◎ Die Insel **ÖLAND** ist auf regionaler (Verwaltungs-)Ebene Teil des Regierungsbezirks Kalmar Län, der sich auch um den Fremdenverkehr kümmert und eine eigene Webplattform betreibt: Telefon (aus dem Ausland) 0046 – 485 – 890 00, info@oland.se, www.oland.se.

◎ **BLEKINGE** LÄN – Visit Blekinge, Kungsbron 5, SE – 371 31 Karlskrona, Telefon (aus dem Ausland) 0046 – 411 – 23 66 05, info@visitblekinge.se, www.visitblekinge.se.

LANDESWEIT ZUSTÄNDIG

Über Schweden als Reiseland informiert die halbstaatliche Organisation VisitSweden:

◎ **VISITSWEDEN**, Voltvägen 32, SE–83130 Östersund, Tel. 069 – 2222 3496 (für Deutschland), E-mail: germany@visitsweden.com, Tel. 044 – 580 62 94 (für die Schweiz), E-mail: switzerland@visitsweden.com, Tel. 0192 – 86702 (für Österreich), E-mail: austria@visitsweden.com, Fax (nach Schweden) 0046 – 63 – 128 137, www.visitsweden.com.

Über die deutsche Rufnummer 069 ... erhalten Sie neben Auskünften das Jahresheft »Schweden 20xx« – mit allgemeinen Informationen, Artikeln zu den schwedischen Regionen, Anzeigen von Reedereien, Airlines etc., eine Liste ausgesuchter Veranstaltungen, Adressen der regionalen Touristenbüros sowie einiger Reisebüros und -veranstalter – die dafür bezahlen. Geeignet zur Einstimmung sowie Urlaubsplanung. Im Internet sind Broschüren zu Regionen, Unterkünften und Themen wie »Aktivurlaub« zu ordern.

Obwohl im Tourismussektor sehr viele Schwedinnen und Schweden Deutsch sprechen, können Sie bei Telefonkontakten nicht generell davon ausgehen. Die Verständigung auf Englisch wird aber nur selten ein Problem darstellen.

SCHWEDEN, SMÅLAND, ÖLAND, BLEKINGE IM INTERNET

Wie überall im Netz gibt es auch auf schwedischen Webseiten viel Müll zu entrümpeln. Wir nennen im Buch nur solche, die zumindest ein bisschen Sinn machen. Websites mit deutschsprachigem Inhalt sind im touristischen Sektor leider rückläufig, solche mit englischsprachigem Inhalt häufiger, aber nicht die Regel. Denn inzwischen sparen sich viele einfach die fundierte Übersetzung und delegieren dies an Google – die Ergebnisse schwanken oft genug zwischen peinlich und belustigend.

Obwohl die Websites der regionalen Verkehrsbetriebe oft nur auf Schwedisch abgefasst sind, lassen sich deren Inhalte mit der Kenntnis weniger Begriffe wie *tidtabell* (Fahrplan) relativ leicht benutzen.

Touristen finden in Unterkünften, Lokalen, Info-Stellen etc. meistens einen Gratis-Intertzugang (via WLan) vor. Breitbandanschluss ist Standard. Die folgende kleine Übersicht erhebt nicht den Anspruch, die besten Websites über Småland etc. zu präsentieren; es sind informative, teilweise akkurat gepflegte Seiten, die in bestimmten Bereichen Akzente setzen.

◎ sweden.se – jede Menge Info und Publikationen über Schweden, u.a. vom Schwedischen Institut. Auf Englisch.

◎ www.smhi.se – 5-Tage-Wettervorschau, dazu den Ortsnamen in der Suchfunktion eintragen. Differenzierung für alle 6 Stunden möglich.

◎ www.resrobot.se – prima Hilfe für alle, die sich über die aktuellen Verkehrsverbindungen informieren möchten. Mehr dazu auf Seite 23.

◎ www.eniro.se – via Suchmaske »Kartsök« erhalten Sie mittels Eingabe der Adresse einen Stadt- oder Lageplan Ihres Reiseziels vor Ort.

◎ www.naturvardsverket.se – viele Besucher kommen wegen der Natur. Alles über Nationalparks (drei, bald vier davon gibt es in Småland und im Kalmarsund) und verwandte Themen. Auch auf Englisch.

◎ www.allemansratten.se – die Natur schützen und die Errungenschaft Allemansrätten bewahren. Auch auf Deutsch (via »På andra språk«).

◎ www.kungahuset.se – wem das Königshaus in diesem Reiseführer zu kurz kommt, dürfte mit dieser Website zufrieden sein. Auch auf Englisch.

◎ www.alv.se – Portal des Freizeitparks Astrid Lindgrens Welt bei Vimmerby, bei Erwachsenen leben Erinnerungen auf. Auch auf Deutsch.

◎ www.orlogsstadenkarlskrona.se – rund ums UNESCO-Welterbe Marinestadt Karlskrona. Auch auf Deutsch, besser auf Englisch (Bebilderung).

◎ www.ronneby.se – ein früherer Kurpark heute als grüne Oase für alle: viel Historisches aus dem 19. und frühen 20. Jh. Auch auf Deutsch.

◎ Wer etwas Schwedisch lesen kann, bleibt mit den Websites der Lokalpresse aktuell: Eine Übersicht hat www.tidningarsverige.com.

Diplomatische Vertretungen

◎ **ONLINE**: Die schwedischen Botschaften sind EINHEITLICH via www.swedenabroad.com aufzurufen.

◎ **DEUTSCHLAND**: Schwedische Botschaft, Rauchstraße 1, 10787 Berlin, Telefon 030 – 505 060 (Mo–Fr 9–12.30 und 13.30–17 Uhr), Fax 5050 6789, ambassaden.berlin@gov.se

◎ **ÖSTERREICH**: Schwedische Botschaft, Liechtensteinstr. 51, 1090 Wien, Tel. 01 – 217 530 (Mo–Fr 8.30–12 und 14–16.30 Uhr), Fax 2175 3370, ambassaden.wien@gov.se

◎ **SCHWEIZ**: Schwedische Botschaft, Bundesgasse 26, 3011 Bern, Telefon 031 – 328 7000 (Mo–Fr 8.30–12.30 und 13.30–17 Uhr), Fax 328 7001, ambassaden.bern@gov.se

◎ **NIEDERLANDE**: Embassy of Sweden, Postbus 85601 (Jan Willem Frisolaan 3), 2508 CH Den Haag, Telefon 070 – 412 0200 (Mo–Fr 8.30–12.30 u. 13.30–16.30 Uhr), Fax 412 0211, ambassaden.haag@gov.se

◎ Schwedens Botschafterin für **LUXEMBURG** sitzt in Stockholm.

Einreisebestimmungen

◎ **REISEDOKUMENTE**: Bürger aus Mitgliedsländern des Schengen-Abkommens (u.a. Deutschland, Österreich, Luxemburg, die Niederlande) benötigen lediglich einen gültigen Personalausweis; ebenso ausländische Staatsbürger mit Aufenthaltsrecht in einem Schengen-Land. Kinder unter 16 Jahren brauchen einen Kinderausweis, ab 10 Jahren mit Foto. Für Schweizer Bürger gelten liberale Bestimmungen, nicht aber für ausländische Staatsbürger, die in der Schweiz leben.

Die Passkontrollen an der Grenze sind im Reiseverkehr zwischen den Schengen-Ländern offiziell entfallen; dennoch führt Schweden zurzeit bei bestimmten Einreisen (Bus/Zugverkehr via Öresundbrücke sowie Fährpassagen) Passkontrollen durch. Darum benötigen EU-Bürger einen gültigen Personalausweis oder Reisepass sowie Bürger aus anderen Ländern einen Reisepass bzw. Visum.

◎ **ZOLL**: Für Reisende aus EU-Ländern gelten nur wenige Beschränkungen für die private Einfuhr von Waren (siehe ganz unten). – Schweizer Staatsbürger kontaktieren bitte die Schwedische Botschaft über die geltenden Bestimmungen, die hier zu viel Platz beanspruchten. Information auch via Tullverket, Box 12854, SE–11298 Stockholm, Telefon 0046 –771 – 520 520 (Mo+Fr 9–19 Uhr, Di + Do 9–17 Uhr), www.tullverket.se.

Einfuhr aus der EU – Alkohol (Einfuhr ab 20 Jahre): maximal 10 l Schnaps, 90 l Wein, 110 l Bier. Tabak (ab 18 Jahre): 800 Zigaretten, 200 Zigarren, 1 kg loser Tabak. Keine Waffen, keine Drogen und Medikamente nur »für die Reiseapotheke«.

Ausländische Staatsbürger, die in der Schweiz leben, wenden sich am besten an die schwedische Botschaft in Bern oder an ein Konsulat in Basel, Zürich, Genf, Lausanne, Lugano, um ihren Status bei der Einreise nach Schweden zu klären.

HAUSTIERE

Wichtige Vereinfachung bei den Einfuhrbestimmungen für Hunde und Katzen seit 2012: Tollwut-Antikörpernachweis und Entwurmung werden nicht mehr gefordert.

◎ Notwendig ist für Hunde, Katzen (und Frettchen) ein **HAUSTIERPASS**, auf dem ein TIERARZT bescheinigt, dass das Tier alle Anforderungen erfüllt, konkret: Tollwutimpfung und Identitätskennzeichnung (durch Mikrochip).

◎ Bei der **EINREISE** sind Tier und Haustierpass dem Zoll unaufgefordert vorzuzeigen (Deklaration).

◎ **INFORMATION**: Ergänzungen und weitere Informationen über die in den vergangenen Jahren immer einfacher gewordenen Regeln werden kontinuierlich auf der Hompage des Schwedischen Zentralamts für Landwirtschaft veröffentlicht.

Bei Fragen zur Einfuhr von Hunden und Katzen kann man sich direkt an das Servicetelefon des Landwirtschaftsamts wenden: Tel. 0046 – 771 –223 223 (Mo–Fr 8–14.30 Uhr), www.sjv.se auch auf Englisch.

◎ Inzwischen ist es auf fast allen **FÄHREN** nach Skandinavien möglich, einen Hund mitzunehmen, entweder auf bestimmten Decks, in eigens ausgewiesenen Kabinen (zum Teil verpflichtend) oder im Fahrzeug verbleibend.

◎ **IN SCHWEDEN** ist es üblich, dass Hunde an der Leine geführt werden, nicht in Restaurants dürfen und dass Hundekot stets zu entfernen ist!

Klima und Reisezeit

Das vom 55. bis zum 69. Breitengrad lang gestreckte Schweden hat unterschiedliche Klimabedingungen. Das Land verdankt sein (gemessen der nördlichen Lage) GEMÄSSIGTES KLIMA der nahen Lage zum Atlantik und damit zum GOLFSTROM; das eisige Grönland, dessen Südspitze auf dem 60. Breitengrad (!) liegt, hat eine solche NATÜRLICHE WARMWASSERHEIZUNG nicht. Leider besteht trotzdem das VORURTEIL, in Schweden sei es kalt und regnerisch.

Die Wetterküche über dem Atlantik schickt die Tiefdruckgebiete von Westen nach Osten. Auf dem Weg über die Britischen Inseln und über Norwegen verlieren die regenschweren Wolken einen Teil ihrer feuchten Fracht. Einfach ausgedrückt: je weiter entfernt vom Atlantik, desto geringer die jährliche Niederschlagsmenge. Nach Westen wird Schweden durch die Skanden, die skandinavische Gebirgskette, nach Süden durch die Nordsee begrenzt.

Im Südwesten herrscht also maritimes Klima vor, das heißt weder im Sommer noch im Winter gibt es extreme Temperaturen. Im Norden gehen auf der Westseite der Gebirge (FJÄLL) mehr Niederschläge nieder, während östlich der Gebirgskette öfter Trockenheit herrscht. Das kontinentale Klima im übrigen Teil des Landes zeichnet sich durch warme Sommer sowie kalte Winter aus. Falls aber die globale Wetterlage Kapriolen schlägt, wird auch Schweden natürlich nicht verschont.

Dabei können die Temperaturen in den Sommermonaten selbst in Nordschweden rund 30°C erreichen. Bei rund 20 Stunden Sonnenschein täglich wärmen sich dadurch Meere und Seen auf mehr als 20°C auf, die Wassertemperaturen liegen oftmals über denen der Nordsee.

Insgesamt ist das Wetter AN DER OSTKÜSTE BESTÄNDIGER als an der Westküste und im Gebirge. Durchschnittstemperaturen in Südschweden: im Sommer bis 23°C, im Herbst 5 –14°C, im Winter von - 4 bis 4°C, im Frühling 6–12°C; nicht zu verwechseln mit den Spitzentemperaturen.

◎ Die meisten Schweden-Touristen kommen im **SOMMER**, wenn lange, helle Tage die Ferien sozusagen verlängern; die Auswahl an Aktivitäten ist jetzt am größten, die Campingplätze bieten vollständigen Service, die Hotelpreise sind durch Sommerrabatte günstig, die Sehenswürdigkeiten alle geöffnet. Bei klarem Himmel ist es um MITTSOMMER im Süden nur knapp vier Stunden dunkel; dann setzt bereits wieder die Dämmerung ein. Zur sommerlichen Garderobe gehören in Schweden außer Badekleidung und kurzen Sachen auch ein warmes Oberteil für kühle Stunden und ein Regenschutz.

◎ Schweden ist jedoch auch außerhalb der Sommers eine Reise wert, wie im **FRÜHJAHR** auf Öland. Gerade der Südosten mit Småland, Öland und Blekinge profitiert von den landesweit GERINGSTEN Niederschlagsmengen. Der **HERBST** mit seiner Farbenpracht ist ideal für stimmungsvolle Wanderungen.

◎ **WINTER** in Südschweden: Zugefrorene Seen sowie ziemlich sichere Schneefälle in Januar und Februar machen (zumindest) das småländische Hochland zu einem attraktiven Winterurlaubsziel. Für die kalte Jahreszeit empfiehlt sich statt einer dicken Jacke / Hose eine aus mehreren Schichten bestehende Garderobe, die variabler und z.B. mit der schwedischen »Woolpower«-Unterwäsche (Wolle und Kunstfaser) kuschelig ist.

Gesundheit

Gesetzlich versicherte Bundesbürger nehmen ihre Europäische Krankenversicherungskarte oder eine Ersatzbescheinigung mit; die erhalten Sie von ihrer Krankenkasse, mit der Sie ohnehin die Einzelheiten im Voraus abklären sollten, denn die Konditionen sind doch sehr verschieden.

◎ Um nicht auf den Kosten für den krankheitsbedingten Rücktransport oder für Eigenbeteiligungen an Arztbehandlungen und Medikamenten sitzen zu bleiben, lohnt es sich, eine zusätzliche private **AUSLANDSREISE-KRANKENVERSICHERUNG** abzuschließen. Denn eine Europäische Krankenversicherungskarte befreit

Sie nicht von der Eigenbeteiligung, der sogenannten Patientengebühr, die in Schweden je nach Provinz variiert (umgerechnet etwa 11–33 €).

Mit der Schweiz besteht kein Behandlungsabkommen – Schweizer Bürger müssen die Versicherungsfrage vor Reiseantritt mit ihrer Krankenkasse regeln.

Barrierefreies Reisen

In Schweden sind öffentliche wie private Einrichtungen besser auf Behinderte eingestellt als in Deutschland. Der Standard in Hotels ist höher als in Jugendherbergen und auf Campingplätzen. Die jeweiligen Internetseiten der zentralen Organisationen (Campingverband SCR, Jugendherbergsverbände und Hotelverbände) geben INFORMATIONEN zum Maß der Barrierefreiheit der einzelnen Anlagen und Häuser.

◎ **DE HANDIKAPPADES RIKSFÖRBUND**, Box 47 305, SE–100 74 Stockholm, Tel. (aus dem Ausland) 0046 – 8 – 68 58 000, info@dhr.se, www.dhr.se.

Geld

◎ **WÄHRUNG**: Währungseinheit ist die SCHWEDISCHE KRONE, im Folgenden SEK abgekürzt. 1 Krone ent-

BARGELDLOSE ZUKUNFT ?

Wenn es um die (angeblich) bargeldlose Zukunft geht, liest man meistens von konkreten Beispielen aus Schweden: so vom ABBA-Museum in Stockholm, das keine Barzahlung akzeptiert, von Kollektomaten in Kirchen, Funkchips ohne PIN und Unterschrift usw.

Eine Strategie der Banken- und Wirtschaftswelt ist dabei nicht zu erkennen, sonst hätte die Schwedische Reichsbank 2015-17 kaum noch mit großem Aufwand sämtliche Geldscheine sowie fast alle Münzen ausgetauscht. Möglicherweise liegt es mehr daran, dass die Schweden – und dies ist eine wertfreie Beobachtung – dieses Thema weniger kritisch als viele Deutsche sowie zuallererst die praktischen Vorteile bzw. die Bequemlichkeit sehen.

Der Koautor hat während der Recherche den Test gemacht und ist die kompletten 18 Tage im Land ohne Kreditkarte ausgekommen! Knifflig wurde es beim Tanken, da es bediente Tankstellen, die über Tanksäulen für *kassa* (Barzahlung an der Kasse) verfügen, nur in großen Ortschaften gibt; sonst benötigt man eine Kreditkarte inklusive PIN zum Tanken. Zudem gibt's weniger Geldautomaten für den Bargeldbezug. Aber: Wer vor Ort Bus und Bahn fährt, kann tatsächlich nur mit Kreditkarte zahlen.

Einzelne Sehenswürdigkeiten und Hotels inserieren gezielt mit Euro-Preisen. Doch selbst wenn Sie vereinzelt mit Euro zahlen können, erhalten Sie das Wechselgeld in Kronen. Eine zuverlässige »Euro-Infrastruktur« besteht nicht.

spricht 100 ÖRE. Die kleinste Münze ist 1 Krone wert, Wechselgeld wird dementsprechend auf- oder abgerundet; weitere Münzen im Wert von 2 (neu), 5 und 10 SEK. Banknoten: 20, 50, 100, 500 und 1.000 SEK.

◎ Der **WECHSELKURS** lag zum Redaktionsschluss bei 9,91 SEK für einen €; gleich ca. 10,09 € für 100 SEK.

◎ Der **BARGELDUMTAUSCH** ist in deutschen Geldinstituten nicht vorteilhaft. – In Schweden gibt es in den meisten Banken kein Bargeld mehr, aber dafür unter ihnen Spezialisten:

◎ Vorteilhafte Gebühren gewährt die **FOREX-BANK**: Das Umtauschen von Fremdwährung in Kronen kostet ungeachtet der Höhe zurzeit 50 SEK Gebühr; übrig gebliebene Kronen, auch Kleingeld, wechselt Forex gratis zurück, sofern die Kaufquittung vorgelegt wird. Das Einlösen eines Travellerschecks kostet 50 SEK.

Forex begegnet Ihnen zunächst an Flughäfen, größeren Bahnhöfen (Göteborg, Malmö) sowie in Städten mit Fährhafen (Göteborg, Trelleborg, Helsingborg, Ystad), zum Teil direkt am Terminal. In SMÅLAND ist Forex vertreten in Växjö, Västergatan 8, in Jönköping, Västra Storgatan 6, und Kalmar, Fiskaregatan 6, in BLEKINGE in Karlskrona, Borgmästaregatan 17. Richtzeit Mo–Fr 10–18 Uhr, Sa 10–14 Uhr. Filialencheck: www.forex.se und dort unter »Bankbutiker«.

◎ Praktisch, nur seltener geworden sind die **BARGELDAUTOMATEN** der Banken (kontant = bar), womit Sie theoretisch bis zu 5.000 SEK am Tag ausgezahlt bekommen, in der Praxis oft nur 2.000. Setzen Sie den Betrag nicht zu niedrig an, denn für jede Abhebung mit einer GIROCARD wird Ihr Konto mit Gebühren belastet (ab etwa 5–7 €). Als Legitimation wird der PIN-Code verlangt.

◎ Die **POSTBANK SPARCARD** gilt an allen Bargeldautomaten mit Visa Plus-Symbol und kann ZEHN MAL IM JAHR GEBÜHRENFREI im Ausland zum Geld-Abheben eingesetzt werden. In Kombination mit einer Kreditkarte eine preisgünstige, gute Ausstattung; zuletzt gab es jedoch maximal 2.000 SEK pro Abhebung, was das Kontingent kostenloser Vorgänge rasch erschöpfen kann.

◎ **KREDITKARTEN**: Die gängigen Karten werden akzeptiert, das Zahlen mit Karte ist den Schweden vertraut und selbstverständlicher als in Deutschland. Selbst kleinere Beträge werden oft über das Plastik abgewickelt. – Zwar bekommen Sie auch mit Kreditkarten an Geldautomaten Bares; die Gebühren sind aber hoch.

Zudem sollten Sie die PIN der Kreditkarte kennen, da diese Methode in Skandinavien verbreitet und etwa an Tankautomaten üblich ist.

◎ **REISESCHECKS** sind zwar immer noch ein sicherer Geldwert, doch ist diese zusätzliche Absicherung nicht unbedingt nötig in Schweden. Das Einlösen bei Geldinstituten kostet um 50 SEK je Vorgang.

◎ **VERLUST**: Notieren Sie VOR DER REISE die Telefonnummern für den Verlustfall Ihrer Geldkarten.

Die Kombination Kreditkarte plus Bargeld (inklusive einer Girocard/Sparcard, die einen gebührenfreien oder -armen Bargeldbezug ermöglicht), wird also die günstigste Ausstattung in Schweden sein.

Karten

STRASSENKARTEN

◎ Nicht zu empfehlen sind Schweden-Karten mit zu kleinem Maßstab, d.h. großer Maßstabszahl, die Nebenstraßen unzureichend darstellen und rasch dazu führen, dass man sich vor Ort gründlich verfährt.

Die gängigen **SERIEN** decken das Land mit sechs Blättern ab, wobei die südlichste Karte bis nördlich von Värnamo, Växjö, Oskarshamn reicht. Je nach Reiseziel werden 1–3 Blätter benötigt. Im Maßstab 1 : 250.000 liegen vor: die Serien von Kartförlaget in Lizenz bei Kümmerly+Frey, die Bil- och Turistkartan von Norstedts und die Serie von freytag & berndt. Preis je Kartenblatt um 11,90 €.

OUTDOORKARTEN

◎ **TERRÄNGKARTAN**: die gängige Topo-Karte im Maßstab 1 : 50.000; es sind einzelne Pfade, jedoch nicht zuverlässig Wanderrouten verzeichnet – da haben die Touristenbüros nicht selten gute, nicht teurere Alternativen parat. Pro Kartenblatt um 17 €.

◎ **CYKELKARTAN**: hervorragende Fahrradkarte im komfortablen Maßstab 1 : 90.000, die die aktuellen Fernradwege (auch viele aus dem Buch) und zahlreiche weiteren Informationen enthält. Je Kartenblatt um 20 €.

◎ Für **PADDLER** IN DEN SCHÄREN gibt es einige Spezialkarten im Maßstab 1 : 50.000: für die Schärenwelt bei Västervik »Arkösund Gryt Västervik« von Norstedts oder für Blekinge die »Blekinge skärgård« von Calazo. Je Kartenblatt um 15–20 €.

Wer auf Flüssen und Seen unterwegs ist, versorgt sich am sichersten in den ortsansässigen Kanuzentralen mit Material.

GRATIS-KARTEN VOR ORT IM TOURISTENBÜRO

Die Touristenbüros vor Ort haben in der Regel nicht nur ein Jahresheft für die jeweilige Stadt oder Region, sondern auch ein Faltblatt mit großformatigen Karten sowie Stadtplänen dazu – wie das kein kleinformatiger Reiseführer leisten kann.
Damit nicht genug, verfügen die Touristenbüros zudem über das entsprechende Material der benachbarten Stadt/Gemeinde/Region (was bei der Recherche 2016 nur ein einziges Mal anders war); damit kann man optimal versorgt das nächste Reiseziel ansteuern.

BEZUGSQUELLEN

Wir beschränken uns auf Versender, die online Erscheinungsjahr u. Lieferbarkeitsstatus von Karten angeben.

◎ **GEOBUCHHANDLUNG KIEL**, Schülperbaum 9, 24103 Kiel, Telefon 0431 – 910 02, www.geobuchhandlung.de.

◎ **NORDLAND VERSAND**, Vornholtstraße 7, 49586 Neuenkirchen, Tel. 0800 – 667 3526 sowie 05465 – 476, www.nordland-shop.com.

Sofern uns einzelne lokale oder regionale Karten bekannt sind, die es gratis oder kostenpflichtig zum Beispiel in den Touristenbüros gibt, weisen wir in dem jeweiligen Kapitel darauf hin.

DIE ÖRESUNDBRÜCKE

Die komplett fährenfreie Route erfordert die Durchquerung Dänemarks von Jütland nach Seeland und macht, unter dem Zeitaspekt, nur für Schleswiger Sinn. Ob nun vom Fähranleger Rødby oder aus Jütland (und über die ebenfalls mautpflichtige Brücke über den Großen Belt) kommend – wer auf Öresundsbron zusteuert, passiert auf der E 20 Kopenhagens Zentrum im Süden, vorbei am Flughafen Kastrup, um in einen 3,5 km langen Tunnel abzutauchen; die Einfahrt ist so gestaltet, dass der Übergang vom Tageslicht zur Dunkelheit in Etappen erfolgt. Hinter dem Tunnel überquert man die 4 km lange, künstlich angelegte Insel Pebberholmen, bevor es auf die ca. 8 km lange Brücke geht; die ist wie ein C geschwungen, so dass man von jedem beliebigen Punkt immer wieder eine andere Sicht auf das Bauwerk erhält.

Die MAUTSTATION befindet sich auf schwedischer Seite, Sie können bar in Euro bezahlen. Die Tarife lagen zuletzt bei: Pkw 48 €, Motorrad 26 €, Pkw mit Anhänger oder Wohnmobil über 6 m 96 €. Wechselgeld erhalten Sie – melden Sie Ihren Wunsch gleich an – in dänischen oder schwedischen Kronen. – www.oeresundsbron.com auch auf Deutsch.

Anreise

Mit dem eigenen Fahrzeug

Seit dem Jahr 2000 ist für eine Reise nach Schweden mit motorisiertem Gefährt keine Schiffspassage mehr nötig. Ein Tunnel- und Brückenband zwischen Kopenhagen und Malmö ermöglicht die ÜBERQUERUNG DES ÖRESUNDS. Andererseits bedeutet diese Variante mehr Kilometer, und viele Skandinavien-Fahrer schätzen die Möglichkeit, ihren Urlaub mit einer Schiffsreise einzuläuten, wobei man Gleichgesinnte treffen kann. Auf den Fähren tragen Lokale und Bordshops zur Kurzweil bei.

◎ Wer in der **HOCHSAISON** auf bestimmte Tage (Fr–So) angewiesen ist, sollte frühzeitig buchen (Ausnahme Puttgarden-Rødby bis auf wenige Stoßzeiten). Wer das Ticket aber erst am Terminal lösen will, muss mit Warteschlangen und ausgebuchten Fähren rechnen.

◎ Eine geruhsame Anreise ermöglichen die **NACHTFÄHREN**. Die Passagiere können ausgeruht die Fahrt zum Reiseziel fortsetzen. Die Route Kiel – Göteborg ist am bequemsten und man ist schnell in Jönköping. Al-

Es gibt auch Kombi-Tickets für Öresundbrücke und Fährrouten (Puttgarden – Rødby) oder Öresundbrücke und Großer-Belt-Brücke, die bei feststehender Route praktisch sind, jedoch keine Preisreduzierungen einräumen.

lerdings kann man auf einigen Linien auch tagsüber – relativ preiswert – eine Kabine buchen, um sich ein paar Stunden Schlaf zu gönnen.

INFORMATION UND BUCHUNG

Anschließend finden Sie alle Fährrouten, die bei der Planung hilfreich sein können. Neben Start- und Zielhafen werden Reederei, Fahrtdauer, Anzahl der Überfahrten angegeben. Preisauskünfte sind wegen der verschachtelten Saison- und Tarifsysteme nicht sinnvoll. Sie können aber davon ausgehen, dass fast auf jeder Route ein günstiger Tarif für ein Fahrzeug mit allen Insassen besteht – zumindest für Frühbucher.

◎ **FINNLINES**: Tel. 04502 – 805 443, www.finnlines.com.

◎ **SCANDLINES**: Tel. 0381 – 77 88 77 66, www.scandlines.de.

◎ **STENA LINE**: Tel. 0180 – 60 20 100, www.stenaline.de.

◎ **TT-LINE**: Telefon 04502 – 801 81, www.ttline.com.

FÄHREN D – SCHWEDEN

◎ **KIEL–GÖTEBORG**: Stena Line. 1 x täglich, Dauer 14:30 Stunden, Fahrt

über Nacht. Die Kabinenbuchung ist obligatorisch.

◎ **TRAVEMÜNDE–MALMÖ**: Finnlines. 2–3 x täglich, Dauer rund 9 Stunden. Bei einzelnen Schiffen gilt eine obligatorische Kabinenbuchung bei Nachtabfahrten (ab 20 bis 4 Uhr).

◎ **TRAVEMÜNDE–TRELLEBORG**: TT-Line. 2–4 x täglich, Dauer je nach Tageszeit/Schiff 7–9 Stunden.

◎ **ROSTOCK–TRELLEBORG**: TT-Line. 2–3 x täglich, Dauer je nach Tageszeit/Schiff 5:30–8 Stunden.

◎ **ROSTOCK–TRELLEBORG**: Stena Line. 2–3 x täglich, Dauer je nach Tageszeit/Schiff 5:30–8:30 Stunden.

◎ **SASSNITZ–TRELLEBORG**: Stena Line. 2–3 x täglich, Dauer 4:15 Stunden.

FÄHREN D – DÄNEMARK

◎ **PUTTGARDEN–RØDBY**: Scandlines. Dauer 45 Minuten, Abfahrt im 30-Minuten-Takt. Tarifsystem Economy/Standard/Plus. Die Economy-Bedingung feste Abfahrtzeit ist praxisfremd bei Abfahrten im 30-Minuten-Takt und nicht zu empfehlen. Praktischer sind die Kombi-Tickets inklusive Fahrt über die Öresundbrücke.

◎ **ROSTOCK–GEDSER**: Scandlines. Bis 11 x täglich, Dauer um 1:45 Stunden. Alles Weitere siehe Puttgarden-Rødby (siehe oben).

FÄHREN DK – SCHWEDEN

Diese Routen kommen nur in Ausnahmefällen in Frage, da sie zum Teil ein erhebliches Mehr an Kilometern bis Südostschweden erfordern.

◎ **HELSINGØR–HELSINGBORG**: Scandlines. Abfahrt im 20- Minuten-Takt tagsüber, Dauer 20 Minuten. Zu buchen auch in Kombination mit den Routen Puttgarden-Rødby oder Rostock-Gedser.

◎ **GRENAA–VARBERG**: Stena Line. 2 x täglich, Dauer 3:30–5:15 Stunden.

◎ **FREDERIKSHAVN–GÖTEBORG**: Stena Line. 6–8 x täglich, Dauer um 3:30 Stunden.

FÄHREN-EXTRAS

◎ Anders als in den vorigen Auflagen können wir die **SONDERTARIFE** je Route oder Reederei nicht mehr auflisten, da sie inzwischen teilweise saisonal abhängig sind und wir keine Erwartungen wecken wollen, die dann enttäuscht werden. Eher häufig sind Sondertarife für Frühbucher und Economy-Tarife mit beschränkter Möglichkeit zur Umbuchung. Auf Tarife für Zielgruppen wie Wohnmobilisten, Wohnwagen-Gespann-Fahrer, Frühbucher von Hin- und Rückfahrt u.a. weisen die Websites hin.

◎ Auf **HUNDE** sind die Reedereien recht gut eingestellt. Da einige Schiffe auf verschiedenen Routen eingesetzt werden, können wir keine verbindlichen Angaben machen, so dass Sie sich anhand der Beförderungsbedingungen kundig machen müssen. Im günstigsten Fall gibt es Kabinen eigens für Hundebesitzer samt Vierbeiner und dürfen sich die Tiere auf bestimmten Decks bzw. in bestimmten Bereichen aufhalten.

Mit dem Flugzeug

Die Kapriolen auf dem internationalen Markt der Airlines sind bekannt. Mit den skandinavischen und europäischen Billig-Fliegern stieg die Auswahl an Verbindungen und sanken die Preise. Andererseits: Wer an den auf den ersten Blick niedrigen Tarifen der Billig-Flieger Freude haben will, muss gegebenenfalls längere Wege zu / von den Flughäfen in Kauf nehmen, auf Service und Beinfreiheit verzichten und sich mit der Ungewissheit arrangieren, ob der Flugtermin verlegt oder eine Verbindung sogar kurzfristig annulliert wird. Auch die »gestandenen« Airlines haben heute günstige Preise.

Verbindungen sowie Airlines sind mitunter schnelllebig – es lohnt sich, die unten gelisteten Websites der Airlines zu konsultieren. Je nachdem wo man starten und ankommen will, können sich interessante Kombinationsmöglichkeiten ergeben: Wieso nicht ab München nach Stockholm oder nach Göteborg fliegen, wenn man nach Småland möchte? – Womöglich bieten innerskandinavische Airlines günstige Anschlussflüge etwa nach Växjö, Jönköping, Oskarshamn, Kalmar oder Ronneby in Blekinge. – Oder man reist per Bus oder Bahn weiter, meist ab Kopenhagen oder Malmö.

◎ **DIREKT NACH SMÅLAND**: zurzeit mit BMI regional von Frankfurt am Main nach Jönkoping sowie mit Ryanair von Düsseldorf nach Växjö. Seit vielen Jahren gibt es jeden Sommer ferner einen CHARTERFLUG von Düsseldorf nach Jönköping. Natürlich wird dieser am liebsten als Teil einer Pauschalreise verkauft. Je nach Auslastung ist es aber möglich, nur den Flug zu buchen – eine Anfrage bei namhaften Skandinavien-Reiseveranstaltern lohnt sich.

◎ Ein **FAHRRADTRANSPORT** sollte angemeldet werden; die frühzeitige Reservierung empfiehlt sich, da normalerweise die Zahl der Räder je Flug begrenzt ist. Das Gefährt muss in der Regel nicht verpackt werden; montieren Sie jedoch die Pedale ab und stellen Sie den Lenker quer, um Transportschäden vorzubeugen.

AIRLINES AB DEUTSCHLAND

◎ **BMI REGIONAL**: Frankfurt – Jönköping täglich direkt. www.bmiregional.com

◎ **GERMANWINGS**: Stockholm. www.germanwings.com

◎ **LUFTHANSA**: Stockholm, Göteborg. www.lufthansa.com

◎ **NORWEGIAN**: Stockholm, Göteborg, Kopenhagen. www.norwegian.com

◎ **RYANAIR**: direkt von Düsseldorf nach Växjö. www.ryanair.com

◎ **SAS**: mit Umsteigen nach Kalmar und Ronneby, meistens über Stockholm. www.flysas.com

AIRLINES FUR ANSCHLUSSFLÜGE

◎ Aus der Fusion mehrerer Airlines wurde **BRA**, die 13 schwedische Orte

In vielen Fällen wird es von Vorteil sein, ein auf Skandinavien spezialisiertes Reisebüro oder – wobei die Kunden aufmerksam sein sowie über Erfahrungen verfügen sollten – eine Flugbörse im Internet zu kontaktieren.

dem Flugplatz Bromma in Stockholm verbindet, darunter Kalmar, Växjö sowie Ronneby. www.flygbra.se

◎ **INFO**: www.flytorget.se – Portal für die potenziellen Airlines.

Mit der Eisenbahn

Trotz niedriger Flugpreise gibt es genug Gründe für die Bahn, und sei es nur im Anschluss an einen Flug nach Kopenhagen oder Malmö.

VERBINDUNGEN

◎ Die Öresundbrücke hat Direktverbindungen mit dem in Schweden gebauten Hochgeschwindigkeitszug **X 2000** zwischen Kopenhagen und Stockholm hergestellt. Der Hauptverkehrsweg verläuft diagonal durch Südschweden und bietet zahlreiche günstige Zu- und Ausstiegsmöglichkeiten für den Südosten Schwedens in Hässleholm, Alvesta, Sävsjö sowie Nässjö. – Von Hamburg ist man mit zwei Mal Umsteigen (in Kopenhagen und Nässjö) in weniger als acht Stunden beispielsweise in Eksjö im småländischen Hochland – das ist mit einem Auto kaum zu schaffen.

◎ Durch das Zusammenrücken von Kopenhagen mit Südschweden als Wirtschaftsraum sind die Endhaltestellen der Öresundzüge immer weiter nach Osten gewandert. Zwei Verbindungen des **ÖRESUNDSTÅG** sind für die Leser dieses Buches von Interesse: **NACH KALMAR** via Malmö, Lund, Hässleholm, ÄLMHULT, ALVESTA, VÄXJÖ, EMMABODA, NYBRO. – **NACH KARLSKRONA** in Blekinge u.a. über Malmö, Lund, Hässleholm, SÖLVESBORG, MÖRRUM, RONNEBY und KARLSHAMN. Ab Malmö ist man ohne Umsteigen in unter vier Stunden in Kalmar sowie in zweieinhalb Stunden in Karlshamn.

◎ **NACH KOPENHAGEN / MALMÖ**: Außer den üblichen Verbindungen via Hamburg nach Kopenhagen gibt es den BERLIN NIGHT EXPRESS aus Berlin Hauptbahnhof mit Fährtransfer ab Sassnitz-Trelleborg nach Malmö: www.berlin-night-express.com.

TICKETS

◎ Das **INTER-RAIL-TICKET** gibt es wahlweise FÜR EIN LAND (an 3, 4, 6 oder 8 Reisetagen innerhalb eines Monats) ODER GANZ EUROPA (gestaffelt in 5 Kategorien von 5 Reisetagen innerhalb von 10 Tagen bis zu einem Monat Dauernutzung).

Der Interrail Pass Schweden kostete bei Erscheinen dieser Auflage für Erwachsene (ab 26 Jahre) 173–297 €, für Jugendliche (12–25 Jahre) 131–219 €, jeweils in der 2. Klasse. Kinder bis 11 Jahre fahren gratis in Begleitung einer/s Erwachsenen. www.de.interrailnet.eu. Information auch bei der Deutschen Bahn (s.u.).

◎ Achten Sie auf Aktionstarife, wie das **EUROPA-SPEZIAL SCHWEDEN** der Deutschen Bahn ab 39 €.

◎ Beachten Sie bitte, dass **PLATZKARTEN** in Skandinavien üblich und für die meisten Züge vorgeschrieben

Besonders für Familien mit Kindern ist die Bahn eine überlegenswerte Anreisevariante, da sowohl in Deutschland als auch in Schweden Kinder in vielen Fällen kostenfrei mit den Eltern reisen können. Beachten Sie die Altersgrenzen.

sind. Online-Portale sollten diese im Buchungsvorgang einbeziehen.

◎ **INFORMATION** und **BUCHUNG**: in Deutschland Tel. 0180 – 699 66 33, www.bahn.de (Preisangaben nur für gültige Aktionstarife, keine Reservierung für Teilstrecken im Ausland). ALTERNATIV schwedische Portale für die Verbindungen in Schweden bzw. ab Kopenhagen: www.sj.se von SJ, den früheren Schwedischen Staatsbahnen, heute als Aktiengesellschaft vorwiegend in der überregionalen Personenbeförderung tätig, und das Portal www.resrobot.se, das auf Seite 23 näher vorgestellt wird. Die Tickets von SJ können zu Hause oder an SJ-Ticketautomaten ausgedruckt werden; dazu ist nur die Buchungsnummer einzutippen. SJ-Ticketautomaten stehen sogar im Bahnhof vom Airport in Kopenhagen.

◎ **FAHRRADTRANSPORT**: in den Zügen von SJ zurzeit nicht möglich. Im Öresundståg können Fahrrräder mitgenommen werden, wenn Platz ist *(»i mån av plats«)*. Es gibt eigene Fahrradtickets, die am Ticketautomaten an jeder Haltestelle zu lösen sind; achten Sie auf das Fahrradsymbol an den entsprechenden Waggons, dort wo Sie einstiegen sollen.

Mit dem Bus

Für die Busanreise von Deutschland nach Schweden kommen die Fernbusanbieter in Frage, die eine Linie NACH MALMÖ anbieten – das sind Eurolines und Flixbus, nachdem Berlinlinienbus den Betrieb eingestellt hat.

Ab Malmö kann man dann per Bus (mit Swebus) oder Bahn innerhalb Schwedens weiterreisen. Alternativ ist auch Kopenhagen ein möglicher Umsteigeort.

Die Fernbustarife sind fexibel und abhängig vom Buchungsstand. Die Mitnahme von FAHRRÄDERN ist bei Flixbus zwar prinzipiell möglich (Fahrradticket), aber ebenso abhängig vom Buchungsstand.

◎ **EUROLINES**, Deutsche Touring, Eurolines Germany, Frankfurter Straße 10 – 14, 65760 Eschborn, Telefon 06196 – 2078 501, service@eurolines.de, www.eurolines.de.

◎ **FLIXBUS**: FlixMobility, Birketweg 33, 80639 München, Tel. 030 – 300 137 300, info@flixbus.de, www.flixbus.de.

◎ **SWEBUS** wird in Deutschland von Eurolines/Deutsche Touring vertreten, s.o. Information und Tickets gibt es ebenso online direkt bei Swebus, Tel. 0046 – 771 – 218 218, kundtjanst@swebus.se, www.swebus.se.

Es mag gewöhnungsbedürftig wirken, dass in Schweden eine Reihe Unternehmen verschiedene Bahnstrecken betreiben; dadurch konnte aber ein Mindestmaß an Strecken im ländlichen Raum erhalten bzw. sogar reaktiviert werden.

Unterwegs in Småland, Öland, Blekinge

Information vor Ort

◎ In einem schwedischen Touristenbüro (**TURISTBYRÅ**) können Sie sich auf Englisch oder Deutsch verständigen. Jedes autorisierte Turistbyrå hat mehrsprachige (einige rein deutschsprachige) Broschüren über die jeweilige Stadt, Kommune oder Region; auch die Websites einiger TI-Büros/Kommunen liegen auf Deutsch vor. Die Jahreshefte (zum Beispiel: Växjö 20xx) beinhalten Stadt- und Lagepläne, das aktuelle Programm an Sightseeing-Touren, Adressen (und Anzeigen) von Unterkünften sowie Restaurants, im Idealfall auch Sportstätten, Aktivveranstalter und Angaben zur Infrastruktur (Post, Busbahnhof etc.). Der Trend zum Kommerz ist allerdings unaufhaltsam, d.h. immer mehr Inhalte verschwinden, falls sich niemand findet, der dafür bezahlt – zu Lasten der Information der Leser.

Fragen Sie immer nach dem aktuellen VERANSTALTUNGSKALENDER, der eventuell auch separat vorliegt.

◎ **SERVICE**: Sie erhalten in den Büros Informationen, die dieses Buch aus Platzmangel nicht nennen kann, wie Fahrplanauskünfte. Hilfreich ist die Vermittlung von Unterkünften, besonders von preisgünstigen Privatzimmern, zwar gegen Gebühr, jedoch lohnt sich dies, da es viel eigenen Aufwand erspart. Oft können Sie Souvenirs, Ansichtskarten, Briefmarken, Angelscheine, Fahrrad- und andere Spezialkarten etc. erwerben, da und dort Fahrräder mieten, Sightseeing-Touren und pauschale Arrangements (z.B. für Radfahrer) buchen.

◎ Die Turistbyråer sind generell mit einem »i« gekennzeichnet und sehr gut ausgeschildert. **BLAU-GELB** als Kennzeichnung steht – vereinfacht – für mehr Service und weitere regionale/nationale Kompetenz. **GRÜN-WEISS** ist primär lokal ausgerichtet.

◎ Nach der Einleitung finden Sie in jedem Kapitel unseres Reiseteils die Rubrik **INFORMATION** mit Adresse, Telefonnummer, E-mail-Kontakt, Website sowie den Öffnungszeiten des/r lokalen Touristenbüros.

Transport

BAHN UND BUS

Die staatliche Eisenbahngesellschaft SJ – Statens Järnvägar – betreibt in Südschweden die Zugverbindungen von Kopenhagen über Malmö nach Stockholm und Göteborg. Betreiber der zahlreichen regionalen Zugverbindungen im Süden und Südosten

Regionalzug Krösatågen im Bahnhof Karlskrona ▶

RESROBOT UND **RESPLUS**

Ob Bus oder Bahn – die beste Planungshilfe sichert www.resrobot. se. Die auch auf Deutsch geführte Website ermittelt für Reisen in ganz Schweden die besten Verbindungen und greift dabei auf alle Anbieter sowie Verkehrsmittel zu. Die Daten der herausgesuchten Verbindung werden übersichtlich dargestellt. Die verwandte Website www.resplus.se enthält Links zu den Buchungsstellen der großen Verkehrsbetriebe wie SJ usw. Das physische Ticket wird gegen Vorlage der Buchungsnummer in Bahnhöfen mit Reisezentrum, in den ATG Lotterie-Annahmestellen sowie in den Filialen von Pressbyrån und 7-Eleven ausgestellt. Tickets zum Ausdruck (SJ) siehe Seite 21. Für knifflige Anfragen aus dem Ausland empfehlen sich die angegebenen Telefonnummern.

KINDERFREUNDLICH

Bei SJ fahren zwei Kinder bis zur Vollendung des 15. Lebensjahres in Begleitung eines erwachsenen Vollzahlers meist kostenfrei. Im Öresundzug gilt die Altersgrenze bis 6 Jahre; bis 15 Jahre kostet es 50 % vom Erwachsenentarif. Immer nachfragen !

Schwedens sind die regionalen Verkehrsbetriebe (Länstrafik), die in verschiedenen Kooperation auch die Liniennetze von »Öresundståg« sowie »Krösatågen« anbieten.

◎ **SJ** betreibt die Strecke Kopenhagen – Malmö – Lund – Hässleholm – Älmhult – Alvesta – Nässjö – Tranås sowie weiter via Linköping bis nach Stockholm. Außerdem besteht Verbindung auf der Route zwischen Kalmar und Göteborg via Nybro – Emmaboda – Lessebo – Växjö – Alvesta – Värnamo – Gnosjö – Hestra – Borås; diese Route ist innerhalb Smålands Teil des Krösatågen-Verbunds:

◎ Sechs regionale Verkehrsgesellschaften in Südschweden bieten als **KRÖSATÅGEN** einen Verbund an Regionalzügen an. Damit bestehen zahlreiche Direktverbindungen per Bahn innerhalb Südostschwedens. Eine Liniennetzkarte *(linjekarta)* bietet die Website www.krosatagen.se.

Fahrpläne und Ticketkauf bei den jeweiligen Regionalgesellschaften. Jönköpings Länstrafik: www.jlt.se, Länstrafiken Kronoberg: www.lanstrafikenkron.se, Kalmar Länstrafik: www.klt.se, Blekingetrafiken: www.blekingetrafiken.se.

◎ Eine Reihe von schwedischen sowie dänischen regionalen Verkehrsgesellschaften bieten das Bahnnetz **ÖRESUNDSTÅG** an. Es verbindet die dänische Öresund-Seite zwischen Helsingör und Kopenhagen (samt Airport) über die Öresundbrücke mit Malmö und Lund und ab dort weiter mit Göteborg, Kalmar und Karlskrona. Fahrpläne und Tickets online auf der Website www.oresundtag.se sowie bei den beteiligten regionalen Länstrafiken Kronoberg: www.lanstrafikenkron.se, Kalmar Länstrafik: www.klt.se, Blekingetrafiken: www.blekingetrafiken.se.

◎ **FAHRRADTRANSPORT BAHN**: In SJ-Zügen ist es nicht möglich, Fahrräder mitzunehmen, in Öresundtåg und Krösatågen schon – sofern genügend Platz im Zug ist. Planen und gar Reservieren funktioniert also nicht; das Fahrradticket *(cykelbiljett)* oder alternativ Kinderticket ist nur am Automaten am Bahnsteig zu kaufen.

◎ **BUS**: Fahrpläne sowie Ticketkauf s.o. unter »Krösatågen«. Busbahnhöfe liegen zentral/bei den Bahnhöfen. Fahrräder nehmen nur wenige Regionalbusse mit, falls Platz ist – zuverlässig planen kann man dies nicht.

FLUGZEUG

Die kurzen Entfernungen innerhalb Südostschwedens und die guten Verbindungen per Bahn und Bus machen Inlandflüge in Småland/Blekinge zur Ausnahme. Regionalflugplätze und Airlines siehe Seite 19 f.

Unterkunft

Hotels und Campingplätze sind eigentlich immer ausgeschildert und leicht zu finden. Weniger einheitlich sind die Hinweise auf ein Privatzim-

In Stadtbussen kann man keine Fahrräder mitnehmen, in den Regionalbussen Jönköping und Blekinge auch nicht, Kalmar eventuell je nach Bustyp (und falls Platz ist) sowie Kronoberg nur als Handgepäck (also bestenfalls Klappräder).

mer »Rum« oder ein Ferienhaus »Stuga«. Da lohnt sich ein Besuch im Touristenbüro, das oft gute Tipps gibt sowie bei Anbietern nachfragen und reservieren kann; die Vermittlungsprovision (um 30–100 SEK) ist gut angelegt. Auch sind über viele Websites von Touristenbüros Unterkünfte direkt zu buchen; für die Teilnahme müssen diese aber bezahlen, so dass die gebotene Auswahl kein zuverlässiges Qualitätskriterium ist.

FERIENHÄUSER (STUGOR)

Småland hat den Ruf, besonders viele besonders idyllische Ferienhäuser zu haben. Was heute als romantisches, rot bemaltes uriges Holzhaus inmitten von Lupinen und unter knorrigen Eichen vermietet wird, wurde vielleicht vor hundert Jahren als Kätnerhaus (TORP) am Waldrand erbaut. Und in dem üppig mit Holzschnitzereien verzierten Haus mit Platz für eine Großfamilie lebte früher wahrscheinlich ein Bauer mit Frau, Eltern, Kindern, Knechten und Mägden, so wie man es vom »Michel aus Lönneberga« kennt. Die meisten Ferienhäuser haben ihren eigenen Charakter, selbst wenn sie mittlerweile modernisiert und den Bedürfnissen der Gäste entsprechend ausgestattet sind. Das, was vom »Alten« geblieben ist, und seien es der urwüchsige Garten und die altertümlich anmutende Bauernlandschaft ringsum, macht gerade den Reiz einer STUGA aus. In Südostschweden gibt es relativ wenige kommerzielle Ferienhausanlagen. Die meisten der Häuser befinden sich IN PRIVATBESITZ, auch wenn Sie über kommerzielle Vermittler vermarktet werden.

◎ Die **MIETPREISE** VARIIEREN je nach Lage, Ausstattung und Saison. Eine schlichte Hütte (für 2-4 Personen) gibt es auch im Sommer ab etwa 350 Euro je Woche. Das gehobene rote Holzhaus mit Sat-TV, Kachelofen, Sauna und moderner Küche für 6–8 Personen wird über 550 Euro je Woche in der sommerlichen Hochsaison liegen, noch mehr bei eigenem Seegrundstück oder zumindest Seeblick.

◎ **ORIENTIERUNG**: Die (dicken) Kataloge haben ausgedient. Das Internet hat den Vorteil, schnell freie Objekte zu ermitteln und viele Bilder zu zeigen. Mal werden Häuser exklusiv vermarktet, mal sind sie in mehreren Portalen vertreten. Werden Sie sich vor der Suche klar, wo Sie am liebsten was unternehmen möchten, um Ihre Ortswünsche möglichst präzise bei der Suche eingeben zu können.

HOTELS

Seit einigen Jahren gibt es in Schweden ein (freiwilliges) System zur Hotelklassifizierung. Alle teilnehmenden Hotels und Frühstückspensionen sind gelistet und beschrieben auf www.hotelstars.eu.

Südostschweden kann bislang noch nicht mit einem 5-Sterne-Haus aufwarten, jedoch mit einer ganzen Reihe von 4-Sterne-Hotels sowohl in den Städten wie auf dem Land. Hotels mit 3 und 2 Sternen gibt es nahezu flächendeckend. Einige Häuser haben sich (noch) nicht klassifizieren lassen und werden auf der ansonsten ganz übersichtlichen genannten Website darum nicht aufgeführt.

◎ **HOTELPÄSSE / CLUBKARTEN**: Die Hotelketten werben um Kunden mit Rabattsystemen wie Hotelpass, Clubkarte oder Gratis-Nacht nach einer bestimmten Zahl von Übernachtungen. Favorisiert wird der Vorteil bei möglichst frühzeitiger Buchung, was in stark frequentierten Ferienregionen freilich auch für die Reisenden selbst positiv ist.

◎ **INFORMATION**: Eine allgemeine Hotelübersicht vermittelt www.stayinsweden.com. Buchungen sind meistens auch auf den Websites der Touristenbüros möglich. Zudem haben Reedereien, die Fährverbindungen nach Skandinavien unterhalten, sowie auf Skandinavien spezialisierte Reiseveranstalter Verträge mit Hotels oder Hotelketten, die aber nicht automatisch einen Preisvorteil für die Kunden bedeuten.

JUGENDHERBERGEN/HOSTELS

◎ In Schweden stehen die Jugendherbergen – **VANDRARHEM** – allen Reisenden ohne Altersgrenze offen.

STF-JUGENDHERBERGEN

◎ Zu **STF** (Svenska Turistföreningen, Schwedischer Touristenverein) gehören immerhin gut 300 Gästehäuser; diese liegen manchmal idyllisch, der Standard ist durchweg gut bis sehr gut. Duschen sowie Küchen sind immer vorhanden, manche Küchen für Selbstversorger geradezu komfortabel. Häufig gibt es auch Zimmer für Gäste, die mit Hund unterwegs sind. Bei großem Andrang kann die Anzahl der Übernachtungen AUF FÜNF BEGRENZT sein.

◎ Es gibt keine einheitlichen **TARIFE**: Je nach Lage, Saison, Standard kostet ein Bett im Mehrbett-Zimmer derzeit ab 175 SEK je Person, für Kinder etwa die Hälfte. Die im Buch genannten Tarife gelten für MITGLIEDER, während Nicht-Mitglieder einen Aufpreis zu zahlen haben. Bettwäsche und Handtücher werden auf Wunsch gestellt (um 60–75 SEK); Jugendherbergsschlafsäcke sind erlaubt, Campingschlafsäcke nicht. Die meisten Herbergen haben Schlafsäle abgeschafft und bieten Einzel-, Doppel- und Familienzimmer (auch) zur alleinigen Benutzung an.

◎ **MITGLIEDSCHAFT**: Wer keinen gültigen Ausweis des Heimatlandes hat, kann die Mitgliedschaft bei STF wahrnehmen; dieser Ausweis gilt bis zum Ende des Kalenderjahres und berechtigt zum Übernachten in allen Jugendherbergen weltweit zum Mitgliedspreis. Tarif 2016: Erwachsene 295 SEK, Jugendliche (16–25 Jahre) 150 SEK, Kinder (5–15 Jahre) 30 SEK, Familien 450 SEK. Die Mitgliedstarife in Deutschland beim DJH sind niedriger, besonders für Familien.

◎ **ZIMMER**: In der Regel können Zimmer auch als Doppelzimmer – im Buch DZ – und oft sogar als Einzel-

In der Ferienzeit, wenn Tagungen und Konferenzen pausieren, locken Hotels mit Sonderangeboten. Der Preis wird heute sowieso meistens dynamisch der Nachfrage angepasst und verpflichtet damit zur Eigenrecherche.

zimmer – im Buch EZ – belegt und gebucht werden, gegen Aufpreis natürlich. Je nach Ausstattung – ohne/mit Bad – können EZ auf 300 SEK und DZ auf 450 SEK und mehr kommen. Ferner führt so gut wie jede Herberge einige Räume als Familienzimmer.

◎ **MAHLZEITEN**: Die meisten Gästehäuser servieren FRÜHSTÜCK (um 60/70 SEK). Warme Mahlzeiten später am Tag sind seltener geworden.

◎ Tagsüber ist bei sehr vielen Herbergen die **REZEPTION** GESCHLOSSEN. Anmeldezeiten morgens etwa 8–10 Uhr, abends 17–19/20 Uhr.

◎ **KONTAKT STF**, Box 17251, SE–10462 Stockholm, Tel. 08–463 21 00, info@stfturist.se, www.stfturist.se. Auf der Website finden sich zu allen Herbergen außer den Basisdaten (inklusive Öffnungszeiten) Angaben zu Service (ob es zum Beispiel weitere Mahlzeiten außer Frühstuck gibt) sowie möglichen sportlichen Aktivitäten. Es können Reservierungen vorgenommen werden.

SVIF-JUGENDHERBERGEN

◎ **SVIF** (SVERIGES VANDRARHEM I FÖRENING, ein Verein selbständiger schwedischer Familienherbergen) ist eine weitere Organisation, die preiswerte Unterkünfte bietet, für alle, also ohne Mitgliedszwang. Jedes der ca. 120 Gästehäuser verwaltet sich selbst. Dieser Verein ist ebenso bemüht, schön gelegene und originelle Unterkünfte zu präsentieren. Die Preise liegen ähnlich wie bei STF, tendenziell ein wenig höher.

◎ **KONTAKT SVIF**, Box 1112, SE–40523 Göteborg, info@svif.se, www.svif.se ermöglicht sowohl die Reiseplanung als auch Direktbuchungen online. Auch auf Deutsch.

BED & BREAKFAST

B & B ist weiter im Aufwärtstrend. Bei nicht vermittelten Objekten sollten Sie sich das Zimmer besser im Voraus ansehen; nicht alle sind liebevoll eingerichtet und haben sogar Küchenzugang. Bettwäsche und Frühstück werden manchmal extra berechnet.

◎ Die **PREISE** beginnen bei 200 SEK pro Person; EZ ab etwa 350–500 SEK, DZ ab etwa 450–650 SEK.

◎ **INFORMATION**: Es gibt keinen überregionalen Verbund, abgesehen von den Ferien auf dem BAUERNHOF (www.bopalantgard.org) mit rund 30 Höfen in Småland, Öland und Blekinge. Viele Touristenbüros vermitteln B & B, sowohl als Service vor Ort als auch online.

CAMPING

Mehr als 600 Campingplätze, meist in schöner Natur, sind in Schweden derzeit registriert. Je nach Standard und Service haben sie 1–5 Sterne, einige sind mit vier Sternen klassifiziert, wenige mit fünf. Der Standard ist im Allgemeinen hoch und es gibt mehrere Übernachtungsvarianten: Stellplätze für Zelt, Wohnmobil oder Wohnwagen, mit und ohne Stromanschluss, auch Zimmer mit 2–4 Betten, Wohnwagen (HUSVAGN/VILLAVAGN mit voll ausgerüsteter Pantry),

Jugendherbergen: In den Kapiteln dieses Buches finden Sie unter der Rubrik »Unterkunft« Adresse, Telefonnummer, Webseite (sofern vorhanden), ferner Öffnungszeiten und Preise (Bett im Mehrbett-Zimmer, EZ, DZ).

Campinghütten (CAMPINGSTUGOR) für 2–6 Personen, oft mit Etagenbetten un d simpler Einrichtung (Du/WC und Küche im Servicegebäude), sowie »richtige« Ferienhütten (SJÄLVHUSHALLSSTUGOR) für bis zu 8 oder mehr Personen, komplett eingerichtet, nur Bettwäsche und Handtücher sind mitzubringen. Bei gemieteten festen Unterkünften ist die Endreinigung meist selbst zu übernehmen.

◎ Die **PREISE** für einen Stellplatz inklusive Personen und Fahrzeug beginnen um 140 SEK (für Wanderer sowie Radfahrer 20–50 SEK weniger) und können – je nach Lage und Saison – über 300 SEK reichen; die Dusche ist nicht generell inklusive und Stromkosten werden zusätzlich berechnet: El um 35–50 SEK.

Für die schlichten Campinghütten, bei Regen ein guter Rückzugsort, werden rund 350–500 SEK fällig, wobei es sich empfiehlt, das Innere im Voraus zu inspizieren, denn mitunter ist der Gegenwert dürftig. Ferienhütten beginnen etwa bei 700 SEK als Tagestarif. Sowohl Camping- als auch Ferienhütten sind in der Hochsaison teurer, frühzeitig ausgebucht und oft nur wochenweise zu mieten.

◎ Zum Übernachten benötigen Sie die KARTE **CAMPING KEY EUROPE** mit aktueller JAHRES-WERTMARKE, die das Ein- und Auschecken vereinfacht. Die computerlesbare Karte ist entweder vor Reiseantritt (via Internet, 150 SEK) zu bestellen oder auf dem ersten angesteuerten Platz zu lösen. Beim nächsten Campingurlaub in (angeblich ganz) Europa benötigen Sie (ab dem Folgejahr) lediglich die neue, aktuelle Jahreswertmarke für die Campingkarte.

◎ Ganzjährig geöffnete Campingplätze bieten in der Regel vom 1.9. bis zum 15.5. (außerhalb der Hauptsaison) nur **BEGRENZTEN SERVICE**.

◎ **INFORMATION**: Der Schwedische Campingverband SCR präsentiert sich und seine ca. 500 Anlagen auf www.camping.se. Katalog und Camping Key Europe sind online zu bestellen, Stellplätze und Hütten bei den einzelnen Anlagen direkt zu buchen. SCR, Box 5079, SE – 40222 Göteborg, service@camping.se/

WOHNMOBILE

◎ Das sogenannte **JEDERMANNSRECHT** in Skandinavien gilt nicht für motorisiert Reisende. Mehr auf Seite 42 ff. unter »Allemansrätten«.

◎ Auf vielen Campingplätzen besteht das Angebot **QUICKSTOP** für **WOHNMOBILE**: Einchecken ab 21, Abfahrt bis 9 Uhr, 35–50 % Preisvorteil. Fast alle Campingplätze haben Service-Einrichtungen, um zum Beispiel die Tanks zu entleeren.

◎ Einige Gemeinden haben **STELLPLÄTZE** für Wohnmobile eingerichtet: mal ohne, mal mit Infrastruktur, im letzteren Fall oft am Gästehafen, wo es bereits WC/Duschen etc. gibt. – Am besten erkundigt man sich im Voraus beim zuständigen Touristenbüro; die Websites der Kommunen informieren ggf. auch darüber: Stichwort »Ställplatser«.

Campingplätze: In den Kapiteln dieses Buches finden Sie unter der Rubrik »Unterkunft« Adresse/Ortsangabe, Telefonnummer, E-mail-Adresse und/oder Internetseite (sofern vorhanden), Öffnungszeiten, Tarife, allgemeine Angaben.

Essen und Trinken

Die Zeiten, in denen der schwedischen Gastronomie lediglich der Ruf des »Smörrebröd« voraus eilte, sind vorbei. In einem relativ kleinen Land wie Schweden setzen sich Trends rascher durch. Deswegen beschränken sich die Erfolge in der Küchenkunst nicht nur auf Spitzenkräfte im Umfeld der Koch-Nationalmannschaft. Auch in Südschweden gibt es viele gute und sehr gute Restaurants. Und ambitioniert ist heutzutage fast jede Küchencrew. Gesunde Kost, Frische und Kreativität wird von den Gästen überall erwartet, nicht nur in Stockholm und Göteborg. Traditionelle schwedische Gerichte sind deshalb jedoch nicht verschwunden: *Köttbullar* (kleine Fleischbällchen), *Jansons Frestelse* (Kartoffelauflauf mit Sardellen) und *Småländsk Ostkaka* (eine Art Quarkkuchen) mögen heute schonend und aus ökologischen Zutaten zubereitet sein, beliebt sind sie wie eh und je.

Zu den Klassikern der südschwedischen Küche gehört auch eingelegter Hering *(sill)* in unendlich vielen Varianten, etwa in Dill, Senf oder süßsauer als *Dillsill, Senapsill* oder *Glasmästarsill.* Traditionelle småländische Hausmannskost in uriger Umgebung gibt es auf HYTTSILL-ABENDEN in den Glashütten vor Ort (siehe Glasreich-Kapitel, Seite 187). Das MITTSOMMERFEST verlangt in klassischer Form nach jungem Hering – vergleichbar den Matjes – in Sahnesauce mit neuen Dill-Kartoffeln; anschließend gehören frisch geerntete schwedische Erdbeeren mit Sahne auf den Tisch. Im AUGUST sind KREBSFESTE angesagt; dazu gehören nicht nur die knallroten Flusskrebse, sondern auch Schnaps, Gesang, Trinksprüche, Lampions, Papierhütchen auf dem Kopf und ein Lätzchen um den Hals.

SCHLUSS MIT SMÖRREBRÖD

Die KOCH-OLYMPIADE findet wie die Sport-Olympiade seit über 100 Jahren alle vier Jahre statt. Schwedische Teams machen jedoch erst seit Mitte der 90er Jahre mit. Um so fulminanter wirkt ihr Aufstieg: Medaillen gab es für das Schweden-Team, seit sie zum ersten Mal dabei waren. An die Spitze aller Kochkünstler setzte sich die schwedische Koch-Nationalmannschaft erstmals im Jahr 2000: Schweden hat die besten Köche, das war schon eine Sensation. Im Jahr 2004 wurde das Team wieder Erster, 2008 dann Dritter.

Als weitere Auszeichnungen von Rang seien genannt: Silber bei der Koch-EM 2012 für *Adam Dahlberg* (Bocuse d'Or Europe), auf höchster Ebene (Bocuse d'Or) 2009 Silber für Jonas Lundgren, 2011 Silber und 2015 Bronze für *Tommy Myllimäki* aus Jönköping und ein Michelin-Stern für *Karin Fransson* im Hotell Borgholm auf Öland.

Wessen Budget kein üppiges Diner erlaubt, sollte Restaurants und Cafés stets mittags aufsuchen, wenn die preisgünstige Lunchkarte gilt. Ein feiner Tipp sind auch die qualitativ oft guten Lokale von Golfclubs (ebenfalls zum Lunch).

KAFFEE…

… galt lange als schwedisches Nationalgetränk, denn KAFFE wurde morgens, mittags, abends, vor und nach dem Essen getrunken. Das ist wohl heute noch der Fall, wenn auch gern als Cafe-Latte, Macchiato, Espresso etc. Den modernen Kaffeeautomaten sei dank stirbt die gläserne Kaffeekanne auf der Wärmplatte zur gefälligen Selbstbedienung in den schwedischen Cafés und Restaurants allmählich aus. Und damit auch der als so großzügig empfundene PÅTÅR: das Nachfüllen der Kaffeetasse ein ums andere Mal ohne Berechnung – man trank halt viel Kaffee in Schweden.

Dass man sich zum FIKA – zum Kaffeetrinken – trifft, ist allerdings nach wie vor die beliebteste Form des Umgangs unter Kollegen, Nachbarn, Freunden, ob in einem Café oder Zuhause. Ein nettes Lokal zum Plausch beim Kaffee, und das gerne mit süßem Gebäck, wird ETT BRA FIKASTÄLLE genannt. Wird man privat zum fika eingeladen, gibt es selbst am späten Abend Kaffee. Sollte es ganz KLASSISCH sein, dann kommen insbesondere in Småland sieben verschiedene Sorten Kekse und Gebäck (SJU SORTERS KAKOR) auf den Tisch.

DIE MAHLZEITEN

◎ **FRUKOST**: Das Frühstück wird in den meisten Hotels, Pensionen oder Jugendherbergen als Buffet in mehr oder weniger opulenter Form angeboten. Sollten Sie das aus irgendeinem Grund versäumen, können Sie Ihren Hunger in Cafés besänftigen; allerdings gibt es dort kein Buffet mit freier Auswahl. Für ein Käsebrötchen und Kaffee müssen Sie mit ca. 60 SEK rechnen; einzelne Cafés und diverse Restaurants bieten auch Frühstück um 90 / 100 SEK an.

◎ **LUNCH**: Von Montag bis Freitag zur Lunchzeit zwischen 11 und 14 / 15 Uhr gibt es in Cafés und Bistros Warmes und Kaltes für den kleinen Hunger. Auch bietet fast jedes Restaurant – mal mit, mal ohne Selbstbedienung – schmackhafte einfache Gerichte und Snacks ab etwa 60 SEK und/oder ein Tagesgericht DAGENS RÄTT/LUNCH um 80 – 110 SEK an. Zu diesem Tellergericht gehören Salat, Brot und Butter, ein alkoholfreies Getränk und danach Kaffee mit Gebäck.

◎ **MIDDAG**: Middag wird nicht mittags, sondern abends (ab 17/18 Uhr) serviert. Dann sind die Preise höher und ist die Speisekarte länger. Je nach Küche ist die Auswahl groß und bunt oder klein und fein, international oder schwedisch. Immer gibt es auch rein vegetarische Gerichte und oft berücksichtigen die Küchen die Bedürfnisse von Allergikern (etwa in Form von glutenfreien Speisen). Die Weinkarte enthält meist gute Weine zu passablen Preisen. Die Auswahl

Typisch schwedisch: Krebsfest im August, ein großes Eissortiment samt dankbarer Abnehmer und die bunten Auslagen in Bäckereien – Konditoreien sind relativ selten ▶

BauerGården
GÄSTGIVERI & KONFERENS

an Fischen und Schalentieren ist – je nach Küstennähe – reichhaltig. Wer besonders gerne Fisch isst, achte auf spezielle Fischrestaurants; Schalentiere, Lachs oder einen Fischtopf hat allerdings fast jedes ambitionierte Restaurant auf der Speisekarte.

Ein abendliches Essen kann den Geldbeutel heftig strapazieren. Andererseits kann gerade ein perfektes Dinner in einer ansprechenden Umgebung zu einem Erlebnis für alle Sinne werden. – Veranschlagen Sie für ein Tellergericht (außer Pasta) ab 150 SEK, für eine Flasche Wein über 120 SEK, ein Bier (0,4 l) über 60 SEK.

ALKOHOL

In Schweden ist Alkohol relativ teuer und umständlich zu bekommen. Für den direkten Erwerb muss man immerhin 20 Jahre alt sein.

◎ Bier ab ca. 4 Volumenprozent Alkoholgehalt, Wein und Spirituosen gibt es nur in den staatlichen Läden mit Namen **SYSTEMBOLAGET**. Die sind Mo–Fr 10–18 Uhr geöffnet, Sa 10–13 Uhr. Je hochprozentiger der Stoff, desto größer ist der Preisunterschied – mit dem deutschen Markt verglichen.

◎ Die Auswahl an **WEINEN** und Spirituosen ist sehr gut und reichhaltig. Für eine Flasche Wein (0,75 l) zahlt man ab 79 SEK aufwärts, Likör (0,5 l) ab 104 SEK, Whisky (0,7 l) ab 259 SEK.

◎ Das **BIERANGEBOT** kann sich sehen lassen. Ein 0,5-er Pils schlägt ab 13,60 zu Buche, ein 0,33-er ab 9,90 SEK. Das Leichtbier (Klasse 1, maximal 1,8 % Alkohol) sowie Volksbier (Klasse 2, mit maximal 3,5 % Alkohol) gibt's in Supermärkten, zum Beispiel sechs 0,5-er Dosen (2,8%), für weniger als 30 SEK, plus Pfand. Billig-Bier ist mittlerweile stellenweise für unter 10 SEK einzukaufen.

◎ Nicht alle **LOKALE** haben FULLSTANDIGA RÄTTIGHETER, die kompletten Schankrechte für Bier, Wein und Schnaps. Wenn Sie also ein richtiges Bier, *en starköl,* zum Essen haben möchten, achten Sie auf die fullständiga rättigheter oder *öl och vinrättigheter,* womit Bier und Wein ausgeschenkt werden dürfen.

RAUCHEN

Seit 2005 ist in Schweden das Rauchen in allen geschlossenen Räumen verboten, in denen Getränke ausgeschenkt oder Speisen serviert werden, sprich in Restaurants, Bars und Cafés herrscht Rauchverbot; außerdem in allen öffentlichen Gebäuden und Verkehrsmitteln.

SUPERMÄRKTE

Die Supermärkte der Lebensmittelketten wie ICA, Coop Konsum usw. finden Sie fast überall. Hier haben Sie die besten Einkaufsmöglichkeiten, und zwar TÄGLICH von früh bis spät. Zudem haben aus Deutschland bekannte Discountmärkte mittlerweile Einzug in Schweden gehalten.

◎ In den eher schwedisch geprägten Supermärkten ist die **AUSWAHL** an Fisch und Fleisch ENORM: Lachs etwa ist frisch, kalt oder warm geräu-

Es ist eine Vorliebe vieler Schweden, im Sommer ihren Proviant in die Natur mitzunehmen. Wo man auch hinspaziert, zu einem Park oder zu Felsen am Wasser – ein Ausflug ohne Matsäck (Picknickkorb) ist schwer vorstellbar.

chert oder gebeizt zu erstehen. Die Vielfalt der MILCHPRODUKTE ist fast unüberschaubar; außerdem gibt es jedes Produkt von der Sahne, über den Joghurt zur Milch in mehreren Fettgehaltstufen. *Fil* (Sauermilch) in allen Varianten schmeckt solo sowie zu Müsli oder Cornflakes hervorragend, *gräddfil* (Sahne-Sauermilch) eignet sich, abgeschmeckt mit Dill oder Schnittlauch, gut zu Heringsgerichten. KÄSE wird mit den Reifestufen *mild*, *mellan* (würzig, jedoch nicht streng) und *lagrad* (sehr pikant) verkauft, das Kilo ab 60 SEK.

Bei *smör* (Butter) und Margarine besteht die Wahl zwischen *lätt* (leicht) und Vollfett; außerdem ist die Butter entweder gesalzen, *normalsaltat*, oder ungesalzen, *osaltat*. *Bröd* (Brot) ist in großer, aber für Deutsche oft trauriger (!) Auswahl zu haben, achten Sie auf *osötat*, ungesüßt; ist der Anteil an *sirap* oder *socker* bei den Zutaten hoch, halten sie ein gesüßtes Brot in der Hand. Die Kühltheken füllt eine große Auswahl an Fertiggerichten.

Süßschnäbel müssen tiefer in die Tasche greifen: Schokolade ist teuer, die 200-g-Tafel kostet 17,95 SEK aufwärts, noch teurer sind Pralinen. Die Marke »Marabu« können Sie auch in Deutschland kaufen und kosten.

◎ **LEERGUT**: Bierdosen und PET-Pfandflaschen *(pant)* nehmen AUTOMATEN zurück.

Praktisches A–Z

ÄRZTLICHE VERSORGUNG

◎ In Schweden sind die Krankenhäuser *(sjukhus)* mit ihren Ambulanzen (**AKUTMOTTAGNING**) zuständig für die ärztliche Versorgung bei Unfall und Krankheit. Mit der Europäischen Versicherungskarte (siehe Seite 12 f.) werden Sie umstandslos behandelt. Um bei Bedarf nach ärztlicher Behandlung zu erfahren, wo der nächste Arzt oder die nächste Behandlungsstation anzutreffen ist, ist die zentrale **RUFNUMMER 1177** zu wählen. Dieser Zentralruf gilt in ganz Schweden und gibt kompetent Auskunft, wohin man sich am bzw. in der Nähe des Aufenthaltsorts mit seinen Beschwerden wenden kann.

Eigenbeteiligungen für stationäre Aufenthalte (Tagessatz), ambulante Behandlungen oder Konsultationen von Fachärzten kann eine private Zusatzversicherung ausgleichen (siehe ebenfalls Seite 12 f.).

◎ **ZAHNÄRZTLICHE BEHANDLUNG** erhalten Sie durch den Zahnbehandlungsdienst *(tandvård)* oder bei Zahnärzten, die der Sozialversicherung angeschlossen sind. Bei den Gebühren ist eine relativ hohe Selbstbeteiligung fällig, die Höhe der Kostenübernahme ist abhängig von der Höhe der Arztrechnung, die in jedem Fall erst mal vor Ort zu bezahlen ist. In Schweden zum Zahnarzt zu müssen kann ohne Zusatzversicherung also richtig teuer werden.

◎ Die **APOTHEKEN** haben zu den üblichen Geschäftszeiten geöffnet, in größeren Städten ist eine Apotheke immer länger geöffnet. Es gibt nur wenige Medikamente ohne Rezept. Das Preisniveau ist moderat.

BOTSCHAFTEN IN SCHWEDEN

Beachten Sie, dass sich die Telefonsprechzeiten normalerweise auf die Vormittage beschränken.

◎ **BOTSCHAFT DEUTSCHLANDS**, Skarpögatan 9, 11527 Stockholm, Tel. 08 – 670 15 00, Fax 670 15 72, www.stockholm.diplo.de.

◎ **BOTSCHAFT VON ÖSTERREICH**, Kommendörsgatan 35, 11458 Stockholm, Tel. 08 – 665 17 70, Fax 662 69 28, www.bmeia.gv.at.

◎ **BOTSCHAFT DER SCHWEIZ**, Valhallavägen 64, Box 26143, 10041 Stockholm, Tel. 08 – 676 79 00, Fax 211 505, www.eda.admin.ch/stockholm.

◎ **NEDERLANDSE AMBASSADE**, Götgatan 16 A, 11846 Stockholm, Tel. 08 – 55 69 93 00, Fax 55 69 33 11, http://zweden.nlambassade.org/.

FEIERTAGE UND FESTE

◎ **NEUJAHRSTAG**: NYÅRSDAGEN.

◎ **HEILIGE DREI KÖNIGE**: TRETTONDAGEN am 6. Januar.

◎ **OSTERN**: PÅSK; Karfreitag (LÅNGFREDAGEN), Ostersonntag, Ostermontag. (Am Gründonnerstag, Skärtorsdagen, gelten zum Teil verkürzte Öffnungszeiten.)

◎ **30. APRIL**: Am VALBORGSMÄSSAFTON wird abends der Frühling mit großen Feuern begrüßt und ausgelassen gefeiert; vor allem in Universitätsstädten haben sich die Feiern gehalten (bei uns die Walpurgisnacht).

◎ **1. MAI**: FÖRSTA MAJDAGEN.

◎ **CHRISTI HIMMELFAHRT**: KRISTI HIMMELFÄRDSDAG.

◎ **PFINGSTEN**: PINGST; als Feiertag nur noch der Sonntag. (Am Samstag gelten zum Teil verkürzte Öffnungszeiten.)

◎ **NATIONALFEIERTAG**: 6. Juni – am 6. Juni 1523 wurde *Gustav Vasa* zum ersten König ganz Schwedens gewählt – daran erinnert FLAGGANS DAG, der Tag der Flagge, der erst seit 2005 ein arbeitsfreier Tag ist.

◎ **MIDSOMMAR**: siehe Seite 35.

◎ **ALLERHEILIGEN**: immer der auf den 1. November folgende Samstag, ist kein offizieller Feiertag; aber der Brauch, die Gräber mit Lichtern zu schmücken, fand seit den 1960er Jahren zunehmend Anhänger.

◎ Am **LUCIAFEST**, dem Fest der Lichtkönigin am 13. Dezember, das im ganzen Land gefeiert wird, beginnt die Zeremonie morgens in den Familien, wenn die Kinder die Eltern mit Gesang, Kerzen und *Lussekatter* (ein Hefegebäck mit Saffran) wecken und wenn die Belegschaften der Firmen vor der Arbeitszeit ihre Lucia feiern und *Pepparkakor* knabbern, dünne Pfefferkuchenplätzchen. Am Abend schlürft und löffelt man mit den Freunden *Glögg:* Rotwein mit Gewürzen, und häufig auch Wodka, das Ganze erhitzen und zum Schluss Rosinen sowie geschälte Mandeln ins Glas. Bald ist Weihnachten.

Menschen in Tracht erlebt man heute nur selten in Småland, selbst wie hier an Mittsommer in Vetlanda ▶

Das **MITTSOMMERFEST** wird an dem Samstag gefeiert, der dem 21. Juni am nächsten liegt. So RICHTIG GEFEIERT wird aber am Nachmittag und Abend vor diesem Samstag, AM MIDSOMMARAFTON: Ab dem Freitagmittag am Mittsommerwochenende herrscht Ausnahmezustand im ganzen Land. Dieses Fest zu Ehren des Sommers ist den Schweden »heiliger« als Weihnachten. Es gelten stark reduzierte Sonderfahrpläne; Museen sowie alle öffentlichen Einrichtungen haben geschlossen, selbst die meisten Restaurants. An diesem Wochenende ARBEITEN die Schweden UNGERN. Stattdessen werden privat mehr oder weniger traditionelle Mittsommerfeste gefeiert, bevorzugt in größerer Gesellschaft mit Freunden und Familie. In den Dörfern wird gegen 15 Uhr am Midsommarafton, mancherorts auch erst am MIDSOMMARDAGEN, also am Samstag, traditionell die MAJSTÅNG auf dem Festplatz oder im HEMBYGDSGÅRD, dem lokalen Heimatmuseum, mit frischem Blattgrün umwickelt und mit Blumenkränzen geschmückt und anschließend mit Musik, unter Anfeuerungsrufen und viel Applaus aufgestellt. Während die Tänze rund um die majstång früher bis in den Morgen des Mittsommertags gingen, sind die Dorffeste heute eher bewusste Traditionspflege und Auftakt für die folgenden privaten Mittsommerfeste. Je jünger die Beteiligten, desto eher arten die Zusammenkünfte aber in Alkoholgelage aus. Am folgenden Midsommardagen, dem Samstag, werden Gottesdienste gefeiert und Festkonzerte arrangiert.

◎ **WEIHNACHTEN**: JUL; am 25. und 26. Dezember. Am Heiligabend, JULAFTON, verkürzte Öffnungszeiten.

HUNDE

In Schweden gehören Hunde zu den beliebtesten Haustieren. Doch einige Regeln, über die man in Deutschland immer noch streitet, sind dort inzwischen selbstverständlich. Auf Campingplätzen haben Hunde ihr eingezäuntes Gelände, das Hundeklo; Hundekot ist in den dafür vorgesehenen Behältern zu entsorgen. Hunde sind an der Leine zu führen, »Häufchen« zu entfernen. In Restaurants sind Hunde nicht willkommen, in Hotels oder Pensionen oft schon; Sie sollten aber vorher nachfragen.

◎ **EINFUHRBESTIMMUNGEN**: siehe Seite 11.

◎ **BEFÖRDERUNG AUF FÄHREN**: siehe Seite 18.

MÜCKEN...

... treten nur während warmer Sommermonate und da vorzugsweise IN FEUCHTGEBIETEN auf; SIE MEIDEN Kühle und Wind. Vorbeugende Mittel schützen vor Mückenstichen, sofern man die eingesprühte Haut nicht wieder bedeckt. Mückenmittel und kühlende Salben bei Mückenstichen gibt's in jeder Apotheke. Deutsche Produkte sind ausreichend.

Wanderer sollten helle Kleidung aus dicht gewebten Stoffen mit eng an den Gelenken liegenden Bündchen tragen. Dunkle Stoffe wie Bluejeans ziehen die Plagegeister an.

NACHRICHTEN

◎ In einigen großen PRESSBYRÅN-Filialen sind deutschsprachige **ZEITUNGEN** zu bekommen.

◎ **TV**: Über Kabel- und Satellitenfernsehen in Hotels, Ferienhäusern etc. sind manchmal einige wenige deutsch- und englischsprachige Programme zu empfangen.

NOTRUF

Tel. 112, kostenlos von jedem Handy.

NUMMERNZETTEL

In Geschäften, in Banken, Post etc. geht man erst zum Nummer-Auto-

Vertrauenssache, alles kehrt zurück – Utensilien für Jedermann auf einem Friedhof. Kein Stichwort »Kriminalität« im A–Z ? Nein, denn ein wenig Vorsicht in Städten, auf großen Parkplätzen und den Rastplätzen der Haupt-Anfahrtrouten sollte genügen. ▲

ÖFFNUNGSZEITEN, TEIL 1

Die Öffnungszeiten in diesem Buch können zum Teil nur Richtzeiten sein – nicht weil AutorInnen oder Redaktion zu bequem wären, um korrekte Daten zu sammeln bzw. zu überprüfen. Einige Sehenswürdigkeiten, Unterkünfte sowie Touristenbüros öffnen und schließen oder wechseln ihre Öffnungszeiten nicht an einem runden Datum, sondern an einem dem runden Datum nahe liegenden Wochenende. Darum finden Sie in diesem Buch häufig Angaben mit »etwa« oder »Mitte April bis Ende September« – anstatt einem »14.4. – 29.9.«, was bereits ein Jahr später überholt bzw. nur noch Humbug wäre.

maten und zieht ein Nümmerchen, um in der richtigen Reihenfolge bedient zu werden.

◎ **SCHLANGE STEHEN** an Bushaltestellen oder in den Geschäften ohne Nummernzettel-System etc. ist für die Schweden etwas ganz Normales. Im Allgemeinen sind die Bürger in Schweden auf Gleichheit und Gerechtigkeit eingestellt; darum fallen Drängler auch unangenehm auf und rufen durchaus Proteste hervor.

ÖFFNUNGSZEITEN, TEIL 2

Vor offiziellen Feiertagen gelten verkürzte Öffnungszeiten, in Flughäfen, Bahnhöfen und Fährterminals ganz allgemein eher längere.

◎ **BANKEN**: Mo–Fr 10–15 (Do bis 17) Uhr; dies sind nur Richtzeiten, in Städten mitunter verlängert.

◎ **GESCHÄFTE**: Die Regelung ist zu flexibel, um daraus fixe Zeiten abzuleiten, aber Sie können davon ausgehen, dass die Läden spätestens ab 9/10 Uhr öffnen, Mo–Fr um 18 Uhr und Sa um 14/16 Uhr schließen. Supermärkte haben vielerorts erweiterte Öffnungszeiten, die abends bis 20 oder 22 Uhr sowie sonntags von 12 bis 16 Uhr reichen. In Warenhäusern in Städten und Einkaufszentren sind die langen Öffnungszeiten eher die Regel, im Bahnhofsshop und Kiosk sowieso (dort auch bis 24 Uhr).

◎ **MUSEEN**: An Feiertagen (und je nachdem auch an den Vortagen) gelten von Museum zu Museum völlig verschiedene Regelungen. Im Zweifel immer telefonisch erfragen.

◎ **POSTOMBUD**: Da die gewöhnlichen Dienstleistungen (siehe unten) in Läden und Supermärkte verlagert wurden, profitieren die Kunden von deren längeren Öffnungszeiten.

POST

»Die Post« gibt es in Schweden für Privatkunden bemerkbar fast nicht mehr. Von früher üblichen Dienstleistungen blieben nur einige übrig, von behördlich anmutenden Poststellen nur solche für Geschäftskunden.

◎ Wer Briefmarken und Versandmaterial wie Kuverts benötigt sowie Pakete oder einen Brief mit Express verschicken will, muss dies im sogenannten **POSTOMBUD** tun. Diesen Service übernehmen vor allem Supermärkte mit eigenem Posttresen sowie andere Läden. Einzelhandelsshops, Kioske, Tankstellen und Touristenbüros verkaufen mitunter auch lediglich Briefmarken; dieser Service nennt sich FRIMÄRKSOMBUD.

Wir notieren in jedem Kapitel des Reiseteils im »Info-Mix« unter »Kontakt, Hilfe« ein Postombud mit relativ langen Öffnungszeiten.

◎ Versuchen Sie nur im Notfall, sich ein **PAKET NACH SCHWEDEN** schicken zu lassen: Denn das wird nicht persönlich zugestellt. Sofern es nicht in den (falls vorhandenen) Briefkasten passt, ist es beim nächsten Postombud abzuholen; ob der Zusteller aber einen Benachrichtigungszettel hinterlässt, hängt von seinem guten Willen bzw. der Tagesform ab. Lange Versandzeiten von über einer Woche sollen nicht selten sein.

◎ Das **PORTO** für Postkarten und Briefe von Schweden nach Ländern in Europa kostete zuletzt bis 50 g Gewicht 13 SEK, bis 100 g 26 SEK.

SEHENSWÜRDIGKEITEN

In den einzelnen Kapiteln ab Seite 74 stehen zu Museen u.a. Adresse, Telefonnummer, Website, Öffnungszeit, Eintrittspreise. Nur wenige Museen haben ihre Texte ins Deutsche übersetzt oder zumindest eine Zusammenfassung auf Deutsch für die Besucher vorbereitet. Information auf Englisch ist häufiger. Am ehesten verzichten kleine Heimatmuseen der Kosten wegen ganz auf Service für fremdsprachige Besucher.

◎ **EINTRITTSPREISE** zu Sehenswürdigkeiten etc. werden in diesem Buch so dargestellt: Eintritt für Erwachsene/ Kinder. Für Familien (2+2, 2+3 oder auch – im Zeitalter hoher Scheidungsraten modern – 1+2) und Senioren gibt es fast immer im Preis ermäßigte Tickets, für Studenten seltener. In einzelnen Museen kann das Entré zu besonderen Ausstellungen erhöht sein. Andererseits gewähren staatliche Museen mitunter generell oder zur Nebensaison freien Eintritt!

Nordische Gründlichkeit hin oder her – hier wird die Post wohl stets ankommen, denn wer mag sich schon mit Trollen anlegen? ▲

Freien Eintritt gibt's sehr oft für Jugendliche und Kinder – also unter 18 Jahren. Eventuelle Altersgrenzen sind völlig uneinheitlich: Gehört der Nachwuchs eher zur Zielgruppe (Freizeitpark), ist die Altersgrenze umso niedriger und das Entré höher.

◎ Empfehlenswert sind organisierte **SIGHTSEEING-TOUREN**, die in Touristenbüros oder direkt bei dem Ausrichter zu buchen sind. Wir weisen in den Kapiteln ab Seite 66 im »Info-Mix« auf solche Angebote hin. Fragen Sie bei der Anmeldung nach, inwieweit im aktuellen Fall Englisch und/oder Deutsch gesprochen wird; denn eine 2-stündige Stadtführung mit einem 95-%-Anteil Schwedisch und nur kurzer Zusammenfassung in Fremdsprachen ist unbefriedigend.

SHOPPING – SOUVENIRS

◎ Wie in ganz Skandinavien wird auch in Schweden **DESIGN** groß geschrieben. In Småland verdient das GLASREICH ein eigenes Kapitel (siehe Seite 195 ff.). Dieses Buch könnte ohne Weiteres 15–25 Seiten dicker sein: nur mit präzisen Auflistungen der lokalen Galerien und Kunsthandwerkstätten – dies wäre aber unverhältnismäßig.

◎ **REGIONAL & REPRÄSENTATIV**: Produkte aus Elchleder siehe Seite 102, historische Streichholzschachteln siehe Seite 115, Polkagrisar-Zuckerstangen siehe Seite 122, Chips/Pasta aus öländischen braunen Bohnen siehe Seite 215, royal zertifiziertes Parfum aus dem Solliden-Shop auf Öland siehe Seite 219, Punsch sowie Spielkarten aus Karlshamn siehe Seite 271. Plus einzelne Produkte in den diversen Museumsshops.

TELEFON

Die letzten Telefonzellen in Schweden wurden 2015 demontiert.

◎ **MOBIL TELEFONIEREN**: Es gilt sets, sich beim heimischen Handy-Provider zu informieren; trotz bald entfallender Roaming-Gebühren kann sich für Vieltelefonierer eine SCHWEDISCHE SIM-KARTE rentieren: in den nächsten Mobiltelefon-Shop, für ca. 100–250 SEK ein STARTPAKET kaufen, mit Hilfe im Laden startklar machen; es gibt viele Anbieter, aber die Deckungsrate soll für Telia und Comviq sprechen.

◎ Für **INLANDGESPRÄCHE** wählen Sie, wie in Deutschland, die Ortskennzahl (Vorwahl) sowie darauf die gewünschte Rufnummer. Die **LANDESVORWAHL** für Schweden – einzugeben generell aus dem Ausland oder vom Handy mit ausländischer SIM-Karte – lautet 0046.

◎ Für **GESPRÄCHE INS AUSLAND** wählen Sie 00, die Landeskennzahl, die Ortskennzahl (Vorwahl) ohne 0 sowie die gewünschte Rufnummer. Landeskennzahlen: Deutschland 49, Luxemburg 352, Niederlande 31, Österreich 43, Schweiz 41.

ZEIT

◎ In Schweden gilt Mitteleuropäische Zeit (**MEZ**) und Mitteleuropäische Sommerzeit (**MESZ**).

Tax free: Die Rückerstattung der Mehrwertsteuer ist nur noch für Bürger mit Wohnsitz außerhalb der EU möglich: bezogen auf die Leser dieses Buches, für Staatsbürger der Schweiz. Information: www.globalrefund.com.

Autoreisen

VERKEHRSREGELN IN SCHWEDEN

◎ **ABBLENDLICHT**: ist auch TAGSÜBER vorgeschrieben. Fahren ohne Licht steht im Geldbußenkatalog.

◎ **ALKOHOL**: »0,2« ist die Promillegrenze. Wer mit mehr beim Lenken von Fahrzeugen angetroffen wird, muss sich auf happige Geldstrafen, Führerscheinentzug und /oder einen Gefängnisaufenthalt einrichten.

◎ **ANSCHNALLPFLICHT**: gilt auf Vorder- und Rücksitzen – Kinder bis 7 Jahre gehören in einen Kindersitz.

◎ **BENZIN**: Die Tankstellen haben oft automatisierte Tanksäulen. Die Säule mit dem Hinweis »Kassa« ist für Kunden, die bar oder mit Kreditkarte (häufig mit PIN) an der Kasse drinnen bezahlen. Die Säule »Konto« dagegen markiert den Tankautomaten für Kreditkartennutzung (mit PIN).

An bestimmten Tankstellen (eher an stark frequentierten Orten nahe eines Autobahnanschlusses) kann es vorkommen, dass alle, die drinnen an der Kasse zahlen wollen (statt am Automaten draußen), vor dem Tanken eine Sicherheit hinterlegen müssen: eine Maßnahme gegen Benzinräuber, die mit falschen Kfz-Schildern vorfahren, volltanken und sich aus dem Staub machen.

Die Benzinpreise bei Redaktionsschluss: Benzin 95 Oktan etwa 13 SEK, E 85 (85 % Ethanol u. 15 % Benzin 95 Oktan) ca. 10 SEK, Diesel ca. 13 SEK.

◎ **EUROPASTRASSE 22**: Die E 22, die (in Schweden aus Trelleborg / Malmö kommend sowie nach Norrköping führend) die gesamte Küste von Blekinge und dann Småland begleitet, ist nur streckenweise eine vierspurige Autobahn. In dünner besiedelten Gebieten verläuft sie nur einspurig je Richtung, wird dort aber regelmäßig um eine Überholspur erweitert. Damit Linksabbieger nicht den Verkehr aufhalten, müssen sie mancherorts rechts herum (!) eine Schleife fahren, um die E 22 anschließend im rechten Winkel zu überqueren.

◎ **GESCHWINDIGKEIT**: Innerhalb geschlossener Ortschaften 50 km/h, auf Teilstrecken (so in der Nähe von Schulen und Kindergärten) 30 km/h. Außerhalb geschlossener Ortschaften auf Landstraßen 70 –90 km/h sowie auf Autobahnen 110 –120 km/h.

Für Wohnwagengespanne gilt als Höchstgeschwindigkeit 80 km/h, mit ungebremstem Anhänger 40 km/h.

Die Polizei überführt Geschwindigkeitsüberschreitungen durch fest installierte und mobile Messgeräte, Video- und Luftüberwachung. Viele »Blitzer« am Straßenrand werden sogar angekündigt und erzielen damit offenbar die erwünschte Wirkung.

Die STRAFGELDER bei Geschwindigkeitsübertretungen sind drakonisch: ab 1.500 bis 4.000 SEK. AUSLÄNDER können bei Kontrollen der schwedischen Polizei keinesfalls mit Nachsicht rechnen.

◎ **M**: ein blaues Schild mit einem weißen M *(Mötesplats* – Ausweichbucht/enge Stelle) an schmalen Straßen. Hier gilt es vorsichtig zu fahren.

◎ Als **NATIONALITÄTS-ZEICHEN** genügt das EURO-Kennzeichen, das die meisten deutschen Autofahrer montiert haben.

◎ **NOTRUF**: für Polizei, Krankenwagen und Feuerwehr Tel. 112 – auch vom Handy kostenfrei.

◎ **PANNENHILFE**: ASSISTANCE-KÅREN, Tel. 020 – 912 912, www.bilbargning.net.

◎ **PARKPLÄTZE** sind beschildert. Ist ein Parkplatz gebührenpflichtig, geben Schilder Parkhöchstdauer sowie Zeitraum an: 8–18 Uhr meint Mo–Fr, (8–12) Sa und ggf. auch So: *søndag*. Außerhalb der vermerkten Zeiträume ist das Parken kostenlos. Manche Städte markieren Kurz- sowie Langzeitparkplätze farbig: z.B. rot = kurz, grün/blau = lang. Bei kostenfreiem Parken kann die Parkdauer begrenzt sein; dann ist die Parkscheibe zu benutzen. Nicht geparkt werden darf an gelb markierten Bordsteinen

Steht am Ortseingang ein weißes Schild mit der Aufschrift DATUMPARKERING, wird dort an geraden Tagen auf der Seite mit den geraden Hausnummern geparkt und an ungeraden Tagen auf der Seite der ungeraden. Die Zeiten, für die die Regel gilt, sind jeweils auf einem Schild angegeben.

◎ **VORFAHRT**: Vorfahrt achten gebieten nicht nur Schilder, sondern an der Einmündung in die Vorfahrtstraße auch als Dreiecke gezackte Linien quer über die Fahrbahn (sogenannte »Haifischzähne«).

◎ **WILDWECHSEL**: Die Gefahr, die von Elchen oder Rehen ausgeht, ist nicht zu unterschätzen. Diese Tiere laufen unvermittelt auf die Fahrbahn. Und besonders die mitunter 800 kg schweren Elche verursachen immer wieder schwere Unfälle, nicht selten mit Todesfolge, da die langbeinigen Kolosse nach einem frontalen Aufprall leicht durch die Windschutzscheibe in den Innenraum rutschen. Darum sind Elch-Warnschilder ERNST ZU NEHMEN und ist die Geschwindigkeit besonders während der Dämmerung zu drosseln; gerade die Einheimischen, die trotzdem solche Passagen durchbrausen, können sich nicht mit Unwissenhaft herausreden.

Auch bei glimpflichem Ablauf eines Wild-Unfalls ist man verpflichtet, die POLIZEI zu BENACHRICHTIGEN.

Wer **VERKEHRSSCHILDER**, die vor Elchen/Wild warnen, **ALS SOUVENIR ABMONTIERT**, handelt verantwortungs- und rücksichtslos und riskiert eine empfindliche Geldstrafe. Dass es durchaus Verkehrskontrollen gibt, bei denen auch mal der Kofferraum begutachtet wird, sollte die letzten Zweifler überzeugen. Ohnehin sind Elch-Schilder in den gängigen Souvenirshops erhältlich.

◎ **WINTERREIFEN** sind für in Schweden zugelassene Pkw vorgeschrieben im Zeitraum 1.12.–31.3.

Ferien aktiv

Der Trend vieler Schweden-Urlauber lautet »seltener ins Museum, häufiger etwas draußen in der Natur unternehmen«. Unter der Rubrik »Ferien aktiv« finden Sie in den einzelnen Kapiteln ab Seite 74 Vorschläge für solche Aktivitäten, beginnend immer mit Wandern und Rad fahren. Dieses Kapitel »Ferien aktiv« dient der Vorbereitung, indem es allgemein informiert sowie erste Hinweise auf konkrete Routen sowie Regionen gibt – sinnvoll zu lesen, bevor ein Ferienhaus gebucht wird.

Draußen vor der Tür

KARTEN

Wer zum Wandern, Paddeln, Radeln aufbricht, sollte eine Detailkarte im Maßstab 1 : 50.000 oder mindestens 1 : 100.000 dabei haben; selbst wenn die jeweilige Route markiert ist, denn nicht jede Markierung übersteht den Herbst und den Winter und nicht jede Route ist ausreichend markiert. Allein sich auf elektronische Hilfsmittel wie GPS-Daten zu verlassen ist Geschmackssache und in der Praxis oft mehr Spielerei sowie zeitaufwändig. Informationen zu Kartenserien und Bezugsquellen siehe Seite 15. In den Touristenbüros sowie manchen Unterkünften vor Ort gibt es normalerweise ebenfalls Karten zu den lokalen Routen, aber verlassen kann man sich darauf nicht.

ALLEMANSRÄTTEN

Das Allemansrätten stammt aus einer Zeit, in der Reisende im Allgemeinen nicht zu ihrem Vergnügen unterwegs waren und sich niemand mit dem Problem steigender Touristenzahlen zu befassen hatte. Es erlaubte, über das Land anderer zu gehen, wenn keine alternativen Wege da waren. Wurden Reisende von der Dunkelheit eingeholt oder auch von schlechtem Wetter überrascht, durften sie auf dem Grund und Boden anderer übernachten. Sie durften sich von der Natur ernähren, wilde Beeren und Pilze sammeln und für den Eigenbedarf nicht geschützte Blumen pflücken.

◎ Obwohl sich die Zeiten geändert haben, wird das Allemansrätten in Schweden und Norwegen (dort: Allemannsretten) **RECHT GROSSZÜGIG** gehandhabt. Selbst wenn Reisende im Wohnmobil, für die das Allemansrätten nicht gedacht ist, auf einem offiziellen Rastplatz 24 Stunden parken, wird niemand etwas sagen – sofern dort kein anderslautendes Schild montiert ist. Da es jedoch Schreiberlinge gibt, die solche Orte, mit GPS-Daten angereichert, einem

Zugegeben, der Kastentext liest sich autoritär, streng, deutsch im altmodischen Sinn. Wer aber vor Ort schon erlebt hat, zu was sogenannte Naturfreunde (egal ob aus dem Ausland oder aus Schweden selbst) fähig sind, mag ein wenig Verständnis aufbringen. ▶

ALLEMANSRÄTTEN (SOG. JEDERMANNSRECHT) **IM ÜBERBLICK**

Wer sein Zelt in Schweden in freiem Gelände aufschlägt, sollte den Mindestabstand von 150 m zum nächsten Haus wahren und am besten dort um Einverständnis bitten. In einigen Naturreservaten, durch die Paddelrouten verlaufen, dürfen Zelte nur an eigens ausgewiesenen Stellen aufgeschlagen werden. Gebietsweise überwachen Ranger die Einhaltung. Beeren und Pilze dürfen für den baldigen Verzehr gepflückt werden. Das Allemansrätten meint nicht Personen in motorisierten Fahrzeugen! Fahren Sie nicht im freien Gelände herum (außer auf befestigten Wegen, falls nicht verboten: *Ej motorfordon* oder *Biltrafik förbjuden)*, respektieren Sie die Regelungen auf privaten Wegen *(Enskild väg)* und Grundstücken (auch Höfen). Übernachten Sie in Wohnmobil oder Wohnwagen nicht in Sichtweite von Häusern/Ferienhäusern, fragen Sie die Grundbesitzer um Erlaubnis. Entleeren Sie Toilettentanks an dafür ausgewiesenen Stellen. Zeltschläfer sollten ihre Exkremente vergraben. www.allemansratten.se.

ES IST NICHT ERLAUBT

- ohne Einwilligung des Grundbesitzers länger als einen Tag auf dem Grundstück zu zelten. Gruppen müssen generell die Erlaubnis einholen;
- störenden Lärm zu verursachen;
- auf Felsgestein Feuer zu machen, da es bei großer Hitze zerspringen oder sich verfärben kann;
- Bäume und Büsche zu fällen, Äste oder Zweige abzubrechen, Borke oder Rinde abzuschälen. Das gilt auch für entwurzelte Bäume;
- Pflanzen, die unter Naturschutz stehen, zu pflücken oder auszugraben;
- aus Nationalparks Mineralien mitzunehmen;
- bestellte Äcker und Felder, eingezäuntes oder anderweitig abgegrenztes Terrain zu betreten. Eingefriedetes Weideland darf nur überquert werden, wenn das Vieh nicht gestört wird, Zäune nicht beschädigt und geschlossene Gatter nicht offen gelassen werden;
- Vogelnester, Baue und Nisthöhlen zu beschädigen, Vogeleier zu entnehmen und Jungtiere zu behelligen;
- ohne Angelschein und Kenntnis der lokal gültigen Regeln zu fischen;
- Tiere zu jagen, zu fangen, zu töten oder auch nur zu stören. Hunde sind vom 1.3. bis zum 20.8. anzuleinen und sonst zu beaufsichtigen;
- Abfall an Raststellen zu hinterlassen. Das Vergraben ist eine schlechte Lösung, da es Tiere gibt, die diesen Abfall wieder ausgraben und sich an scharfkantigen Konservenbüchsen oder an Scherben verletzen können. Auch neben die Mülltonne gestellte Abfalltüten werden von Tieren auseinandergenommen. Ist die Mülltonne voll, nimmt man den Abfall mit.

großen Publikum präsentieren, sind die Zustände vielerorts diskussionswürdig – und haben konkret zu mehr Verboten geführt. Mit dem 24-Stunden-Parken ist eigentlich nicht das Übernachten gemeint. In jedem Fall ist Rücksichtnahme für den Goodwill angebracht.

◎ Leider gibt es noch mehr verantwortungslose Zeitgenossen, die das Allemansrätten in die **SCHLAGZEILEN** gebracht haben: Bäume müssen als Brennholz herhalten, Entenküken als Braten auf dem Lagerfeuer, Proviant und Ausrüstung werden zum Rastplatz transportiert, jedoch als Müll dort zurückgelassen, in Seen werden Toilettentanks ausgeleert. – Offensichtlich als »Jedermanns *Recht*, in der Natur zu tun und zu lassen, wozu man gerade Lust hat« – so legen diese Trottel das Allemansrätten für sich selbst aus. Darum ist der Begriff »Jedermannsrecht« nicht unbedingt hilfreich, denn er birgt zu viele Missverständnisse in sich. Rücksichtsloses Verhalten beruht – spart man an dieser Stelle Entenküken und Müll aus – oft eher auf Unkenntnis oder Fehlinformation. Ein Klassiker ist das Zelt, das beim Bootssteg auf Privatgrund aufgeschlagen wird, wenn der Privatgrund auf den ersten Blick nicht als solcher zu erkennen ist.

Um Unkenntnis und Fehlinformation zu begegnen, haben wir auf Seite 43 die Basics zum Allemansrätten zusammengefasst, damit Sie vor Ort MITHELFEN können, seinen Fortbestand für lange Zeit zu sichern.

Wandern

In den einzelnen Kapiteln ab Seite 74 konzentrieren wir uns auf Tageswanderungen und Spaziergänge, für die nicht immer eine Karte nötig ist. Zudem verweisen wir auf einige Fernwanderwege, von denen mitunter Teilstrecken als Tagestouren in Frage kommen.

◎ **SAISON**: Mai bis Oktober sind sicher die schönsten Monate für Wanderungen in Südschweden. Vorher und nachher können die Wege bzw. der Untergrund noch oder schon beschwerlich sein. Wen ein Picknick auf nassen Wiesen im Herbst oder zwischen Schneeresten um Ostern nicht abschreckt, wird immer daran Freude haben, egal zu welcher Jahreszeit.

Im Herbst beleben PRACHTVOLLE FARBEN die Landschaft. Eine Wanderung im Winter musss keine Spinnerei sein, stellt aber höhere Anforderungen an die Teilnehmer und sollte gut vorbereitet werden. In beiden Jahreszeiten treten jedoch vermehrt Stürme auf. Abgesehen von der unmittelbaren Gefahr, kann um- oder herabgestürztes Holz Wegabschnitte unpassierbar machen.

◎ **SICHERHEIT**: Obwohl der Süden Schwedens viel dichter besiedelt ist als der Norden, können Sie auch hier stundenlang auf Pfaden unterwegs sein, ohne einer Menschenseele zu begegnen. Wer allein auf Tour geht, sollte jemanden über die Route verständigen. Selbst ein Tagesrucksack

Wandern in Smålands Wäldern ▶

SIGILL:ABBIS
PILGRIMSLEDER SMÅLAND - ÖLAND
VÄSTRA
SIGFRIDSLEDEN

SIGFRIDSLEDEN – PILGERPFADE IN SMÅLAND

Pilgern als eine besondere Form des Wanderns ist auch in Schweden populär. Die Schwedische Kirche, Kommunen und die regionale Touristikorganisation Destination Småland haben gemeinsam für das Beschildern gesorgt. Markiert sind die Pilgerwege mit dem dreifachen Kreuz des Heiligen *Sigfrid,* dem ersten Missionar in Schweden, der 1067 im Dom von Växjö bestattet wurde. Das mittelalterliche Siegel mit der Anordnung der drei Kreuze zum »S« als Initial von Sigfrid darf auch als Symbol für Småland und seine kurvenreichen Wege gedeutet werden: Sie schlängeln sich um jeden Hügel und folgen der Topografie der Landschaft im scheinbar ewigen Auf und Ab. Unterwegs steigt der Pilger heute auf die småländischen Höhen und schaut weit über die Wälder auf Seen wie den Rusken. Ein Fels mit dickem Moos ist bequem für eine stille Rast am Bach. Uralte Mäuerchen am Feldrand erzählen von der harten Arbeit früher. In der Abgeschiedenheit Smålands fällt die innere Einkehr leicht – ob aus religiösen Motiven oder als Form der Meditation.

Der 190 km lange Sigfridsleden führt von Fridafors im Süden über Växjö und Alvesta zum Kloster Nydala (siehe Seite 128), ebenso wie der 120 km lange Nydalaleden aus Markaryd über Ljungby und Värnamo.

sollte beinhalten: Notfall-Set (Pflaster, Rettungsdecke etc.), Reserveproviant, Handy (100 % Deckung in Südschweden ohne Gewähr).

◎ **INFORMATION**: Die deutschsprachige Website www.visitsmaland.se/de/wandern stellt zahlreiche Kurz- und Fernwanderwege vor, darunter auch die Pilgerwege. Tourenbeschreibungen – aus Kostengründen nur auf Schwedisch – sind als PDF-Dokumente anzuschauen und herunterzuladen.

TAGESTOUREN

In den einzelnen Kapiteln ab Seite 74 finden sich insgesamt rund 50 Vorschläge – von kürzeren Spaziergängen bis zu Pfaden und Routen von über 10 km Länge, viele davon in Naturreservaten und eine mitten durch ein früheres Steinbruchgebiet an Smålands Ostküste (siehe Seite 176).

FERNWANDERWEGE

Es gibt einige Routen, die seit Jahren durch Broschüren und Reiseführer geistern, die jedoch (z.B. nach Windbruchschäden) nicht mehr gewartet werden. Die Website oben unter »Information« macht viele Vorschläge; als Anregung hier eine Auswahl der schönsten Routen:

◎ **SIGFRIDSLEDEN**: siehe oben.

◎ **NYDALALEDEN**: siehe oben.

◎ **SÖDRA VÄTTERLEDEN**: 85 km von Mullsjö nach Huskvarna bei Jönköping (Teilstrecke siehe Seite 124).

◎ **HÖGLANDSLEDEN**: 370 km im småländischen Hochland, Profil und Höhepunkte siehe Seite 139.

◎ **OSTKUSTLEDEN**: Rundkurs auf 160 km an Smålands Ostküste sowie im Hinterland von Oskarshamn (siehe Seite 169).

◎ **KALMARSUNDSLEDEN**: über 200 km auf alten Wegen, Bahntrassen und Küsten-Reitpfaden am Sund zwischen Småland und Öland (Teilstrecken siehe Seite 189); von Björnhult im Norden bis Bröms im Süden, mit Anschluss Blekingeleden.

◎ **UTVANDRARLEDEN**: 112 km im Auswandererland in Südsmåland (siehe Seite 209). Gute Infrastruktur.

◎ **MÖRBYLÅNGALEDEN**: 84 km im Inselsüden von Öland, mitten durch die Kalksteppe Stora Alvaret und die Küste entlang (Teilstrecke gemeinsam mit einem Radweg siehe Seiten 236 und 240).

◎ **BLEKINGELEDEN**: knapp 260 km durch die schöne Küstenprovinz, an Küste, Flüssen, Seen u.a. entlang (siehe Seite 242 ff.); vom Küstenstädtchen Sölvesborg im Südwesten Blekinges bis Bröms ganz im Osten; mit Anschluss Kalmarsundsleden.

◎ **LAXALEDEN**: am Fluss Mörrumsån, 30 km (Teilstrecke siehe Seite 276).

KLETTERN/ZIPLINE

◎ **ISABERG**: siehe Seite 96.

◎ **HAGÅRDS LAGÅRD**: s. Seite 126. Bei Jönköping.

◎ **LITTLE ROCK LAKE**: siehe Seiten 138 und 7. Zentral in Småland, daher recht gut als Ausflugsziel geeignet.

Rad fahren

Südschweden ist ein vortreffliches Revier zum Radeln: Schmale, asphaltierte oder befestigte Nebenstraßen, Forstwege, frühere Bahntrassen und Schäreninseln eignen sich bestens für Touren verschiedener Länge. Hohe Berge sind zwar nicht zu bewältigen, jedoch kann auch ein welliges Profil einiges abverlangen. In den Kapiteln ab Seite 74 überwiegen die Ziele für Tagestouren; für robuste Radler stehen allerdings auch genügend Fernradwege zur Auswahl.

◎ **KÜSTE ODER INLAND?** Wer vornehmlich Tagestouren mit dem Rad unternehmen und gleichzeitig an einem festen Standort Quartier beziehen will, sollte durchaus überlegen, wo. – Die Küstenregion Blekinges ist etwas abwechslungsreicher als Smålands Inland. Denn, abgesehen von Küste und Fernsicht, sind auch hier landeinwärts schnell Wälder, Flüsse und Seen erreicht. Und mit den Seen ist das so eine Sache, denn die Wege und Straßen verlaufen selten direkt am Ufer entlang, sondern mit wechselndem Abstand, so dass Bäume oft den Blick und Zugang verstellen. Insofern kann es im Wald und an den Seen auf die Dauer eintönig werden. Dieser Pluspunkt küstennah = mehr Abwechslung gilt natürlich auch für Öland und Smålands Ostküste. Dass es in Smålands Inland natürlich reizvolle Radrouten gibt, beweisen die Tourentipps in diesem Buch.

◎ **TRANSPORT** IN ÖFFENTLICHEN VERKEHRSMITTELN: Besonders die unterschiedliche Regelung in den einzelnen Zügen ist unbefriedigend (siehe Seiten 21/24). Busse nehmen keine Fahrräder mit. Nach Öland verkehrt, abgesehen von der Autofähre von Oskarshamn nach Byxelkrok, im Sommerhalbjahr eine Fahrradfähre ab Kalmar.

◎ **FAHRRADVERMIETUNG**: neben den raren Fahrradläden am ehesten bei Campingplätzen, Jugendherbergen in ländlichen Gebieten, auch bei einigen Touristenbüros. Die Tarife liegen für ein gewöhnliches Rad pro Tag um 100 – 150 SEK, pro Woche um 400 – 500 SEK. Für ein modernes, geländegängiges Rad ist das Doppelte an Tagestarif zu veranschlagen.

◎ **INFORMATION**: Wer für die geplanten Touren keine »Cykelkartan« (siehe Seite 15) mitgebracht hat, erhält das beste Material in den Touristenbüros vor Ort; wir weisen auf hilfreiche Karten und Broschüren hin. Eine grobe Übersicht ermöglicht die deutschsprachige Website www.visitsmaland.se/de/radfahren. Mit der Auswahl in diesem Buch dürften Sie gut genug bedient sein.

TAGESTOUREN

In den einzelnen Kapiteln ab Seite 74 werden rund 45 Touren und geeignete Gebiete präsentiert oder es wird auf sie verwiesen, inklusive notwendiger Angaben (zu Karten, Broschüren, Downloads). Da manche Routen nicht oder nur lückenhaft markiert sind, sollte man sich zu orientieren verstehen; in Einzelfällen sind Karten in gedruckter Form (mal gratis, mal kostenpflichtig) dringend geboten. Einige Routen verlaufen zumindest streckenweise auf Fernradwegen – und machen Appetit auf mehr. Fast zehn der Routen haben wir für diese Auflage selbst neu recherchiert.

◎ **DRAISINE**: unterwegs mit Schienenfahrrädern ab Hultsfred, Åseda, Virserum (siehe Seite 149).

◎ **MTB**: bei Huskvarna und Jönköping (siehe Seite 126).

FERNRADWEGE

Unsere Tourenvorschläge, die selbst recherchierten Routen einbezogen, kombinieren teilweise Etappen dieser Radwanderwege. Eine Auswahl:

◎ **BANVALLSLEDEN**: rund 220 km auf den teilweise erhaltenen Trassen stillgelegter Eisenbahnstrecken, von Karlshamn am See Åsnen vorbei bis Halmstad an Schwedens Westküste (Teilstrecken siehe Seiten 88 ff. und 276). Recht gut beschildert.

◎ **KRONOBERGSTRAMPEN**: rund 350 km als Rundkurs durch den Regierungsbezirk Kronobergs Län, im Westen und Süden Smålands. Tourenkarte im Touristenbüro Tingsryd (siehe Seite 91).

◎ **KALMARSUNDSLEDEN**: über 200 km auf alten Wegen und Bahntrassen am Sund zwischen Småland und Öland (siehe Seite 189). Tourenkarte im Touristenbüro in Kalmar. In weiten Teilen verlaufen Radweg und Wanderroute gemeinsam.

Parallel zu Straßen verlaufende Radwege sind über Land eher selten; die ausgewiesenen Radrouten führen bevorzugt über Forstwege und Nebenstraßen, hier oben auf Öland, unten links am Fluss Mörrumsån ▶

Ekoparksrundan
SVEASKOG
Ölandsleden

◎ **UTVANDRARLEDEN**: ca. 130 km als Rundkurs im südlichen Småland im sogenannten Auswandererland (siehe Seite 209). Gute Infrastruktur.

◎ **ÖLANDSLEDEN**: Die Insel ist nur 137 km lang, der Radfernweg jedoch 400 km; d.h. er führt parallel in mehreren Strängen von Norden nach Süden und mehrfach quer über die Insel (Teilstrecken siehe Seite 238 ff.).

◎ **SYDOSTLEDEN**: Der neueste der Radwanderwege führt über 274 km von Växjö durch Smålands Süden, am Fluss Mörrum entlang nach Blekinge und weiter bis nach Skåne und Simrishamn an der Ostsee; die Route wurde überwiegend neu angelegt und verläuft zu ca. 80 % auf Asphalt durch die Wälder Smålands und Blekinges, an Flüssen und Seen entlang sowie durch die Wiesen und Felder von Schonen: trailsofsouthernsweden.com leider nur mit automatisierter Übersetzung.

Angeln

Schweden ist mit seinen zahlreichen Seen und Flüssen und seiner ausgedehnten Küstenlinie ein populäres Anglerziel. Die Mehrzahl der Angelseen und -flüsse befindet sich im Besitz von Gemeinden oder sind privat. Hier gilt: ANGELN darf man NUR MIT GÜLTIGEM ERLAUBNISSCHEIN, und es wird auch kontrolliert. Vielerorts sind Angelschein-DISTRIKTE eingerichtet, die alle oder bestimmte Gewässer einer Gemeinde umfassen.

◎ Solche **ANGELSCHEINE** für Seen und Flüsse bekommen Sie in Touristenbüros, Sportgeschäften, Tankstellen und Lebensmittelläden; sie kosten meist zwischen 50 und 250 SEK.

◎ Entlang der **KÜSTE** sowie in den großen Seen Vänern, Vättern, Mälaren, Hjälmaren und Storsjön ist das Angeln mit Handgeräten FREI. Auch Hochseetouren werden angeboten.

◎ **EISANGELN** ist an den geeigneten Stellen meist von Dezember bis März möglich (siehe auch Seite 55).

◎ **INFORMIEREN** Sie sich über die lokalen BESTIMMUNGEN über Mindestmaße, Schutzzonen etc.

◎ Das populäre **LACHSANGELN** in Flüssen ist zurzeit ein bedrohtes Vergnügen: Die Fänge IM LEGENDÄREN FLUSS MÖRRUMSÅN gingen um ein Vielfaches zurück (siehe Seiten 278 und 273).

Baden

Lebensqualität bemisst sich in Skandinavien auch am freien Zugang zur Natur. Die in den einzelnen Kapiteln ab Seite 74 genannten Stellen bilden nur eine kleine Auswahl an Orten, an die sich viele Schweden-Urlauber – wieder zurück in der Heimat – noch lange erinnern werden.

◎ Egal ob an den ZAHLLOSEN SEEN oder draußen IN DEN SCHÄREN. Es gibt so viele Badeplätze, dass es im Sommer selten zu großem Andrang kommt. Trotzdem sind die Wegweiser zu den offiziellen Stellen alles andere als eine schlechte Wahl. Häufig findet man dort eine VORBILDHAFTE **INFRASTRUKTUR** vor: im besten Fall Stege, Sprungturm oder -brett, Toiletten, Duschen und Umkleidekabinen, Service für Behinderte, Spielplatz, Grillplatz, Parkplatz, Strandfläche mit Sand oder Gras oder eben in ein Platz an Klippen.

◎ Für die kühleren Jahreszeiten hat so gut wie jede Gemeinde oder Stadt ihren Bürgern ein »repräsentatives« **ERLEBNISBAD** spendiert; Adressen und Anzeigen finden sich in den Jahresheften der Touristenbüros.

Für reine Hallenbäder sind die Öffnungszeiten im Sommer normalerweise stark eingeschränkt, so dass sie an Regentagen nur bedingt als Ausweichziele in Frage kommen.

Beeindruckend ist, dass Spielzeug für Kinder zur Verfügung steht, in vielen Bädern zudem Versorgungseinrichtungen für Eltern mit Babies, und dies auch im Herrenbereich.

Golf

Golf ist Volkssport in Schweden. Allein im Südosten Schwedens liegen gut fünfzig 18-Loch-Golfplätze, acht davon auf der Insel Öland und acht in Blekinge.

In den Kapiteln ab Seite 74 finden Sie jeweils mindestens einen nahegelegenen Golfplatz mit Kontaktdaten und Anzahl der Greens bzw. Löcher je Green. Viele Plätze machen Pause von November bis März/April. Ein vorzeitiger Anruf schafft Klarheit über eventuelle Engpässe, etwa am Wochenende, und Handicapgrenzen. Die Golfplätze sind auf den gängigen Straßenkarten markiert.

◎ **GREEN FEE** FÜR 18-LOCH-PLÄTZE: ca. 200–900 SEK; die höheren Tarife gelten an Wochenenden oder auf besonders feinen Anlagen. Juniortarife für den Nachwuchs sind üblich.

◎ **INFORMATION**: via www.svenskgolf.se sind die sog. Distrikte Småland und Blekinge und dazu die einzelnen Clubs anzusteuern.

Paddeln

Mit gut 5.000 Seen, zahllosen Wasserläufen und Flüssen und einer Küste, die gespickt ist mit Inseln und Buchten, sind Blekinge und Småland wahre Kanu-Paradiese. Ob Seekajak oder Kanadier, ob Kurztrip zur Picknick-Insel, Schärentrip oder Mehrtagestour: Südostschweden hat Paddlern fast alles zu bieten – außer Wildwasserpassagen. In den Schären sollte aber nur lospaddeln, wer über eine gewisse Erfahrung verfügt. Der Wind kann rasch tückisch sein, ebenso wie mitten auf großen Seen.

49 Kanurouten in Süd- und Mittelschweden stellt unser Buch »Kanuwandern in Schweden« vor, geeignet sowohl für Anfänger als auch für Fortgeschrittene; eine Neuauflage geht demnächst in die Vorbereitung.

◎ **BOOTE**: Das klassische Kanu auf schwedischen Binnengewässern ist der KANADIER, obwohl viele Paddler aus Deutschland Faltboote mitbringen und damit zufrieden sind. In den letzten Jahren hat das KAJAK ungemein an Popularität gewonnen. Auf den Küstenrouten dem Kanadier an Windstabilität ohnehin überlegen, sind zunehmend mehr Paddler auch auf Seen und Flüssen im Kajak unterwegs, haben viele Kanuvermieter heute beide Bootstypen sowie manche sogar ausschließlich Kajaks.

◎ Wer zum ersten Mal Paddeln will, ist gut beraten, ein Boot mit Zubehör zu mieten. In den **KANUZENTRALEN** erhält jede/r eine Einweisung, Beratung und Hilfe, zum Beispiel im Umgang mit einem gekenterten Boot. Hier kann man sich kompetent über Routenverläufe sowie ggf. Etappenplanung beraten lassen und wichtige Karten kaufen.

◎ **KANUVERMIETUNG**: vor allem in Kanuzentralen (wo meist auch Unterkunft zu beziehen ist), auf Campingplätzen und in einigen Jugendherbergen. Tagestarife um 200–400 SEK. Ausrüstung wie Gepäcktonnen sollte ebenso erhältlich sein.

◎ **SCHWIMMWESTEN**: sind Pflicht.

◎ **ORGANISIERTE KANUTOUREN** mit vorgebuchten Übernachtungen und/oder vorbereiteten Lagerplätzen bieten Kanuzentralen und vermitteln auch einige Touristenbüros.

◎ **TOURENVORSCHLÄGE**: in den Kapiteln ab Seite 74 jeweils unter »Ferien aktiv, Paddeln«.

◎ Das **ALLEMANSRÄTTEN** (siehe Seite 42 ff.) bestärkt das rücksichtsvolle Verhalten in der Natur und auf Privatgrund. Bei der Suche geeigneter Lagerplätze sind Vogelschutzzeiten und Warnungen vor Waldbrandgefahr immer zu beachten. Da die Zahl der Paddler gewachsen ist und damit auch die Zahl der schwarzen Schafe, hat man in einigen Naturreservaten feste Regeln und Lagerplätze etabliert. Es sollte sich von selbst verstehen, den Platz so zu verlassen, wie man ihn vorgefunden hat, oder besser.

Reiten

Angeblich 300.000 Pferde in Schweden soll es geben. Reiterhöfe, Trabrennbahnen, Gestüte und Ponyfarmen haben der Gegend rund um die Ortschaft TINGSRYD (ganz im Süden Smålands) den Beinamen »Pferde-Reich« eingebracht, analog zu »Glasreich« und »Möbelreich«. Mittlerweile gibt es in ganz Småland eine nennenswerte Auswahl an Reiterhöfen, die sich auf Ausritte und Erlebnisse rund ums Pferd spezialisiert haben.

◎ **INFORMATION**: Eine ordentliche Übersicht bietet www.visitsmaland.se. Wir haben in die Kapitel ab Seite 74 einige Adressen aufgenommen, zu denen uns Referenzen vorlagen; in der Regel läuft die Verständigung auf Englisch ab.

Mitten in der Natur: Angeln im See geht nur mit Angelschein; manche Unterkünfte, ja, sogar Ferienhäuser haben einen »eigenen« See, womit das Angeln für die Gäste frei ist; unten links Schwanenfamilie in den Schären, rechts unvergessliche Momente im Kanu ▶

Vogelbeobachtung

Es müssen nicht immer Seeadler sein, wie zum Beispiel am See Åsnen, wo ab 2017 ein neuer Nationalpark ausgewiesen werden soll.

In den meisten der unten erwähnten Areale sind Vogelbeobachtungsstände oder sogar -türme errichtet, wo oft Plakate – mitunter mehrsprachig – über die zu erwartenden Protagonisten Auskunft geben.

◎ **BJURKÄRR**: Das NATURRESERVAT erstreckt sich mitten IM SEE ÅSNEN, südlich von Växjö, und kann im Rahmen einer Radtour besucht werden (siehe Seiten 86 und 88).

◎ Eines der spannendsten Gebiete ist der Nationalpark **STORE MOSSE** (siehe Seite 104 ff.).

◎ Ein stadtnahes Ziel mitten in Jönköping ist im Winterhalbjahr der See **ROCKSJÖN** (siehe Seite 127).

◎ Ein halbes Dutzend Areale findet sich auf der Insel **ÖLAND**: Auflistung mit Seitenverweisen siehe Seite 241.

◎ Das Naturreservat **ÖRAREVET** erstreckt sich an der Küste im Südosten von Småland, nahe an der Grenze zu Blekinge (siehe Seite 193).

◎ Die Südostspitze des schwedischen Festlands heißt **TORHAMNSUDDE** und liegt bereits in Blekinge (siehe Seite 254 ff.).

◎ Ebenfalls in Blekinge: der **ERIKSBERG** VILT & NATURPARK, wo Seeadler und Fledermäuse zu beobachten sind (siehe Seite 275).

Wassersport

Das Paddeln im Kajak/Kanu verdient ein eigenes Kapitel: siehe Seite 51 f.

◎ Die Seen, das Binnenmeer Vättern und vor allem die abwechslungsreiche KÜSTE bieten Boots-Enthusiasten ein vielfältiges Betätigungsfeld. Die **HELLEN SOMMERNÄCHTE** verlängern nicht nur den Urlaub, sie zeigen sich besonders an den Gewässern in einer FARBSINFONIE, die solche Ferientage zur BLEIBENDEN ERINNERUNG adeln.

SEGELN

◎ Auf eigenem Kiel ist das Kreuzen in schwedischen Gewässern führerscheinfrei und auch beim Zoll muss man sich nicht **ANMELDEN**, solange man kein Haustier dabei hat und die Warenhöchstmengen einhält. Anders als in Dänemark muss man sich im ersten Hafen aber einklarieren. Es finden Kontrollen statt, auch nachts.

◎ **INFORMATION**: Segler benötigen spezielle Literatur, die zum Beispiel nautische Angaben umfasst, was wir nicht leisten können. Darum verzichten wir in diesem Buch auf Einzelheiten und Adressen der Gästehäfen und verweisen auf die Fachliteratur. Info auf Englisch www.sjofartsverket.se u. auf Deutsch www.dmyv.de. Seekarten auf dem neuesten Stand: HanseNautic, Herrengraben 31, 20459 Hamburg, Tel. 040 – 37 48 42-0, www.hansenautic.de. Alternative in Schweden: www.kartbutiken.se.

Bei der Tierbeobachtung muss es nicht immer um Vögel gehen: Ab Bergkvara Gasthafen, nahe der Grenze zwischen Småland und Blekinge, starten Seehund-Fotosafaris (siehe Seite 193).

TAUCHEN

Populäre Ziele in den schwedischen Gewässern sind Wracks und selbstverständliche schöne Naturgebiete, wo aber einschränkende Regeln gelten können.

Ein günstiges Domizil mit relativ vielen Tauchzielen und einem auch auf Touristen eingerichteten Tauchcenter ist der Norden von Öland mit der Ortschaft BYXELKROK.

◎ **LONG ISLAND DIVERS**, Svältergatan 36, SE–38075 Byxelkrok, Tel. 0485 – 281 60 sowie 0705 – 33 78 66, www.longislanddivers.com.

WINDSURFEN

Leidenschaftliche Wellenreiter kommen nur zum Surfen und verlangen nicht unbedingt einen Reiseführer; deshalb bescheiden wir uns mit wenigen, knappen Angaben.

◎ Wer es mal probieren will, ist auf im Süden der Insel **ÖLAND** gut aufgehoben. An der Westseite zum Kalmarsund liegt abgeschieden die Ferienanlage Haga Park Camping & Stugor und am hiesigen Strand die BASIS **SURFERS CENTER ÖLAND**, Tel. 072 – 97 36 221, www.surferscenteroland.se.

Wintersport

Einen verlässlichen Wintersporttourismus kann Südschweden nicht gewähren; dafür ist die Saison zu kurz und der Schnee nicht sicher genug.

◎ Allerdings gibt es im nördlichen Småland die SKI-ARENA **ISABERG**. mit den steilsten und längsten Pisten in Südschweden. Etwa vom 20. Dezember bis 1. April bietet die moderne Anlage Schnee- und Skivergnügen dank Beschneiung. Mit großer Liftkapazität und berührungslosem Skipass-System ist Isaberg auf dem Stand der Technik. Auf den BELEUCHTETEN PISTEN wird bis in den späten Abend hinein gefahren.

◎ **ANDERNORTS** im småländischen Hochland erfreuen sich kleine Pisten größter Beliebtheit bei der Lokalbevölkerung. Beleuchtete Loipen rund ums Dorf leisten sich viele Gemeinden, eine einfache Eisbahn fürs (jugendliche) Hockey- oder Bandy-Spiel gilt als lokales Muss.

◎ Wenn die Seen erst einmal gefroren sind, wird **DURCHS EISLOCH GEANGELT**: Spezielle Eisbohrer und die kurzen Ruten für das *pimpelfiske* sind in jedem Angelshop zu haben.

◎ Solange kaum Schnee auf das Eis gefallen ist, schwärmen die **SCHLITTSCHUHLANGLÄUFER** aus auf die Seen. Das Vergnügen sollte man nur in erfahrener Begleitung wagen. Die Gefahr einzubrechen ist stets da! Natürliche, »warme« Strömungen können auch bei tiefen Minusgraden die Tragfähigkeit eines noch so dick erscheinenden Eises untergraben.

Genau wie im Straßenverkehr sind die Alkoholbestimmungen ebenso beim Steuern eines Boots zu beachten. Wer alkoholisiert beim Segeln angetroffen wird, könnte in Anbetracht der Konsequenzen sehr schnell nüchtern werden.

Geschichte und Gegenwart

DIE WIKINGER

Beginnen wir im 8. Jh. mit den wohl bekanntesten Vertretern nordeuropäischer Historie: den Wikingern. Im Laufe der Jahrhunderte hatten sich unter den Bewohnern Nordeuropas Volksstämme herausgebildet, die mittlerweile sesshaft geworden waren. Die dominierende Stellung unter den im heutigen Schweden lebenden Stämmen hatten die SVEAR, die dem Land ihren Namen geben sollten: Svearike, das Reich der Svear, wurde zu SVERIGE.

Die Svear lebten in Uppland, an der Ostküste Schwedens. Den zweiten großen Stamm bildeten die Gauten bzw. GOTEN im Westen. Die Wikinger beschränkten sich nicht darauf, ihren Lebensunterhalt durch Ackerbau zu bestreiten. Dafür gaben die klimatischen Bedingungen sowieso zu wenig her. Die Plünderung des vermögenden englischen Klosters Lindisfarne (793) bildete den Auftakt zu dem, was die Wikinger bekannt gemacht hat: ihre Raubzüge. Dank ihrer Bautechnik zeigten sich die Wikingerschiffe denen anderer seefahrender Völker weit überlegen.

Nun war nicht jeder Wikingerzug von Mord und Plünderung begleitet. Die Nordländer gründeten ebenso Siedlungen in anderen Teilen Europas, wie sie fleißig Handel betrieben. Die Wikinger aus Schweden befuhren in erster Linie den Ostseeraum. Ihre Wege führten sie über die großen russischen Flüsse bis nach Konstantinopel. Aus der Wikingersiedlung Holmgård im Osten wurde später der Kleinstaat Novgorod. Norwegische Wikinger besiedelten ab 874 die Hebriden, Shetlands, Orkneys, die Insel Man und schließlich Island. Und um das Jahr 1000 segelten ihre Nachfahren bis Grönland und Neufundland – Kolumbus kam ein paar hundert Jahre später nach Amerika.

SVERIGE

◎ Etwa um das Jahr 1000 setzte die **CHRISTIANISIERUNG** ein, womit es zu Auseinandersetzungen zwischen den heidnischen Svear und den christlichen Göten kam, die erst mit GRÜNDUNG DES ERZBISTUMS UPPSALA (1164) beigelegt werden sollten. Schweden war ein Reich geworden, jedoch kleiner als heute: Weite Teile des heutigen Südschweden gehörten zu Dänemark.

◎ Mitte des 12. Jhs. vereinnahmten die Schweden Finnland, was zu ersten Konflikten mit Novgorod führte. Die Schweden begannen mit dem Bau von Festungen, um sich auf gewalttätige Auseinandersetzungen mit dem östlichen Nachbarreich vor-

◂ Geschichte auf Öland: oben am Nationalfeiertag, Flaggans dag (dem Tag der Flagge) am 6.6. in Mörbylånga, unten links der Runenstein von Bjärby (siehe Seite 226), unten rechts in der Ende der 1970er Jahre wieder aufgebauten Fluchtburg Eketorp (siehe Seite 226 ff.)

zubereiten. Der **STREIT UM TERRITORIALFRAGEN** mit Russland und Dänemark bildete in den folgenden Jahrhunderten einen Schwerpunkt schwedischer »Außenpolitik«.

◎ In Schweden selbst stritt man immer wieder um die Kompetenzen, die der jeweilige König dem Adel zubilligte. Die schwedischen Bauern hatten nie unter dem Joch des Feudalismus zu leiden, da sie traditionell zu freiem Land- und Waldbesitz berechtigt waren. Oft fanden sie dabei den Schutz des Monarchen. Die erste dieser **MODERATEN** Perioden begann 1250 mit *Birger Jarl,* dem die Söhne *Waldemar* und *Magnus* folgten. In ihre Regierungszeit fallen die ersten Verträge mit der Hanse, die Förderung des Bergbaus sowie die Einführung einer einheitlichen »Gesetzgebung«, die auch die Abschaffung von Sklaverei und Blutrache beinhaltete.

KALMARER UNION

1397 bestimmte die dänische Königin *Margrete I.,* die inzwischen auch den schwedischen Thron bestiegen hatte, im schwedischen Kalmar die Union zwischen Dänemark, Schweden und Norwegen. Formell sollte die Kalmarer Union 127 Jahre halten, doch die Praxis war sehr auf die dänischen Interessen ausgerichtet, so dass rasch Abneigung und Missgunst entstanden. Während Norwegen zur dänischen Provinz verkümmerte, regte sich in Schweden aktiver Widerstand. Unter der Führung von *Engelbrekt Engelbrektsson* erhoben sich Bauern und Bergleute im mittelschwedischen Dalarna und vertrieben die dänischen Beamten. 1435 bildete sich der REICHSTAG IN STOCKHOLM, womit die Union praktisch beendet wurde. Drei Fraktionen (Bauern-, Adels- sowie Unionspartei) einigten sich aber auf deren Fortsetzung zu geänderten Bedingungen. Die Beamten sollten sich fortan aus Angehörigen des jeweiligen Volkes rekrutieren. In der Folgezeit regierten in Kopenhagen mal mehr, mal weniger moderate Monarchen. Zu den weniger umgänglichen gehörte *Christian II.,* dessen Heer 1520 das des schwedischen Reichsverwesers *Sten Sture* besiegte. Als der dänische König die Kapitulationsvereinbarungen nicht allzu ernst nahm und seine Gegenspieler hinrichten ließ, organisierte von Dalarna aus der Adlige Gustav Vasa den Widerstand. 1523 war mit seinem Einmarsch in Stockholm der Konflikt entschieden, 1524 die Union dann vertraglich beendet.

SCHWEDEN ALS GROSSMACHT

◎ In **GUSTAV VASAS AMTSZEIT** (1523–60) fallen NEUERUNGEN wie die Einführung der lutherischen Staatskirche 1527, die Neuordnung von Finanzwesen und Verwaltung (Einteilung in 200 Distrikte), die Zentralisierung des Bergbaus sowie eine Allianz mit Dänemark, die die Vorherrschaft der Hanse im Ostseeraum beenden sollte. Es ist aber auch die

Birger Jarl gründete 1252 auch die zukünftige Landeshauptstadt Stockholm, 80 km südlich des damaligen Zentrums Uppsala an Schwedens Ostküste.

Zeit von Unruhen und BAUERNAUFSTÄNDEN in SMÅLAND, die Vasa blutig niederschlagen ließ.

Seinem Tod folgten wirre Jahre, in denen sich Söhne und Brüder des einstigen Herrschers auf dem Thron abwechselten.

◎ Die nächste Epoche, die ausführlicher in schwedischen Geschichtsbüchern zitiert wird, begann **1611** mit der Regierungszeit von *Gustav II. Adolf.* Schritt für Schritt wurde das Land rings um die Ostsee schwedischer Besitz, teils nach Friedensverträgen, teils auf militärischen Druck: Das Nachsehen hatten Russland und Polen. Dann griff Gustav II. Adolf auf Seite der protestantischen Fürsten in den Dreißigjährigen Krieg ein, den er nicht überlebte, und 1644 wurde seine Tochter *Christina* gekrönt. Die junge Königin interessierte sich weniger für weltliche Geschehnisse, verzichtete 1654 zu Gunsten ihres Vetters auf den Thron und konvertierte zum Katholizismus.

◎ Im **WESTFÄLISCHEN FRIEDEN** 1648 waren Schweden die bisher dänischen Provinzen Jämtland, Härjedalen, Gotland, Skåne, Halland, Blekinge sowie die Ostseeinseln Rügen und Ösel zugesprochen worden. Zudem die Mündungen von Oder, Elbe und Weser kontrollierend, war das Land am Gipfel seiner Macht angelangt, was den Nachbarn allerdings nicht zusagte. *Karl X. Gustav* (1654–1660) und *Karl XI.* (1660–1697) hatten sich nacheinander mit Polen, Russland, Dänemark, den Niederlanden sowie wiederum Dänemark und Brandenburg auseinanderzusetzen, bevor **1679** achtzehn Jahre Frieden einkehrten. Karl XI. führte eine Reihe von Reformen durch – was sich mit dem Ziel verbinden ließ, die eigenen Befugnisse gegenüber denen des Adelsstandes zu erweitern. So mussten Adlige unrechtmäßig erworbenes Land an die Bauern zurückgeben. Verkleidet soll der König Inspektionsreisen im Reich unternommen haben, um die Arbeitsweise der Beamten zu überprüfen. Im Baltikum initiierte er eine Bodenreform.

◎ 1697 folgte *Karl XII.*, ein kriegerisch veranlagter Vertreter seiner Familie. Seine Truppen bezwangen die dänischen und polnischen, doch in der Ukraine wendete sich das Kriegsglück. Karl XII. starb 1718 bei Fredriksten, der Festung des heute norwegischen Halden. Schweden verlor im **GROSSEN NORDISCHEN KRIEG** (1700–21) seine Besitzungen an der Ostsee und in Norddeutschland, behielt nur Rügen und Vorpommern. Im FRIEDEN VON NYSTAD (1721) fielen das Baltikum sowie Finnisch-Karelien an Russland.

◎ Die folgenden Jahrzehnte ging es eher harmlos zu. Den Kompetenzstreit zwischen Ständen und Reichsrat beendete *Gustav III.* (1771–92), indem er **1772** den von Adligen beherrschten Reichstag mit Teilen des Heeres teilweise entmachtete und die absolute Monarchie reaktivierte. In seine Amtszeit fielen eine wichtigere Rolle von Wissenschaft und Kul-

Einer der mächtigsten Männer Schwedens Mitte des 17. Jhs. war Graf *Per Brahe* (1602–1680). Mehr über ihn ab Seite 123 (zu Gränna und Visingsö).

tur, die Abschaffung der Folter und die Lockerung der Pressezensur.

◎ *Gustav IV. Adolf* (1795–1809) entschloss sich zu fälligen Agrarreformen. Ansonsten fiel er durch seine realitätsferne Politik etwas aus dem Rahmen. Er versuchte sich an den Napoleonischen Kriegen, verlor dabei zunächst Pommern, später auch Finnland, worauf er abgesetzt wurde. Der **ABSOLUTISMUS WAR** damit **IN SCHWEDEN BEENDET**. Mit seinem kinderlosem Bruder *Karl XIII.* (1809 –18) endete die Herrschaft der Vasa-Dynastie in Schweden.

ENDLICH FRIEDEN

◎ Bereits 1810 bemühte man sich um die Nachfolge des amtierenden Königs. Die Wahl fiel auf den französischen Marschall *Jean Baptiste Bernadotte*, der schon als Kronprinz die Fäden in der Hand hielt und 1818 bei seiner Krönung den Namen *Karl Johan* annahm. Da er sich nicht im Einvernehmen von Napoleon getrennt hatte, fiel es ihm leicht, 1813 an den sogenannten Befreiungskriegen gegen den schwächelnden Feldherren teilzunehmen. Beim **WIENER KONGRESS** 1814 verzichtete Karl Johan großzügig auf die letzten Besitzungen in Deutschland, um sich dafür Norwegen von dem Verlierer Dänemark zu sichern – der ewige Kontrahent war klein geworden. Gleichzeitig begann eine Phase der Entspannung mit Russland.

In der Innenpolitik werden Karl Johan die Konsolidierung der Finanzen und die Verbesserung der Verkehrswege (GÖTA KANAL) gut geschrieben. Soziale Reformen lagen ihm weniger, so dass er sich in seiner Politik auf den Adel stützte. Auch die »Übernahme« Norwegens, die manche Brust in nationalem Wohlgefallen schwellen ließ, brachte Schweden langfristig mehr Probleme als Freude. In Norwegen mehrten sich die Bestrebungen nach Selbständigkeit, obwohl (oder weil) die Union einiges an Freiraum gewährte.

◎ Unter Karl Johans Nachfolgern *Oscar I.* und *Karl XV.* setzte sich der **LIBERALISMUS** durch: 1842 allgemeine Schulpflicht sowie Gründung der Volksschule, 1846 Abschaffung des Zunftwesens sowie Einführung der Gewerbefreiheit, ferner Freihandel, Gleichberechtigung der Frauen beim Erbrecht, 1860 die Religionsfreiheit, 1862 die kommunale Selbstverwaltung. Mit der PARLAMENTSREFORM von 1866 ersetzte der Zweikammer-Reichstag den überholten Vierstände-Reichstag.

◎ Krieg und Gebietsansprüche verloren an Aktualität. In der zweiten Hälfte des 19. Jahrhunderts hatten sich die Schweden mit anderem auseinanderzusetzen. Die **INDUSTRIELLE REVOLUTION** erreichte auch den Norden, wo bereits seit Jahrhunderten Erz abgebaut worden war. Die Maschinenbauindustrie erfuhr ab 1870 eine rasante Entwicklung und stellte bald wichtige Exportgüter. An Flussmündungen in Nordschweden entstanden zahlreiche Sägewerke,

Emigranten aus Anneboda im 19. Jh. Die damalige Bevölkerungsexplosion erklärte der Autor und Bischof von Växjö, *Esaias Tegnér*, mit verbesserter Ernährung (mit der zunehmend angebauten Kartoffel), Gesundheitsvorsorge (ersten Impfungen) und dem Frieden. ▶

Mittelpunkte neuer Siedlungen. Die Wohn- und Arbeitsbedingungen der Fabrikarbeiter allerdings waren erbärmlich. Das rasche BEVÖLKERUNGSWACHSTUM und der Wechsel von Bauern in besitzlose Arbeiter schuf, zusammen mit anderen Faktoren, eine ARMUT, die Hunderttausende zur **AUSWANDERUNG** über den Atlantik bewegte. Eindrucksvoll schildert der schwedische Autor *Vilhelm Moberg* diese Zeit in seinen insgesamt vier Auswanderer-Romanen. Andere entzogen sich der ausweglosen Situation durch maßlosen Alkoholkonsum, worin der Ursprung der in ländlichen Regionen Skandinaviens durchaus verbreiteten ABSTINENZLERBEWEGUNG liegt. – Auf politischem Parkett leiteten die Parlamentsvertreter der neuen Upper class, der Industriellen, eine enorme Aufrüstung ein, ein profitables Feld für die Maschinenbauindustrie.

◎ Doch für Krieg waren die Schweden in ihrer Mehrheit nicht mehr zu begeistern. Als sich die Norweger 1905 für selbständig erklärten, verzichteten König wie Parlament nach ein paar abtastenden Scharmützeln auf eine militärische Intervention. – Bedenkt man, mit welcher Hingabe die Völker in Mitteleuropa neun Jahre später in den großen Krieg zogen, verdient dies allerhöchsten Respekt: Schweden war zu einem den **FRIEDEN** schätzenden Land geworden.

◎ In beiden Weltkriegen orientierte sich die schwedische Außenpolitik am PRINZIP der **NEUTRALITÄT**, mit Einschränkungen: 1940 durchquerten deutsche Truppen in Eisenbahnzügen auf ihrem Weg nach Norwegen und Finnland schwedisches Territorium. Inwieweit dies auf Druck Berlins geschah, lässt sich nur schwer nachvollziehen; an der Seite des vermutlichen Siegers zu stehen hielten verantwortliche Politker offenbar für opportun; die roten Soldaten vor

den Grenzen Schwedens empfanden sie als das größere Übel als die braunen auf der Durchreise – was Stockholm aber nicht daran hinderte, 1945 rund 150 deutsche und baltische Soldaten an die Sowjetunion auszuliefern, die von der sich auflösenden Ostfront nach Schweden geflüchtet waren. Was ihnen in grausamer sowjetischer Kriegsgefangenschaft bevorstand, kümmerte im fernen Stockholm wenig. Es gibt somit auch dunklere Kapitel in Schwedens praktischer Neutralitätspolitik.

ZUM MUSTERLAND DER SOZIALDEMOKRATIE

◎ Die Geschehnisse im eigenen Land beschäftigten die Schweden weitaus mehr. Im Mittelpunkt stand dabei die Auseinandersetzung zwischen Unternehmern und Arbeiterschaft. **1909** hatte ein Generalstreik den mühsam in Gang gekommenen DIALOG zwischen Gewerkschaftsdachverband (LO) und Arbeitgebervereinigung (SAF) beendet. Einige hunderttausend Arbeiter waren wegen angekündigter Lohnkürzungen monatelang in den Ausstand getreten. Trotz internationaler Solidarität hatten die Gewerkschaften den Arbeitskampf finanziell nicht durchstehen können und eine empfindliche Niederlage erlitten. Die Arbeitsmarktfrage blieb vorerst ungeklärt, die Arbeitgeber hatten das letzte Wort. Ebenfalls 1909 wurde das ALLGEMEINE STIMMRECHT FUR MÄNNER eingeführt.

◎ **1917** bildeten die langjährigen Oppositionsparteien – Sozialdemokraten und Liberale – die Regierung. Deren neu verabschiedeten Gesetze beinhalteten auch das ALLGEMEINE STIMMRECHT FUR FRAUEN (**1921**). Die Gesetzgebung unter Federführung der Sozialdemokraten präzisierte neue Spielregeln für den Arbeitsmarkt, regelte Fragen um Tarifverträge und Arbeitsgerichtshof (**1928**).

Der wirtschaftlichen Expansion nach dem Ersten Weltkrieg, als das skandinavische Land für die kriegsgeschädigte Industrie in Mitteleuropa eingesprungen war, folgte zu Anfang der 30er Jahre die Krise mit Armut und Arbeitskämpfen. Als trauriger Tiefpunkt gilt das Jahr **1931**, als Soldaten in Lunde fünf demonstrierende Arbeiter erschossen.

◎ Die Sozialdemokraten gingen aus den instabilen Zeiten gestärkt hervor und wurden zur bestimmenden politischen Kraft. Die 1936 gemeinsam mit dem Bauernbund gebildete Regierung unter *Per Albin Hansson* legte den Grundstein für jenes System, das im Ausland mit den Begriffen **WOHLFAHRTSSTAAT**, »schwedisches Modell« und »sozialistischer Kapitalismus« umschrieben wurde. Der Staat bemüht sich intensiv um den sozialen Ausgleich, fordert viel (Steuern) von den Bürgern und gibt gleichermaßen viel (soziale Leistungen) zurück. Vier Jahrzehnte konnte sich die SAP behaupten; von 1946–70 regierte *Tage Erlander*, von 1970–76 *Olof Palme*.

Auch in Schweden sind die Industriearbeitsplätze rückläufig; die Papiermühlen im Land bleiben allerdings zukunftsfähig, hier die gigantisch große Fabrik Södra Cell Mörrum in Blekinge ▶

DIE LETZTEN JAHRZEHNTE

◎ 1981 beschloss Schweden per VOLKSABSTIMMUNG, **AUF KERNKRAFTWERKE ZU VERZICHTEN**. Seitdem unternahmen die Politiker an der Macht (egal von welcher Partei) nichts, um dieses Votum zu verwirklichen. Nur um der Bevölkerung zum gegebenen Zeitpunkt zu erklären: »Wir *müsssen* die Kernkraft beibehalten, da wir keine Alternative haben.« Trotz Export der eigenen Wasserkraftressourcen. Heute ist selbst die Bevölkerung – trotz Fukushima – mehrheitlich gegen den Ausstieg.

◎ Erstmals nach Jahrzehnten sozialdemokratischer **REGIERUNG** wählten die Schweden 1976 eine bürgerliche Regierung; sie war bis 1982 im Amt, die zweite konservative Regierung der jüngeren Geschichte unter *Carl Bildt* von 1991 bis 1994. Zuletzt stand *Fredrik Reinfeldt* von 2006 bis 2014 an der Spitze einer konservativen Koalition aus Moderater Sammlungspartei, Centerpartiet, Folkpartiet und Christdemokraten. Seit Oktober 2014 hat Schweden mit *Stefan Löfven* wieder einen sozialdemokratischen Staatsminister. Erstmals ist die Umweltschutzpartei Miljöpartiet an der Regierung beteiligt, die nach langen Koalitionsverhandlungen mit Unterstützung der linken Vänsterpartiet als Minderheitskoalition aus Sozialdemokraten (S) und Miljöpartiet (MP) gebildet wurde. Die Erstarken der rechtspopulistischen Sverigedemokraterna (SD) mit fast 13 % der Wählerstimmen und 49 Manda-

ten verhinderte eine Mehrheit des bürgerlichen Lagers, das keine Koalition mit der SD eingehen mochte. Als Reaktion auf die starken Flüchtlingsströme nach Europa seit 2015 und als Konzession an die potenzielle SD-Wählerschaft beschloss die schwedische Regierung, das Schengen-Abkommen zum freien Personenverkehr Anfang 2016 vorübergehend auszusetzen; d.h. es werden bis auf Weiteres Identitätskontrollen bei der Einreise mit einem Fährschiff und insbesondere per Bahn über die Öresundbrücke durchgeführt.

In Krisenzeiten, die von Angst vor Unruhen, Attentaten und vermeintlicher »Überfremdung« geprägt sind, ist selbst das Bild von Schweden und Skandinavien in der öffentlichen Wahrnehmung nicht mehr das des abgeschiedenen Idylls – im Gegenteil. Dänemark und Schweden jedenfalls schlossen Ende 2015 ihre Grenzen vor den faktisch oder angeblich nicht mehr hantierbaren Flüchtlingsströmen. Bis dahin hatte Schweden innerhalb der EU DIE GRÖSSTE ZAHL AN FLÜCHTLINGEN in Relation zur Zahl der eigenen Bevölkerung aufgenommen (während Dänemark bereits seit vielen Jahren einen wesentlich rigideren Kurs fährt).

SCHWEDEN IN DER EU

◎ Seit **1995** ist Schweden Mitglied der EU, ebenso wie Finnland und Österreich. Den EU-RATSVORSITZ hatte Schweden im ersten Halbjahr **2001** und im zweiten Halbjahr **2009** inne. Das Land gehört zu den Netto-Zahlern der EU. Zurückfließende EU-MITTEL werden vor allem zur regionalen Förderung der dünn besiedelten Gebiete Nordschwedens genutzt. Aber auch in Småland und Blekinge kommen Fördermittel an, und das gerade auch beim Fremdenverkehr, wie es die EU-Flagge auf Webseiten und Broschüren zeigt.

Die Schweden beschlossen in einem REFERENDUM **2003** mit 55,9 % der Stimmen NICHT DER EU-WÄHRUNGSUNION BEIZUTRETEN. Demgemäß bleibt die Schwedische Krone bis auf Weiteres Zahlungsmittel.

Auch als EU-Mitglied bleibt das Land frei von militärischen Bündnissen und legt weiterhin Wert auf seine Neutralität. Zugleich unterstützt man den Aufbau von Kapazitäten zur internationalen Konfliktprävention.

SCHWEDEN-HAPPEN

◎ König *Carl XVI. Gustav* gehört zur Linie der Bernadottes, Nachfahre jenes Karl Johan. Mit seiner deutschstämmigen Ehefrau *Silvia* lebt er auf Schloss Drottningholm/Stockholm.

Schillernd erscheinen die **ROYALS** vor allem, seit die beliebte Kronprinzession *Victoria* erwachsen und (mit einem Bürgerlichen) verheiratet ist. Seit sie am 23. Februar 2012 Prinzessin Estelle zur Welt brachte und im März 2016 Prinz Oscar, ist das Entzücken umso größer. Dazu tragen auch die 2014 und 2015 geborenen Kinder von Prinzessin *Madeleine* (Leonore und Nicolas) und von Prinz *Carl*

Den Ratsvorsitz innerhalb der EU wird Schweden das nächste Mal im ersten Halbjahr 2023 übernehmen.

Philip bei, dessen Sohn Alexander im April 2016 auf die Welt kam.

◎ Schillernd (oder wenigstens vielversprechend) erscheint Schweden als Land auch vielen Deutschen, die als **AUSWANDERER** dorthin gehen. Zum Teil hat dies sozusagen ganzheitliche Gründe, um einen RUHIGEREN TAKT ins (naturnahe) Leben zu bekommen. Andere suchen mit der Emigration gezielt die berufliche Perspektive, da in Schweden in einigen Sparten starker Mangel herrscht: Gefragt sind vor allem die Heilberufe, Handwerker, Erzieher (Qualifikation: Hochschulstudium) sowie einige Ingenieursberufe. Die Bezahlung ist nicht allerorten besser als in Deutschland, die Arbeitszeiten aber sind es. In Skandinavien ist es durchaus üblich, dass auch Personen in höheren beruflichen Positionen nachmittags das Büro verlassen (und ihren Nachwuchs aus Kindergarten oder Schule abholen).

Das heißt zwar nicht, dass Schweden als Schlaraffenland zu lobpreisen ist. Die Zustände im Gesundheitswesen sind, dezent gesagt, bescheiden (weniger für Touristen), die Jugendarbeitslosigkeit ist derzeit Besorgnis erregend hoch. Obwohl in gewöhnlichen schwedischen Familien beide Partner arbeiten müssen, um den Lebensstandard zu finanzieren, ist die Geburtenrate klar höher als bei uns. Die Schweden fühlen sich mehrheitlich immer noch gut aufgehoben in ihrem Land.

Wörterkladde

Keine Scheu vor dem Schwedischen. Sie werden erstaunt sein, wie viel Sie sich beim Lesen von Zeitungen oder Broschüren zusammenreimen können. Die schwedische Sprache kennt Lehnworte aus dem Deutschen, aus dem Englischen und Französischen. Mit etwas Geduld schaffen Sie es allemal, einige Wörter sowie einfache Redewendungen zu erlernen – und sogar zu verstehen.

Die Schweden sind sehr HÖFLICH und überfallen niemanden grußlos. Falls Sie ein Anliegen haben, grüßen Sie freundlich mit »Hej« und fragen dann. Übrigens, auch an den Kassen der Supermärkte grüßt man sich mit »Hej«, wenn man an der Reihe ist.

Aussprache

Die KLANGVOLLE AUSSPRACHE des Schwedischen birgt einige Schwierigkeiten. Hier eine komplette Anleitung mit Regeln zu geben würde den Rahmen sprengen und vor allem mehr verwirren, als hilfreich sein – deshalb nur die wichtigsten Hilfen.

◎ Die **BETONUNG** liegt ebenso wie im Deutschen hauptsächlich auf der Stammsilbe. Groß geschrieben werden nur Eigennamen.

◎ Für Mitteleuropäer ungewohnt ist das Anhängen der **BESTIMMTEN ARTIKEL** an das Substantiv, zum Beispiel: ein Hund – *en hund,* der Hund – *hunden,* ein Haus – *ett hus,* das Haus – *huset.* Siehe dazu den Kastentext.

◎ Der **SONDERBUCHSTABE** å / Å ist, wie die Umlaute ä und ö, immer am Ende des Alphabets zu finden; ü gibt es im Schwedischen nicht.

◎ **D**, **H** und **L** werden vor einem j nicht gesprochen: djup *(jüp)* – tief; hjälp *(jälp)* – Hilfe; ljus *(jüss)* – Licht.

◎ **G** wie im Deutschen, doch vor -e, -i, -y, -ä, -ö sowie nach l- und r- spricht man ein j wie in ja: get *(jet)* – Ziege; gift *(jift)* – Gift; Göteborg *(jöteborj)*; älg *(älj)* – Elch.

◎ **K** wie das deutsche k, doch vor -e, -i, -y,-ä, -ö spricht man es etwa wie »t(s)ch« aus: kind *(t(s)chind)* – Wange; köpa *(t(s)chöpa)* – kaufen.

◎ **KJ**, **SJ**, **SKJ**, **STJ** und **TJ** sind weitere »sche-Laute«, sie werden fast wie ein »sch« in »Flasche« ausgesprochen: kjol *(schol)* – Rock; sju *(schü)* – sieben; skjorta *(schurta)* – Hemd; stjärna *(schärna)* – Stern; tjock *(schock)* – dick.

◎ **SK** vor e, -i, -y,-ä, -ö gehört ebenso zu den »sche-Lauten«: sked *(sched)* – Löffel; skinka *(schinka)* – Schinken; skär *(schär)* – Schäre.

◎ **O** wie u in »gut«: god – gut. In Verbindung mit Doppelkonsonanten und vor ch, ck offen wie o in »kommen«: komma – kommen; och *(okk)* – und; också *(okksso)* – auch.

Der Wanderpfad quer durch Blekinge heißt Blekingeleden. Die Endung *led* bedeutet »Weg«, die Endung *leden* »der Weg«. Das ANHÄNGEN des bestimmten Artikels an das Substantiv ist eine Besonderheit der skandinavischen Sprachen.
Streng genommen, müsste es im Deutschen der Blekingeled heißen statt der Blekingeleden. Doch selbst Profis, die tagtäglich mit den skandinavischen Sprachen umgehen, verwenden die vor Ort übliche Schreibweise, gebrauchen sie sozusagen als Eigennamen.

◎ **U** wie ü in »Kajüte«: utan – ohne. Oder offen wie in »jung« oder »stumm«: ung – jung.

◎ **V** immer wie w in »Wasser«: vatten – Wasser.

◎ **Y** fast wie ü in »Tür«: dyr – teuer.

◎ **Å** wie o in »Boot«: båt – Boot. In Verbindung mit nd, ng oder Doppelkonsonanten offen wie das o in »Gott«: mått – Maß; gång – Gang.

Mini-Lexikon

GRUNDZAHLEN

0 – *noll*

1 – *ett*

2 – *två*
3 – *tre*
4 – *fyra*
5 – *fem*
6 – *sex*
7 – *sju*
8 – *åtta*
9 – *nio*
10 – *tio*
100 – *hundra*
1000 – tusen

ZEITANGABEN / WOCHENTAGE

dag – Tag
minut – Minute
timme – Stunde
vecka – Woche
månad – Monat
år – Jahr
vår – Frühling
sommar – Sommer
höst – Herbst
vinter – Winter
måndag – Montag
tisdag – Dienstag
onsdag – Mittwoch
torsdag – Donnerstag
fredag – Freitag
lördag – Samstag
söndag – Sonntag
helg – Wochenende
helgdag – Feiertag
vardag – Werktag

TOURISTENALLTAG

affär – Geschäft
avgift – Gebühr
barn – Kind
bastu – Sauna
belopp – Betrag
bensinstation, mack – Tankstelle
biljett – Fahrkarte / Eintrittskarte
bio – Kino
by – Dorf
båt – Schiff, Boot
centralstation – Hauptbahnhof
cykel – Fahrrad
djupfryst – tiefgefroren
farlig – gefährlich
flygplats – Flugplatz
frimärke – Briefmarke
färja – Fähre
färsk – frisch
gata – Straße
gränd – Gasse
gård – Hof
gästhamn – Yachthafen
hamn – Hafen
hittegods – Fundsachen
hus – Haus
hyra – mieten
höger – rechts
jag – ich
klocka – Uhr
krydda – Gewürz
kyrka – Kirche
kö – Warteschlange
lekplats – Kinderspielplatz
loppmarknad – Flohmarkt
läkare – Arzt
många – viele
nej – nein
när – wann
pengar – Geld
polisstation – Polizeiwache
present – Geschenk
regn – Regen
resebyrå – Reisebüro
rådhus – Rathaus
semester – Urlaub

sevärdhet – Sehenswürdigkeit
sjukhus – Krankenhaus
skola – Schule
sol – Sonne
sommarstuga – Sommerhaus
spårvagn – Straßenbahn
stor – groß
stugby, semesterby – Feriendorf
stängt – geschlossen
tidning – Zeitung
tidtabell – Fahrplan
torg – Marktplatz
trädgård – Garten
turistbyrå – Touristenbüro
Tyskland – Deutschland
tältplats – Zeltplatz
tåg – Zug
utflykt – Ausflug
vandringsled – Wanderweg
var – wo
vägen – der Weg
vänster – links
öppen – geöffnet

REDEWENDUNGEN

god morgon – guten Morgen (eher förmlich)
god dag – guten Tag (förmlich)
adjö – auf Wiedersehen (förmlich)
hej – hallo (salopp)
hej då – tschüss (salopp)
tack – danke
tack så mycket – vielen Dank
nej tack – nein danke
ja tack – ja bitte
varsågod – bitteschön
ursäkta – entschuldigen Sie
Talar du / Ni tyska? – Sprichst Du / Sprechen Sie Deutsch?
jag förstår inte – ich verstehe nicht

Mini-Kfz-Lexikon

Abblendlicht – *halvljus*
Abschleppdienst – *bärgningstjänst*
Achse – *axel*
Anlasser – *startmotor*
Auspuff – *avgasrör*
Auto – *bil*
Autobahn – *motorväg*
Benzin (Normal, Super, Diesel) – *bensin (regular, premium, diesel)*
Blinker – *blinker*
Bremse – *broms*
Dichtung – *packning*
Ersatzrad – *reservhjul*
Fehlzündung – *baktändning*
Fernlicht – *helljus*
Frostschutzmittel – *frostskydds vätska*
Führerschein – *körkort*
Garage – *garage*
Getriebe – *växellåda*
Handbremse – *handbroms*
Hupe – *signalhorn*
Keilriemen – *fläktrem*
Kofferraum – *bagageutrymme*
Kühler – *kylare*
Kurbelwelle – *vevaxel*
Kupplung – *koppling*
Leerlauf – *tomgång*
Leihwagen – *hyrbil*
Lenkrad – *ratt*
Lichtmaschine – *generator*
Öl – *olja*
Rad – *hjul*
Reifen – *däck*
Reifendruck – *ringtryck*
Reifenpanne – *punktering*
Rücklicht – *bakljus*

Scheibenwaschmittel – *spolarvätska*
Scheinwerfer – *strålkastare*
Schraubenschlüssel – *skiftnyckel*
Schraubenzieher – *skruvmejsel*
Steckschlüssel – *hylsnyckel*
Straße – *väg, gata*
Tankstelle – *bensinstation, mack*
Unfall – *olycka*
Ventil – *ventil*
Vergaser – *förgasare*
Verteiler – *fördelare*
Wagenheber – *domkraft*
Warndreieck – *varningstriangel*
Werkstatt – *verkstad*
Windschutzscheibe – *vindruta*
Winterreifen – *vinterdäck*
Zündkerze – *tändstift*
Zündschlüssel – *startnyckel*
Zündung – *tändning*
Zylinderkopfdichtung – *cylinderlockspackningen*

STANDARDSÄTZE

Wie komme ich nach...? – *Hur kommer jag till...?*
Wie weit ist das? – *Hur långt är det?*
Können Sie mir das auf der Karte zeigen? – *Kan du visa mig det på kartan?*
Wo ist die nächste Tankstelle? – *Var ligger närmaste bensin station?*
Darf ich hier parken? – *Får jag parkera här?*
Es ist ein Unfall passiert. – *Det har hänt en olycka.*
Ich habe eine Panne. – *Jag har fått motorstopp.*
Der Motor springt nicht an. – *Motorn startar inte.*
Ich habe eine Reifenpanne. – *Jag har punktering.*

WARNSCHILDER

Varning – Achtung! Vorsicht!
Vägarbeten – Baustelle, Straßenarbeiten
Ej genomfart – Durchfahrt verboten!
Svag vägkant – Fahrbahnrand nicht befahrbar
Tidsbegränsad parkering – zeitbegrenzte Parkerlaubnis
Tjälskott – Frostschäden
Gågata – Fußgängerzone
Övergångsställe – Fußgängerüberweg
(Av)Spärrat – gesperrt
Hastighetsbegränsning – Geschwindigkeitsbegrenzung
Hastighetskontroll – Geschwindigkeitsmessung
Stopp förbud – Halten verboten!
Lekplats – Kinderspielplatz
Kör sakta – langsam fahren
Vänster fil – linke Fahrbahn
Parkering förbjuden – Parken verboten
Parkeringsplats – Parkplatz
Enskild väg – Privatweg
Höger fil – rechte Fahrbahn
Återvändsgata – Sackgasse
Dålig körbana – schlechte Fahrbahn
Hal vägbana – Straßenglätte
Omkörning förbjuden – Überholen verboten
Trafikomläggning oder *Tillfällig förbifart* – Umleitung

IN RESTAURANTS...

betala – bezahlen
bricka – Tablett
bröd – Brot
dagens rätt – Tagesgericht
dricka – trinken
efterrätt – Dessert
färsk – frisch
gaffel – Gabel
glas – Glas
glass – Speiseeis
gryta – Topf
gästgivaregård – Gasthof
kaka – Kuchen, Kleingebäck
kanel – Zimt
kniv – Messer
kopp – Tasse
matsedel – Speisekarte
nota – Rechnung
nypon – Hagebutte
olja – Öl
ost – Käse
peppar – Pfeffer
pepparrot – Meerrettich
pålägg – Aufschnitt
salt – Salz
självbetjäning – Selbstbedienung
sked – Löffel
småfranska – Brötchen
småkaka – Plätzchen
smör – Butter
smörgås – Butterbrot
snabbrestaurang – Schnellrestaurant
socker – Zucker
soppa – Suppe
stekt – gebraten
sur – sauer

...UND CAFÉS...

tallrik – Teller
tårta – Torte
tändsticka – Streichholz
vinlista – Weinkarte
vinäger, ättika – Essig
vispgrädde – Schlagsahne
vitlök – Knoblauch
ägg – Ei
äta – essen

KÖTT – FLEISCH:

fläsk – Schweinefleisch
kalvkött – Kalbfleisch
korv – Wurst
köttfärs – Gehacktes
lammkött – Lamm-/Hammelfleisch
lever – Leber
njure – Niere
oxbringa – Rinderbrust
oxstek – Rinderbraten
revbenspjäll – Rippchen
skinka – Schinken
tunga – Zunge

FÅGEL, VILT – GEFLÜGEL, WILD:

anka – Ente
björn – Bär
duva – Taube
fasan – Fasan
gås – Gans
hare – Hase
hjort – Hirsch
kalkon – Pute
kanin – Kaninchen
kyckling – Hähnchen
rapphöna – Rebhuhn
ren – Rentier

...UND KNEIPEN SOWIE BEIM...

ripa – Schneehuhn
rådjur – Reh
vildsvin – Wildschwein
älg – Elch

FISK – FISCH:
aborre – Barsch
gädda – Hecht
gös – Zander
forell – Forelle
harr – Äsche
hälleflundra – Heilbutt
kräfta – Krebs
lax – Lachs
laxforell – Lachsforelle
löjrom – roter Maränenkaviar
marulk – Seeteufel
piggvar – Steinbutt
räkor – Krabben
röding – Saibling
rödspätta – Scholle
sik – Maräne, Renke
sill, strömming – Hering
sjötunga – Seezunge
torsk – Dorsch
ål – Aal

GRÖNSAKER – GEMÜSE:
blomkål – Blumenkohl
brysselkål – Rosenkohl
böna – Bohne
grönsallad – Kopfsalat
kantarell – Pfifferlinge
kronärtskocka – Artischocken
lök – Zwiebeln
morot – Möhre
persilja – Petersilie

...LEBENSMITTELEINKAUF

potatis – Kartoffel
purjolök – Porree
rödbeta – Rote Bete
rödkål – Rotkohl
sparris – Spargel
svamp – Pilz
vitkål – Weißkohl
ärta – Erbse

FRUKT – OBST:
apelsin – Apfelsine
björnbär – Brombeere
blåbär – Heidelbeere
hallon – Himbeere
hjortron – Multebeere
jordgubbe – Erdbeere
krusbär – Stachelbeere
körsbär – Kirsche
lingon – Preiselbeere
persika – Pfirsich
päron – Birne
smultron – Walderdbeere
vinbär – Johannisbeere
vindruva – Weintraube
äpple – Apfel

DRYCKER – GETRÄNKE:
choklad – Kakao
filmjölk – Sauermilch
grädde – Sahne
juice – Fruchtsaft
kaffe – Kaffee
läskedryck – Limonade
mineralvatten – Mineralwasser
mjölk – Milch
vatten – Wasser
öl – Bier

Småland

SEEN, WÄLDER, GLASDESIGN UND DAS FASZINOSUM BULLERBÜ

Småland ist die größte Provinz in Südschweden: Auf 32.000 km^2 wohnen rund 750.000 Menschen. Die Bevölkerungsentwicklung ist insgesamt positiv, das war noch vor fünfzehn Jahren anders. Småland umfasst drei Regierunsgbezirke: Jönköpings Län im Norden, Kronobergs Län im Süden und Kalmar Län entlang der Ostküste, Öland eingeschlossen. Die Ausdehnung Smålands von Norden nach Süden sowie Westen nach Osten misst jeweils über 220 km.

Smålands LANDSCHAFT ist vielfältig: Das Hochland zeigt sich im Norden hügeliger, mit eiszeitlichen Verwerfungen. Etwa mit der Grenze Jönköping – Kronoberg wird es allmählich zur Hochebene, um nach Süden hin gemächlich abzufallen. Die großen SEEN Helgasjön, Åsnen und Bolmen sind reich an Buchten und Inseln, die kleineren Seen zahllos. Ca. 50 % der Fläche bedecken WÄLDER, der Wirtschaftsfaktor Forstwirtschaft ist allgegenwärtig. Westlich von Värnamo beginnt sumpfiges Terrain: STORE MOSSE ist das größte zusammenhängende Moorgebiet südlich Lapplands, mit einem fast 7 m dicken Torfboden und einer artenreichen Vogelwelt. Store Mosse ist Nationalpark, ebenso der Urwald von NORRA KVILL bei Vimmerby. Ein Teil des Sees Åsnen (s.o.), südlich von Växjö, soll voraussichtlich 2017 zum Nationalpark werden.

Anders, aber ähnlich reizvoll ist bei Västervik die Küstenregion von TJUST mit ihren hügeligen Schären und Förden, die weiter südlich in eine flache Inselwelt übergehen. Im Kalmarsund liegt die Insel BLÅ JUNGFRUN, der dritte aktuelle Nationalpark, zwischen dem Festland und der Insel Öland.

Trotz dieser Vielfalt prägen die Wälder, die Seen und die roten HOLZHÄUSCHEN mit weißen Fensterrahmen, die *stugor,* das Image Smålands. Eintönig wird es aber kaum, denn die Provinz ist Stammsitz der schwedischen MÖBELDESIGNER-Avantgarde, einiger ebenso traditionsreicher wie innovativer GLASHÜTTEN sowie der Helden ASTRID LINDGRENS, der bekanntesten Schwedin überhaupt. Bullerbü ist ein Synonym für Harmonie (u.a. zwischen Natur und Mensch) geworden, und für ein gutes (mitunter idealisiertes) Leben.

Småland ist stets schwedisch gewesen, aber es war einst Grenzland. Ein düsteres Kapitel war die Massenauswanderung nach Übersee und in andere europäische Länder, als viele Menschen im mittleren 19. Jh. vor Hunger und Perspektivlosigkeit flohen. Das Schicksal der EMIGRANTEN ist unvergessen.

◀ Oben ein typischer Schwedenhaus-Traum vieler ausländischer Urlauber, nur unter eher ungewöhnlichem Himmel. Dass Småland auch über eine Schärenküste (im Osten) verfügt, wird häufig übersehen: hier bei den Steinbrüchen von Vånevik, südlich von Oskarshamn.

GETNÖ GÅRD
1320

Växjö – Åsnen

VIEL LOS IM GRÜNEN VÄXJÖ

Växjö ist Smålands größte Stadt und eine charmante mit großer Ausstrahlung dazu. 31.000 Studenten sind an der Linné-Universität eingeschrieben, die mit zwei Standorten auf Växjö und Kalmar verteilt ist.

Nicht nur die jungen Menschen wissen die hohe Lebensqualität der 87.000 Einwohner zählenden Stadt zu schätzen. Växjö eilt der Ruf EUROPAS GRÜNSTE STADT zu sein voraus, eine Vision, an deren Umsetzung die Kommune über die gesetzlichen Anforderungen hinaus engagiert arbeitet: mehr ökologisches Essen in kommunalen Einrichtungen, Vermeidung fossiler Energie, Priorität bei der Infrastruktur für Radfahrer und den öffentlichen Personennahverkehr. Gemeinsam mit der regionalen Wirtschaft haben Universität und Kommune diese Nachhaltigkeits-Strategie entwickelt. Der 2015 vom Landwirtschaftsministerium verliehene Titel »Schwedens Hauptstadt der Esskultur« zeichnete die Erfolge einer nachhaltigen Lebensmittelerzeugung in der Region aus. Mit neuen Sportarenen für Fußball und Eishockey ist Växjö auch ein attraktiver Ort für Sport- und Groß-Events; so als einer der Austragungsorte der Frauen-Fußball-EM 2013, auch wenn der lokale Club Östers IF zurzeit nur in der dritten Liga (Division 1) spielt. Doch dank der Växjö Lakers, die in der SHL, der höchsten Eishockey-Liga spielen, ist Växjö dennoch ein Hotspot in Schwedens Sportwelt.

EINE LANGE GESCHICHTE

Das moderne Ortsbild mag nicht darauf schließen lassen: Die Gegend um Växjö war bereits IN DER EISENZEIT BESIEDELT und schon zur Epoche der Wikinger ein Begriff. Damals nannte man den Ort am Helga-See, an dem sich FÜNF WEGE kreuzten, VÄGSJÖ (»Wegsee«: See, an dem sich Wege treffen). Die Stadtprivilegien erhielt Växjö 1342.

Das 16. und 17. Jh. kennzeichneten Freiheitskämpfe und gewalttätige Auseinandersetzungen mit Dänemark. Als Gustav Vasa die Reichsverwaltung zentralisierte, kam es in Småland zu einem Bauernaufstand unter dem Anführer *Nils Dacke,* der 1542 sein Hauptquartier auf der Festung KRONOBORG bei Växjö hatte. Nach Gustav Vasas Tod 1560 kamen die Dänen wieder häufiger über die nahe Grenze, um die Stadt zu plündern und in Brand zu stecken. Ruhe kehrte erst im 18. Jh. ein. Zwei große Brände im 19. Jh. sind allerdings die Hauptursache für das heute nicht allzu betagt anmutende Stadtbild.

Växjö ist Hauptort des Bezirks Kronobergs Län. Das Gebiet der Großgemeinde Växjö reicht von der Gren-

◀ Gutes Leben in Växjö und Umgebung: oben rechts die Promenade am Växjö-See, unten am See Åsnen, nahe der Ferienanlage Getnö Gård; oben links Växjös stattlicher Dom

IDYLLISCH: EVEDALS BRUNN

Dieser Stadtteil 6 km nördlich der Innenstadt war im 19. Jh. Kurort mit Heilquelle. Den ehemaligen Brunnenplatz markiert ein offener Rundbau. Die herrliche Lage mitten im Grün am See Helgasjön war wie geschaffen für ein Freizeitgelände. Es entstand ein Campingplatz – und aus dem Kurhotel die Jugendherberge. Das Gästehaus und die Gesellschaftsräume des Kurhauses beherbergen das stilvolle Evedals Värdshus. Parallel zum Helga-See führt der Evedalsvägen vorbei am Campingplatz zur Ruine Kronoberg.

ze zum Jönköpings Län im Norden bis zum verzweigten See ÅSNEN im Süden, der 2017 Nationalparkstatus erlangen soll; die Landschaft prägen Seen und einsame Wälder, prädestiniert für Outdoorer.

INFORMATION

◎ **VÄXJÖ TURISTBYRÅ**, Stortorget/Kronobergsgatan 7, SE – 35233 Växjö, Tel. 0470 – 73 32 80, turistbyran@vaxjo-co.se, www.vaxjoco.se. 1.6.–31.8. Mo–Fr 10 –18 Uhr, Sa 10 –16 Uhr, sonst Mo–Fr 10 –17 Uhr. **(1)**

Unterkunft

HOTELS

◎ **PM & VÄNNER HOTEL**, Västra Esplanaden 10 –14, Tel. 0470 –75 97 00, www.pmrestauranger.se/en/hotel. DZ ab 1.590 SEK. Keine Barzahlung möglich. **(6)**

Neues DESIGNHOTEL der Macher des vielfach ausgezeichneten Restaurants PM & Vänner.

◎ **HOTEL VÄREND**, Kungsgatan 27, Tel. 0470 –77 67 00, www.hotellvarend.se. EZ ab 695, DZ ab 850 SEK, weekend EZ ab 495, DZ ab 595 SEK, etwa 20.6.–25.8. Preisnachlass. **(7)**

Zentrumsnah, eigener Parkplatz. Einfache Zimmer zu reellem Preis.

◎ **MÖCKELSNÄS HERRGÅRD**, Diö (etwa 40 km südwestlich von Växjö), Tel. 0476 – 532 00, www.mockelsnasherrgard.se. EZ ab 1.295 SEK, DZ ab 1.595 SEK.

Herrenhof- und Konferenzhotel in abgeschiedener Lage auf einer Halbinsel im See Möckeln.

◎ **IKEA HOTELL**, Älmhult (ca. 45 km südwestlich Växjös), Ikeagatan 1, Tel. 0476 – 64 11 00, www.vardshuset.nu.

Das Hotel wurde im Zusammenhang mit dem Umbau des benachbarten ersten Ikea-Kaufhauses zum Museum ebenso komplett neu gestaltet. EZ/DZ ab 795 SEK.

JUGENDHERBERGEN, B & B

Gerade im Raum Växjö gibt es viele Bed & Breakfast-Pensionen. Aktuelle Liste im Touristenbüro, auch online verfügbar.

Im Buch verwendete Abkürzungen: EZ für Einzelzimmer, DZ für Doppelzimmer

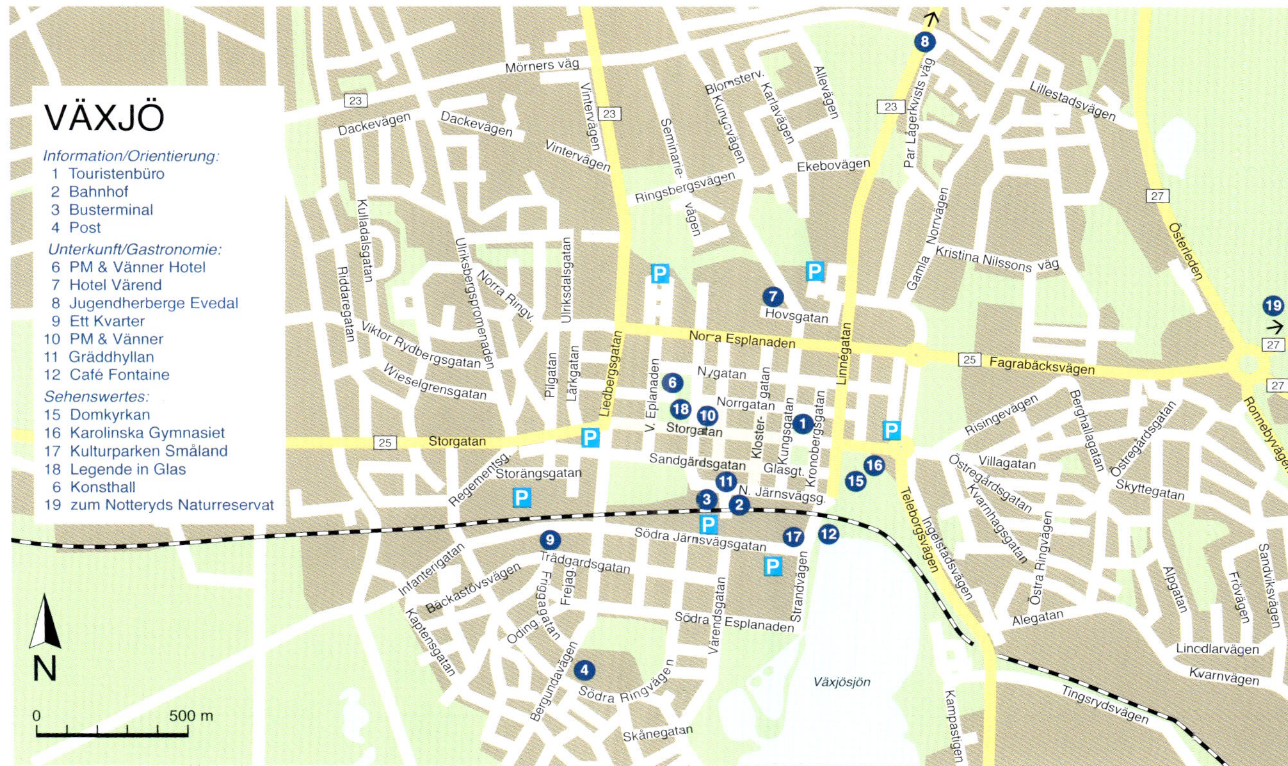
VÄXJÖ
Information/Orientierung:
1 Touristenbüro
2 Bahnhof
3 Busterminal
4 Post
Unterkunft/Gastronomie:
6 PM & Vänner Hotel
7 Hotel Värend
8 Jugendherberge Evedal
9 Ett Kvarter
10 PM & Vänner
11 Gräddhyllan
12 Café Fontaine
Sehenswertes:
15 Domkyrkan
16 Karolinska Gymnasiet
17 Kulturparken Småland
18 Legende in Glas
6 Konsthall
19 zum Notteryds Naturreservat
N
0
500 m
Mörners väg
Dackevägen
Dackevägen
Vintervägen
Vintervägen
Seminarie-
vägen
Ringsbergsvägen
Blomsterv.
Kungsvägen
Karlavägen
Allevägen
Ekebovägen
Par Lägerkvists väg
Lillestadsvägen
Östleden
Kulladalsgatan
Riddaregatan
Ulriksbergspromenaden
Norra Ringv.
Ulriksdalsgatan
Viktor Rydbergsgatan
Wieselgrensgatan
Pilgatan
Lärkgatan
Liedbergsgatan
Hovsgatan
Norra Esplanaden
Gamla Norrvägen
Kristina Nilssons väg
Fagrabäcksvägen
Ronnebyvägen
V. Eplanaden
N. gatan
Norrgatan
Storgatan
Storgatan
Kloster-
gatan
Kungsgatan
Kronobergsgatan
Linnégatan
Sandgärdsgatan
Glasgt.
N. Järnsvägsg.
Regementsg.
Storängsgatan
Risingevägen
Villagatan
Berghallagatan
Östregårdsgatan
Östregårdsgatan
Kvarnhagsgatan
Skyttegatan
Teleborgsvägen
Ingelstadsvägen
Östra Ringvägen
Alegatan
Alpgatan
Frövägen
Sandviksvägen
Lincdlarvägen
Kvarnvägen
Tingsrydsvägen
Kampastigen
Växjösjön
Södra Järnsvägsgatan
Trädgardsgatan
Infanterigatan
Bäckastövsvägen
Kaptensgatan
Friggagatan
Frejag.
Oding.
Bergundavägen
Södra Ringvägen
Skånegatan
Värendsgatan
Södra Esplanaden
Strandvägen
23
25
27

◎ STF **VÄXJÖ VANDRARHEM EVEDAL**, L J Brandts väg 11, Tel. 0470 – 630 70, www.vaxjovandrarhem.nu. Ganzjährig geöffnet. 90 Betten, ab 230 SEK pro Person, EZ ab 450 SEK, DZ ab 550 SEK. Anfahrt: Bus 7. **(8)**

Herrliche Lage, Freibad mit Sandstrand, Fahrrad-/Kanuvermietung.

◎ **ETT KVARTER**, BAR. MAT. LOGI. Bäckaslövsvägen 2, Tel. 0470 – 141 70, www.ettkvarter.se. EZ 625 SEK, DZ 875 SEK. **(9)**

Sympathische Kneipe, Bar, Restaurant und Bed & Breakfast mit 4 Zimmern südlich der Bahnlinie in einem Wohnviertel, zentrumsnah.

◎ **SOLVIKENS PENSIONAT**, Ingelstad (17 km südlich von Växjö an der Str. 30), Somravägen 1, Telefon 0470 – 382 80, www.solvikens.com. EZ ab 690 SEK, DZ ab 850 SEK.

Privat geführte Pension in früherem, kleinem Herrenhof in exponierter LAGE AM SEE. Spitzendeckchen, Flickerlteppiche und ein Salon wie Urgroßmutters Wohnzimmer. Glasveranda zum Kaffeeplausch.

CAMPING

◎ **EVEDALS CAMPING**, Tel. 630 34, www.evedalscamping.com. Ganzjährig geöffnet. Stellplatz ab 200 SEK, Hütten (2–6 Personen) mit dynamischen Preisen nach Buchungslage.

Im SCHÖNEN Evedal, im Sommer vielseitiges Programm, Bootshafen, Fahrrad-, Kanu-, Bootsvermietung, Tennis, Fußball, Boule etc. Anbei das Restaurang Brunnen mit Lunchbuffet und Sommerterrasse. **(8)**

◎ **GETNÖ GÅRD**, Ålshult (ca. 40 km südlich von Växjö), Ryd, Tel. 0477 – 240 11, www.getnogard.se. Ganzjährig geöffnet. Aktuelle Tarife nur auf Anfrage.

Große 4-Sterne-Ferienanlage mit Hütten, allein stehenden Ferienhäusern sowie Campingplatz auf einer weitläufigen Insel im Süden des Sees Åsnen – welch eine traumhafte Lage. Fungiert als KANUZENTRALE, d.h. Kajakschule, -vermietung und geführte Touren. Zudem Angeln, Fahrradvermietung und Ausritte auf Islandpferden.

Essen und Trinken

◎ **PM & VÄNNER**, Storgatan 22/24, Tel. 0470 – 70 04 44. Restaurang Mi–Sa 18–22 Uhr. Nebenan Bar & Bistro Mo+Di 11.30 –23 Uhr, Mi+Do bis 24 Uhr, Sa+So bis 01 Uhr. **(10)**

Das Restaurant wurde mehrfach ausgezeichnet für seine Küche, die Weine, das Design. Die Gastronomie fühlt sich Småland und der hiesigen Kochtradition eng verbunden. Wald, Wiesen, Seen – daher kommen die Zutaten, und aus dem eigenen Kräuter- und Gemüsegarten. Die KÜCHE arbeitet zertifiziert nach den ÖKO-Standards des schwedischen KRAV-Siegels. Beliebt bei Einheimischen für die Mittagspause oder den Drink am Abend ist das Bistro-Restaurant PM Tak im obersten Stock des PM

Hotels: mit Dachterrasse und tollem Blick über die Dächer Växjös. www.pmrestauranger.se.

◎ **GRÄDDHYLLAN**, Sandärdsgatan 17, Tel. 0470–74 04 10, www.graddhyllan.info. **(11)**

Restaurant der Spitzenklasse in einem der ältesten Häuser von Växjö, eingerichtet im Fifties-Stil. Abends (Mi–Sa) hochpreisig, aber als Lunchrestaurant (Mi–Fr) mit bester Qualität zu fairen Preisen.

◎ **CAFÉ FONTAINE**, Vattentorget 1, Tel. 0470–70 64 64, www.cafefontaine.se. Täglich 10–18 Uhr, sonntags Brunch 10–13 Uhr. **(12)**

Attraktiv am Linnépark und hinter der Promenade am Växjö-See gelegen, dementsprechend populär. Zu bestellen sind neben Lunch und den üblichen kleinen Speisen selbst gebackene Kuchen, Waffeln, Crêpes zu durchschnittlichen Preisen.

◎ **ETT KVARTER**, Bäckaslövsvägen 2, Tel. 0470–141 70. **(9)**

Nicht exklusiv, sehr eng, aber gut. VIELE STAMMGÄSTE aus den nahen Büros, zum Lunch ggf. Tisch vorbestellen. Liegt versteckt in einem Garten, die Gasträume im Parterre eines Wohnhauses, schräg gegenüber am Abzweig der Valhallagatan. Außerdem B & B (siehe Seite 78).

◎ **VILLA VIK** mit Restaurant sowie Toftastrand Konditori, Lenhovdavägen 72 (Str. 25/37 nach Nordosten), Tel. 0470–652 90, www.villavik.se.

Hotel mit Restaurant und hauseigener Konditorei – hervorragendes Backwerk. Wunderbare Seeterrasse.

DAS KULTURELLE ERBE DER REGION: GLAS UND EMIGRANTEN

◎ Unter dem Dach KULTURPARKEN SMÅLAND sind alle öffentlichen Institutionen, die mit dem Bewahren und Archivieren des Kulturerbes der Region befasst sind, vereint. Das älteste Regionalmuseum Schwedens, das bereits 1885 eröffnete Smålands Museum, gehört ebenso dazu wie das Schwedische Glasmuseum, das Haus der Auswanderer und das Kronobergs Archiv. Als Außenstellen sind die Schlossruine Kronoberg, der Dampfer »Thor« und das Kronoberg Landwirtschaftsmuseum in Hjärtenholm Teil des **KULTURPARKEN SMÅLAND**. Der Museums- und Ausstellungskomplex am Südrand der Innenstadt ist mit Ticket zu besichtigen. Södra Järnvägsgatan 2, Tel. 0470 – 70 42 00. Juni bis August täglich 10–17 Uhr, sonst Di–Fr 10–17 Uhr, Sa+So 11–16 Uhr. Eintritt 80/40/0 SEK. www.kulturparkensmaland.se **(17)** zu den beiden folgenden Attraktionen:

◎ Seit 80 Jahren konzentriert sich **SMÅLANDS MUSEUM** auf Sammlungen SCHWEDISCHER GLASKUNST mit Exponaten aus den Pioniertagen der Glasherstellung bis zu Kunstobjekten aus der jüngeren Vergangenheit. Wechselnde Ausstellungen in Smålands Museum befassen sich bevorzugt mit kulturhistorischen Themen, zum Museumsfundus gehören auch ein MÜNZKABINETT, Trachten und andere Textilien, Interieur aus Kirchen und archäologische Funde.

◎ **UTVANDRARNAS HUS** (Eingang: Vilhelm Mobergs gata 4): Das HAUS DER AUSWANDERER beherbergt das Emigranten-Institut, mit Forschungszentrum und Archiv – die umfassendste Quelle über die Welle schwedischer Auswanderer nach Nordamerika, die weite ländliche Gebiete im 19. Jh. nahezu entvölkerte. »Der Traum von Amerika« und »Mobergrummet« (das Mobergzimmer) lauten Themen der Ausstellung. Hier befindet sich auch das originale Material, das Vilhelm Moberg für das Manuskript seiner Auswanderer-Romane benutzte. Seit Ende der 1960er wurde am ersten Augustsonntag der »Tag der Auswanderer« gefeiert: ein Anlass für viele Nordamerikaner, in die alte Heimat der Vorfahren zu reisen. Heute ist aus dem Sonntag ein ganzes Stadtfest-Wochenende in Växjö geworden, das im Namen KARL-OSKAR-TAGE die Erinnerung an den in Mobergs Romanen verewigten Auswanderer aus Småland trägt. Von 1850 bis heute verließen rund 2,5 Mio. Schweden ihre Heimat; gleichzeitig fand in etwa die gleiche Zahl hier eine neue Bleibe. Auch die Immigranten haben inzwischen in Borås nahe Göteborg ein EINWANDERER-HAUS. Borås liegt im südwestschwedischen Västergötland, auf halber Strecke zwischen Jönköping und Göteborg und ist damit für die Benutzer dieses Buches erreichbar, etwa im Rahmen der An- oder Rückreise.

◎ **AUSWANDERER-LAND**: siehe Seite 204.

Stadtrundgang

DOM, SIGFRID UND DIE NEFFEN
Als der englische Missionar Sigfrid Anfang des 11. Jhs. in Småland das Christentum verkündete, begleiteten ihn seine drei Neffen, die Mönche *Unaman, Sunaman* und *Vinaman*. In Växjö wirkte Sigfrid als Missionar, er wurde später heilig gesprochen; seine Neffen jedoch wurden von heidnischen Wikingern enthauptet. Der heilige Sigfrid und die KOPFLOSEN NEFFEN sind aus der Geschichte des mittelalterlichen Växjö nicht wegzudenken; die erste dortige (Holz-)Kirche ließ Sigfrid errichten. Im 12. Jh. wurde Växjö Bischofssitz und in den folgenden Jahrhunderten aus der Holz- eine Feldsteinkirche und wiederum daraus der die Stadt überragende Dom, in seinen Grundmauern das älteste Bauwerk vor Ort. Der bekannteste Bischof von Växjö, Esaias Tegnér, war von 1826 bis 1846 im Amt.

◎ **DOMKYRKAN VÄXJÖ**, Linnégatan, Tel. 0470 – 704 824. Täglich 9 – 18 Uhr. Sommerkonzerte. **(15)**

Aus der Ferne dienen die beiden merkwürdig eng beieinander stehenden Türme des Domes zu Växjö ausgezeichnet als Landmarken. Innen zieht der wunderbare Altar aus Glas die Aufmerksamkeit der Besucher auf sich. Der Künstler *Bertil Vallien* schuf den 5 m hohen ALTAR aus farbigem und auf vielfältige Weise bearbeitetem GLAS und dem klassischen Altar-Werkstoff BLATTGOLD. »Fiat lux« – Es werde Licht – ist das Thema und der Name des 2002 zum Altar geweihten Kunstwerks. Vallien nannte es sein Meisterwerk; in der Tat sucht man Vergleichbares vergeblich.

Die ältesten Teile des Doms – die sich im Mittelschiff befinden – stammen aus dem 12. Jh. Die schmalen Kirchtürme gab es schon im 17. Jh., wie alte Kupferstiche beweisen. Sie fielen einem Brand zum Opfer, den 1740 ein Blitz auslöste. Sein heutiges Aussehen erhielt das Gotteshaus mit einer umfassenden Restaurierung in den 1950er Jahren. Beeindruckend sind die Glasmalereien der Kirchenfenster, die 1959 eingesetzt wurden, und die Orgelfassade (1779). Die historischen KUNSTSCHÄTZE sind im Glockenturm ausgestellt, während die neuen Kunstwerke in der hellen Kirche sehr gut zur Geltung kommen. Die Skulptur »Lebensquell« in Granit und Glas von *Göran Warff* und der »Lebensbaum« von *Erik Höglund* (beide 1995) fungieren als Blickfang.

◎ Ältestes weltliches Gebäude im Stadtzentrum ist das **KAROLINSKA GYMNASIET** (17. Jh.). Zu den Zöglingen gehörten *Carl von Linné* und *Victor Rydberg*. Nördlich vom Dom bzw. links vom Haupteingang – das rote Haus mit den weißen Pilastern; hier ist auch eine SKULPTUR des Philosophen, Schriftstellers, Historikers Esaias Tegnér platziert. **(16)**

◎ An der Ostseite des Doms steht ein **RUNENSTEIN** (11. Jh.), der früher in die Chormauer eingelassen war. Die Inschrift ist rot nachgezeichnet.

2011 wurde dem Heiligen Sigfrid zu Ehren der Pilgerweg Västra Sigfridsleden eingeweiht. Er beginnt am Dom und führt via Gemla, Alvesta, Moheda, Slätthög und Lysa zum Kloster Nydala (siehe Seiten 46, 128 f. und 97).

◎ **BISKOPSGÅRDEN ÖSTRABO**, der BISCHOFSHOF, 1796 IM EMPIRE-STIL errichtet, steht östlich des Doms auf einer Anhöhe. Wie schon Tegnér wohnt auch heute hier der Bischof.

◎ Südlich des Doms erstreckt sich der **LINNÉPARKEN**, gerade an heißen Sommertagen ein populärer, da schattiger Treffpunkt. Dort verteilen sich mehrere Skulpturen, auch eine Büste von CARL VON LINNÉ, dem bekannten Botaniker des Nordens.

KUNSTANSICHTEN

◎ Die **STRASSE DER GLASKUNST** unterstreicht die Bedeutung der jahrhundertealten Tradition der Glasherstellung in Småland.: Skulpturen und Kunstobjekte aus Glas stehen auf der Sandgärdsgatan, die auf den Dom zuführt. Die Kunstwerke wurden von Künstlern in Smålands Glasreich entworfen und auch dort in den traditionsreichen Glashütten erschaffen. Es sind Skultpuren von Bertil Vallien, *Kjell Engman, Ulrika Hydman-Vallien,* Göran Wärff, *Åsa Jungnelius* und *Ludvig Löfgren*. Besonders beeindruckend wirken sie bei Dunkelheit, wenn sie illuminiert sind.

◎ Die **LEGENDE IN GLAS** von *Vicke Lindstrand* im Theaterpark symbolisiert den Schutzheiligen St. Sigfrid. Die 5,5 m hohe, 5 t schwere Skulptur entstand aus 1.100 acht Millimeter dicken Glascheiben und avancierte über Jahre zum heftig diskutierten Kunstwerk. Die DREI FONTÄNEN IM SPRINGBRUNNEN sollen die Mönche Unaman, Sunaman und Vinaman darstellen, jene ermordeten Neffen St. Sigfrids (siehe Seite 81). **(18)**

Das weiße Gebäude mit Halbrund ist das Konzerthaus, das mit dem PM & Vänner Hotel verbunden ist.

◎ **KONSTHALL**, Västra Esplanaden 10, Tel. 0470 – 414 75, www.vaxjo.se/konsthall. Di-Fr 12–18 Uhr, Sa+So 12 –16 Uhr. Eintritt frei. **(6)**

Die Kunsthalle zeigt schwedische wie internationale Kunst in wechselnden Ausstellungen.

Ausflüge

IM NORDEN UND WESTEN

◎ Die SCHLOSSRUINE **KRONOBERG** steht auf einer Insel im See HELGASJÖN, 8 km nördlich der City. Kronoberg, die der Provinz ihren Namen gab, war im Mittelalter zunächst Residenz des Bischofs von Växjö und wurde unter Gustav Vasas Ägide königliches Schloss. Mit dem Frieden von Roskilde endgültig auf schwedischem Territorium, verlor die Festung im 17. Jh. ihre strategische Rolle und verfiel. Die erhaltenen WÄLLE sind jedoch BEGEHBAR. Eintritt 40/0 SEK.

Unweit des Stegs zur Burg können Sie sich im Grünen eine Rast gönnen:

◎ **RYTTMÄSTAREGÅRDEN**, Kronobergs Slottsruin, Tel. 0470 – 630 00, www.ryttmastaregarden.se. Mai bis Anfang September, Tagesöffnungszeiten saisonabhängig, als Richtwert 11–18 Uhr.

Ausflugsdampfer »Thor« bei Burg Kronoberg ▶

Einstmals als Wohnsitz eines Leutnants in der Gemeinde Urshult erbaut, verbrachte man die kleinen roten Holzgebäude in den 1940er Jahren hierher; zum Teil hat man die mit Grassoden gedeckten Dächer in ihrem Stil bewahrt. Ryttmästaregården ist ein sehr beliebtes Ausflugslokal besonders an schönen Sommerabenden – dann kann es sein, dass auch länger geöffnet ist.

◎ Bei Kronoberg legt das historische DAMPFSCHIFF **ÅNGAREN THOR** (1887) zu Fahrten über den See Helgasjön und zu Schwedens südlichster Schleuse ab. Aktueller Fahrplan im Smålands Museum sowie online, TICKETS am besten online buchen. Zum »Biljettkiosk« geht es via www.kulturparkensmaland.se.

◎ **NYKULLA** (Tjureda, 25 km nördlich in Richtung Rotne): Vom **AUSSICHTSTURM** bietet sich ein weiter Blick über den Südhang des småländischen Hochlands und das herrliche Seengebiet. Das 25 m aufragende, hölzerne Bauwerk (1959, teilsaniert 2007) ist ein typisches Stück Schweden: Solche Türme wurden an erhöhten Positionen errichtet, um schnell auf Brände reagieren zu können: Die obere Etage Nykullas liegt immerhin auf 258 m ü.d.M. 1.5.–31.8. Sa+So 12–18 Uhr, Juli auch Mo–Fr 13–16 Uhr. Eintritt 20/10 SEK. Abzweigung von der Str. 23, möglich im Rahmen der Weiterreise nach Oskarshamn.

◎ **KRONOBERGS LANTBRUKSMUSEUM**, Hjärtenholm/Alvesta (15 km westlich Växjös), verwaltet von Små-

lands Museum. Mai bis August Sa+So 10–17, im Juli täglich 11–18 Uhr. Kombiticket Smålands Museum gilt. Modelle und Exponate zeichnen ein authentisches Bild des früheren Alltags småländischer Bauern; ebenso ist die bäuerliche Waldwirtschaft ein Thema. Anbei ein gemütliches Sommercafé, das auch im Freien serviert. Kann mit dem Besuch von HUSEBY BRUK verknüpft werden. Str. 25.

IM SÜDWESTEN

Die folgenden Ausflugsziele eignen sich auch als Stationen im Rahmen der Anreise oder Rück-/Weiterreise. Unterkünfte gibt es auch vor Ort.

◎ INDUSTRIEGESCHICHTE: **HUSEBY BRUK** (18 km ab Växjö, Str. 23): 1.6.–31.8. täglich 11–17 Uhr, Mai und September Sa+So 11–17 Uhr. Eintritt inklusive Führung Schloss 100/0 SEK.

Huseby Bruk umfasst einen gut erhaltenen Industriekomplex aus dem 17. Jh. Bereits 1628 wurde der erste Hochofen zur Roheisengewinnung vor Ort gebaut. In den Jahren 1813–1867 vergrößerte sich dieser Industriebereich auf den Stand, wie er in etwa heute zu sehen ist. Als 1867 der Engländer *Joseph Stephens* Eigentümer des Betriebs wurde, kümmerte er sich auch um die Landwirtschaft: Die Nutzflächen ließ er durch das Entwässern von Sumpflandschaften wesentlich vergrößern – die »Archimedesschraube«, die dabei zum Einsatz kam, ist zu besichtigen.

Das HERRENHAUS wurde 1844 erbaut und ist heute ein Museum mit KUNSTSCHÄTZEN und KURIOSA aus allen Kontinenten, die *Florence Stephens* mit ihrem Tod 1979 dem Staat vermachte.

Die Ausstellung über Gewinnung und Weiterverarbeitung von Sumpferz ist im JÄRNBRUKSMUSEET untergebracht, wo der Hochofen arbeitete. Ebenso zu besichtigen sind Mühle, Sägewerk, Werkstätten, Naturum und weitere Gebäude. Im Pferdestall hat man ein RESTAURANT »mit Stallmilieu« eingerichtet. Von dem herrlichen Park aus sind Sommerfahrten mit einem AUSFLUGSBOOT über den inselreichen See ÅSNEN möglich.

◎ **LINNÉS RÅSHULT** bei Stenbrohult, Råshult 543 (via Str. 23 knapp 35 km ab Växjö), Tel. 0476 - 213 18, www.linnesrashult.se. Mai bis Anfang September Di–So 11–16 Uhr. Eintritt freiwillig bzw. Spende erbeten. Das Gelände ist darüber hinaus jederzeit zugänglich.

LANDLEBEN wie vor 300 Jahren: Der elterliche Bauernhof Carl von Linnés ist heute mit all seinen Ländereien ein Kulturreservat und steht unter dem Schutz der obersten nationalen Denkmalspfleger vom Reichsantiquar-Amt. Diese Landschaft am See Möckeln hat Carl von Linné geprägt, bis er mit 21 Jahren die Heimat verließ, um »die Welt« zu studieren. Das Areal rund um den Geburtsort Råshult wurde als Kulturreservat im Laufe zweier Jahrzehnte wieder in den Zustand wie zu Beginn des 18. Jhs. zurückversetzt. Äcker und Wiesen werden bewirtschaftet wie zu al-

In Huseby Bruk wurden übrigens keineswegs nur landwirtschaftlich genutzte Maschinen, Turbinen und Öfen produziert, sondern auch die ersten industriell gefertigten Fahrräder in Schweden.

CARL VON LINNÉ

Gerne wird er »Blumenkönig« genannt – Carl von Linné (1707–78), schwedischer Naturwissenschaftler und Botaniker, der in Småland zur Welt kam und im Pfarrhaus von DIÖ aufwuchs. Er war Zeitgenosse von Jean Jacques Rousseau und Wissenschaftler im Geiste der Aufklärung. Akribisch sammelte, sortierte und verglich er Blumen und andere Planzen, um irgendwann festzustellen, dass es eine Ordnung gibt, in der jedes Lebewesen – ob Tier oder Pflanze – seinen festen Platz hat: geordnet nach Gattungen und Klassen, Arten und Familien. Die Nomenklatur der Lebewesen gilt als das Lebenswerk des Carl von Linné und ist die Grundlage der modernen Biologie.

ter Zeit, Bäume beschnitten, Moore kultiviert (und nicht trocken gelegt), Flachs angebaut. Hecken, Zäune, Wege, die Anlage von Beeten und die Fruchtfolge auf den Feldern – alles wie zu Linnés Zeiten. Der Kräuter- und Obstgarten ist voll botanischer Schätze – eine Inspirationsquelle für Garten-Freunde. Das Kulturreservat ist mit seinen Pflanzen, Tieren und Gebäuden ein lebendes Geschichtsbuch: Es lädt ein zur Zeitreise zurück in die Natur und zum Leben auf dem Lande, als Carl von Linné Kind war. Das Elternhaus selbst kann ebenfalls besichtigt werden.

◎ Von der kleinen Straße, die von der Kirche von Stenbrohult hinaus auf die Halbinsel Möckelsnäs führt, geht ein Spazierweg ab zum 173 m hohen Hügel **TAXAS KLINT**, der eine schöne Aussicht über den MÖCKELN freigibt.

◎ Bis Älmhult folgt man am besten dem LINNÉLEDEN. **ÄLMHULT** ist bekannt als Stammsitz des international vertretenen schwedischen Möbelkonzerns IKEA – der Firmenname setzt sich aus Namen sowie Wohnort des Gründers zusammen: Ingvar Kamprad, Emtaryd, Agunnaryd. Mit 17 Jahren gründete er 1943 das Unternehmen. 2016 eröffnete der Weltkonzern an historischem Ort, im Gebäude des ersten Ikea-Kaufhauses, das Ingvar Kamprad 1958 in seiner Heimatstadt Älmhult hatte bauen lassen, das **IKEA MUSEUM**, Ikeagatan 5, www.ikeamuseum.com. Täglich 10–19 Uhr. Eintritt frei.

Eine Zeitreise durch die Jahrzehnte: Was war das für ein Schweden, in dem der junge Ingvar Kamprad 1943 seine Firma gründete? Und was geschah in der Welt, als Ikea ab 1974 in Westdeutschland die ersten Möbelhäuser eröffnete? Neben der Dauerausstellung zu den Wurzeln und der Historie von Ikea präsentieren wechselnde Ausstellungen immer auch zeitgenössische THEMEN RUND UM DAS WOHNEN.

Anbei Shop, Restaurant und das im Rahmen des Museumsbaus vollständig neu gestaltete Hotel (siehe Seite 76).

SEE ÅSNEN – SCHWEDENS NEUESTES NATIONALPARKPROJEKT

Der weitverzweigte See Åsnen ist ein wahres Naturparadies. Als Lebensraum ist er nicht nur für im Wasser lebende Arten einzigartig. Die 740 Kilometer lange Uferlinie von Smålands zweitgrößtem See zieht sich um zahlreiche Buchten und umschließt hunderte Inseln. Im Norden prägen Feuchtwiesen und breite Schilfgürtel die Ufer: ein artenreicher Lebensraum für Vögel! Im Süden ist die Landschaft eher hügelig, und der Wald mit seinen mächtigen alten Laubbäumen reicht bis ans Wasser. Ein großer Teil des Sees mit seinen Schären und waldbestandenen Halbinseln wird voraussichtlich 2017 Nationalpark.

◎ Am intensivsten erlebt man den See und seine Natur als **PADDLER** im Kajak oder Kanu (siehe Seite 91). Reizvoll zum Kennenlernen aus nächster Nähe ist ebenso der Radweg **BANVALLSLEDEN** auf einer ehemaligen Eisenbahntrasse im Gebiet Urshult/Getnö Gård/Torne (siehe Seite 88 ff.).

◎ Aber auch **AN LAND** gibt es viel zu entdecken. Der See ist das Zentrum eines der ältesten Siedlungsgebiete Schwedens, und entsprechend viele kulturhistorische Schätze liegen entlang möglicher Rundtouren per Fahrrad oder Auto – vom Grabfeld Ingelinge Hög im Nordosten über die vorindustrielle Hammerschmiede des Landgutes Huseby Bruk im Nordwesten bis zu den alten Streuobstwiesen im Süden, die es in dieser Größe und Ausdehnung sonst nirgends in Schweden geben soll.

◎ **INFORMATION**: www.visitasnen.se/de sowie Broschüren vor Ort.

SEEN-RUNDFAHRT ÅSNEN

Eine sehr schöne Autofahrt führt ab HUSEBY BRUK (siehe Seite 84) am Westufer der Åsnen-Bucht Skatelövfjord entlang nach Torne und von dort aus über den Åsnen in Richtung Solhem, dann rechts Richtung Urshult über ein Band aus Landzungen und Inseln MITTEN IM ÅSNEN:

◎ Südlich von VEVIK erstreckt sich das NATURRESERVAT **BJURKÄRR** auf einer Halbinsel mit Buchenwald. Auf den 34 ha wachsen aber auch stattliche Eichen, deren »Vorfahren« von Soldaten der Karolinerarmee aus Polen mitgebracht worden sein sollen, etwa um 1700. Specht, Eule, Hohltaube, Seeadler u.a. sind hier zu beobachten; gegen Jahresende rasten tausende Gänsesäger in dem Gebiet. Abends schwirren Fledermäuse umher, auch Dachse werden gesichtet. Infrastruktur: Parkplatz, Schutzhütte, Toilette, Grillplatz, Tafel sowie zwei MARKIERTE PFADE: Der blaue ist auf den 1,7 km leicht zu begehen, auch mit Kinderwagen oder Rollstuhl; bei dem orangefarben markierten handelt es sich um einen 2,6 km langen, naturbelassenen Waldweg.

◎ ÜBER die Insel SIRKÖN gelangt man nach Västerbotorp, ab dort ist ein Abstecher zum NATURRESERVAT **LUNNABACKEN** mit dem Heimatmuseum GAMLA URSHULTS HEMBYGDSGARD zu empfehlen – allein schon wegen des großartigen Blicks vom Hügel über die Buchten und Inseln des Sees Åsnen. Das hübsche Freilichtmuseum mit seinen historischen Gebäuden aus dem 18. Jahrhundert lohnt den Besuch, obgleich sich die Aktivitäten wie Mittsommerfest, Konzerte, Heumahd, Backen sowie Handwerkstag auf einige wenige Tage an den Wochenenden im Hochsommer beschränken.

Rund um den Hembygdsgård erstrecken sich unterschiedlichen Bereiche des Naturreservats Lunnabacken: Die historischen Wiesen und Weiden mit altem Eichenbestand, die auf traditionelle Weise mit der Sense gemäht werden, alte Buchen im Westen bis hinunter zum See und Linden im Norden. – Ein PFAD führt nach Norden hinunter an den See und am Ufer entlang bis zur Bucht Kärrasand im Westen, mit Badeplatz.

◎ Der weitere Weg führt durch das Obstanbaugebiet um **URSHULT**. Es gilt sich zu entscheiden, ob man den Rückweg auf der Straße am West- oder am Ostufer des Åsnen antritt.

◎ Die Westufer-Route ermöglicht den Abstecher nach RYD. Kurios der Autofriedhof **BILSKROTEN KYRKÖ MOSSE**: Für Torfstecher *Åke Danielsson* (1914–1999) war der Schrotthandel zunächst Zubrot, später Haupterwerb. Mitten im Wald schlummern die historischen Rostlauben vor sich hin, inzwischen »durchwachsen« und zugewuchert, wie ein von der Natur geschaffenes Freilichtmuseum. Eine Umweltprüfung ergab grünes Licht, so dass der Autofriedhof noch bis in die 2040er Jahre fortbestehen darf. Gelegen ca. 1 km westlich von Ryd, an der Str. 119 im Kyrkö Mosse.

Ferien aktiv

WANDERN, WALKEN, JOGGEN

◎ **NOTTERYDS NATURRSERVAT**: nordöstlich Växjös bzw. östlich vom Stadtteil Sandsbro, drüben am Ostufer des Sees TOFTASJÖN, ab Sandsbro via Notteryd und dann in nördlicher Richtung. 7 km von Växjö-Zentrum entfernt, wurde ein aufgegebenes militärisches Übungsgelände der Natur überlassen, 289 ha groß, 184 ha davon an Land. Ein Rundweg streift durch die Ufervegetation, mehr oder weniger lichte Wälder und über Wiesen, wo einiges an seltenen Pflanzen aufzuspüren ist. Durch die Nutzung des Militärs gibt es hier Waldareal, das niemals von den modernen Maschinen der Forstwirtschaft heimgesucht wurde. Rast- und Badeplätze sind vorhanden. In dem welligen Gebiet könnten TROLLE und andere Waldwesen hausen... In Notteryd an der Straßengabelung links halten – Parkplatz mit Info-Tafel folgt. **(19)**

Es sei noch einmal daran erinnert, dass die lokalen Touristenbüros über Karten zu den meisten Fahrrad- und Wanderrouten verfügen, teilweise auch zu den populären Kanustrecken, die primär von den Kanuzentralen betreut werden.

◎ Im Bereich der Brücke zwischen der Halbinsel Hossön und der Insel Sirkön, 15 km südwestlich von Växjö, mitten im Åsnen und durch eine Straße zu erreichen, liegen drei **NATURRESERVATE**. Markierte Pfade durchstreifen – von Norden nach Süden – **AGNÄS** (264 ha, Laubwald am Ufer und bis auf eine Landzunge hinaus, ein Rundweg), **BJURKÄRR** (238 ha, einer der ältesten Buchenwälder in Småland, ebenfalls Ufer samt Landzunge, drei markierte Pfade von 0,8 bis 2,6 km) und **HUNSHULT** (111 ha, wieder Laubwald, aber auch Wiesen mit Obstbäumen, Weideland sowie Sumpf, ein 3,8 km langer Rundweg).

◎ Auf alten **PILGERWEGEN**: 220 Kilometer historische Pfade wurden neu ausgeschildert für spirituelle Wanderungen durch die abgeschiedene, schöne Natur Südschwedens. Beide führen zum ältesten Kloster Schwedens, dem Zisterzienserkloster NYDALA mitten in Småland (siehe Seite 128 f.). Der 120 km lange Nydalaleden und der 190 km lange Sigfridsleden wurden 2011 vom Bischof des Stifts Växjö eingeweiht.

RAD FAHREN

◎ Im Bereich des **ÅSNEN** verlaufen mehrere Radfernwege. Die folgende Route ist gut 58 km lang und kombiniert fünf dieser Radwege. – Karten: Åsnen-Karte mit den eingezeichneten, markierten Radwegen vor Ort in den Touristenbüros gratis, alternativ Fahrradkarte »Cykelkartan«, Blätter 4+8 (siehe Seite 15).

Start in URSHULT an der Kirche, an der Straße westwärts nach Ryd; hier befinden sich genug Parkplätze. Die Route führt auf einem Radweg links der Straße stadtauswärts, um etwa 400 m hinter der Kirche rechts Richtung Dunsmåla/Dunshult abzubiegen. Auf den ersten Kilometern fällt die Orientierung nicht immer leicht, da die Route zwischen drei Radwegen abwechselt: Kronobergstrampen, bei km 7 an der Kreuzung rechts auf den Åsnen rundt, später Banvallsleden. Die Besiedlung wird ziemlich rasch dünner, auf Urshult folgen Felder, Wiesen, Landwirtschaft und dazwischen Wald. Bei km 10 überquert die Route eine Brücke und biegt kurz danach rechts ab. Wieder rechts und fortan gibt es eigentlich kein Vertun mehr; zudem prägt die Seenwelt zunehmend die Landschaft. Bei km 13 im Weiler Toftåsa – wo es geradeaus zum Getnö Gård geht (siehe Seite 78) –, zweigt 200 m hinter der Kreuzung der BANVALLSLEDEN links von der Straße ab und eröffnet den schönsten Streckenabschnitt: Unverkennbar auf der früheren Eisenbahntrasse, geht es schnurgerade und bald wie durch einen grünen Tunnel vorwärts. Bei km 16,5 folgt ein Rastplatz für Kanuten auf dem Värendsleden; dreisprachige Tafeln erklären die Regeln, informieren über Tierwelt etc. Die Seenplatte wirkt von hier aus ungemein reizvoll.

800 m weiter nördlich überquert die Route eine kleine Brücke, unter der die Paddler auf dem Värendsled-

Relikte aus der Eisenbahnära: oben Brückenfundament im Åsnen bei Ulvön, unten zuwuchernde Draisine in Hulevik. Achten Sie beim Rasten im Åsnen-Naturreservat auf die Schutzbestimmungen, zum Beispiel auf das Feuerverbot vom 1.4. bis zum 30.9. ▶

en hindurchkreuzen. Dort wo rechts wie links der nächsten Brücke bei km 18 Steinfundamente aus dem Wasser ragen, befand sich einstmals eine Schwingbrücke, die für den freien Bootsverkehr zur Seite gedreht werden konnte. Die Trasse verläuft mittlerweile auf der schmalen Landzunge ULVÖN, bevor sie bei km 19,3 auf einem Damm hinüber ans Westufer des Åsnen wechselt. In der winzigen Ortschaft Ulvö befand sich früher ein wichtiger Bahnhof der Strecke Karlshamn – Vislanda, die von 1874 bis 1960 in Betrieb war; eine Hinweistafel informiert. Die nächste Ortschaft, HULEVIK, ist etwas größer und wirkt besonders an den Sommerwochenenden belebt; es gibt hier sehr schöne Rastplätze und einen Strand. Eine Signalanlage und eine Draisine am Wegesrand erinnern bei km 22 an die Zeit, als hier noch Gleise lagen.

Es geht auf gerader Linie nach Norden weiter, das Seeufer meist hinter Bäumen verborgen. In Torne bei km 30 zweigt die Route rechts ab; vorher besteht jedoch die Möglichkeit, sich im Einkaufsladen an der Kreuzung zu versorgen und schräg gegenüber zu rasten.

Die Route verkehrt jetzt auf der Fjordrundan, verlässt Torne über eine kurze Brücke, an der oft Angler im durchfließenden Wasser ihr Glück versuchen. Sie führt dann landeinwärts und wechselt bei km 33,2 nach rechts auf die Straße nach Sirkön sowie zurück nach Urshult – identisch mit dem Fernradweg Sverigeleden. Obwohl man hier zwischen den Seen unterwegs ist, bekommt man das Wasser nur noch selten zu Gesicht, und es warten auch ein paar bescheidene Anstiege – wessen Fitness das unzureichend fordert, kann im Laufe der nächsten 15 Straßenkilometer vier NATURRESERVATE auf Wanderwegen inspizieren, so in Agnäs, Bjurkärr und Hunshult; die beiden letztgenannten liegen beidseits der Brücke zur Insel SIRKÖN. Die Brücke, auf der man Sirkön bei km 48,5 gen Süden wieder verlässt, gibt einen fantastischen Blick auf die Inselwelt des Åsnen frei. Am anderen Ufer befindet sich linker Hand ein Rastplatz mit Badestegen. (Wem es auf Sirkön gefällt, kann auf dem Campingplatz Mjölknabben Quartier nehmen.)

Auf den letzten zehn Kilometern warten weitere Campingplätze in Kärrasand und Urshult und ist bei km 54,5 ein Abstecher zu einer FISCHRÄUCHEREI mit Verkauf ausgeschildert (Di–So 9–18 Uhr). In Urshult befindet sich ein populärer Badeplatz; ufernahe Wege führen zurück zum Ausgangspunkt, wobei man aufpassen muss, rechtzeitig links zurück zur Kirche abzubiegen.

◎ MARKIERTE **ÅSNEN-RADWEGE**: Åsnen Runt (knapp 130 km als Rundfahrt). – Fjordrundan (ca. 20 km rund um den nördlichen Ausläufer Skatelövfjorden). – Fernradwege Banvallsleden (Mitte und Westen des Åsnen-Gebiets in Nord-Süd-Richtung), Sverigeleden (Åsnen Mitte in Nord-Süd-Richtung), Kronobergstrampen (Sü-

Um es klar zu sagen: Wer im Åsnen-Gebiet als Radfahrer möglichst häufig nahe ans Seeufer gelangen will, sollte unsere selbst recherchierte Route wählen.

den und Westen) sowie Sydostleden (Osten und Süden).

◎ 44 km südlich von Växjö sowie 10 km östlich von Urshult liegt **TINGSRYD**. Das Heft »Cykla och vandra i Tingsryd kommun« stellt 10 Routen (7–43 km lang) im Gemeindegebiet vor, auch auf Deutsch. Heft, Gemeindekarte im Touristenbüro, Skyttegatan 2, Tel. 0477 – 441 64, www.visittingsryd.se.

◎ **FAHRRADVERMIETUNG**: Unterkünfte Getnö Gård (siehe Seite 78), Urshult Camping, Tingsryd Resort.

ANGELN

◎ **ANGELN**: Im Touristenbüro Växjö bekommen Sie die Angelscheine für die Växjö-Seen (im Zentrum), den Helgasjön, Åsnen u.a. sowie für den Fluss Helige å. Tages-/Wochenkarte Helgasjön 60/125 SEK.

BADEN, SCHWIMMEN

◎ **STADTNAH**: im Nordwesten in ARABY, ÖJABY, natürlich im Freizeitzentrum EVEDAL sowie rund um den HELGASJÖN im Norden.

GOLF

◎ **VÄXJÖ GOLFKLUBB**, Araby Sjöväg, Tel. 0470 – 215 15, www.vaxjogk.se. 18-Loch-Platz, im Nordwesten der Stadt, in Araby, abzweigen von der Hauptachse Str. 23/25/27.

◎ **GLASRIKETS GOLFKLUBB** i Växjö, Fylleryd, Tel. 0470 – 653 20, www.glasriketsgk.se. 18-Loch-Platz sowie 6-Loch-Platz im Osten der Stadt, abzweigen von Str. 25 oder 23/37.

PADDELN

◎ Der **VÄRENDSLEDEN** im Fluss Mörrumsån mit dem See Helgasjön ist die populärste Route vor Ort. Die 120 km lange Strecke führt vom sog. småländischen Hochland im Norden bis zur Grenze nach Blekinge und ist ein Querschnitt der landschaftlichen Vielfalt. Als Kanustrecke ausgebaut, sind »Kanu-Campingschecks« für die Lagerplatznutzung Pflicht, die in der Kanumiete enthalten sein sollten.

KANUZENTRALEN Getnö Gård am Åsnen, am Helgasjön in Evedal (beide siehe Seite 78) und in Asa, 30 km nördlich Växjös, die Jugendherberge Asa Vandrarhjem (siehe Seite 92). Als Beitrag zum Naturschutz ist die VÄRENDS-KARTE erforderlich.

Info-Mix

SIGHTSEEING

◎ Auf dem **HELGASJÖN** und den angrenzenden Seen verkehrt THOR, eines der ältesten mit Holz gefeuerten Dampfschiffe in Schweden. Die Abfahrtstelle befindet sich bei der Festung Kronoberg. 6. Juni bis Ende August. Siehe auch Seite 83.

KONTAKT, HILFE

◎ **ÄRZTLICHE BEREITSCHAFT**: Lasarettet, Strandvägen 8, Tel. 0470 – 588 00.

◎ **POLIZEI**: Sandgärsgatan 31, Tel. 114 14. Notfall-Tel. 112.

◎ **POST**: S. Ringvägen 29 (Coop). **(4)**

TRANSPORT, PARKEN

◎ **BUS**: Busterminal an Norra Järnvägsgatan, Telefon 0771 – 76 70 76, www.lanstrafikenkron.se wird auch in englischer Fassung gepflegt.

◎ **TAXI**: Tel. 135 00 und 169 00.

◎ **PARKEN**: zwei Zonen, in Zone 1 (City) 18 SEK/Stunde, in Zone 2 (Citynah) 5 SEK/Stunde und Sa frei.

Weiterreise

◎ **FLUG**: Der Flugplatz von Växjö (VXO) liegt 10 km westlich der City. Tel. 0470 – 75 85 00. Verbindungen nach Stockholm und Kopenhagen, mit Ryanair mehrmals wöchentlich nach Weeze/Niederrhein (ca. 100 km nordwestlich von Düsseldorf). www.smalandairport.se.

◎ **BUS UND BAHN**: Der zentrale Bus- und Bahnhof liegt im Süden des Zentrums. Für den Regionalverkehr im Kronobergs Län ist Länstrafiken Kronoberg zuständig, Telefon 0771 – 76 70 76, www.lanstrafikenkron.se.

Växjö ist, wie Kalmar, mit der Zuglinie »Öresundståg« direkt mit Kopenhagen (Airport und Hauptbahnhof) und mit Malmö verbunden. Ab Malmö liegen folgende Haltestellen in Småland an der Strecke: Älmhult, Alvesta, Växjö, Hovmantorp, Lessebo, Emmaboda, Nybro und Kalmar. www.oresundstag.se. In Alvesta besteht Anschluss an die Hauptlinie zwischen Malmö und Stockholm. – »Krösatågen« ist der Verbund von sechs regionalen Verkehrsgesellschaften Südschwedens, der Bahn- und Buslinien überregional anbietet. So gelangt man ohne Umsteigen in knapp zwei Stunden von Växjö nach Jönköping: www.krosatagan.se. – Direkt per Zug geht's auch nach Göteborg.

◎ **AUTO**: Eine empfehlenswerte Station auf der Weiterreise nach Värnamo (oder Jönköping) ist der kleine Ort ASA am See ASASJÖN, gut 30 km nördlich von Växjö. Hier starten Paddler auf dem Värendsleden und kreuzen die Fernwanderwege Sigfridsleden und Höglandsleden. Als Unterkünfte fungieren das Hotel im Herrenhof Asa Herrgård (www.asaherrgard.se) sowie die Jugendherberge Asa Vandrarhem (www.friheten.nu) mit Boots- und Fahrradvermietung.

NACH VÄRNAMO. Entweder auf Str. 30 am Westufer des Helgasjön bis LAMMHULT; wer schönen MÖBELN etwas abgewinnen kann, findet dort genug Anlaufstellen (siehe Seite 100); kurz nachdem die Uferstraße vom See Helgasjön abbiegt, ist das nostalgische ÖHRS LANTCAFÉ der Schwestern Skogsström für eine Kaffeepause zu empfehlen; anschließend auf Nebenstraßen westwärts nach Värnamo. Alternativ über Alvesta nach LJUNGBY an der E4, um ab dort auf der Autobahn – oder besser: parallel auf der »alten E4«, der ehemaligen Reichsstraße 1, der RIK-

SETTAN – Richtung Värnamo zu fahren: In Ljungby befindet sich das SAGOMUSEUM zu der Erzählkultur in Småland; auf dem WALDFRIEDHOF SKOGSKYRKOGÅRDEN ist im Entrè-Gebäude eine kulturhistorische Ausstellung zur Begräbniskultur untergebracht. Auf der Route, die östlich um den See Helgasjön herum nach Värnamo führt, erlebt man das wirklich ländliche Småland: Das schmale Asphaltband schlängelt sich um Höfe, Hügel und Seen, oft gesäumt von uralten Steinmäuerchen. Hie und da erinnern die alten Meilensteine zwischen Rottne, Tolg und Asa daran, das auf genau diesem Weg Menschen schon seit Jahrhunderten von Hof zu Hof und von Kirchspiel zu Kirchspiel unterweg sind – früher zu Fuß, auf Ochsenkarren oder mit Pferdefuhrwerken. Im Anschluss hinter Lammhult empfiehlt sich die hoch gelegene Panorama-Route via Svensbygd auf der Ostseite des Sees Rusken gen Nydala und von dort nach Värnamo.

NACH JÖNKÖPING über Str. 30, beschrieben auf Seite 128 f.

NACH OSKARSHAMN Str. 37. Ca. 23 km nordöstlich von Växjö (Abzweigung Richtung Lenhovda) führt ein Abstecher zur DÄDESJÖ GAMLA KYRKA; auf der bemalten Holzdecke (13. Jh.) werden Motive der Geburt Jesu und der schwedischen Legende von *Staffan Stalledräng* in Form von Medaillons dargestellt, ein kleines Fernglas tut gute Dienste; die neue Kirche auf der anderen Straßenseite hat eine schöne Barockkanzel; der Pfarrhof ist Museum. An der Kreuzung mit der Str. 28 nach Lenhovda möglicher Abstecher zur GRANHULTKIRCHE, eine der wenigen erhaltenen HOLZKIRCHEN aus dem 13. Jh., die der Abrisslust des Bischofs Tegnér entging; er wollte lieber Steintempel sehen, die Bürger widersetzten sich: eine erfolgreiche »Bürgerinitiative«; das Kirchlein auf einer Waldlichtung ist ganz mit Malereien (18. Jh.) ausgeschmückt, ein Kleinod; der hölzerne Glockenturm entstand 1702. – Der Abstecher zur SCHLUCHT MORE KASTELL via Fågelfors siehe Seite 170. – In der Kirche von HÖGSBY sind Altar (eine Lübecker Arbeit) und Kanzel zu begutachten, beide aus dem 17. Jh.

NACH KARLSHAMN Str. 29. Bei INGELSTAD (km 22), erhebt sich der INGLINGEHÖG, ein 4 m hoher Grabhügel (Durchmesser 35 m), der in einem Feld mit mehr als 100 Gräbern liegt, das etwa bis zum Jahr 1000 genutzt wurde; hier befindet sich auch das Heimatmuseum ÖSTRA TORSÅS. Die KIRCHE VON JÄT (25 km südlich, am Åsnen) ist im Bezirk eine der am besten erhaltenen mittelalterlichen Kirchen und wurde vermutlich Ende des 12. Jhs. aus Feldstein erbaut; die Sakristei und das Waffenhaus aus Holz kamen später hinzu, ebenso die Frauen- und die Männerempore; ab 1909 hatte die Kirche ausgedient, als die Gemeinde ein neues Gotteshaus gebaut hatte; Ende der 1950er Jahre wurde man sich des kulturellen Wertes der alten Kirche bewusst und begann mit Restaurationsarbeiten.

Rund um Värnamo

NATUR UND (MÖBEL-)DESIGN

Värnamo ist eine geschäftige Kleinstadt, deren Hauptattraktionen für viele Touristen in den Landschaften des Umlandes sowie in der Tradition der Möbelherstellung liegen. Hier lebte und arbeitete *Bruno Mathsson* (1907–1988), gelernter Möbelschreiner und avantgardistischer Designer – einer der ganz Großen der Klassischen Moderne. Die von ihm entwickelte Technik, geleimtes Buchenholz zu Schwingsesseln zu verarbeiten, revolutionierte in den 1930er Jahren die Möbelindustrie. Atelier und Werkstatt des Meisters gehören nun zum BRUNO MATHSSON-CENTER. Värnamo ist – zusammen mit dem nahen LAMMHULT – so etwas wie ein Zentrum der Designer-Avantgarde. Das Kunst- und Designzentrum VANDALORUM ist ein Forum für Designer; in wechselnden Ausstellungen stellt es schwedische und internationale Designer und Künstler vor.

An beiden Ufern des Flusses LAGAN gelegen, wurde Värnamo schon im 13. Jh. als Handelsplatz an einer Furt über den Fluss erwähnt. Land- und Forstwirtschaft gaben nur karge Erträge, und als im 18.Jh. *Sven Nilsson Morin*, ein künstlerisch wie technisch begabter junger Mann, die Bauernsöhne lehrte, kleine Metallteile zu gießen, war das der Anfang der lokalen Metallwarenherstellung. Männer aus GNOSJÖ, die im 19. Jh. in Jönköpings Waffenmanufakturen gearbeitet hatten, brachten ihre Fertigkeiten mit nach Hause zurück, worauf sich Gießereien, Hammerwerke, Drahtziehereien und weitere Betriebe entwickelten. Der Geist von Gnosjö war geboren – in der Gemeinde, blühte die Kleinindustrie. Värnamo war der zentrale Handelsplatz, und die Region wurde über ihre Grenzen hinaus bekannt (siehe Seite 101 f.).

Dass die Natur allem Unternehmergeist nicht zum Opfer fiel, davon kann man sich leicht selbst überzeugen: Seen, Laub- und Nadelwälder, Wiesen, Weiden und Moore ringsum. Eine Wanderung durch das Moor im Nationalpark STORE MOSSE ist ein famoses Erlebnis, ebenso wie ENTDECKUNGSTOUREN AUF EIGENE FAUST durch Westsmåland sehr populär sind. Unterwegs trifft man immer wieder auf jene typisch småländischen Steinmauern oder Steinhaufen (von den Feldern aufgesammelte Steine), die vom hartnäckigen Kampf der Landwirte um ein wenig fruchtbares Land zeugen.

INFORMATION

◎ **VISIT VÄRNAMO**, Järnvägsplan 1 (im alten Bahnhofsgebäude), SE–331 30 Värnamo, Tel. 0370 – 188 99, info@visitvarnamo.se, www.visitvarnamo.se. Mo–Fr 9–12.30 u. 13.30–17 Uhr, im Sommer Sa 10–14 Uhr.

◀ Oben Möbeldesign von Norrgavel, unten der Touristen liebstes Tier in Schweden, dem man südlich Värnamos gleich in drei Gehegen sehr nahe kommen kann (siehe Seite 103)

Unterkunft

◎ **SCANDIC VÄRNAMO**, Storgatsbacken 20 (Fußgängerzone), Tel. 0370 – 65 66 00, www.scandichotels.se/varnamo. Flextarif für EZ/DZ ab 1.295 SEK, weekend- und Sondertarife auf Anfrage.

RETRO-HOTEL aus den 1950ern mitten im Zentrum, originalgetreu restauriert und eingerichtet. Das Besondere: die Designer-SHOWROOM-SUITEN der im Möbelreich ansässigen Möbelhersteller; außerdem eine komplett mit Bruno-Mathsson-Mobiliar eingerichtetete Suite. Ebenfalls eher selten: DOPPELBADEWANNEN. Unbedingt fragen, ob die Designer-Suiten frei sind!

◎ **TOFTAHOLM HERRGÅRD**, Lagan (12 km südlich von Värnamo), Tel. 0370 – 440 55, www.toftaholm.se. EZ ab 1.520 SEK, DZ ab 1.850 SEK, dazu Weekend-Arrangements.

Edles, ROMANTISCHES Landhausambiente am Ostufer des Sees VIDÖSTERN. Anfahrt via E 4, Toftaholm.

◎ **GNOSJÖ VANDRARHEM**, STF, Gnosjö, Fritidsvägen 6, Tel. 0370 – 33 11 10, vandrarhemmet@gnosjo.se/ Ganzjährig geöffnet. 50 Betten. Ab 200 SEK/Person. Moderne Anlage im Grünen im Töllstorp Fritidsområde, neben der Schwimmhalle. Anfahrt via Str. 151 und Asehögsvägen.

◎ **ISABERG MOUNTAIN RESORT**, Hestra, Nissastigen, Tel. 0370 – 33 93 00, www.isaberg.com. Ganzjährig geöffnet. Ferienhäuser für 2–10 Personen in 5 Kategorien, wahlweise für Selbstversorger oder mit Hotelservice. Flexibles Preissystem, Anfrage erforderlich. Zur Anlage gehört auch ein Campingplatz; ab 250 SEK kostet ein Stellplatz.

40 Kilometer nordwestlich Värnamos bietet das Isaberg Mountain Resort eine große Vielfalt an Aktivitäten und Unterkünften, vom Wintercamping bis zum schicken Lofthaus für zwölf Personen mit drei Bädern sowie Sauna. Der Isaberg erhebt sich westlich des Nationalparks STORE MOSSE und überragt das småländische Hügelland um gut 150 Meter. Im Winter ist Isaberg deswegen ein gefragtes SKIZENTRUM, im Sommer Ausgangspunkt für Outdoor-Aktivitäten: Kanu, Mountainbiking, Wandern, Klettern, Hochseilgarten, Kanutouren, auch kindgerechte, u.a. Restaurant anbei.

◎ **VÅFFELCAFÉ I DANNÄS**, Dannäs gamla skola, Forsheda, Tel. 072 – 246 3003, vaffelcafe.bob@norrabolmen.se/

Die kleine Bed & Breakfast-Pension gegenüber der alten Kirche von Dannäs im Gebäude der ehemaligen Schule ist eine wahre Perle im Norden des Sees BOLMEN. Im »Waffel-Café« gibt es herzhafte und süße Waffeln.

◎ **BOLMEN MARIN & FRITID**, Bolmens Camping, Strandsjövägen 4, Bolmen/Ljungby, Tel. 0372 – 231 00, www.bolmen.com. 1.5.–1.9. Preise nur auf Anfrage.

Kleiner Campingplatz mit 5 Hütten. Als Kanuzentrale zertifiziert.

Essen und Trinken

◎ In der FUSSGÄNGERZONE **STORGATSBACKEN** gibt es mehrere Lokale, wo Sie in den warmen Monaten angenehm draußen (zum Teil in Innenhöfen) sitzen und Tagesgerichte sowie die üblichen Sandwiches, Salate etc. bestellen können. Als populär gilt das CAFÉ SNIPEN (No. 6).

◎ Einen ausgezeichneten Ruf genießt das **RESTAURANG SYLTAN** im Kunst- und Designzentrum Vandalorum, außerhalb der Stadt (siehe Seite 98). Gerade auch zum Mittagstisch sehr zu empfehlen.

◎ Wer einen Ausflug in die NATUR westlich von Värnamo unternimmt, erreicht in Bredaryd, gut 20 km westlich von Värnamo, das urige **BREDARYDS WÄRDSHUS**, Telefon 0370–80 320, mit einer stolzen Auswahl an BIER- UND WHISKEYsorten und die ambitionierte Speisekarte im gehobenen Preisbereich.

◎ Östlich Värnamos lohnt der Besuch im **NYDALA CAFE & RESTAURANG**, direkt beim Kloster Nydala, gelegen am Nordzipfel des Sees Rusken. Im Sommer Di–So geöffnet, bei Schönwetter auch im Garten (siehe auch Seite 128). Tel. 0382–310 13, www.cafenydala.se.

◎ **FRISCHFISCH**: TIRAHOLMS FISK, am Westufer des Sees Bolmen auf einer Landzunge, Verkauf und Restaurant von März bis Dezember (unter tiraholm.se einzusehen). Östlich von Unnaryd, ausgeschildert.

Im Möbelreich

Die Avantgarde schwedischer Möbeldesigner und -hersteller hat ihr Zentrum also in Småland. Das Gebiet zwischen Värnamo und Lammhult nennt sich MÖBELRIKET – das Möbelreich. Selbstbewusst verweist man auf die lange Handwerkstradition in der Möbelherstellung und auf Bruno Mathsson, den bedeutendsten schwedischen Designer der Klassischen Moderne. Sein Haus und Atelier in Värnamo beherbergt das Bruno Mathsson Center, wo die Experimente des Funktionalisten mit schichtverleimtem Bugholz und viele seiner Möbel ausgestellt sind. Eine seiner berühmtesten Kreationen ist das schwingende Sitzmöbel »Grashüpfer« GRÄSSHOPPAN. Mathssons Schwingsessel und Elipsen-Tische sind unverändert populär.

Junge Möbeldesigner arbeiten in der Nachfolge Mathssons bei innovativen Möbelherstellern wie KÄLLEMO, NORRGAVEL, LAMMHULTS und SVENSSONS, die alle im Möbelreich angesiedelt sind.

In Lammhult trifft man sie alle. Der kleine Ort an der Str. 30 zwischen Jönköping und Växjö muss einfach die höchste Dichte an Design- und Einrichtungsausstellungen pro Einwohner haben. Für das genüssliche Erkunden der aktuellen Trends und für anstehende Einkäufe sollte man sich ein Zeitpolster gönnen, obwohl die Showrooms von Lammhults und

Achtung: Die lokalen Möbelhersteller machen etwa von Anfang Juli bis Anfang August normalerweise Werksferien und sind dann nicht zu besuchen.

VANDALORUM – INTERNATIONALES ZENTRUM FÜR KUNST UND DESIGN

Konzipiert vom renommierten Architekten *Renzo Piano,* erinnert das 2011 eröffnete Vandalorum von außen an große, rote Scheunen, wie sie für Småland typisch sind; es ist ein mutiger, reizvoller Kontrast zu Kunst und Kreativität, denen man im Inneren begegnet, zu den Glasfronten und großen Fenster-Dächern, durch die das Licht in die Säle und Galerien fließt. Als wäre das Gebäude »einfach aus der Erde Smålands gewachsen« – genau so hatte es sich der Architekt gewünscht, nachdem er Småland besucht und aus der Luft inspiziert hatte.

Der Name ist eine Anspielung auf die Vermutung, dass der Volksstamm der Vandalen ursprünglich aus Småland komme. Früher trug der schwedische König übrigens den Titel »König der Schweden, Goten und Vandalen« – eben »Rex Vandalorum«, wie es u.a. auf einer lateinischen Inschrift eines Königsgrabes steht.

Die Ausstellungen zeigen zum Einen Kunst und Design aus Småland, wo Möbelindustrie und Kreative sich seit über hundert Jahren gegenseitig befruchten. Auch das »Smålands Konstarkiv« stellt darin aus. Vandalorum holt aber ebenso internationale Ausstellungen nach Småland. 2016 wurde das Zentrum um eine weitere »Scheune« vergrößert. Ab 2017 ist darin u.a. eine Ausstellung NORDISCHER MÖBELKUNST zu würdigen.

◎ **VANDALORUM**, Skulpturvägen 2 (außerhalb der Stadt, nahe der E4, ausgeschildert), Telefon 0370 – 30 22 00, www.vandalorum.se. Täglich 11–17 Uhr. Eintritt 90 SEK. Anbei Shop, Cafeteria u. Restaurant (siehe Seite 97).

Norrgavel, Svenssons, Abstracta sowie Nilssons nahe beieinander liegen. Einzig Källemo ist in Värnamo beheimatet.

◎ Das HOTEL **SCANDIC VÄRNAMO** (selbst schon ein Fünfziger-Jahre-Klassiker) ist so etwas wie ein lebendiger Showroom der ortsansässigen Möbelindustrie. Die drei Suiten des Hotels sind eingerichtet von Bruno Mathsson, Källemo und Svenssons; aber auch sonst trifft man im Haus auf »Visitenkarten« des Möbelreichs.

Das Hotel ist, gibt es das eigene Budget her, der perfekte Ausgangspunkt für einen gelungenen Kurztrip in die aktuellen Trends und auf den Spuren schwedischen Möbeldesigns jenseits von Ikea.

◎ **BRUNO MATHSSON CENTER**, Värnamo, Tånnögatan 17, Tel. 0370 – 30 05 40, www.mathsson.se. Mo–Fr 13–16.30 Uhr.

Das ehemalige Atelier des Künstlers bewahrt seinen Nachlass und ist Dokumentationszentrum. Die Ausstellung zeigt einige seiner Möbel sowie andere Entwürfe. Zudem können die Besucher einen Blick in das authentische Arbeitszimmer Mathssons aus den 50er Jahren werfen; es wirkt erstaunlich zeitgenössisch.

Fans von Bruno Mathsson werden auch gern die »Glashäuser« des Designers und Architekten in Kosta besuchen (siehe Seite 192). Mathsson hatte in den 1950ern lichtdurchflutete und funktionale Reihenhäuser für Angestellte der Kosta Glasbläserei entworfen, einschließlich Einrichtung. In diesen außergewöhnlichen Werkswohnungen – vor einigen Jahren im Originalzustand restauriert – nächtigen heute Kostas VIP-Gäste.

◎ **KÄLLEMO**, Växjövägen 30, Tel. 0370 – 150 00, www.kallemo.se. Mo–Fr 10 – 18 Uhr.

Das Firmengelände mitten in Värnamo ist nicht auf Besucherströme eingestellt. Ein Blick in den künstlerisch gestalteten Entré und die dort ausgestellten Produktneuigkeiten sowie Källemo-Klassiker ist interessierten Besuchern aber durchaus gestattet. Für Källemo hatte der Designer *Jonas Bohlin* 1980 den berühmten Stahl-Beton-Stuhl CONCRETE entworfen; eines der limitierten 100 Exemplare steht in der Galerie von Källemo. Furore machte ferner *Mats Theselius* mit seinem Aluminiumsessel (Leder und Buche). Ein weiteres Beispiel für unkonventionelles Design ist die Leuchte, die aussieht wie ein beleuchteter Farbeimer: »Helle Farbe« von *Fredrik Wretman* (2005).

◎ **SVENSSONS**, Lammhult, Jönköpingsvägen 4, Telefon 0472 – 48700, www.svenssons.se. Mo–Fr 10 – 18 Uhr, Sa+So 11 – 16 Uhr.

Svenssons widmet seinen Wurzeln in der småländischen Tischlerwerkstatt eine kleine Ausstellung im Untergeschoss der Showrooms. Die Firma produziert verschiedene Bruno-Mathsson-Möbel. Und zeichnet sich durch das NETWORKING innerhalb der lokalen Design-Branche aus. Hier finden sich innovative Lampenhersteller aus dem GLASREICH

◀ Vandalorum im Winter

(Belysningsbolaget) und Produzenten hochwertiger Treppen und Türen mit kreativer Formgebung.

◎ **NORRGAVEL**, Lammhult, Växjövägen 42, Tel. 0472 – 26 99 90, www.norrgavel.se. Mo–Fr 10–18 Uhr, Sa 10–15 Uhr, So 12–16 Uhr.

Norrgavel dürfte besonders die Freunde des klassischen skandinavischen Designs ansprechen. In der Möbelwerkstatt fliegen noch richtig die Späne, wenn von Hand gearbeitet wird. Holz ist bei Norrgavel der Werkstoff Nummer Eins.

◎ **NILSSONS**, Lammhult, Norra Fabriksgatan 2, Telefon 0472 – 26 00 41, www.nilssonsilammhult.se. Mo–Fr 10–18 Uhr, Sa 10–15, So 12–16 Uhr.

Das Möbelhaus steht für einen repräsentativen Querschnitt so gut wie aller schwedischer Möbelhersteller.

◎ **LAMMHULTS**, Lammhult, Växjövägen 41, Tel. 0472 – 26 95 00, www.lammhults.se. Mo–Fr 10–17 Uhr.

Lammhults wurde 1945 als Mechanische Werkstatt gegründet, da Gründer *Edvin Stål* aus Konkurrenzausschlussgründen zunächst einmal keine reine Möbelfabrik starten durfte, nachdem er »Lammhults Stol & Snickerifabrik« verlassen hatte. In seiner zweifachen Kompetenz in der Metall- und Holzverarbeitung lag der Schlüssel für den Erfolg des jungen Unternehmens, beispielsweise mit dem Stapelstuhl Model PYRAMIDE. Heute ist Lammhults als Designunternehmen mit preisgekrönten Entwürfen von *Gunilla Allard, Love Arbén, Anya Sebton* u.a. ein Begriff.

Ausflüge

RICHTUNG GNOSJÖ

Das schon erwähnte Gnosjö liegt ca. 25 km nordwestlich Värnamos und ist über die Straße 151 zu erreichen. Auf dem Hinweg empfiehlt sich ein Abstecher via Str. 152:

◎ **HIGH CHAPARRAL**, Hillerstorp, Tel. 0370 – 82 700, www.highchaparral.se. Mitte Mai bis Mitte August täglich sowie bis Ende August Sa+So 10–18 Uhr. Eintritt ab 220 SEK, Kinder kleiner als 1 m frei.

In der WILD-WEST-STADT gibt es Restaurants, Saloons, Dampfschiff, Eisenbahn (mit Überfällen muss gerechnet werden), eine Indianer-Insel, zahlreiche Läden, Rummelplatz, Tiergehege etc. Alles was eine Westernstadt ausmacht – und gutes Geld einbringt. Der Eintritt zu Shows wie »Lucky Luke«, »Saloon show« oder »Indian show« ist frei, auch STUNTS gehören zum Repertoire. Übernachten kann man hier auch: in Western-Hotel, Feriendorf, Campingplatz.

INDUSTRIMUSEUM GNOSJÖ

Mehrere Industriedenkmäler rund um Gnosjö erhalten die Erinnerung an die Zeit ab dem 18. Jh., als Erz aus Sumpfgebieten und aus dem Taberg nahe Jönköping verarbeitet wurde, der Auftakt der hiesigen Industrie.

◎ **INFORMATION**: GNOSJÖ TURISTINFORMATION, Järnvägsgatan 14, Tel. 0370 – 33 10 41, turism@gnosjo.se, www.visitgnosjo.se. Speziell zu den Industriedenkmälern www.industrimuseum.gnosjo.se in Teilen auch auf Deutsch. Lagepläne zum Download, ebenso ausgeschildert ab Str. 151.

◎ **TÖLLSTORPS INDUSTRIMUSEUM**, Gnosjö, Töllstorps Friliftsområde, Tel. 0370 – 991 06. 1.6.–31.8. täglich 13–16 Uhr. Führung (rund 90 Minuten) 50/25–0 SEK.

Im 18. Jh. betrieb man in der Gemeinde drei HOCHÖFEN, die Erz aus den Sümpfen und das hochwertige Erz des TABERGS (siehe Seite 125) zu Roheisen schmolzen. Als die Waffenmanufakturen Jönköpings um 1800 Arbeiter entließen und die betroffenen Gnosjöer wieder zurückkehrten, konnten sie ihr erworbenes Knowhow in der Metallverarbeitung weiter verwenden. So gab es in der Gemeinde Gnosjö im 19. Jh. mehr als 100 Eisen verarbeitende Betriebe, darunter Töllstorps Industri. In der originalen, funktionstüchtigen Anlage wird die VERGANGENHEIT unmittelbar LEBENDIG, wenn aus Eisen Draht und dieser zu Schneebesen, Haarnadeln, Sicherheitsnadeln oder Plätzchenformen verarbeitet wird.

Den Strom liefert die eigene Wasserkraftanlage. Am Nordostrand von Gnosjö, östlich der Str. 151.

◎ **HYLTÉNS INDUSTRIMUSEUM**, Gnosjö, Tel. 0370 – 917 00. 1.6.–31.8. täglich 13–16 Uhr. Führung (rund 90 Minuten) 60/30–0 SEK.

Diese Manufaktur gründete 1874 J. Hyltén als Metallwarenfabrik; sie war 100 Jahre lang im Betrieb. In der

◀ Und noch ein Beispiel für Möbeldesign von Norrgavel

KOMPLETTEN ANLAGE mit Gießerei, Schmiede und mechanischer Werkstatt ist SEIT 80 JAHREN NICHTS MODERNISIERT worden; sogar das eigene Wasserkraftwerk liefert Strom wie vor 110 Jahren. Zur Demonstration werden die mittels Riemen und Wellen angetriebenen Maschinen stets in Gang gesetzt. Für den Museumsverkauf stellt man Glocken, Mörser, Schmuck u.a. her. Im Süden Gnosjös, südlich der Str. 151.

◎ **GÅRÖSTRÖMS INDUSTRIMUSEUM**, Gnosjö. Ist nur in Verbindung mit dem nahe gelegenen Hylténs Industrimuseum zu besichtigen. Hier hat man Maschinen aus der Region zusammengetragen – intakt oder repariert, werden sie teilweise zu Demonstrationszwecken in Gang gesetzt. Etwas für Spezialisten.

NISSAFORS

Dieser Ort liegt 8 km Kilometer weiter nordöstlich von Gnosjö am Paddelfluss Nissan und an der Str. 151.

◎ **KALLFELDTS LÄDER**, Nissafors, Norra Bruksgatan 5, Tel. 0370 – 33 62 06, www.kallfeldtslader.se. Shop Mo bis Do 9/10–16, Fr 9/10–13/14 Uhr.

Die Ledermanufaktur in Nissafors verarbeitet vor allem Elchleder und Rentierhaut sowie Kalbsleder. Für ein echtes Elch-Souvenir ist ein Besuch im Werksshop also genau richtig. – In den dichten Wäldern Schwedens gibt es so viele Elche, dass jedes Jahr rund ein Viertel (zurzeit etwa 100.000) zur Jagd freigegeben werden müssen. Die Haut wird dann bei Kallfeldts verarbeitet. Elchleder gilt als flexibel, strapazierfähig und extrem haltbar. Die Firma wurde erst 1989 gegründet und ist längst weit über die Grenzen Smålands hinaus bekannt. Die Werkstatt kann besichtigt werden. Kinder dürfen sogar ihre eigenen Geldbörsen anfertigen.

SKILLINGARYD

Skillingaryd liegt knapp 30 km nördlich von Värnamo ebenfalls an der E 4 und empfiehlt sich als Station auf der Weiterreise nach Jönköping.

◎ Das relativ junge Museum **MILISEUM** in Skillingaryd berichtet vom Leben einfacher Soldatenfamilien vergangener Jahrhunderte. Jedem Soldat wurde zur Sicherung des Lebensunterhalts ein kleiner Hof, ein »torp« zugeteilt – jene kleinen Holzhäuschen irgendwo draußen auf dem Land, die uns heute so romantisch erscheinen. Ein solch typisches »soldattorp« kann besichtigt werden. Das Museum liegt auf dem Gelände eines einstigen militärischen Übungsplatzes, der bis in die 1990er Jahre noch genutzt wurde. Es wird von Schwedens militärhistorischem Archiv (SMHA) betrieben – und widmet sich weiteren Aspekten der småländischen Militärgeschichte. Viele Exponate kommen aus den einstigen Waffenschmieden in Jönköping bzw. Huskvarna sowie aus Eksjö mit seinem traditionsreichen Husaren-Regiment. Di–Fr 11–16 Uhr, Sa 11–15 Uhr. Eintritt: 60/20 SEK. www.vaggeryd.se/museum.

3 x ELCH (= ÄLG) SÜDLICH VON VÄRNAMO

Zwischen Värnamo und Markaryd im Süden sind Elche garantiert zu Gesicht zu bekommen. Alle Websites liegen auch auf Deutsch vor.

◎ Zur Autobahnraststätte (E 4) **LAGANLAND**, 10 km nördlich von Ljungby, gehört ein einsehbares FREIGEHEGE, das den Kontakt mit dem »König der Wälder« herstellt. 1.6.–30.9. täglich 9–18 Uhr, ab 1.4. u. bis 31.10. 10–17 Uhr. Eintritt 50/25 SEK. www.laganland.se.

◎ **ELINGE ÄLGPARK**: Gehege bei Hamneda, südlich von Ljungby. Geöffnet täglich 9–19 Uhr. Eintritt 80 SEK. www.elingealgpark.com.

◎ **SMÅLANDET** ist eine Freizeitanlage mit einem ELCHSAFARI-DRIVE-IN: Über 3 km lang schlängelt sich der Weg durch ein Waldstück mit Elchbestand, zu befahren mit dem eigenen Auto oder als Gast im Bimmelzug. In Misterhult bei Markaryd. Mai bis Oktober täglich 10–18 Uhr, sonst Sa+ So 11–17 Uhr. Einfahrt mit dem Auto 100 SEK. www.smalandet.se.

BOLMEN

Der Bolmen erstreckt sich südwestlich von Värnamo und westlich von Ljungby. Südschwedens, von Vänern und Vättern abgesehen, mit 184 km^2 größter Binnensee ist ein herrliches Naturgebiet, das sich vor allem bei Wassersportlern großer Beliebtheit erfreut (siehe Seite 107).

Wer die Gegend eher »in passiver Bewegung« erleben will, kann u.a. eine Rundfahrt mit Auto unternehmen, die – dank einer Fähre – auch mitten über den See führt. Die große Insel Bolmsö hat im Osten nämlich eine feste Straßenanbindung, und ans westliche Ufer gelangt man von Bolmsö aus mit der kostenlosen Straßenfähre. Diese traditionsreiche Linie Sunnaryd – Bolmsö ist SCHWEDENS LÄNGSTE SEILFÄHREN-VERBINDUNG: Die Strecke misst 1.060 m, und die Überfahrt dauert 10 Minuten: zwischen 6 und 23 Uhr ab Sunnaryd immer zur vollen Stunde bei Bedarf und zwischen 10 und 18 Uhr zu jeder halben Stunde bei Bedarf. In Bolmsö angekommen, wendet die Fähre gleich nach dem Ent- und Beladen. www.trafikverket.se/bolmsoleden.

◎ **KULTURGESCHICHTE**: BOLMSÖ KYRKBY ist ein beliebter Ausgangspunkt für Unternehmungen in der Region, Heimatmuseum sowie frühgeschichtliches Gräberfeld SPÖKEBACKEN. – Bei HÅRINGE findet man nicht weniger als fünf Gräberfelder und weitere frühhistorische Denkmäler. – ODENSJÖ liegt direkt am See: Heimatmuseum und eine alte Kirche. – SÖDRA UNNARYD liegt am Nordufer: Kirche von 1833, Burgruine, Gräber und Steinsetzungen aus frühgeschichtlicher Zeit (Bedjarör).

Ferien aktiv

Rund um Värnamo ist die Vielfalt an Aktivferien besonders groß: Es gibt mehrere Naturreservate, viele Wanderpfade und Nebenwege zum Radeln, den See Bolmen sowie die Flüsse Lagan und Nissan zum Paddeln – dies nur eine Auswahl. Eine gute Infrastruktur besteht am ISABERG und im Nationalpark STORE MOSSE.

WANDERN, WALKEN, JOGGEN

◎ **STORE MOSSE** (siehe rechte Seite), auf Holzbohlen und präparierten Wegen durch den NATIONALPARK; zu einigen Touren gibt es vor Ort detaillierte Tourenbeschreibungen auf Englisch und sogar Deutsch, die nach Benutzung bitte zurückgelegt werden (Download via www.storemosse.se): KÄVSJÖN RUNT, 13 km Rundwanderung u.a. ab Naturum. – LILLA LÖVÖ RUNT, 6 km Rundwanderung ab Kittlakull-Eisenbahnbrücke, südlich vom Naturum. – Ab Andersberg via Lövö nach Kittlakull und zurück, 14 km. – GEFÜHRTE TOUREN in den Sommermonaten siehe Seite 105.

◎ **ISABERG**: mehrere Rundstrecken nahe des Feriendorfs (siehe Seite 96), Länge von 1,5 bis 12,5 km, Dauer von 20 Minuten bis etwa 3 Std. und teilweise miteinander zu kombinieren. Sehr zu empfehlen sind der 12,5 km lange Bjärsvedsleden mit mehreren Aussichtspunkten und der 5 km lange ETTÖSPÅRET, der ins Naturreservat Ettö führt (siehe unten). Karte plus Information im Feriendorf und via www.isaberg. com.

Nicht vergessen: das »Besteigen« des 150 m hohen Isabergs (Aussicht).

◎ **JÄRNBÄRARLEDEN**: 17 km misst der Pfad zwischen Feriendorf Isaberg und Gnosjö, der östlich von Isaberg das **NATURRESERVAT ETTÖ** durchquert, eine vom Fluss Nissan gebildete Delta-Landschaft, die fast jedes Jahr überschwemmt wird und so die Voraussetzung für eine reichhaltige Flora bildet. Die Seen Ettosjön und Svartviken gehörten einst zum Flusslauf, heute sind sie stehende Gewässer. Zu erreichen auch via Str. 26, nahe Hestra, Parkplatz nördlich des Naturschutzgebiets. Der markierte und mittelschwere Pfad endet an TÖLLSTORPS Industrimuseum (siehe Seite 101). Dauer 4–5 Std. Karte zum Herunterladen: www.visitgnosjo.se.

◎ Der Järnbärarleden geht in Töllstorp in den **KÄVSJÖLÄNKEN** über, der über 20 km an den KÄVSJÖN im Nationalpark STORE MOSSE heranführt. Markiert, Dauer 4–5 Std. Karte zum Download: www.visitgnosjo.se.

◎ FERNWANDERWEG **GISLAVEDSLEDEN**: 97 km vom Isaberg bis nach Kollabo in Halland im Südwesten.

◎ PILGERWEG **NYDALALEDEN** von Markaryd im Süden via Ljungby und Värnamo zum ÄLTESTEN SCHWEDISCHEN KLOSTER nach Nydala, gelegen am Nordufer des Sees RUSKEN, 30 km nordöstlich von Värnamo an der Str. 127 (siehe auch Seite 128). Der südliche Abschnitt zwischen Värnamo und Ljungby verläuft im Bereich

Store Mosse: auf dem Holzbohlenweg zum Naturum ▶

NATIONALPARK STORE MOSSE (GROSSES MOOR)

Store Mosse liegt zwischen Värnamo und Hillerstorp, auf halbem Weg nach Gnosjö. Die INFRASTRUKTUR für Besucher besteht aus Parkplätzen, rund 40 km Wanderpfaden, Aussichts- und Vogelbeobachtungstürmen. Am KÄVSJÖN ist ein NATURUM (Dokumentations- und Infozentrum) eingerichtet; dort steht auch ein behindertengerechter Vogelbeobachtungsturm, zu erreichen ab Str. 151. Ebenfalls mit dem eigenen Fahrzeug zu erreichen sind SVÄNÖ (im Norden) sowie LÖVÖ (im Süden).

◎ Store Mosse – seit 1982 Nationalpark – ist mit 7.740 ha SCHWEDENS GRÖSSTES **HOCHMOOR- UND SUMPFGEBIET** SÜDLICH VON LAPPLAND mit vielen Pflanzen- und Vogelarten, die sonst nur in nördlicheren Breiten vorkommen. Das Moor entstand vor rund 8.000 Jahren, als der ausgetrocknete, sandige Seegrund durch Klimaveränderung versumpfte. Die DÜNEN IM MOOR trug der Wind zusammen; auf den Sandrücken verlaufen heute die markierten und gut begehbaren Wanderwege.

◎ **INFORMATION**: NATURUM VISITOR CENTRE (Str. 151 / Bus 201 ab Värnamo), Tel. 04610 – 223 6130, www.storemosse.se (auf Programm achten). Ende Juni bis 31.8. täglich 11–17 Uhr, sonst So 11–17, Mo+Di 9–13 Uhr.

FORTSETZUNG SIEHE NÄCHSTE SEITE

FORTSETZUNG **NATIONALPARK STORE MOSSE (GROSSES MOOR)**

◎ Der Vogelsee **KÄVSJÖN** ist nicht nur Station für rastende Zugvögel; die meisten der im Park brütenden Vögel bevorzugen das Gebiet dieses hier einzigen Sees mit klarem Wasser (kein Zutritt 1.3.–30.9.): Entenvögel, Lachmöwe, Singschwan, Grünschenkel, Zwergschnepfe, Rohrweih etc. Im Moor brütet die größte KRANICHKOLONIE Südschwedens, auch Sumpfohreule, Brachvogel, Goldregenpfeifer, Turmfalke u.a. haben hier ihre Nester.

◎ Im Winter geht das **ADLERRESTAURANT** in Betrieb, der Futterplatz für Seeadler und andere Raubvögel, den man per Webcam beobachten kann.

◎ Die **VEGETATION** erreicht eine gewisse Spannbreite: In nährstoffarmen Zonen wachsen Glockenheide, Moosbeere und Zwergbirke, während im nährstoffreicheren Björnekullakärret auch Orchideen blühen (hier Zutritt 1.4.–15.7. verboten, gilt nicht für den Wanderweg). Eine artenreiche Flora findet man auch bei Lövö und Svänö.

◎ **PROGRAMM**: Ein besonderes Erlebnis sind die sommerlichen SCHNEESCHUH-TOUREN über die Feuchtgebiete! Unter fachkundiger Leitung geht es mitten hinein ins Moor abseits der Wege, die man sonst, ist man ohne Guide unterwegs, auf keinen Fall verlassen sollte! Ferner sind im Angebot gewöhnliche Führungen, abendliche Fledermausexkursionen und im Herbst ein Ausflug in die Pilze. Information: im Naturum und online.

der E 4 und ist bescheiden attraktiv. Nördlich Värnamos aber knickt der Pfad nach Nordosten ab und durchquert reizvolle Naturgebiete.

RAD FAHREN

◎ **ISABERG**: Mehrere Rundstrecken tangieren das Feriendorf, Länge von 8 bis 25 km, Dauer von 30 Minuten bis 2 Std. ohne Pausen, auf Apshalt, Schotter und Waldwegen. Mit nur kurzen Abschnitten über breite Straßen kommen vor allem STORA SJÖLEDEN (25 km) sowie HESTRALEDEN (10 km) aus. – Karte und Fahrradvermietung (MTB ab 250 SEK/Tag) im Feriendorf.

◎ Ein günstiges Revier für Radfahrer sind die kaum frequentierten Nebenstraßen rund um den **BOLMEN**. Auf den meisten der Campingplätze und sogar Kanuzentralen sind Fahrräder zu mieten. Auf der Website des Touristenbüros von Ljungby stehen mehrere Karten und Broschüren mit TOURENVORSCHLÄGEN zum Download: www.visitljungby.se auch auf Deutsch. Als familientauglich gilt die 50-km-Tour um den See **UNNEN**, der sich westlich des Bolmen erstreckt.

ANGELN

◎ Im Touristenbüro Värnamo gibt's Angelscheine für viele **SEEN** in der

Store Mosse trägt auch den Beinamen »Norrland in Miniatur«. Norrland ist die nördlichste schwedische Provinz, auf beiden Seiten des Polarkreises.

Region. Die Preise für eine Tageskarte variieren zwischen 25 und 50 SEK, eine Wochenkarte liegt meistens bei 100 SEK. Der See **RUSKEN** hat aufgrund seiner vielfältigen Seegrund-Struktur und des artenreichen Fischbestands unter Anglern einen guten Ruf. Er ist bekannt und beliebt für Zander, Hecht und Barsch.

BADEN, SCHWIMMEN

◎ Badestellen an den vielen **SEEN** rund um Värnamo gibt es reichlich – zu empfehlen in Richtung Osten (die Seen FLÅREN und HINDSEN mit dem Badestrand Näsbyholm an der Nordspitze) und gen Süden (Osudden am VIDÖSTERN sowie BOLMEN). Nordwestlich Värnamos, in Isaberg, kann eine Fahrradtour gut mit einem Bad im See kombiniert werden; auf den Fahrradkarten des Feriendorfs sind die besten Plätze eingezeichnet (alternativ auch zum Download).

GOLF

◎ **VÄRNAMO GOLFKLUBB**, Näsbyholm, Tel. 0370 – 239 91, www.varnamogk.se. 27-Loch-Platz am See Hindsen, östlich der Stadt.

PADDELN

◎ Der Oberlauf des Flusses **LAGAN** ist ab Skillingaryd, nördlich von Värnamo, bis zur Mündung des Bolmsån, der kurz vor Traryd aus dem See Bolmen kommt, als Kanu-Trail ausgewiesen. Die 120 km lange, sehr abwechslungsreiche Strecke führt durch den See Vidöstern und passiert die Städte Lagan und Ljungby. Kanuvermietung bei Värnamo Camping Kanotcentral, Prostsjön, Tel. 0370 – 16660, www.camping.se/f10.

◎ Im Unterlauf ist der Lagan Teil des bekannten Kanutrails **LAGALEDEN**, der vom Bolmen aus über den Fluss Bolmsån bis zur Mündung des Lagan ins Kattegat (bei Laholm) führt.

◎ Der VERZWEIGTE **BOLMEN** ist selbst ein Paradies für Paddler. Einer von mehreren Ausgangspunkten (und Kanuzentralen) ist am Südostufer Bolmåns Kanotcentral, Hamneda, Tel. 0372 – 540 45, www.aagarden.com.

◎ Von der Kanuzentrale am See VIDÖSTERN (Adventure of Småland) und am Fluss NISSAN (Gislaveds kommun Fritidskontoret) erschließen sich weitere herrliche Paddelreviere. Ein guter Ausgangspunkt für den Nissan ebenso wie andere Touren ist das Feriendorf **ISABERG**, wo Kanus gemietet und auch gegen Bares von einigen Zielen abgeholt werden können. So empfiehlt sich ein Ausflug zum VÄRÖ-NATURRESERVAT, einer kleinen Insel im See ALGUSTORPASJÖN. In der Waldlandschaft im Süden der Insel ragen stolze Kiefern auf, die älter als 100 Jahre sind.

VOGELBEOBACHTUNG

◎ Im Nationalpark **STORE MOSSE** (siehe Seite 105 f.) gibt es sieben Beobachtungstürme, drei davon rund um den Kävsjön inklusive dem beim Naturum. Als Zugabe die WEBCAM mit Blick auf den Adlerhorst.

◎ Der VOGELSEE **DRAVEN** wurde 1993 renaturiert, indem man die verwilderte Vegetation rodete und den Wasserspiegel anhob, um den Watvögeln bessere Nistplätze zu schaffen. Auf den Beobachtungstürmen lässt sich die Vogelwelt belauschen. Die Ostseite bei Väcklinge erreicht man vom Weg zwischen Reftele und Sunnaryd aus, und die Abzweigung zum Draven ist ausgeschildert. Zur Westseite, bei Fridsnäs, ist der Weg in Richtung Hamra und danach südwärts am günstigsten. Der Draven liegt gut 20 km westlich von Värnamo, südlich der Str. 153 nach Smålandsstenar.

Info-Mix

SIGHTSEEING

◎ Die MUSEUMSEISENBAHN **OHSABANAN** wurde 1907 bis 1910 als Schmalspurbahn gebaut. Die 15 km lange Strecke – 600 mm Spurweite – war bis 1967 in Betrieb. Heute verkehren zwischen den Stationen Ohsbruk und Bor an den Sommerwochenenden sowie im Advent Museumszüge mit alten Dampf- und Dieselloks sowie historischen Waggons. Möglich sind eine kurze (5 km) und eine lange (15 km) Tour. Juni bis August Sa+So, im Juli zudem werktags. Tickets ab 80/40 SEK. www.ohsabanan.com.

KONTAKT, HILFE

◎ **ÄRZTLICHE BEREITSCHAFT**: Värnamo Sjukhus, Doktorsgatan, Telefon 010 – 241 00 00 oder 1177 (Zentralrufnummer Gesundheitsdienst).

◎ **POLIZEI**: Storgatan 53 (Zentrum), Tel. 114 14. Notfall-Tel. 112.

◎ **POST**: Doktorsgatan 2 (ICA).

TRANSPORT

◎ **TAXI**: Värnamo Taxi, Tel. 0370 – 101 47. – Munkholm Taxi (Forsheda, 14 km westlich von Värnamo an der Str. 27), Tel. 0370 – 816 45.

Weiterreise

◎ **BUS UND BAHN**: Värnamo ist ein Kreuzungspunkt im Bahnnetz der regionalen »Krösatågen«-Zuglinien. Von Värnamo aus kommt man direkt nach Jönköping, Växjö und Halmstad sowie nach Nässjö und Alvesta, die beide an der Bahnlinie Kopenhagen-Stockholm liegen: www.krosatagen.se. – Orte mit Bahnanschluss im Umland sind Rydaholm, Forsheda, Bredaryd, Hörle und Kärda. Zudem bedienen die Busse von Jönköpings Länstrafik diverse Regionalverbindungen: www.jlt.se.

◎ **AUTO**: Auf der E4 nach Norden benötigt man weniger als eine Stunde für die Fahrt **NACH JÖNKÖPING**. Kurz vor dem Ziel besteht die Möglichkeit, den Abstecher zu dem Ausflugsziel TABERG einzuschieben, der

Sonderfahrt der Ohsabanan im Winter ▶

hier im Zusammenhang mit den Industriemuseen in Gnosjö ein Thema war. Mehr auf Seite 125.

NACH EKSJÖ Str. 127 und 128. Auf der Str. 127 in Richtung Sävsjö, Vetland und Eksjö liegt eines der ältesten Klöster Schwedens, KLOSTER NYDALA direkt am Weg (siehe Seiten 128 f. und 97 zum Pilgerweg Nydalaleden). – In Vrigstad lohnt sich ein Stop zum Einkauf von original VRIGSTAD OSTKAKA, der lokalen Käsekuchen-Spezialität.

NACH SÜDEN. Die überwiegend zur Autobahn ausgebaute E4 ist insbesondere wegen der drei Elchparks bemerkenswert, die auf Seite 103 als Ausflugsziele vorgestellt werden. Parallel zur E4 kann man streckenweise auch der Ausschilderung RIKSETTAN folgen, der alten Reichsstraße 1.

NACH WESTEN führt die Str. 27 via Anderstorp und Gislaved in Richtung Borås (Einwanderermuseum) und weiter nach Göteborg (Fähre). Die Str. 151 nimmt parallel dazu etwas weiter nördlich die Route mitten durch den in diesem Kapitel vorgestellten Nationalpark STORE MOSSE gen Westen; von mehreren Parkplätzen aus lassen sich WANDERUNGEN angehen (siehe Seite 104 ff.).

NACH VÄXJÖ. In umgekehrter Richtung beschrieben unter »Växjö, Weiterreise«; nicht zu vergessen die Showrooms der Möbelproduzenten in Lammhult (siehe Seite 101).

Tänds
Grenna Polkagriskokeri
Brahegatan 39 • Gränna • 0390-100 39
Gränna Original Polkagris
Vikt: ca 500 g
392288 041183
Grenna Polkagriskokeri
Brahegatan 39 • Gränna • 0390-100 39
Gränna Original Polkagris
Vikt: ca 500 g
392288 041183

Jönköping

DREHSCHEIBE AM VÄTTERN

Die Stadt Jönköping umschließt das südliche Ende des VÄTTERN, Schwedens zweitgrößtem See, im Halbrund – schön anzusehen von den Höhenzügen rundum.

In die Großstadt Jönköping fahren die Einheimischen zum Shoppen in der City oder in die »A6«-Shopping-Mall außerhalb der Stadt an der E 4. Studenten, Geschäftsleute und Regierungsbeamte prägen die City, die ihr Erscheinungsbild in den letzten Jahren insbesondere rund um den See Munksjön stark aufgewertet hat: Der Bau der Konzerthalle SPIRA war der Anfang einer kompletten Neugestaltung der Waterfront rund um den kleinen See mitten in der Stadt. Schicke, moderne Wohn- und Bürohäuser, Cafés und Restaurants auf der Sonnenseite direkt am Wasser setzen neue Akzente. Zur Mittagszeit sind die stylishen Lunchrestaurants gut besucht, es herrscht das viel zitierte rege Treiben. Ein Besuch in der Stadt mit den breiten Boulevards, Lokalen und Geschäften kann eine reizvolle Ergänzung zu naturbetontem Urlaub im ländlichen Småland sein.

Ca. 133.000 Einwohner zählt Jönköping heute. 1971 waren auf einen Schlag gut 20.000 hinzugekommen, als das benachbarte HUSKVARNA eingemeindet wurde. Ein Begriff ist Huskvarna durch die alte Waffenfabrik und die Husqvarna-Werke: Berühmte Produkte der »Marke „Husqvarna"« waren oder sind: Nähmaschinen, Motorsägen, Öfen, Motorräder, Waffeleisen u.a.

Innerhalb der Gemeindegrenzen liegt auch GRÄNNA, 1652 gegründet und Geburtsort des Ingenieurs *S.A. Andrée*, den seine Ballonexpedition zum Nordpol berühmt machte; der Ort liegt 30 km nördlich Huskvarnas am Ostufer des Vättern und gilt als Stadt der POLKAGRISAR, rot-weiß geringelter Zuckerstangen. Gränna vorgelagert ist die Insel VISINGSÖ, ein populäres Ausflugsziel mit historischen Stätten, darunter Schwedens ältester Königsburg.

Jönköping versorgt als Dienstleistungszentrum ein großes Umland, auch in Bildung und Forschung; die Universität hat etwa 10.000 Studenten. Wie vor 700 Jahren profitiert die Stadt von der zentralen Lage, indem hier große Unternehmen in Produktion, Verwaltung, Handel und Logistik ansässig sind bzw. Dependancen betreiben. Messen und Konferenzen sind Alltag, besonders in Land- und Forstwirtschaft sowie Telekommunikation. Viele Arbeitsplätze stellen Kommune und Gesundheitswesen.

Berühmte Töchter und Söhne der Stadt sind *Agnetha Fältskog* (ABBA), der Maler *John Bauer* (1882–1918), der zweite UN-Generalsekretär *Dag Hammarskjöld* (1905–1961) und der

◀ Oben der Eingang zum Streichholzmuseum und ein Musikkorps unterwegs in der Stadt, unten Naschwerk aus Gränna (siehe Seite 122)

Schriftsteller Victor Rydberg (1828–1895), der u.a. die Werke Edgar Allan Poes ins Schwedische übersetzte.

INFORMATION

◎ **DESTINATION JÖNKÖPING** betreibt drei TURISTBYRÅS (Jönköping, Gränna, Visingsö). Jönköpings Turistbyrå, Södra Strandgatan 13, SE-553 20 Jönköping, Tel. 0771-21 13 00, www.jkpg.com. Juli+August Mo–Fr 10–19 Uhr, Sa 10–16 Uhr, So 12–16 Uhr, sonst Mo–Fr 10–17 Uhr. **(1)**

Unterkunft

HOTELS

Über www.jkpg.com sind Hotels in Jönköping und Umland zu buchen.

◎ CLARION COLLECTION **HOTELL VICTORIA**, Jönköping, F.E. Elmgrensgata 5, Tel. 036-71 28 00, www.nordicchoicehotels.se. Dynamische Tarife, in der Regel über 1.000 SEK. **(6)**

Modernes Hotel in historischem Gewand, mitten in einem der ältesten Viertel Jönköpings. EINLADENDE, angenehme Atmosphäre.

◎ **VOX HOTEL**, Jönköping, Lantmätargränd 2, Tel. 036-770 00 00, www.voxhotel.se. Dynamische Preise ab 795 SEK. **(7)**

Das Hotel in Seelage (wenn auch durch die Bahn und eine Straße vom Ufer des Vättern getrennt) besticht durch MODERNES DESIGN und das Konzept, in sämtlichen Zimmern die gleichen hochwertigen Materialien zu verwenden, egal ob Budgetzimmer ohne Fenster oder Suite.

◎ **HOTEL AMALIAS HUS**, Gränna, Brahegatan 2, Telefon 0390-413 23, www.amaliashus.se. EZ ab 1.350 SEK, DZ ab 1.890 SEK. **(5)**

MITTEN IN GRÄNNA, im Haus von »Tante Amalia«, der Erfinderin der Polkagris-Zuckerstangen! Verteilt über alle Gebäude des historischen Hofs inklusive Ställe, Schuppen. Liebevoll bewahrt und eingerichtet.

JUGENDHERBERGEN

◎ STF **HUSKVARNA HOTELL & VANDRARHEM**, Odengatan 10, Tel. 036-14 88 70, 148870@hhv.se, www.hhv.se. Ganzjährig geöffnet. 98 Betten. Preis pro Bett 160 SEK, als EZ ab 350 SEK, als DZ ab 450 SEK, Familienzimmer 500 SEK. Hotelzimmer mit Bad ab 695 SEK (s.u.). **(4)**

Hostelzimmer ohne Bad, andere mit Extraservice (EZ ab 695, DZ ab 895 SEK), d.h. Toilette, Bettwäsche, Frühstück. Ab Jönköping Bus 1 bis Esplanaden; in Huskvarna ab Ausfahrt E 4 ausgeschildert, Parkplätze.

◎ STF **ÅSENS BY VANDRARHEM**, Aneby, Åsen Haurida, Tel. 036-830 55, info@asensby.com, www.asensby.com. Rund 30 Betten. Preis je Bett 250 SEK, EZ 350 SEK, DZ 500 SEK. **(8)**

Eine Jugendherberge MITTEN IM KULTURRESERVAT! Man wohnt auf einem authentischen Hof vom Anfang des 20. Jhs. Småländischer geht es kaum, wenn man Bullerbü-Idyllen vor Augen hat. Str. 132 bis Lekeryd,

Eine Übersicht zu den Parkplätzen, Geschäften, Cafés und Restaurants in der Jönköpinger Innenstadt gibt auch die Website www.jonkopingcity.com, aber nur auf Schwedisch.

JÖNKÖPING
0
300 m
N
Vättern
Munksjön
Junegatan
Brunnsgt.
Olof Palmes Plats
Torg-parken
Kapellgatan
Brunnsgatan
Nygatan
Skolgatan
Västra Storgatan
Järnvägsgatan
Hamnparken
Rådhusparken
Klostergatan
Fabriksgatan
Trädgårdsgatan
Västgötagatan
Barnarpsgatan
Smålandsgatan
Oxtorgsgatan
Kyrkogatan
Gjuterigatan
Vallgatan
Hamngatan
Kungsgatan
Munksjögatan
Munksjöbron
Myntgatan
Grönagatan
Berzeliigatan
Brahegatan
Tegnérgatan
Barnarpsgatan
Munksjö-parken
Borg-mästar-gränd
Östra Storgatan
Smedjegatan
Södra Strandgatan
Lant-mätargr.
Apotekar-gränd
Torggränd
Norra Strandgatan
Museig.
Rosengr.
Östra Torget
Björngatan
Räntengr.
Kanalgatan
Föreningsg.
Slottsgatan
Målarg.
Ankhusg.
Odengatan
Tullenportsgatan
Nydalsgatan
Stenhuggarg.
Östra Strandg.
Information/Orientierung:
1 Touristenbüro
2 Bahnhof mit Busterminal
3 Post
4 nach Huskvarna
5 nach Gränna und Visingsö
Unterkunft/Gastronomie:
6 Hotell Victoria
7 Vox Hotel
8 zu STF Åsens by
9 zum Axamo Camping
10 Bryggan
11 Annagretas Mat och Bar
12 Sjön
Sehenswertes:
15 Tändsticksmuseet
16 Kulturhuset Spira
17 Jönköping Läns Museum mit John Bauer Museum
18 zum Stadspark
19 zum Taberg
20 Shoppingmall A6 mit Golfplatz
21 Rocksjön (Turm)
22 KOIJ
23 Koij Kunsthandwerk

abzweigen nach Haurida, ca. 35 km ab Jönköping. Siehe auch Seite 123.

◎ STF **VISINGSÖ VANDRARHEM**, Visingsö, Tunnerstad, Tel. 0390 – 401 91, visingsovandrarhem.se. 1.5.–1.9. 120 Betten. EZ 400 SEK, DZ 600 SEK. Hüttendorf in der Inselmitte, 3 km ab Fährhafen Richtung Inselnorden.

CAMPING

Die verkehrsgeplagten Plätze nahe Jönköping sind von schalem Reiz.

◎ Am ruhigsten lässt es sich 7 km westlich Jönköpings am kleinen See Axamosjön bei **AXAMO CAMPING**, aushalten, Tel. 036 – 730 40, www.axamostrand.se. 1.5.–ca. 20.9. Stellplatz ab 100 SEK, auch DZ ab 350 SEK. Anfahrt via Str. 26/40. **(9)**

◎ **GRÄNNASTRANDENS CAMPING**, Gränna, Tel. 0390 – 107 06, www.grannacamping.se. Ganzjährig geöffnet. Stellplatz ab 200, Campinghütten ab 650, Ferienhütten ab 850 SEK. **(5)**

Gepflegte Anlage am Vättern, mit einer abgetrennten Badelagune, anbei Angelrevier und Bootshafen. Am Fährhafen nach Visingsö. Strandurlaub mit Ausflügen am Vättern.

◎ Ein Tipp für Naturfreunde: Etwa 25 km nordwestlich Jönköpings und südlich von Mullsjö liegt ein schöner Campingplatz direkt am See Stråken: **MULLSJÖ CAMPING**, Bottnarydsvägen 3, Tel. 0392 – 120 25, www.mullsjocamping.se. Ganzjährig geöffnet. Stellplatz ab 125 SEK, Ferienhütten ab 555 SEK, einfache Hütte 395 SEK. Mehrere Outdoor-Aktivitäten (siehe Seiten 124, 126/Klettern, 127/Tidan).

Essen und Trinken

◎ **BRYGGAN** CAFE & BISTRO, Södra Strandgatan 8, Tel. 036 – 12 30 60, www.bryggancafebistro.se. Mo–Fr 8 –22 Uhr, Sa 8–21, So 9–19 Uhr. **(10)**

Mit seinem Angebot vom Kaffee bis zum Bistro-Gericht ist das Bryggan eine der beliebtesten Adressen auf der neuen Flaniermeile rund um den Stadtsee Munksjön. Auf dem sonnigen Nordufer direkt am Wasser samt Blick auf die schicke neue Waterfront. Lunch 75–119 SEK.

◎ **ANNAGRETAS MAT OCH BAR**, Kapellgatan 19, Tel. 036 – 71 25 75. Mo–Fr 11.30–14 Uhr, zudem Mo–Do 17–23 Uhr, Fr+Sa 17–24 Uhr. **(11)**

Nicht weit vom Zentrum entfernt, Restaurant und Stadtteil-Kneipe mit schwedischer sowie internationaler Küche. Dagens Lunch um 95 SEK, am Abend Tapas sowie kleine Gerichte unter 100 SEK.

◎ **SJÖN**, Östra Storgatan 173, Tel. 036 – 332 0550, www.sjon.se. Mo–Fr 11.30–01 Uhr, Sa 13–01 Uhr. **(12)**

Die Lage dieses Restaurants, das schlicht »Der See« heißt, ist unübertroffen: Direkt am Sandstrand des Sees Vättern scheint es gut möglich, dass die Brandung des zweitgrößten Sees Schwedens bei rauem Wetter durchaus schon mal an die Glasfront klatscht. Einst vom Starkoch Myllymäki gegründet, ist die Küche zwar ambitioniert und gut, die Preise sind jedoch nicht abgehoben. Lunch um 120 SEK.

Die Zahlen in Blau beziehen sich auf unseren Stadtplan auf Seite 113.

Stadtrundgang

IM STREICHHOLZ-GEBIET
Tändsticksområdet liegt direkt westlich vom Bahnhof, vom Vättern nur durch die Bahngleise getrennt. Das verkehrsberuhigte Gebiet rund um die 1971 still gelegte Zündholzfabrik wurde behutsam restauriert: Kleine Läden, Werkstätten, Bühnen für Musik und Theater (Stickan) hielten Einzug. In der alten Zündholzfabrik residiert längst ein Museum mit gehörig Lokalkolorit:

Das **ZÜNDHOLZMUSEUM** erzählt von einer zündenden Idee und der Geschichte des berühmten Jönköpinger Streichholzes. Im frühen 19. Jh. war die Produktion gefährlich und gesundheitsschädlich, da der Phosphor in den Zündköpfen sich leicht entzündete und schwere Krankheiten auslöste. 1845 begannen die Gebrüder *Lundström* vor Ort mit der Fabrikation der »Sicherheitszündhölzer«, wofür sie das Patent in Deutschland erworben hatten. 1890 stellte man von Handarbeit auf speziell entwickelte Maschinen um, die einen starken internationalen Wettbewerbsvorteil bedeuteten. 1892 betrug die Tagesproduktion bereits 40.000 Zündhölzer. 1917 fusionierten zwei Konzerne zur Aktiengesellschaft »STAB« (Svenska Tändsticks AktieBolag), die unter *Ivar Kreuger* mit der »International Match Corporation New York« Ende der 20er Jahre 70 % des Weltmarkts kontrollierte. Heute produziert »Swedish Match« im Heimatland noch in Tidaholm und Vetlanda und im Gesamten außer Streichhölzern den typisch schwedischen »Oraltabak« Snus, Kautabak und andere Tabakprodukte, Zigarren zum Beispiel in der Dominikanischen Republik.
◎ **TÄNDSTICKSMUSEET**, Tändsticksgränd 27, Tel. 036 – 10 55 43, www.matchmuseum.se. 1.6.–31.8. Mo–Fr 10 – 17 Uhr, Sa+So 10 – 15 Uhr, sonst Di–Sa 11–15 Uhr. 1.11.–28.2. Eintritt frei, sonst 50/0 SEK. Texte teilweise auch auf Deutsch. Das Museum ist facettenreich: Zeitzeugenberichte, Arbeitsstuben, Maschinen sowie jede Menge Zündhölzer und Schachteln, die prächtige Souvenire abgeben. Das Streichholz erwies sich nicht nur praktisch, es wurde geradezu populär dank der Schachteln und Etiketten, die zu Sammlerstücken avancierten. Der Museumsfundus umfasst sogar Fälschungen dieser Papierbildchen. Film auch auf Deutsch. **(15)**

ÖSTLICH DES MUNKSJÖN

◎ **KULTURHUSET SPIRA**: Erst 2011 wurde das neu erbaute Kulturhaus von Jönköping eröffnet. DIREKT AM MUNKSJÖN gelegen, fungiert es als Podium für sämtliche Formen von Bühnenkunst. Der Name »Spira« (= Knospe, Trieb) impliziert blühendes Kulturleben. An der Innenausstattung waren hauptsächlich Designer und Künstler aus Småland beteiligt. www.smot.se. **(16)**

◎ **JÖNKÖPINGS LÄNS MUSEUM**, Dag Hammarskjölds plats 2, Tel. 036–30 18 00, www.jkpglm.se. Mitte Juni bis Mitte August Mo–Fr 10–17 Uhr, Sa+So 11–15 Uhr, sonst Di–Fr 10–19 (Mi bis 21) Uhr, Sa+So 11–15 Uhr. Eintritt frei. **(17)**

Dieses Regionalmuseum spricht, auch dank seiner Architektur außen wie innen, ein breites Publikum an. Die Ausstellungen widmen sich sowohl der Kunst als auch (lokal-)historischen Themen.

◎ **JOHN BAUER MUSEUM**, Teil des Läns Museum, d.h. Öffnungszeiten wie dort (s.o.). Eintritt frei. **(17)**

Diese separate Ausstellung stellt den småländischen Maler John Bauer (1882–1918) vor. Seine Illustrationen in den Büchern »Unter Trollen« machten ihn Anfang des 20. Jhs. auf einen Schlag in Schweden berühmt. Die großformatigen, märchenhaften Bilder von Elfen und Elchen im Wald verzaubern auch heute noch! Bauers Namen ist in der Stadt allgegenwärtig, z.B. die Jazz-Combo »John Bauer Brass« im Kulturhuset Spira.

JOHN BAUER

Auch die Biografie John Bauers berührt bis heute: 1882 geboren, war er der Sohn eines aus Bayern nach Schweden ausgewanderten Metzgers, Joseph Bauer, und dessen Frau Emma aus Jönköping. Der Künstler kam 1918 im Alter von 36 Jahren zusammen mit seiner Frau und dem 3-jährigen Sohn bei einem Schiffsunglück auf dem See Vättern ums Leben. Die junge Familie war gerade im Begriff, von Bunn bei Gränna nach Stockholm umzuziehen und hatten die Schiffsreise über den Vättern und den Göta Kanal gewählt. Dem Schiff »Per Brahe« wurde im schweren Novembersturm die nicht korrekt verzurrte Ladung – Nähmaschinen von Husqvarna – zum Verhängnis. Die Fracht verrutschte, das Schiff geriet rasch in Schlagseite und kenterte. Keiner der 24 Menschen an Bord überlebte.

JÖNKÖPINGS STADSPARK

Der Stadtpark am Skänkeberg ist ein populäres Ausflugsgebiet mit Spazierwegen, Arboretum, Tiergehege, einfachen Sehenswürdigkeiten, Imbiss und nicht zuletzt einer formidablen AUSSICHT über die Stadt. Westlich des Munksjön, gut 1 km ab Tändsticksområdet via Kapellgatan, dann Brunnsgatan, S:t Pauligatan und links in die Von Platensgatan. **(18)**

Kulturhuset Spira und Orchester Jönköpings Sinfonietta ▶

◎ Das Freilichtmuseum **FRILUFTS-MUSEET** im Stadtpark vermittelt mit seinen verschiedenen Gebäuden einen guten Einblick in die Kultur und die bäuerliche Bewirtschaftung in Småland vor 1900.

◎ Beliebt ist auch der Spaziergang durch das **ARBORETUM** mit vielfältigem Busch- und Baumbestand. Auf Etiketten sind die botanischen und die schwedischsprachigen Bezeichnungen und Heimatländer der Gewächse angegeben.

IN HUSKVARNA

Die Werkssiedlung östlich der Stadt war Anfang des 20. Jhs. so groß geworden, dass sie 1911 als Huskvarna eigene Stadtrechte erhielt und erst 1971 wieder eingemeindet wurde. In Huskvarna befand sich im 18. Jh. der Mittelpunkt der Waffenschmiede:

◎ **SMEDBYN** ist ein Vorbild für die Restaurierung eines alten Holzhausviertels – und Heimat für Künstler, Kunsthandwerker, Galeristen. Werkstätten, Ateliers und eine der landesweit größten Kunstgalerien füllen die alten Handwerkshäuser mit Leben.

Die Website www.smedbyn.se ist das Sprungbrett zu den ansässigen Galerien etc. Geöffnet u.a. an jedem 1. Sonntag im Monat 11–16 Uhr. **(4)**

◎ **HUSQVARNA MUSEUM**, Huskvarna, Hakarpsvägen 1, Tel. 036 – 14 61 62, www.husqvarnamuseum.se. 1.5.–30.9. Mo–Fr 10 – 17 Uhr, Sa+So 12–16 Uhr, sonst Mo–Fr 10 – 15 Uhr, Sa+So 12–16 Uhr. Eintritt 60/30 – 0 SEK. **(4)**

Seit 1689 wird am Wasserfall des Flusses Huskvarnaå geschmiedet: zuerst Gewehre, später Nähmaschinen. Kamine, Öfen und Herd sowie Haushaltsgeräte wie Waffel- und Bügeleisen machten die Marke »Husqvarna« zunächst in Nordeuropa bekannt.

Die Husqvarna-Fabrik ist mit ihrer enormen Produktvielfalt und Wandlungsfähigkeit ein spannendes Stück schwedischer Industriegeschichte und war oftmals ihrer Zeit voraus. Die ersten Mikrowellen wurden schon in den 60er Jahren entwickelt. Das Museum auf dem historischen Werksgelände zeigt Produkte aller Jahrhunderte und beleuchtet in Sonderausstellungen einzelne Epochen und Sparten. Zum Beispiel die Kettensägen: Mit der Vorstellung der ersten Kettensäge gelang den Entwicklern 1959 ein bahnbrechender Erfolg. Bis dahin wurde in der Forstwirtschaft manuell mit Axt und Säge gearbeitet. Das erste Modell, die orangefarbene »90 A«, war mit 11,5 kg nun kein Leichtgewicht. Aber sie war der Stolz der Forstarbeiter und sparte viel Kraft und Schweiß. Designt wurde sie von *Sixten Sason* – der auch den ersten Saab entworfen hat. Husqvarna–Motorsägen sind immer noch orange, verfügen aber über Finessen wie Vibrationsdämpfer, Griffheizung, Katalysatoren, emissionsarme Motoren. Der Konzern hat sich inzwischen auf Werkzeuge sowie Geräte für Garten und Forstwirtschaft spezialisiert.

Die Haushaltswaren werden mittlerweile als Marke unter dem Dach

International sorgte Husqvarna zunächst (seit 1903) mit seinen Motorrädern für Furore. 1986 ging die Sparte an den italienischen Cagiva-Konzern, 2007 an BMW und 2013 an Pierer Industries in Österreich (KTM und Husaberg).

RÜCKBLENDE – JÖNKÖPING UND HUSKVARNA

Im Mittelalter war Jönköping ein Kreuzungspunkt der Wege aus Süden, Osten und Westen: Hier ritten neu gewählte Könige mit ihrem Gefolge von Västergötland nach Östergötland die ERIKSGATA, um sich vom Volk huldigen zu lassen, und es war am Südende des Vättern-Sees ein günstiger Platz, um Handel zu treiben. Auch dank der stretegischen Lage unweit der Grenze zu den dänischen Provinzen Skåne (Schonen) und Halland unterzeichnete König *Magnus Ladulås* 1284 einen (erhaltenen) Privilegienbrief: Handel und Handwerk ließen sich in Jönköping nieder; zwei Mal im Jahr wurde Markt gehalten, die Kaufleute und Bauern des Umlands mussten ihre Waren hier verkaufen.

Die strategische Lage brachte aber auch viel Leid mit sich: Streitigkeiten um die Thronfolge, häufige Grenzkonflikte mit dem Nachbarn Dänemark. Gustav II. Adolf ließ im 17. Jh. weiter westlich eine neue Stadt errichten; die Landenge zwischen Munksjö und Vättern sollte die Verteidigung erleichtern. Jönköping wuchs, erste Steinbauten entstanden. Gustav Adolf verlegte eine Waffenschmiede hierher; im Tal des Flusses Dunkelhallaå, dessen Wasserfälle Energie lieferten, siedelten sich weitere Manufakturen an – die schwedischen Bemühungen um die Vormacht in Europa gaben ihnen genügend zu tun. 1689 zog die Waffenschmiede nach Huskvarna um: Karl XII. benötigte im 18. Jh. für seine Kriege immer mehr Waffen. Jönköping war nun auch keine Grenzstadt mehr: Die südlichen Landschaften gehörten seit 1658 endgültig zu Schweden. Gefahren drohten fortan eher durch Epidemien (Anfang des 18. Jhs. die Pest sowie 1834 die Cholera) und Naturkatatrophen (1831 eine große Überschwemmung).

Jönköping blieb ein administratives Zentrum u.a. mit Oberlandesgericht. Neue Gewerbe in Industrie und Handwerk kamen auf, erfolgreich war die Herstellung von SNUS, Schnupftabak. Der Bau des GÖTA KANALS sorgte für weitere Impulse: So gründete *C.F. Lundström* 1844 eine Metallwarenfabrik und kurze Zeit später eine Streichholzmanufaktur, die Jönköping international bekannt machte; bedeutend war auch die »Mekaniska Werkstad«. Ans Eisenbahnnetz wurde Jönköping frühzeitig (1864) angeschlossen, die alten Verteidigungswälle waren bereits geschleift, Gasbeleuchtung und Wasserleitungen wurden eingeführt. Das erste Auto rollte 1903 durch die Stadt, ab 1907 fuhr eine Straßenbahn, und bis zu den 1950er und 1960er Jahren wich vieles an alter Bebauung der neuen Zeit.

Aus den Waffenschmieden am Huskvarna-Wasserfall sollte der Weltkonzern »Husqvarna« werden, der im Lauf seiner bald 400-jährigen Geschichte neben Waffen ganz verschiedene Produkte hergestellt hat, darunter Öfen, Motorräder und Nähmaschinen. Heute ist der Konzern Weltmarktführer für Garten- und Forstgeräte mit zahlreichen Tochterfirmen rund um den Globus, zum Beispiel Gardena.

des schwedischen Electrolux-Konzerns neben weiteren wie u.a. AEG, Zanussi, Juno produziert. 1997 herausgelöst, ist die Nähmaschinen-Sparte als »Husqvarna Viking« des Unternehmens »VSM Group« (Viking Sewing Machines) ein eigenständiger Global Player – weiter mit Sitz in Huskvarna –, in den auch die Marke Pfaff aufgegangen ist.

◎ **KRUTHUSET**, Grännavägen 24 C, Tel. 036 – 14 30 58. Geöffnet nur im Fall einer Ausstellung. Eintritt frei. **(4)**

Das historische Munitionslager Kruthuset (Pulverhaus, 1771 gebaut) wird als Stadtmuseum für Huskvarna genutzt. Die Exponate und Funde zur Geschichte der Region sind im Rahmen wechselnder Ausstellungen zu betrachten. 1965 wurde das massive Gebäude anlässlich des Baus der Autobahn E 4 um 17 m an den jetzigen Standort versetzt.

◎ Die aus zahllosen hölzernen Latten zusammengesetzte, 11 m hohe Skulptur des Riesen **VIST** direkt neben der Autobahn ist nicht zu übersehen. Der Künstler *Calle Örnemark* (*1933) hatte sie 1969 als eines seiner ersten großen Werke errichtet. Der Legende nach warf der Riese Vist, als er den See Vättern überqueren wollte, eine Grassode als Trittstein in den See, damit auch seine Frau trockenen Fußes hinüber gelangte: So entstand die Insel Visingsö... Örnemark lebt und arbeitet in Gränna.

◎ Oberhalb Huskvarnas steht die alte KIRCHE **HAKARPS KYRKA**. Warum im Mittelalter dort ein einsames Kirchlein weit entfernt vom nächsten Dorf errichtet wurde, ist unbekannt. Die jetzige Kirche wurde 1694 eingeweiht und ist mit ihrem separatem Glockenturm, den Deckenmalereien und einigen mittelalterlichen Schnitzereien sehenswert.

◎ Schon seit dem 14. Jahrhundert besteht der **BRUNSTORPS GÅRD**, an einem Abhang zum Vättern hin. In diesem Garten werden bevorzugt alte Obstsorten gepflegt und neue gezüchtet. Einzigartig in der Zusammenstellung sind die vielen Primelarten, Steingartengewächse, Kräuter- und Heilpflanzengarten. Und im Sommer öffnet das **BRUNSTORPS TRÄDGÅRDSAFÉ**, eines der schönsten Cafés mit AUSSICHT in Småland, 50 m über dem Vättern gelegen. Juni bis August täglich geöffnet, 12–17/20 Uhr. www.brunstorpscafe.com.

Ausflüge

GRÄNNA

Gränna ist die Stadt Per Brahes: 1652 baute er das Dorf zu seiner Handelsstadt aus und die Einwohner hieß er einen Birnenbaum pflanzen. Birnen gibt es immer noch in Gränna, und die Straßen verlaufen genau wie zur Brahe-Zeit. Nur wenige Städte haben ein so intaktes Holzhausviertel, der Ort blieb von Großfeuern verschont. Obstplantagen ringsum setzen die Tradition von Brahes Birnen fort. **(5)**

Die Fotos der gescheiterten Nordpol-Expedition konnten nach 33 Jahren im Eis noch entwickelt werden, zu sehen im Polarcenter im Grenna Kulturgård in Gränna ▶

Heute tummeln sich in der Stadt die SOMMERGÄSTE, geht es von Juni bis August quirlig zu in dem langen, schmalen Örtchen auf der ANHÖHE zwischen dem Vättern und den steil aufsteigenden Felswänden. Von der Hauptstraße Brahegatan aus geben steil hinab führende Seitenstraßen mehrfach den Blick auf den See und die Insel Visingsö frei. Kleine Läden mit KUNSTHANDWERK, nette Lokale und die allgegenwärtigen Hinweise auf die bei Kindern so beliebten Zuckerstangen reihen sich aneinander.

◎ **INFORMATION**: Gränna Turistbyrå (gehört zu Destination Jönköping), Grenna Kulturgård, Brahegatan 38, SE – 563 32 Gränna, Tel. 0771 –21 13 00, info@destinationjonkoping.se, www.jkpg.com. Im Sommer täglich 10–18 Uhr, sonst 10–16 Uhr.

◎ Gränna ist die Heimatstadt Salomon August Andrées. Im Sommer 1897 brach er mit seinen Kameraden *Frænkel* und *Strindberg* von Spitzbergen aus zu einer legendären Ballonfahrt zum Nordpol auf, eine Reise ohne Wiederkehr. Gränna ist folgerichtig das Zentrum der schwedischen Heissluftballonfahrer, die alljährlich am 11. Juli (dem JAHRESTAG jenes Starts auf Spitzbergen) mit einem Aufstieg an Andrée erinnern.

Die gut erhaltenen Gegenstände, Tagebuchaufzeichnungen und Fotografien der Ballonfahrt, die nach 33 Jahren (!) noch entwickelt werden konnten, sind im GRENNA MUSEUM – ANDRÉE-EXPEDITIONEN **POLARCENTER** ausgestellt. Erst 1930 entdeckte eine norwegische Expedition das letzte Lager der Verschollenen auf der Insel Vitö und barg die Überreste zweier Teilnehmer und die verbliebene Ausrüstung, darunter eben das unentwickelte Fotomaterial.

Das Museum befindet sich im Grenna Kulturgård im Zentrum, Brahegatan 38–40, Tel. 036 – 10 38 90, www.grennamuseum.se. 1.6–31.8. täglich 10–18 Uhr, sonst 10–16 Uhr. Eintritt 50/20–0 SEK.

◎ Gränna ist zudem die Stadt der **POLKAGRISAR**, einer rot-weißen, klebrigen Süßigkeit, für deren Herstellung die Witwe *Amalia Eriksson* 1859 die schriftliche Genehmigung des Magistrats erhielt, um sich ein Zubrot zu verdienen; warum sie allerdings die Zuckerstange *Polkagris* (POLKASCHWEINCHEN) nannte, hat Amalia nicht verraten. Heute bietet Grännas Polkagriskokeri das ganze Jahr über FÜHRUNGEN in mehreren Sprachen an. Brahegatan 39.

◎ Unterhalb von GYLLENE UTTERN (Rastplatz mit Hotel an der E 4) liegt **RÖTTLE BY**, dessen Ursprung ins 13. Jh. zurück reicht. Mit Per Brahe begann einst die Blütezeit des kleinen Ortes, Gebäude aus dem 17. / 18. Jh. sind erhalten. Hat man das beschauliche DENKMALGESCHÜTZTE DÖRFCHEN auf schmalen Wegen erreicht, fühlt man sich in eine andere Zeit zurück versetzt. Versunken daliegende, rote Holzhäuser, ein sprudelnder Bach mit stufenförmigen Wasserfällen, alte Mühlen, ein kleiner Bootshafen – diese IDYLLE bleibt haften.

◎ Einige Kilometer nordöstlich von Gränna erhebt sich nahe der Autobahn die Ruine **BRAHEHUS**. 1644 erbaut, brannte das ehemalige Schloss bereits 1708 nieder. Die Ruine ist wegen der Aussicht auf Vättern und Visingsö ein populäres Ausflugsziel, zu Fuß von der Tankstelle an der E 4 zu erreichen, oder ab dem Turistvägen.
◎ Der Abstecher von Gränna an die Seen **BUNN** und **ÖREN** ermöglicht eine ROMANTISCHE Bootstour über schmale Wasserwege vorbei an Inseln und Buchten (siehe Seite 127).
◎ **ÅSENS BY**, Haurida, ca. 7 km südlich von Bunn: LANDLEBEN wie zu Großmutters Zeiten. Was ausschaut wie Bullerbü-Idylle pur, zeigt die Lebensumstände zu Anfang des 20. Jhs. Åsens By im nördlichen Småland bei Aneby ist eine Zeitmaschine, die Besucher in jene Jahre zurück versetzt. Hier DUFTET DIE LANDLUFT noch nach Heuschober und Schweinestall, denn die Höfe werden wie früher bewirtschaftet. »Teklas Haus« ist im Originalzustand: Noch nie hat darin eine Glühlampe geleuchtet, aber an den Besuchstagen wird täglich im Ofen Brot gebacken. Je nach Jahreszeit können die Besucher, besonders gern Kinder, an Aktionstagen bei der Landarbeit helfen: säen, Heu ernten, Stall ausmisten. Es gibt auch eine Jugendherberge hier (siehe Seite 112).

Das Reservat mit seinen schönen Spazierwegen durch die Felder und Wiesen ist jederzeit zugänglich. Teklas Haus, der Hofladen und das Café sind geöffnet: Mai bis Anfang September Sa+So 11–17 Uhr, Anfang Juli bis ca. 20.8. täglich 11–17 Uhr. Tel. 036 – 830 55, www.asensby.com.

VISINGSÖ

Vor Gränna liegt die Insel Visingsö, die SEIT 6.000 JAHREN bewohnt ist. Vermutlich wurde die Burg NÄS um 1160 von *Karl Sverkersson* erbaut. Im frühen Mittelalter war sie ein häufiger Aufenthaltsort der schwedischen Könige: Der Letzte, der oft hierher kam, war Magnus Ladulås, der 1259 hier starb. Mit Beginn der Großmachtzeit erhielt Schwedens erster Graf, Per Brahe d. Ä., 1562 Visingsö als Lehen von *Erik XIV*. Er baute Schloss Visingsö, das zuletzt sein Neffe Per Brahe d. J. bewohnte. 1681 zog die Krone das Lehen wieder ein.
◎ **INFORMATION**: Visingsö Turistbyrå, Hamnen, SE – 560 34 Visingsö, Tel. 0771 – 21 13 00, www.jkpg.com sowie www.visingso.net. 1.7.–31.8. täglich 10–18 Uhr, Juni Mo–Fr 10–15 Uhr, Sa+So 11–16 Uhr, Mai Sa 11–16 Uhr, April und September Sa+So 11 bis 16 Uhr. Am Fähranleger. **(5)**
◎ Ein Besuch der Insel beginnt mit der 25–30-minütigen **FÄHRFAHRT** von Gränna nach VISINGSBORG. Vor Ort begibt man sich entweder mit dem Fahrrad oder mit dem zünftigen Pferdefuhrwerk REMMALAG auf Erkundung über die 14 km lange und etwa 3 km breite Insel. Personentarif retour 50/25 SEK. (Autofahrer-Reservierung: Tel. 036 – 10 37 70, 180 SEK.)
◎ **FAHRRADVERMIETUNG**: auch Kinderräder / -sitze, Fahrradkörbe,

Das Fährschiff »Braheborg«, seit 2014 zwischen Gränna und Visingsö im Dienst, wurde 2012/13 auf Werften in Finnland und Lettland gebaut, in Einzelteilen über Land geliefert und erst in Huskvarna zusammengebaut.

Helme sowieso. Ganzjährig im Touristenbüro am Hafen (siehe oben).

◎ **VISINGSBORG**, einst eines der stattlichsten Schlösser Schwedens, wurde 1718 ein Raub der Flammen; nur der Südflügel blieb erhalten.

◎ Die **BRAHEKYRKAN** wurde um 1630 auf den Mauern einer mittelalterlichen Kirche errichtet sowie mit prachtvollem Inventar ausgestattet.

◎ Im Kräutergarten VISINGSBORGS **ÖRTAGÅRD** wachsen Küchen-, Heil- und Zierkräuter. 1.5.–31.8.

◎ Die Kirche **KUMLABY KIRKE** aus dem 12. Jh. zieren ziemlich gut erhaltene Fresken aus dem 15. Jh. Um 1630 richtete Per Brahe vor Ort eine Schule ein, jedoch nur für die Kinder gräflicher Abstammung. Die Kirchturmspitze ließ er abtragen, um eine Plattform für astronomische Beobachtungen zu haben. Heute dient sie als Aussichtsplatz. 1.5.–31.8.

◎ Die RUINE DER BURG **NÄS** aus der Mitte des 12. Jhs. markiert die südliche Inselspitze.

Ferien aktiv

WANDERN, WALKEN, JOGGEN

Im Touristenbüro gibt es Infos samt KARTEN zu diversen Pfaden. Online landen die Links auf der Website der Gemeinde, die insofern besser direkt aufzurufen ist – www.jonkoping.se: Menü »Uppleva & Göra«, dann »Friluftsliv« und »Vandringsleder«. Hier im Großraum Jönköping können auf den längeren Routen gut öffentliche Verkehrsmittel in Anspruch genommen werden, um an den Ausgangspunkt (zurück) zu gelangen.

◎ Der **TABERGS-Å-LEDEN** begleitet den gleichnamigen Fluss vom Südwestufer des Munksjön via Norrahammar und Taberg zum Bahnhof Månsarp. 18 km, markiert. Rückfahrt mit Bussen möglich, die Haltestellen sind auf der Karte (s.o.) verzeichnet.

◎ Der **SÖDRA VÄTTERLEDEN** verbindet auf 85 km MULLSJÖ (siehe Seite 114) mit Huskvarna. Vor allem die erste, 29 km lange Etappe nach Bottnaryd entlang des Sees STRÅKEN ist streckenweise ein Naturerlebnis. Zu der Etappe ist außer den Karten (s.o.) sogar eine Tourenbeschreibung auf Deutsch verfügbar. Im Raum Taberg /Norrahammar zieht der Södra Vätterleden eine Schleife, die eine 7-km-RUNDTOUR ermöglicht. Markiert.

◎ Der **JOHN BAUERLEDEN** verbindet auf 50 km Huskvarna mit Gränna und führt abseits des Vättern durch viel Natur. Es heißt, dass unterwegs recht gute Chancen bestehen, ELCHEN zu begegnen. Plätze zum – schlichten – Übernachten in der Natur verrät die Karte (s.o.). Markiert.

◎ 15 km als RUNDWEG markiert ist der **VÄSTANÅLEDEN** im Süden von **GRÄNNA**. Er führt streckenweise am Vätternufer entlang, auf der Spur des John-Bauer-Leden und ins Naturreservat Västanå mit reichem Vogelleben. Start am Gränna-Touristenbüro oder Gyllene Uttern (Rastplatz E 4).

Apropos See Stråken bei Mullsjö (Södra Vätterleden): Unter www.skaraborgsleder.se ist die 9 km lange Rundwanderung Stråkenleden herunterzuladen, die ebenfalls mit einer deutschsprachigen Tourenbeschreibung versehen ist.

EINZIGARTIGER TABERG

18 km südlich von Jönköping erhebt sich der Taberg 343 m ü.d.M. Man hat dort eine schöne Sicht über die umliegenden Dörfer, Wälder, den See Vättern und die kleineren Seen, bei klarer Sicht bis zu 70 km weit! Sagen und Geschichten ranken sich um den Taberg. Die Überlieferung, er sei ein Meteor, der vor über 1 Million Jahren die Erde traf, kann nicht bewiesen werden; nachweisbar aber ist, dass es diese Gesteinszusammensetzung nur noch ein Mal auf der Erde gibt. Seit Jahrhunderten siedeln Fantasie und Aberglaube in dem mystischen Berg eine Bewohnerin an: die TROLLBERGFRAU. Wehe dem, der ihre Behausung zerstört... Trotz alledem begann man 1500 am Taberg mit der Ausbeutung der reichen und qualitativ hochwertigen Erzvorkommen; anfangs im Tagebau, später auch unter Tage. Um die Menschen von ihrem Tun abzubringen, soll die Trollbergfrau durch ihr Erscheinen immer wieder Unglücksfälle angekündigt haben – aber umsonst. Bauern wurden verpflichtet, im Berg zu arbeiten. Im 19. Jahrhundert gab es 17 Schmelzöfen, ca. 20 Stangeneisenwerke und in deren Folge Eisen verarbeitende Betriebe. Zum Ende dieses Jahrhunderts stagnierte die Eisenindustrie, so dass der Berg zur Ruhe kam. Mit dem Ausbruch des Zweiten Weltkriegs begann die erneute Ausbeutung, diesmal (bis 1955) noch effizienter. Der Vorschlag, den Berg abzutragen und aus den Schlacken einen neuen zu »bauen«, stieß bei der ortsansässigen Bevölkerung allerdings auf Ablehnung.

◎ Heute ist der Taberg ein **REFUGIUM** für SELTENE GEWÄCHSE, KLEINGETIER UND VÖGEL – in den Stollengangen hausen einige Fledermausarten. Sämtliche Pflanzen vor Ort sind geschützt – Naturschutzgebiet!

◎ Als Spazierwege eignen sich der **BERGTEMPELSTIGEN**, ein Treppenweg vom Fuß des Berges zum Aussichtslokal TOPPSTUGAN und der Weg von dort zur westlichen Erhebung. Auch eine Straße führt hinauf.

◎ GEFÜHRTE **GRUBENWANDERUNG** von Mai bis Oktober, Information: Gruvgården im Ort Taberg, Tel. 036 – 642 23. Mitzubringen sind festes Schuhwerk, warme Kleidung und Taschenlampe! www.taberg.info. **(19)**

◎ Vom Ort aus wirkt der Taberg nicht sehr aufregend. Allerdings wird er in der dunklen Jahreszeit von Anfang November bis Ende Februar spektakulär **ILLUMINIERT**. Fr–So erstrahlt der Taberg eine halbe Stunde nach Einbruch der Dunkelheit bis Mitternacht in verschiedenen Farben und wechselnder Intensität, im Advent und bis Mitte Januar täglich.

◎ Im Nordosten, an der Landstraße zwischen Jönköping und Taberg, liegt **NORRAHAMMARS INDUSTRI MUSEUM**, Norrahammar, Hammarvägen 39, Tel. 036 – 31 66 21, www.industrimuseet.se. Etwa 20.6.–20.8. Di–So 13–17 Uhr, sonst ab Ende April bis Mitte September Sa+So 13–17 Uhr. Eintritt 50/0 SEK. Im Fokus stehen der Taberg-Erzabbau, die Eisen-Herstellung sowie die Bedeutung der Arbeit für die lokale Bevölkerung.

RAD FAHREN

◎ **LANDSJÖN RUNT**: Ab Pier Jönköping führt die anspruchsvolle Tour über HUSKVARNA sowie östlich der E4 hinauf nach KAXHOLMEN zum See LANDSJÖN, der zudem umrundet werden kann. Als Rundfahrt ca. 45 km, Dauer 5–6 Stunden.

◎ Wer die Insel **VISINGSÖ** erfahren möchte, sollte für die 25–30 km lange Tour mindestens 3–4 Stunden veranschlagen. Auf der Nordhälfte geht es hin und retour nur auf dem Hauptfahrweg, während in der Südhälfte sogar eine Rundfahrt möglich ist.

◎ **MOUNTAINBIKE**: In den steilen Hängen oberhalb Huskvarnas gibt's ein paar avancierte Mountainbike-Trails – schließlich fand dort 2016 die MTB-Europameisterschaft statt. Am Sitz des Clubs IKHP an der Steigungsstraße Norra Klevaliden 11 sind Umkleide und Dusche eingerichtet. Infrastruktur und Kurse gibt es ferner westlich von Jönköping, an der Hallbystugan: ab Westgrenze Stadspark über Klockarpvägen, links Klämmestorpsvägen, Abzweigung rechts.

◎ **FAHRRADVERMIETUNG**: Hamnpiren i Jönköping (zentral am Pier), Tel. 036 – 415 11. Tagestarife (Minimum 4 Stunden) ab 150 SEK. Nicht zu vergessen die Vermietung auf Visingsö (siehe Seite 123).

ANGELN

◎ Beliebt sind sowohl **VÄTTERN** als auch die kleineren **SEEN**, wo Barsch, Bachsaibling, Hecht, Zander, Regenbogenforelle, Felch, Forelle beißen.

Das Touristenbüro informiert sowohl über lokale Angelgewässer als auch über Angelscheine.

BADEN

◎ **STADTNAH**: mehrere Kilometer SANDSTRAND am Vättern zwischen City und Huskvarna. – Ostufer des ROCKSJÖN (siehe Seite 127).

◎ **GRÄNNA**: BADLAGUNE nahe Anleger Visingsö-Fähre. – 4 km östlich Grännas BUNNSTRÖMS BADPLATS am See Bunn, Str. 133.

GOLF

◎ **JÖNKÖPINGS GOLFKLUBB**, Kättilstorp, Tel. 036 – 765 67. 18-Loch-Platz im Süden der Stadt, via Str. 40 Richtung Westen (Stadtteil Haga).

◎ **A6 GOLFKLUBB**, Centralvägen 37, Tel. 036 – 30 81 30. 27-Loch-Anlage südöstlich der Shoppingmall. **(20)**

KLETTERN

◎ **HAGÅRDS LAGÅRD**, Habo, Julared 1, Tel. 0730 – 75 10 14, www.hagardslagard.se. Hochseilgarten und Zipline. Str. 26/47 bis Mullsjö, rechts Richtung Habo, kurz vor Furusjö.

PADDELN

◎ Auf den Seen **BUNN** und **ÖREN**, die ein Kanal miteinander verbindet: Gerade der knapp 2 km lange Kanal bildet zusammen mit den Seen ein tolles Paddelrevier für eine Tagestour ab/bis Bunn. Die hiesige Hotelanlage, die auch über komfortable Stellplätze für Wohnmobile verfügt, vermietet zudem Kanus: BauerGårdens

Gästgiveri & Konferens, Tel. 036 – 54 006, www.bauergarden.se. Ab Jönköping E 4, Ausfahrt 102 via Ölmstad.

◎ Der See STRÅKEN bei Mullsjö gehört zum **TIDAN**, dank seiner Seenketten und Flussschleifen ein prima Paddelgewässer ist. Kanuzentrale ist Kyrkekvarn Kanotcenter, Tel. 0515 – 76 10 05, www.kyrkekvarn.com.

NATURRESERVATE

Innerhalb der Kommune sind rund 30 Naturreservate ausgewiesen.

◎ Mitten in der Stadt erstreckt sich der SEE **ROCKSJÖN**, Naturreservat (Pflanzen, Vögel, Otter, Biber) sowie Naherholungsgebiet zugleich. Bestes Beispiel ist der neue hölzerne Turm auf der Landzunge am Westufer, der im Winter eher zur Vogelbeobachtung und im Sommer eher im Rahmen von Kanurennen genutzt wird. **(21)**

◎ Beim Flugplatz erstreckt sich das Moor **DUMME MOSSE**, das ein markierter Pfad streckenweise auf Holzbohlen durchquert. Südwestlich der City, ab Flugplatz ausgeschildert.

Info-Mix

SIGHTSEEING

◎ Bootstouren im Gewässersystem von **BUNN/ÖREN**, östlich von Gränna. Information: Trolska Båtturer, Tel. 070 – 791 78 10, www.trolska.se. Juli bis Mitte August täglich 12.30 Uhr, im Juni und zweite Augusthälfte nur Sa+So. Ticket 200/100 SEK. Ab Bunnströms badplats, am Nordwestufer des Bunn. 4 km östlich von Gränna, via Str. 133 Richtung Tranås.

VERANSTALTUNGEN

Auf der Website des Touristenbüros können Sie sich im Kalender über die aktuellen Termine informieren.

◎ Im Juni und November findet in der Stadt mit **DREAMHACK** jeweils die Mutter der E-Sport-Wettbewerbe statt. Von der größten WLAN-Party der Welt 2004 in Jönköping hat sich das Festival inzwischen zur international auf Tournee gehenden Großveranstaltung der Gamerbranche entwickelt: www.dreamhack.se.

◎ **VAKTPARAD I CITY**: Zwischen Mai und September (abgesehen von den Schulsommerferien von Mittsommer bis Mitte August) zieht das NORRAHAMMAR MUSIKKORPS an mehreren Samstagen durch Jönköping. Flotte Rhythmen ab Hovrättstorget, 11–12 Uhr.

KUNSTHANDWERK

◎ **KOIJ** – KONSTHANTVERKARNA I JÖNKÖPING: In der Fußgängerzone im östlichen Stadtzentrum stellen Kunsthandwerker aus der Region in einem denkmalgeschützten Haus aus. Smedjegatan 22, Tel. 036 – 12 18 94, www.koij.se. Mo–Fr 10–18 Uhr, Sa 10 –16 Uhr. **(22)**

◎ **GALLERI SMEDBYN**, Huskvarna, Smedbygatan 3 C, Tel. 036 – 14 35 70, www.gallerismedbyn.se. Täglich 10 bis 18 Uhr. Siehe auch Seite 118. **(4)**

◎ Produkte aus Fell und Wolle der **GOTLANDSCHAFE**: Ateljé Guldtackan, siehe Seite 129.

SHOPPINGMALL A 6
Das große Einkaufszentrum an der E 4 ist nicht zu verfehlen. Mo–Fr 10–20 Uhr, Sa 10–18 Uhr, So 11–17 Uhr. 3.600 Gratis-Parkplätze, Lageplan im Entré. www.a6center.se. **(20)**

KONTAKT, HILFE
◎ **ÄRZTLICHE BEREITSCHAFT**: im Krankenhaus Länssjukhuset Ryhov, Tel. 1177.
◎ **POLIZEI**: Vallgatan 3–5, Tel. 114 14. Notfall-Tel. 112.
◎ **POST**: Klostergatan 25 (ICA). **(3)**

TRANSPORT, PARKEN
◎ **BUS**: Busterminal am Bahnhof, Centrum Väst, Stadtbusse und Nahverkehr. Zuständig ist Jönköpings Länstrafik, Tel. 0771 – 444 333, www.jlt.se. **(2)**
◎ **TAXI**: Tel. 036 – 34 40 00.
◎ **PARKEN**: Langzeitparkplätze je nach Citynähe 25 / 45 / 100 SEK / Tag. Siehe Stadtplan Seite 113.

Weiterreise

◎ **FLUGZEUG**: Jönköping Airport (JKG), Axamo, 9 km südwestlich der City, Bus 27. Tel. 036 – 31 12 00, www.jonkopingairport.se. Direktverbindung mit Frankfurt, Stockholm u.a.

◎ **BUS UND BAHN**: Bus- und Bahnhof **(2)** liegen zwischen Vätternufer und Västra Storgatan. Fernverbindungen via Nässjö an die Hauptstrecke Malmö-Stockholm sowie durchgehende Verbindungen nach Alvesta, Skövde, Vetlanda, Växjö, Halmstad, Göteborg und Stockholm.

◎ **AUTO: NACH EKSJÖ**. Str. 40 über Nässjö. – Alternativ ab Gränna über Str. 133 vorbei am See Bunn (siehe Seite 127) und Str. 32; an der Str. 133, bei Gripenberg, ist das Ateljè Guldtacken beheimatet (siehe Seite 129).

NACH VÄRNAMO schnell auf der E 4, gut einzuflechten der Abstecher zum Taberg.

NACH VÄXJÖ. Str. 30, unterwegs möglicher Abstecher via Str. 127 nach Nydala am See RUSKEN sowie zum KLOSTER NYDALA, das 1143 als erstes schwedisches Kloster zusammen mit Kloster Alvastra von Zisterziensern gegründet wurde. Beide Klöster waren natürliche Pilgerstationen auf dem Weg zum Grab des im Mittelalter europaweit stark verehrten Heiligen Olav im norwegischen Trondheim. Während vom Kloster Alvastra heute nur noch Ruinen stehen, sind die Kirche und Teile des Klosters von Nydala gut erhalten und in Betrieb. Nydala ist Station bzw. Start und Zielpunkt der Fernwander-/Pilgerwege Nydalaleden, Munkaleden sowie Västra Sigfridsleden (siehe Seite 46). Einkehren können Sie im CAFÉ NYDALA mit Plätzen auch im Grünen. Juni bis August Di–So 11–19 (Mi bis 21) Uhr, sonst Di–Fr 12–15 Uhr.

PELZSTADT TRANÅS

Tranås am See Sommen, nordöstlich von Jönköping, war Anfang des 20. Jhs. die Pelzstadt Schwedens: Kürschner und Pelznäherinnen sorgten für edle, warme Kleidung. Rund 70 % der schwedischen Pelzproduktion kamen von hier. Die »Pelz-Touristen« brachten Geld und sogar die Beatles sollen hier Wolfspelze bestellt haben. Bis in die 1970er hinein konnte die Stadt gut von ihrer Pelzindustrie leben, bis der Anorak und die immer lauter werdenden Proteste gegen Pelze Nachfrage und Absatz allmählich den Garaus machten. Heute ist das alte Handwerk fast ausgestorben. Außer im Ateljé Gudtackan, das Kleidungsstücke und Einrichtungsgegenstände aus Fellen und der Wolle der eigenen Gotlandschafte fertigt. Das Material wird im Großen und Ganzen so behandelt wie vor hundert Jahren, doch das Design ist modern. Seit 1991 entwickelt Ateljé Guldtackan, teilweise in Zusammenarbeit mit Textildesignern, ständig neue Produkte. Das Sortiment reicht von Jacken und Mützen über Kuschelschäfchen bis hin zu Kissen und Überwürfen.

◎ **ATELJÉ GULDTACKEN**, Göberga Hult bei Gripenberg, an der Str. 133 von Gränna Richtung Tranås, Tel. 0140 – 602 17, www.ateljeguldtackan.se nur auf Schwedisch. Mo+Di, Do+Fr 11–17 Uhr.

– MUNKSTOLARNA, die Mönchsstühle, kleine Sitzplätze aus Stein, sind vermutlich eine Steinmetzarbeit der Mönche. Man findet sie auf JÄRNUDDEN, 1 km vom Herrenhof Nydala entfernt. – Wer Zeit und Lust hat, auf schmalen, kurvenreichen Landstraßen richtig tief einzutauchen in das ländliche Småland mit seinen tiefen Wäldern, hellen Seen, offenen Wiesen, vorbei an Gehöften, alten Dorfkirchlein und entlang kilometerlanger moosgrüner Steinmäuerchen, sollte parallel zur Straße 30, aber etwas östlich davon, folgende Stationen zwischen Jönköping und Växjö anpeilen: Tenhult, Malmbäck, Sävjö, Asa, Tolg, Rottne und Växjö.

▲ Kloster Nydala; anbei ein Cafè-Restaurant, das im Sommer auch draußen serviert

Eksjö

ALTSTADT-IDYLLE PUR

Eksjö ist eine der drei schwedischen Städte, deren historische Stadtkerne komplett unter Denkmalschutz stehen, um die in Holz errichteteten Gebäude als Gesamt-Ensemble zu erhalten. So wie Nora, Hjo und Eksjö sahen vor ein-, zweihundert Jahren viele Kleinstädte in Schweden aus: dicht stehende Wohnhäuser, Werkstätten, Stadthöfe mit prachtvollen, umbauten Innenhöfen – alles aus Holz und leider in vielen anderen Orten irgendwann ein Raub der Flammen geworden.

Eksjö ist seiner selbst willen also schon einen Besuch wert. Das småländische Hochland rund um das historische Städtchen kennzeichnet, anders als Smålands Süden, der Wechsel aus tiefen Tälern und Höhenzügen. Wanderer schätzen die Belohnung, die mancher Aussichtspunkt am Ende eines steilen Hanges bietet, während die Paddler vor allem die Seen-Ketten und das Quellflusssystem des Emån bevorzugen. Ein landschaftlicher Höhepunkt ist der Canyon SKURUGATA zum Wandern.

Die Geschichte Eksjös reicht bis in das Mittelalter. 2003 feierte man das 600. Stadtjubiläum. 1856 allerdings brannte der südliche Teil der Stadt ab und wurde nach den Anforderungen der neuen Brandschutzverordnungen mit breiten, von Bäumen gesäumten Straßen wieder aufgebaut, so dass Eksjö heute zwei ganz verschiedene Stadtbilder vereint. In der Stadt leben knapp 10.000 Menschen.

Einer der wichtigsten Arbeitgeber der Gemeinde ist seit jeher die ortsansässige Garnison, dazu öffentliche Einrichtungen wie Verwaltung, die Dienstleistungssparte und etwas Industrie (Holzverarbeitung, Chemie).

Kulturgut wird in Eksjö auf allen Ebenen gepflegt, ob die viel beachteten Blasmusikorchester oder der Aufmarsch der VAKTPARADEN samt anschließendem Konzert auf dem Stortorg an den Sommersamstagen. Die Engströmspiele im 10 km entfernten HULT sind seit 40 Jahren eine Institution – Laiendarsteller führen Stücke und Erzählungen von *Albert Engström,* einem berühmten Sohn der Kommune, auf.

INFORMATION

◎ **EKSJÖ TURISTBYRÅ**, Norra Storgatan 29 (Eksjö Museum), SE – 57580 Eksjö, Tel. 0381 – 36170, turism@eksjo.se, www.visiteksjo.se. Ende Juni bis Mitte August Mo–Sa 9–18 Uhr, So 11–15 Uhr, Vor-/Nachsaison Mo–Fr 10–18 Uhr, Sa 10–14 Uhr, So 11–15 Uhr, sonst Mo–Fr 10 –17 Uhr. **(1)**

Das Touristenbüro ist in einem historischen Gebäude beheimatet, passend zum Flair Eksjös. Als Service u.a. Fahrradvermietung.

◀ Eksjös Altstadt Gamla stan; dank der Bewahrung und Pflege von 56 denkmalgeschützten Gebäuden erhielt die Stadt 1997 das renommierte Europa Nostra Diplom.

Unterkunft

◎ **HOTELL VAXBLEKAREGÅRDEN**, Arendt Byggmästares gata 8, Tel. 0381 – 140 40, www.vaxblekaregarden.com. EZ ab 695, DZ ab 995 SEK. **(5)**

Charmantes Hotel mit nur 13 Zimmern mitten in der historischen ALTSTADT. Das Restaurant serviert in der warmen Jahreszeit auch draußen.

◎ **HOTEL ULLINGE**, Tel. 0381 – 810 60, www.ullinge.se. EZ ab 750 SEK, DZ ab 990 SEK. **(6)**

Idylle direkt am See Södra Vixen, 8 km südwestlich von Eksjö, mit Sauna am See. Gourmet-Restaurant, zur Mittagszeit erschwinglicher Lunch.

◎ **EKSJÖ VANDRARHEM**, Norra Storgatan 29, Telefon 0381 – 133 00, www.eksjovandrarhem.se. Ganzjährig geöffnet. Preis je Bett 250 SEK, EZ 395 SEK, Familie (2+2) 690 SEK. **(7)**

Mitten in der Altstadt, nostalgisch in unter Denkmalschutz stehenden Gebäuden.

◎ **EKSJÖ CAMPING & KONFERENS**, Tel. 0381 – 395 00, www.eksjocamping.se. Ganzjährig geöffnet. Stellplatz ab 165 SEK, Campinghütten ab 300 SEK. **(8)**

Am Südufer des Sees HUNSNÄSEN, großer Aktivitäten-Kalender. Str. 40 Richtung Eksjö Zentrum ca. 1 km.

◎ **MOVÄNTA CAMPING**, Hult, Tel. 0381 – 300 28, www.movantacamping.se. Ende April bis Ende September. Stellplatz ab 165 SEK, Campinghütten ab 325 SEK, mit Dusche ausgestattet ab 500 SEK.

Tolle Lage am See FÖRSJÖN, etwa 10 km östlich von Eksjö. Angeln, Baden, Boostvermietung und weitere Aktivitäten vor Ort.

◎ **MYCKLAFLONS CAMPING**, Tel. 0381 – 430 00, www.mycklaflonscamping.com. 1.5.–30.9. Stellplatz ab 150 SEK, Campinghütten ab 350 SEK.

Am See Mycklaflon, herrlich gelegen am Naturreservat NORDSÅNNA, 25 km südöstlich von Eksjö, 1 km östlich von Hult. RUHIG, Baden, Bootsvermietung. Lokal mit Terrasse.

◎ **SPILLHAMMARS CAMPING**, Mariannelund (Abzweigung von der Str. 40 / Weiterfahrt Vimmerby, kurz hinter Mariannelund, siehe auch Seite 140), Tel. 0496 – 102 73, www.spillhammarscamping.com. Stellplatz ab 195, Campinghütten ab 325 SEK.

Essen und Trinken

Charme und Ambiente in Eksjö muss nicht immer Nostalgie sein.

◎ **LILLA THIMONS KONDITORI**, Norra Storgatan 24, Tel. 0381 – 139 39, www.thimons.se. Mo–Fr 8.30–20 Uhr, Sa+So 8.30–18 Uhr. **(9)**

Hell, modern, dennoch gemütlich mit Retro-Möbeln im Gastraum.

◎ **SUNRISE**, Norra Storgatan 19, Tel. 0381 – 121 20, www.sunrise-eksjo.se. Mo 11.30–20, Di–Do bis 22, Fr bis 23, Sa 12–23, So 13–20 Uhr. **(10)**

Asiatische Küche und europäische Klassiker. Mo–Sa Lunchbuffet 89 SEK.

Im Juli können Sie sich im Innenhof Krusagården, wo auch das Touristenbüro beheimatet ist, wie in einer Heimat-Begegnungsstätte fühlen, wenn das Våffelcafé geöffnet hat: Mo–Fr 11–17 Uhr, Sa 11-15 Uhr. Norra Storgatan 29.

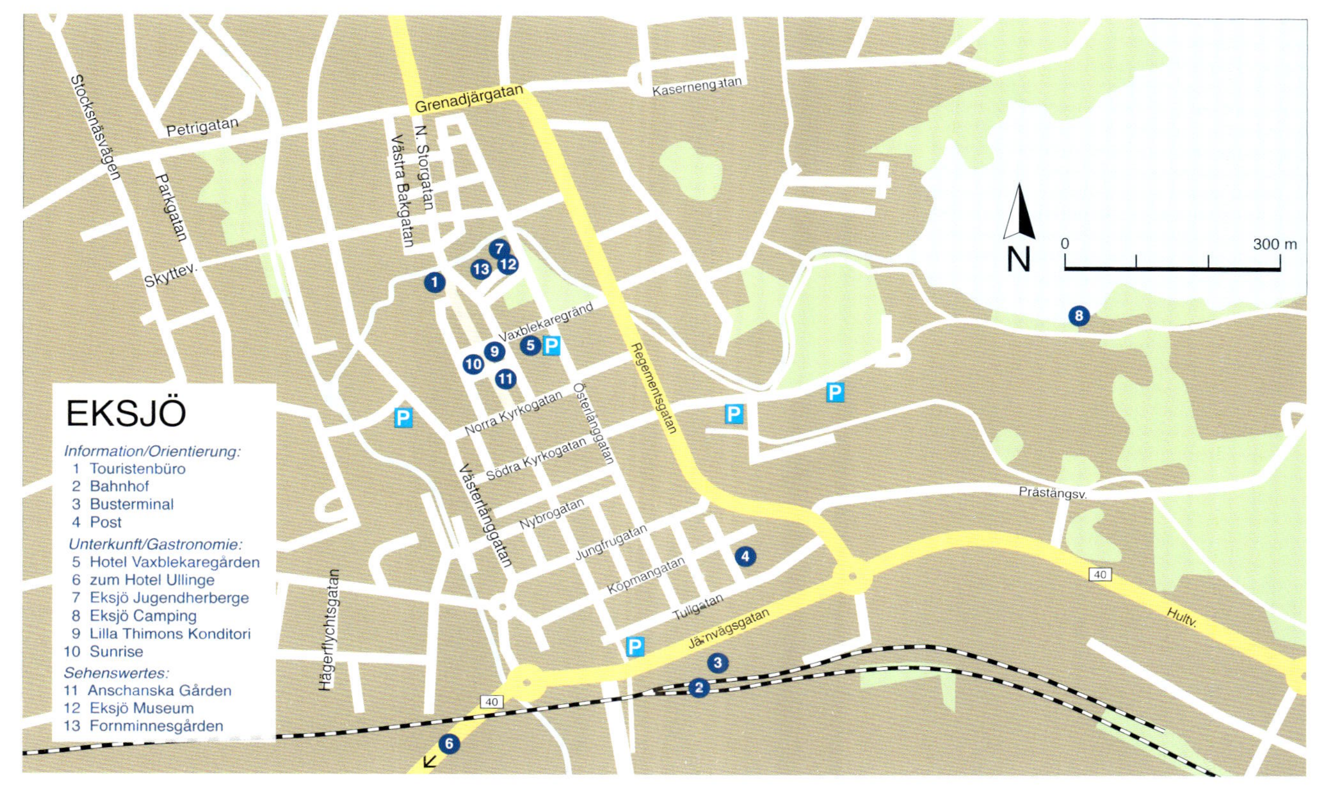

EKSJÖ
Information/Orientierung:
1 Touristenbüro
2 Bahnhof
3 Busterminal
4 Post
Unterkunft/Gastronomie:
5 Hotel Vaxblekaregården
6 zum Hotel Ullinge
7 Eksjö Jugendherberge
8 Eksjö Camping
9 Lilla Thimons Konditori
10 Sunrise
Sehenswertes:
11 Anschanska Gården
12 Eksjö Museum
13 Fornminnesgården
Stocksnäsvägen
Petrigatan
Parkgatan
Skyttev.
Grenadjärgatan
N. Storgatan
Västra Bakgatan
Kaserneng.atan
Vaxblekaregränd
Regementsgatan
Norra Kyrkogatan
Södra Kyrkogatan
Österlånggatan
Västerlånggatan
Nybrogatan
Jungfrugatan
Köpmangatan
Tullgatan
Järnvägsgatan
Hägerflychtsgatan
Prästängsv.
Hultv.
40
N
0
300 m

Stadtrundgang

GAMLA STAN

◎ Die geschlossene **ALTSTADT** sieht mit ihren schmalen Gassen, der harmonischen Holzhausarchitektur und den kopfsteingepflasterten Innenhöfen wie eine Kulisse für einen historischen Film aus, wird aber unverändert bewohnt. Die Benennung der Höfe verweist entweder auf ein Handwerk oder den Namen der früheren Eigentümer: Im VAXBLEKAREGÅRDEN befand sich eine Wachsbleiche, im BRÄNNERIGÅRDEN ging man der lukrativen Schnapsbrennerei nach, FORSELLSKA GÅRDEN gehörte einem Hutmacher mit Namen Forsell. Von innen können auch besichtigt werden:

◎ **ASCHANSKA GÅRDEN**, Norra Storgatan 18. 20.6.–20.8. Führungen auf Englisch/Schwedisch um 16/13 Uhr. Ticket 50/0 SEK, vorzubestellen im Eksjö Museum. **(11)**

Die Villa der begüterten Familie Aschan ist das wohl BEKANNTESTE Gebäude der Stadt. Das Holzhaus ist nicht nur von außen schön anzusehen; in den Wohnräumen mit Mobiliar der zweiten Hälfte des 19. Jhs. sieht es aus, als würden die Besitzer jeden Moment zurückkehren.

◎ **EKSJÖ MUSEUM**, Österlånggatan 31, Tel. 0381 – 361 60, www.eksjomuseum.se. 20.6.–20.8. Mo–Fr 11–18, Sa+So 11–15 Uhr, sonst Di–Fr 13–17, Sa+So 11–15 Uhr. Entré 50/0 SEK nur 1.6.–31.8., sonst frei. **(12)**

Die Ausstellung zur 600-jährigen STADTGESCHICHTE sei als Herzstück bezeichnet, jedoch hat das Museum auch eine besondere Ausstellung zu einem Sohn dieser Gegend zu bieten, die seit 2011 NEU AUFBEREITET ist: Die AUSSTELLUNG ALBERT ENGSTRÖM befasst sich mit Leben und Wirken des populären Künstlers, einem Schüler *Carl Larssons*, der vor allem durch witzige Zeichnungen und Karikaturen bekannt wurde. Seine spitze Feder benutzte er außerdem zum Verfassen volksnaher Theaterstücke und Erzählungen. Auch mehr als 100 Grafiken und Aquarelle hat er geschaffen. Albert Engström (1869 – 1940) stammte aus dem Nachbarort Hult; einen Großteil seines Lebens verbrachte er aber in Stockholm, vor allem in Roslagen, dem Schärengarten nördlich der Hauptstadt.

Das Museum arrangiert wechselnde Kunst- und Themenausstellungen und umfasst schließlich noch eine militärhistorische Ausstellung.

◎ **FORNMINNESGÅRDEN**, Arendt Byggmästaregatan 22. Ende Juni bis Ende August Mo–Sa 11–15 Uhr. Eintritt 20/0 SEK. **(12)**

Dieses HEIMATMUSEUM zeigt historische Möbel, Werkzeug, eine eingerichtete KUPFERSCHMIEDE, ebenso alte Fotoapparate und Fahrräder. In der BUCHBINDEREI Bildstens Bokbinderi werden hin und wieder die traditionellen handwerklichen Fertigkeiten dieser Zunft gepflegt.

◎ **STADTFÜHRUNGEN** Ende Juni bis Ende August: siehe Seite 137.

Ausflüge

◎ Die Schlucht **SKURUGATA** wird unter »Ferien aktiv« erwandert. Die Tour kann mit folgendem Trip nördlich von Eksjö verbunden werden:

◎ Bei **ANEBY**, 20 km nördlich von Eksjö, bildet der Fluss SVARTÅN das Wasserfällchen STALPET. Die ganze Fallhöhe von fast 20 m ist in der Regel aber nur im Frühjahr als Resultat der Schneeschmelze zu bewundern. Früher nutzte eine Mühle den Wasserstrom; heute speist eine Wasserkraftanlage die gewonnene Energie in das allgemeine Stromnetz ein.

Anbei versorgt das Stalpets Café & Hantverk Sommergäste mit Kaffee und Kuchen sowie kleinen Speisen. Anfang Mai bis Ende August täglich 11–20 Uhr. Station auf dem ANEBYLEDEN (siehe Seite 139).

◎ **KLEVA GRUVA** bei Holsbybrunn (östlich von Vetlanda, gut 35 km ab Eksjö), Tel. 0383 – 540 33, www.klevagruva.se. Etwa 20.6.–10.9. täglich 11–16 (ca. 10.7.–10.8. bis 18) Uhr, ab Anfang Mai bis Anfang Oktober Sa+ So 11–16 Uhr; bei Eisbildung in der Grube Änderungen möglich. Führungen in deutscher Sprache ca. 10.7.–10.8. 3 x am Tag. 100/60 SEK, mit Führung plus 40 SEK.

Im Klevaberg begann man Ende des 17. Jhs. mit dem Abbau von Kupfer; um 5 t betrug die jährliche Ausbeute des minderwertigen Kupfers. 1738 fand man Gold in der Nähe, in Ädelfors. Das Interesse an der Kupfergrube ließ nach, bis man von 1838 bis 1889 im Klevaberg Nickel abbaute. Während des Ersten Weltkriegs wurde die Grubenarbeit wieder aufgenommen, doch 1920 war endgültig Schluss.

Ab 1991 hat man Stollen, Gruben, und Schächte restauriert: Touristen begeben sich mit Helm und Taschenlampe ausgerüstet auf Entdeckungsreise unter die Erde. Unerlässlich sind warme Kleidung und festes Schuhwerk. Achten Sie auf die mystische Madonna in der Erzkirche, im Saal des Bergkönigs wird's ebenso spannend. Die Betreiber bieten des Weiteren verschiedene Touren und Aktivitäten wie GOLDWASCHEN sowie eine Kletterwand an.

◎ **GULDVASKNING ÄDELFORS**, Holsbybrunn, Tel. 0383 – 46 01 10, www.guldvaskning.se. 10.4.–10.10. auf Vorbestellung, etwa 20.6.–21.8. täglich 10–17 Uhr. 490/240 SEK mit Anleitung und Ausrüstung. Unempfindliche Kleidung und eigenes gutes Schuhwerk anzuraten, da die vor Ort gestellten Stiefel in der Hochsaison nicht immer ausreichen.

Nur einige Kilometer östlich von Kleva kann man im EMÅN, bei Ädelfors, GOLD WASCHEN. Von 1890–98 hat man hier 111 kg Gold geschürft. Der Flusskies enthält so viel Gold, dass jeder geschickte Goldwäscher – und das können Sie nach 2-3 Stunden leicht werden! – Goldkörner finden soll. Dem Goldrausch erliegt jedoch niemand. Kinder unter 9 Jahren waschen aufs Ticket der Eltern.

Noch mal rund 27 km nordwestlich von Aneby liegt Åsens By, das bereits im Kapitel über Jönköping gewürdigt wird (siehe Seiten 123 und 112).

Ferien aktiv

WANDERN

◎ Ca. 12 km nordöstlich von Eksjö versteckt sich die ENGE SCHLUCHT **SKURUGATA**, die bis zu 56 m hohe Felswände einfassen. – Die vorherrschende Gesteinsart ist Schokoladebrauner Phorphyr, der an manchen Stellen rötlich schimmert. Besagter Albert Engström schrieb in einer Schilderung, eine Wanderung durch die Schlucht sei wie ein Gang durch eine prähistorische Landschaft.

Für das Erkunden der 7–24 m breiten Skurugata sind unempfindliche Kleidung und fest sitzende Schuhe anzuraten. Der 550 m lange Nordteil des Canyons beginnt auf 280 m Höhe mit ca. 8 m hohen Felsen in einer fast moorartigen Ebene und verläuft bald mit fast senkrechten Wänden in südöstlicher Richtung. Der Boden ist zwar trocken, allerdings liegen Steine und Felsblöcke herum, scheren sich umgestürzte Bäume und andere Vegetation nicht um die Bequemlichkeit für Wandersleute. Mit einer fast rechtwinkligen Richtungsänderung ändert sich schließlich die Schlucht:

Nach 50 m beginnt sozusagen der zweite, 650 m lange Abschnitt in südlicher Richtung, wobei der östliche Berghang bis zu 20 m hoch ist, während der Westhang allmählich in die flachere Landschaft übergeht. Dieser Teil der Schlucht kann in nassen Wetterperioden sumpfig sein. Dauer retour rund 1 Stunde plus Pausen.

Auf der Ostseite der Skurugata hat man vom »Gipfel« Skuruhatt (337 m) einen weiten Ausblick, ein Abstecher vom Wanderweg Höglandsleden.

◎ FERNWANDERWEG **HÖGLANDSLEDEN**: siehe Seite 139.

RAD FAHREN

◎ Das Touristenbüro Eksjö verkauft Karten (30 SEK) für mehrere Routen, u.a. **ALBERT-ENGSTRÖMLEDEN** an der Skurugata vorbei (variable Länge, 45– 74 km, 3–5 Stunden) sowie **PARADISRUTEN** mit den Stationen Fobos trädgård, eine Art ganzjährig geöffneter, frei zugänglicher ökologischer Mustergarten, und Höreda-Kirche (46 km, rund 3 Stunden).

◎ **FAHRRADVERMIETUNG**: Cykelsmedjan i Eksjö, Norra Storgatan 25 A, Tel. 0381 – 342 10. – Fahrräder und Karten auch im Touristenbüro. **(1)**

BADEN, SCHWIMMEN

◎ **STADTNAH**: Prästängsbadet im Osten der Stadt am See HUNSNÄSEN (nahe Campingplatz, zudem Hallenbad Prästängshallens simhall für die kühlen Monate), Rolandsdamm am See Södra Rokalven im Westen.

◎ Långanässjöbadet am See **LÅNGANÄSSJÖN**, südwestlich von Eksjö, Str. 40 oder 32. Kiosk/Lokal.

GOLF

◎ **EKSJÖ GOLFKLUBB**, Skedhult, Tel. 0381 – 135 25, www.eksjogk.se. 18-Loch-Platz südwestlich von Eksjö, Str. 40 Richtung Nässjö, abzweigen nach Skedhult, 5 km.

Wandern in der Schlucht Skurugata ▶

PADDELN

◎ Auf 220 km durchfließt der **EMÅN** acht småländische Gemeinden. Fast die Hälfte davon ist als Kanustrecke ausgebaut – verknüpft mit umfangreichen Schutzmaßnahmen von Natur und Umwelt. Eine populäre Tour beginnt in VÄRNE auf dem Solgenån, der nach rund 20 km in südöstlicher Richtung in den Emån mündet. Weiter via Skede, Ädelsfors, Järnforsen, Målilla nach Ryningsnäs. Värne liegt südöstlich von Eksjö.

◎ Ein schönes Paddelrevier bilden auch die südwestlich Vetlandas gelegenen Seen **KLOCKESJÖN** sowie **ÖRKEN**. Ein guter Startpunkt ist bei RAMKVILLA der Outdoor-Spezialist Ramoa, der auch Übernachtung in Hütten (eine davon urig auf einer einsamen Insel) oder im Tipi anbietet.

◎ **KANUVERMIETUNG**: Ramoa, Ramkvilla Outdoor Activity, Ramkvilla torp 16, Tel. 070 – 575 82 20, www.ramoa.se. Mit Angelcamp, Café u.a. – Höglandets Kanotcenter, Bocksjöstugan, Tel. 0381 – 400 81, www.rodjenas.com. Str. 32 Richtung Vetlanda, nach ca. 6 km rechts ab Richtung Prosttorp, Abzweig Bocksjöstugan.

Info-Mix

SIGHTSEEING

◎ **STADTFÜHRUNG**: Ende Juni bis Ende August ab Touristenbüro, dort anmelden. Ticket 60 SEK. – Alternativ sind Audioguides im Touristenbüro zu mieten.

VERANSTALTUNGEN

◎ **HUSARDAGEN**: Seit 1929 feiert Eksjö den Tag der Husaren am zweiten Juniwochenende. Mit Paraden.

◎ **EKSJÖ** INTERNATIONAL **TATTOO**: Musik, Paraden, Umzüge am zweiten (verlängerten) Augustwochenende.

◎ **EKSJÖ STADSFEST**: STADTFEST mit vielen Konzerten für junge Leute am letzten Augustwochenende.

◎ **EKSJÖ JULMARKNAD**: Handwerker und Kunsthandwerker zeigen ihr Können am stimmungsvollen 2. Adventwochenende in der Altstadt.

KONTAKT, HILFE

◎ **ÄRZTLICHE BEREITSCHAFT**: im Krankenhaus Höglandssjukhuset, Lasarettvägen, Tel. 1177.

◎ **POLIZEI**: Mosstegsgatan 2, Tel. 114 14, Notfall-Tel. 112.

◎ **POST**: Prästgatan 4 (ICA). **(4)**

TRANSPORT, PARKEN

◎ **BUSTERMINAL**: Järnvägsgt. **(3)**

◎ **TAXI**: Tel. 121 00.

◎ **PARKEN**: viele kostenfreie Parkplätze, aber mit Zeitlimit. Langzeitparkplatz u.a. östlich der City, Sportanlagen Prästängen / Camping.

Weiterreise

◎ **BUS UND BAHN**: Eksjö verbindet der »Krösatågen«-Zug mit Nässjö, von wo es Anschlüsse Richtung Jönköping, Stockholm, Vetlanda, Värnamo, Malmö, Halmstad gibt. www.krosatagen.se. – Die im Osten der Kommune Eksjö gelegenen Orte Hult, Ingatorp, Mariannelund sind wie Vimmerby per Regionalbus erreichbar. www.jlt.se. Bahnhof **(2)** und Busterminal am südlichen Cityrand.

◎ **AUTO**: **NACH VIMMERBY** via Str. 40. In HULT wuchs Albert Engström auf und ist er begraben; sein Elternhaus steht im Freilichtmuseum, wo im August die Engström-Festspiele stattfinden. Lindgren-Fans halten in MARIANNELUND (siehe Seite 140).

NACH VÄXJÖ. Entweder Str. 40, 128 bis Sävsjö, 127 bis Vrigstad (Einkaufen der lokalen Käsekuchen-Spezialität Vrigstadt Ostkaka) und 30. – Oder östliche Route via Str. 32, 31, 28, an Lindshammar vorbei. Östlich der Ortschaft erstrecken sich die Naturreservate STORA FLY und LILLA FLY, 100 ha Moorlandschaft, zum Teil mit Kiefern bestanden und (bereits früher) trocken gelegt. Ein 3 km langer Rundpfad beginnt am Parkplatz, zu erreichen nördlich von Lindshammar über Millestorp und ab dort über die Straße in Richtung Lemnhult. – Zwischen Lindshammar und Klavreström liegt westlich der Str. 28/31 der Abenteuerpark LITTLE ROCK LAKE mit Zipline, Basecamp, Panorama-Lokal. Juli / August täglich, sonst je nach Saison Do/Sa/So und meist nur bei Reservierung. www.littlerocklake.com, Tel. 0470 – 54 29 00.

NACH JÖNKÖPING. Kurz skizziert unter »Eksjö, Weiterreise« in umgekehrter Richtung.

FERNWANDERWEG **HÖGLANDSLEDEN**

Eine Wanderung durch das småländische Hochland im Viereck zwischen Eksjö, Vetlanda, Sävsjö und Nässjö und »Abstechern« Richtung Mariannelund und Vimmerby oder Richtung Lammhult, durch dichte Fichtenwälder, vorbei an plätschernden Flüssen und an größeren wie kleinen Seen, umgeben von Vogelgezwitscher, immer gewahr, Rehwild oder gar einem Elch zu begegnen – näher kann man der Natur nicht kommen. Der rund 370 km lange Höglandsleden unterteilt sich in folgende Routen:

◎ **ASA – INGATORP**, 142 km, auch **NJUDUNGSLEDEN**: Von Asa (westlich von Lammhult) führt der Wanderweg in östlicher Richtung vorbei an Ramkvilla, Lindshammar (Glashütte), dann durch das Naturreservat STORA FLY und weiter nördlich durch TROLLEBO PORTAR, ein Urwaldgebiet mit über 300-jährigen Kiefern und dem Loch der Hölle, HELVETETS HÅLA, einer 500 m langen und 35 m breiten Schlucht. Noch einmal ein Schwenk nach Osten – bei Högarp ist man 224 m ü.d.M., umgeben von Blumenwiesen – und weiter zwischen den Seen Saljen und Skirösjön durch den sogenannten »Garten Smålands« nach ÄDELFORS zu den Goldwäschern am Emån und in nördlicher Richtung durch das Kondition fordernde Gebiet bei Ökna bis Ingatorp, zwischen Eksjö und Mariannelund.

◎ **VIKSKVARN – ASA**, 60 km, auch **SÄVSJÖLEDEN**: Vom Wandergebiet Vikskvarn (Almesåkra, Vikskvarn-Spalte, geologisch interessant) führt der Weg bei MATTARP durch einen imposanten Buchenwald vorbei an Bringetofta nach SÄVSJÖ mit der Schlossruine Eksjöhofgård auf einer Halbinsel. Sehenswert im Ort sind das Kulturzentrum Ekebyhov sowie die romanische Kirche. Der letzte größere Ort vor Asa ist Hultsjö.

◎ **LÖVHULT – MARIANNELUND**, 92 km auch **UTSIKTERNAS LED** (Pfad der Aussichten): Wandern durch das Naturreservat KULLAPARADISET, mit Blumenwiesen, Laubwäldern und reichem Vogelleben, um den See Norra Vixen herum nach **EKSJÖ**. Von dort weiter zu SKURUGATA / Skuruhatt (siehe unter »Eksjö, Ferien aktiv«, Seite 136), dann in östlicher Richtung vorbei an Bruzaholm zum Aussichtsberg VALBACKEN bei Ingatorp, via Fågelvik und durch das Tal des SILVERÅN bis zum Zielort.

◎ **LÖVHULT – BÄCKALYCKAN**, 77 km: Vom Freizeitgebiet bei Nässjö führt der Wanderweg am Gräberfeld TORSA STENAR vorbei, über den Berg HULU mit herrlicher Rundumsicht zum Gebiet Almesåkra/Vikskvarn und weiter zur höchsten Erhebung Smålands, dem TOMTABACKEN. An Hok vorbei und zwischen den Seen Sandsjön und Fången hindurch erreicht man Bäckalyckan, im Norden von Vaggeryd.

◎ Nordöstlich von Eksjö knüpft der **ANEBYLEDEN** an den Höglandsleden an und führt über 85 km nach Nordwesten an den See ÖREN, nahe Gränna und sozusagen im Hinterland von Jönköping (siehe Seite 120 ff.).

◎ **KARTEN** und Information zu Holzbruch u.a. im Touristenbüro Eksjö.

MARIANNELUND

Mariannelund ist ein Muss für alle Fans von MICHEL AUS LÖNNEBERGA. In dem kleinen Örtchen zwischen Eksjö und Vimmerby wurden in den 1970er Jahren die Filme nach den Erzählungen von Astrid Lindgren über den liebenswerten Lausbub gedreht, der übrigens im schwedischen Original »Emil« heißt. Astrid Lindgren selbst hatte damals am Casting und an den Dreharbeiten teilgehabt. Ganz Mariannelund war ein einziger Filmset und praktisch alle Einwohner waren als Statisten beteiligt.

Eine Ausstellung im BARNFILMBYN erinnert an die Dreharbeiten und informiert über alle hiesigen Drehorte; es gibt sogar eine App über die Locations. Vorher mitten im Ort und seit 2017 in einem Neubau etwa 1 km östlich von Mariannelund beheimatet, ist das neue Barnfilmbyn (neben seiner Funktion als Michel-Film-Dokumentation) als Institution zum Thema Kinderfilm konzipiert.

◎ **BARNFILMBYN**, Mariannelund, Östra Storgatan 21 (an der Straße 40 Richtung Vimmerby kurz vor dem Bahnübergang), www.barnfilmbyn.se. Mitte Juni bis Ende August Di–So 12–17 Uhr, Eintritt 50/0 SEK.

Vimmerby

DIE STADT ASTRID LINDGRENS

Die wohl berühmteste Schwedin wuchs in Vimmerby auf; hier ist sie begraben. Mit dem Elternhaus der bekannten Kinderbuchautorin, einer großen Ausstellung zu Leben und Werk sowie dem Freizeit- und Erlebnispark »Astrid Lindgrens Welt« gibt es einige Gründe, Vimmerby zu besuchen, falls man ein Fan der Schriftstellerin ist. Die Kleinstadt, die Bauernhöfe und die Landschaft der Umgebung dienten als Vorlage für ihre Schilderungen. Man meint, vieles aus den Büchern – und Verfilmungen – wieder zu erkennen. Kein Wunder, denn LÖNNEBERGA, MARIANNELUND, KATTHULT und BULLERBY gibt es wirklich und liegen nicht weit von Vimmerby entfernt. Der Ort ist also bestens geeignet als Ausgangpunkt zu einer Reise auf den Spuren von den Kindern aus Bullerbü oder Michel aus Lönneberga!

Vimmerby liegt auf einem Bergrücken, der früher den einzigen Weg durch eine Moorlandschaft bildete. Viele archäologische Funde aus vorchristlicher Zeit beweisen, wie frühzeitig sich hier eine Siedlung befand. Die topografisch günstige Lage trug dazu bei, dass bereits zur Wikingerzeit ein wichtiger Marktflecken entstand, den die Dänen 1192 niederbrannten. Im 14. Jh. trieb Vimmerby jedoch wieder regen Handel mit ihnen. Gustav Vasa missfiel die aufstrebende Macht der Handelsstadt im Landesinneren. Er entzog Vimmerby 1532 die Stadtrechte und versuchte – erfolglos – die Umsiedlung der Einwohner in die strategisch wichtige Hafenstadt Kalmar zu erreichen, um dort den Handel zu stärken. 1604 erhielt Vimmerby als fortgesetzter Knotenpunkt der Handelswege aber die Stadtrechte zurück.

Lange Zeit war die Stadt Zentrum für den småländischen Viehhandel. Daraus entstanden weitere wichtige Erwerbsquellen, Gerbereien und Leder verarbeitende Betriebe. Die letzte Gerberei steht seit 1937 im Freilichtmuseum Skansen in Stockholm.

Wirtschaftlich gehört der Tourismus dank Lindgren zu den größten Arbeitgebern, ebenso wie Metallproduzent Ljunghäll, die Brauerei Åbro und weitere Industriebetriebe (u.a. Lebensmittel), Gemeinde und Dienstleister/Handel für Stadt mitsamt Umland.

INFORMATION

◎ **VIMMERBY TURISTBYRÅ**, Rådhuset 1, SE – 598 37 Vimmerby, Tel. 0492 – 310 10, info@vimmerby.com, www.vimmerby.com. Mitte Juni bis Mitte August Mo–Fr 9–18 Uhr, Sa+So 9–14 Uhr, sonst Mo–Fr 10–16 Uhr.

◂ Michel aus Lönneberga in Astrid Lindgrens Welt

Unterkunft

◎ **FREDENSBORG HERRGÅRD** in Storebro, Tel. 0492 – 306 00, www.fredensborg.com. EZ ab 1.110, DZ ab 1.520 SEK. Auch Golfpakettarif.

Idyllische Anlage, schöner PARK. Gutes Restaurant, viele Aktivitäten: Golfplatz, Paddeln und Baden im See GISSEN, Kinder können spielen, spielen... Ca. 11 km südlich Vimmerbys.

◎ Zentral im Ort liegt das BEST WESTERN **VIMMERBY STADSHOTELL** am Stora Torget 9, Tel. 0492 – 121 00, www.vimmerbystadshotell.se. Dynamische Preise.

Modernes Hotel mit Tradition, das den Spagat zwischen Businesshotel (von Oktober bis April) sowie Touristenbasis (falls Astrid Lindgrens Welt geöffnet ist) gut managt.

◎ **SMÅLANDSBYN**, Hultsfredvägen 34, Tallholmen, Tel. 0492 – 122 59, www.smalandsbyn.se. EZ/DZ ab 995 SEK, Hütten ohne/mit Bad ab 695/995 SEK. Frühstück/Bettzeug extra.

Lindgren-Bilderbuch-Anlage mit Hotel in 200 Jahre altem Haus, Campinghütten und drei Häuschen wie in Bullerbü. Entzückende Malereien in den Hotelzimmern mit Motiven aus Lindgren-Büchern.

◎ STF **VIMMERBY VANDRARHEM**, Hörestadhult, Telefon 0492 – 102 75, www.nossen.nu/hhult. 1.6.–31.8. 38 Betten. Bett im Mehrbett-Zimmer 190/130 SEK, als DZ 380 SEK.

Ruhige Lage trotz Str. 40, ca. 2 km östlich von Vimmerby.

◎ **ASTRID LINDGRENS VÄRLD**: Das Feriendorf von Astrid Lindgrens Welt mit Ferienhäusern, einfachen Hütten und Campingplatz liegt direkt beim Park – und ist entsprechend beliebt. Vorbuchung anzuraten: www.alv.se.

◎ **VIMMERBY CAMPING** NOSSENBADET (Str. 40, 3 km östlich von Vimmerby), Telefon 0492 – 31410, www.vimmerbycamping.se. Ganzjährig geöffnet. Stellplatz ab 170 SEK, Hütten ab 600 SEK, Zimmer ab 350 SEK.

Am See NOSSEN, Badeplätze und Sauna. Ein empfehlenswerter Platz.

Essen und Trinken

◎ **INGEBO HAGAR**, Ingebo 107, (5 km südlich Vimmerbys), Tel. 0170 – 658 32 12, www.ingebohagar.se. Mo 12–18 Uhr, Di–So 12–21 Uhr.

SELTEN im ländlichen Schweden: Öko-Lokal im Grünen, auch vegetarische und vegane Speisen von guter Qualität, ob Salat / Pizza / Pasta oder der Burger mit Rind-/Lammfleisch. Hofladen. Tolles Bullerbü-Ambiente.

◎ Kosten Sie leckere **REGIONALE HAUSMANNSKOST** in Astrid Lindgrens Värld: Aus Småland stammen Spezialitäten wie *Isterband, Kroppkakor* und RAGGMUNKAR: eine typische Griebenwurst, Klöße und Kartoffelpuffer. Oder Pfannkuchen aus der eigens erfundenen Pfannkuchen-Back-Maschine, die viel frische Ware in kurzer Zeit herstellen kann.

Fast alle Hotels und anderen Unterkünfte vor Ort offerieren ein Kombi-Ticket für die Übernachtung inklusive Eintritt in Astrid Lindgrens Värld.

ASTRID LINDGREN (1907–2002) zählt zu den Autorinnen, deren Werke die größte VERBREITUNG überhaupt fanden.
Lindgrens kleine Helden waren oft EIGENWILLIGE KINDER, die Regeln (und das Spießertum ihrer Umgebung) in Frage stellten und ERNST GENOMMEN werden wollten. Lindgren hat die Kinder ernst genommen und viel Gutes bewirkt. Ihre Bücher haben die Fantasie der Kinder angeregt und werden bis heute in zahlreichen Auflagen verschlungen.
Dass ausgerechnet diese Frau nie den Literaturnobelpreis bekam, mag ein Sinnbild dafür sein, wie selbstständige Kinder – und Frauen – in der Realität (statt in Lobesreden) geschätzt wurden, wobei gerade die Skandinavier sich hierbei zu überzeugenden Vorbildern entwickelt haben.
Der Themen- und Theaterpark ASTRID LINDGRENS VÄRLD, der mehrheitlich der Familie Lindgrens gehört, bewahrt nicht nur das Andenken an ihre Geschichten und die Lust am Lesen. Ganz im Sinne der Kämpferin für die Rechte der Kinder und eine bessere Welt soll der Park möglichst nachhaltig betrieben werden. Fastfood wurde darum vor Jahren verbannt. Stattdessen gibt's gesunde, frisch zubereitete Hausmannskost aus der Region.

Stadtrundgang

ASTRID LINDGREN

◎ **ASTRID LINDGRENS VÄRLD**, Fabriksgatan, Tel. 0492 – 79800, www.alv.se. Mitte Mai bis Ende August täglich 10–18 Uhr, September Fr–So 10 –17 Uhr. Außerdem eine Woche im Herbst Ende Oktober zum »Herbstmarkt«. Erwachsene (ab 15 Jahre) ab 260 SEK, Senioren (ab 65) ab 155 SEK, Kinder (3–14) ab 185 SEK.

Ein Muss für Astrid Lindgrens Fans ist der Besuch im Themen- und Theaterpark Astrid Lindgrens Welt. Pippi, Michel, Ronja, insgesamt über 60 Figuren aus den Erzählungen sind hier anzutreffen, auch viele der berühmten Orte wie die Villa Kunterbunt, die Burg von Ronja Räubertochter, der Katthulthof von Michel aus Lönneberga, die Krachmacherstraße von Lotta usw. Überall wird gesungen, getanzt, gespielt: manchmal Theater, manchmal einfach nur so, denn Pippi und Co. mischen sich unter die Besucher und spielen und unterhalten sich mit ihnen.

Rund 460.000 Besucher zählte der Freizeitpark im Jahr 2015. Man ruht sich nicht auf den Lorbeeren aus. Die Neuheiten 2016: das Kirschtal und das Heckrosental der Brüder Löwenherz.

◎ **ASTRID LINDGRENS NÄS** (liegt östlich von ALV), Prästgården 24, Tel. 0492 – 76 94 00, www.astridlindgrensnas.se. Eintritt ab 140/0 SEK. Ausstellung/Kulturzentrum etwa 10.6.–25.9.

täglich 11-18 Uhr, ab Mai bis ca. 10.6. täglich 11–16 Uhr, ab Anfang März und bis 3. Advent Mi–So 11–16 Uhr. Eintritt (auch zu den Gärten) ab 140/0 SEK. Führungen durch das Elternhaus von Astrid Lindgren Juni bis ca. 10.9. 95/50 SEK – empfohlen: Reservierung und Kinder erst ab 8 Jahre.

Auf dem Hof Näs kam Astrid Lindgren 1907 zur Welt und verlebte dort glückliche Kinderjahre. Haus und Garten sehen heute noch so aus wie vor gut hundert Jahren, als die kleine Astrid im Limonadenbaum, der übrigens immer noch steht, herumgeklettert ist – die Gartenfläche wurde 2016 übrigens verdoppelt. In einem PAVILLON ist die Dauerausstellung zur Autorin untergebracht, während das PFARRHAUS den Rahmen für Wechselausstellungen bildet. Ein Café gibt's ebenfalls in Näs.

UNTERWEGS IN VIMMERBY

◎ **MX WORLD COLLECTION**, Förrådsgatan 9, Tel. 070-552 70 17, www.mxworld.se. Mo–Fr 9–15 Uhr, Sa 10–14 Uhr. Eintritt 120/40 SEK.

Mit der MX World Collection öffnete 2014 ein Motorsportmuseum der Superlative mitten in Vimmerby. Die schwedische Motocross-Legende *Magnus Frodig* präsentiert im Museumsneubau eine in Europa einzigartige Sammlung an Motocross-Motorrädern. Das Café ist gut besucht, nicht nur von Motor-Enthusiasten.

◎ **BRAUEREI ÅBRO**, Åbrovägen 13. Führungen Ende Juni bis ca. 10.8. Mo–Do 11 und 15 Uhr. 60/40 SEK.

Die ortsansässige Brauerei Åbro sorgt seit 1856 für eine spezielle Bekanntheit von Vimmerby in Schweden. Außer dem Klassiker »Åbro Original« und anderen Bieren werden heute auch Cider sowie alkoholfreie Getränke hergestellt. An die Werksbesichtigung schließt sich eine Verkostung von alkoholfreien und alkoholarmen Getränken an, die im Eintrittspreis inbegriffen ist. Anbei auch Restaurant und Pub BRYGGHUSET: Dagens Lunch 11.30-14.00 Uhr. Mo – Fr 11.30 –22 Uhr, Sa 17 –24 Uhr.

◎ **MUSEET NÄKTERGALEN**, Sevedegatan 43, Tel. 0492 –76 94 59. Mi–Fr 12–16 Uhr, Sa 11 –14 Uhr, je nach Ausstellung, Mitte Juni bis Mitte August auch Mo–Do. Eintritt 50/0 SEK.

Das STADTMUSEUM, zu Hause in einem Holzgebäude aus dem 18. Jh., zeigt eindrucksvolle Malereien jener Zeit, als die reichen Bürger Decken und Wände in ihren Häusern kunstvoll mit Landschaftsmalereien oder biblischen Motiven ausschmücken ließen. Die Wikingerzeit dokumentieren Funde eines über 1.000 Jahre alten Gräberfelds im südlichen Stadtgebiet. – Eine andere Ausstellung schildert die Stadthistorie samt ökonomischer Entwicklung.

◎ Entlang der **STORGATAN** stehen mehrere BÜRGERHÄUSER aus dem 17. Jahrhundert, die heute überwiegend bewohnt und nicht zu besichtigen sind. Achten Sie auf Hausnummern 32 (Grankvistgården), 20 (Rådmansgården), 17 (Tenngjutaregården) und 3 (Borgmästaregården).

Ausflüge

Die Gemeinde Vimmerby und Umgebung bietet mit ihrer schönen, abwechslungsreichen Landschaft und den kulturgeschichtlichen Denkmälern für jede/n etwas. Die folgende Auswahl soll neugierig machen und auf Entdeckungsreise schicken. Die Fahrt geht nach Süden und im Uhrzeigersinn durch die Gemeinde; einzelne Stationen sind ebenso im Rahmen der Weiterreise möglich.

◎ **STOREBRO** steht für Industriegeschichte: »Storebro Bruks AB« wurde 1728 gegründet, als man Sumpferz aus den Seen zu Eisen verarbeitete; im 20. Jh. etablierte sich die Firma als Schiffs- und Bootsbauer, der Motoryachten und spezielle Fahrzeuge für Rettungswesen und Militär fertigte. Seit 2012 setzt »Storebro True Scandinavian« primär auf Bootsrenovierung und Innenausstattung. Der Firmensitz ist weiter im alten Herrenhaus (1821). Das Bruksmuseum bewahrt alte Maschinen und Werkstätten auf. Storebro liegt ca. 10 km südlich Vimmerbys, Anfahrt via Str. 34.

◎ Die Steinsetzung **VISANS SKEPP** bilden 20 1978–80 errichtete GRANIT-Platten, eine EHRUNG der schwedischen »Sangesfreude« im Stil frühzeitlicher Schiffssetzungen. Die Inschriften geben 40 der bekanntesten Volkslieder wieder, die zu sommerlichen Anlässen üblicherweise in Gesellschaft eines TROUBADOURS angestimmt werden. Bei Storebro.

◎ Der See **STORA HAMMARSJÖN** liegt südwestlich von **HULTSFRED**. Die Gemeinde hat hier ein hochwertiges Naherholungsgebiet geschaffen, wo Spazierwege, Bade- und Angelplätze, Ruderboote und selbst eine Sauna frequentiert werden können. Außerdem sind typisch schwedische, rote Holzhäuschen zu mieten. Kontakt: Turistbyrå Hultsfred, Stora Torget, SE–577 26 Hultsfred, Tel. 0495 – 24 05 05, turism@hultsfred.se, www.visithultsfred.se. Ca. 15.6.–20.8. Mo–Fr 9 –17 Uhr, Sa 10 –14 Uhr, So 12–15 Uhr, sonst Mo–Do 12.30 – 16 Uhr, Fr nur bis 15.30 Uhr.

◎ **VIRSERUM**, weiter südwestlich, hat mitten im Ort, am Virserumssjön, ein Naturreservat und im Freilichtmuseum die alte Papiermühle FROÅSA HANDPAPPERSBRUK (1802). In dem Industriedenkmal wird im Sommer die Herstellung von Papier aus Lumpenmasse demonstriert. Sonst ist das Gelände frei zugänglich, sind die Gebäude aber verschlossen.

Im Kulturzentrum DACKESTOP ist VIRSERUMS MÖBELINDUSTRIMUSEUM interessant, die Kopie einer Möbelfabrik (1920) mit originalen Maschinen, der (mittels Wasserrad angetriebene) Transmissionsantrieb ist funktionsfähig. Ebenfalls zu besichtigen sind eine Auswahl von in Virserum hergestellten Möbeln, ein altes Sägewerk sowie Gillmans Schmiede. 1.6.–31.8. täglich 11–17 Uhr.

◎ **VIRSERUM KONSTHALL**: Forstwirtschaft und Holzverarbeitung sind noch immer wichtige Erwerbszwei-

Die Steinsetzung Visans Skepp ist einem Mann namens Ivar Gustafsson zu verdanken. Dem Sprachgebrauch auf vielen Runensteinen nach müsste es heißen: »Ivar setzte diese Steine.«

ge in Småland, auch wenn die Möbelindustrie in Virserum Geschichte ist. Die Virserum Konsthall konzipiert alle drei Jahre eine neue Ausstellung zum Thema Wald und Holz, auch unter Aspekten zu Nachhaltigkeit, Ökologie und Gesellschaft. Ferner finden wechselnde Kunstausstellungen statt. Virserum, Kyrkogatan 34, Tel. 0495 – 315 06, www.virserumskonsthall.com. Juni bis Mitte August täglich 10–18, sonst Di–So 12–17 Uhr. Eintritt 100/0 SEK.

◎ **LÖNNEBERGA** liegt nordwestlich von Hultsfred; der Ort ist Astrid-Lindgren-Kennern geläufig. »Michel aus Lönneberga« heißt der Lausbub (im Original Emil), den fast alle Kinder kennen. Aber: Wer Lindgrens Bücher gelesen oder die Filme gesehen hat, wird in Lönneberga vergeblich nach Bekanntem suchen – die Serie zu diesem Buch wurde IN GIBBERYD (siehe unten) UND MARIANNELUND (siehe Seite 140) gedreht.

◎ Albert Engström (siehe auch Seiten 131 / 134), Autor und vor allem ZEICHNER mit spitzer Feder, ist nach wie vor vielen Schweden ein Begriff. Vor seinem Geburtshaus in **BÄCKFALL** stellte man 1969 aus Anlass seines 100-jährigen Geburtstags einen GEDENKSTEIN auf. Bäckfall ist ein kleines, HÜBSCH gelegenes Dorf, 1 km ab der Lönneberga-Kirche.

◎ In **SEVEDSTORP**, ungefähr 15 km südwestlich von Vimmerby, fragen Touristen immer: »Und wo ist Bullerbü?« Hier in Sevedstorp wurden die Filme »Die Kinder aus Bullerbü« gedreht. Der Vater von Astrid Lindgren verbrachte hier seine Jugend, seine Tochter ließ die Romankinder durch die Dorfstraßen toben. Zur Ferienzeit öffnet das CAFÉ SÖRGÅRDEN.

◎ In **PELARNE**, 8 km westlich Vimmerbys, steht eine der ältesten noch zum Gottesdienst besuchten HOLZKIRCHEN im Land (Anfang 13. Jh.). Die mittelalterliche Freskomalerei wurde zum Teil erst 1989 entdeckt; zu beachten sind auch die Sanduhren an der Kanzel und die Orgel (1999).

◎ **SPILHAMMAR** heißt das Gebiet bei MARIANNELUND, westlich Vimmerbys am Fluss Silverån (Camping siehe Seite 132). Hier treffen sich die Wanderwege Sevedeleden und HÖGLANDSLEDEN (siehe Seite 139): Einen Kurztrip Richtung Stubbaberg nordwärts belohnt eine fantastische Aussicht über das Tal des SILVERÅN.

◎ **GIBBERYD**, etwa 2 km nördlich von Rumskulla, ist eine unverzichtbare Station im Rahmen der Astrid-Lindgren-WALLFAHRT: Gibberyd war Drehort für die Verfilmung des Buches »Michel aus Lönneberga«. Hier kann man ausprobieren, wie es ist, in einem Tischlerschuppen seine Strafe abzusitzen. KATTHULT vermarktet sich konsequent. Ca. 20.6.– 20.8. täglich 10 – 18 Uhr. Eintritt 40/20 SEK.

◎ **RUMSKULLAEKEN** (= Kvilleken), die Rumskulla-Eiche östlich von Gibberyd, ist über 1.000 Jahre alt. Im Umfang fast 14 m, hält sie seit Jahrzehnten ein STAHLBAND zusammen. Eine Bannmeile von 5 m soll Kletterer und Selfiejäger fernhalten.

Einzelne Stationen der unter »Ausflüge« vorgestellten Ziele lassen sich recht gut im Rahmen der An- oder Weiterreise aus/nach Eksjö, Växjö, Oskarshamn besuchen.

Als die wehrhaften Rundkirchen bei Kalmar gebaut wurden, dürfte die Eiche bereits 100 Jahre alt gewesen sein, das Christentum hatte das Land erreicht. Als Gustav Vasa die Geschicke Schwedens lenkte, war sie ein knorriger, gut 500 Jahre alter Baum. Als die Industrialisierung einsetzte, begann der Verfall, fielen Teile der Rinde ab, starben Äste. Doch noch ist sie grün, die Krone über dem gewaltigen, auch hohlen Stamm.

◎ Natur-Liebhaber zieht es in den **NATIONALPARK NORRA KVILL**. Er umfasst 114 ha unberührte Wildnis; seit 150 Jahren hat der Mensch hier nicht mehr eingegriffen. Den größten Teil des Parks bildet Nadelwald; bis zu 35 m hohe Fichten mit einem Umfang von 2,5 m und über 350 Jahre alte Kiefern streben in die Höhe. Die moosbewachsenen, herumliegenden Felsblöcke, das sich wie ein Teppich ausbreitende dichte Buschwerk der Blaubeeren und das durch die hohen Bäume gedämpfte Licht heben den Urwaldcharakter hervor. Vom höchsten Punkt – IDHÖJDEN – hat man einen herrlichen Ausblick. Den See ST. IDGÖLEN, fast mitten im Nationalpark, bedecken im Sommer Seerosen und Laichkraut.

Ein markierter Wanderweg führt am See und der 45 m hohen Idhöjden vorbei. Parkplatz und Hinweistafeln am See St. Grytgölen.

◎ **NILS HOLGERSSONS VÄRLD**, Södra Vi, Käbbo 110, www.nhvpark.com. Etwa 25.6.– 15.8. 10/11–17/18 Uhr. Eintritt frei. Für einzelne Attraktionen gelten eigene Preise. Ticket all inclusive 399 SEK.

Benannt nach Nils Holgersson, der Schweden als Däumling mit den Wildgänsen bereist hat, fing es an als Park Schweden in Miniatur, zeigen typische Bauwerke im Maßstab 1 : 3 von Nord gen Süd, wie Schweden Ende des 19. Jhs. aussah. Heute kommen die Besucher aber vor allem wegen der neuzeitlichen Vergnügungen, sei es Kletterpark, Gokart, Tretboot, Minigolf, Zugfahrt, Laserjagd u.a. Liegt 10 km nördlich von Vimmerby.

◎ In **DJURSDALA**, 5 km nordöstlich von Södra Vi, steht eine HOLZKIRCHE (1692) mit einem markanten Glockenturm. Die Ausschmückung mit biblischen Motiven, naive und farbenfrohe Malereien an Wand und Decke, entstand 1707. Das Kleinod der Kirche ist der Flügelaltar des Lübecker Bildhauers *Bernt Notke*. Der Kirchhügel gibt eine SCHÖNE AUSSICHT auf die sanft hügelige Landschaft mit dem See Juttern frei.

◎ Östlich von Vimmerby liegt das Dorf **FRÖDINGE**, bekannt für seine småländische Spezialität OSTKAKA, eine Art Käsekuchen, sowie andere Backwaren. Verkauf ab Werk und im Sommer auch Cafébetrieb. Ca. 25.6.–25.8. Mo–Fr 10.30–18.30 Uhr, Sa+So 11–17.30 Uhr. Frödinge Mejeri, Skolgatan 2, www.frodinge.se.

Im HOLZKIRCHLEIN (1744) zieren naive, farbenfrohe Malereien Wände und Decken. Frei stehender, prächtiger Glockenturm (1694).

Ferien aktiv

WANDERN, WALKEN, JOGGEN

Das unverzichtbare Kartenmaterial erhalten Sie im Touristenbüro, Übersichtskarten zum Download auf der Website der Kommune: www.vimmerby.se, siehe »Fritid« (Freizeit) und »Motionsspår och vandring«.

◎ **DJURSDALARUNDAN**: 7 km ist der Rundweg nördlich von Vimmerby lang. Als Startpunkte eignen sich Ungstorp und Sörby, beide südlich der Djursdala-Kirche gelegen.

◎ Auf ca. 10 km Rundstrecke macht die **BRANTESTADS NATURRUNDA** einen Abstecher zum See YXERN im Südosten (siehe auch Seite 150).

◎ Der **SEVEDELEDEN** durchquert auf 100 km eine abwechslungsreiche Landschaft zwischen Mariannelund im Westen und der Grenze nach Östgötaland im Norden. Über Mossebo, Mariannelund, Rumskulla, Övrakulla ist eine Rundtour möglich (50 km).

RAD FAHREN / DRAISINE

◎ **DRAISINE**: ab Hultsfred auf drei Abschnitten bis Åseda, im Südwesten an der Str. 37. Am längsten offen ist die Etappe ab Hultsfred nach Målilla sanatorium, 11,5 km. www.smalspuret.com. Etwa 20.6. bis 20.8. täglich, ab Anfang Mai und bis ca. 20.9. nur Sa+So. Ab 200/100 SEK. Online-Buchung wird erbeten, alternativ via Touristenbüro Hultsfred, Stora Torget, Tel. 0495 – 24 05 05, turism@hultsfred.se (siehe auch Seite 146).

◎ **ASTRID LINDGRENS VIMMERBY** fasst fünf Vorschläge für Rundfahrten zusammen, die 29,5–56 km lang sind, weder markiert noch ausgeschildert sowie auf Nebenstraßen und einigen Wegen mit losem Belag verlaufend. Detaillierte Karte im Touristenbüro, 175 SEK.

ANGELN

◎ In den **SEEN** sind u.a. Hecht, Zander, Barsch heimisch, in GISSEN, JUTTERN und KRÖN auch Edelfische. Angelscheine etc. im Touristenbüro.

BADEN, SCHWIMMEN

◎ In den **SEEN** NOSSEN (Nordufer, östlich der Stadt, Str. 40), SOLNEN (Ostufer, südlich Vimmerbys, Straße Richtung Tuna), KRÖN (Ostufer, am Kröngården, siehe unter »Paddeln«), JUTTERN mit Badeplatz STJÄRNEVIK, (Ostufer, nördlich von Djursdala) u.a.

GOLF

◎ **TOBO GOLF KLUBB**, Fredensborg 133, Tel. 0492 – 303 46, www.tobogk. 18-Loch-Platz bei Storebro.

PADDELN

◎ 70 km auf dem Fluss **STÅNGÅN** von Ösjöfors über Storebro und Vimmerby bis zu den Seen Krön und Juttern sind als Kanustrecke ausgebaut, Tourenmaterial im Touristenbüro.

◎ **KANUVERMIETUNG**: Kröngården am See Krön, Tel. 0492 – 600 02. 7 km nördlich Vimmerbys am Krön-Ostufer, via Straße nach Djursdala. – Smålandsbyn (siehe Seite 142).

Bereits auf Seite 148 finden Sie im Rahmen der Ausflugsschleife den herrlichen Nationalpark Norra Kvill vorgestellt. Die meisten Ausflugsziele ab Seite 146 sind über eine der Radrundstrecken von Astrid Lindgrens Vimmerby zu erreichen.

Info-Mix

SIGHTSEEING

◎ Mit der **SCHMALSPURBAHN AN DIE KÜSTE**: 15 km südöstlich Vimmerbys ist TUNA der nächstgelegene Bahnhof der 71 km (!) langen Linie Hultsfred – Västervik (siehe Seite 151). Aktueller Fahrplan unter www.hwj.nu. Ticket nach Västervik retour ab Tuna / Hultsfred 180/240 SEK.

◎ **WERKSBESICHTIGUNG**: Brauerei Åbro Bryggeri (siehe Seite 144).

VERANSTALTUNGEN

◎ Der Spirit vom Hultsfredsfestival ist nicht tot zu kriegen. Nach dem Konkurs des Veranstalters und dem erfolglosen Versuch, das Rockfestival in Stockholm zu etablieren, beleben lokale Enthusiasten den Geist von Hultsfred neu: Seit 2013 findet Ende August **THIS IS HULTSFRED** mit nordischen Künstlern statt. www.thisishultsfred.se.

◎ **VIRSERUM MUSIKDAGAR**: eine Woche lang ab Mittsommer, Fokus auf Klassik, plus Kindermusikfestval.

KUNSTHANDWERK

◎ **VIMMERBY KRUKMAKERI**, Venhölen, Tel. 0492 – 107 89. Töpferei.

KONTAKT, HILFE

◎ **ÄRZTLICHE BEREITSCHAFT**: Vimmerby hälsocentral, Drottninggatan 22, Tel. 1177.

◎ **POLIZEI**: Kungsgatan 10.

◎ **POST**: Norrtullsgatan 5 (Coop).

TRANSPORT

◎ **BUS-LOKALROUTEN**: u.a. nach Rumskulla, Mariannelund, Hultsfred, aktuelle Fahrpläne unter www.klt.se.

◎ **TAXI**: Tel. 0492 – 120 20.

Weiterreise

◎ **BUS UND BAHN**: Beim Resecentrum am Bahnhof befindet sich auch der zentrale Busbahnhof.

Vimmerby liegt an der Bahnstrecke »Kustpilen« zwischen Linköping und Oskarshamn/Kalmar. Information über die Bahn sowie regionale und lokale Busverbindungen erteilt Kalmar Länstrafik (KLT): www.klt.se.

◎ **AUTO**: **NACH VÄSTERVIK**, Str. 40 über FRÖDINGE (siehe Seite 148). Wenige Kilometer östlich überquert die Str. 40 zwei nördliche Ausläufer des schönen Sees YXERN. 33 km ab Vimmerby und 24 km vor Västervik liegt ANKARSRUM mit langer Eisenhüttentradition (seit 1655). Im 20. Jh. produzierte man hier vor allem Öfen, Herde, Badewannen, heute Motoren und Haushaltsgeräte. Übernachten kann man gut am See Långsjön, Tel. 0490 – 521 40, www.langsjon.se: ein Campingplatz mit Hütten, Fahrrad- und Kanuvermietung.

NACH OSKARSHAMN, VÄXJÖ, EKSJÖ empfehlen sich Besuche der unter »Ausflüge« vorgestellten Ziele im Süden (Str. 34 bzw. 23), Südwesten (Str. 40/129) und Westen (Str. 40).

MIT DER SCHMALSPURBAHN DURCH SMÅLAND

Eine Fahrt auf der Schmalspurbahn zwischen Hultsfred und Västervik ist wie eine Zeitreise in das Småland der 1950er. Denn jahrzehntelang war die Bahn (ursprünglich nach Växjö) still gelegt. Der Verein Tjustbygdens Järnvägsforening hat Schienenbusse und Bahnhöfe liebevoll restauriert und erneut in Betrieb genommen: Seit 2004 verkehren wieder Züge zwischen Västervik und Hultsfred. Die Spurweite beträgt übrigens 891 mm, die Strecke misst immerhin 71 Kilometer. Haltestationen sind Verkebäck, Ankarsrum, Totebo, Tuna und Vena.

◎ **FAHRSCHEINE**: gibt es direkt im Zug oder in den Reisezentren (KLT) der Bahnhöfe Västervik und Hultsfred (240/120 SEK retour, auch Teilstrecken möglich). Fahrräder können nur transportiert werden, falls genug Platz ist; Kontakt vorab via Touristenbüro Hultsfred: Tel. 0490 – 230 10.

◎ **INFORMATION**: www.hwj.nu (»Tidtabell« und »Om Resan«). Von Ende Juni bis Mitte August täglich, bis Anfang September Di+Do+Sa. Von Juli bis Anfang August verkehrt zwischen Hultsfred und Ankarsrum (Sa+So) bzw. Verkebäck (Mi) eine DAMPFLOK mit historischen Waggons.

◎ Südlich von Hultsfred (auf einer weiteren Teilstrecke der ehemaligen Bahnlinie nach Växjö) sind im Sommer auf drei verschiedenen Etappen **DRAISINEN** im Einsatz: siehe Seite 149 und www.smalsparet.com.

Västervik

PERLE DER OSTKÜSTE

Um 1275 gegründet und damit eine der ältesten schwedischen Städte, liegt Västervik heute im Norden des småländischen Regierungsbezirks Kalmar Län. Ursprünglich über 20 km weiter nördlich angelegt, an der Stelle des heutigen GAMLEBY, mussten die Bürger 1433 auf königlichen Befehl hin nach Süden umziehen, um in den vermeintlichen Schutzbereich der Festung Stegeholm zu gelangen. Doch die neue, exponierte Lage an Küste schützte keineswegs vor häufige Verwüstungen: Vom 15. bis zum 17. Jh. steckten die Dänen die Stadt mehrfach in Brand; so wurden 1677 Burg und Stadt mit Ausnahme der St. Gertruds Kirche komplett zerstört.

Västervik wurde aber nicht aufgegeben und entwickelte sich – dank der günstigen Lage – zu einer bedeutenden Hafenstadt, die schon bald über den zweitgrößten Hafen an der Ostküste verfügte. Heute ist Västervik, das gut 21.000 Einwohner zählt, das Handels-, Verwaltungs- und Ausbildungszentrum der Region mit gemischter Wirtschaftsstruktur. Zu der Großgemeinde (1.871 km^2) gehören u.a. auch die Ortschaften Gamleby, Gunnebo, Ankarsrum und Överum.

Die Nähe zum Meer bestimmt die Atmosphäre in Västervik: Am Hafen der Fischmarkt, (sommers) die Fähre nach Gotland, die Anleger der Freizeitboote sowie die betagten Häuschen der Seeleute wirken auf die Besucher der Stadt. Dank 5.000 Inseln und Schären hat Västervik einen Küstenstreifen mit einer 550 km langen Uferlinie und ist wie geschaffen für (Sommer-)Urlaub und Schärentrips. Und: Eine Schmalspurbahn fährt hinein nach Småland.

INFORMATION

◎ **VÄSTERVIKS TURISTBYRÅ**, Rådhuset, Stora torget 4, SE – 593 30 Västervik, Tel. 0490 – 875 20, turist@vastervik.com, www.vastervik.com. 1.6.–31.8. Mo–Fr 9–18 Uhr, Sa+So 10–15 Uhr, Mai und September Mo–Fr 10–18 Uhr, Sa 10–15 Uhr, sonst Mo–Fr 10–13 und 14–17 Uhr. **(1)**

Unterkunft

◎ **VÄSTERVIKS STADSHOTELL**, Storgatan 3, Telefon 0490 – 820 00, www.stadshotellet.nu. Dynamische Preise nach aktueller Belegung, EZ ab 665 SEK, DZ ab 900 SEK. Tarifpakete für Familien, Spa & Relax. **(5)**

Alteingesessenes 4-Sterne-Hotel, zentral, nahe zum Bahnhof und dem Anleger der Schären-Linienboote.

◎ **HOTELL FÄNGELSET**, Norra Bangatan 2, Tel. 076 – 13 68 966, www.

◀ Maritim geprägt: Västervik samt Schärenwelt

hotellfangelset.se. Ebenso dynamische Tarife, DZ ab 790 SEK, auch Familienzimmer (2+2) ab 900 SEK, zum Teil Bad auf dem Flur. **(6)**

Das ALTE GEFÄNGNIS (1871) mitten in der Stadt umgebaut zum Hotel. Komfortable Zimmer mit eigener Dusche/WC und Fußbodenheizung. Auch preisweitere Zimmer mit Nutzung der Etagen-Dusche. Alles renoviert, dennoch authentisch: Zellen- bzw. Zimmergröße blieben bewahrt.

◎ **LYSINGSBADET**, Västervik Resort AB, Tel. 0490 – 25 80 00, www.lysingsbadet.se. Ganzjährig geöffnet. DZ ab 500, 4-Bett-Zimmer ab 1.000, Apartments ab 660–1.260 SEK, Camping-/Ferienhütten ab 530–1.090 SEK, Camping-Stellplatz ab 250 SEK. **(7)**

5-Sterne-Ferienanlage 1 km südlich von Västervik. Strand, Spaßbad, Angelcamp, Fahrrad- und Kanuvermietung, Golf, Ausflüge etc.

◎ **HASSELÖ VANDRARHEM**, Hasselö, Tel. 0490 – 911 30, www.hasselo.com. Ganzjährig geöffnet. Preis je Zimmer im Sommer ab 600 SEK. **(22)**

Eine Perle draußen in den Schären von Tjust ist die nur per Linien- oder Taxi-Boot zu erreichende Insel Hasselö (»M/S Freden« ab Västervik, siehe Seite 157). Mit Zimmern und einfachen Hütten die einzige Unterkunft. Die Website informiert detailliert.

◎ **KUSTCAMP GAMLEBY**, Gamleby, Hammarsvägen 10, Tel. 0493 – 102 21, www.campa.se. Ende April bis Ende September. Stellplatz ab 220 SEK, Camping-/Ferienhütten ab 350/500 SEK, je nach Saison. **(8)**

Komfortable 4-Sterne-Anlage an der Gamleby-Bucht, nördlich Västerviks. Stellplätze auf Terrassen, viele mit Meeresblick. Baden in separater Lagune möglich, viele Aktivitäten.

◎ **GUDINGEBADET**, bei Gamleby, Lofta, Åkerholm, Tel. 0493 – 670 28, www.gudingebadet.se. 1.5. bis 31.8. Stellplatz ab 210 SEK, Hütten sowie Wohnwagen ab 450 SEK. **(8)**

Noch weiter draußen, 20 km nördlich von Gamleby, Str. 213. Schöner, kinderfreundlicher Sandstrand.

Essen und Trinken

◎ **SMUGGLAREN**, Smugglaregränd 1, Tel. 0490 – 213 22. Di–So 18–23 Uhr, im Sommer verlängerte Öffnungszeiten. Reservieren! **(9)**

Bei der Hafenpromenade, zünftiges Ambiente in ehemaligem Bootshaus. Die richtige Adresse für ein stilvolles Diner, für das man sich Zeit lassen sollte. Die Hauptgerichte liegen um 250–400 SEK, der Barsch *(abborre)* gilt als SPEZIALITÄT des Hauses.

◎ **RESTAURANG FABRIKEN**, Folkparksvägen 60 (Abzweig von Str. 40 stadteinwärts im 2. Kreisel rechts), Tel. 0490 – 368 00, www.fabrikenvastervik.se. Mo–Sa 9/11–15 Uhr. **(10)**

Für Ausländer ein TIPP, ein prima LUNCH-Restaurant: mehrere täglich wechselnde Gerichte für je 89 SEK, Interieur nüchtern-modern, insgesamt aber ein einladendes Lokal.

Auf der Website des Touristenbüros können Sie Hotels, Ferienhäuser und weitere Übernachtungen buchen. – Auch in Västervik bieten einige Unterkünfte »Preispakete« eigens für Besucher von Astrid Lindgrens Värld in Vimmerby an.

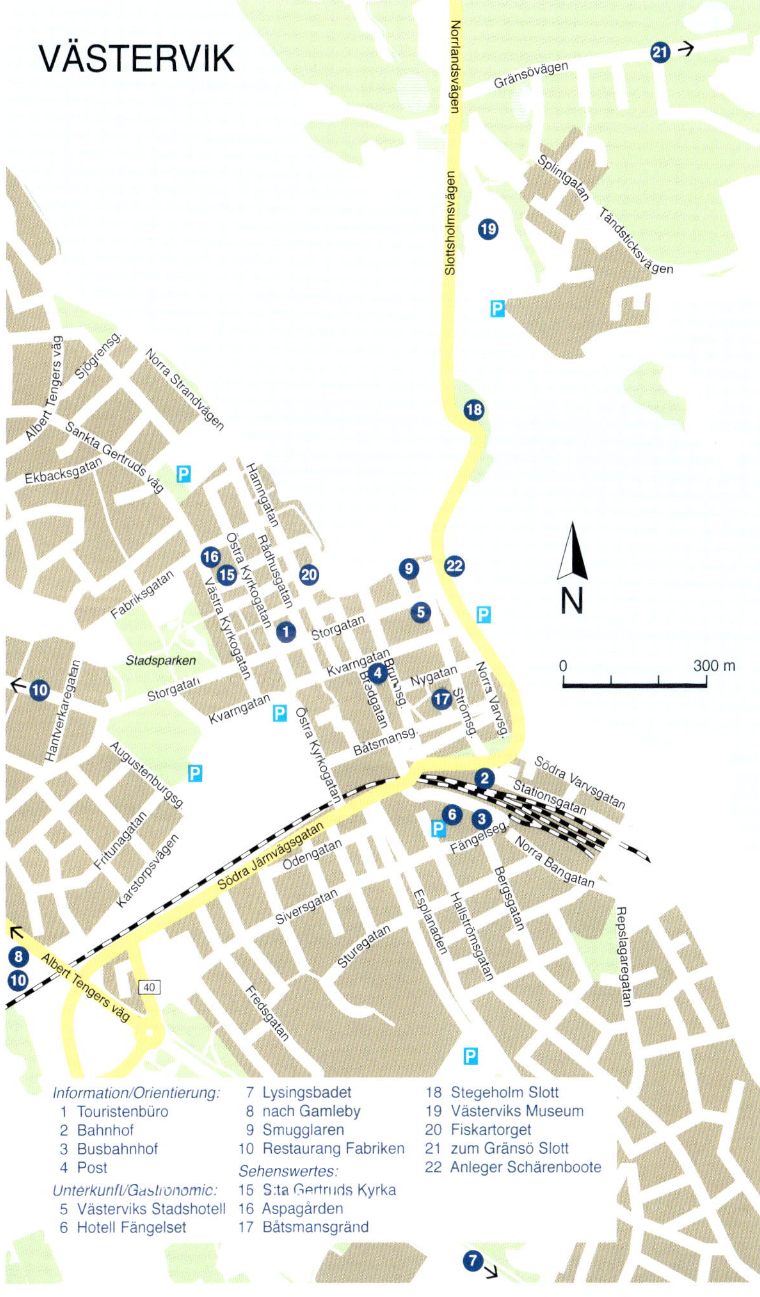

Information/Orientierung:
1 Touristenbüro
2 Bahnhof
3 Busbahnhof
4 Post

Unterkunft/Gastronomie:
5 Västerviks Stadshotell
6 Hotell Fängelset
7 Lysingsbadet
8 nach Gamleby
9 Smugglaren
10 Restaurang Fabriken

Sehenswertes:
15 S:ta Gertruds Kyrka
16 Aspagården
17 Båtsmansgränd
18 Stegeholm Slott
19 Västerviks Museum
20 Fiskartorget
21 zum Gränsö Slott
22 Anleger Schärenboote

◎ **TÄTTÖ HAVSKROG**, Loftahammar, Tättö Vägen 50, Telefon 0493–610 10, www.tattohavskrog.se. Ende April bis Mitte September, in der Hochsaison täglich 11–21 Uhr, sonst Fr+Sa 12–21 Uhr, So 12–17 Uhr.

Lokal mit großartiger Aussicht auf das Meer und die Schären von Loftahammar. 50 km nördlich Västerviks, Anschluss mit Schären-Linienboot.

Stadtrundgang

Vom Kleinboothafen Lilla Strömmen führen Fabriksgatan und Hospitalsgatan landeinwärts. Hinter der Östra Kyrkogatan rahmen die beiden Straßen einen Kirchplatz ein:

◎ Die **S:TA GERTRUDS KYRKA** ist das älteste Gebäude Västerviks; sie wurde zu der Zeit der Stadtgründung (1433) erbaut, der Turm nach einem Brand 1782 erneuert. Die Kirchenbänke (1748) sind in ihrem ursprünglichen Zustand erhalten, den barocken Altaraufsatz (1669) schuf *Burchard Precht*. Hospitalsgatan 14. **(15)**

◎ **CEDERFLYCHTSKA FATTIGHUS**, das Armenhaus neben der Kirche, ist das interessanteste Haus vor Ort. Im Jahr 1749 spendete *Anna Cederflycht* der Stadt einen Geldbetrag zum Bau eines Armenhauses und so zum Unterhalt von 16 Armen. Damals kommentierte ein Geschichtsschreiber: »In Västervik wohnen die Armen besser als die Reichen.« Ecke Hospitalsgatan/Västra Kyrkogatan.

◎ **ASPAGÅRDEN** ist der älteste Gebäudekomplex vor Ort. Der mittelalterliche Grundriss weist darauf hin, dass Teile des Hofes den Brand 1677 überstanden haben. Heute haben in Aspagården Kunsthandwerker ihre Werkstatt. Västra Kyrkogatan 9. **(16)**

◎ Weitere gut erhaltene **HISTORISCHE HÄUSER** sind der Küsterhof KLOCKARGÅRDEN (Ende 18. Jh., Östra Kyrkogatan 23), das alte Posthaus GOLDKUHLSKA GÅRDEN (18. Jh., an der Hamngatan 26) sowie das RATHAUS (1793, nahe der Kirche). Auch entlang Varvsgatan und Strömsgatan stehen ein paar schöne RESTAURIERTE HÄUSER, mit ATELIERS von Künstlern und Kunsthandwerkern.

◎ Die roten Bootsmannskaten von Västervik (**BÅTSMANSSTUGORNA**) wurden um 1740 als Wohnungen für Seeleute gebaut. Diese malerischen Häuschen stehen unter DENKMALSCHUTZ und werden als Ferienwohnungen vermietet. Båtsmansgränd. Anbei eine Kaffestuga. **(17)**

◎ **STEGEHOLM SLOTT** wurde um 1360 auf einer kleinen Insel im Sund errichtet. 1677 zerstörten dänische Truppen die Festung. Jahrhundertelang diente die Ruine als Teerbrennerei, Werft und sogar als Epidemie-Hospital. Seit vielen Jahren findet im Juli hier ein Musikfestival statt. **(18)**

◎ Auf der anderen Seite des Sunds erhebt sich **KULBACKEN**, mit **VÄSTERVIKS MUSEUM**. Die Seefahrtabteilung besteht aus Sammlungen jener Zeit, als Västervik eine bedeutende Hafenstadt war. Weitere Themen aus der Kulturgeschichte und TOLLE AUSSICHT auf Västervik und Umgebung. Mo–Fr 10–16 Uhr, Eintritt 50/0 SEK. Tel. 0490 – 211 77. **(19)**

◎ Auf dem FISCHMARKT **FISKARTORGET** duftet verführerisch geräucherter Fisch: GERÄUCHERTER AAL gilt als lokale SPEZIALITÄT, Gemüse und Obst sind auch im Angebot. **(20)**

Schärentrips

Der reguläre Linienbootverkehr verbindet Västervik mit den Schäreninseln Hasselö und Idö; zur Insel Rågö verkehrt ein Linienboot ab Loftahammar, ca. 50 Straßenkilometer nördlich von Västervik. Außerdem finden spezielle Ausflüge wie Abendtouren statt. Alle Fahrpläne unter www.vastervik.com/sv/artikel/skargardstrafiken. Anleger Västervik: Skärgårdsterminal, Skeppsbrokajen, Hafen. **(22)**

◎ **IDÖ**, südöstlich von Västervik, war einst der Ort der Lotsen, die auf ankommende Schiffe warteten, um sie sicher in den Hafen der Stadt zu geleiten. Erst im Jahr 2000 hat man die Lotsenstation neu entdeckt und belebt. Die neue Gästgiveri, die sich in Baustil und Farbe nahtlos in die Landschaft einfügt, bewirtet und beherbergt Besucher. Übernachten kann man aber auch in sogenannten Bootsmannshäusern (Ferienhütten) oder hoch oben im Lotsenausguck.

◎ **HASSELÖ**, nordöstlich von Västervik, ist die größte der Schäreninseln. Eine Landbrücke verbindet sie mit SLADÖ; zur vorgelagerten Insel TORRÖN holt ein Boot Fahrgäste ab. Früher wohnten einige hundert Menschen auf Hasselö, heute keine 20. Aus der Schule wurde ein Hostel (ab 250 SEK / Person, Tel. 0490 – 911 30, siehe Seite 154). www.hasselo.com.

Reizvoll sind die Entdeckung mit dem Fahrrad (am Laden zu mieten) und der weiße Sandstrand, wo Sie baden und relaxed die Schärenlandschaft genießen können.

SLADÖ, das Naturreservat im Süden, bietet etwas Besonderes: Womöglich können Sie sich vom Hafen per REMMALAG (Pferdefuhrwerk) dorthin bringen lassen. Ein 4 km langer Weg erkundet das Naturschutzgebiet mit seinen mehr als 250 Jahre alten Linden. – Nicht minder reizvoll ist die KLIPPENKÜSTE.

◎ **TORRÖN**, nördlich von Västervik, machten *Yvonne* und *Christer Lindberg* bekannt: Kunstausstellungen, Restaurant, im Sommer sonntags Musik auf der Brücke: Liederabende, Jazz oder Klassik. Unterkunft in kleinen Bootshütten und stugor, Sauna an der Inselküste. Tel. 0490 – 910 73, www.torron.se.

◎ Die kleinste Insel **SPÅRÖ** ist Seefahrern wegen der markanten 25 m hohen Bake auf der Anhöhe (1777) nicht fremd; das Seezeichen wurde völlig überholt. Die Südseite der Insel ist ein NATURSCHUTZGEBIET, das nicht betreten werden darf.

Die Inseln sind prädestiniert für Ferien aktiv: alle Inseln zum Angeln, Idö auch zum Paddeln (Bootsvermietung vor Ort) und die größere Hasselö zum Radeln.

Ausflüge

GRÄNSÖ, GAMLEBY, GUNNEBO

◎ **SCHLOSS GRÄNSÖ**, 2,5 km östlich Västerviks, zählt zu den Empireschlössern der TJUST-Region. Viele Herrenhäuser dieser Gegend weisen eine SPEZIELLE ARCHITEKTUR auf, das sogenannte TJUSTEMPIRE, das sich aus dem französischen Empirestil entwickelte. Kennzeichnend sind die schlichte Formgebung der Fassaden sowie die niedrige, einfache Dachform. Fast alle dieser Anwesen befinden sich jedoch in Privatbesitz und sind nicht zu besichtigen. **(21)**

Das Schloss wurde jüngst in ein WELLNESS-HOTEL umgebaut. www.granso.se (dynamische Preise). Wer sich nicht zum Baden entschließen kann, wende sich den Gaumenfreuden im Schlosscafé oder im gediegenen Restaurant zu. Im Sommer erfreuen Tanzabende und Open-Air-Konzerte. Ferner gibt es einen Rundwanderweg (siehe Seite 159), Gästehafen, Kajakcenter und einen Anleger für Schärenboote.

◎ **GAMLEBY** WAR EINST VÄSTERVIK. Als der Marktflecken im Mittelalter zur Küste umsiedeln musste, erhielt der alte Ort den Namen Gamle by (altes Dorf). Dieses hübsche kleine Städtchen am Ende der Gamleby-Bucht ist das Ziel vieler Urlauber. Im Sommer ist der Folkparken beliebt, wenn es bei Konzerten und anderen Events mitunter ausgelassen zugeht. Nicht auslassen sollte man die Besteigung des 80 m hohen Aussichtshügels GARPEDANSBERGET, zumal hier ein SKULPTURENPARK mit vielen Trollen und anderen Fabelwesen die Fanatsie anregt *(Jan Pol* u. *Jerzy Przybyl).* 20 km nördlich Västerviks.

◎ 12 km westlich von Västervik, in GUNNEBO an der E 22, zweigt eine 9 km lange Nebenstraße nach **VÄSTRUM** im Süden ab – übrigens eine Alternativroute auf der Weiterreise nach Oskarshamn. Ab Västrum Richtung Skaftet geht es zur Galerie VÄSTRUM KONSTRUM (ca. 20.5. bis Oktober Sa+So 11–16 Uhr, auch Antikmöbel). Ab Västrum Richtung Toven bleiben 2 km bis zum:

◎ **TOFVEHULT KAFÉ**, Tovehult 3, Tel. 0490 – 263 51. Mittsommer bis Ende August Mi–So 12–17 Uhr.

Es begann 1697 mit einem Sägewerk, gefolgt von einer Gerberei in der zweiten Hälfte des 18. Jhs. Heute ist hier ein Café ansässig, mit Brot und Kuchen aus der eigenen Bäckerei. Zudem werden Verkaufsausstellungen regionaler Kunsthandwerker arrangiert. Baden, Paddeln, Radeln.

◎ **LUNDS BY** bei Gladhammar liegt 20 km südwestlich Västerviks. Der altertümliche Hof mit Ahnen aus dem 17. Jh. besteht aus acht rot gestrichenen Bauernhäusern, die um den Dorfplatz gruppiert sind. In einem der Häuser ist das HEIMATMUSEUM untergebracht. – Übrigens wurde in diesem Weiler ein Teil der Filme »Die Kinder von Bullerbü« gedreht. Abzweig von der E 22 nach Vimmerby.

Ferien aktiv

WANDERN

◎ Der 12 km lange **GRÄNSÖLEDEN** verläuft draußen auf der Landzunge Gränsö udde durch Wälder und vor allem am UFER DER OSTSEE entlang über blanken Fels. Beschildert, Infrastruktur wie Unterstände, Feuerstellen, Toiletten, Badestelle bei Sandvik am Westufer von Gränsö udde. **(21)**

◎ Im Landesinneren verbindet der **TJUSTLEDEN** Mörtfors im Süden mit Falerum im Norden über ca. 200 km. Unterwegs wurden im Abstand von 12–21 km einfache Rastplätze eingerichtet. Beschreibung und Karten im Touristenbüro, die Route ist markiert. Einstieg ab Västervik über 8 km nach Törnsfall.

RAD FAHREN

In Västervik selbst sind die Möglichkeiten begrenzt; denkbar ist ein Trip nach Gränsö Schloss und weiter zur Landzunge Gränsö udde (s.o.).

◎ Ein sehr gutes Terrain mit wenig Verkehr ist die Insel **HASSELÖ** in den Schären (siehe Seite 157).

◎ Radeln über Nebenwege lässt es sich rund um **VÄSTRUM** mit Station am Tofvehult Kafé (siehe Seite 158).

◎ **FAHRRADVERMIETUNG**: Feriendorf Lysingsbadet (siehe Seite 154), Tofvehult Kafé (siehe Seite 158).

BADEN

◎ **STADTNAH**: SANDVIK auf Gränsö udde (flach, gut für Kinder geeignet, Sonne bis zum späten Abend; siehe oben, Gränsöleden), GRÄNSÖ SLOTT (Sandstrand, Rasen, Familienbadeplatz), Feriensiedlung LYSINGSBADET (siehe Seite 154).

◎ **TOVEN**: Der See liegt an der Nebenstrecke ab Gunnebo südlich von Västrum und gilt als echter Tipp. Anbei Tofvehult Kafé (siehe Seite 158).

GOLF

◎ **VÄSTERVIKS GOLFKLUBB**, Ekhagen, Tel. 0490 – 324 20. 18-Loch-Platz auf dem Weg nach Gränsö.

◎ **LYSINGSBADET**: siehe Seite 154.

PADDELN

◎ ERFAHRENE Kanuten paddeln im Seekajak durch die **SCHÄREN**.

◎ Die **TJUST KANOTTUR** führt ab Smitterstad, westlich von Gamleby, über Seen, Kanäle, Flussläufe und auf dem letzten Teil ab Skaftet durch die Schären nach Västervik. Bei normalem Ablauf sind 4–5 Tage zu veranschlagen. Die Tour ist aber nicht als Kanustrecke ausgebaut. Information: Ramgärde, Smitterstad (13 km westlich Gamlebys), Tel. 070 – 527 73 07.

◎ Gemütlicher ist das Paddeln im See **ÅLSJÖN** landeinwärts, südlich von Gunnebo und Västrum. Ab Tofvehult Kafé (siehe Seite 158).

◎ **KANUVERMIETUNG**: Westerviks Kanot Klub, Västervik, S:ta Gertruds väg 60, Tel. 0490 – 120 73. – Feriendorf Lysingsbadet (siehe Seite 154). – Ferner auf Hasselö und Idö sowie in Smitterstad (Tjusttur, s.o.) und beim Tofvehult Kafé (Ålsjön, s.o.).

REITEN

◎ **REITEN**: Himmelsrums Islandhästar, bei Gamleby, Tel. 0493 – 660 70, www.himmelsrum.se. Bei Nina Bergholtz Ausritte und Reitschule auf Islandpferden. Nordwestlich von Gamleby und westlich von Överum.

Info-Mix

VERANSTALTUNGEN

◎ **VISFESTIAVLEN**: Das Musikfestival in der 2. Juliwoche ist eine feste Institution. Es begann vor 30 Jahren mit einer Sängergala, die die Studentenvereinigung ins Leben rief; heute ist es eine weit über Småland hinaus bekannte, populäre Veranstaltung, die zwischen den alten Mauern der Ruine Stegeholm stattfindet – ein lauer Sommerabend, die Dämmerung und der Schein der Fackeln tragen zur Stimmung bei. Pop, Rock, Folk. www.visfestivalen.se.

◎ Am letzten Juliwochenende findet rund um Schloss Gränsö **(21)** eines der größten MOTORRADFAHRER-TREFFEN in Schweden statt, großes Showprogramm und Festival **HOJROCK** inklusive. www.hojrock.se.

KUNSTHANDWERK

◎ **ASPAGÅRDEN**, Västra Kyrkogatan 9, Tel. 0490 – 192 71. Keramik sowie Textilien. Siehe Seite 156.

◎ **TOFVEHULT**: siehe Seite 158.

KONTAKT, HILFE

◎ **ÄRZTLICHE BEREITSCHAFT**: Västerviks Sjukhus, Östra Kyrkogatan 48, Tel. 1177.

◎ **POLIZEI**: Breviksvägen 35.

◎ **POST**: Bredgatan 13. **(4)**

TRANSPORT

◎ **BUS**: Fernrouten ab Bahnhof **(3)**, Lokalverkehr ab Spötorget.

◎ **TAXI**: Tel. 373 00.

Weiterreise

◎ **BUS UND BAHN**: Ab Västervik Bahnverbindung nach Linköping, von dort weiter nach Stockholm u.a. Beim Bahnhof (Stationsgatan, **2**) befindet sich das Busterminal mit regionalen und überregionalen Buslinien (Norra Bangatan, **3**). Zuständig ist Kalmar Länstrafik, www.klt.se.

Im Sommer mit der Schmalspurbahn bis Hultsfred (siehe Seite 151).

◎ **FÄHRE**: Ende April bis Anfang September zur Insel Gotland.

◎ **AUTO**: **NACH OSKARSHAMN**. E 22. Ab GUNNEBO ist eine 23 km lange Schleife nach Süden via Västrum zurück zur E 22 möglich (siehe Seite 158). – Wer hinter Blankaholm Richtung Flivik nach SNÄCKEDAL abbiegt, gelangt zu einem GRÄBERFELD der Bronzezeit u.a. mit Schiffssetzungen.

NACH VIMMERBY Str. 40. In umgekehrter Richtung beschrieben auf Seite 150.

Oskarshamn

SONNENPLATZ AN DER OSTSEE

An der Ostküste zwischen Västervik und Kalmar liegt die Industrie- und Hafenstadt Oskarshamn, die im Mittelalter als Fischerdorf Döderhultsvik weniger Aufsehen erregte. 1677 brannten die Dänen das Dorf nieder, als sie noch einmal versuchten, die südlichen Provinzen Schwedens zurückzuerobern.

Gut 100 Jahre später hatte sich der Ort soweit erholt, dass er die Königliche Majestät um die Stadrechte bat. Aber erst 1856 erklärte Oscar I. Döderhultsvik zur Stadt, deswegen der neue Name Oskarshamn. Der inzwischen lebhafte Fischerei- und Handelshafen wurde vor allem durch seinen Schiffsbau bekannt, doch diese Branche hat die besten Zeiten hinter sich. Dafür wurde der Industriehafen mehrfach ausgebaut.

Heute verbinden viele Schweden Oskarshamn mit der Lastwagenfabrik Scania (über 2.000 Arbeitsplätze), dem Fährhafen und dem Atomkraftwerk nördlich von Oskarshamn. Die Stadt zählt ca. 17.250 Einwohner und innerhalb der Kommune sind knapp 26.250 Menschen zu Hause.

Die Stadt hat ein paar pittoreske Winkel, ist jedoch keine Sommerfrische. Das Schönste an Oskarshamn ist die NÄHE ZUM MEER und die herrliche SCHÄRENKÜSTE. Von dem hügeligen, zum Wasser steil abfallenden Innenstadtbereich ergeben sich mehrere reizende Ausblicke auf das Wasser. Aber auch das Binnenland kann punkten – statistisch gesehen, gehört der Küstenstreifen von Oskarshamn zu den von der Sonne am intensivsten verwöhnten Landesteilen. Es besteht eine ganzjährige Fährverbindung mit der Insel Gotland.

INFORMATION

◎ **OSKARSHAMNS TURISTBYRÅ**, Hantverksgatan 3, SE–57255 Oskarshamn, Tel. 0491 – 770 72, turism@oskarshamn.com, www.oskarshamn.com. 1.6.–31.8. Mo–Fr 10–18 Uhr, Sa 10–14 Uhr, im Juli auch So 10–14 Uhr, sonst Mo–Do 11 –16 Uhr. **(1)**

Im Obergeschoss des Einkaufszentrums Flanaden versteckt (Westeingang), bescheidene Ausstattung.

Unterkunft

◎ BEST WESTERN **HOTEL CORALLEN**, Gröndalsgatan 35, Tel. 0491 – 76 81 81, www.hotelcorallen.se. Dynamische Tarife nach Buchungsstand.

Abgelegen, jenseits des Gotland-Fähranlegers, d.h. »abends mal kurz zu Fuß in die City« geht nicht. Dafür kommt die Fähre hier direkt vorbei, und auch die Aussicht von Restaurant, Sauna, Pool und SEASIDE-ZIMMERN auf die Schären entschädigt für die zentrumsferne Lage. **(8)**

◎ **HOTELL ETT OSKARSHAMN**, Hantverksgatan 17, Tel. 0491 – 78 14 00, www.hotellettoskarshamn.se. Fr–So EZ ab 895 SEK, DZ ab 995 SEK, sonst EZ ab 1.355, DZ ab 1.485 SEK, inklusive einfaches Abendbuffet! **(9)**

Eine grandiose Idee ANSEHNLICH umgesetzt: ein früheres HALLENBAD umgebaut zum Hotel. Nahe Museum und City, 10 Minuten zu Fuß an der Kirche vorbei hinunter zum Hafen.

◎ **HOTELL & VANDRARHEM** (STF) **OSCAR**, Södra Långgatan 15-17, Tel. 0491 – 158 00, www.forumoskarshamn.com. Hotel Fr–So EZ 660 SEK, DZ 890 SEK, sonst EZ 890 SEK, DZ 1.080, zudem 3-Bett-Zimmer ab 1.250 SEK. Preis pro Bett im Hostel 225 SEK (mit 2–4 Betten), als EZ 325 SEK. **(10)**

Zentral untergebracht im Mehrzweckgebäude FORUM, als Plus die kurzen Wege, dafür keine Infrastruktur für Aktivitäten.

◎ **HAVSLÄTTS CAFÉ & CAMPING**, Oskarshamn, Eversvägen, Tel. 0491 – 76 40 20, www.havslatt.se. 1.5. bis Mitte September. Stellplatz ab 110, Campinghütten ab 400 SEK. **(11)**

Super Lage am KALMARSUND, direkt an einem Naherholungsgebiet, 2,5 km nördlich Oskarshamns. Anbei Café, viele Aktivitäten für Kinder und Jugendliche. Beachvolleyball, Boule, Bootsvermietung etc.

◎ FIRST CAMP **GUNNARSÖ**, Oskarshamn, Östersjövägen 103, Tel. 0491 – 772 20, www.firstcamp.se/gunnarso.se. Anfang Mai bis 30.9. Stellplatz ab 170 SEK, Campinghütten ab 220 SEK, Ferienhütten ab 960 SEK. **(12)**

3 km südöstlich von Oskarshamn, schöne, ruhig gelegene Feriensiedlung am Kalmarsund mit viel Baumbestand, zum Baden Klippen, Sandstrand, Sprungturm und Kinderbassin. Fahrrad- und Bootsvermietung.

Essen und Trinken

Gelobt wird auch das Restaurant im Hotel Corallen (s.o.).

◎ **BADHOLMEN**, Skeppsbron 13, Tel. 0491 – 129 79, www.badholmen.se. Mo–Fr 11.30–14 und 17–21 Uhr, Sa ab 17 Uhr, So 12–16 Uhr. **(13)**

Populäres Ausflugsziel mitten im Hafenbecken, über einen Ponton zu erreichen. Tolle Aussicht, Outdoor-Plätze auf Holzterrasse. Prima zum LUNCH (95–135 SEK), die Hauptgerichte abends um 175–285 SEK, freitags mitunter Buffet. Im Sommer ankert hier das Eisboot/GLASSBÅTEN.

◎ **TORGET KÖK OCH BAR**, Östra Torggatan 2, Telefon 0491 – 772 28, www.torgetkokochbar.com. Di–Do 17–22 Uhr, Fr+Sa 17–0 Uhr. **(14)**

Crossover-Küche in zentraler Lage, ambitioniert und im Preis angemessen. Kleine Gerichte 85–105 SEK, die Hauptgerichte 155–235 SEK, darunter drei verschiedene Burger, zudem ausgefallene Pizza-Kompositionen für 135 SEK.

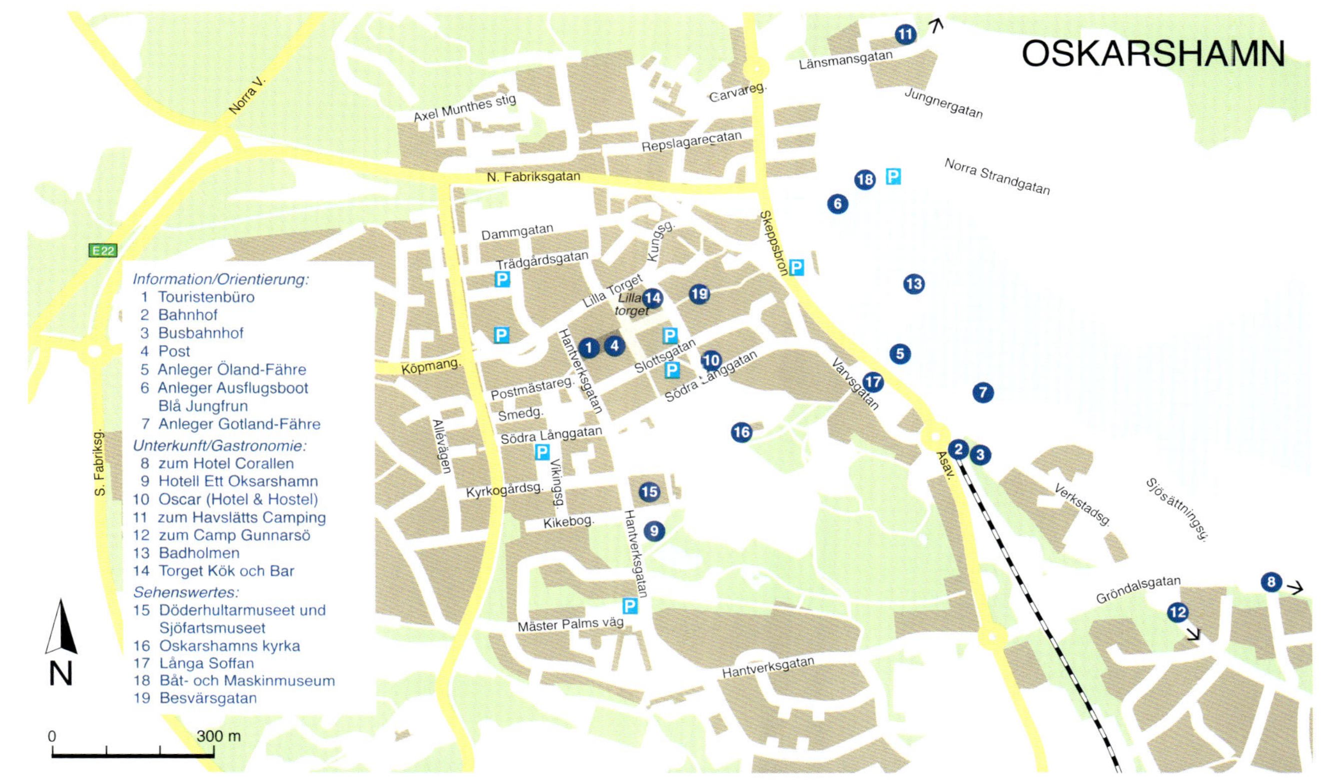
OSKARSHAMN
Information/Orientierung:
1 Touristenbüro
2 Bahnhof
3 Busbahnhof
4 Post
5 Anleger Öland-Fähre
6 Anleger Ausflugsboot Blå Jungfrun
7 Anleger Gotland-Fähre
Unterkunft/Gastronomie:
8 zum Hotel Corallen
9 Hotell Ett Oksarshamn
10 Oscar (Hotel & Hostel)
11 zum Havslätts Camping
12 zum Camp Gunnarsö
13 Badholmen
14 Torget Kök och Bar
Sehenswertes:
15 Döderhultarmuseet und Sjöfartsmuseet
16 Oskarshamns kyrka
17 Långa Soffan
18 Båt- och Maskinmuseum
19 Besvärsgatan
N
0
300 m
E22
Norra V.
Axel Munthes stig
Länsmansgatan
Carvareg.
Jungnergatan
Repslagaregatan
N. Fabriksgatan
Norra Strandgatan
Dammgatan
Kungsg.
Skeppsbron
Trädgårdsgatan
Lilla Torget
Lilla torget
Köpmang.
Hantverksgatan
Slottsgatan
Södra Långgatan
Postmästareg.
Varvsgatan
Smedg.
Allévägen
Södra Långgatan
Asav.
S. Fabriksg.
Kyrkogårdsg.
Vikingsg.
Verkstadsg.
Sjösättningsg.
Kikebog.
Hantverksgatan
Gröndalsgatan
Mäster Palms väg
Hantverksgatan

DÖDERHULTARMUSEET – WAS IN PARIS NICHT EN VOGUE WAR

Der Holzschnitzer *Axel Petersson* (1868–1925) fing mit seinen grob geschnitzten Figuren ohne Putz und Feinschliff vor allem den rauen Alltag des dörflichen Lebens ein. Die Zeit der NATIONALROMANTIK, das Suchen und Herausstellen des Eigenen, typisch Schwedischen, war mit ein Grund, dass der Künstler bereits zu Lebzeiten anerkannt war. Die ersten grobschlächtigen Schnitzereien verkaufte er als junger Mann für 12 Schilling; das brachte ihm den Spitznamen *Tolvskillingen* ein. Bei einem Bildhauer sollte er das Handwerk richtig erlernen, aber die fein polierten Figuren waren ihm zu ausdruckslos. Er wollte nicht den Charakter der Figuren wegpolieren; eine grobe Oberfläche sei lebendiger, sagte er.

Peterssons Holz war die Erle, das, wie er sagte, beim Nachdunkeln den richtigen Farbton für Bauerngesichter und Hände bekomme. Bei der ersten Ausstellung wurden seine Schnitzwerke als »Scherzskulpturen« bezeichnet, aber bald wusste man die Ausdruckskraft dieser Gestalten zu würdigen. Die Ausstellungen im In- und Ausland erregten Aufsehen; die Gruppe »Musterung der Rekruten« musste wegen der Darstellung nackter Männerkörper bei einer Ausstellung in Paris entfernt werden – die Gruppe war zu lebensecht und einfühlsam gestaltet. Axel Petersson, in Döderhult geboren, erhielt jetzt den Beinamen *Döderhultar*, Prädikat für einen Mann, der sich und seiner Art, Kunst zu sehen und zu gestalten, treu geblieben war. Der Erfolg gab ihm Recht.

Auch das Atelier des Künstlers kann besichtigt werden: Döderhultarn's Ateljé, Garvaregatan 9. Ca. 20.6.–15.8. Mo–Fr 11–15 Uhr. Entré 20 SEK.

Stadtrundgang

STADTRUNDGANG
Gute Ausgangspunkte sind das Hafenbecken und das Döderhultarmuseet, an dessen Straße ein paar Meter stadtauswärts meistens Plätze in Parkbuchten frei sind.

◎ **DÖDERHULTARMUSEET**, Kulturhuset, Hantverksgatan 18, Tel. 0491 – 880 40, www.oskarshamn.se/kulturhuset. Ende Juni bis Ende August Mo–Fr 9 – 17 Uhr, Sa+So 10–14 Uhr, sonst Mo–Fr 10–16.30 (Mi bis 20) Uhr, Sa 10–14 Uhr. Kombi-Billett mit Seefahrtsmuseum 90/0 SEK. **(15)**

Der Rundgang repräsentiert die Entwicklung des Künstlers und seiner Figuren : So wird der Pastor älter und runder. Siehe Seite 165.

◎ **SJÖFARTSMUSEET**, Kulturhuset (s.o.), Öffnungszeiten, Eintrittspreise wie Döderhultarmuseet, siehe dort.

Das SEEFAHRTSMUSEUM dokumentiert die Verbundenheit Oskarshamns zur »christlichen« Seefahrt. Ende des 19. Jhs. gehörte die Stadt zu den wichtigen Häfen des Landes. Bürger der Stadt befanden, dass diese wichtige Epoche nicht in Vergessenheit geraten dürfte, und begannen Gemälde, Modelle und andere maritime Gegenstände zu sammeln. 1940 gründete man die »Seefahrtsvereinigung«, mit dem Ziel, ein Museum zu errichten. Größter Freund und Spender war der Reeder *Arthur Wingren*. 1954 konnte das erste Museum eröffnet werden.

Ab Hantverksgatan kann man durch den Stadtpark zum Hafen gehen. Im STADSPARKEN erhebt sich **OSKARSHAMNS STADSKYRKA** im neugotischen Stil (1876, *Sven Malm*) und innen reich ausgestattet. Kyrkoalléen.

◎ Über die BÅTGATAN geht es steil hinunter. Direkt oberhalb der Uferstraße Skeppsbron ist eine 72 m lange Holzbank montiert, **LÅNGA SOFFAN**. Das lange Sofa diente den Einwohnern einst dazu, um nach Booten Ausschau zu halten oder auch nur, die Morgensonne zu genießen. Die angeblich »längste Holzbank der Welt« ist natürlich nicht mehr in originalem Zustand und ihr Platz an der vielbefahrenen Uferstraße sowie im Sommer mit der Öland-Fähre vor der Nase nicht sehr anheimelnd. Etwas Besonderes ist es dennoch. **(17)**

◎ Am **HAFEN** schlendert es sich gut nach BADHOLMEN **(13)**, zu diversen Bootsanlegern und anderen maritimen Zeugen. Das BÅT- OCH MASKINMUSEUM (Boot- und Maschinenmuseum) erzählt Werft- und Stadtgeschichte; davor ankert das denkmalgeschütze Dampfschiff »S/S Nalle«, 1923 auf hiesiger Werft gebaut. Norra Strandgatan 12. Etwa 20.6.–20.8. Mo–Fr 12–18 Uhr, Sa+So 10 –14 Uhr. Eintritt 20/0 SEK. **(18)**

◎ Dass die Gassen zwischen Hafen und der Innenstadt besonders STEIL sind , kommt im Straßennamen **BESVÄRSGATAN** zum Ausdruck. Hier, am Hang oberhalb vom Hafen **(19)**, wohnten die Arbeiter und Schiffer in kleinen Holzhäusern, die heute zum

◀ **Im Döderhultarmuseet: Diese Arbeit könnte auf der Ausstellung in Paris im »Giftschrank« gelandet sein. Nehmen Sie sich ordentlich Zeit für den Besuch.**

Teil an Puppenstuben erinnern; zum Teil sind die Grundstücke und Häuser auch größer, aus neuerer Zeit. Es ist ein Aufstieg in pittoreskem Milieu, als Fußgängerzone ausgewiesen.

◎ An den ZENTRALEN City-Plätzen **STORA TORGET** UND **LILLA TORGET** mischen sich stattliche historische Bauten mit zweckmäßig-nüchternen bis unansehnlichen. Hier gibt es viele Lokale zum Einkehren. **(14)**

Ausflüge

◎ Ein einzigartiges Ausflugsziel ist **BLÅ JUNGFRUN**, eine sagenumwobene Insel im Kalmarsund (und seit 1925 NATIONALPARK), mit Höhlen, Wäldern sowie einer speziellen Tier- und Pflanzenwelt. (Siehe Seite 223)

Im Sommer läuft das Ausflugsboot M/S SOLKUST die Insel an. Von Juni bis August, in der Hauptsaison Di–So ab Brädholmskajen 9.30/12 Uhr, zurück gegen 16/18.15 Uhr. Dauer der Überfahrt 60–75 Minuten. Ticket 280/140 SEK, Fahrplan und Buchung via www.solkustturer.se. An Verpflegung und Windschutz denken! **(6)** – Im Programm sind weitere Ausflugsfahrten, auch ab Byxelkrok/Öland.

NÖRDLICH VON OSKARSHAMN

◎ Das Hafenörtchen **FIGEHOLM** ist vor allem seiner schönen Lage wegen zu erwähnen. Außerdem gibt es einige HOLZHÄUSER aus dem 18. Jh. und an der Mündung des Norrån das **FIGEHOLMS SJÖFARTSMUSEUM** im Hafenmagazin (Anfang 19. Jh.). Themen sind Bootsbau, Segelschifffahrt, die Lebensbedingungen an der Schärenküste. Der betagte Holzkran diente zum Einrammen von Pfählen. Ågatan 4. Ca. 20.6.–15.8. Mo–Fr 12–20, Sa+So 18–20 Uhr. Eintritt frei.

◎ Von Figeholm gelangt man zum Örtchen **SIMPEVARP** in den Schären. Eines der alten Häuschen beherbergt eine Ausstellung zur Küstenhistorie, den Lebensumständen der Anwohner bis zum Atomzeitalter. Auf der Halbinsel, um die wenigen Holzhäuschen herum, platzierte man in den 1970er Jahren das Atomkraftwerk Oskarshamn.

Trotz Fukushima, eines Vorfalls im AKW Oskarshamn Ende 2011 sowie einer Beinahe-Katastrophe im AKW Forsmark 2006 stützen mehr als 50 % aller Schweden den Atomkraft-freundlichen Kurs ihrer Regierung.

◎ Auf der Nachbarinsel **ASPÖ** befindet sich ein Zwischenlager für die verbrauchten Kernbrennstäbe – die ins Endlager beim AKW Forsmark an der Westküste geschafft und hier für den Transport »verpackt« werden. In Aspö befindet sich mit »Aspölaboratoriet« das Forschungszentrum des Betreibers SKB, Svensk Kärnbränslehantering, sozusagen im Granit eines typisch schwedischen Urbergs.

Wer dies pragmatisch sieht, mag Gefallen an den FÜHRUNGEN im Laboratoriet fast 500 m unter der Erde finden. Buchung im Touristenbüro.

◂ Aufstieg in der Besvärsgatan

KULTURDENKMAL WALDBAUERNDORF **STENSJÖ BY**

Ca. 12 km nördlich Oskarshamns liegt mit Stensjö By ein småländisches Waldbauerndorf, 1351 in einem Dokument erwähnt und 1709 auf einer Karte verzeichnet. 1815/ 16 ignorierten fünf Bauern Flurbereinigungen in Bezug auf ihre Hausgrundstücke, um sich mühevolles Ab- und Wiederaufbauten zu ersparen. So bewahrte Stensjö den historischen Charakter: Auf einer Seite des Dorfplatzes stehen die Wohnhäuser, auf der anderen Seite die zugehörigen Vorratshäuser und Ställe. Durch Brandrodung, Drainage und Absenkung der Seen gewann man Ackerland. Das gesamte Gebiet ist ziemlich steinig, und man kann sich kaum vorstellen, wie die Bauernfamilien hier ihr Auskommen fanden. Anfang des 20. Jhs. begann das Dorf auszusterben, 1951 wurde die Landwirtschaft eingestellt.

In den 60er Jahren erwarb die »Vitterhetsakademi« (Akademie für Denkmalschutz und Behörde der Landesmuseen) Stensjö, um es in seiner Gesamtheit, das heißt auch mit den zugehörigen landwirtschaftlichen Flächen als Kulturdenkmal der Nachwelt zu erhalten. Die verfallenen Gebäude wurden instand gesetzt; das schwierigste Unterfangen aber war, die verwilderten Land- und Waldflächen wieder in benutzbares Bauernland zu verwandeln. Zum alten Landschaftsbild gehören auch die für Småland so typischen Holzeinfriedungen; nahezu 30 km davon erstellte man neu. Jetzt wird wieder Land- und Forstwirtschaft nach traditionellen und weitgehend ökologischen Methoden betrieben: Auf den Weiden tummeln sich Schafe, Rinder, Pferde, bei den Ställen buddeln die Schweine bei großem Auslauf. Noch beschaulicher wirkt Stensjö By in der Nebensaison. Am Parkplatz gibt es Raststellen und Info-Tafeln, in einem nahen Gebäude eine Ausstellung. Stensjö By ist ab der E 22 ausgeschildert.

◎ Durch das Gebiet führen drei markierte **PFADE** und **SPAZIERWEGE**: 1,3 km (Viränslingan, am abwechslungsreichsten), 1,4 und 3,7 km lang.

Ferien aktiv

WANDERN, WALKEN, JOGGEN

◎ 4 km lang ist der Rundweg **HÄLSANS STIG** durch Stadt, Parks und und Wohngebiete. An der Route liegen Lilla Torget, Stora Torget und die Kirche, der Hafen nicht; dennoch zu empfehlen, passt in einen Tagesausflug, nicht zu einem Kurzbesuch der Stadt. Faltblatt / Karte im Touristenbüro.

◎ **STENSJÖ BY**: siehe Seite 168.

◎ **VÅNEVIK**: siehe Seite 176.

◎ Der Rundwanderweg **OSTKUSTLEDEN** (der Ostküstenpfad) unterteilt sich in 8 Etappen von ca. 20 km Länge. Unterwegs hat man einfache Hütten zum Übernachten platziert. Startpunkt nordwestlich der Stadt in Lilla Hycklinge (Park-/Zeltplatz), bei Rödsle. Der Wegverlauf ist markiert. Karte im Touristenbüro.

RAD FAHREN

◎ **FAHRRADVERMIETUNG**: Campingplatz Gunnarsö (s. Seite 162).

ANGELN

◎ Im Touristenbüro erhalten Sie einen detaillierten deutschsprachigen **ANGLERGUIDE**, der die Gewässer in der Region samt Kontaktadressen für Angelscheine etc. verrät. Download via www.oskarshamn.com.

BADEN

◎ **AN DER KÜSTE**: gut geeignet die Campingplätze Gunnarsö und Havslätt, beliebt auch DRAGSKÄR, nördlich der Stadt auf einer (über die Straße nach Draget / Skafterna) vorgelagerten Insel.

◎ **SEEN**: Sandstrände samt Infrastruktur für Badende in BJÖRNHULT, FORSHULT, FÅRBOSJÖN u.v.a.

GOLF

◎ **OSKARSHAMNS GOLFKLUBB**, Skorpetorp, Tel. 0491 – 940 33, www.oskarshamnsgk.com. 18-Loch-Platz 10 km südwestlich der Stadt.

PADDELN

◎ ERFAHRENE Paddler sind im Seekajak in den **SCHÄREN** unterwegs. Es gibt DREI Schwerpunkte vor Oskarshamn: im Süden zwischen dem Feriendorf Gunnarsö und Påskallavik, im Norden zwischen dem Campingplatz Havslätt und Dragskär/Figeholm sowie noch weiter nördlich im Schärengarten von MISTERHULT, der größtenteils als Naturreservat ausgewiesen und besonders schutzbedürftig ist – ein geeigneter Startplatz ist der Campingplatz Blankaholm am Solstadström.

◎ Fluss **MARSTRÖMMEN**: Die relativ leichte Tour im Norden führt auf 12 km von Manketorp / Mörtfors bis Solstadström an der Küste, möglich die Verlängerung in den Schären.

◎ **KANUVERMIETUNG**: bei den genannten Campingplätzen. – Oskarshamns Kanotklubb am Stångehamn (ca. 7 km südlich vom Stadtzentrum), Kanotvägen, Tel. 070 – 623 54 64. www.oskarshamnkanot.se.

◀ Stensjö By ist authentisch – aufgenommen vom Pfad Viränslingan aus, der ein kurzes Stück gemeinsam mit dem Fernwanderweg Ostkustleden verläuft

Info-Mix

VERANSTALTUNGEN

◎ **TOLVSKILLINGSMARKEN**: viel Musik und Tanz sowie ein Markt an einem Samstag Ende Mai.

◎ **HAMNFESTIVAL** mit SJÖFARTSDAGARNA: buntes Hafenfest, Bingo bis Gospel, SCHUTEN sowie andere nostalgischen Kähnen. Ende Juli.

KONTAKT, HILFE

◎ **ÄRZTLICHE BEREITSCHAFT**: im Krankenhaus Oskarshamns sjukhus, Rösvägen 1, Tel. 1177.

◎ **POLIZEI**: Slottsgatan 5, Tel. 114 14, Notfall-Tel. 112.

◎ **POST**: Flanaden 13 (Domus). **(4)**

TRANSPORT

◎ **BUS**: Busbahnhof Södra Långgatan, Tel. 010 – 212 10 10, www.klt.se.

◎ **TAXI**: Tel. 0491 – 105 55.

◎ **PARKEN**: in der City vorwiegend 1 SEK/ 30 Minuten, selten gratis.

GOTLAND UND ÖLAND

Ab Oskarshamn verkehren ganzjährig und mehrmals täglich Autofähren nach VISBY auf der Insel Gotland mit der Reederei Destination Gotland (www.destinationgotland.se) sowie im Sommer (Mitte Juni bis Mitte August) nach Byxelkrok auf Öland mit der »M/S Solsund« (siehe auch Seite 241).

Weiterreise

◎ **BUS UND BAHN**: Von Oskarshamn verkehrt der Zug »Kustpilen« direkt nach Linköping – meistens jedoch nur ein Zubringer nach Berga, wo Anschluss nach Hultsfred, Vimmerby u.a. bis Linköping besteht; ab Linköping verkehren Züge bis nach Stockholm. Mit dem Bus sind ab Oskarshamn u.a. Kalmar und Växjö direkt zu erreichen. Zuständig ist Kalmar Länstrafik, Tel. 010 – 212 10 00, www.klt.se. **(2+3)**

◎ **AUTO**: **NACH KALMAR**. Rasch auf der E 22, beschaulicher die Küstenstraßen bis südlich von Påskallavik und südlich von Mönsterås, siehe das nächste Kapitel.

NACH VIMMERBY Str. 23 / Str. 34. Unterwegs mögliche Abstecher zu einigen Ausflugszielen südlich und südwestlich Vimmerbys, siehe unter »Vimmerby, Ausflüge« ab Seite 146.

NACH VÄXJÖ. Str. 37 via Bockara, möglicher Abstecher zur SCHLUCHT MORE KASTELL mit bis zu 40 m hohen Felswänden; ab Högsby nach Fågelfors, Richtung Virserum, Beschilderung folgen; zurück in Fågelfors, Richtung Süden zurück zur Str. 37; feste Schuhe sind Pflicht im Kastell. – Weitere Abstecher in umgekehrter Richtung beschrieben auf Seite 93.

NACH VÄSTERVIK. Am schnellsten auf der E 22. In umgekehrter Richtung beschrieben auf Seite 160.

Küstenwege

KUSTVÄGER I OSTSMÅLAND
Die gut 60 Kilometer auf der Autobahn E 22 zwischen Oskarshamn im Norden und Kalmar im Süden ließen sich bequem in knapp einer Dreiviertelstunde zurücklegen. Doch wer in dieser Kante die küstennahen Wege auslässt, versäumt ein reizendes Eck von Schweden, eine Art Bullerbü am Meer. Besonders an sonnigen Sommerwochenenden entfaltet sich hier eine idyllische Stimmung, wenn die Segelboote aufbrechen und an den hübsch gelegenen Rastplätzen entlang der Küste die Picknickkörbe entleert werden – fast überall die Inseln Öland und Blå Jungfrun im Blick.

Der Schärengarten mag hier nicht so gewaltig zerfasert sein wie der bei Västervik; die vielen Gasthäfen aber spiegeln die Schönheit der Küstenlandschaft wider. Ebenso schön ist der Küstenort PATAHOLM mit seinem historischen Gebäudeensemble. Die größte Stadt hier heißt MÖNSTERÅS (4.600 Einwohner). Auf einer Landzunge weiter nördlich verbirgt sich die Holzproduktion von »Södra Cell«. Das Gebiet ist auch (vor-)industrielles Stammland: Spannende küstennahe Pfade erschließen die verlassenen STEINBRÜCHE bei VÅNEVIK.

INFORMATION
◎ **MÖNSTERÅS TURISTBYRÅ**, Hamnen, SE – 383 32 Mönsterås, Tel. 0499 – 178 00, turism@monsteras.se, www.visitmonsteras.se. Im Juli Mo–Fr 10–19 Uhr, Sa+So 10–16 Uhr, ab Mitte Mai sowie bis 31.8. Mo–Fr 10–17 Uhr, Sa+So 10–14 Uhr. Am Hafen.
◎ **OSKARSHAMNS TURISTBYRÅ**: siehe Seite 161.

Unterkunft

VON NORDEN NACH SÜDEN
Ein 5-Sterne-Hotel gibt's nicht. Passend zur Gegend schlägt die Stunde charmanter Unterkünfte mit historischem Flair und persönlicher, zuvorkommender Betreuung der Gäste:
◎ **LYCKANS GUESTHOUSE**, Påskallavik, Kustvägen 31, Tel. 0491 – 970 00, www.lyckansguesthouse.se. Sechs EZ/DZ ab 1.050 SEK, weitere Zimmer (mit Gemeinschaftbad) ab 770 SEK.

Stolzes Holzhaus mit Küstenblick, individuell eingerichtete Zimmer, dazu Gästeküche, Garten, kleiner Pool. Das Frühstück wird in der traditionsreichen Påskallaviks Gästgifveri gegenüber serviert, die als Restaurant einen guten Ruf genießt und wo sich einige der Budgetzimmer befinden. Kostenlose Fahrräder.
◎ **NYGÅRDS HERRGÅRD**, Nygård (nördlich von Mönsterås), Tel. 0499 – 400 31, www.nygardsherrgard.com. Zimmer 645–975 SEK (1–3 Personen).

B & B in einem Gutshof (1858), viel nostalgischer Charme; abseits gelegen, aber nicht an der Küste. Billard, Outdoor-Whirlpool im Holzbottich. E 22-Abfahrt Södra Cell, beschildert.

◎ **CAMPING**: Reizvoll auf der Insel Oknö bei Mönsterås liegt First Camp Oknö, Oknövägen 12, Tel. 0499 – 449 02. Ende März bis Ende Oktober. – Timmernabbens Camping, Varvsvägen, Tel. 0499 – 238 61. An der Küste. – Wohnmobil-Stellplätze gibt es auch in Mönsterås am Hafen.

Essen und Trinken

◎ **PÅSKALLAVIKS GÄSTGIFVERI**, (s. oben Lyckans Guesthouse), www.paskallavik.se. Juni bis August täglich 12–21, sonst Sa 12–21, So 12–18 Uhr.

Hier gibt's SCHWEDISCHE KÜCHE von ihrer besten Seite, auch Regionales wie Småländska isterband oder Ölandskroppkakor (siehe Seite 215) ab 135 SEK. Lunch bis 16 Uhr.

◎ **NYNÄS CAFE & RESTAURANG**, Mönsterås, Långåsen 8, Tel. 0499 – 104 45, www.nynascafe.se. Im Sommer 11/12–20/21 Uhr, bis ca. 10.6. sowie ab 15.8. nur Sa+So.

Sommar-Lunchbuffé Mo–Fr 134, Sa+So 174 SEK, ab 16 Uhr Crossover-à-la-carte. Nette Uferlage vor Oknö.

◎ **FRISCHFISCH**: NABBENS RÖKERI & FISK, Timmernabben, Fiskarvägen 2, Tel. 0499 – 232 32, www.nabbensrokeri.se. Lokal und Direktverkauf.

Südwärts bis Mönsterås

Direkt ab Oskarshamn führt die Küstenstraße als Alternative zur E 22 bis an den Südrand von Påskallavik.

VÅNEVIK

Die Steinbrüche bei Vånevik belieferten einst HALB EUROPA MIT GRANIT: für Skulpturen, Denkmäler, Gebäude, darunter Schlösser und auch das Stockholmer Konzerthaus.

Die Blütezeit begann in den 1890er Jahren und endete 1926 mit den Wirtschaftskrisen. 1954 wurde dann der letzte Steinbruch der Region aufgegeben. Heute kann man auf den Wegen, die die Arbeiter benutzten, das Gebiet erkunden: bis hinaus zur Landzunge Näset in den Schären, wo sich ein Anleger befindet, über den einst Steinblöcke verschifft wurden.

◎ **VÅNEVIK STENHUGGARMUSEUM**, Bredmejselvägen. Anfang Juni bis Ende August Sa 9–12 Uhr, So 13–16 Uhr. Das Steinmetzmuseum bewahrt ein wenig authentisches Milieu. Die Ausstellung im Schuppen ist immer zugänglich, deutschsprachige Flyer vorhanden. Zu den angegebenen Öffnungszeiten sind die Werkstätten besetzt. Lorengleise, Maschinen und gebrochenes Gestein vervollständigen den historischen Rahmen. Ausgeschildert ab Küstenstraße, Flatmejselvägen, links Ritsmejselvägen, rechts Bredmejselvägen.

◎ WANDERN **NACH NÄSET** ab Stenhuggarmuseum: siehe Seite 176.

Geschichte hautnah: oben am Steinmetzmuseum in Vånevik, unten die Holzbrücke über über den Smältesund (siehe Seite 176); am Ufer ist gut der einst so gefragte rote Granit zu erkennen. Gönnen Sie sich für das Gebiet samt Wanderung einen halben Tag plus x. ▶

PÅSKALLAVIK
Abends entlang der Uferpromenade mit ihren einladenden Rastplätzen schlendern – was geht es uns gut!

◎ Draußen auf einer Schäre hält der **RØDE GUBBEN** Wacht: Nachdem das hölzerne Original verwittert war, trat dieser Kamerad aus Metall den Posten an.

◎ **KÄLLSTRÖMSGÅRDEN**, Kustvägen 65 (an der Hauptstraße), Tel. 0491 – 910 08. Ca. 20.6.–25.8. Mo–Fr 11–16 Uhr, Sa+So 13–17 Uhr. Café.

Zeitgenössische Kunstausstellungen im Haus und Garten des Bildhauers *Arvid Källström* (1893–1967) – seine Schaffensfreude brachte rund 3.000 Skulpturen hervor.

MÖNSTERÅS
Seit alters her war der Hafen ein Warenumschlagplatz. Heute wird vor allem Zellstoff für die Papierproduktion verschifft; die gewaltige Anlage der Firma Södra Cell erstreckt sich nördlich der Kleinstadt, anbei gleich Südschwedens größtes Sägewerk.

◎ Sehr viele Urlauber kommen mit dem Segelboot: Der populäre Gasthafen liegt auf der Insel **OKNÖ**, eine von ca. 300, jeden Holm mitgezählt. Per Boot ist die Schärenwelt am eindrucksvollsten zu erleben. Eine weitere Nebenstraße führt weiter südlich ans Naturreservat **LÖVÖ** heran.

◎ Im Sommer lebt das Heimatmuseum ÄLGERUMSGÅRDEN (mit Park) auf. Als Schmuckstück gilt eine originale **APOTHEKE** aus dem 19. Jh. Kvarngatan 26.

Südwärts ab Mönsterås

PATAHOLM
Den entzückenden Küstenort kennzeichnet seine gut erhaltene Bebauung aus dem 17. und dem 18. Jh. Die kopfsteingepflasterte Durchfahrt erklimmt den Hügel im Ortskern, bevor es hinunter zum Parkplatz am Bootshafen – mit Raststellen – geht. Boote, Stege und draußen die Inselwelt ergeben das perfekte Schärengemälde.

◎ HULLGRENS GÅRDEN und HARBERGSKA GÅRDEN bilden ein **HEIMATMUSEUM**, das u.a. gutbürgerliche Wohnräume aus dem 18./19. Jh., eine Sammlung betagter Kameras sowie das Atelier des Marinemalers *Oscar Hullgren* (1869–1948) umfasst. Führungen ca. 20.6.–10.8. Sa+So ab 14 Uhr. Anbei das Café Förlig Wind.

TIMMERNABBEN
Südlich Pataholms ist die Küste vom Kustvägen aus kaum noch zu sehen. In Timmernabben – auf halbem Weg zwischen Oskarshamn und Kalmar – gibt's eine bekannte Keramikwerkstatt und eine Bonbonmanufaktur.

◎ Der **HAFEN** ist nicht gerade malerisch angelegt, lohnt aber den Abstecher zum einen, da es hier FRISCHFISCH gibt (siehe Seite 172); zum anderen wegen des Schauspiels nördlich des Bootshafens, wo KORMORANE Bäume zum Brüten okkupiert haben, die als Folge der Verkotung abgestorben sind – das Vogelgeschrei weist die Blickrichtung.

Faszination für Urlauber und Ortsfremde: oben Røde Gubben in Påskallavik, unten im Küstenort Pataholm, der wie ein lebendes Freichtmuseum wirkt ▶

Ferien aktiv

WANDERN, WALKEN, JOGGEN

◎ Ein Ziel mit Lokalkolorit sind die **STEINBRÜCHE** von **NÄSET** und **VÅNEVIK** (siehe Seite 172). Ab Parkplatz sind es 350 m weiter die Straße entlang, bevor der Pfad links markiert in den Wald führt. Alternativ beginnt man an der Ausstellung im Stenhuggarmuseum (wo Karte/Beschreibung auch auf Deutsch entnommen werden können) und passiert gleich die ältesten der Steinbrüche; diese Route trifft auf eine Uferstraße, die nach links einen Bogen nimmt – rechts ein früherer Verladeanleger – und dann den Pfad in den Wald hinein erreicht.

Die Markierungen stammen aus verschiedenen Aktionen: rote Kleckse, Pfeile auf grünen Metallpfosten, Holzpfosten mit lilafarbener Spitze. Der Pfad führt auf Holzbohlen über breitere Wasserläufe und (in regenreichen Phasen) morastige Stellen, mitunter von Heidelbeersträuchern gesäumt. Nach 15–20 Minuten ist ein Felsplateau zu überqueren; hier gilt es die Seitenwege zu ignorieren und sich geradeaus zu halten; fünf lila angemalte Steine weisen die Richtung. Für die folgende Sundüberquerung wurde eine spezielle Holzbrücke konstruiert, die Booten das Passieren ermöglichen soll. Beidseits des Smältesunds befindet man sich auf Festland, nicht auf einer Insel. Die folgende Reststrecke bis zum Verladeplatz Näset säumen meist größere Steinbrocken als bei Vånevik, da sich hier die jüngeren Steinbrüche befanden (als die Abbautechnik effektiver war). Informationstafeln – wobei eine den Süden oben zeigt – und eine weitere Ausstellung nahe zum Verladeplatz holen diese raue Vergangenheit ein wenig zurück – der Alltag der Arbeiter war nicht beneidenswert...

Die Tour ist auf der Landzunge auf einem Rundkurs nach Osten zu verlängern; erst die Küste entlang, führt der Pfad an ein paar Ferienhäusern wieder landeinwärts und zurück; es gibt aber eine gut erkennbare Wegkreuzung, wo man sich rechts halten und oberhalb des Ufers fast die ganze Landzunge umrunden kann: Unterwegs liegen tolle Picknickplätze auf Felsen, mitten im Schärengarten.

Dauer: Ab Parkplatz Vånevik nach Näset und zurück ist rund eine Stunde zu veranschlagen, plus der mögliche Rundkurs samt Küstenpicknick ab Näset.

◎ Das 817 ha große NATURRESERVAT **LÖVÖ** erstreckt sich auf der Spitze einer Halbinsel, die sich bei Mönsterås südwärts in den Kalmarsund schiebt. Inseln und Holme umgeben die Inselspitze, auf der sich freie Flächen mit Mischwald abwechseln. Es besteht eine Infrastruktur für Badelustige und Wanderer: vier überwiegend KÜSTENNAHE PFADE – bis zu 2,7 km lang. Karte im Touristenbüro.

RAD FAHREN

Der Kustvägen ist ohne Radweg an seiner Seite nur bedingt geeignet.

◎ Nette **AUSFLUGSZIELE** sind bei Mönsterås die Insel OKNÖ und das Naturreservat LÖVÖ im Süden sowie der Küstenort ÖDÄNGLA und die Insel BJÖRNÖ im Norden; alle auf Nebenwegen zu erreichen.

BADEN, SCHWIMMEN

◎ Auswahl frei, besonders idyllisch im NATURRESERVAT **LÖVÖ** (s.o.).

GOLF

◎ **MÖNSTERÅS GOLFKLUBB**, Högemålavägen, Telefon 0499 – 130 50, www.monsterasgk.se. 9-Loch-Platz westlich der E 22, Abfahrt Högemåla.

PADDELN

◎ Mit dem Kajak **DIE KÜSTE ENTLANG** paddeln Erfahrene zwischen Ödängla und Timmernabben.

◎ Südlich Påskallaviks mündet der **EMÅN**, ein kniffliges Gewässer, zurzeit ohne küstennahe Kanuzentrale.

REITEN

AUSRITTE vermittelt die Unterkunft Nygårds Herrgård (siehe Seite 171).

Info Mix

WERKSBESICHTIGUNGEN

◎ Sommers in der **ZELLULOSEFABRIK** Södra Cell (Nygård 402, Tel. 0499 – 150 00) sowie im **SÄGEWERK** Södra Timber (Nygård 401, Tel. 0499 – 158 00). Nördlich von Mönsterås.

FESTE, VERANSTALTUNGEN

◎ **MÖNSTERÅS BLUESFESTIVAL**: Schwedens größtes Bluesfestival erklingt am letzten Maiwochenende: www.bluesfestival.wixsite.com.

◎ **MAT- & KULTURFESTIVAL**: junges Festival in Mönsterås, Essen und Kultur, 2016 erstmalig veranstaltet. Am 1. Augustsamstag, im Zentrum.

◎ **AUKTION I TORP**: Das etwas andere Auktionshaus in Torp versteigert nach alten Traditionen im Freien. Etwa 20.6.–15.8. So um 11 Uhr. www.auktionsgardentorp.se. Ab E 22 Ausfahrt Hammarglö in Torp, an den Auktionstagen ausgeschildert.

KONTAKT, HILFE

◎ **ÄRZTLICHE BEREITSCHAFT**: in Oskarshamn und Kalmar (siehe dort).

◎ **POLIZEI**: in Mönsterås Storgatan 13, Tel. 114 14, Notfall-Tel. 112.

◎ **POST**: Mönsterås, Åsevadsgatan 1 (Coop).

TRANSPORT/WEITERREISE

◎ **BUS**: Ab Mönsterås verkehren jeden Tag mehrmals Busse nach Norden/Oskarshamn via Påskallavik sowie nach Süden/Kalmar über Timmernabben, Blomstermåla und zum Teil Pataholm. Der Busbahnhof liegt an der Sjögatan. www.klt.se.

◎ **AUTO**: Auf der E 22 ist es nach Norden nicht weit bis Oskarshamn (29 km ab Mönsterås) und nach Süden bis Kalmar (46 km). Landeinwärts führt die Str. 34 via Högsby und Målilla Richtung Vimmerby sowie Eksjö und Jönköping.

Kalmar

SMÅLANDS KÜSTENHAUPTSTADT

Kalmar ist mit der Brücke nach Öland das Zentrum der südlichen Ostküste Schwedens, die älteste Stadt des Regierungsbezirks Kalmar Län und dazu dessen Hauptstadt. Für Touristen zählt auch der Pluspunkt, dass hier der SONNIGSTE Küstenstreifen des Landes verläuft.

Kalmar blickt auf eine BEWEGTE HISTORIE. Schon in frühgeschichtlicher Zeit war der Landstrich relativ dicht bevölkert, zur Wikingerzeit ein wichtiger Handelsplatz und darauf für Jahrhunderte der Außenposten des schwedischen Königreiches. Die Grenze zu Dänemark verlief nur wenige Kilometer südlich. Um 1160 wurde eine Festung zum Schutz von Hafen und Bevölkerung errichtet – Vorgänger des verbliebenen Schlosses KALMAR SLOTT. Mehr zur Geschichte ab Seite 182.

Von den drei Städten an der småländischen Ostseeküste ist Kalmar die größte. Die Fakten lesen sich so: Kommune 955 km², 65.000 Einwohner, davon in der Stadt 36.000. Viele Arbeitsplätze stellen Handel, Ausbildung, Verwaltung/Gesundheit sowie Dienstleistungssektor und Industrie, die sich in viele Sparten unterteilen. Für die Fortbildung verfügt die Linné-Universität über breit gefächerte Fakultäten. Der UMBRUCH von der Industrie- zur Dienstleistungsgesellschaft lässt sich sehr gut am neuen Stadtteil VARVSHOLMEN nachvollziehen: Wo bis weit ins 20. Jh. hinein Schiffe gebaut wurden, erhebt sich jetzt ein komplett neues Viertel mit Büros und Wohneinheiten attraktiv direkt am Wasser.

Kalmar ist ein Sommerziel mit vielen Veranstaltungen, einer stark studentisch geprägten Kulturszene sowie spannenden Ausflugszielen an der sonnenverwöhnten KÜSTE, auf der Insel Öland und im nahen sogenannten Glasreich.

INFORMATION

◎ **KALMAR TURISTBYRÅ**, Gästehafen (Destination Kalmar AB 2011), Ölandskajen 9, SE – 391 26 Kalmar, Tel. 0480 – 41 77 00, info@kalmar.com, www.kalmar.com. Mittsommer bis Mitte August Mo–Fr 9–21 Uhr, Sa+So 10 –17 Uhr, ab 1.5. sowie bis 30.9. Mo–Fr 9–17 Uhr, Sa 10 –15 Uhr, sonst Mo–Fr 10 –17 Uhr. **(1)**

Unterkunft

HOTELS

◎ Clarion Collection **HOTEL PACKHUSET**, Skeppsbrogatan 26, Tel. 0480 – 570 00, www.choicehotels.no. Dynamische Tarife je nach Buchungs-

◀ Kalmar klassisch und modern: Auf den ersten Blick eher nur von Architektur-Kennern als Kirchenbauwerk einzuordnen ist Kalmars Dom am Stortorget; unten ein Blick auf die neue »Waterfront« der früheren Werfteninsel Varvsholmen, vom Badeplatz bei Kattrumpan stand, dabei Fr–So unter 1.000 SEK möglich, sonst über 1.200 SEK. **(5)**

Hotel direkt an der Waterfront in historischem, umgebautem HAFENSPEICHER, zentrumsnah. 87 Zimmer, die meisten mit Blick über den Hafen und den Kalmarsund.

◎ **CALMAR STADSHOTELL**, Stortorget 14, Telefon 0480 – 49 69 00, www.profilhotels.se. Dynamische Tarife, EZ ab 795, DZ ab 1.195 SEK. **(6)**

Zentraler geht es nicht: direkt am Stortorget. Traditionshotel in einem Jugendstil-Gebäude. Sehenswertes, Kneipen und Restaurants in Minuten-Abständen.

◎ **HOTELL HILDA**, Esplanaden 33, Tel. 0480 – 547 00, www.hotellhilda.se. Dynamische Tarife, EZ ab 850 SEK, DZ ab 1.195 SEK. **(7)**

Charmantes Privathotel in Citynähe, ein Stadthaus mit kleiner Garten-Oase; einige neue Designerzimmer als DZ-Superior. – Im Haus Smörgåstårta-Spezialist Kallskänken.

JUGENDHERBERGEN, B & B

◎ KALMAR LAGPRISHOTELL & VANDRARHEM **SVANEN**, SVIF, Rappegatan 1, Tel. 0480 – 255 60, www.hotellsvanen.se. Ganzjährig geöffnet. 90 Betten. Zimmer ohne/ mit Bad oder mit WC. Im Mehrbett-Zimmer 195 SEK, als EZ ab 455 SEK, als DZ ab 560 SEK. Hoteltarife EZ ab 585 SEK, DZ ab 690 SEK. **(8)**

Nahe Auffahrt zur Ölandbrücke, ca. 1 km nördlich der City auf der Insel Ängö am Wasser gelegenes Gästehaus. Kanuvermietung.

◎ **KAPTENSVILLAN** BED & BREAKFAST, Söderportsgatan 7, Tel. 0480 – 195 80, www.kaptensvillan.se. EZ ab 845 SEK, DZ ab 1.260 SEK, Frühstück inklusive. **(9)**

In einer früheren KAPITÄNSVILLA (1912) in Schlossnähe, privat geführt, ein Haus mit Ambiente.

CAMPING

◎ **STENSÖ CAMPING**, Stensövägen, www.nordiccamping.se. Ganzjährig geöffnet. Stellplatz ab 180 SEK, Campinghütten um 600 SEK. **(10)**

Rund 2 km südlich von Kalmar City im GRÜNEN am Kalmarsund, die Anlagen etwas in die Jahre gekommen. Fahrradvermietung, Spazierwege.

◎ **KALMAR CAMPING** RAFSHAGSUDDEN, Läckeby, Tel. 0480 – 604 64, www.kalmarcamping.se. Ganzjährig geöffnet. Stellplatz ab 150, Wohnwagen ab 650 SEK.

15 km nördlich der Stadt auf einer teilweise bewaldeten Landzunge am KALMARSUND. Strand mit Badesteg, Fahrrad-/Bootsvermietung, viele Aktivitäten. Gepflegt. Vis-à-vis Öland.

Essen und Trinken

◎ **SLOTTSRESTAURANGEN KALMAR**, Kungsgatan 1, Tel. 0480 – 100 20, www.slottsrestaurangenkalmar.se. Öffnungszeiten abhängig von der Jahreszeit, Lunch 11–16 Uhr, abends Mo/Di–Sa/So ab 18/18.30 Uhr. **(11)**

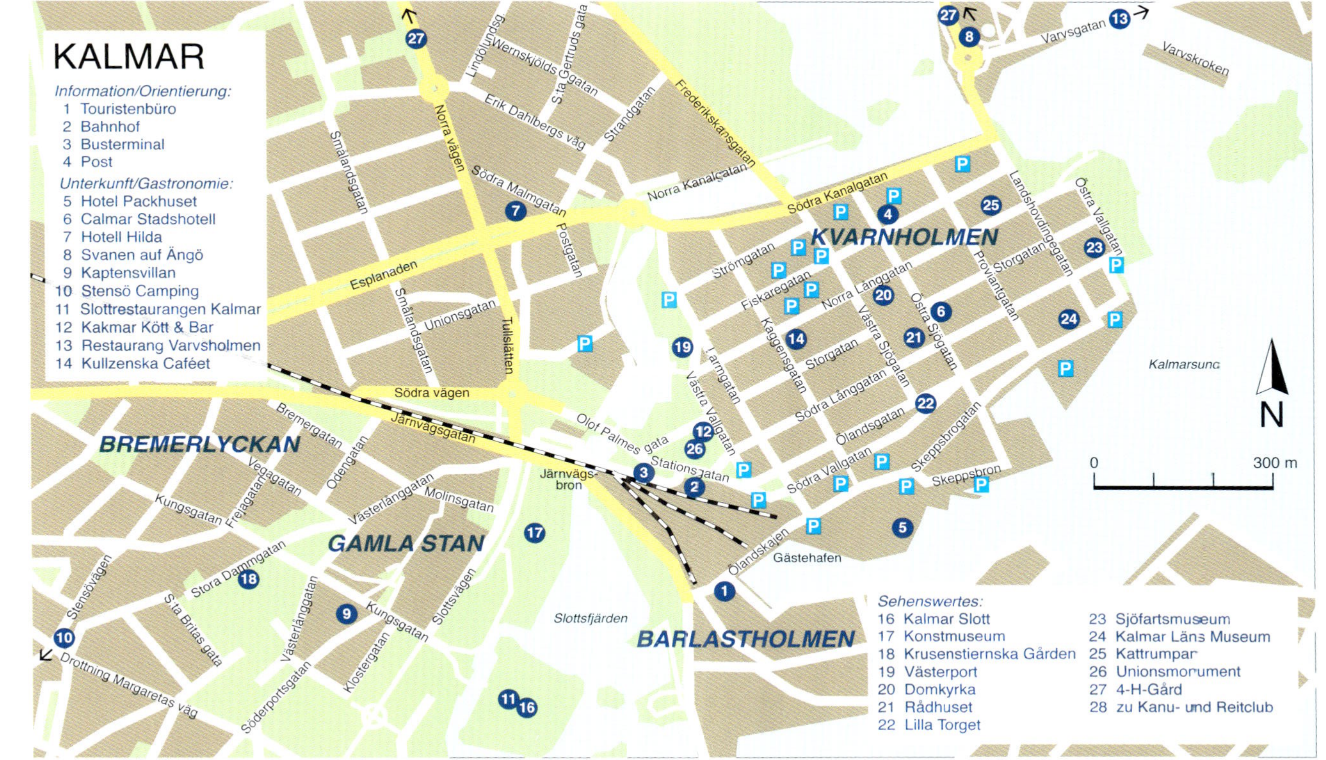

KALMAR
Information/Orientierung:
1 Touristenbüro
2 Bahnhof
3 Busterminal
4 Post
Unterkunft/Gastronomie:
5 Hotel Packhuset
6 Calmar Stadshotell
7 Hotell Hilda
8 Svanen auf Ängö
9 Kaptensvillan
10 Stensö Camping
11 Slottrestaurangen Kalmar
12 Kakmar Kött & Bar
13 Restaurang Varvsholmen
14 Kullzenska Caféet
Sehenswertes:
16 Kalmar Slott
17 Konstmuseum
18 Krusenstiernska Gården
19 Västerport
20 Domkyrka
21 Rådhuset
22 Lilla Torget
23 Sjöfartsmuseum
24 Kalmar Läns Museum
25 Kattrumpar
26 Unionsmonument
27 4-H-Gård
28 zu Kanu- und Reitclub
KVARNHOLMEN
BREMERLYCKAN
GAMLA STAN
BARLASTHOLMEN
Kalmarsund
Slottsfjärden
Gästehafen
Järnvägsbron
Norra vägen
Södra vägen
Esplanaden
Järnvägsgatan
Smålandsgatan
Unionsgatan
Tullslätten
Södra Malmgatan
Postgatan
Erik Dahlbergs väg
Lindölundsg.
Wernskjölds gatan
S:ta Gertruds gata
Strandgatan
Frederiksskansgatan
Norra Kanalgatan
Södra Kanalgatan
Strömgatan
Fiskaregatan
Norra Långgatan
Kaggensgatan
Storgatan
Västra Sjögatan
Östra Sjögatan
Proviantgatan
Landshövdingegatan
Östra Vallgatan
Södra Långgatan
Ölandsgatan
Skeppsbrogatan
Skeppsbron
Södra Vallgatan
Västra Vallgatan
Järnmgatan
Olof Palmes gata
Stationsgatan
Ölandskajen
Varvsgatan
Varvskroken
Bremergatan
Vegagatan
Odengatan
Frejagatan
Kungsgatan
Västerlånggatan
Molinsgatan
Stora Dammgatan
S:ta Britas gata
Stensövägen
Drottning Margaretas väg
Söderportsgatan
Klostergatan
Slottsvägen
0
300 m
N

Momentan mit die beste Küche in der Stadt, gut bezahlbar zum Lunch. Tolles Ambiente, selbst das MATCAFÉ zum Lunch ist dezent der historischen Umgebung angepasst.

◎ **KALMAR KÖTT & BAR**, Larmtorget 2, Tel. 0480–288 30, www.kalmarkottochbar.se. Mo–Fr 11.30–22 Uhr, Sa 12–22 Uhr. **(12)**

ANGESAGT, ein ehrwürdiger Saal mit hohen Decken und stilsicher aufgelockert. Zum Lunch (bis 14 Uhr) je ein Tages- und 3–4 Wochengerichte um 99 SEK. À la carte die Hauptgerichte ab 169 SEK laut dem Namensmotto »Kalmar Fleisch & Bar«, allein drei Burger. Große Weinauswahl.

◎ **RESTAURANG VARVSHOLMEN**, Bredbandet 1 (ab Zentrum ca. 1 km), Tel. 0480–272 72, www.restaurangvarvsholmen.se. Mo–Fr 11–18 Uhr, Sa 12–15 Uhr, So 12–17 Uhr. **(13)**

Primär Lunch-Restaurant im gläsernen ATRIUM eines Bürogebäudes im jungen Stadtteil Varvsholmen, freier Blick durch die Glasfassade auf Sund und Ölandbrücke. Der Gebäudekomplex steht in reizvollem Kontrast zu den historischen Kulissen in Kalmar. LUNCH bis 14 Uhr mit 3–5 Gerichten zur Wahl, inklusive Salatbar, Kaffee, Kuchen 80 SEK. Zudem Tellergerichte und Salate ab 80 SEK.

◎ **KULLZÉNSKA CAFÉET**, Kaggensgatan 26 (Fußgängerzone, Ecke N. Långgatan), Tel. 0480–288 82, www.kullzenska.se. Mo–Fr 10–18.30 Uhr, Sa 10–17 Uhr, So 12–16.30 Uhr. **(14)**

Konditorei mit klassischem KAFFEEHAUS-CHARME des 19. Jahrhunderts. Tortengenuss im 1. Stock, hier treffen sich Insider gezielt zum Plauschen. Zum Lunch gibt's schmackhafte, kleine Gerichte und im Sommer Eis und Waffeln satt.

Stadtrundgang

SCHLOSS UND GAMLA STAN

◎ **KALMAR SLOTT**, Kungsgatan 1, Tel. 0480–45 14 90, www.kalmarslott.se. Ende Juni bis Ende August täglich 10–18 Uhr, ab 1.5. und bis Oktober 10–16 Uhr, sonst Sa+So 10–16 Uhr. FÜHRUNGEN auf Englisch Ende Juni bis Mitte August um 11.30 Uhr, 13.30 und 14.30 Uhr. Eintritt 100/60/25 SEK. **(16)**

Das Schloss, Kalmars bedeutendste Sehenswürdigkeit, liegt südwestlich von Kvarnholmen auf einer Insel im Slottsfjärd, der Schlossförde. Gustav I. Vasa (1523–1560) und seine Söhne Erik XIV. (1560–68) und *Johan III.* (1568–92) ließen die alte Festung in ein Renaissance-Schloss mit enormen Ausmaßen umbauen. Der Ursprung der Festung geht bis ins 12. Jh. zurück, wie auch der zahlreichen WEHRKIRCHEN in dieser Gegend, damals GRENZGEBIET zu Dänemark. 1397 besiegelten die Vertreter der drei nordischen Länder die Kalmarer Union. Große Teile des Schlosses hat man rekonstruiert und mit altem Mobiliar eingerichtet, nachdem es bis zum 19. Jh. ziemlich verkommen war.

Kalmar Slott – es empfiehlt sich, an einer der Führungen teilzunehmen, sonst bleibt der Besuch von überschaubarem Reiz ▶

◎ 1397 gelang es der dänischen Regentin Margrete I., die drei skandinavischen Länder Dänemark, Norwegen und Schweden in einer Union zu vereinen. Dieser Vertrag wurde im Schloss Kalmar unterschrieben – deshalb die Bezeichnung **KALMARER UNION**. Doch gleich nach Margretes Tod 1412 begannen die Konflikte aufs Neue. *Erik von Pommern,* der 1397 als 15-Jähriger von Margrete ernannte und von den Ländern zwar anerkannte Thronfolger, konnte die Union nicht festigen.
Lange Jahre handelten die Länder mehr oder weniger gemeinsam, ganz nach nationalem Gutdünken. Während in Norwegen kein Gegenwicht zum dänischen Machtanspruch bestand, beendete Gustav Vasa 1521 die Union von schwedischer Seite aus. Schloss Kalmar wurde zu einer wichtigen Verteidigungsanlage in den Auseinandersetzungen mit den dänischen Nachbarn; man nannte es auch SCHLÜSSEL DES REICHES.
◎ In unruhigen Zeiten galt Kalmar der HANSE als zuverlässige Handelsstadt. In den Kalmar-Kriegen (1611–13) wurde die Stadt fast völlig zerstört, 1647 erneut in Folge eines Großbrands. Das neue Zentrum entstand auf **KVARNHOLMEN**, nördlich der Festung, mit rechtwinkligem Straßennetz und vor allem Steinbauten, um Feuersbrünsten vorzubeugen. Im Viertel **KATTRUMPAN** lässt sich ein Eindruck von der Gründerzeit gewinnen.

◎ Direkt an der Schlossförde liegt der **STADSPARKEN**. Gepflegte Rasenflächen, stattliche alte Bäume, unzählige Blumen, exotische Gewächse, moderne Plastiken und ein Teich mit Springbrunnen laden zum Flanieren mit Schlossblick ein. Nahebei SÖDERPORT CAFÉ & RESTAURANG, Slottsvägen 1.

◎ **KALMAR KONSTMUSEUM**, Stadsparken, Tel. 0480 – 42 62 82, www.kalmarkonstmuseum.se. Im Sommer täglich 11–17 Uhr, Mo–Fr 12–15, Sa+So 11–16 Uhr. Entré 50/0 SEK. **(17)**

2008 wurde das neue, luftige Kalmar Kunstmuseum im Stadspark eröffnet. Es präsentiert schwedische Malerei des 19. und 20. Jahrhunderts, Design und wechselnde Ausstellungen zeitgenössischer Kunst.

◎ **GAMLA STAN** (Die Altstadt), Kalmars altes Stadtzentrum vor 1611, lag in der Nähe des Schlosses. Nach den Auseinandersetzungen mit den Dänen in den Jahren 1611–1613 reifte der Plan, Kalmar aus strategischen Gründen auf die Halbinsel Kvarnholmen zu verlegen und mit Festungswällen zu umgeben. So besitzt Kalmar ZWEI STADTKERNE: Gamla Stan, mit schmalen, verwinkelten Gassen sowie pittoresken Holzhäusern aus dem 17. und 18. Jh. in der Nähe des Schlosses. Und die jüngere Altstadt Kvarnholmen, mit dem Straßennetz im Barockstil, rechtwinklig und gerade, gesäumt von alten, verputzten Backsteinhäusern. Nur wenige Städte im Land haben ein solches intaktes Stadtbild aus jener Zeit.

◎ **KRUSENSTIERNSKA GÅRDEN**, Gamla Stan, St. Dammgatan 1, Tel. 0480 – 41 15 52, www.krusenstiernskagarden.se. Garten: 2.5.–31.8. täglich 11–17.30 Uhr, im September 11–16.30 Uhr. Zutritt frei. – Museum: 2.5.–31.8. Führungen um 12, 13 und 14 Uhr. Eintritt 30/10 SEK. **(18)**

Ein hoher Bretterzaun umgibt das Grundstück, er gewährt keinen Einblick. Zäune dieser Art umschlossen bereits vor Jahrhunderten PRIVATE GÄRTEN. Sie besagten: Hier beginnt die Privatsphäre; alles, was sich dahinter verbirgt, ist nicht für die Öffentlichkeit bestimmt. Die OASE mit Obstbäumen, Beerensträuchern, Blumen, Kräutergarten und mittendrin das Holzhaus aus dem 18. / 19. Jh. ist schlicht IDYLLISCH. Die Einrichtung aus dem 19. Jh. ist original.

KVARNHOLMEN

◎ **VÄSTERPORT (19)**, das Stadttor (1658) an Västra Vallgatan / Långgatan, wurde neu belebt, die Ravelinsbrücke über den Kanal Systra Strömmen 1997 rekonstruiert. Schon 1998 zog WESTHOLMS GLASSTUDIO ein, heute belegt auch Västerport Relax & Spa einen Teil der Gewölbe.

◎ **KALMAR DOMKYRKA**, Stortorget. 1.6.–31.8. Mo–Fr 8–20 (Di bis 19) Uhr, Sa+So 9–20 Uhr, sonst Mo–Fr 8–15.30 (Mi bis 18.30) Uhr, Sa+So 9–16 Uhr. Mi um 12 Uhr traditionell Lunchmusik (Orgel). **(20)**

Der DOM im ITALIENISCHEN BAROCK ist eines der wenigen Gebäude, die noch so aussehen wie zu der

Einiges an alter Bausubstanz blieb erhalten, Neues wurde behutsam mit Altem kombiniert, weshalb Kalmar bereits zwei Mal mit dem Europa-Nostra-Diplom für ihr Stadtbild ausgezeichnet wurde.

Zeit, als Schweden Großmacht war. Das Gotteshaus wurde 1660 vom bekannten Baumeister *Nicodemus Tessin d.Ä.* entworfen, 1680 eingeweiht, aber erst um 1702 vollständig fertig gestellt. Die reich VERZIERTE Renaissance-Kanzel *(Baltzar Hoppenstedt)* stammt aus der »Vorgänger-Kirche«, ebenso wie die Kirchenglocken.

◎ **RÅDHUSET**, das Rathaus gegenüber vom Dom. Dieses Renaissance-Gebäude, erstmals Ende des 17. Jhs. errichtet, wurde nach einem Brand 1738 neu aufgebaut. **(21)**

◎ Am **LILLA TORGET (22)** stehen weitere historisch bedeutsame Gebäude wie DOMPROSTGÅRDEN (der Bischofshof), DAHMSKA HUSET (das Bürgermeisterhaus, 1666) und LÄNSRESIDENSET (die Landesresidenz, erbaut 1676). Hier sind die alten Festungswälle mit den Stadttoren zu sehen. – Nicht weit davon, Ecke Östra Sjögatan/Södra Långgatan 40, steht das ÄLTESTE STEINHAUS (1654).

◎ **KALMAR SJÖFARTSMUSEUM**, Södra Långgatan 81, Tel. 0480 – 158 75. 15.6.–31.8. täglich 11–16, sonst So 12–16 Uhr. Eintritt 50/20 SEK. **(23)**

Schiffe auf Gemälden und als Modelle, Navigationsinstrumente usw. Vieles hat einen Bezug zur lokalen Geschichte. Ein Museum klassischer Art, für wirklich Interessierte.

◎ **KALMAR LÄNS MUSEUM (24)**, Skeppsbrogatan 51, Tel. 0480 – 45 13 00, www.kalmarlansmuseum.se. Ca. 20.6.–20.8. täglich 10–17, sonst Mo–Fr 10–16 (Mi bis 20), Sa+So 11–16 Uhr. Entré 1.6.–31.8. 100/0, sonst 80/0 SEK.

Eine große Attraktion im Kalmar Länsmuseum ist die Ausstellung zum schwedischen Kriegsschiff **KRONAN**, das in der SCHLACHT vor Öland 1676 mit 842 Mann an Bord von dänischen Kanonen versenkt wurde. Dieses Schlachtschiff war nämlich gut doppelt so groß wie die berühmte »Vasa«, die 1628 auf ihrer Jungfernfahrt im Stockholmer Hafen gesunken und erst 1961 gehoben worden war.

1980 ortete der Vasa-Entdecker *Anders Franzén* die »Kronan« in 26 m Tiefe südöstlich vor Öland: der Beginn ausgiebiger marinearchäologischer Forschung und sensationeller Funde. Mehr als 20 Jahre benötigten die Tauchgänge zu dem Wrack: Der größte marine Silbermünzschatz, der je in Schweden gefunden wurde, kam im Sommer 2005 zu Tage. 6.246 Vier-Öre-Münzen, 168 Mark- und Talermünzen sowie 677 Messingknöpfe, alle im Jahr 1675 geprägt, hatten die Jahrhunderte auf dem Ostseegrund in einer Kiste zwischen säuberlich gefalteten Hemden, Jacken, Handschuhen und einer Schlafmütze überdauert. Es dürfte die Heuer für die Besatzung gewesen sein. Die Ausstellung informiert ferner über das Leben der Matrosen und Soldaten an Bord, das 17. Jh. im Allgemeinen und die Arbeit der Marinearchäologen.

In der alten Dampfmühle AM HAFEN hat das Regionalmuseum des Regierungsbezirks Kalmär län einen ehrwürdigen Platz gefunden. Zu sehen sind wechselnde wie permanente Ausstellungen mit regionalem Bezug, etwa zur Illustratorin *Jenny Nyström* (1854–1946), die ihre Ausbildung bis nach Paris führte. Oder die über ein Schiffswrack vor Öland:

◎ Im nordöstlichen Teil Kvarnholmens und im Viertel **KATTRUMPAN**, sind viele malerische **HOLZHÄUSER** aus dem 18. und 19. Jh. erhalten. Damals wohnten hier Handwerker und Seeleute, nicht gerade die zahlungskräftigsten der Gesellschaft – heute sind die mit Geschick restaurierten Häuslein begehrte Wohnungen. **(25)**

◎ Zum 600. Jahrestag der Kalmarer Union 1997 schuf *Roj Friberg* eine monumentale **SKULPTUR**, darstellend die dänische Königin Margrete I., ihr zur Seite Erik von Pommern und der norwegische Bischof. Zur Einweihung erschienen fünf (!) Staatsoberhäupter des Nordens. Das **UNIONSMONUMENT** steht gegenüber vom Bahnhof. **(26)**

AUSSERHALB DER INNENSTADT

◎ **VARVSHOLMEN**: Den besten Blick auf den komplett neu gestalteten Stadtteil Varvsholmen hat man von den Wallresten der alten Bastionen (17. Jh.), am Nordwestzipfel der Innenstadt-Insel Kvarnholmen.

Welch ein Kontrast: das historische Kalmar im Rücken, das neue als Einheit von modernen Wohn- und Bürogebäuden im Blick. Die ehemalige »Werft-Insel« ist zu Beginn des neuen Milleniums aus einem Guss neu geplant worden; zurzeit werden die letzten Baulücken geschlossen. Wer vor Ort auf Erkundung geht (etwa als Radfahrer), bemerkt aber, dass nicht viel Platz für Grünes bleibt – wo am Ufer gen Öland gut ein Spielplatz mit Bäumen passen würde, macht sich ein Firmenparkplatz breit. Die Architektur ringsum wirkt freilich ansprechend. Lohnenswert zum Lunch ist das Restaurang Varvsholmen (siehe Seite 182).

◎ Den stadtnahen Ausflug ins Grüne ermöglicht das Naherholungsgebiet rund um den SKÄLBY **4 H-GÅRD**. Es entstand um den Kungsladugård (Königsbauernhof) in Zeiten Gustav Vasas. Der heutige Hof ist der lokale Sitz des pädagogisch ausgerichteten Vereins »4 H«, der Kinder und Jugendliche mit LÄNDLICHEM LEBEN vertraut machen will; vor Ort werden Gewächshäuser und Gärten betrieben und sind typische Farmtiere zu Hause: Auf dem hiesigen Reitplatz ist tagsüber meistens etwas los. Einen Bachlauf hat man streckenweise sich selbst bzw. der Natur überlassen, wo umgestürzte Bäume querliegen. Der Hof ist täglich geöffnet: 8–18 Uhr, Sa +So Ponyreiten 13–14 Uhr. 20 SEK.

Der 4 H-Gård liegt in einem wunderbaren grünen Gelände mit Wald, Wiesen und Gelegenheiten zum Picknicken und Spielen, mit Trimmpfad und Spazierwegen, Kleingärten und mehr. Prima als Ziel für Radtouren.

Auf Varvsholmen: Firmen-Lunch mit Brückenblick ▶

ÖLANDSBRON – DIE ÖLANDBRÜCKE

Die Ölandsbron war eine der ersten großen Brücken in Skandinavien. Fast 30 Jahre, bevor die gigantischen Brücken über den Großen Belt und den Öresund eröffnet wurden, war die 6072 m lange und 13 m breite Ölandbrücke 1972 eine große Errungenschaft. Ihre Benutzung ist kostenfrei. Auf 153 Pfeilern schnurrt der Verkehr nur wenige Meter über Meeresniveau über den Kalmarsund. Lediglich unter dem gut 40 m hohen »Buckel« vor der Festlandküste können Schiffe passieren. Heute reicht die zweispurige Kapazität (je Fahrtrichtung) zu Spitzenzeiten – wenn die Pendler die Insel verlassen und zurückkehren, oder die Urlauber samstags am bevorzugten Wechseltag der Ferienhausbelegeung – mitunter nicht aus, dann kommen »intelligente« elektronische Verkehrsleitsysteme zum Einsatz.

◎ Die Brücke ist generell FÜR RADFAHRER UND FUSSGÄNGER GESPERRT. Im Sommer(-Halbjahr) kommt eine **FAHRRADFÄHRE** zum Einsatz, die übrigens auch Pendler und Schüler schätzen (siehe Seite 193, www.ressel.se). Ihre Benutzung ist kostenpflichtig.

◎ In den nächsten Jahren sind umfangreiche **BRÜCKENARBEITEN** fällig, was zeitweise zu Verkehrsbehinderungen führen wird. Es sind nicht die ersten solcher Arbeiten, denn Baupfusch soll schon zu vielen Reparaturen und Wartungen geführt haben; die Summen dafür haben die 80 Mio. SEK Baukosten anno 1972 längst um ein Vielfaches übertroffen.

Ausflüge

GLASREICH

Die Glashütten werden ab Seite 195 mit einem eigenen Kapitel bedacht. Der schwedische König lud vor über 300 Jahren BÖHMISCHE Glasbläser nach Schweden, die in den Wäldern zwischen Växjö und Kalmar mehrere Glasbläsereien einrichteten; dort gab es Brennholz in Hülle und Fülle für die Schmelzöfen. Seitdem wird in Smålands Wäldern Glas hergestellt, Schalen, Vasen, Zierrat, Kunstobjekte. Westlich vom Ort Nybro liegen im Umkreis von etwa 30 km eine Reihe besuchenswerter Glasbläsereien mit unterschiedlichen Stilen und Erzeugnissen.

NYBRO

Knapp 13.000 Einwohner zählt diese Industriestadt westlich von Kalmar. Die Herstellung von Industrieglas ist ein Teil des Glasreiches, auch wenn das weniger zu den touristischen Attraktionen gehört. Im sogenannten THEANDERSAL IM STORA HOTELLET schmückt ein 66 km² großes FRESKO des einheimischen Künstlers *Gunnar Theander* eine Wand: Von 1957 bis 1969 arbeitete er an diesem Monumentalwerk, das Nybros Entwicklung vom kleinen Handwerksort zur modernen Industriestadt schildert. Mellangatan 11. Noch mehr Lokalhistorie vermittelt das im Sommer geöffnete Heimatmuseum QVARNASLÄT, Vädergatan 33. In der KIRCHE (1757) hat besagter Gunnar Theander drei Glasfenster gestaltet.

◎ **MÄDESJÖ HEMBYGDSMUSEUM**, Jutarnas väg (westlich von Nybro, ab Str. 25 beschildert), Tel. 0481 – 179 35. Mitte Juni bis Ende August Di–So 13–17 Uhr. Eintritt 50/0 SEK.

In restaurierten KIRCHSTÄLLEN, Teil eines fast 200 m langen Holzgebäudes aus dem mittleren 19. Jh., erzählt eine Auswahl aus über 7.000 Exponaten vom LEBENS- UND ARBEITSALLTAG im 20. Jahrhundert. In Szenen dargestellt, zeigen Schulstube, Fotoatelier, Uhrmacherwerkstatt u.a., wie sehr sich das Leben in (weniger als) 100 Jahren verändert hat.

Die Kirchställe waren im 19. Jh. sogar 750 m lang und boten über 250 Pferden von Kirchgängern Platz.

◎ **JAMES BOND 007 MUSEUM**, Emmabodavägen 20, Tel. 0481 – 129 60, www.007museum.com. Mo–Fr 10 – 17 Uhr, Sa 10 – 14 Uhr. Hommage an einen Agenten.

KIRCHEN RUND UM KALMAR

◎ **KLÄCKEBERGA KYRKA** – 5 km nordwestlich von Kalmar, steht eine Wehrkirche (vermutlich 12. Jh.) mit drei Stockwerken. Die Decke des Innenraums schmücken Malereien aus dem 18. Jh. Bei dem prächtigen Altaraufsatz handelt es sich um eine Kriegsbeute aus Polen (1616). Förlösavägen 3. So 12–16 Uhr.

◎ WEITERE **RUNDKIRCHEN** stehen in HAGBY, VOXTORP und HALLTORP (Glockenspiel 1725).

Ferien aktiv

Südwestlich des Schlosses erstreckt sich ein tolles Naherholungsgebiet: ◎ **KALMARSUNDSPARKEN** ist der Uferstreifen, der auf die Landzunge südlich der Schlossbastion folgt: Es gibt ein Strandbad mit Sprungturm, weitere Badestellen, Stege, eine Basis für Bootssportler, Freiflächen und Wiesen ebenso wie naturbelassene, verschilfte Uferregionen, plus Infrastruktur für Ausflügler inklusive. Eine beispielhafte Anlage.

◎ Direkt anschließend die stark bewaldete Halbinsel **STENSØ**, mit Jogging- und Spazierwegen, Badestelle, Grillplätzen und Camping. Eine Tafel informiert auch auf Deutsch.

WANDERN

◎ Die schönsten Strecken in Kalmar erschließt der ufernahe Wanderweg **KALMARSUNDSLEDEN**, der auf dem Stadtplan des Touristenbüros eingezeichnet ist. – Empfehlenswerte Abschnitte sind zum einen der südlich des Golfplatzes (der ab E 22 ausgeschildert ist, Lunch im Golfklub-Restaurant möglich), in den nördlichen Außenbezirken, sowie zum anderen der ab Schloss via Kalmarsundspark-en (s.o.); und wer den Abstecher nach Stensö (s.o.) macht, findet dort mehrere, bis zu 3 km lange Pfade.

Der Kalmarsundsleden ist eigentlich ein Fernwanderweg entlang der Küste, streckenweise auf uralten Wegen und ehemaligen Bahndämmen. Er zieht sich von der Gemeinde Mönsterås im Norden bis Brömsebro, an der Grenze zwischen Småland und Blekinge im Süden. Die Route durchquert einige Naturreservate, ist markiert sowie mit Toiletten und Windschutzstellen für schlichte Übernachtungen versehen, wobei an Badestellen kein Mangel herrscht. Die zugehörige Karte verkaufen die Touristenbüros der Region.

RAD FAHREN

◎ Kalmar hat sich als Fahrradstadt mit seinen Radwegen verbessert; es gibt jedoch keinen markierten Rundkurs. Am besten, man schnappt sich den STADTPLAN des Touristenbüros und bastelt sich eine Route. Als **STATIONEN** zu empfehlen sind: Varvsholmen, die benachbarte Insel Ängö (mit schöner alter Bebauung, jedoch dem Straßenlärm von Einfallstraße und Ölandbrücke ausgesetzt), landeinwärts Insel LINDÖ, wo in dem altehrwürdigen Gebäude zur Rechten Künstlerateliers beheimatet sind, via Gröndalsvägen und Kungsgårdsvägen am Friedhof vorbei nach SKÄLBY mit dem 4 H-Gård (siehe Seite 186) sowie auf dem Radweg ab Oxhagen wieder nach Süden, wahlweise über den Stensövägen nach STENSÖ und am Kalmarsund zurück.

◎ Der **KALMARSUNDSLEDEN** (s.o.) ist auch für Radler konzipiert, jedoch für diese nicht markiert; lediglich die Teilstrecken, auf denen sie den Wanderpfad umfahren sollen, sind jeweils am Ein-/Ausstieg ausgewiesen.

◎ Die **FAHRRADFÄHRE** DESSI ermöglicht einen Ausflug auf die Insel Öland (www.ressel.se, s. Seite 241).

◎ **FAHRRADVERMIETUNG**: Baltic Skeppsfournering, Ölandskajen (direkt am Gästehafen), Tel. 0480 – 106 00. – Ferner bei den Campingplätzen Stensö sowie Rafshagsudden (siehe Seite 180).

ANGELN

Entlang der Küste ist freies Angeln möglich, sofern kein Privatgrund. – Im Umland von Kalmar verteilen sich einige Camps und Anlagen von Anglerclubs, wo vor allem Forelle, Hecht und Barsch anbeißen. Sofern Angelscheine nicht im Touristenbüro erhältlich sind, wird man dort über die richtigen Anlaufstellen informiert.

BADEN, SCHWIMMEN

◎ **STADTNAH**: KATTRUMPAN am Ostufer Kvarnholmen mit Blick auf Varvsholmen (siehe Foto Seite 178), südwestlich des Schlosses nacheinander KALMARSUNDSPARKEN (mit neuem 180-m-Badesteg), LÅNGVIKEN (Sandstrand, Sprungturm bei unzureichender Wassertiefe geschlossen) und an der Ostseite von STENSÖ (s.o. sowie Campingplatz); nördlich von Kvarnholmen/Kattrumpan auch KINDBERGS UDDE (Sand/Gras, Steg) an der Nordostspitze der Insel Ängö. Diese Badeplätze verfügen über Infrastruktur (Duschen und Toiletten), ausgenommen Stensö. Im Stadtplan des Touristenbüros sind weitere Badestellen (im Norden) vermerkt.

GOLF

◎ **KALMAR GOLFKLUBB**, Värsnäs, Tel. 0480 – 47 21 11, www.kalmargk.se. Zwei 18-Loch-Plätze gleich nördlich von Kalmar. Ab E 22 Ausfahrt Kalmar N (= Nord), via Norra vägen und Norrlidsvägen, bereits ab der Autobahn ausgeschildert.

PADDELN

◎ ERFAHRENE Kanuten können im **KALMARSUND** paddeln; allerdings sollte man sich bei den Vermietern über die sichersten Routen und die Windsituation erkundigen.

◎ **KANUVERMIETUNG**: bei allen Campingplätzen, der Jugendherberge Svanen (alle siehe Seite 180) und beim Kalmar Kanotklubb, Ängöleden 10, Tel. 0480 – 149 77: ab dem Kreisel Ängö / Varvsholmen nach Norden und noch vor der Auffahrt zur Ölandbrücke rechts ab. **(27)**

REITEN

◎ **KALMARBYGDENS FÄLTRITTKLUBB**, Svensknabbevägen 9, Tel. 0480 – 246 12, www.stallkbf.se. Auf der Str. 137 die letzte Ausfahrt vor der Ölandbrücke und nach Norden; alternativ ab Kreisel Ängö/Varvsholmen nach Norden und erst hinter der Auffahrt zur Ölandbrücke rechts ab. Siehe das Reitsymbol im Stadtplan des Touristenbüros. **(27)**

◎ **RIDKLUBBEN UDDEN**, Rockneby, Törnerums Gård, Tel. 0480 – 662 02, www.ridklubbenudden.com. Ca. 20 km nördlich von Kalmar.

Info-Mix

SIGHTSEEING

◎ **GEFÜHRTE STADTWANDERUNG** auf Kvarnholmen (Ende Juni bis Anfang August ab Calmar Stadshotell, Stortorget, Mo–Fr) oder durch Gamla stan (Ende Juni bis Mitte August ab Touristenbüro, Mo und Mi). Start jeweils 18 Uhr, Dauer 90 Minuten, Ticket 80 SEK am Ausgangspunkt oder online im Voraus.

◎ **DOMBESICHTIGUNG**: 1.6.–31.8. Mi–So um 19 Uhr auf Deutsch sowie um 17 Uhr auf Englisch.

VERANSTALTUNGEN

◎ **KALMAR STADSFEST**: Am zweiten Augustwochenende steigt das dreitägige Kalmar STADTFEST. Konzerte, Straßentheater, Shows in der Innenstadt und im Stadtpark.

UNTERHALTUNG

◎ Rund um den **LARMTORGET** befinden sich gleich mehere angesagte Bars / Clubs. Im Südwesten Kvarnholmens, nahe Bahnhof.

GALERIEN, KUNSTHANDWERK

◎ **TEATERGALLERIET**, Olof Palmes gata 1, Tel. 0480 – 299 01, www.teatergalleriet.se. Di–Fr 12–17 Uhr, Sa 11–14 Uhr. Kooperative von Künstlern und Kunsthandwerkern aus der Region, die die Galerie für ihre Ausstellungen nutzen.

◎ **VÄSTERPORT**: Glasstudio im früheren Stadttor (siehe Seite 184).

KONTAKT, HILFE

◎ **ÄRZTLICHE BEREITSCHAFT**: Kalmar Länssjukhus (Krankenhaus), Lasarettvägen 1, Tel. 0480 – 810 00.

◎ **POLIZEI**: Galggatan 14, Tel. 114 14, Notfall-Tel. 112.

◎ **POST**: Östra Sjögatan 26 (Pressbyrån). **(4)**

TRANSPORT, PARKEN

◎ **BUS**: Stadtbus-Terminal Kalmar C (für Centrum) beim Bahnhof. **(3)**

◎ **TAXI**: Tel. 0480 – 160 00 oder Tel. 0480 – 44 44 44.

◎ **PARKEN**: Langzeitparkplätze in Kvarnholmen Elevatorkajen (vor Kalmar Läns Museum), Ölandskajen am Gästehafen (östlich vom Läns Museum), beide mit Wohnmobilstellplätzen, letztere auch am Kalmarsundsparken. Günstig liegen die Parkplätze an der Södra Kanalgatan (siehe im Stadtplan). Kostenpflichtig Mo–Sa 9 –15 Uhr, 5 SEK/Stunde, z.T. 10 SEK.

Weiterreise

◎ **FLUG**: Der Flughafen von Kalmar liegt fünf Kilometer außerhalb der Innenstadt. Nach Stockholm-Arlanda fliegt SAS mehrmals täglich, nach Stockholm-Bromma BRA. www.kalmarolandairport.se.

◎ **BUS UND BAHN**: Zwischen Kopenhagen/Malmö und Kalmar fährt etwa 10 x täglich ein Zug. Auch nach Göteborg und Stockholm bestehen Bahnverbindungen sowie mit KUSTPILEN eine direkte Bahnlinie nach Linköping. Haltepunkte unterwegs sind Blomstermåla, Högsby, Hultsfred sowie Vimmerby. – Busverbindungen gibt es nach Stockholm und Malmö. Auskunft in Resebutiken im Bahnhof, Stationsgatan 5, Tel. 010 – 21 21 000, www.klt.se. **(2)**

◎ **FAHRRADFÄHRE** DESSI über den Kalmarsund: AB SKEPPSBRON NACH Färjestaden auf ÖLAND. Dauer ca. 30 Minuten. Ticket 50 SEK. Siehe auch Seite 241, www.ressel.se.

◎ **AUTO**: **NACH ÖLAND** über die Ölandbrücke auf der Str. 137.

NACH NYBRO und ins Glasreich gelangt man über die Str. 25. Mehr über Nybro auf Seite 188 und 195 ff.

NACH OSKARSHAMN. Rasch auf der E 22, beschaulicher die Küstenstraßen südlich von Mönsterås und ab Påskallavik, siehe letztes Kapitel.

NACH KARLSKRONA (BLEKINGE) küstennah auf der E 22. Eine mittelalterliche WEHRKIRCHE ist in HOSSMO zu besichtigen, gut 10 km südwestlich Kalmars: Auch dieses mächtige Bauwerk aus der zweiten Hälfte des 12. Jhs. gehörte zum Kalmarer Verteidigungsring; der Kirchenraum ist im ROKOKOSTIL gehalten. Vor der Grenze nach Blekinge ist die Kommune Torsås zu durchqueren, die im Folgenden ab Seite 193 zur Geltung kommt – wem es dort gefällt: Übernachten kann man auf Campingplätze, im B & B oder in der Jugendherberge in Bergkvara, Storgatan 66, Tel. 0486 – 260 40; ganzjährig geöffnet.

Der weitere Verlauf ab der Grenze Småland/Blekinge mit den Besuchszielen Kristianopel und Torhamnsudde wird beschrieben unter »Karlskrona, Ausflüge« (siehe Seite 254 ff.).

TORSÅS – BERGKVARA

Der Charme der Gegend rund um Torsås liegt im nahen Beieinander von Küstenkultur und waldreichem Binnenland. Rad- und Wanderwege, auch Fahrten auf kleinen, kurvenreichen Landstraßen mit Pkw oder Motorrad führen abwechselnd sowohl an die Küste mit stillen Buchten und Badeplätzen, mit Blick auf das offene Meer und idyllische Fischerdörfer wie ins hügelige Hinterland mit einsamen Gehöften und tiefen Wäldern.

◎ **INFORMATION**: Turistbyrån Torsås, Kungsvägen 41, SE – 385 40 Bergkvara, Tel. 0486 – 331 30, turistbyran@torsas.se, www.torsas.se/turism. Anfang Juli bis etwa 10.8. täglich 9–18 Uhr, ab ca. 5.6. sowie bis Ende August Mo–Fr 10 –16 Uhr, Sa+So 11–15 Uhr, sonst nur via Telefon/E-mail. Hier erhalten Sie den Wegweiser zu den Kunsthandwerkern von Bergkvara bis Gullabo sowie Karten/Broschüren für Wanderer und Radfahrer.

◎ LEUCHTTURM-Insel **GARPEN**: ein Mal Robinson spielen auf der einsamen Insel im südlichen Kalmarsund; entweder nur für ein Insel-Picknick oder auch über Nacht in einfachen Unterkünften. Tel. 072 – 207 72 02, www.garpen.se. Übernachtungen (ca. 5.7.–20.8.) sollten (online) im Voraus bestellt werden. In der Hochsaison öffnet das Lokal Garpen Mat & Dryck, dann Fährverkehr ab Bergkvara Di–So, Überfahrt: 15 Minuten.

◎ Im KÜSTENORT **BERGKVARA**, einst ein lebhafter Hafen in der Segelschiffära, erzählt das SJÖFARTSMUSEUM am Hafen maritime Geschichte. Hamnmagasinet Ende Juni bis Anfang August Di–So 15–18 Uhr, bis Ende August Sa+So 14–16 Uhr. Eintritt 20/5 SEK. – Populär ist die SÄLSAFARI, die **SEEHUNDSAFARI** ab Gasthafen Bergkvara gästhamn. Mitte Juli bis Mitte August Mo+Mi+Sa 8.30 Uhr. Dauer 90 Minuten. Ticket 200/100 SEK, anmelden: Tel. 0486 – 201 50 / 0709 – 41 55 67, info@dalskarscamping.se/

◎ Auch DJURSVIK lebte im 19. Jahrhundert von Seefahrt und Fischerei. Im Naturreservat **ÖRAREVET** weiter nördlich sind auf den kleinen Holmen zwischen Landzunge und Festland zahlreiche VÖGEL ZU BEOBACHTEN. Vom Oststrand der Landzunge sieht man die kahlen, weißen Bäume auf der Insel SVARTÖ, mit einem gewaltigen KORMORANBESTAND. Gemeinsam mit den Reihern werden sie durch ihren Kot bald den letzten Baum vernichtet haben. Noch weiter nördlich leben Seehunde in einem Schutzgebiet, das die Safaris ab Bergkvara in gebührendem Abstand aufsuchen.

◎ Outdoor-Fans erklettern das Blocksteinfeld **KARNABERG** (auch: Kanaberg) zwischen Torsås und Påryd, wofür es Fitness und etwas Kondition braucht. Grotten und Aushöhlungen und Gänge gibt's zur Genüge und boten einst dunklen Zeitgenossen Zuflucht vor der Obrigkeit.

◎ **BADEPLÄTZE** AN DER KÜSTE: in Bergkvara die Campingplätze SKEPPEVIK (Süden) und DALSKÄR (im Norden) und weiter nördlich beim Naturreservat ÖRAREVET.

FORTSETZUNG SIEHE NÄCHSTE SEITE

FORTSETZUNG **TORSÅS**

◎ Fernwanderweg **TORSÅSLEDEN**: ein Rundweg über 144 km, markiert, möglich in bis zu 11 Etappen, ohne nennenswerte Höhenunterschiede, unterwegs Wälder, kultiviertes Land, Schären, viele Badeplätze. Information und Karten im Touristenbüro Bergkvara. Das Heft »Torsås Cykla & Vandra« verrät weitere Pfade sowie **RADROUTEN**, Download möglich.

◎ Rund um Torsås erstreckt sich das sogenannte **SLÖJDRIKET**, das REICH DER KUNSTHANDWERKER, in dem schon im 19. Jh. Auftragsarbeiter tätig waren. Neben Textilien und Keramik gehören u.a. Produkte aus Holz und Birkenrinde zum Portfolio. Eine gute Adresse ist das SJÖJDHUSET, Torsås, Allfargatan 17, Tel. 0767 – 71 83 82, www.slojdhuset.se. Mo–Fr 11–17 Uhr, Sa 10–13 Uhr, im Winter verkürzt.

◎ Besonders zwischen 1850 und 1870 gab es viele ERDHÄUSER, wo die Ärmsten der Armen hausten. Oft wurde ein Raum in den Abhang gebuddelt, das Dach mit Torfsoden gedeckt und der Giebel mit Tür und vielleicht einer Fensterluke möglichst nach Süden ausgerichtet; die Wände wurden mit Granitsteinen aufgebaut. Viel Platz gab's darin nicht, und im Winter musste noch Federvieh oder ein Schwein Platz finden. Eine Rekonstruktion ist **BACK-ANTES STUGA** in HÄSTMAHULT, östlich von Torsås. Anfahrt via Str. 504 bis Gullaboås, Richtung Skörebo, Bodhyltan, Hästmahult.

Das Glasreich

Zwischen Nybro und Växjö, inmitten der Wälder Smålands, liegt Glasriket, das »Glasreich«: Schwedisches Glas ist ein Begriff – seien es farbige Schalen und Vasen, geschliffene Bleikristallgläser oder gar Kunstwerke.

RÜCKBLENDE

Glas wird nun seit Jahrhunderten in den Glasbläsereien Smålands hergestellt. Auf königliche Einladung siedelten Anfang des 18. Jahrhunderts böhmische Glasbläser in Südschwedens Wäldern, wo es genug Brennstoff für die Schmelzofen gab. 1742 wurde mit KOSTA die erste Glashütte gegründet; man fertigte Gläser für des »Königs Tafelrunde«, außerdem Fensterglas für Kirchen und Bürgerhäuser. 1866 folgte eine zweite Hütte in Småland, BODA. Bis 1900 gab es zehn Glasbläsereien. Bereits zu diesem Zeitpunkt beschäftigen die Glashütten Künstler für die Formgebung der Produkte, als der Begriff Design noch lange nicht in aller Munde war. Und schon damals erweckte Glas aus Schweden Aufsehen auf internationalen Ausstellungen: Der Name der Glashütte ORREFORS war seitdem ein Begriff für Qualität und innovative Formgebung.

AKTUELL

Von Jahrzehnt zu Jahrzehnt werden es weniger Glashütten. Ein knappes Dutzend arbeiten gegenwärtig im Glasreich, wovon einige inzwischen zum gleichen Konzern gehören. Orrefors, Kosta und Boda, früher Konkurrenten, sind heute verschiedene Marken und repräsentieren unterschiedliche Stile innerhalb eines Unternehmens. Die Ausstellungen von Glaskünstlern und Shops der Glasbläsereien gehören zu den GANZJÄHRIG BELIEBTEN Besuchszielen in Småland. Ob Tischgläser oder Kunstobjekte aus Glas: Mit leeren Händen verlässt kaum ein Besucher das Glasreich – zumal die wertvollen Stücke im Direktverkauf etwas günstiger im Preis sind; nicht zu vergessen ist die Ware ZWEITER WAHL, deren Mängel dem Laien oft gar nicht auffallen.

Das KOSTA BODA ART HOTEL ist die neueste Attraktion im Glasreich. Direkt neben der Kosta Glasbläserei, jener ältesten noch produzierenden Glashütte, wurde 2009 das weltweit erste DESIGN-HOTEL mit »Schwerpunkt Glas« errichtet: Sieben Künstler gestalteten das Hotel voller Glaskunst.

Schließlich sind die Glashütten mit ihren Werkstätten und musealen Arbeitersiedlungen mitten in den Wäldern auch KULTURHISTORISCH beste Beispiele für Smålands Industriegeschichte und allein deswegen ebenso den Besuch wert. Sehr empfehlenswert in dieser Hinsicht sind Boda und Pukeberg.

◀ Glasbläser bei der Arbeit

INFORMATION/ORIENTIERUNG

◎ **AB GLASRIKET**, Engshyttegatan 6, SE – 382 80 Nybro, Telefon 0481 – 452 15, info@glasriket.se, www.glasriket.se. Im zweiten Stock des Bahnhofsgebäudes von Nybro hat das gemeinschaftliche Marketing-Unternehmen der beteiligten Glashütten und der vier Kommunen Emmaboda, Lessebo, Nybro und Uppvidinge seinen Sitz. Es betreibt das Internetportal www.glasriket.se und gibt jedes Jahr eine BROSCHÜRE über das Glasreich auch auf Deutsch heraus. Ferner stellt AB Glasriket den GLASREICH-PASS aus (100 SEK), der beim Kauf von Glasartikeln im Wert von über 500 SEK in den Glasshops Rabatt einräumt, ebenso bei Fahrradvermietern, Eintrittskarten, Hyttsillabenden. Kein Publikumsverkehr.

◎ **NYBRO TURISTBYRÅ**, Engshyttegatan 6, SE – 382 80 Nybro, Tel. 0481 – 450 85, turism@nybro.se/ Ist ganzjährig geöffnet. Mo–Fr 6.45–17 Uhr, So 12–16.45 Uhr.

◎ **EMMABODA TURISTBYRÅ**, Spelcentrum (im Bahnhof), Järnvägsgatan 29, SE–361 30 Emmaboda, Tel. 0471 – 24 90 47, turism@emmaboda.se/ Mo–Fr 8–12.20 und 13.20–16.30 Uhr. Emmaboda ist ein Kreuzungspunkt in Glasreich und Auswandererland, an der Str. 28 (aus/nach Blekinge/Karlskrona aus/nach Norden) und Str. 120 (aus/nach Nybro).

◎ **LESSEBO TURISTBYRÅ**, Storgatan 51 (in der Bibliothek), SE – Lessebo, Tel. 0478 – 125 66, turism@lessebo.se/ Mo+Di 10–18 Uhr, Mi–Fr 10–16 Uhr, Sa 10–13 Uhr. Lessebo liegt an der Str. 25, ganz in der Nähe einiger Glashütten. Nach Växjö im Westen sind es 35 km und nach Nybro im Osten 44 km.

◎ **NUR IM SOMMER** haben einige kleine Info-Büros geöffnet: Turistinformation in Kosta, Kosta Glascenter, Tel. 0478 – 507 05. – Turistinformation in Åseda, Kommunhuset, Kyrkbacken, Tel. 0474 – 470 38.

Unterkunft

HOTELS

◎ **KOSTA BODA ART HOTEL**, Kosta, Stora vägen 75, Tel. 0478 – 348 30, www.kostabodaarthotel.se. Dynamische Tarife. In direkter Nachbarschaft zur Glashütte Kosta, edles Ambiente. 102 VON GLASKÜNSTLERN GESTALTETE Zimmer, Spa-Abteilung, Bar, Restaurant.

◎ **KOSTA LODGE**, Kosta, Stora vägen 2, Tel. 0478 – 59 05 30, www.kostalodge.se. Anlage mit Hotel (26 Zimmer, EZ ab 595 SEK, DZ ab 795 SEK) und 13 Ferienhäusern mit je 2 Apartments (bis zu 6 Personen, ab 795 SEK). Schön am Waldrand, nur ca. 1 km zu Glashütte und Kosta Boda Art Hotel.

◎ **STORA HOTELLET**, Nybro, Mellangatan 11, Tel. 0481 – 519 38, www.storahotellet.se. 37 Zimmer, EZ ab 880 SEK, DZ ab 1.100 SEK. Klassisches Stadthotel zentral im Ortskern Nybro zwischen Glashütte und Bahnhof.

JUGENDHERBERGEN, B & B

◎ STF **ORREFORS VANDRARHEM**, Orrefors, Riveberg, Tel. 0481 – 308 46, orreforsstugby@gmail.com, www.svenskaturistforeningen.se. 1.4. bis 31.10. Im Mehrbett-Zimmer / EZ / DZ ab 200 SEK. Am Ortsrand von Orrefors. Fahrradvermietung. Ca. 15 km nordwestlich von Nybro (Str. 31).

◎ STF **BODA VANDRARHEM**, Boda, Gamla skolan, Skolgatan 4, Tel. 0481 – 242 30, stf.vh.boda@telia.com/ Mitte Mai bis 31.8. Preis pro Bett ab 225 SEK, kein Frühstück, nur Gästeküche! Buchung direkt über Telefon oder E-mail. Fahrradvermietung im Voraus abklären. An der Str. 25, nahe der Glashütte.

◎ STF **LÅNGASJÖ VANDRARHEM**, Långasjö, Kyrkvägen 39, Tel. 0471 – 503 10, www.langasjovandrarhem.se. Ganzjährig geöffnet. Preis je Bett im Mehrbett-Zimmer ab 200 SEK, EZ ab 350, DZ ab 490 SEK. Hier wohnen Sie in früheren Kirchställen. Fahrradvermietung. Guter Service. Westlich von Emmaboda, via Str. 120.

◎ STF **KORRÖ VANDRARHEM**, Korrö Hantverksby, SE – 360 24 Linneryd, Tel. 0470 – 342 49, www.korro.se. 2.1. bis etwa 20.12. Ab 225 SEK im Mehrbett-Zimmer, als EZ 295 SEK, als DZ 490 SEK. Auf vier historische Gebäude verteilt, schönes Ambiente, sehr gutes Restaurant. Kanu- und Fahrradvermietung.

◎ **GRIMSNÄS HERRGÅRD** B & B, Skruv, Telefon 0709 – 14 14 56, www.grimsnas.se. Schönes altes Landgut, mit B & B-Pension im Haupthaus und Jugendherbergsstandard in der ehemaligen Scheune. DZ ab 990 SEK, Jugendherberge DZ ab 825 SEK. Mehrfach prämiertes Restaurant, Chefkoch *Sune Markman* bevorzugt regionale frische Zutaten. Fahrrad- und Bootsvermietung.

CAMPINGPLÄTZE

◎ **ORREFORS CAMPING**, Tikaskruv 304, Telefon 0481 – 304 41, www.orrefors-camping.se. 1.5. bis 30.9. Stellplatz ab 150 SEK, Campinghütten ab 500 SEK. Str. 31, 2 km nordwestlich von Orrefors am See Oranäsasjön. Fahrräder, Kanus sowie Ruderboote zu mieten. Vorbildlich gepflegte Anlage, ein günstiger Ausgangspunkt.

◎ **KOSTA BAD & CAMPING**, Kosta, Rydvägen, Tel. 0478 – 505 17, www.glasriketkosta.se. Ganzjährig geöffnet. Stellplatz ab 155 SEK, Campinghütten ab 600 SEK, Ferienhütten ab 675 SEK. 500 m südwestlich der Glashütte (Str. 28). Freibad ersetzt Badeplatz am See, einige Aktivitäten. Im Umland fischreiche Gewässer.

◎ **EMMABODA CAMPING**, Emmaboda, Rasslebygd, Fritidsvägen, Tel. 0471 – 24 90 90. 15.5.–15.9. Stellplatz ab 200 SEK, Campinghütten ab 450 SEK. Ordentlicher, allerdings relativ schlichter Platz. Fahrradvermietung.

◎ **GÖKASKRATTS CAMPING** bei Hovmantorp, Bruksallén, Tel. 0478 – 408 07, www.gokaskratt.se. Ganzjährig geöffnet. Stellplatz ab 180 SEK, Campinghütten ab 500 SEK. In Hovmantorp am See Rottnen, gut 10 km westlich von Lessebo, Str. 25.

Zu den Jugendherbergen Långasjö und Korrö siehe auch die Seiten 206 / 207.

HYTTSILL

Hyttsill (sprich: hüttßill), der Hütten-Hering, hat eine lange Tradition. Als die Glashütten entstanden, waren sie Mittelpunkt in den Ortschaften; fast alle Einwohner arbeiteten dort. Und man traf sich auch abends in der Wärme der Hütte, tauschte sich aus, erzählte Geschichten, sang miteinander und bereitete in den Öfen seine Mahlzeit zu, Hering und Kartoffeln.

Heute sind diese HYTTSILLAFTON eine Attraktion. Zwischen Essensdüften und Hüttengeruch, Plauderei und Gesang versucht man der Gemütlichkeit vor den Öfen und der »Romantik« vergangener Tage auf die Spur zu kommen. Die Tische sind weiß gedeckt, ein Buffet ist aufgebaut, es werden *sill* (Hering), *isterband* (Grützwurst), Zwiebeln, Kartoffeln, Käsekuchen und Preiselbeermarmelade von den Köchen zubereitet. Traditionell gart man die Kartoffeln (in Folie) in der heißen Asche und brät den Hering im Kühlofen; das ist der Ofen, der zum langsamen Abkühlen der Glasprodukte verwendet wird.

Hyttsill gibt es von Juni bis September in Pukeberg, Målerås, Kosta, Bergdala. Die Kosten je Person liegen um 300–400 SEK, für Kinder um 100 SEK. Beginn meist um 18/19 Uhr, Anmeldung in Touristenbüros, bei den Glashütten oder z.T. online via www.glasriket.se (auch auf Deutsch).

Die Glashütten

Einem Team von GLASBLÄSERN bei der Arbeit ZUZUSCHAUEN: Konzentration, Geschicklichkeit, gutes Augenmaß, Schnelligkeit – all dies kann man vielleicht nachempfinden. Wie aber ein 1.000°C heißer, rot glühender Klumpen geschmolzenen Sandes gedreht, geblasen, geformt und wieder erhitzt, wieder geblasen, mit einer Schere abgeschnitten oder in die Zange genommen wird, einen anderen »Sandtropfen« aufgesetzt bekommt und allmählich Form annimmt, dies erscheint Laien fast wie Zauberei. In einigen Hütten können Sie Glasbläsern zuschauen. Nehmen Sie an einer Führung teil oder gehen Sie zu einem der Hyttsill-Abende, an denen Sie sich mitunter selbst darin versuchen können, Glas zu blasen oder zu gravieren!

◎ Die **ÖFFNUNGSZEITEN** sind mit geringen Abweichungen bei allen Hütten gleich: Mo–Fr 10–17 Uhr, Sa 10–16, So 12–16 Uhr, in der Hochsaison (etwa 10.6.–20.8.) gelten längere Zeiten. ZUSCHAUEN kann man DEN GLASBLÄSERN etwa Mo–Fr 7/8/9–14/15.30 Uhr, Sa+So 11–17 Uhr (teilweise nur in der Hochsaison).

ALPHABETISCH GEORDNET

◎ **BERGDALAHYTTAN**, Bergdala Glasbruk, Hovmantorp (10 km nordwestlich von Lessebo, Abzweigung von der Str. 25), Tel. 0478 – 101 53, www.bergdalahyttan.se.

Bekannt ist das Glas aus Bergdala für die BLAUE KANTE, das bis ins 19. Jahrhundert zurückreicht; das wird auch heute dort hergestellt, obwohl die Glashütte eine Neugründung ist. Nach der Stilllegung der Studioglas Strömbergshyttan, die in der Glasbläserei von Bergdala bis 2014 produzierte, gründete *Roger Johansson* 2015 am selben Ort die neue Firma Bergdalahyttan.

Mit einem kleinen Team werden Glaskrüge, Schalen sowie Gläser mit blauer Kante produziert. Und Kunstglas unter dem Label »Bergdalahyttan Art-Collection«. Shop. Café. Hyttsill-Termine auf der Website. Glas geblasen wird werktags 7–15.30 Uhr.

◎ **BODA GLASBRUK** ist heute **THE GLASS FACTORY**, Boda (an der Str. 25 zwischen Nybro und Eriksmåla), Storgatan 5, Tel. 0471 – 24 90 00, www.theglassfactory.se.

In den historischen Werksgebäuden hatten die Künstler Kjell Engman und *Monica Bäckström* aus der Kosta-Boda-Gruppe lange ihre Experimentierwerkstatt. 2009 wurde die bereits still gelegte Anlage an die Gemeinde Emmaboda verkauft, bevor 2010 das »Design House Stockholm« mit einstieg. Inzwischen gibt es auf dem traditionsreichen Gelände ein interaktives Glasmuseum, ein Warenhaus mit Glas/Design und vor allem wieder eine Glashütte: Deren Name VET HUT geht auf einen Ableger von Boda Glasbruk aus den 1960er Jahren zurück. SCHWEDISCHES REVIVAL jubelte die internationale Fachpresse.

◀ Die extravagante Gläser- und Becher-Serie »Electra« aus der Glashütte Målerås; das hohe Gefäß fungiert als Weindekanter

◎ **BSWEDEN** BELYSNINGSBOLAGET, Herråkra (südwestlich Lenhovdas), Tel. 0474 – 230 40, www.bsweden.se.

Ein innovatives, international erfolgreiches sowie mehrfach ausgezeichnetes Unternehmen, das sich auf die Produktion von LAMPEN spezialisert hat und dabei viel Knowhow der regionalen Glasbläser-Tradition nutzt. Es ist nicht mit dem zentralen Vermarkter AB Glasriket liiert.

◎ **JOHANSFORS GALLERY** ist eine private Sammlung von Glasprodukten, die im Johanfors Glasbruk von 1891 bis 2013 entstanden sind. In wechselnden Ausstellungen werden Exponate aus diesem Fundus in der einstigen »Patronsvilla« in Broakulla (an der Str. 28 zwischen Emmaboda und Eriksmåla) gezeigt. Mitte Mai bis Ende September Mi–So 11–18 (Do bis 21) Uhr, sonst auf Anfrage. Broakulla, Bruksgatan 38, Tel. 0471 – 401 19. www.johansforsgallery.com.

◎ **KOSTA GLASBRUK** (1742), Kosta, Tel. 0478 – 345 00, www.kostaboda.com. Verkauf und Ausstellung, Führungen, Glasblasen, Hyttsillafton.

Hier in Kosta fing alles an. Im 19. Jh. folgten mehr und mehr Hütten, die erworbenen Kenntnisse in der Glasherstellung nahmen die Meister häufig mit. So wuchs nach und nach das Glasreich in Småland heran. In Kosta zählt die Hütten-Gruppe mit Disponentbostaden, der Villa des Direktors (1758), und den Glasbläser-Häuschen namens »Einser«, »Zweier« oder »Jerusalem«, »Babylon« zu den am besten erhaltenen im Land. Arbeiterwohnhäuser jüngeren Datums stehen inzwischen auch unter Denkmalschutz: In den 1950er Jahren wurden auf dem Werksgelände lichtdurchflutete Reihenhäuser des Architekten und Designers Bruno Matthson errichtet. Große Fensterflächen – viel Glas eben – sind die Besonderheit dieser Häuser. Die »Glashäuser« dieses international renommierten Möbeldesigners aus Värnamo (siehe Seite 99 f.) werden mittlerweile als VIP-Apartments für Kosta-Boda-Gäste genutzt. Hier entstehen die klassischen, kostbaren, prächtigen, leuchtenden (und öfter überraschenden) Werke verschiedener Künstler.

Aktuell sind für Kosta Boda tätig: *Anna Ehrner,* Ann Wolff, Bertil Vallien, *Ernst Billgren,* Göran Wärff, Kjell Engman, Ludvig Löfgren, *Sara Woodrow,* Ulrica Hydman-Vallien, Åsa Jungnelius und *Mattias Stenberg.*

Neben den eigenen Erzeugnissen, die im Kosta Boda Fabrikverkauf angeboten werden, gibt es in direkter Nachbarschaft das KOSTA OUTLET, das Geschäfte mit Haushaltswaren, Heimtextilien, Bekleidung, Outdoorausrüstung sowie Sport-Bekleidung umfasst.

◎ **LINDSHAMMAR GLASBRUK** (1905): Seit 2008 wird nichts mehr produziert in der Glashütte, die einst die von Hand gegossenen Glasbausteine für den 37 m hohen Glas-Obelisken auf dem zentralen Platz Sergels Torg in Stockholm geliefert hatte – nur Lindshammar konnte die speziellen Steine produzieren, die der Glas-

So wie BSweden sind auch andere Unternehmen im Glasreich nicht beim zentralen Vermarkter AB Glasriket organisiert.

ORREFORS KOSTA BODA: WENN DIE »HEUSCHRECKEN« KOMMEN

Orrefors, Kosta und Boda waren einstmals eigenständige Unternehmen, heute sind sie eins: »Orrefors Kosta Boda AB« ist sozusagen ein småländisches Design-Unternehmen, das unter den Marken »Orrefors« und »Kosta« Kunstglas und Gebrauchsglas herstellt. SEA-Glasbruk ist eine Tochter von Orrefors Kosta Boda. (Boda steht missverständlich zwar im Namen des Unternehmens – die wieder aufgenommene Produktion dort läuft aber unter anderer Regie, siehe Seite 199.)
Seit Ende der 1990er Jahre wechselte Orrefors Kosta Boda mehrfach den Besitzer, bevor es 2005 mit der »New Wave Group Sweden AB« ein an der Stockholmer Börse notierter Mischkonzern (dem zahlreiche Firmen aus der Bekleidungs- und Konsumgüterbranche gehören) übernahm. Seitdem sucht das Unternehmen nach dem richtigen Weg, um sich zu behaupten. Das wirtschaftliche Konzept rief in Småland allerdings zunächst viel Unmut hervor. So wurden 2013 die Glashütten von Orrefors – einer der traditionsreichsten Standorte – und Åfors geschlossen und die Immobilien verkauft. Die Rechte am Markennamen beibehaltend, werden Orrefors-Produkte nun in Kosta hergestellt. Die Konzentration auf einen Standort konsequent fortführend, investiert(e) man kräftig in diesen, so in ein – zugegeben fantastisches und ökonomisch nachvollziehbares – Prestigeprojekt:

KOSTA BODA ART HOTEL

Als Gesamtkunstwerk kann man das Kosta Boda Art Hotel bezeichnen, das seit 2009 Besucher ins Glasreich lockt und sie – mindestens für eine Nacht – zum Bleiben veranlasst. Sieben Künstler waren maßgeblich an der Gestaltung beteilligt: Lobby, Spa-Abteilung und Bar faszinieren mit ungewöhnlichen architektonischen Lösungen sowie Kunstobjekten aus farbigem Glas. Jeder Gebäudeteil und jeder Zimmerflügel trägt die Handschrift eines Künstlers. Jedes Zimmer ist individualisiert mit Unikaten aus Glas – von der Vase bis zum Glasbaustein. Lohnenswert ist ein Besuch in der Lobby, die von Bertil Vallien gestaltet ist, und in der Bar (Kjell Engman). Nur Hotelgäste und Besucher der Spa-Abteilung (Åsa Jungnelius) können die Unterwasser-Kunstwerke im Pool (Kjell Engman) bestaunen. Der Konferenzabteilung hat Ludvig Löfgren seinen Stempel aufgedrückt und im Restaurant ist Ulrica Hydman-Valliens Stil erkennbar. Göran Wärff hat schließlich auf der Fassade mit Beton und Glas Akzente gesetzt.
Zum weiteren Kennenlernen: www.kostabodarthotel.com. Die Kontaktdaten stehen bereits auf Seite 196.

Trotz aller modernen Attraktionen auf dem Kosta-Gelände sei es zuallererst empfohlen, die Glashütte selbst zu besichtigen: den Glasbläsern bei der Arbeit zuschauen, an einer Führung durch das Werk teilzunehmen und die Kosta-Ausstellung (zu Produkten und Historischem) zu besuchen.

künstler *Edvin Öhrström* für die Skulptur benötigte, die 1974 errichtet wurde. Ein Reminiszenz an diese schöne Geschichte ist heute der Name des CAFÉ SERGEL auf dem Areal der einstigen Glashütte, ein Café im småländischen Niemandsland, das als eines der besten in Schweden gilt (laut Restaurant-Kritiker »White Guide«). Ebenfalls vor Ort ein B & B mit Zimmern in einem der historischen Gebäude, in denen einst die Arbeiterfamilien wohnten. Arabusta Café Sergel, Lindshammar, Bruksvägen 2, Tel. 0383 – 21190, www.cafesergel.se.

◎ **MATS JONASSON MÅLERÅS** (1890) in Målerås (an der Str. 31 zwischen Orrefors und Lenhovda), Telefon 0481 – 314 01, www.maleras.se. Glasblasen, Ausstellung, Shop, Gastronomie, Hyttsill. Die Fensterplätze im Café-Restaurant erlauben den Blick in einen Produktionsbereich.

1981 sicherten sich 15 Mitarbeiter den Arbeitsplatz, indem sie die Hütte dem Kosta-Konzern abkauften. 80 der rund 250 Einwohner vor Ort erwarben damals Aktien bzw. Anteile. Unter ihnen war *Mats Jonasson,* dessen Idee, Kristallblöcke mit Motiven aus der Tierwelt in Reliefform zu fertigen, ein riesiger Erfolg wurde. Die Jahresausgaben sind heute begehrte SAMMLEROBJEKTE. Ähnlich populär sind die zauberhaften Motive aus dem Bereich der Flora. Jonasson ist der berühmteste Kreative in Målerås, aber nicht der einzige. Ludvig Löfgren, *Robert Ljubez, Lina Lundberg* und *Morgan Persson* komplettieren die Riege der Glaskünstler vor Ort. Berühmte Vorgängerinnen in Målerås waren *Erika Höglund* und *Annette Krahner,* die eine Technik entwickelte, um Glas als Werkstoff auch für Grabsteine zu verwenden.

Eine weitere aktuelle Produktlinie der Glashütte ist Schmuck aus Glas.

◎ **MICKE JOHANSSON KONSTGLAS**, Örsjö 134 (ca. 2 km südlich der Str. 25 zwischen Nybro und Eriksmåla), Tel. 0481 – 124 09, www.mickejohankonstglas.se. Shop, Ausstellung.

Der Glasmeister Micke Johansson erlernte in Orrefors sämtliche Glastechniken, wie die Vielfalt seiner Werke beweist. Er arbeitete in Pukeberg, bevor er 2011 die eigene Kunstglas-Produktion in Örsjö startete.

◎ **NYBRO CRYSTAL SWEDEN**, Herkulesgatan 2, Nybro, Telefon 0481 – 428 81, www.nybro-glasbruk.se. Ausstellung, Shop, Glasmalerei.

Auch die Glashütte Nybro Glasbruk (1935) hat einen Konkurs (2007) hinter sich; sie war bekannt für ihre Herstellung von Glas im sogenannten Hand-, Press- und Schleudergussverfahren. Heute liegt der Schwerpunkt auf dem Bemalen von dekorativem Gebrauchsglas. Einen Teil der alten Kollektionen führt man weiter, wie die beliebte Serie BOHUS (Schalen in Schiffsform, Kerzenhalter u.a.), ebenso die Tradition von Sporttrophäen und -souvenirs, insbesondere für Golfer und Golfturniere. Federführend in der kreativen Riege ist der Designer *Anders Lindblom.*

Die ungefähren Öffnungszeiten stehen einleitend auf Seite 199, die genauen auf den jeweiligen Websites sowie in der jährlichen Glasreich-Broschüre.

◎ **ORREFORS GLASBRUK** (1898) in Orrefors (an der Str. 31 zwischen Nybro und Maleràs). Die Produktion in der traditionsreichen Glashütte wurde 2013 eingestellt. Der Konzern Orrefors Kosta Boda AB verkaufte das Werksgelände und stellt das Glas der Marke Orrefors seitdem am Standort Kosta her. – Auf dem Areal entsteht das MUSEUM **GLASRIKETS SKATTER**, in dem Schätze des Glasreichs präsentiert werden sollen: www.glasriketsskatter.se.

Den Namen Orrefors machten Anfang des 20. Jhs. die Künstler *Simon Gate* und *Edward Hald* weit bekannt; schweres Kristall mit meisterhaftem Schliff galt als Markenzeichen dieser Hütte. Gemeinsam mit den Meistern entwickelten die Künstler NEUE VERARBEITUNGSTECHNIKEN, etwa die Gral-Technik, bei der ein Glasklumpen aus mehreren Farbschichten mit Schliff, Gravur oder Ätzung versehen und wieder erhitzt wird, eine weitere klare Glasschicht erhält und dann in die gewünschte Form und Größe geblasen wird. Zu den klassischen Kristallarbeiten gesellten sich neue Formen und Farben, auch Glasmalerei mit unkonventionellen Motiven.

◎ **CARLOS R. PEBAQUÈ DESIGN**, Glasblåsarevägen 6, Gullaskruv (zwischen Orrefors u. Maleràs), Tel. 0481 – 32117, www.carlosartglass.com. Shop und Glasschleiferei.

Senor Pebaqué, geboren in Montevideo, besuchte dort die Kunstfachschule. Früh kam er mit Glas in Berührung und war bald dem Zauber und den Möglichkeiten des Materials verfallen. Nach etlichen Wanderjahren fasste er in Småland Fuß, wo er sein Können in der Glasschule Orrefors vervollkommnete und die Ausbildung mit Auszeichnung abschloss. Seit 1984 ist er selbständig und entwickelte CARA, eine besondere Technik der Kunstglasherstellung. Es ist faszinierend anzusehen, wie er mit dünnen farbigen Glasstäben malt: Unter einer Flamme werden sie auf einen glühenden Glaskörper aufgetragen; bei weiteren Arbeitsgängen dringen sie in die Tiefe. So entsteht plötzlich ein Bild im Glas. Diese Kunstwerke sind einzigartig. Das Glasblasen findet im nahen Måleras statt.

◎ **PUKEBERG GLASBRUK** (1871), Nybro, Pukarnas. Glasblasen, Galerie, Shop, Hyttsill.

In der traditionsreichen Glashütte werden derzeit vor allem junge Designer ausgebildet sowie neue Glasöfen und Techniken getestet. Sie ist nun Teil der Linné-Universität von Växjö/Kalmar. Auch das Design-Archiv des Kalmar Kunstmuseums zog hierher. Ende 2011 ging das nordeuropäische Entwicklungszentrum für Glas und Kunstglas nach zweijähriger Projektphase an den Start.

Zwar werden in Pukeberg keine Lampen mehr hergestellt, trotzdem haben Besucher weiter Gelegenheit, Glasbläsern zuzusehen, nur dass diese weniger kommerziell tätig sind, sondern hauptsächlich zu Versuchszwecken. Einige Gebäude des traditionsreichen Werksgeländes sind als Ateliers in Nutzung, auch der Nybro Kunstverein stellt vor Ort aus, ebenso die Hemslöjdforening, der Kunsthandwerkverein aus dem Bezirk Kalmar Län. Wechselnde Ausstellungen zeigen Techniken und Stile der Formgeber aus verschiedenen Epochen. Geld verdient wird hier vor allem mit Hyttsill-Abenden (siehe Seite 198 sowie www.hyttsillen.com).

◎ **ROSDALA GLASBRUK** (1895): Auch die Glashütte Rosdala in Norrhult wurde stillgelegt. Auf dem malerischen Gelände befinden sich heute ein Café sowie ein Shop mit Deko- und Einrichtungsgegenständen. In Norrhult, Rosdalavägen, Tel. 070 – 98 95 444, www.rosdalabutiken.se.

Rosdala war eine ganz besondere Glashütte – sie stellte NUR LAMPEN her, und hier gab es Ersatz für eine zu Bruch gegangene Lampe, da im Keller der Anlage tausende Holzformen für Lampen lagerten, von der Petroleumlampe bis zur Neonröhre, ein Querschnitt durch 115 Jahre. Sehenswert ist die HISTORISCHE HÜTTENANLAGE.

◎ **SEA GLASBRUK** (1956), Kosta, ist ein Tochterunternehmen von Orrefors Kosta Boda AB, hat aber keinen eigenen Besuchsverkehr.

◎ **SKRUFS GLASBRUK** (1897), Kajvägen 4, Skruv, Tel. 0478 – 201 33, www.skrufsglasbruk.se. Glasblasen, Shop, Museum, Restaurant, Hyttsill.

Nach Höhen und Tiefen und einem Konkurs in den 1970er Jahren wurden die Schmelzöfen in der Glasbläserei wieder angeheizt. Von den historischen Gebäuden sind besonders die alte Schleiferei und das restaurierte Dampfmaschinenhaus zu nennen; heute befindet sich darin ein Museum mit einer Sammlung von über 200 Glas-Servicen.

Skrufs Glasbruk ist heute ein reines Familienunternehmen, und alle Produkte sind von Hand gemacht.

◎ **TRANSJÖ HYTTAN**, Transjö (etwa 3 km südlich von Kosta, an der Str. 28), Tel. 0478 – 507 00, www.transjohytta.com. Shop und Ausstellung.

Sehr idyllisch direkt am Fluss Lyckebyån liegt die kleinste Glashütte im Glasreich. Seit über 30 Jahren arbeiten hier die Glaskünstler *Jan-Erik Ritzman* und *Sven-Åke Carlsson*. Die Hütte selbst ist eigentlich mehr Atelier und Werkstatt, zwischenzeitlich auch für andere, auswärtige (Nachwuchs-)Künstler aus der Branche.

Land der Auswanderer

Zwischen 1840 und 1930 verließen eineinhalb Millionen Schweden ihre Heimat und wanderten nach Übersee aus, die meisten nach Nordamerika. Dörfer wie das småländische LÅNGASJÖ verloren die Hälfte ihrer Bewohner. Vilhelm Moberg (1898 – 1973) schildert im ersten Teil seiner »Auswanderer«-Romane eindringlich die Lebensbedingungen im armen Småland, wo die karge Erde

Oben zu Gast beim Glasblasen in der Bergdalahyttan, unten die Holzskulpturen zum Gedenken an die Auswanderer in Ljuder (siehe Seite 206) ▶

nicht mehr genug zum Überleben hergab. Die Orte, die er im Roman beschreibt – Duvemåla, Påvelsmåla – haben reale Vorlagen. Heute können Besucher leicht den Wegen folgen, die die Auswanderer von Småland nahmen, um in Karlshamn nach Amerika einzuschiffen.

Die örtlichen und regionalen Touristbüros in EMMABODA und VÄXJÖ informieren über Ausflugsrouten durch das Land der Auswanderer.

◎ Der Name **DUVEMÅLA** ist in Schweden Synomym für die gesamte Tragik der Auswanderergeschichte. Vilhelm Moberg schildert in seinem Roman »Die Auswanderer« das Schicksal von Kristina und Karl Oskar. Duvemåla ist Kristinas Elternhof sowie Quell ihres nie endenden Heimwehs. Als Musical »Kristina från Duvemåla« erlangte die Thematik Ende der 1990er Jahre noch einmal große Popularität in Schweden.

Der Bauernhof Duvemåla ist eine Bilderbuchidylle, wie es sie in Småland häufiger gibt. Hier wuchs Mobergs Mutter auf, deren sechs Geschwister alle gen Amerika auswanderten. Eine in Stein gehauene Kristina erinnert an diesen Exodus der Schweden vor über hundert Jahren. Zwischen Eriksmåla und Emmaboda, direkt an der Str. 28 mit Parkplatz und Ausgangspunkt für Wanderungen im Land der Auswanderer.

◎ **LÅNGASJÖ** ist ein kleiner Ort an der Str. 120 zwischen Emmaboda und Rävemåla. Vor der Kirche steht ein Gedenkstein für die Auswanderer, die diese Gegend verließen, als sie für sich und ihre Kinder keine Zukunft mehr sahen. Die nach Mobergs Romanen gedrehten Filme mit *Max von Sydow* und *Liv Ullman* (1969, Regisseur *Jan Troell)* wurden, die SZENEN IN SCHWEDEN betreffend, teilweise auf dem Hof **KLASATORPET** gedreht, der nahe der Kirche zu besichtigen ist. Juni bis August täglich 9.30 – 18 Uhr. Info-Tel. 0471 – 503 10. Eintritt 30/0 SEK.

◎ Auch das Kirchspiel **LJUDER** gehört zu den durch Mobergs Romane berühmt gewordenen »Auswanderer-Orten«, in denen die Emigranten-Geschichte bis heute ein Teil der eigenen Identität ist. 2006 wurde eine Skulptur aus grob geschnitztem Holz zum Gedenken an das Schicksal der Auswanderer errichtet (siehe Seite 205): ein Zuversicht ausstrahlender Mann und eine sorgenvoll blickende Frau mit ihren drei Kindern. Im »Amerika-Zimmer« des Gemeindehauses gibt's eine Sammlung von Erinnerungsstücken von Emigranten und das örtliche Auswandererregister: Hier ist dokumentiert, dass 1.100 Bürger aus Ljuder zwischen 1852 und 1930 die Heimat verließen.

Heute zählt Ljuder 1.050 Einwohner und pflegt regen Kontakt zu den »Schweden-Amerikanern« – jedes Jahr im August findet der MINNESOTA-TAG statt, u.a. mit Vorträgen zu Themen wie »Migration«, »Amerikas Småland« und »Grüßen aus Nah und Fern«.

Zum Auswandererland beachten Sie bitte auch den Kulturparken Småland in Växjö auf Seite 72. Unterkünfte (Jugendherbergen) gibt es u.a. in Ljuder und in Långasjö (siehe Seite 197).

Weitere Ausflugsziele

Im Glasreich gibt es NOCH MEHR Interessantes zu entdecken – sofern man sowieso in der Nähe ist, sind Abstecher zum Beispiel nach Korrö und zur Lessebo Handpappersbruk eine Bereicherung.

◎ **KORRÖ**, zwischen Linneryd und Rävemåla, ist ein sorgfältig restauriertes HANDWERKERDORF mit Sägewerk, Mühle, Gerberei sowie Färberei – ein idyllisches Plätzchen im Wald am Fluss Ronnebyån. Als erstes stand schon im Mittelalter eine Mühle, die zu den Gütern des Doms in Växjö gehörte. Nach der Reformation wurde der Staat Eigentümer, verpachtete die Mühle und verkaufte sie 100 Jahre später an eine Adelsfamilie. Immer mehr Gebäude kamen hinzu. Anfang des 19. Jhs. wurde in Korrö Branntwein hergestellt, 1824 übernahm ein neuer Besitzer das Anwesen. 1848 wurde die jetzige DREISTÖCKIGE MÜHLE gebaut, bis auf das große Wasserrad ist alles noch so erhalten, wie es 1948 der letzte Müller hinterließ. 1864 erwarb ein Braumeister Uebel aus Bayern den Besitz, und eine Brauerei entstand. Im Sommer war der größte der drei Erdkeller eine Kneipe; im Winter verkaufte C.F. Uebel in einem Zimmer seines Wohnflügels »Herrenbier«, »Frauenbier« sowie »Arme-Leute-Bier«. Das Sägewerk datiert von 1880. Sägen konnte man nur bei hohem Wasserstand, im Normalfall von Weihnachten bis Mai; anschließend trieb das Wasserrad den (erhaltenen) Hobel, um Dachschindeln herzustellen.

Außerhalb des Gutes hatten sich ab 1840 am Fluss mehrere Handwerker niedergelassen. Die Gerberei und die Färberei sind original; das Gesellenzimmer des Färberhauses war im Film DIE AUSWANDERER die Knechtekammer. – Die Gerberei mit kleinem Museum ist privat und nur nach Absprache zu besichtigen.

Im Stallgebäude LOGEN ist die Geschichte Korrös anhand von Bildern, Zeichnungen u.a. nachzuvollziehen. Tel. 0470 – 342 49, www.korro.se. Anbei das Café Mjölnaren (im Sommer täglich, sonst Sa+So 11–17 Uhr).

◎ Am letzten (verlängerten) Juliwochenende findet in Korrö das landesweit größte **FOLKFESTIVAL** statt.

◎ Im alten Herrenhaus Korrö kann übernachtet werden: in der **STF-JUGENDHERBERGE** DES JAHRES 2011. Korrö gilt als guter Ausgangspunkt für Besuche in den Glashütten oder zum Wandern. Auch ein gehobenes Restaurant hat sich vor Ort etabliert. Zur Jugendherberge siehe Seite 197.

◎ **LESSEBO HANDPAPPERSBRUK**, Storgatan 79, Lessebo (an der Str. 25 zwischen Eriksmåla und Växjö), Tel. 0478 – 476 91. 1.6.–31.8. Mo–Fr 9–17 Uhr, Führungen um 10, 11, 13, 14 und 15 Uhr. Anbei Café und Shop.

1693 gegründet, ist Lessebo heute Schwedens einzige PAPIERMÜHLE, die noch für Verbraucher Papier in Handarbeit herstellt, auf die gleiche Weise wie vor mehr als 300 Jahren. Früher wurde Papier aus Lumpen hergestellt, heute aus den Restfasern der Samenkapsel des Baumwollbusches. Es bedarf einer langen Prozedur (vom Mahlen des Rohstoffes bis zu Glättung und Sortierung), um nur einen handgeschöpften Bogen Papier zu erhalten. 20 kg Papier pro Tag können so hergestellt werden. Obwohl eine moderne Maschine diese Menge in wenigen Sekunden fertigt, wird handgeschöpftes Papier nachgefragt, sei es von Institutionen, die hochwertige Briefbögen, Umschläge etc. verwenden, wie auch von Künstlern, die im Rahmen ihrer Arbeit Wert auf handgeschöpftes Papier, auf seine Schönheit und Prägung legen.

Sollten Sie auf der Durchreise wenig Zeit haben, gehen Sie halt in den Shop und schauen sich die verschiedenen »Schöpfungen« an.

An Mittsommer schmücken bunte Papierstreifen Lessebos Maibaum.

◎ SCHNAPSBRENNEREI **KYRKEBY BRÄNNERI** an der Str. 28 am Fluss Lyckebyån, südlich von Emmaboda, Tel. 0471 – 204 53. Juli Mi+So Führungen um 14 Uhr (Sprache telefonisch im Voraus erfragen). Ticket 50 SEK.

Schwedens älteste Schnapsbrennerei vom Anfang des 18. Jahrhunderts erweckten lokale Enthusiasten erst 2005 nach einem Dornröschenschlaf wieder zum Leben – es wurde wieder Schnaps gebrannt und in den Läden des staatlichen Alkoholverkaufsmonopols Systembolaget in Emmaboda, Nybro und Kalmar als »Kyrkeby Citron« verkauft. Einen Tag nach dem Erstverkaufsdatum waren alle bis dato abgefüllten Flaschen geordert. Leider musste die Produktion 2006 wieder eingestellt werden: Zu teuer wäre es geworden, in der historischen Anlage in zukunftsfähige Lösungen zu investieren.

◎ **GRÖNÅSENS ÄLGPARK**, Kosta (Straße zwischen Kosta und Orrefors), Tel. 0478 – 507 70, www.gronasen.se. 1.6.–31.8. täglich 10–18 Uhr, Mai u. September 11–17 Uhr, ab Ostern und bis Allerheiligen 11–16 Uhr. Eintritt 85/70/0 SEK.

Etwa 2 km Spazierweg durchqueren ein großes Elchgehege mit Aussichtspunkten. Garantiert bekommt man einige Tiere im Wiesen-Gehege gleich zu Beginn zu sehen, während es beim Rundgang durch den Wald eher Glücksache ist. Ferner Ausstellung »Elch im Straßenverkehr«, Elch-Museum, Shop mit Elch-Artikeln in enormer Vielfalt – ein Ort für hartgesottene Elchfans!

Ferien aktiv

In diesem Kapitel mit seiner großen geografischen Ausdehnung ordnen wir diese Rubrik nicht wie sonst nach Aktivitäten, sondern nach Orten, damit Sie rasch erkennen können, ob sich der jeweilige Pfad, Weg oder das Gewässer aktuell in Ihrer Nähe oder bei einem Ihrer Reiseziele befindet.

◎ Der **UTVANDRARLEDEN** führt als ausgeschildeter Themenweg zum Wandern, Radfahren und teilweise sogar zum Paddeln durch die Region. – Der Wanderpfad ist als 112 km langer Rundweg angelegt, den man bequem in 6 Etappen gehen kann, übrigens mit Übernachtungsmöglichkeiten direkt an der Route. Etappenorte sind u.a. **GRIMSNÄS, KORRÖ** und **LÅNGASJÖ**. Der Verlauf des Radwegs bringt es auf etwa 130 Kilometer, die teils über Nebenstraßen und teils über Waldwege führen. Information: www.utvandrarleden.se.

◎ Im **NATURRESERVAT KORRÖ** ist ein Naturstig markiert. Der Korröleden führt über rund 4 km weitgehend am Fluss Ronnebyån entlang.

In Korrö besteht eine Infrastruktur für Touristen, u.a. zum Übernachten (siehe Seite 197 und 207); es können Lunchpakete für Ausflüge in die Natur bestellt sowie Fahrräder und Kanus gemietet werden.

◎ **MÅLERÅS**: In einem Info-Stand am Parkplatz der Glashütte Maleräs liegen deutschsprachige Faltblätter aus, die über einen Wanderpfad und Radrouten im Umland informieren. Der 7 km lange Pfad GRÅSTENSMON verdankt seinen Namen einer Moränenlandschaft mit typischen Besonderheiten in Geologie und Flora. Die Route führt um den See LÅNGEGÖL, südwestlich von Målerås. Start sowie Parkplatz am BADEPLATZ, ab Str. 31 von Målerås in Richtung Westen die erste Abzweigung links. Entlang des Pfads sind mehrere Info-Stellen eingerichtet, die auch auf Deutsch Auskunft geben. Der Wanderweg ist gut ausgetreten und in oft feuchten Passagen sind Holzbohlen montiert.

Ein weiteres Faltblatt empfiehlt fünf Radrundfahrten von 33–45 km Länge rund um die Glashütte. Diese Routen sind nicht markiert, können aber als »Pakete« mit Unterkunft im örtlichen B & B gebucht werden: Måleräs Vandrarhem B & B, Lindvägen 5, Tel. 0481 – 311 75, www.malerasvandrarhem.se.

◎ Südöstlich von **EMMABODA** erstreckt sich eine kleine SEENPLATTE bei Torsjö. Hier verläuft der 7 km lange TORSJÖLEDEN als orangefarben markierter Rundweg. Anfahrt ab Emmaboda: Str. 28 nach Süden bis Vissefjärda, nach Osten Richtung Påryd, nach 10 km Abzweigung links nach Kammerbo, ab dort ausgeschildert, noch 5 km. Parkplatz am Aussichtshügel Kejsareberget, der Rundweg startet ca. 150 m weiter westlich am Fahrweg. Grobe Skizze und Tourenbeschreibung (nur auf Schwedisch) via www.emmaboda.se, dort Uppleva & göra, Friluftsliv, Vandringsleder.

FISK
ÖPPET

Öland

KALKSTEPPEN, WINDMÜHLEN, STRÄNDE UND SONNENSTUNDEN

Gut 137 km lang, 4 bis 16 km schmal und mit ca. 500 km Küstenlänge erstreckt sich die Insel Öland vor Schwedens Südostküste. Öland ist anders als sonstige schwedischen Landschaften: Weite Flächen bedecken karge Kalksteppen: STORA ALVARET, die Große Kalksteppe im Inselsüden, ist als UNESCO-Welterbe deklariert und steht mit ihrer empfindlichen Flora unter Naturschutz.

Dass Öland (im landesweiten Vergleich) mit die meisten Sonnenstunden vergönnt sind, merkten im späten 19. Jh. auch die Wohlhabenden vom Festland, als die BADEFERIEN in Mode kamen. Um die Inselhauptstadt BORGHOLM und Köpingsvik entstanden populäre Strände samt zugehöriger Infrastruktur; auch dass Königin *Victoria* 1903–06 die Villa SOLLIDEN am Kalmarsund nahe Borgholm als Sommerresidenz bauen ließ, wirkte sich begünstigend aus. Der sommerliche Run auf die Insel hat sich bis heute gehalten – bis 1972 über Fähren, seitdem zumeist über die 6 km lange ÖLANDBRÜCKE ab Kalmar.

Die vierspurige Brücke ist stark frequentiert, zumal viele der gut 24.000 Insulaner als Pendler in Kalmar arbeiten. Zwar ist Öland für landwirtschaftliche Produkte wie Erdbeeren *(Ölandsgubbar)* und Bohnen bekannt. Dennoch sind viele Höfe nicht profitabel, und der Ostsee-Fischfang ist übers ganze Jahr kein einträgliches Geschäft. Mitte des 19. Jhs. war die Situation um ein Vielfaches dramatischer, als bis zu 38.000 Menschen hier lebten: Nach Missernten wanderten in den 1860er Jahren etwa 13.000 Öländer nach Amerika aus.

Zum Glück hat sich der TOURISMUS zum veritablen Wirtschaftsfaktor entwickelt – auch dadurch gefördert, dass die königliche Familie seit Jahrzehnten regelmäßig die Sommerferien in Solliden verbringt. Viele Touristen kommen zum Baden, Segeln, RADFAHREN, WANDERN, (Zug-)Vögel-Beobachten, und sie schätzen den langsameren Takt auf der Insel. Eine weitere Attraktion sind die gut 350 WINDMÜHLEN (von einst 2.000), die gehegt und gepflegt werden. Öland ist ferner relativ reich an FRÜHGESCHICHTLICHEN STÄTTEN, an Runensteinen und Gräberfeldern. Mittelalterliche Kirchen zeigen Spuren von Befestigungen, denn damals drohten Überfälle von Piraten, später von Soldaten.

Administrativ gehört Öland übrigens zu Småland, zum Regierungsbezirk Kalmar Län, und ist in zwei Gemeinden unterteilt: BORGHOLM im Norden und MÖRBYLÅNGA im Süden.

◂ Sommerfrische pur: oben eine von gut 350 Windmühlen, am Rastplatz Albrunna Alvar im Inselsüden (siehe Seite 232); unten der Fischverkauf mit Lokal am kleinen Hafen von Sandvik im Inselnorden (siehe Seite 220)

ÖLAND
Byxelkrok
Böda Ekopark
Böda
136
Löttorp
N
Sandvik
0
15 km
Kåre-hamm
Köpingsvik
Borgholm
Stora Rör
Algutsrum
Färjestaden
Vickleby
Gårdby
Mörbylånga
Stora Alvaret
Segerstad
Degerhamn
1 Touristenbüro Färjestaden
2 Ölands Djur & Nöjespark
3 Odens Flisor
4 Karums Alvar
5 Halltorps Hage
6 Vida Museum
7 Solliden/Borgholm Slott
8 Ormöga Kamelranch
9 Knisa Mosse
10 Jordhamn
11 Lilla Horns Lövanger
12 Källa Ödekyrka
13 Högby Kyrka
14 Hornsjön
15 Rauken Byrums Sandvik
16 Skäftekärr Järnaldersby
17 Neptuni Åkrar
18 Ölands Nörra Udde
19 Trollskogen
20 Föra Kyrka
21 Söda Greda Lövänger
22 Egby Kyrka
23 Kapelludden
24 Windmühlen Störlinge
25 Gärdslösa Kyrka
26 Himmelsberga
27 Ismanstorp
28 Folkeslundastenen
29 Lerkaka
30 Runenstein Bjärby
31 Gråborg
32 Hulterstad
33 Seby Gravfält
34 Eketorp
35 Bockmühle Kvarnkungen
36 Karlevistenen
37 Beijershamn
38 Capellagården
39 Resmo Kyrka
40 Möckelmossen
41 Gynge Hög/Mysinge Hög
42 Kastlösa Kyrka
43 Gettlinge Gravfält
44 Albrunna Rastplatz
45 Ottenby Södra Udde
46 Ottenby Naturreservat
47 Tingstad Flisor

INFORMATION

Es gibt zwei Touristenbüros, eins in Borgholm und eins gleich hinter der Ölandbrücke, wo Besucher sich frühzeitig mit KARTEN (siehe unten), Broschüren etc. versorgen sollten:

◎ **FÄRJESTADEN TOURIST CENTER**, Träffpunkt Öland 102, SE – 386 33 Färjestaden, Tel. 0485 – 890 00. Mai bis Mitte August Mo–Fr 9–17/18/19 Uhr, Sa 9–16/18 Uhr, So 9–15/17 Uhr, Mitte August bis September Mo–Fr 9–17 Uhr, Sa 9–15 Uhr, sonst Mo–Fr 10–12 und 13–16 Uhr, im April ab 9 sowie bis 17 Uhr. **(1)**

Großes Info-Zentrum gleich bei der Ölandbrücke, mit multimedialer Ausstellung zur Geschichte der Insel, dem HISTORIUM, und einer Präsentation hiesiger Firmen.

◎ **BORGHOLM TOURIST CENTER**, Storgatan 1, SE – 387 31 Borgholm, Tel. 04856 – 890 00. Ende Juni bis Anfang August Mo–Fr 9–18 Uhr, Sa 10–18 Uhr, So 10–16 Uhr, ab Anfang Juni Mo–Fr 9–17 Uhr, Sa 10– 16 Uhr, sonst 9/10–12 und 13–16/17 Uhr.

◎ **ONLINE**, www.oland.se auch auf Deutsch, via E-mail: info@oland.se/

◎ **KARTEN**: Die beiden Gratis-Karten zur Inselnord- sowie -südhälfte (Norra delen / Södra delen) sind sehr gut und enthalten selbst Wander- und viele Radrouten. Auf der Gratis-Karte »Cykel- & vandringsleder« dagegen sind vor allem die Radwege teilweise unpräzise und damit missverständlich eingezeichnet; für Vielradler müsste sich die »Cykelkartan« rentieren (siehe Seite 15).

Unterkunft

VOR DER BUCHUNG

Egal ob im Sommerhaus oder nicht – wer die ganze Insel ausgiebig erkunden will, sollte eine Unterkunft in der INSELMITTE wählen – wo es auch die größte Auswahl gibt, besonders wer es komfortabel mag. Außerhalb der Hochsaison (von Mittsommer bis ca. 10.8.) kann man auch von Campingplatz zu Campingplatz, B & B zu B & B usw. sozusagen mit den Reisezielen wandern. Nur wer sich bewusst zum Beispiel für den grünen Norden oder Stora Alvaret entscheidet, kann ungetrost abgelegen Quartier nehmen – sonst läppern sich die Kilometer.

◎ **BUCHUNGSPORTAL** des Touristenbüros: www.oland.se.

IM NORDEN

◎ **ALVARET HOTEL & HOSTEL**, Löttorp, Marknadsvägen 6, Tel. 0485 – 206 56, www.alvaret.nu. Dynamische Tarife nach Buchungsstand, EZ/DZ ab 799 SEK. Kleines, 2016 unter neuer Leitung komplett renoviertes Hotel/Hostel in der ehemaligen Molkerei in Löttorp. Fahrradvermietung.

◎ STF **HAGABY / LANTGÅRDEN VANDRARHEM**, Löttorp, Hagaby, Tel. 0485 – 210 55, hagaby.lantgarden@gmail.com/ Mai bis September. Im Mehrbett-Zimmer 200 SEK je Person, DZ 550 SEK. Fahrradvermietung.

Eine weitere STF-Herberge gibt es in Löttorp/Mellböda, Tel. 0485 – 220 38. Von Anfang Mai bis etwa 25.8.

Öland gehört zum Regierungsbezirk Kalmar Län (also in Sachen Verwaltung zu Småland). Die Insel unterteilt sich in zwei Gemeinden: Borgholm im Norden und Mörbylånga im Süden.

◎ **CAMPING**: Anders als im restlichen Öland liegen die meisten Anlagen ZUR offenen OSTSEE hin an der Ostseite der Insel. Von Norden nach Süden die ersten: Neptuni Camping (der einzige Platz am Westufer, nördlich von Byxelkrok), Smågkogsvägen 2, Tel. 0485 – 284 95, www.neptunicamping. se. Ende April bis Anfang Oktober. – Böda Sand, Bödasandsalléen 11, Tel. 0485 – 222 00, www.bodasand.se. Ende April bis Ende September. – Bödagården Camping, Svartbäcksvägen 17, Tel. 0485 – 220 59, www.bodagarden.nu. Anfang Mai bis Anfang September. – Böda Hamns Camping, Bödahamnsvägen 40, Tel. 0485 – 220 43, www.bodahamnscamping.se. Etwa 20.4. bis Anfang Oktober.

IN DER INSELMITTE

◎ **HOTELL BORGHOLM**, Borgholm, Trädgårdsgatan 15–19, Tel. 0485 – 770 60, www.hotellborgholm.se. DZ ab 1.335 SEK. Ein stilvolles Hotel in direkter Nachbarschaft zu den farbenfrohen Holzhäusern mit Krüppelwalmdach mitten in Borgholm. Das Restaurant mit Köchin Karin Fransson genießt einen vorzüglichen Ruf (ein Michelin-Stern, siehe Seite 216).

◎ **GEHOBENE ADRESSEN AN DER SUNDKÜSTE**, nahe der Str. 136 und südlich von Borgholm: Ekerum Golf & Resort alias Ekerum Resort Öland, Tel. 0485 – 800 00, www.ekerum.com. – Halltorps Gästgiveri, Landsvägen Halltorp, Tel. 0485 – 850 01, www.halltorpsgastgiveri.se.

◎ FIRST CAMP **EKERUM**, Borgholm, Tel. 0485 – 56 47 00, www.ekerum.nu. Ende April bis Anfang Oktober. Stellplatz ab 170 SEK, Campinghütten ab 250 SEK, Ferienhütten ab 470 SEK. Ferienanlage direkt am Kalmarsund, ca. 20 km nördlich der Ölandbrücke. Viele Aktivitäten, Baden am Strand mit Steg und in Pools mit Rutschen.

◎ STF **ÖLANDS SKOGSBY VANDRARHEM**, Färjestaden, Skogsby 141, Tel. 0485 – 383 95, www.vandrarhskogsby.se. 1.5.–30.9. Ab 190/80 SEK, als EZ 280 SEK, als DZ 348 SEK. 8 km südlich der Ölandbrücke, die älteste Jugendherberge im Land (1934).

◎ In oder bei Borgholm gibt es weitere **HOSTELS**: STF Borgholm / Ebbas Vandrarhem, Storgatan 12, Tel. 0709 – 900 406. 1.5.–30.9. – Rosenfors Vandrarhem, Södra vägen 7, Tel. 0485 – 107 56, www.rosenforsherrgard.se. Mitte Mai bis Ende August.

IM SÜDEN

◎ **STRANDNÄRA** B & B & HOSTEL, Stora Frö (3 km von Vickleby entfernt), Dansbanevägen 3, Tel. 0485 – 366 00, www.strandnara.com. EkoCafé und Restaurang, B & B und Gästehaus mit Jugendherbergsstandard; als Unterkunft ganzjährig geöffnet. Hostelzimmer mit 4 Betten ab 790 SEK, DZ ab 550 SEK. B & B DZ ab 850 SEK, Familienzimmer (2+2) 1.050 SEK. 200 m oberhalb vom Kalmarsund gelegen. Ein recht günstiger Ausgangspunkt für Wanderungen in der Kalksteppe Stora Alvaret, nahebei Strand für Badende und Surfer. Mit Gastronomie.

Camper-Freunde können sich vorab via www.camping-oland.com den für sie geeignetsten Campingplatz aussuchen. Diese professionelle Website umfasst eine grobe Öland-Karte mit sämtlichen Anlagen.

◎ **ALLÉGÅRDEN KASTLÖSA**, Mörbylånga, Kastlösa bygata 2, Tel. 0485 – 421 75, www.kastlosa.se. Die Anlage rund um das frühere Stift Kastlösa hat Hotelzimmer (DZ 1.050 SEK), Hostelzimmer (Bett ab 450 SEK) und Ferienhäuser (ab 750 SEK). Restaurant im Stiftshof der früheren Kastlösa-Kirche, umgeben von einem Ring alter Laubbäume, eine Dorfidylle.

◎ **ALVARGÅRDEN**, Kastlösa, Alvargata 1, Tel. 0485 – 420 75, www.alvargarden.se. EZ ab 780, DZ ab 900 SEK. Gepflegtes B & B nahe Stora Alvaret. Sommercafé mit (unregelmäßigen) kulturellen Veranstaltungen.

◎ STF **OTTENBY VANDRARHEM**, Ottenby 106, Tel. 0485 – 66 20 62, www.ottenbyvandrarhem.se. Ganzjährig geöffnet. Im Mehrbett-Zimmer 190/90 SEK, als EZ 270, DZ 360 SEK. Frühstück nur 1.5.–31.8. Sonst generell reservieren. Zudem **CAMPING**, Stellplatz 220 SEK. In der alten Schule bei der Kirche von Ås, fast am Südzipfel Ölands. Fahrradvermietung.

Essen und Trinken

Immer mehr öländische Bauern betreiben ökologische Landwirtschaft. Ob Bio oder nicht – oft bieten sie ihre Erzeugnisse im eigenen HOFLADEN an, der mitunter um ein Sommercafé ergänzt wird. – Achten Sie auf Hinweisschilder wie z.B. GÅRDSBUTIK (= Hofladen).

◎ Zu den typisch öländischen Gerichten gehören unbedingt **KROPPKAKOR** – Kartoffelklöße, die traditionell deftig mit Speck und Preiselbeeren angerichtet werden.

◎ Viele Restaurants bekennen sich bewusst zur Küche und den Erzeugnissen Ölands. QUALITÄTs-Hofläden sowie Restaurants, die ihren Gästen ein Stück öländischer Essenskultur näher bringen, zeichnet das LABEL **REGIONAL MATKULTUR** aus.

BOHNENCHIPS UND -PASTA

BRAUNE BOHNEN werden nur auf Öland angebaut, des Kalkbodens und des günstigen Klimas wegen. Als die Gastronomen Mary-Anne und Ulf Wahlquist 2002 ein Buffet mit regionalen Produkten bestücken sollten, experimentierten sie mit den Bohnen und entdeckten nebenbei deren Eignung als Chips. Seit 2009 sind die Ölandska Bonchips ein Markenprodukt in drei Geschmacksrichtungen (Naturell, Kräuter, Chilidill) plus mitunter eine zusätzliche, abhängig von der Jahreszeit. Als Kostprobe und Souvenirtipp auf Öland und in Kalmar z.B. in einigen ICA-Supermärkten, dort allerdings nicht bei den klassischen Chips, von denen sie sich auch geschmacklich und in der Packungsgröße unterscheiden. Inzwischen gibt es auch Pasta, die zu einem guten Drittel aus Öland-Bohnen besteht.

◎ **FRISCHFISCH** – bedeutet in der Regel Ladenverkauf plus Lokal.
◎ **ÖFFNUNGSZEITEN**: Außerhalb der Hochsaison vielerorts mit jedem Monat/jeder Woche wechselnd, darum tel. oder via Website abklären!

IM NORDEN

Kulinarisches Zentrum ist Löttorp – Fachgeschäfte und Hofläden bereichern Auswahl und Qualität!

◎ **LAMMET & GRISEN**, bei Löttorp, Hornvägen 35, Tel. 0485 – 203 50. Nur Mitte Juni bis Ende August, maximal Mo–Sa ab 16 Uhr, www.lammet.nu.

»Das Lamm und das Schwein« ist für alle, die sich etwas GÖNNEN wollen, ein kulinarisches und architektonisches Erlebnis am Sommerabend: Fleisch vom Grill plus Buffet, im besten Fall auf der Terrasse. Westlich von Löttorp, ausgeschildert. Reservieren!

◎ **ROSAS HANDEL**, Löttorp, Marknadsvägen 10, Tel. 0485 – 220 58. Juli Mo–Fr 9–18, Sa 9–15, So 11–15 Uhr, sonst siehe www.rosashandel.se.

Die Wurst des METZGERS *Johann Thaurer* erhielt mehrfach Auszeichnungen in der Zeitschrift »Gourmet« und wird zu Königs nach Stockholm geliefert. Breites Sortiment, Rezepte aus Deutschland und Öland.

◎ **NINNIS KROPPKAKSBOD**, Källa, Hagelstadsgatan 21 (zweigt von Str. 136 westwärts ab, beschildert), Tel. 0485 – 273 00. Mittsommer bis etwa 12.8. Di–Sa 11–18, sonst Do+Sa 11–17 Uhr. www.ninniskroppkaksbod.se.

Label Regional Matkultur: In dem HOFLADEN gibt's die echten öländischen Kroppkakor aus rohen, geriebenen Kartoffeln mit Bauchfleisch.

◎ **KAFFESTUGAN**, Landsvägen Böda 48 (direkt an der Str. 136 südlich Bödas), Tel. 0485 – 221 27. Sommers täglich ab 8, sonst Fr+Sa 8–17, So 8–16 Uhr. www.kaffestuganiboda.se.

Bäckerei plus Café mit Frühstück, in der Hauptsaison Pizza und reichlich Verführungen für Süßmäuler, in nettem Ambiente und Top-Qualität. Ob zum Verweilen oder Mitnehmen: hoher Genussfaktor und Tipp für kulinarische Souvenirs (im Laden)!

◎ **FRISCHFISCH**: BÖDA FISK RÖKERI & RESTAURANG, Böda Hafen, Tel. 0485 – 223 25. Mo–Do 10–17, Fr+Sa 10–20, So 10–16 Uhr. www.bodafisk.se. Hier gibt's auch mal (sonst selten) geräucherten Dorsch sowie Forelle.

SANDVIK FISK & HAMNKÖK, Stenhuggarvägen 18, Tel. 0485 – 261 40. Juli/August täglich 9/10–20/21 Uhr, sonst siehe www.sandviksfisk.se.

IN DER INSELMITTE

Die inselweit größte Auswahl an Lokalen haben Sie in Borgholm:

◎ **HOTELL BORGHOLM**, Borgholm, Trädgårdsgatan 15–19, Tel. 0485 – 770 60. Di–Sa/So ab 18 Uhr, Lunch je nach Jahreszeit. www.hotellborgholm.com (Speisekarte auf Deutsch).

Die erste Adresse auf Öland. Karin Franssons MICHELIN-STERN hat sich herumgesprochen. Für 695 SEK wird Karins »Feinschmeckermenü« in drei Gängen serviert, für 425 SEK ein kleines in zwei Gängen, noch ohne Wein. Guten Appetit! Reservieren!

◎ **CAFE SNICKARGÅRDEN**, Slottsgatan 22, Tel. 0485 – 480 02. Di–Sa ab 10 Uhr, im Sommer z.T. bis 20 Uhr. So mitunter Brunch.

Schmackhafte und kreative Küche in gemütlicher Atmosphäre, einem echt schwedischen Domizil. Scheint die Sommersonne, kommen die Salate, Sandwiches, Suppen, Paj, weitere Snacks auch im INNENHOF auf den Tisch – SMÖRGÅS unter 100 SEK. Dazu (süßes) Selbstgebackenes und der Verkauf von regional geprägten Lebensmitteln: prima Souvenirs.

◎ In **STORA RÖR** AM HAFEN lässt sich der Sonnenuntergang zelebrieren, etwa bei Mormors Bageri (alias Stenugnsbageri) plus KAFFESTUGA, täglich ab 9 Uhr. Nostalgisches Flair, variantenreiches Backwerk, auch mit Kardamom.

Mehr Restaurant ist die Auswahl im STORA RÖR HAMNKAFE, am nahen Bootshafen. Hier gibt's u.a. Fisch, Burger, Pizza mit regionalen Zutaten, Lunch. Im Sommer täglich ab 12 Uhr, sonst s. www.storarorhamnkafe.se.

◎ **STENLADAN GÅRDSBUTIK**, Algutsrum (kurz hinter der Brücke Str. 136 gen Norden, Abzweig in Algutsrum), Tel. 0485 – 354 18. Ende März bis Oktober, s. www.stenladan.se.

HOFLADEN mit enormer Auswahl, neben Obst und Gemüse u.a. Milchprodukte und Fleisch, auch von Zulieferern. Bohnenchips, Kroppkakor: vieles, was Öland kulinarisch bedeutet. Zusammen mit dem Trödelladen »Stenladans Loppis & Antikt« für viele einen Abstecher wert.

◎ **FRISCHFISCH**: KÅREHAMNS FISK & HAVSKÖK, Kårehamn (Ostküstenstraße, siehe Seite 224 f.), Tel. 0485 – 66 55 17. Mo–Fr 10–19, Sa 10–16, So 10–15 Uhr. www.karehamnsfisk.se.

NISSES FISK, Borgholm, Per Lindströms väg 5 (via Kreisel und nördliche Ortseinfahrt), Tel. 0485 – 106 86. Mo–Fr 9–18, Sa 9–16, So 9–15 Uhr. www.nissesfisk.se. Kein Lokal.

IM SÜDEN

◎ Touristisch weniger frequentiert als der Norden, ist es im Süden umso schwerer, ganzjährig erfolgreich ein Lokal zu führen. Eher gelingt das zusammen mit einer Unterkunft, wie:

STRANDNÄRA ECOLOGISK CAFÉ & B & B, Stora Frö, Dansbanevägen 3, Tel. 0485 – 366 00, www.strandnara.com. Sommer-Öko-Restaurant. Nahe Westküste, nördlich Mörbylångas.

GALLERI BLÅ PORTEN, Alby 123, Tel. 0485 – 450 51, www.blaporten.se. Galerie, Hostel und Café-Restaurant, zum Lunch zu empfehlen. Nahe Ostküste in Alby auf Höhe Mörbylångas.

◎ **RESTAURANT FÅGEL BLÅ**, Södra udden Ottenby, Tel. 66 12 01. Ende März bis ca. 20.10. täglich 9/10–16/17/18 Uhr. www.restfagelbla.se.

An Ölands Südspitze, direkt beim Leuchtturm, behebt der »Blaue Vogel« den Gastro-Notstand. Zu durchschnittlichen Preisen kann man hier trefflich LUNCHEN, regionale und internationale Küche werden gewertschätzt. Auch an die Café-Fraktion ist gedacht, und bei Sonnenwärme sitzt man mit »mehr Meerblick« draußen.

Unterwegs auf Öland

FÄRJESTADEN – BYXELKROK (STR. 136 NACH NORDEN)

Die Route beginnt mit dem Tier- und Freizeitpark. An der weiteren Strecke liegen Naturreservate, Windmühlen, die königliche Sommerresidenz Solliden, die Inselhauptstadt Borgholm, Abstecher zur Küste, ein im Sommer belebtes Eisenzeitdorf u.v.a.

◎ **ÖLANDS DJUR- & NÖJESPARK**, Ölandbrücke/Färjestaden, Tel. 0485 – 392 22, www.olandsdjurpark.com. Ende April bis Anfang Oktober täglich ab 10/11 Uhr – Freizeitpark / Badeland nur ca. 10.6.–20.8. plus in der Vorsaison an einigen Wochenenden. Eintritt saisonabhängig ab 150 SEK, Kinder bis 1 m frei. **(2)**

Gleich hinter der Brückenauf-/abfahrt befindet sich Ölands ZOO und FREIZEITPARK mit Zirkus, Badeland/Rutschen, Märchenland, Pirateninsel, Westernstadt u.a.

◎ Ein Abstecher in Rälla/Högsrum Richtung Gärdslösa führt nach 3 km zu **ODENS FLISOR** (ODINS STEINE): zwei Kalksteinplatten, 2,5–3 m hoch, an einer Grabstätte aus der Eisenzeit. Texttafel auch auf Deutsch. **(3)**

1,3 km sind es zu Fuß bis zum GRÄBERFELD KARUMS ALVAR, das Bronze- und Eisenzeit zugeordnet wird. Auffallend die 26 m lange Schiffssetzung **NOAKS ARK** (NOAHS ARCHE) mit den großen Stevensteinen. **(4)**

◎ Zurück auf der Str. 136, fährt man weiter nach Norden. Biegt man nach 2 km zum Ekerumsbad ab, erstreckt sich rechter Hand das NATURRESERVAT **HALLTORPS HAGE** mit vielen uralten Eichen, Strandwiesen mit Orchideenkolonien und einem größeren Hainbuchen-Gebiet. Die Eichen bieten Heimat für Hirschkäfer und Eichenbock, die beide in Skandinavien selten und dort nur in den südlichen Gefilden vorkommen. **(5)** Bis Borgholm bleiben gut 10 km.

◎ Schon an der nächsten Kreuzung der Str. 136 wartet linker Hand die Hauptattraktion in Sachen Kunst auf Öland: Das **VIDA MUSEUM** besteht aus LICHTDURCHFLUTETEN HALLEN, die an einem Abhang platziert und mit ihren Glasfronten zum Kalmarsund ausgerichtet sind. Wechselnde und permanente Ausstellungen widmen sich Malerei, Keramik, Glaskunst und mehr; die Glaskünstler Bertil Vallien und Ulrica Hydman-Vallien, die beide im Glasreich verankert sind, bestücken einen Teil der permanenten Ausstellung mit ihren Werken. Über die aktuellen Wechselausstellungen informiert: www.vidamuseum.com. Halltorp, Landsvägen, Telefon 0485 – 774 40. Anfang Juni bis Anfang Oktober Di–So 10 –17 Uhr, sonst Sa+So 10–17 Uhr. Entré 60/0 SEK. Vida Café mit Kuchen und Getränken. **(6)**

◎ Direkt südlich der Stadt steht die **SCHLOSSRUINE BORGHOLM**. Um 1570 ließ Johan III. ein prächtiges Renaissanceschloss mit großen Bastionen errichten. Nach den schweren Schäden der Kalmar-Kriege 1611–12 ließ König Karl X. Gustav 1650 das

Oben das architektonisch gelungene Vida Museum am Kalmarsund, ein schöner Ort für Kultur im ländlich und touristisch geprägten Öland; unten die mächtige Schlossruine Borgholm, die auf der anderen Seite des Sunds vielerorts zu erkennen ist ▶

ROYALE SOMMERRESIDENZ

Nur 2 km südlich Borgholms und in Nachbarschaft der Schlossruine verbirgt sich an einem bewaldeten Hang zur Sundküste das Schlösschen SOLLIDEN, 1903–1906 für Königin Victoria I. erbaut. Die nach italienischen Vorbild errichtete weiße Villa wird von Carl XVI. Gustav und seiner Familie seit den 1980er Jahren als Sommerferiensitz genutzt: Bisher feierte Kronprinzessin Victoria ihren Geburtstag AM 14. JULI fast immer mit Familie in Solliden – und die Öländer feiern VICTORIADAGEN mit. Inzwischen hat Victoria mitsamt Familie ein eigenes, neues Haus vor Ort bezogen.

Zugänglich sind der großzügige SCHLOSSPARK mit international inspirierten Gärten, ein PAVILLON mit Ausstellungen, eingangs das nette Café KAFFETORPET und ein Souvenirshop – die Royals als touristisches Zugpferd.

◎ **SOLLIDENS SLOTT**, Tel. 0485 – 153 56, www.sollidensslott.se. Park und Pavillon 16.5.–31.8. täglich 11 –18 Uhr, 1.9.–15.9. 11–16 Uhr. Eintritt 95/60 – 0 SEK. Anfahrt zum Parkplatz links an der Schlossruine vorbei. **(7)**

Gebäude in ein Barockschloss umbauen; es wurde aber niemals fertig, 1709 stellte man die Arbeiten ein. Danach diente es als Magazin für Handwerker, Viehstall und verfiel, bis ein Brand 1806 nur dicke Mauern übrig ließ. Eine umfassende Restauration im 20. Jh. stellte das Schlossviereck samt den runden Ecktürmen wieder her. Die wechselhafte Geschichte dokumentiert eine Ausstellung. – Wem das Erkunden auf eigene Faust nicht ausreicht, schließt sich einer Führung an. Im Sommer finden hier Wechselausstellungen, Konzerte und andere Kulturevents statt. 1.5.–31.8. täglich 10 – 18 Uhr, April und September 10 –16 Uhr. Eintritt 95/60 – 0 SEK.

Es gibt attraktive küstennahe Spazierwege zwischen Solliden/Schlossruine und Borgholm (siehe Seite 235).

◎ **BORGHOLM** ist erreicht, Hauptstadt der Insel, mit gut 3.000 Einwohnern der größte Ort sowie Zentrum für Tourismus und Handel. 1816 zur Stadt erklärt, legte man in der Folgezeit ein rechtwinklig verlaufendes Straßennetz an; seit Ende des 19. Jhs. schärfte sich das Profil als Bade- und Urlaubsort, zusammen mit dem benachbarten Köpingsvik. Im Sommer ist einiges los im Ortszentrum, das an manchen Badeort an Hollands Küste erinnert; das gilt jedoch nur für die Zeit etwa von Mittsommer bis Mitte August; danach wirkt die »City« samt Lokalen und Läden mit mondänem Einschlag wieder (mindestens) eine Nummer zu groß. Schön ist die Uferpromenade bis nach Solliden, über dem Ort wacht die Schlossruine. Die niedrige KIRCHE mit romanischen Stilmerkmalen wirkt ungewöhnlich, da sie 1842 als Schule errichtet wurde und erst später einige Gebäudetrakte hinzukamen. Kyrkogatan.

Für Besucher sind die Parkflächen gut ausgeschildert, das Touristenbüro ist am Hafen (siehe Seite 213).

◎ Bevor sie sich von der Küste entfernt, passiert die Str. 136 Ölands Badeort No. 1: KÖPINGSVIK.

Bei ORMÖGA zweigt links die Straße zum ehemaligen Fischerdorf Äleklinta ab. Interessanter sind die Wiesen beidseits der Straße, wo die **KAMELE** der Ormöga Kamelranch weiden. Etwa 25.6.–20.8. KAMELREITEN täglich 13–16 Uhr. 80 SEK. **(8)**

◎ Immer wieder sind Abstecher zur Westküste möglich. Das Vogelschutzgebiet **KNISA MOSSE** ist ein Sumpf- und Seenareal mit einer reichen Vegetation sowie einer vielfältigen Vogelwelt. Bis ins 20. Jh. hinein wurden hier Schilf und Binsen abgeerntet, um damit Hausdächer zu decken. Ein Pfad erschließt zugängliches Terrain (siehe Seite 234), ein Vogelbeobachtungsturm steht am größten See. **(9)**

◎ Der Hafenort SANDVIK darf sich rühmen, dass hier die größte Holländermühle Skandinaviens thront. **SANDVIKS KVARN** hat sieben Etagen plus drehbare Kuppel und eine Spannweite von 24 m zwischen den Flügelspitzen. Die Mahlwerke und das hölzerne Antriebssystem sind erhalten. Mit Ausstellung, Lokal, Minigolf u.a. wird sogar ein kleiner Sommer-Freizeitpark aufgezogen. Stenhuggarevägen 3, Tel. 0485 – 261 72, www.sandvikskvarn.se. Anfang Juni bis ca. 15.8. täglich 9–22 Uhr, ab Ostern und bis Anfang Oktober 12– 21 Uhr. Eintritt Mühle 25 SEK.

Am kleinen Hafen in Sandvik gibt es einen Fischverkauf mit Lokal (siehe Seite 216), das ortskundige Ölandtouristen von weit her ansteuern.

◎ Von Sandvik aus führt ein staubiger Küstenweg durch ein Gebiet mit Steinbrüchen, wo auch heute abgebaut wird. Hinter der Schleifmühle von Jordhamn (s.u.) passiert die Straße hügelaufwärts **GILLBERGA RAUKAR**, ausgewaschene STEINSÄULEN – nicht ganz so spektakulär wie Byrums Sandvik im Norden. **(10)**

◎ Wer ab Sandvik auf der Str. 136 nach Norden fortsetzt, passiert noch südöstlich Jordhamns das NATURRESERVAT **LILLA HORNS LÖVÄNGER**. Im Sommer entfalten die Wiesen eine wahre Blumenpracht. Naturfreunde sollten auf dem Pfad bleiben. Kurzer Abzweig »Lilla Horn«. **(11)**

◎ Ab Källa, 27 km vor Byxelkrok und 36 km nördlich Borgholms, erreicht man über einen Abstecher zur Ostküste die **KÄLLA ÖDEKYRKA** (auch: Källa gamla kyrka). Sie blieb in ihrer mittelalterlichen Form (12. Jh.) unversehrt, steht aber seit dem späten 19. Jh. leer. Ganz unten befand sich der Kirchenraum, darüber eine Wohnung und ganz oben der Boden mit Schießscharten. Das Inventar überführte man 1888 in die neue Ortskirche. Geöffnet sommers Sa+So. **(12)**

STEINSCHLIFF MIT WIND- UND OCHSENKRAFT - JORDHAMN

Entlang der Küste kann man von Sandvik bis JORDHAMN (und weiter) fahren. Erkennt man eine Holzkonstruktion , die dem Rohbau einer Mühle ähnelt, hat man die einzig erhaltene SCHLEIFMÜHLE Ölands (1905) erreicht, wie sie ab der Mitte des 19. Jhs. zunehmend errichtet und zum Glattschleifen von Kalksteinplatten eingesetzt wurde. – Zuvor musste so verfahren werden: Der Rohstoff Kalkstein wurde von Männern gebrochen, danach von Frauen behauen und in einem Kreis, bestehend aus ungefähr 60 Steinen, zum Schleifen auf die Erde gelegt. Dann drehten Ochsen den Schleifstein und musste viel Wasser und Sand beigegeben werden: wieder Frauenarbeit. Nach einer Woche hatte man etwa 120 geschliffene Steine, die verkauft werden konnten: Männersache. Die Schleifmühlen (auch Scheuermühlen) verkürzten das Bearbeiten erheblich und waren bis in die 1930-er Jahre in Betrieb. Bei der Jordhamn-Mühle hat man den Platz (mitsamt der Vorrichtung) bewahrt, auf dem die Ochsen ihre Runden drehten. **(10)** Nebenan stehen steinerne Hütten mit Zugvorrichtungen, über die Boote an Land gehievt wurden; mit Hilfe solcher Boote musste das Gestein früher zu den Frachtschiffen transportiert werden, da diese im seichten Wasser nicht an der Küste ankern konnten. Transport und Umladung waren Maloche und gefährlich. Vor Ort Rastplatz und Texttafel u.a. auf Deutsch.

◎ Die Str. 136 erreicht Löttorp und Högby. Repräsentativer als die verlassene Kollegin in Källa schaut die **HÖGBY KYRKA** aus, deren stattlicher WEHRTURM aus derselben Epoche wie die Ödekyrka stammt. Vom Inventar sind u.a. ein seltener mittelalterlicher Heiligenschrein und ein gotisches Triumphkreuz zu nennen. Die Kirche steht direkt beim Kreisel. **(13)**

Übrigens sind hier die EINZIGEN KIRCHSTÄLLE der Insel (im typischen Rot) erhalten, worin die Pferde der Kirchgänger unterstanden.

◎ Die Str. 136 hält sich nordwärts nach Böda. Auch eine Nebenstraße via Westküste führt nach Böda und beschreibt einen Bogen. Diese Alternativroute passiert die drei folgenden Ausflugsziele: zuerst, schon fast an der Westküste, Ölands EINZIGEN BINNENSEE **HORNSJÖN** (2 km^2 Fläche, **14**). In dem Vogelparadies sind auch Fledermauskolonien heimisch.

◎ Die Alternativroute zur Str. 136 führt in ihrem Bogen über **BYRUMS SANDVIK** an der Westküste. Hervorzuheben sind hier die **RAUKEN**: Die Meeresbrandung wusch in Jahrtausenden über 100 Säulen aus der 600 m langen Kalksteinküste heraus: mal schmal, mal breit, mal allein stehend, mal zusammenhängend. Der Strand ist eher seicht; eine Kalkplatte reicht weit ins Meer hinaus, fällt dann aber steil ab; solche Rauken finden sich an einigen Orten an Ölands Küste, wie auch zwischen Jordhamn und Gillberga (siehe Seite 221), sind aber hier besonders markant. **(15)**

◎ Privater Initiative ist es zu verdanken, dass vor Ort im Sommer die EISENZEIT in **SKÄFTEKÄRR** wieder auflebt. – Sich 1.500 Jahre zurück zu versetzen heißt es für die Besucher, die ein rekonstruiertes Wohnhaus, die Reste von Behausungen aus den Jahren 400–500 v.Chr., ein Museum und ein Arboretum zu jener Zeit besichtigen können. Ende Juli / Anfang August schlüpfen Jetztzeit-Schweden für ein verlängertes Wochenende in die Rollen der damaligen Bewohner. Die LOKALEN FUNDSTELLEN lassen jedenfalls auf solche Dorfgemeinschaften schließen.

Ein Spaziergang durch das einzigartige ARBORETUM ist ein Erlebnis. Die nordamerikanische Thuja wurde 1878 vom Forst- und Jägermeister *J. E. Bohmann* gepflanzt; dessen Faible für fremdartige Gewächse bescherte Öland außerdem Bestände von Hemlocktanne und Zypressen.

Belebt ist das Dorf zur Hochsaison von Anfang Juli bis etwa 10.8. Dann öffnet das Wohnhaus Järnalderhuset: So–Fr 12–16 Uhr. Eintritt 40/20 SEK. FÜHRUNGEN auf Deutsch durch die Anlage etwa 20.7.–25.8. Do 14 Uhr, Ticket 60/30 SEK. **(16)**

Auf dem Gelände werden zudem Nationalfeiertag sowie Mittsommer gefeiert. Und hier befindet sich ein INFOZENTRUM zum Böda Ekopark:

◎ Die Hauptstraße 136 und die Alternativroute treffen sich in Böda. Die Str. 136 setzt sich nach Nordwesten durch den sogenannten **BÖDA EKOPARK** fort, der auf 5.800 ha die ganze

Rauken (schwedisch: *raukar*) finden sich nicht nur auf Öland, sondern auch an den Küsten anderer Ostseeinseln. Die bekanntesten Formationen finden sich auf Gotland und Fårö. Ein Foto von Byrums Sandvik findet sich auf Seite 7.

Nordspitze Ölands bis hinunter nach Byrums Sandvik und vor allem darin mehrere Naturreservate umfasst. Es sind Rad- und Wanderwege ausgewiesen, Rastplätze und sogar simple Übernachtungsgelegenheiten für Outdoorer eingerichtet. Der Norden ist für öländische Verhältnisse ziemlich GRÜN und hat einen großen Nadelwaldbestand. Neben heimischen Baumarten sind dort zahlreiche Bäume aus anderen Regionen zu finden, und ELCHE. Rad- und Wanderrouten siehe »Ferien aktiv« ab Seite 234.

◎ **BYXELKROK** ist erreicht, ein abgelegener Fischerort an der Westküste, der trotz relativ kurzer Sommersaison bemerkenswert in den Tourismus investiert hat. Solange die Fähre »Ölandsfärjan« aus/nach Oskarshamn von Mitte Juni bis Mitte August verkehrt, mag wirklich eine Perspektive für die Zukunft bestehen.

Die »M/S Solkust« bricht zu einem ganz ungewöhnlichen Ziel auf, zum Nationalpark BLÅ JUNGFRUN, einer Granitinsel im Kalmarsund, wo in der Walpurgisnacht die Hexen tanzen... Info/Anmeldung: Touristenbüro Oskarshamn (siehe Seite 161) oder online unter www.solkustturer.se.

Am Horizont scheint die Granitinsel wie ein riesiger Buckel auf dem Wasser zu schwimmen. Die Insel ist 1.150 m lang und 840 m breit. Von insgesamt 66 ha sind 39 ha Felsgebiet, etwa 16 ha Edellaubwald, 10 ha Nadelwald und 1 ha Mischwald. Zur Ausrüstung sollten festes Schuhwerk und Trinkwasser gehören!

BLÅ JUNGFRUN

Seit 1926 ist die Insel Nationalpark. So klein, so überraschend VIELFÄLTIG IHRE NATUR: glatt geschliffene, abgerundete, mit Senken durchzogene Klippen aus rotem Granit, speziell auf der NORDHÄLFTE, Grotten am Strand, ausgewaschen von der Brandung. Es gibt Höhlen als Erben gewaltiger Felsblöcke, die bei Frostsprengungen aufeinander stürzten – wobei die größten Höhlen bereits durch Steinbrüche zerstört wurden, bevor die Insel unter Naturschutz gestellt wurde. Die SÜDHÄLFTE dominieren lichte Wälder, darunter viele Eichen, auch Esche und Ahorn, überwuchert von Efeu, Ehrenpreis, Waldmeister, Salomonsiegel; nicht zu vergessen die vielen Blumen. Im Süden ist das runde, aus Steinen gelegte Labyrinth TROJEBORG zu erforschen.

Zur Tierwelt gehören Hase, Fledermaus, Blindschleiche, Ringelnatter und Kröte, außer Wasservögeln der Gartenrotschwanz, die Meise und andere Singvögel, ab und zu auch Kormoran, Seeadler und Wespenbussard.

Wanderer haben vom 86 m hohen TOPPEN eine prima Aussicht. Unterhalb nach Süden hin liegen die Höhlen JUNGFRUKAMMAREN und KYRKAN. Ausgerechnet hier feierte der Dichter *Werner von Heidenstam* 1896 seine Hochzeit.

Das sagenumwobene Eiland Blå Jungfrun, wie eine Kuppel am Horizont – wer der Sache nachgeht, erfährt, dass dort in der Walpurgisnacht die Hexen tanzen sollen.

◎ 2 km nördlich von Byxelkrok beginnen **NEPTUNI ÅKRAR**. Die von Carl von Linné so benannten Neptuns Äcker/Felder sind nichts anderes als GERÖLLBÄNKE **(17)**. Auf dem kargen Strandstreifen blüht im Sommer der BLAUE NATTERNKOPF (auch »Blauer Heinrich«). – Die schiffsförmige Steinsetzung FORGALLA SKEPP liegt inmitten eines Gräberfelds aus der Wikingerzeit.

◎ KÜSTENNAH geht es weiter bis zum NÖRDLICHSTEN Punkt der Insel **ÖLANDS NORRA UDDE** sowie zum Leuchtturm LÅNGE ERIK (1845). **(18)**

◎ Man kann die Fahrt aber auch um die Bucht GRANKULLAVIKEN fortsetzen und gelangt zu **TROLLSKOGEN** (der Trollwald), einem stellenweise bizarr (von Winterstürmen) zersausten Kiefernwald. In diesem Gebiet, das sich prima zum Wandern eignet (siehe Seite 234), gibt es auch Geröllfelder und durch Beweidung niedrig gehaltene Strandwiesen. **(19)**

Am Parkplatz wurde mit einigem konzeptionellen Aufwand ein Naturum eingerichtet, das mehrsprachig fundiert über die Gegend Auskunft gibt und wo im Sommer Mitarbeiter der Naturschutzbehörde anwesend sind. 1.6.–31.8. 9/10–18 Uhr, im September Do–So 10–16 Uhr. Hier gibt es auch informative Faltblätter.

◎ Am Parkplatz Trollskogen endet auch **BÖDA SKOGSJÄRNVÄG**, eine Schmalspurbahn, die auf den verbliebenen Gleisen einer Holztransportlinie verkehrt, die von 1910 bis 1959 in Betrieb war. Der Start liegt weiter südlich in Fagerrör. Anfang Juli bis etwa 20.8. Aktueller Fahrplan siehe www.bosj.se. Ticket retour ab Fagerrör 80/40–0 SEK.

◎ Wer die Rückfahrt in den Südteil der Insel antreten will, findet jenseits der Hauptstraße 136 kaum befahrene **NEBENWEGE**, die schöne Landschaftseindrücke ermöglichen. Eine solcher Nebenweg ist die Straße an der Ostküste entlang:

DIE OSTKÜSTENSTRASSE

Die Ostküste Ölands ist flacher und relativ dünn besiedelt; die Ostküstenstraße zweigt bei FÖRA (23 km nordöstlich Borgholms) von der Str. 136 ab und führt über fast 100 Kilometer bis OTTENBY, ans Südende der Insel.

◎ Auch die **FÖRA KYRKA** hat einen gut erhaltenen Wehrturm aus dem 12. Jh. Auf der anderen Straßenseite und in Nachbarschaft eines Holzgebäudes leicht zu übersehen, verkündet die Inschrift eines windschiefen, flechtenbewachsenen Steinkreuzes: »Hier wurde Herr Martinus 1431 getötet.« **(20)**

◎ Auf den Wiesen **SÖDRA GREDA LÖVÄNGER** blühen im Frühsommer ungewöhnlich viele ORCHIDEENARTEN. Das kleine, 3 ha große Naturreservat liegt 1,5 km östlich des gleichnamigen Dorfes **(21)**; der Fahrweg zum Parkplatz ist beschildert.

◎ Die typischen, bunten FLAGGEN, mit denen die Fischer ihre Fangplätze markieren, weisen den Weg, gemeint: die Straße nach **KÅREHAMN** an der Ostküste. Der Hafen ist freilich mehr zeckmäßig als anheimelnd, die Gelegenheit zum Fischkauf entlang der Ostküstenstraße dafür begrenzt.

Ab Löt führen mehrere Nebenstraßen westwärts nach Borgholm und Köpingsvik.

◎ Die **EGBY KYRKA** ist auf Öland zwar die kleinste Kirche, aber auch die erste, die Zeitungsleser 2007 zur Kirche des Jahres kürten. Sie stammt aus dem 12. Jh. und hat ihre mittelalterliche Gestalt trotz eines Umbaus (1818, Turmanbau) weitgehend erhalten. Der Taufstein (aus Sandstein) und der steinerne Altar sind aus dem Mittelalter (12./13. Jh.). **(22)**

◎ Von Bredsättra aus erreicht man **KAPELLUDDEN** an der Küste, das im Mittelalter ein Handelsplatz war. An diese Zeit erinnern die RUINEN DER ST. BIRGITTA-KAPELLE. Nahebei ein 3 m hohes Kalksteinkreuz (beide 13 Jh.) und ein Leuchtturm (1872). **(23)**

◎ In STÖRLINGE steht die inselweit längste Reihe **BOCK-WINDMÜHLEN** – ein gern fotografiertes Motiv. **(24)**

◎ Die **GÄRDSLÖSA KYRKA** im folgenden Ort ist die angeblich am besten bewahrte mittelalterliche Kirche Ölands, nicht zuletzt wegen der zum Teil spätmittelalterlichen KALKMALEREIEN und eines Runensteins. Das wertvolle Inventar ist aber zum Großteil jüngeren Datums. **(25)**

◎ HIMMELSBERGA – **ÖLANDS MUSEUM**: Himmelsberga (bei Långlöt) ist ein »altertümliches Reihendorf«. Obwohl man das Gefühl hat, der Ort schlafe seit mehr als 100 Jahren, ist er nicht aufgegeben. Zwei Bauernhöfe sind mit allen Nebengebäuden und authentischer Einrichtung aus dem 18. und 19. Jh. als HEIMATMUSEUM erhalten. Auch eine Bock-Windmühle (Mitte 19. Jh.) mit erneuerten Flügeln bereichert das Anwesen. In der HANDELSBODEN stellen Kunsthandwerker aus der Region aus; des Weiteren gibt es einen Shop mit regionalen Lebensmitteln. 1.6.–31.8. täglich 11 –17 Uhr, ab Mitte Mai und bis 30.9. Sa+So 11–17 Uhr. Eintritt 80/40 –0 SEK. Tel. 0485 – 56 10 22, www.olandsmuseum.com. **(26)**

◎ Fährt man an Himmelsberga vorbei Richtung Högsrum, führt ein Abstecher mit anschließendem kurzen Wanderweg zur **RUINE** der frühzeitlichen **BURG ISMANSTORP**. Innerhalb der teilweise erhaltenen RINGMAUER mit einem Durchmesser von etwa 125 m sind ungefähr 95 Hausfundamente aus dem 5. Jh. nachzuvollziehen. Das waldreiche Gebiet ist als Ausflugsziel populär, im Spätfrühling blühen hier ORCHIDEEN. **(27)**

◎ Südlich von Långlöt ist der rundliche **FOLKESLUNDASTENEN** kaum zu übersehen, ein 9 t schwerer Findling, Teil einer Grabanlage aus dem 5. Jh. Der mächtige Felsbrocken wird im Volksmund *Kroppkaka* genannt, nach dem Spezialgericht der Insel: gefüllten Kartoffelklößen. **(28)**

◎ Bei LERKAKA steht eine Reihe gut erhaltener **BOCK-WINDMÜHLEN**; eine davon ist offen zum Besichtigen. Auf der anderen Straßenseite erhebt sich, etwas unterhalb der Straße, ein 2 m hoher RUNENSTEIN aus der spä-

Leider haben die Kirchen in den ländlichen Regionen nur sehr eingeschränkte und keine verlässlichen Öffnungszeiten, da es längst nicht mehr einen Küster für eine Kirche gibt.

ten Wikingerzeit; seine Inschrift und Malerei wurden, wie heute üblich, in roter Farbe nachgearbeitet. **(29)**

◎ Der **RUNENSTEIN** bei Bjärby, auf der Ostseite der Straße, ist der einzige im Land, dessen Text das Wort Kirche erwähnt. Zwei Söhne und deren Mutter setzten ihrem Vater und Mann Fastulf das Denkmal und erwähnten, »er sei in der Kirche begraben«. Man nimmt an, dass Fastulf am Anfang der Christianisierung gestorben ist, im beginnenden 11. Jh., denn einen Runenstein zu setzen war ein heidnischer, ein Begräbnis in der Kirche dagegen christlicher Brauch. **(30)** Text sowie Malereien sind ebenfalls in roter Farbe nachgezeichnet.

◎ Westlich vom Kirchdorf Möckleby – im Inselinneren, an der Straße nach Algutsrum und Färjestaden – liegt die **RUINE** der frühgeschichtlichen **GRÅBORG**. Diese Ellipsen-förmig angelegte Fluchtburg mit einer Fläche von 220 x 165 m umgibt eine 6–7 m hohe und 650 m lange Mauer. Das mittelalterliche Torgewölbe beweist, dass die Anlage nicht nur in frühhistorischer Zeit, sondern auch später benutzt wurde. Auf dem kurzen Weg zur Fluchtburg, der ab Parkplatz mitten durch einen Bauernhof führt, passiert man ferner die Ruine der S:t Knuts Kapell aus dem 12. Jh. Vor Ort sind Spazierwege sowie ein Rastplatz ausgeschildert. **(31)**

◎ In **GÅRDBY** besteht entlang dieser Route die letzte Möglichkeit Proviant einzukaufen. Dabei ist der lokale **LANTHANDEL** samt Kafé ein nostalgisches Unikat, das auch Kleidung und Interieur anbietet. Mo–Fr 10–17 Uhr, Sa+So 10–16 Uhr. www.gardbylanthandel.net.

◎ Die folgenden 20–30 Kilometer vermitteln zuweilen ein tristes Bild. In einigen Dörfern ist fast jedes zweite Grundstück ZU VERKAUFEN. Ortsdurchfahrten mit erlaubten 70 km/h legen nahe, dass hier kaum jemand wohnt (auf den Rücksicht zu nehmen wäre, wie zum Beispiel Kinder). Selten ein B & B, in STENÅSA immerhin der Abzweig zum Stenåsa Stugor & Camping samt kleinem Badestrand. Einige Straßen führen westwärts auf die Kalksteppe **STORA ALVARET**.

◎ Das Kirchdorf **HULTERSTAD** ist ein für Südöland typisches REIHENDORF mit nahe beieinander stehenden, alten Bauernhäusern. **(32)**

◎ Beinahe hätte man es vergessen, jedoch rückt bei Segerstad und Seby das Meer wieder ins Blickfeld!

Südlich Segerstads erstreckt sich das **GRÄBERFELD SEBY**, mit mehr als 280 Gräbern eine der inselweit größten Begräbnisstätten der EISENZEIT. Nahe der Straße steht mit 3 m Höhe Ölands größter RUNENSTEIN. Seine Inschrift lautet: »Ingjald und Näf und Sven ließen diesen Stein für Rodmar, ihren Vater, errichten.« **(33)**

◎ **EKETORPS BORG** hat eine wechselvolle Geschichte. Diese vor Ort älteste Befestigung (80 m Durchmesser), stammt aus der Zeit der Völkerwanderung (ca. 4. Jh.). Etwa hundert Jahre später entstand Eketorp II, mit 80 m Durchmesser eine Ringanlage,

Stora Alvaret ist nicht nur Pflanzenheimat. Die deutsche TV-Doku »Der Elchdetektiv auf Öland« (2015) berichtet vom Elchkälbersterben im Bereich der Kalksteppe; als eine mögliche Ursache gilt das veränderte Nahrungsangebot als Folge des Klimawandels ▶

ÖLANDS KALKSTEPPEN UND WELTKULTURERBE SÜDÖLAND

Öland besteht hauptsächlich aus einem nach Osten abfallenden KALKPLATEAU, dessen Westränder, die sogenannten LANDBORGAR (Strandwälle), eine steil abfallende Kante bilden, die im Inselnorden direkt ins Meer abfällt. Etwa die Hälfte der Insel bilden Wiesen, Äcker, Weideland und Wald, der übrige Teil ist karges Land: ALVARLAND – das alte schwedische Wort *alv* bedeutet »steiniger Grund mit wenig Erdkrume bedeckt«. Die südliche Inselhälfte prägt STORA ALVARET, die GROSSE KALKSTEPPE: Diese in Mittel- und Nordeuropa einzigartige Landschaft präsentiert sich AUF 255 KM² besonders in den Monaten Mai und Juni in voller Pracht: Mehrere Orchideenarten, alpine, osteuropäische und sibirische Pflanzen begeistern die Botaniker, ebenso dass es PFLANZEN gibt, die nur hier vorkommen: so der Öland-Beifuß, die Öland-Pechnelke und das goldgelbe Öland-Sonnenröschen. 2000 erklärte die UNESCO Südöland mit Stora Alvaret zum Weltkulturerbe. Die Große Kalksteppe durchqueren einige Nebenstraßen von Westen nach Osten, der Fernradweg Ölandsleden sowie einige Wanderrouten, zum Beispiel der Mörbylångaleden.

SCHWEDENS SONNENBANK

Öland ist ein beliebtes Feriengebiet, laut Statistik die Landschaft mit den geringsten Niederschlägen und den MEISTEN SONNENSTUNDEN im Land. Im Winter stürmen die kalten Ostwinde über die Insel; folglich ist die Frühjahrszeit kühler und beginnt etwas später als auf dem Festland. Im Sommer entladen sich die Regenwolken von Westen häufig bereits weit vor der Insel, und die Sonne heizt ungehindert das an vielen Stellen nackte Kalkgestein auf. Das wiederum begünstigt einen warmen, milden und langen Herbst sowie Badefreuden noch im September.

in der etwa 50 Häuser Platz fanden; das kleine befestigte Dorf wurde 200 Jahre später verlassen. Um das Jahr 1000 entstand Eketorp III; innerhalb des kreisrunden Burgwalls errichtete man Bohlenfachwerkhäuser. Die Funde deuten darauf hin, dass Eketorp damals auch Garnison gewesen sein muss. Im 13. Jh. wurde die Burg aufgegeben. Bei Ausgrabungen legte man zahlreiche Hausfundamente frei und barg ca. 26.000 Fundstücke.

Um das Leben in solch einer Anlage möglichst authentisch zurückzuholen, wurde die Burg ab 1978 wieder aufgebaut. In Eketorp IV stehen einige rekonstruierte, reetgedeckte Gebäude: Wohnplätze, Werkstätten, Infrastruktur für Besucher. Im Sommer steigen Aktivitäten wie Bogenschießen, Schaukämpfe, Handwerk zum Mitmachen. Die frei umherlaufenden Tiere sind als »regionaltypische« Artgenossen bewusst ausgewählt worden.

Eketorps borg, Tel. 0485 – 66 20 00, www.eketorp.se. Ende Juni bis Mitte August täglich 10.30–18 Uhr, bis Anfang September Mi–So 10.30–17 Uhr. Eintritt 120/90–0 SEK, Nachsaison 80/50-0 SEK. Führungen und Veranstaltungen siehe online. **(34)**

FÄRJESTADEN – OTTENBY (STR. 136 NACH SÜDEN)

Je nach Ausflugsziel kann es sich lohnen, zwischen Färjestaden und Mörbylånga die küstennahe Alternative zur Str. 136 zu bevorzugen (zu Karlevistenen und nach Bejershamn).

◎ Nachdem man die Ölandbrücke in südlicher Richtung verlassen hat, kommt man bald an den Windmühlen von BJÖRNHOVDA vorbei. Hier thront auch **KVARNKUNGEN** (der Mühlenkönig) – Schwedens größte Bockmühle wurde Mitte des 18. Jhs. auf dem Festland errichtet und zog 1880 nach Öland um. 2006 umfangreich restauriert, zerstörte 2011 ein Blitzeinschlag einen der über 500 kg schweren Flügel. Es dauerte ein wenig, bis das nötige Kleingeld für das Arbeitsmaterial zusammen war; seit 2016 steht Kvarnkungen aber wieder in voller Pracht da. **(35)**

◎ Die nächsten zwei Ziele erreicht man einfacher von der küstennahen Parallelstraße zwischen Färjestaden und Mörbylånga, zumal z.B. Beijershamn von der Str. 136 gar nicht ausgeschildert ist.

Auf der 136 empfiehlt es sich spätestens in Eriksöre, hinunter zur Parallelstraße abzuzweigen; dort geht's zum **KARLEVISTENEN**, der als einer der BEDEUTENDSTEN RUNENSTEINE Schwedens gilt. Am Ende des 10. Jhs. aufgestellt, berichtet er vom (dänischen) Wikingerhäuptling und Seefahrer Sibbe Foldarsson, der hier begraben wurde – heute steht der Stein mitten in einem Feld; der Zugang ist frei gemäht. **(36)**

◎ Bei Haga Camping / Surferstrand zweigt die Parallelstraße (s.o.) ab zum NATURRESERVAT **BEIJERSHAMN**. In der zweiten Hälfte des 19. Jhs. wollte man hier einen Hafen anlegen. Eine fast 2 km lange Steinpier wurde in den Kalmarsund hinaus gebaut, und sofort verlandete das Hafenbecken. Dieses Missgeschick erwies sich als Glücksfall für Watvögel, die sich hier im flachen Schlick wohl fühlen. Heute ist Bejershamn neben Ottenby einer der aufschlussreichsten Orte für ORNITHOLOGEN. Der hohe VOGELBEOBACHTUNGSTURM gewährt einen trefflichen Blick auf den Küstenstreifen mit seinen Strandwällen sowie den verlandeten Hafen bis hinüber aufs Festland. Und auf einige von mehr als 250 Vogelarten, die bisher vor Ort bisher gesichtet wurden. Kurios wird's, wenn Rinder durchs Watt wandern (siehe Seite 231). Vom Parkplatz ist der Turm in kurzer Zeit auf einem Holzbohlenweg erreicht. **(37)**

◎ Die Str. 136 verläuft seit Eriksöre am Westrand der Kalksteppe **STORA ALVARET**, die einzigartig in Europa ist (siehe Seite 227). Das Areal misst in Nord-Süd-Richtung ca. 50 km bei einer Breite von bis zu 10 km.

In KARLEVI können Sie in den Wanderweg Stora Alvarleden einsteigen, der über 13 km nach Frösslunda und zum Resmovägen bei Möckelmossen führt (siehe Seiten 230 und 235 f.).

◎ **VICKLEBY** an der Str. 136 ist, wie Hulterstad im Osten, ein typisches REIHENDORF mit Holzhäusern entlang der Dorfstraße. Und:

◎ **CAPELLAGÅRDEN** wurde in den 1950er Jahren als verfallender Bauernhof vom berühmten *Carl Malmsten* erworben. Er gründete vor Ort eine Schule für Möbel-Designer und Handwerker. 1960 begannen erste Kurse im Möbeltischler- und Textilhandwerksbereich; später kam die Ausbildung für Keramiker hinzu. Seit 1980 lehrt man auch den biodynamischen Anbau: Der 1965 von einem dänischen Gartenbaumeister angelegte Kräutergarten ist heute in eine Gartenanlage mit Obst- und Gemüseanbau und einem ROSENGARTEN mit zum Teil BETAGTEN Sorten integriert. Hier wachsen und duften im Sommer fast 400 Gewürz- und Heilkräuter. Der Garten ist zu besuchen, einige der Kräuter- und Rosensorten sind zu erwerben. Die SOMMERKURSE in KUNSTHANDWERK richten sich auch an ausländische Teilnehmer, sofern sie zumindest das Englische beherrschen. Capellagården, Vickleby bygata 25, Tel. 0485 – 361 32, www.capellagarden.se. Ausstellungen Anfang Juni bis Mitte August Mo–Fr 11–17/18 Uhr, Sa+So 10–16 Uhr. Gartenshop Mitte April bis Mitte September gleiche Zeiten, Vor- und Nachsaison Mo+Di geschlossen. **(38)**

◎ In **RESMO** gab es einst zahlreiche MALMAR: Armenhütten des 19. Jhs. MALMEN war sandiger und deshalb für die Bauern wertloser Boden. Hier durften die Armen ihre Hütten bauen; die Grundstückspacht war beim Bauern abzuarbeiten. Ein *H. Nelson* schrieb 1909: »In den Hütten war nur Lehmboden, ein Strohbett ohne Laken war oft das einzige Möbelstück«. Öfen wurden mit Strauchwerk, Wacholder und ÖLANDSBRIKETTS (getrockneten Kuhfladen) beheizt. Der GESTANK war erbärmlich, wie Carl von Linné in seinen Aufzeichnungen schildert. Heute werden die Malmar-Grundstücke oft für (modernisierte) Sommerquartiere genutzt.

Die zweitürmige romanische KIRCHE wurde in der Mitte des 12. Jhs. errichtet. Es sind Malereien bewahrt, die zum Teil ebenso alt sind. **(39)**

◎ In Resmo zweigt der Resmovägen zur Ostküste über die ALVARET-STEPPE ab. Auf halber Strecke liegt nördlich der Straße der flache Weiher **MÖCKELMOSSEN** mit einer artenreichen VOGELWELT. **(40)**

Wer sich mehr für die Pflanzenwelt interessiert, kann südlich der Straße eine Runde drehen (siehe Seite 236).

◎ Kurz hinter besagter Kreuzung erreicht die Str. 136 einen bescheidenen Höhenrücken, der sich südwärts bis Mysinge zieht.

Zunächst **GYNGE HÖG**, wo sich am Parkplatz drei BOCKWINDMÜHLEN fotogen aufreihen – Sundblick nach Westen inklusive. **(41)**

Noch bekannter ist diese Gegend zwischen Resmo und Mysinge allerdings für ihre Gräber-FUNDSTÄTTEN, vornehmlich aus der Bronzezeit. Der GRABHÜGEL **MYSINGE HÖG** gilt als der zweitgrößte auf Öland, mit immerhin 45 m im Durchmesser. **(41)**

Die Route passiert weitere Grabstätten, auch große GRABKAMMERN AUS DER STEINZEIT.

◎ Bald folgt die Abzweigung nach **MÖRBYLÅNGA**, das Gemeindezentrum Südölands am Sund. Wer nicht gerade das Einkaufen in Färjestaden versäumt hat, kann sich den Abstecher sparen. Auch vom Zentrum des Südens (gut 1.700 Einwohner) pendeln viele zum Arbeiten nach Kalmar. Am (heute zu großen) Hafen erinnert der Silo an die in den 1990er Jahren still gelegte Zuckerrübenfabrik. Inzwischen hat das zentraler gelegene Färjestaden über dreimal so viele Einwohner.

◎ 2 km südlich der Abzweigung liegen die Überreste der **BÅRBY BORG** am Weg. Die einfache Anlage stammt wohl aus der Zeit der Völkerwanderung (ab etwa 400). Auf ihrer Westseite sorgte der steile Felshang für Schutz; die übrigen Himmelsrichtungen sicherte ein halbkreisförmiger Steinwall. Dass sie bis ins 17. Jh. genutzt worden sein soll, sieht man ihr des maroden Zustands wegen nicht an: als Sehenswürdigkeit ist sie zu vernachlässigen.

Am ersten Juniwochenende findet auf der großen Freifläche vor der Ruine ein DRACHENFLUGFEST statt.

◎ 6 km weiter in Kastlösa: Historisch eher unbedeutend ist die **KASTLÖSA KYRKA** (1855, umgebaut 1954) an der Kreuzung; sie schmückt aber ein großes, modernes FRESKO *(Waldemar Lorentzon)*. **(42)**

◎ In der **KASTLÖSA GLASHYTTA** haben sich zwei Kunsthandwerker etabliert, das Sortiment dominieren bunte Schalen, Vasen und Zierrat. Im Sommer täglich 10–18, sonst 11–16 Uhr (nicht an allen Tagen, darum ggf. tel. anfragen). Str. 136, Hausnr. 140 (rechter Hand), Tel. 0485 – 66 58 11, www.kastlosaglashytta.se.

Fotogen aufgereiht stehen drei Bockwindmühlen auf der Anhöhe Gynge Hög. – Relikt aus der Zuckerrüben-Ära: verwaiste Gebäude (Silo u.a.) im Hafen Mörbylångas. – Im Naturreservat Beijershamn: Rinder beenden ihre Wattwanderung (siehe Seite 228 f.). ▶

◎ 9 km südlich Kastlösas folgt das Gräberfeld **GETTLINGE GRAVFÄLT**, eine der größten Begräbnisstätten Ölands mit einer Schiffssetzung und einem großen Richterring. **(43)**

◎ 4 km bleiben bis **SÖDRA MÖCKLEBY**, wo sich der südlichste Supermarkt (ICA) auf Öland befindet, und zudem ein Sommercafé. Eine Straße führt relativ steil und in einer ungewöhnlichen Kehre hinunter an die Küste von DEGERHAMN, wo unübersehbar Ölands größter Industriebetrieb ansässig ist, eine Zementfabrik. Im Hafenbecken harrt nur noch ein Fischerboot aus. Die ufernahe Straße führt parallel zur 136 nordwärts bis nach Bjärby.

Südlich von Degerhamn sind die rötlichen ABRAUMHALDEN und ein Schornstein des Alaunwerks SÖDRA BRUKET (18. sowie 19. Jh.) erhalten. Teile der Werkssiedlungen sind erst vor wenigen Jahren saniert worden, dienten zunächst als Jugendherberge und Ferienwohnungen und zurzeit als Flüchtlingsunterkunft.

◎ Ein famos gelegener RASTPLATZ befindet sich an der Str. 136, oberhalb vom Naturreservat **ALBRUNNA ALVAR**. MÜHLE und Sundblick sind vom Feinsten (siehe Foto Seite 210). Sehr informative Texttafel über Geologie, Flora, Fauna und mehr. **(44)**

◎ Die Str. 136 führt zwischendurch ganz nahe an die Küste, passiert die Ortschaften Ventlinge und Grönhögen. Den südlichsten Teil Ölands trennt die 4 km lange **KARL-X.-GUSTAFS-MAUER** vom »Rest der Insel«.

Von der Mitte des 16. Jhs. bis 1801 war Öland königliches Jagdgebiet: Johan III. ließ Damwild aus England einführen, das jedoch bald zur Landplage wurde. Den Bauern war es dennoch verboten, Wild zu erlegen oder zu fangen. Wachen, die das Wild verscheuchen sollten, erwiesen sich als untauglich. 1653 ließ Karl X. Gustav im Süden eine Mauer quer über die Insel bauen, um das übrige Land vor dem Wildverbiss zu schützen. Jedenfalls war das Königshaus auf Öland nicht immer beliebt. Das ist anders geworden, zumal die Königsfamilie seit den 1980er Jahren die Sommerferien in Solliden verbringt; dennoch existiert der königliche Jagdforst unverändert und wird von Carl XVI. Gustav auch genutzt, weshalb die Mauern weiterhin gewartet werden.

◎ Die Str. 136 endet bei **OTTENBY**; es lohnt sich, die Fahrt zum südlichsten Inselpunkt fortzusetzen und die immerhin 4 Kilometer auch nicht auf dem Asphalt zu laufen – denn Wandern können sie ausreichend auf der Landzunge **ÖLANDS SÖDRA UDDE**: Die Südspitze markiert der LEUCHTTURM LÅNGE JAN (1785), mit beinahe 42 m Schwedens höchster, schon seit 1907 automatisiert und Pendant zum Langen Erik in Nordöland. Mai bis Ende August täglich 10–17/18, bis Anfang November 10–16, April Fr–So 10–15 Uhr. Zutritt 30/20 SEK. **(45)**

Nachbarn des Langen Jan sind das Restaurant FÅGEL BLÅ (siehe Seiten 217 und 233), Vogelwarte und Naturum (siehe den Kasten nebenan).

Der mit 42 m höchste Leuchtturm Schwedens wurde 1784/85 errichtet, zumindest teilweise verwendete man dabei Steine einer mittelalterlichen Kapelle: Långe Jan. Gleich nebenan das Restaurant mit neuer Leitung und altem Namen: Fågel Blå. ▶

PROFIS VERMITTELN NATURERLEBNISSE – OTTENBY NATURUM

So wie in Nordölands Trollskogen betreuen von der öffentlichen Hand finanzierte Naturschutzprofis das Naturum in Ottenby: ein Musterbeispiel, wie sinnvoll und schön hergerichtet etwas den Menschen zugute kommen kann, falls es nicht rein profitabel ausgerichtet ist. Der Neubau wirkt im Inneren wohltuend ausgewogen zwischen üblichen Exponaten und dem Einsatz moderner Medien. Wer hier keine Lust bekommt, durch die Gegend zu streifen, hat vermutlich ohnehin keine Wanderschuhe im Gepäck. Es gibt Info-Material, Ansprechpartner vor Ort und es werden AKTIVTOUREN arrangiert, die (angemessen) kostenpflichtig sind.

◎ **NATURUM OTTENBY**, Ottenby 401, Tel. 0485 – 66 12 00, www.naturumottenby.se. Ende Juni bis Anfang August täglich 10–18 Uhr, ab Mitte Mai 11–17 Uhr, bis Ende August 11–18 Uhr, bis Anfang November 11–16 Uhr, ab Ostern/April bis Mitte Mai Do/Fr/Sa–So/Mo. Eintritt frei. Deutschsprachiger Folder mit Karte zum Naturschutzgebiet Ottenby. An mehreren Stellen auf Ölands Södra Udde sind Rastplätze eingerichtet.

◎ **OTTENBY FÅGELSTATION**, Ottenby 401, Tel. 66 10 93, www.ottenby.se. Das längliche, weiße Gebäude beim Parkplatz ist (seit 1946) Sitz der Vogelforscher, die Tiere fangen und beringen, um Zugwege auszuwerten und Kenntnis über die Brut- und Überwinterungsgebiete zu gewinnen.

Ferien aktiv

Die Reihenfolge ist stets geografisch bedingt – von Norden nach Süden; sie entspricht keiner Rangliste.

WANDERN, WALKEN, JOGGEN

◎ **TROLLSKOGEN**: siehe Seite 224. Ab Parkplatz mit Naturum sind drei RUNDROUTEN markiert, die längste in Rot misst 4,5 km, begleitet die Ufer der waldreichen Landzunge, von deren Spitze man hinüber zum Leuchtturm Langer Erik schauen kann, und passiert reizvolle Stellen; die kürzeste Route in Blau ist 1 km lang, führt zur Bucht Grankullaviken. Fünf Rastplätze laden zum Picknicken ein; einen Badeplatz gibt's nicht, da Naturschutzgebiet. Ein schönes Terrain.

Aus dem deutschsprachigen Faltblatt »Trollskogen« erfahren Sie mehr über Geschichte und Natur. Erhältlich im Touristenbüro in Färjestaden und (zumindest wenn das Naturum geöffnet ist) auch vor Ort. **(19)**

◎ **BÖDA EKOPARK**: Über 50 km ist der Böda vandringsled über Skäftekärr, Byrums Sandvik, Grankullaviken und Böda lang, im Osten entlang der Küste, im Westen durch das Binnenland verlaufend und auf der Karte zur Inselnordhälfte eingezeichnet. Allerdings eignet sich das Areal der Distanzen wegen besser zum Radeln; am besten lässt sich eine Wandertour mit dem TROLLSKOGEN (siehe oben) verbinden, um sie im südlich angrenzenden Uferwald fortzusetzen – das markante Landschaftsmerkmal entlang der KÜSTE BIS BÖDA sind Sandstrände, Flugsandfelder sowie bis zu 10 m hohe Dünen.

◎ **KNISA MOSSE**: siehe Seite 222. Gut 5 km Rundwanderung, Dauer ca. 70–80 Minuten. Im letzten Abschnitt ist die Orientierung anspruchsvoller als gewöhnlich, das Terrain in feuchten Perioden teilweise aufgeweicht, die Tour aber abwechslungsreich sowie dank unterbliebener Entwässerung und gelungener Renaturierung eine der schönsten. An einigen Stellen gedeihen hier Orchideen! **(9)**

Das 150 ha große Natur- und Vogelschutzgebiet erstreckt sich südlich von Sandvik. Am ausgeschilderten Parkplatz beginnt der Pfad, auf dem man sich links halten sollte; ein Abstecher führt rasch zum Vogelbeobachtungsturm, während der Pfad in den Wald eintaucht, wo die Chancen gut stehen, dass man größeren Tieren begegnet. Anschließend geht man über karge Kalksteppe bis zum Kalmarsund und hält sich entweder draußen auf dem Fahrweg oder diesseits des Zauns nach Norden; spätestens vor dem Weiler Sjölunden (mit Ferien- und Wochenendhäuschen) gilt es auf den Fahrweg zu wechseln, um dort noch 1 km weiterzulaufen. Erst wenn der Zaun zu Ende geht, nimmt man den dortigen Überstieg und weist die rote Markierung die Richtung – es mag die spannendste Teilstrecke sein, hier über die Weide von Galloway-Rindern landeinwärts zu gehen: Die Tiere waren bei der Recherche absolut friedlich und hielten Abstand; aber sie haben ihre eigenen Trampelpfade angelegt und Markierungspfosten umgeknickt, so dass die Orientierung nicht leicht fällt: zuerst geht es am Rand der Weide entlang und dann halbrechts. Entscheidend ist, dass man sich rechts des Dorfes Knisa hält; dann findet sich automatisch der einzige Zaunüberstieg, wo sich der sichtbare Pfad attraktiv über Wiesen und durch Wald fortsetzt sowie überraschend schnell wieder am Parkplatz eintrifft. Info-Tafel vor Ort.

◎ **BORGHOLM**: Landschaftlich besonders reizvoll sind auch die Pfade zwischen der Inselhauptstadt sowie Schlossruine und Solliden. Ab Hafen bzw. küstennahem West-Borgholm führen Promenaden und Pfade zum LEUCHTTURM Borhgolms fyr, ins Naturreservat BORGA HAGE mit einem stattlichen Eichenwald und weiteren Ausflugszielen hinauf zur Ruine von Borgholms slott, das auf dem Felsen Landborgen thront; hier weisen einige Wegabschnitte bis zu 8 % Gefälle auf, die auch auf Treppen überwunden werden. Früher war das Gebiet unterhalb des Schlosses Weideland; heute zählt man rund 20 Baumarten, seltene Gräser und viele Vögel. Info-Tafeln an den Zugangspunkten, u.a. auf Deutsch. 2–3 Stunden sind rasch vorbei in dieser grünen Oase. **(7)**

◎ **HALLTORPS HAGE**: siehe Seite 218. Zwei ausgeschilderte Parkplätze, einer an der Str. 136, ermöglichen den Zugang; sechs farbig markierte Pfade von 1,4 bis 3,5 km erschließen das 198 ha umfassende Naturreservat, 56 ha davon Wasser. Im hohen Wald lassen sich selbst heißere Tage gut aushalten; die Mischung jedoch macht's, d.h. der Spaziergang über die Strandwiesen mit einigen Orchideenkolonien sollte immer zur Route gehören. Mag sein, dass die schöne Küstenlandschaft zum Baden am südlich benachbarten Strand inspiriert. Info-Tafeln vor Ort. **(5)**

◎ Weit in die **GESCHICHTE** Ölands zurück führen gleich mehrere Pfade ab Odens Flisor, siehe Seite 218. **(3)**

1,3 km sind es bis zur Steinsetzung NOAKS ARK, die am Rande eines Gräberfelds und der Kalksteppe Karums Alvar liegt; allein im 315,7 ha großen NATURRESERVAT KARUM verlaufen kilometerlange Pfade durch typisch öländische Landschaft, wohl mit die eindrucksvollste Alvar der Inselnordhälfte. 3,8 km sind es ab Odens Flisor bis zur Ruine ISMANSTORP Fornborg (siehe Seite 225) sowie 3 km zum Eisenzeitdorf RÖNNERUM Fornby, wo Reste von Fundamenten und Steinwällen aufzuspüren sind. – Im Laubwald des 524 ha großen Naturreservats Rönnerum-Abbantorp erklingt oft ein stimmungsvolles Vogelkonzert, gleich südlich von Odens Flisor.

◎ **STORA ALVARET**: Wem Karums Alvar im Norden zu klein ist, wird im Süden auf der Großen Kalksteppe genug Wege vorfinden. Hier sind mehrere Pfade markiert, die auch in Gratis-Karten und Broschüren verzeichnet sind: u.a. »Wandern im Welterbe südliches Öland«, deren schwedischsprachiges Pendant »Vandringsleder genom Världsarvet på södra Öalnd« die Wegverläufe zusammen mit einer Karte am besten erschließt.

Wer nur einen kurzen ABSTECHER unternehmen will, kann dies von der Str. 136 aus zum Beispiel in Vickleby, Kastlösa oder von dem nett gelegenen Rastplatz Albrunna **(44)** aus.

Als Rundwanderung empfehlenswert: vor allem die beiden Schleifen BÅRBY KÄLLA, ab dem Wanderparkplatz an der Straße zwischen Resmo im Westen sowie Stenåsa im Osten südwärts (auf der anderen Seite der Straße Möckelmossen **40)**: 1,8 sowie 6 km lang, sind zwei Rundwege über Stora Alvaret miteinander zu kombinieren. – Alternativ der fast 7 km lange GÖSSLUNDALEDEN ab Parkplatz Gösslunda nordwärts, an der parallel verlaufenden Straße weiter südlich zwischen Södra Bårby im Westen sowie Alby im Osten; auf der anderen Straßenseite ab dem Parkplatz Gösslunda sind es 7 km retour bis zu den beiden senkrecht verankerten Kalksteinplatten TINGSTAD FLISOR, die zu einem Gräberfeld gehören, das sowohl Eisen- als auch Bronzezeit zugeordnet wird **(47)**.

◎ **ÖLANDS SÖDRA UDDE**: siehe Seite 232. Auf Ölands Südspitze sind vier Pfade von 1,5 bis 5,7 km Länge markiert, zwei davon als Rundwege. Weitere Wege verlaufen im Jagdforst OTTENBY LUND, wo in einer zentralen Zone ein Zutrittsverbot vom 1.4. bis 31.8. gilt. **(46)** Infrastruktur wie Rastplätze ist vorhanden, und einen deutschsprachigen Folder mit Karte gibt's im Naturum und am Parkplatz beim Leuchtturm **(45)**.

Rau und karg ist das westliche Gebiet zum Kalmarsund hin, dort wo eher wenige windzersauste Bäume ausharren, zwei stehende Steinplatten (Kungsstenarna, die Königssteine) wie bei Odins Flisor und Tingstad Flisor ein Gräberfeld anzeigen sowie ein steinernes Kreuz die spärlichen Überreste der mittelalterlichen Skt-Johannes-Kapelle markiert. Hier auf Södra Udde gab es über Jahrhunderte eine Siedlung, die von Fischfang und Handel lebte.

Lauschiger und windgeschützter mag eine Tour im Bereich des Forstes sein; markant der Stahlturm zur Vogelbeobachtung auf dem flachen Wiesenareal Schäferiängarna; selbst bei Trockenheit auf der Sonneninsel Öland kann hier der Untergrund aufgeweicht sein.

◎ Der FERNWANDERWEG **MÖRBYLÅNGALEDEN** führt in fünf Etappen über 84 km vom Touristenbüro Färjestaden bis nach Ottenby. Bei der Überquerung von Stora Alvaret teilt er sich die Trasse einer ehemaligen Eisenbahnstrecke mit dem Radweg Ölandsleden. Besonders attraktiv ist die küstennahe Teilstrecke am Kalmarsund zwischen Karlevistenen im Norden und Mörbylånga.

Der Pfad ist rot markiert. Mögliche Übernachtungen wollen gut vorbereitet sein: Vor allem südlich Mörbylångas ist die Auswahl begrenzt.

Vorgriff auf die Radtour im Böda Ekopark: oben der Rastplatz auf Ramsnäsudden, unten auf der anschließenden Strecke nach Norden, nahe der Küste durch den Wald ▶

RAD FAHREN

Öland ist eine RADFAHRERINSEL par excellence, wo Leistungssportler ihre Trainingseinheiten absolvieren.

◎ **KARTEN**: siehe Seite 213.

◎ **BÖDA EKOPARK**: fast 50 km im Norden Ölands – nicht zu verwechseln mit der Ekoparksrundan, die im Westen landeinwärts verläuft, statt wie unsere Tour an der Küste. Startpunkt Parkplatz Trollskogen **(19)**.

Für ca. 1 km zurück auf dem Straßenzubringer, bis links die Radwege Ölandsleden und Ekosparksrundan gemeinsam in den Wald führen, die tollste Teilstrecke im Ostteil: mitten durch den Wald, an einer Lichtung mit Moos- und Flechtenteppich vorbei, ebenso an Legionen von Heidelbeersträuchern; im Südosten ist das Meer samt Sandstränden ganz nahe. Nach dem Passieren einer Kiesgrube setzt sich die Route auf dem ruhigen Gamla Grankullavägen fort. Dort wo sich die beiden Radrouten trennen, sollte man auf dem Ölandsleden verbleiben, der sich attraktiv auf einem alten Bahndamm fortsetzt. In einer scharfen Linkskurve sollte man den Ölandsleden wieder verlassen, denn nur ein paar Meter nach rechts kehrt man auf die Ekoparksrundan zurück; wer noch ein kurzes Stück auf dem Ölandsleden verbleibt, gelangt nach SKÄFTEKÄRR (siehe Seite 222, **16)**.

Bei km 27,5 etwa ist die Westküste erreicht, Zeit zu rasten: An dem Halteplatz, wo die Route nach rechts abknickt, gilt es geradeaus den sandigen Hügel zum Meer hinabzuschieben: Hier auf RAMSNÄSUDDEN gibt es Tische und Bänke, Sandstrand sowie von Wind und Wetter bizarr geformte Bäume, ähnlich Trollskogen. Übrigens kann man sich am Strand zu Fuß zu BYRUMS SANDVIK aufmachen, jenen Kalsteinsäulen/Rauken, die die Brandung aus dem Gestein wusch (siehe Seite 222, **15)**.

Weiter geht's traumhaft schön auf einem ca. 2,5 km langen Küstenpfad, fast mehr ein Wanderweg mit freiliegenden Wurzeln, streckenweise wie durch einen grünen Tunnel oberhalb abbrechender Dünen zum Sund hin. Ab Hagskog verbleibt man bis über Byxelkrok hinaus auf der wenig befahrenen Küstenstraße, während die Ekoparksrundan sich später landeinwärts verabschiedet. Aus dem Wald heraus, herrschen typische Pflanzen in der karger werdenden Vegetation vor. Vor Byxelkrok auf der Str. 136 angekommen, sorgt ein separater Radweg für entspanntes Fortkommen; auch der Sverigeleden verläuft hier.

In Byxelkrok bestehen gute sowie die letzten Möglichkeiten einzukehren, bevor es zurück zum Ausgangspunkt geht. Nun auf der Straße bleibend, werden bald NEPTUNI ÅKRAR (siehe Seite 224, **17)** passiert, wobei die Geröllbänke besser am zweiten und dritten Parkplatz nachzuvollziehen sind als am ersten. Vor dem Abzweig gen Trollskogen ist ein Abstecher zum LEUCHTTURM LÅNGE ERIK (siehe Seite 224, **18)** möglich, wofür aber gut sechs zusätzliche Kilometer zu veranschlagen sind.

◎ **MÜHLEN-RUNDE AB SANDVIK**: 16 km ab Hafen Sandvik, wo der lokale Fischverkauf die Möglichkeit eröffnet, sich mit wohlschmeckendem Proviant zu versorgen.

Ab Hafen folgt man dem Ölandsleden nordwärts. Auf der befestigten, aber staubigen Küstenstraße passiert man Stein verarbeitende Betriebe, so wie es seit Jahrhunderten in dieser Gegend üblich ist. Und folgerichtig ist auch der Rastplatz-Tisch bei der historischen Schleifmühle von Jordhamn (siehe Seite 221, **10**) aus Stein, ebenso die benachbarten Schuppen, während Besucher steinerne Türmchen hinterlassen haben.

Ein sportlicher Anstieg, und linker Hand erscheinen GILLBERGA RAUKAR: aus dem Kalkstein gewaschene Steinsäulen, weniger spektakulär als die Kollegen in Byrums Sandvik, dafür mit mehr Vegetation rundum: Je nach Jahreszeit blühen hier Blumen in vielen verschiedenen Farben.

Werktags hat der Lärm den gewaltigen STEINBRUCH bereits angekündigt, wo heute das Baumaterial abgebaut und der oberhalb umfahren wird. Hier, in Gillberga, wo sich unsere Route landeinwärts wendet, rentierten sich einst 15 Höfe – heute fast totes Land. Eine frühere Eisenbahntrasse in Nord-Süd-Richtung wird gequert, bevor die Route auf die östliche Linie des Ölandsleden trifft, mit ihm rechts abzweigt, dann aber auf dem Lövängsvägen parallel zur 136 verbleibt, während der Ölandsleden nach Osten/links abzweigt. Die Nebenstraße passiert einige schmucke Grundstücke, die zum Teil mit Steinschuppen die Tradition bewahren, bevor weite Flächen von Wiesen geprägt sind; hier ergibt sich ein möglicher Stopp beim Naturreservat Lilla Horn (siehe Seite 221, **11**).

Bald wendet sich die Straße nach Westen Richtung Sandvik mit seiner Holländermühle SANDVIKS KVARN (siehe Seite 220 f.), wo die Rundfahrt dann beendet ist; wer sie verlängern möchte, kann an der oben beschriebenen Kreuzung den Lövängsvägen frühzeitig auf dem Ölandsleden verlassen und dessen Bogen östlich der 136 folgen, bevor in Södvik die Rückfahrt nach Sandvik ermöglicht wird.

◎ **QUER ÜBER DIE INSEL**: 42 km in der Mitte Ölands ab Rälla/Högsrum, über Långlöt und Stora Rör zurück.

Etwa auf halber Strecke zwischen Färjestaden und Borgholm führt eine Nebenstraße ab Rälla ostwärts zur Kirche von Högsrum, ein guter Startplatz. Weiter nach Osten, sind bald Odins Flisor erreicht (siehe Seite 235, **3**); kurz danach zweigt man rechts ab Richtung Vedby/Ismanstorp und Heimatmuseum Himmelsberga. Die Landschaft wechselt ungemein reizvoll zwischen Kalksteppe/Alvar, Wiesen, Wald und landwirtschaftlich genutzten Flächen. Gut 1 km misst der Abstecher mitten durch Wald zu der RUINE von Burg ISMANSTORP (siehe Seite 225, **27**), die letzten Meter gehen nur zu Fuß. Zurück auf der Route, liegen mehrere Mühlen (eine mit Rastplatz) am Weg und erreicht man das Heimatmuseum HIMMELSBERGA (siehe Seite 225, **26**).

In Långlöt zweigt die Route rechts auf die Ostküstenstraße ab, wo mehrere MÜHLEN und RUNENSTEINE für Abwechslung sorgen (siehe ab Seite 225, **28–30**); zwischen LERKAKA und BJÄRBY führt ein Abstecher zur Ostküste, wo ein Sandstrand überrascht.

Bei km 17 zweigt in Runsten eine Nebenstraße zurück nach Westen ab. Die Landschaft ist nicht so schön wie auf der Parallelstraße im Norden: keine Alvar, dafür mehr Landwirtschaft. In Glömminge, kurz vor der Str. 136, biegt der Ölandsleden rechts nach Ryd ab, das Grün rückt wieder näher; dann knickt die Route links ab, überquert die 136, hält sich kurz links, anschließend wieder rechts und führt nordwärts an entzückenden Grundstücken vorbei nach STORA RÖR, wo der Abstecher auf der Hauptstraße hinunter zum Hafen anzuraten ist.

Bei km 35,5 ist dort die Stenugnsbageri erreicht, ein weithin bekannter Bäcker mit Cafébetrieb: nicht billig, aber in famoser Lage. Hier in Stora Rör legten einst die Fähren nach und von Öland ab, bevor die Brücke 1972 eröffnet wurde; heute ankern nur noch Freizeitboote im Hafen.

Auf der Hauptstraße zurück zum Ölandsleden, geht es links hinein in den Wald und in einem Bogen nach Osten, wo in Mühlen-Nachbarschaft erneut die 136 überquert wird; leicht links versetzt, beginnt die letzte Teilstrecke zurück zum Ausgangspunkt, der Kirche von Högsrum.

◎ **STORA ALVARET**: Für die Durchquerung der Großen Kalksteppe eignet sich besonders die frühere Bahntrasse zwischen Kastlösa im Westen und Skärlöv, wo auch der Ölandsleden (s. unten) verläuft. – Alternativ ist weiter nördlich der Stora Alvarleden ab Karlevi (an der Str. 136) hinunter zur Straße Resmovägen als Radweg ausgewiesen, doch mancherorts gilt es zu schieben; 13 km. – Eine Rundfahrt führt ab Resmo/Gynge Hög (siehe Seite 229 f., **41**) auf dem Resmovägen nach Osten: vorbei am Wanderparkplatz mit den Zielen Bårby Källa und Möckelmossen (siehe Seite 236 f.) bis Stenåsa, auf der Ostküstenstraße nach Süden bis Alby, zurück westwärts bis Bårby sowie nach einem Abstecher nach Mörbylånga zurück bis Resmo; Distanz ca. 36 km. Wer auf mehr Lust hat, bleibt länger auf der Ostküstenstraße und kehrt über die Bahntrasse ab Skärlöv nach Kastlösa (siehe oben) zurück.

◎ Als FERNRADWEG ist der 400 km lange **ÖLANDSLEDEN** für die Zielgruppe dieses Buches weniger interessant; wir haben aber reizvolle Teilstrecken in die selbst recherchierten Touren integriert.

◎ **FAHRRADVERMIETUNG** verbreitet in den Unterkünften, zudem: Ölands Cykeluthyrning in Borgholm, Sandgatan 25, Tel. 0761 – 039 879, in Mörbylånga, Järnvägsgatan 3, Tel. 0761 – 039 849, www.olandscykeluthyrning.se. – Färjestadens Cykelaffär, Storgatan 67, Tel. 0485 – 300 74, www.cykelaffaren.se. – Am Hafen Sandvik.

BADEN, SCHWIMMEN

◎ **RUND UM DIE INSEL:** Sand, Gras, Stein, Klippen. Viele Campingplätze haben einen eigenen Strand; populär sind die Nordostküste bei Böda und Köpingsvik im Westen. Auf den Karten (siehe Seite 213) kennzeichnen Symbole die Badeplätze.

GOLF

◎ **ACHT GOLFPLÄTZE** gibt es auf Öland: Byxelkrok (Storängens Golfklubb), Böda Sand, Löttorp (Ölands Golfklubb), Halltorp Golfklubb, Ekerums Golfklubb und Ekerums Golf & Resort (mit 36-Loch-Platz), Färjestaden (Saxnäs Golfklubb) und ganz im Südwesten Grönhögen Golf Links.

REITEN

◎ **WESTERN ADVENTURES**, Mörbylänga, Stall Västergården Smedby 411, anna@vastergarden.nu/

SURFEN UND KITEN

◎ Freizeitareal **HAGA PARK**, zwischen Färjestaden und Mörbylånga.

VOGELBEOBACHTUNG

◎ **BLÅ JUNGFRUN**: siehe Seite 223.

◎ **HORNSJÖN**: siehe Seite 222. Ausgeschildert ist zudem der Hof Horns Kungsgård, der auf das 16. Jh. zurückgeht und wo heute naturverträgliche Landwirtschaft betrieben wird. Hornvägen 54, westlich des Hornsjön.

◎ **KNISA MOSSE**: siehe Seite 220.

◎ **MÖCKELMOSSEN**: s. Seite 230.

◎ **BEIJERSHAMN**: siehe Seite 228.

◎ **OTTENBY**: siehe Seite 232 f.

Info-Mix

GALERIEN/KUNSTHANDWERK

◎ Verzeichnis in den Touristenbüros; besonders viele sind in **VICKLEBY** ansässig.

KONTAKT, HILFE

◎ **ÄRZTLICHE BEREITSCHAFT**: Färjestadens hälsocentral, Safirvägen 2, Tel. 1177. Oder man wendet sich ans Krankenhaus in Kalmar, Lasarettvägen, Tel. 1177.

◎ **POLIZEI**: Borgholm, Stenbergsgatan 4, Tel. 114 14, Notfall-Tel. 112.

◎ **POST**: in Borgholm Storgatan 56 (ICA).

TRANSPORT/WEITERREISE

◎ **BUS**: Im Sommer gilt ein eigener Fahrplan, abzurufen via www.klt.se (»Planera din resa, Tidtabell Öland«). Zuständig ist Kalmar Länstrafik (KLT), Tel. 010 – 21 21 000.

◎ **TAXI**: Färjestaden Tel. 0485 – 56 57 56, Borgholm Tel. 0485 – 104 75.

◎ **FÄHRE** MS SOLSUND **NACH OSKARSHAMN**: Mitte Juni bis Mitte August 2 x täglich von/nach Byxelkrok, www.olandsfarjan.se.

◎ Die **FAHRRADFÄHRE** DESSI nutzen im Sommer (ca. 25.6.–15.8.) vor allem Touristen, in Frühjahr / Herbst (ab Mitte April und bis 1.10. nur Mo–Sa) eher pendelnde Berufstätige sowie Schüler. 7–9 x zwischen Färjestaden / Södrahamnplan und Kalmar / Skeppsbron, Barkassbryggan. Dauer rund 30 Minuten. Ticket 50 SEK.

Blekinge

SCHÄRENKÜSTE, FLÜSSE UND MARINESTÜTZPUNKT KARLSKRONA

Blekinge misst von seiner Grenze zu Skåne (im Westen) bis zur Ostküste ca. 100 Kilometer, während die Ausdehnung von Norden nach Süden gerade 30 Kilometer beträgt. Im Regierungsbezirk Blekinge Län leben in nur fünf Kommunen über 156.000 Menschen auf 3.055 km². Die Hauptstadt KARLSKRONA wurde 1680 als Marinestützpunkt gegründet, blieb seitdem aber von Kriegshandlungen verschont – so bewahrte sich ein einmaliges Ensemble historischer Bauten. Ebenso einmalig ist der ehemalige Kurpark in RONNEBY, eine Oase in (je nach Jahreszeit) vielen Farben, die heute allen offen steht. Und in Sölvesborg steigt jedes Jahr ein fulminantes Festival, der SWEDENROCK.

Der bezaubernden Schärenküste wegen verdankt Blekinge den Beinamen SCHWEDENS GARTEN. Der Dichter *Sven Edvin Salje* aus Jämshög schilderte: »Berge, Täler und Seen haben ihre Größe der Landschaft angepasst. Vielleicht ist es das gemütliche Kleinformat und die wechselnde Flora, die den Namen „Schwedens Garten" geschaffen haben.« Dass auch dieses Land VON DER EISZEIT GEFORMT ist, bezeugen Gletschertöpfe, Geröllfelder, riesige Findlinge. Im Norden erstrecken sich WÄLDER mit karger, steiniger Erde, im mittleren Teil fruchtbare Ackerflächen. Die KÜSTE ist eingebettet in das Grün von Laubwäldern mit Eichen, Buchen und Birken, mit Weißdorn und Schlehenbüschen. Im Frühsommer erklingen hier die Konzerte der Nachtigallen. FLUSSTÄLER wie die des Mörrumsån, Bräkneån und Ronnebyån sind prädestiniert zum Angeln, Radfahren, Wandern, und es gilt ein Auge für die Flora zu haben.

Blekinge ist eine jener Provinzen, die erst 1658 zu Schweden kamen; zuvor war sie dänisches Land. Das Ausmaß des Jahrhunderte währenden Nachbarschaftsstreits ist an den Festungsruinen in Kristianopel zu erkennen, wo Dänen-Imperator *Christian IV.* sein Territorium grenznah mit Stadtmauer und Bastionen markierte. Ähnlich verfuhren Schwedens Monarchen Karl X. und Karl XI. ab 1658: 1664 wurde das Fischerdorf Bodekull zur Hafen- und Handelsstadt auserkoren und hieß fortan KARLSHAMN, 1680 war Karlskrona als Marinestütztpunkt fertig, der die schöne Stadt unverändert mit prägt.

Heute stehen Blekinges Hafenstädte für mehr Offenheit und fungieren vor allem als BRÜCKE INS BALTIKUM SOWIE NACH POLEN: Karlskrona verbinden Fähren mit Gdynia in Polen, Karlshamn mit Klaipeda in Litauen.

◀ Höhepunkte in Blekinge: oben die Stadt Karlskrona mit viel maritimem Flair und einer imposant harmonischen Bebauung, ob alt oder neu; unten der Fluss Mörrumsån, prädestiniert zum Angeln und an seinen Ufern zum Wandern und Radfahren

Karlskrona

EIN STADTBILD WIE AUS EINEM GUSS

Karlskrona, Hauptstadt und Regierungssitz der Provinz Blekinge, liegt IM SCHÄRENGÜRTEL der südschwedischen Küste. Die Bebauung verteilt sich auf mehrere Inseln, die aber ohne Boot zu erreichen sind. Das Ortszentrum liegt auf der Insel TROSSÖ. Die Stadt zählt über 35.000 Einwohner, die Kommune über 65.000, Tendenz steigend. Ein großer Arbeitgeber ist der hiesige Marinestützpunkt, wichtig sind Handel, Dienstleistung, Ausbildung (Technische Hochschule), Gesundheitswesen, IT, Kleinindustrien. Stena Line unterhält eine Fährverbindung mit Gdynia/Polen.

Im Jahr 1680 ließ Karl XI. Karlskrona (Karls Krone) als freien Marinehafen für die Ostseeflotte gründen; die Stadt wurde nach Plänen der arrivierten Baumeister *Nicodemus Tessin d.J.* und d.Ä. (die u.a. das königliche Schloss im Stockholm entwarfen) sowie *Erik Dahlberg* mit großzügig angelegten Straßen und Plätzen gebaut. Mächtige Verteidigungsanlagen sollten Karlskrona schützen, jedoch wurde hier niemals geschossen oder gekämpft. Unter Gustav III. bekam die Stadt ein neoklassizistisches Aussehen.

Viele Gebäude aus den Anfängen der Stadt sind erhalten! Das unversehrte Erbe verhalf dem Flottenstützpunkt Karlskrona, sich in die Liste des UNESCO-Welterbes schützenswerter Kulturgüter einzureihen – über 300 Jahre Marinegeschichte geben der Stadt ein unverwechselbares Aussehen. Auf den Inseln STUMHOLMEN und LINDHOLMEN liegen Magazine, Kasernen, Werft- und Versorgungsbauten, im Süden von Trossö Werft- und Verteidigungsanlagen sowie im Zentrum zivile repräsentative Gebäude. Mit Neubauten auf Stumholmen (Wohnungen und Marinemuseum) passte sich die neue Architektur der vorhandenen Bebauung an; das gilt ebenso für die neuen (Wohn-)Quartiere in anderen Stadtteilen, wie etwa auf Saltö.

Zur Gemeinde Karlskrona gehört auch KRISTIANOPEL, ursprünglich die Festung der Dänen an der nahen Grenze zu Schweden, heute ein reizender Ferienort, ganz im Osten von Blekinge an der Küste gelegen. Der Tourismus ist ein bedeutender Wirtschaftsfaktor für die Region, die mit Schwedens südlichsten Schären viele Besucher anlockt.

INFORMATION

◎ **KARLSKRONA TURISTBYRÅ**, Stortorget 2, SE–37134 Karlskrona, Tel. 0455 – 30 34 90, visit@karlskrona.se, www.visitkarlskrona.se. Juni bis August Mo–Fr 9–19 Uhr, Sa 9–16 Uhr (Juli bis ca. 15.8. auch So 9–16 Uhr, sonst Mo–Fr 12–18, Sa 10–14 Uhr. **(1)**

◀ Karlskrona zum Verlieben: oben neue Ansicht vom Stadtteil Saltö, unten das über hundertjährige Naherholungsgebiet Wämöparken

Unterkunft

◎ CLAR. COLLECT. **HOTEL CARLSCRONA**, Skeppsbrokajen, Tel. 0455 – 36 15 00, www.nordicchoicehotels.se. Dynamische Tarife, DZ weekend ab ca. 900, sonst ab ca. 1.200 SEK. **(5)**

◎ FIRST-HOTEL **JA**, Borgmästaregatan 13, Tel. 0455 – 555 60, www.firsthotels.com. Dynamische Tarife nach Buchungsstand, DZ weekend ab 680 SEK, sonst ab 950 SEK. **(6)**

◎ **ARKIPELAG HOTEL**, Alamedan 10, Tel. 0455 – 30 02 50, www.ahotel.se. Ebenfalls dynamische Tarife, EZ/DZ ab 750/950 SEK, 3-/4-Bett-Zimmer ab 1.050 SEK. **(7)**

Nicht so groß, relativ ruhig gelegen, teilweise mit Kitchenette.

◎ STF **KARLSKRONA TROSSÖ HOSTEL**, Nya Skeppsbrogatan 1, Tel. 0455 –100 20, www.karlskronavandrarhem.se. Ganzjährig geöffnet. EZ ab 450 SEK, DZ ab 550 SEK. Mitte Juni bis Mitte August sind nur Zimmer zu buchen, keine Einzelbetten. **(8)**

STF unterhält von etwa 15.6.–12.8. die Filiale Karlskrona Vandrarhem in der Bredgatan 16; als Rezeption fungiert das Trossö Hostel (s.o.).

◎ SVIF **DROTTNINGGATANS VANDRARHEM**, Drottninggatan 39, Tel. 070 – 240 52 69, www.drottninggatansvandrarhem.se. Bett ab 230 SEK, EZ 400–700 SEK, DZ 500–800 SEK. Ganzjährig geöffnet. **(9)**

◎ **DRAGSÖ CAMPING & STUGBY**, Karlskrona, Dragsövägen 14, Telefon 0455 –153 54, www.dragso.se. Ostern bis Mitte Oktober. Stellplatz ab 195 SEK, Campingütten ab 450 SEK, Wohnwagen ab 750 SEK, Ferienhütten ab 750, Zimmer ab 400 SEK. **(10)**

SCHÄREN-FEELING nordwestlich von Innenstadt/Trossö, auf dem Hinweg muss man durch das Zentrum. Badeklippen und -buchten und viel Aktivität im, am und auf dem Wasser: für Angler Hechtsafaris, Vermietung von Ruderbooten, Kanus, Seekajaks und Fahrrädern. 4 Sterne.

◎ **SKÖNSTAVIK CAMPING**, Karlskrona, Tel. 0455 – 2370 0, www.skonstavikcamping.se. Ganzjährig geöffnet. Stellplatz ab 180 SEK, Campinghütten (2–6 Personen) ab 495 SEK.

An der FESTLANDKÜSTE vor den Toren (nördlich) Karlskronas, Klippen und Sandstrand. 4 Sterne, Unterhaltung und viel Ausrüstung zu mieten.

◎ **DRAUSSEN IN DEN SCHÄREN** SÜDÖSTLICH von Karlskrona verbinden Straßen mehrere Inseln mit dem Festland. Auf Tjurkö, vis à vis Karlskronas, ist der Campingplatz STENBRÄCKA ansässig, Tel. 0455 – 462 85, www.stenbracka.se. Luftlinie 6 km, über Straßen 35 km nach Karlskrona. – Im Inselsüden von Sturkö findet sich STURKÖ CAMPING, Tel. 0455 – 424 82, www.camping.se.

◎ **STENSJÖ CAMPING**, Nävragö, Holmsjö, Tel. 0455 – 921 14, www.stensjo.net. 1.5.–30.9. Stellplatz ab 195 SEK, Campinghütten ab 300 SEK.

35 km nördlich Karlskronas inmitten der Wälder am See, denkbar auch als Station auf der Reise ins Glasreich. Wandern, Angeln, Kanuvermietung.

Karlskrona plant seine Zukunft: Im Norden von Trossö soll das neue Quartier Pottholmen (rund um den Bahnhof) für ein freundlicheres, modernes Stadtbild sorgen, während die neue Marina am Västra Skeppsbrokajen bereits fertig ist.

KARLSKRONA
ZENTRUM
(TROSSÖ)
Östra Kvarng.
Holmg.
Sunnavägen
Österleden
Klorgatan
Heliumgatan
Blåportsgatan
28
N
0
300 m
Skeppsbrokajen
Borgmästarekajen
Blekingegatan
Järnvägstorget
Kungsplan
Västra Vittusg.
Östra Vittusgatan
Ölandsg.
Östra Hamngatan
Landbrogatan
N. Kungsgatan
Östra Köpmansgatan
N. Smedjegatan
Drottninggatan
Bredgatan
Ronnebygatan
Rådhusg.
Stortorget
Hantverkaregatan
Kyrkogatan
Fortifikationsg.
Stumholmen
Skomakaregatan
Västra Prinsgatan
Östra Prinsgatan
Amiralitetsgatan
Alamedan
Kungsbrog.
Styrmansgatan
Skepparegatan
Finnagr.
Amiralitetstorget
Södra Smedjegatan
Vallgatan
Varvsgatan
Lindholmen
Information/Orientierung:
1 Touristenbüro
2 Hauptbahnhof
3 Busbahnhof
4 Post
Unterkunft/Gastronomie:
5 Hotel Carlscrona
6 First Hotel Ja
7 Arkipelag Hotel
8 Karlskrona Vandrarhem
9 Karlskrona Trossö Vandrarhem
10 zum Dragsö Camping
11 Biobaren
12 Utkiken
13 Skeppsgossen
Sehenswertes:
13 Marinemuseum
15 Stortorget
16 Fredrikskyrkan
17 Södööska Gården
18 Trefaldighetskyrkan
19 Blekinge Museum
20 Schärenboote Fisktorget
21 nach Björkholmen
22 Amiralitetskyrka und Gubben Rosenbom
23 zum Wämöparken
24 Schärenboote Handelshamnen
25 Fähre nach Aspö

Essen und Trinken

◎ **BIOBAREN**, Ronnebygatan 28, Tel. 0455 – 32 42 43, www.biobaren.se. Lunch Mo–Fr 11.30–14 Uhr, am Abend Mo–Do 16–23, Fr+Sa 16–01, So 16–21 Uhr. **(11)**

Bio meint nicht Bio-Kost, sondern (das) Kino (nebenan). Unprätentiöser Szenetreff für Jüngere, jung Gebliebene und last not least: BURGER-Fans. Lunch ab 119, abends ab 139 SEK. Gute Qualität, gute Auswahl.

◎ **UTKIKEN**, Bryggareberget, Kärleksstigen 7, Tel. 0455 – 137 70, www.utkikenkarlskrona.se. Lunch Mo–Fr 11–14 Uhr, Sa+So 12–15 Uhr, sommers bis etwa 18 Uhr geöffnet. **(12)**

Zum Lunch oder einfach zum Kaffeetrinken bei FAMOSER AUSSICHT u.a. auf Stumholmen, Trossö und die Schären vor der Stadt. Crossover-Küche, das LUNCHBUFFET mit täglich wechselndem Motto – mal schwedische Hausmannskost, mal mediterran, mal orientalisch. Anfahrt via Str. 28, Ausfahrt wie Wämöparken, und Blåportsgatan (siehe Stadtplan).

◎ Der DAGENS LUNCH des Restaurang **SKEPPSGOSSEN** im Marinemuseum wird sehr gelobt: Tagesgericht plus Buffet (Salat etc.) Mo–Fr 100/70, Sa+So 120/70 SEK. Man sollte sich jedoch im Klaren sein, dass hier in der Eingangshalle zum Museum mitunter Trubel herrscht; bei Schönwetter kann man aber draußen sitzen. Tel. 0766 – 12 27 50, www.skeppsgossen.se. Lunch 11.30–15 Uhr. **(13)**

Stadtrundgang

Karlskronas bedeutendste Sehenswürdigkeit sind die MARINEHISTORISCHEN ZEUGNISSE des UNESCO-Welterbes. Vieles davon ist zu Fuß zu erreichen und befindet sich in der Stadt und rund um das Marinemuseum auf der Insel Stumholmen. Einiges liegt jedoch für die Öffentlichkeit unzugänglich innerhalb des Geländes der schwedischen Marine, die unverändert in Karlskrona stationiert ist, und soll auch nicht aus der Ferne fotografiert werden, ebenso wie bestimmte Areale / Schiffe / Boote am Kai: Dementsprechende Schilder sind ernst zu nehmen!

Detailreich informiert die Website www.orlogsstadenkarlskrona.se über alle zum Welterbe gehörenden Inseln, Gebiete, Gebäude. FÜHRUNGEN ab dem Marinemuseum und ab dem Anleger am Fisktorget.

AUF STUMHOLMEN

Die kleine Insel Stumholmen, jahrhundertelang nur dem Militär zugänglich, ist zur MUSEUMSINSEL und einem bevorzugten Wohngebiet mit BADEBUCHT geworden. Harmonisch fügen sich die Neubauten in die historische Architektur ein.

◎ **MARINMUSEUM KARLSKRONA**, Stumholmen, Tel. 0455 – 35 93 00. 1.5.–30.9. täglich 10 –18/16 Uhr, sonst Di–So 10–16 Uhr. Eintritt frei. Audioführungen und z.T. Texttafeln auch in deutscher Sprache. **(13)**

Marinmuseum Karlskrona: am Museumskai, im Hintergrund das frühere Segelschulschiff »Jarramas«, im kleinen Bild ein ehrfürchtiger Blick hinauf in der Halle der Galionsfiguren ▶

Das Marinemuseum hebt sich besonders dank der GALIONSFIGUREN von *Johan Törnström* sowie der Themenausstellungen und weiteren Attraktionen (s.u.) von vergleichbaren Museen ab; den üblichen Fundus an Schiffsmodellen, Navigationsinstrumenten, historischen Waffen hat es freilich auch. – Eine Ausstellung widmet sich Schwedens Großmachtzeit und schildert den Alltag auf Schiffen der Kriegsflotte. – Eher oberflächlich die Ausstellung zum Kalten Krieg, als schwedische Schären »anziehend« auf sowjetische U-Boote wirkten.

◎ Am Museumskai sind Protagonisten schwedischer Seefahrt vertäut, die teilweise mit und ohne Führung zu inspizieren sind, darunter das Minensuchboot **BREMON** (1940) und das Schnellboot **T 38** (1950er Jahre). Für alle Boote des Museums wie Barken, Schaluppen, Barkassen ist hier nicht ständig Platz, wohl aber für:

◎ Der 1900 gebaute VIERMASTER **JARRAMAS** – 39 m lang 8,40 m breit, Tiefgang 3,20 m – befuhr als Segelschulschiff die Meere. Seit 1946 liegt es im Hafen Karlskrona – wo es übrigens ehemals vom Stapel der Werft »Karlskronavarvet« gelaufen war.

◎ In der **U-BOOT-HALLE** sind zwei Unterseeboote aufgedockt – wobei »HMS Neptun« (im Dienst von 1980 bis 1998) teilweise zu begehen ist.

◎ Der **UNTERSEETUNNEL** führt an ein Schiffswrack heran; das liegt dort nicht als Folge eines Unglücks, sondern so beabsichtigt, um den Meeresboden vor Ort aufzufüllen. Damit verbunden wurde eine Ausstellung zur Marinearchäologie eingerichtet.

AUF TROSSÖ/STADTZENTRUM

Ein guter Ausgangspunkt ist der zentrale Platz Stortorget, der zum Areal des UNESCO-Welterbes gehört.

◎ **STORTORGET**: Der MARKTPLATZ soll einer der größten Skandinaviens sein. Er wird von dem Rathaus (1795) sowie zwei großen Kirchen eingerahmt. Stadtgründer König Karl XI. steht auf einem Sockel mitten auf dem Platz und ist sicher verwundert, wenn am Tag vor Mittsommerabend buntes Markttreiben um ihn herum herrscht – und keine Militärparade vorbeizieht. Dafür war der Platz mit der imposanten Größe nämlich entworfen. Hin und wieder marschiert hier das MARINE-MUSIK-CORPS auf, die einzige Berufs-Musikkapelle der schwedischen Marine, die – selbstredend – hier stationiert ist. **(15)**

◎ **FREDRIKSKYRKAN** (1744), gegenüber des Rathauses, entstand ebenfalls nach Zeichnungen von Nicodemus Tessin d. J. Ihre viereckigen Türme sollten ursprünglich mit Spieren versehen werden. Morgens, mittags und abends ertönt das Glockenspiel der Kirche über der Stadt. **(16)**

◎ **SÖDÖÖSKA GÅRDEN**, Ecke Västra Prinsgatan 4/Borgmästaregatan 1, www.sodooskagarden.se. **(17)**

Die denkmalgeschützte Hofanlage beherbergt heute Mini-Kino, Ausstellung und Atelier des Fotografen und Filmkünstlers Anders Abrahamsson sowie Kupferschlägermuseum und Werkstatt der Künstlerin Michaela Ivarsdottir, die mit Metall und insbesondere Kupfer arbeitet.

◎ **TREFALDIGHETSKYRKAN**, die runde DREIFALTIGKEITSKIRCHE, ist eine REIZVOLLE MISCHUNG aus italienischem Baustil und Barock (mit Säulenhalle), wurde 1709 erbaut (Nicodemus Tessins d. J.), eine schöne Barockkirche. Sie gehörte einst der deutschen Gemeinde der Stadt und wird deswegen auch TYSKA KYRKAN (Deutsche Kirche) genannt. **(18)**

Vom Stortorget geht es am Rathaus vorbei über Rådhusgatan und Borgmästaregatan nach Westen zur Bucht Borgmästarefjärden:

◎ **BLEKINGE MUSEUM**, Fisktorget 2, Tel. 0455 – 30 49 60, www.blekingemuseum.se. 1.6.–31.8. 10–18 Uhr, Eintritt 80/0 SEK. Sonst Di–Fr 11–17 Uhr, Sa+So 11–16 Uhr, Eintritt frei. **(19)**

Das KULTURHISTORISCHE MUSEUM erzählt von Steinmetzen, Bootsbauern, Seeleuten und Fischern, Porzellanherstellung, Kunsthandwerk. Das repräsentative Anwesen GREVAGÅRDEN gilt dank Barockgarten, Café, Spielplatz auch als Ausflugsziel.

◎ Am Kai entlang nach Westen, befindet man sich auf Fisktorget, einst Fischmarkt, wo die Kutter anlegten. Heute ankern hier Freizeitkapitäne und starten **SIGHTSEEINGTOUREN** auf dem Wasser. **(20)**

◎ 400 m westlich im Viertel **BJÖRKHOLMEN** überstanden Holzhäuser aus dem frühen 18. Jh. die Moderne, damals von den Werftarbeitern und Seeleuten bewohnt. BUNTE GIEBEL reihen sich aneinander, während sich Neues oft gekonnt darunter mischt, wie im Osten des Viertels. **(21)**

Gestatten, Gubben Rosenbom ▶

◎ **AMIRALITETSKYRKA ULRIKA PIA**: Die Admiralitätskirche (1685) ist eine der ältesten und größten HÖLZERNEN Kirchen im Land, die wegen des typischen Tiefrot von außen wie ein repräsentatives, aber ziviles Gebäude wirken mag (wobei der Turm auf dem Dach den eigentlichen Gebäudezweck andeutet), vor allem im Inneren jedoch dank des Grundrisses und breiten Raums eine eindrucksvolle Atmosphäre und große Würde entfaltet. Der Glockenturm entstand 1699 abseits der Kirche. Amiralitetstorget. **(22)**

◎ **GUBBEN ROSENBOM**, rechts vor der Holzkirche, eine HOLZFIGUR ALS OPFERSTOCK, bittet mit einem Sprüchlein auf einer Tafel um eine milde Gabe: »Demütig ich bitte sehr, die Stimme ist nicht gut, gib mir ein Taler her, doch lüpf dafür den Hut.« Durch *Selma Lagerlöfs* Roman »Die wunderbare Reise des kleinen Nils Holgersson« wurde Herr Rosenbom weltberühmt und ist seither wahrscheinlich der MEISTFOTOGRAFIERTE ALTE in Schweden und ein Wahrzeichen von Karlskrona. Man nimmt an, dass die Holzfigur, gekleidet wie ein Bootsmann Mitte des 18. Jhs., zu dieser Zeit in der Zimmermannswerkstatt der Werft entstand. Damit das Original nicht an Altersschwäche eingeht, hat man ihm ein trockenes Plätzchen im hinteren Teil der Kirche gegeben. Die KOPIE vor der Kirche wurde von *K. Karlsson*, Bildhauer der Werft, angefertigt. Um den alten Rosenbom ranken sich viele Sagen – sicher ist, dass im 18. Jh. Armensparbüchsen dieser Art nicht selten waren. Eine Sage erzählt, Rosenbom sei im 17. / 18. Jh. ein Bürger Karlskronas gewesen, der durch Krankheit unverschuldet in Not geraten sein soll. Damit er seine vielköpfige Familie habe ernähren können, habe er vom Bürgermeister der Stadt die Genehmigung zum Betteln erhalten. In einer kalten Silvesternacht sei er erfroren, in Bettelpose, die Hand vorgestreckt. So habe man ihn am Morgen gefunden. In dieser Bettelstellung habe der Galionsbildhauer, der ihn am Vorabend hartherzig abgewiesen haben soll, Rosenbom als Armensparbüchse verewigt und der Gemeinde gespendet.

Ausflüge

GRÜNE OASEN NAHE DER CITY

◎ Die SCHÖNSTE AUSSICHT über Karlskrona und die Schären hat man vom **BRYGGAREBERGET** (Brauereiberg). Zu empfehlen ist die Rast im Restaurang Utkiken (siehe Seite 248, Stadtplan **12**).

◎ Nur 1 km weiter nordöstlich liegt der **WÄMÖPARKEN**, eröffnet 1910 und damit mehr als 100 Jahre alt geworden. Er erinnert ein wenig an das Stockholmer Ausflugsziel Skansen, indem sich im Park historische Gebäude aus der Region verteilen, die man hierher versetzt hat und die im Sommer (von Mitte Mai bis Mitte September) teilweise offen stehen, u.a. ein Pfarrhof, Wassermühle und Grenadierhütte. Gleich im Eingangsbereich stehen viele kleine rote Blekingehäuschen; hier serviert die WÄMÖ KAFFESTUGA Waffeln u.a. **(23)**

Das hügelige, bewaldete Gelände zerteilt sich in diverse Areale, so dass die Besucher stellenweise fast wie in privater Atmosphäre picknicken können. Es gibt Grillplätze, im Mini-Zoo Tiere zum Streicheln, einen Hundedressurplatz, Blumenrabatte, Wasserlauf, eine Bockmühle, eine Open-Air-Bühne mit Sommerprogramm; zu einigen Gebäuden erzählen Texttafeln (auch auf Englisch) deren Geschichte. Für Spaziergänger finden sich sowohl schmale Waldpfade als auch breite Wege, die sich dank Unterführung auf der anderen Seite der Stadtautobahn (= Str. 28) fortsetzen. Zwei repräsentative Eingänge betonen den historischen Stellenwert dieser grünen Lunge in Karlskrona. Bus 8 hält davor am Hästövägen.

IN DEN SCHÄREN

◎ **AUSFLUGSBOOTE**: Von Juni bis August 2016 zählte Blekingetrafiken 117.000 Fahrgäste auf den Booten im Schärengarten, ca. 20 % mehr als im Jahr zuvor – dies auch begünstigt dank des guten Sommerwetters. Jedenfalls sind die Anschaffung neuer Boote und selbst neue Routen sichergestellt. – Linienverkehr mit Booten besteht im Sommer: ab Karlskrona/Fisktorget in die östlichen Schären bis zur Insel LÅNGÖREN; nach Süden ab Fisktorget via Dragsö nach (ASPÖ und) TJURKÖ sowie ab Anleger Handelshamnen nach TJURKÖ / STURKÖ und ASPÖ / HASSLÖ; nach Nordwesten ans Festland via Dragsö nach Sjuhalla, Åslätten, Wrängö, Nättraby.

INFORMATION: Blekingetrafiken, Tel. 0455 – 569 00, www.blekingetrafiken.se (»Hitta tidtabell«). Fahrplanheft im Touristenbüro oder am Infokiosk Fisktorget. TICKETS am Info-Kiosk und an Bord. Anleger: Fisktorget **(20)** und Handelshamnen **(24)**.

◎ Die **AUTOFÄHRE** nach ASPÖ verkehrt ganzjährig, gehört sozusagen zum schwedischen Straßennetz und ist deshalb kostenlos zu benutzen. Das knallgelbe Gefährt legt an Trossös Ostufer ab, oberhalb von Stumholmen; im Sommer kann es durchaus zu Wartezeiten kommen. **(25)**

Oben ein Portal zum Wämoparken; unten die Aspö-Fähre auf Trossö, die zum schwedischen Straßennetz zählt und deren Benutzung (6,7 km, 25 Minuten) darum kostenlos ist ▶

69

◎ Die Schären südöstlich von Karlskrona eignen sich auch für Ausflüge **MIT DEM AUTO ODER FAHRRAD**, da einige Inseln (ab Festland/Halbinsel Möcklö) durch Brücken und Dämme miteinander verbunden sind: ab Möcklö sind das SENOREN, STURKÖ und TJURKÖ. Einige Ausflugsboote haben auch Platz für ein paar Fahrräder, was jedoch besser im Voraus abgeklärt werden sollte.

Westlich von Karlskrona ist ferner HASSLÖ über Land bzw. ebenfalls auf miteinander verbundenen Inseln erreichbar.

NACH NORDEN

◎ Wer in Blekinge resp. Karlskrona eine feste Unterkunft bezogen hat, wird zumindest auf einen Tagesausflug in das sogenannte **GLASREICH** kaum verzichten wollen; mögliche Ziele siehe im Kapitel »Das Glasreich« ab Seite 195. Am schnellsten geht es via Str. 28 über 40 km nach Emmaboda.

◎ Im Rahmen dieses Ausflugs kann man mit einem Umweg über **FRIDLEVSTAD** beginnen. Die KIRCHE ist eine der ältesten in der Provinz (um 1200). Das Abendmahl, gemalt auf Eiche (1653), die geschnitzte Kanzel (1690) und das Taufbecken mit Baldachin (1682) gelten als größte Kostbarkeiten. Der hölzerne Glockenturm anbei wurde 1742 errichtet.

Fridlevstad liegt nordwestlich von Karlskrona (Abzweig hinter Rödeby von der Str. 28 auf die Str. 122).

NACH OSTEN (KRISTIANOPEL)

Auf dem Abschnitt zwischen Karlskrona und Kalmar ist die E 22 weniger stark befahren (als etwa westlich von Karlskrona) und streckenweise nur mäßig als Autobahn ausgebaut. Auf dem Weg nach Kristianopel empfehlen sich zwei bis drei Abstecher:

◎ Wer nur einen kurzen Besuch der **SCHÄRENINSELN** Senoren, Sturkö oder Tjurkö vorhat, nimmt die entsprechend markierte Abfahrt.

◎ Die KIRCHE in **RAMDALA** (13. Jh.) zieren Wandmalereien, eine vergoldete Kanzel, ein Altaraufsatz sowie ein Taufbecken mit Baldachin, beide aus dem 17. Jh.

◎ Im nächsten Ort Jämjö erfolgt die Abzweigung nach Torhamn zur Küste. Besonders Naturfreunde werden sich von **TORHAMNSUDDE** eventuell gar nicht so rasch verabschieden können (weshalb wir die Landzunge anschließend in einer eigenen Rubrik vorstellen). Wer beide Ziele tatsächlich an einem Tag besuchen will, sollte ab Torhamn jedoch nicht zur E 22 zurückkehren, sondern die küstennahe Straße nordwärts nach Kristianopel nehmen.

◎ **KRISTIANOPEL** war zu Beginn des 17. Jhs. auf Befehl des dänischen Königs Christian II. als Grenzfestung angelegt worden – als Gegenstück zum schwedischen Kalmar gedacht. Die Festung wurde geschleift, nachdem Blekinge 1658 schwedisch geworden war. An die kriegerische Zeit erinnert die zum Teil RESTAURIERTE STADTMAUER. Kristianopel ist heu-

Wer in Blekinges Schären Unterkunft beziehen will, findet komfortable Ferienanlagen mit Camping, Zimmern und vielen Aktivitäten auf Sturkö und Tjurkö (siehe Seite 246).

te ein beliebtes Urlaubsdomizil, mit Gästehafen, Feriendorf, B&Bs und Campingplatz.

◎ Weitere 8 km nördlich überquert die Europastraße 22 die Grenze zwischen Småland und Blekinge. Einst verlief hier die Grenze zwischen Dänemark und Schweden – die heute südschwedischen Regierungsbezirke Blekinge und Skåne waren NOCH BIS 1658 DÄNISCH. Ein **DENKMAL** erinnert an den 1645 geschlossenen FRIEDEN VON BRÖMSEBRO. Damals erhielt Schweden Gotland, Härjedalen sowie Jämtland zugesprochen, ferner Halland auf 30 Jahre. Der Friedensschluss wurde aber durch neue Konflikte 1657/58 obsolet. – Erst mit dem Roskilder Frieden 1658 wurden Halland, Skåne und Blekinge endgültig schwedisch.

Via E 22 ist man relativ schnell wieder in Karlskrona.

NACH SÜDOSTEN (TORHAMN)

Der Abstecher nach Torhamn ist im Rahmen der Weiterreise in Richtung Kalmar und Öland denkbar. In Jämjö zweigt die Straße nach Süden ab; zuvor sind die selben Abstecher möglich wie auf dem Weg nach Kristianopel (siehe oben). Vor dem Erreichen Torhamns liegen drei weitere Naturreservate an der Strecke, jeweils mit eigenem Parkplatz:

◎ Kurz hintereinander erstrecken sich **HALLARUMSVIKEN** (43 ha) und **STORA ROM** (20 ha) gen Westen bis zur Küste. Die Landschaft dominieren knorrige Eichenwäldchen sowie andere Laubbäume, hügelige Felsen und steile Klippen sowie Wiesen, in Hallarumsviken zudem der 30 m hohe Aussichtspunkt MÖRKE HALLAR und schmale Täler wie Kerben, während Stora Rom mehr ebene Fläche mit Feuchtgebieten aufweist. Beide Reservate durchziehen Pfade.

◎ Im Laub- und Wiesenhaingebiet **STENERYD LÖVÄNGAR** werden wie in früheren Jahrhunderten im Sommer den Bäumen Laub sowie junge Triebe abgeschnitten und die Wiesen vom Heimatverein mit Sensen gemäht: Man versucht auf diese Weise die traditionelle Kulturlandschaft zu bewahren, die in Folge der landwirtschaftlichen Nutzung entstand.

◎ Nur 500 m der nächste Parkplatz: Östlich von MÖCKLERYD ist Blekinges größte Fläche mit Felsritzungen zu finden: **HÄSTHALLEN** umfasst ca. 140 Darstellungen von Schiffen, Tieren, Menschen u.a. Die rot nachgezogenen Ritzungen sind rund 3.000 Jahre alt und stammen aus der Bronzezeit.

◎ Ab **TORHAMN** verkehren von ca. 20.6. bis 31.8. Schärenboote auf die benachbarten Inseln. Wer über die Straße in dem Dorf mit gut 400 Einwohnern eintrifft, setzt die Reise entweder küstennah nach Norden Richtung Kristianopel fort (siehe oben) – oder zur Landzunge Torhamnsudde im Süden.

Wer beim Wandern in der Region die Zeit vergisst und hier übernachten will, findet in Torhamn B&B, Einkaufsladen und auch einen Ort, um einen Kaffee zu trinken. In der Hochsaison kann es mit dem kurzfristigen Übernachten freilich eng werden.

◎ Die Landzunge **TORHAMNSUDDE** bildet die südöstliche Spitze des schwedischen Festlands und ist vor allem für VOGELKUNDLER ein spannendes Ziel. Markante Landschaftsmerkmale sind steinige STRANDWIESEN und schönes HEIDELAND. Jedes Jahr machen hier Zugvögel in Scharen Station – Anfang April gewöhnlich hunderttausende EIDERENTEN. Der Großteil der Reservatsfläche erstreckt sich gen Osten auf dem Wasser; an Land sind 115 ha. Es gibt eine Vogelwarte, und die Infrastruktur für Besucher besteht aus Park- und Rastplatz, Vogelbeobachtungsstand sowie einem rund 600 m langen Rundweg. Info-Tafeln berichten teilweise auch auf Deutsch, u.a. zu den Eigenheiten von Torhamnsudde als Überschwemmungsareal und zur Beweidung, die davor bewahren soll, dass das Gebiet verschilft und / oder mit Büschen zuwächst.

Ferien aktiv

WANDERN, WALKEN, JOGGEN

◎ Die Distanzen auf **TROSSÖ** sind dermaßen moderat, dass Karlskronas Zentrumsinsel allemal zu Fuß erkundet werden kann – knapp 2 km sind es von Stumholmen im Osten bis Björkholmen im Westen und nur 1,2 km vom Skeppsbrokaj im Norden bis Admiralitätskirche samt Gubben Rosenbom im Süden.

◎ **HÄLSANS STIG** basiert auf einer Gesundheitsinitiative. Auf 7 km ermöglicht die beschilderte Route einen Stadtrundgang in Ufernähe, vorbei u.a. an Fisktorget und Marinemuseum sowie nordwärts beidseits am Bahnhof vorbei. – In der Blåportsgatan besteht die Möglichkeit, zusätzlich den BRYGGAREBERGET mit dem Ausflugslokal Utkiken zu erklimmen (siehe Seite 248).

◎ **WÄMÖLEDEN** ist 10 km lang und führt ab Wämoparken als Rundwanderweg durch grüne und bewohnte Gebiete, fast immer küstennah und an Badestellen vorbei. Markiert und beschildert. Siehe auch Seite 252.

◎ Weitere (relativ kurze) Pfade verlaufen in den **NATURRESERVATEN** auf dem Weg nach Torhamnsudde (siehe oben).

RAD FAHREN

Karlskrona verfolgt ehrgeizige Ziele: Bis 2030 sollen zum Beispiel 30 % der Wege zu Arbeit oder Schule mit dem Fahrrad absolviert werden; 2016 waren es 10 %. Mittlerweile ist das Radwegenetz ca. 200 km lang, die Wegweiser in markantem Rostrot finden sich überall.

◎ Die breiten, historisch repräsentativen Straßen auf **TROSSÖ** begünstigen das Fortkommen per Zweirad – sofern den Untergrund kein Kopfsteinpflaster bildet. So lässt sich das Zentrum bequem per Rad erfahren

Oben Naturreservat Torhamnsudde: steiniges Heideland mit besten Voraussetzungen, Zugvögel zu beobachten; unten Fahrradverladung auf ein Schärenboot am Fisktorget ▶

und auch ein Ausflug zum Bryggareberget mit dem Ausflugslokal Utkiken (siehe Seite 252, **12)** und / oder zum idyllischen Wämöparken (siehe Seite 252, **23)** bewerkstelligen.

◎ Viele Nebenwege gibt es auf den INSELN **TJURKÖ** und **STURKÖ** im südöstlichen Schärengebiet, das im Sommer per Linienboot mit der Stadt verbunden ist (siehe Seite 252).

ANGELN

◎ An der Küste ist das Angeln frei. Dragsö Camping (siehe Seite 246) arrangiert **HECHTSAFARIS**, und auch bei Stensjö Camping sind viele Angler anzutreffen. Angelscheine sowie Sonderbroschüren sind, wie üblich, im Touristenbüro zu bekommen.

BADEN, SCHWIMMEN

◎ **STADTNAH**: STUMHOLMEN an der Ostseite. STUDENTVIKEN im Westen des Stadtteils Bergåsa, nördlich von Trossö (und direkt am Wanderweg Wämöleden).

◎ **IN DEN SCHÄREN** gibt es über 30 offizielle Badeplätze; dazu kommen ungezählte Buchten und Badefelsen: einfach in der Unterkunft nach dem nächstgelegenen Platz fragen.

GOLF

◎ **CARLSKRONA GOLFKLUBB** auf der über eine Straße erreichbaren Insel ALMÖ, Tel. 0457 – 351 23, www.carlskronagk.com. 18-Loch-Platz an der Küste, Loch 16 gilt als besonders aufregend. Via E 22 Richtung Ronneby, knapp 15 Fahrkilometer.

PADDELN

◎ ERFAHRENE Paddler sind im Seekajak in den **SCHÄREN** unterwegs, immer den aktuellen Wetterbericht und die Windverhältnisse kennend. Begleitete Touren: Verkö Kajak, Tel. 0455 – 24067, www.verkokajak.se.

Die Basis liegt auf VERKÖ, östlich der Stadt, Ängholmsvägen 9, gleich hinter der Brücke Abzweigung links.

◎ **KANUVERMIETUNG**: Das Jahresheft des Touristenbüros nennt zahlreiche Stellen, u.a. Verkö Kajak (s.o.), Sturkö Havskajak & Båtuthyrning, Tel. 0709 – 57 26 44, www.sturkokajak.se sowie einige Campingplätze.

VOGELBEOBACHTUNG

◎ **TORHAMNSUDDE**, östlich Karlskronas: siehe Seite 256 ff.

Info-Mix

SIGHTSEEING

Ein Rundgang auf Trossö ist Sightseeing pur. An vielen Orten und Gebäuden sind mehrsprachige Texttafeln montiert, die auf die Geschichte eingehen.

◎ **RUND UM TROSSÖ**: Von Anfang Juli bis etwa 20.8. verkehrt das Boot »M/F Spättan« rund um die Insel mit Stopp u.a. am Marinemuseum. Die Tickets werden an Bord verkauft; die Tour ist auch als Teil einer Führung im Touristenbüro zu buchen. Dauer 60 Minuten. Ab Fisktorget **(20)**.

VERANSTALTUNGEN

Im Jahresheft finden sich viele Konzerthinweise.

◎ **KARLSKRONA PRIDE**: am letzten (verlängerten) Maiwochenende.

◎ **LÖVMARKNAD** (Laubmarkt): ein buntes Fest am Tag vor Mittsommer.

◎ **MARINDAGEN**: Tag der Marine an einem Samstag Mitte August.

◎ **KARLSKRONA TORGFEST**: ein besonderer Markttag mit viel Kultur auf Stortorget, Ende August Sa.

KONTAKT, HILFE

◎ **ÄRZTLICHE BEREITSCHAFT**: Vårdcentral Trossö, Stortorget 3, Tel. 1177.

◎ **POLIZEI**: Järnvägstorget 5, Tel. 114 14, Notfall-Tel. 112.

◎ **POST**: Arklimästareg. 40 (ICA). **(4)**

TRANSPORT, PARKEN

◎ **BUS**: zentrale Bushaltestellen am Bahnhof **(3)** und Kungsplan.

◎ **TAXI**: Tel. 0455 – 191 00.

◎ **PARKEN**: siehe Stadtplan auf Seite 247. Parkhäuser im Zentrum Trossös. Farben markieren Parkzonen und Tarife: am teuersten ist Rot (13 SEK/Stunde Mo–Sa 9–16, So 10–14 Uhr) und am billigsten Grün (5 SEK/Stunde, Mo–Sa 9–16 Uhr).

Weiterreise

◎ **BUS UND BAHN**: Im Liniennetz der Regionalbahnen »Krösatågen« besteht Verbindung nach Emmaboda und weiter nach Kalmar, Växjö sowie Göteborg / Stockholm. – »Pågatåg«-Züge fahren nach Karlshamn und Kristianstad. – »Öresundståg« verbindet Blekinge mit Schonen und Kopenhagen. Information: Blekingetrafiken, Tel. 0455 – 569 00, www.blekingetrafiken.se. Bahnhof **(2)**.

◎ **FÄHREN UND AUSFLUGSBOOTE**: auf die umliegenden Schäreninseln (siehe Seite 252 ff.).

◎ **AUTO**: **NACH RONNEBY** auf der E 22. Ab Nättraby oder der folgenden Ausfahrt empfiehlt sich der Abstecher nach HASSLÖ über eine Kette von Inseln, die Brücken und Dämme miteinander verbinden; draußen erwartet Sie eine Schärenidylle samt Aussicht – sowohl auf die offene See wie hinüber nach Karlskrona. Via Abfahrt »Ronneby Öst« ist der Hofladen ÄGGABODEN samt Café in Gärestad zu erreichen: Mo–Fr 10–18 Uhr; Fr–So 11–16 Uhr Restaurant mit Blekinge-Klassikern, www.aggaboden.se.

NACH KALMAR E 22; beschrieben in umgekehrter Richtung unter »Kalmar, Weiterreise«. Weitere mögliche Abstecher – noch in Blekinge – nach Torhamn (siehe Seite 255) und Kristianopel (siehe Seite 254 f.).

INS GLASREICH und Auswandererland via Emmaboda auf Str. 28. Unterwegs Stensjö Camping (siehe Seite 246) am See ALLJUNGEN.

NACH VÄXJÖ Str. 28 und 122 via Eringsboda, ab Ingelstad Str. 27.

BRUNNS HALL

Ronneby

BOULE IM KURPARK
Ronneby genießt in Schweden einen klangvollen Namen als KURORT. Rund um die Heilquellen entstand in den 1870er Jahren das prächtige Kurviertel RONNEBY BRUNN. Wunderbar restaurierte Holzvillen zeugen von mondäner Kultur. 1939 als Heilwasser-Kurpark aufgegeben, wurde das großzügige Areal öffentlich zugänglich und in den 80er Jahren neu gestaltet. Die Menschen schätzen es, hier auszuspannen.

In Ronneby gibt es eine Reihe Firmen in Industrie sowie Mittelstand, die klassisch produzieren: So fertigt »Tarkett«, Spezialist für Fußbodenbeläge, PVC vor Ort und setzt dabei eine Recyclinganlage ein. Wichtig ist auch – mitten zwischen Karlskrona und Karlshamn gelegen – der Flugplatz, zumal hier eine Luftwaffeneinheit stationiert ist. Das eigentliche Zentrum liegt auf der östlichen Seite des Flusses Ronnebyån, Ronneby Brunn weiter südlich und auf halbem Weg zur Flussmündung und zum Hafen Ronneby Hamn.

Weiter nördlich ist der RONNEBYÅN ein reizvolles Ziel für Outdoorer, ebenso wie der im Westen fast parallel fließende BRÄKNEÅN.

INFORMATION
◎ **RONNEBY TURISTINFORMATION**, Ronneby stadsbibliotek, Kungsgatan 35, SE – 372 37 Ronneby, Tel. 0457 – 61 75 70, www.visitronneby.se. 1.6.–31.8. Mo–Do 10 – 19 Uhr, Fr 10 – 18 Uhr, Sa 10 – 14 Uhr, sonst Mo–Fr 11–16 Uhr. In der Bibliothek.

Unterkunft

◎ **RONNEBY BRUNN HOTELL**, Reddvägen 2, Telefon 0457 – 750 00, www.ronnebybrunn.se. Dynamische Tarife, Zimmerpreise unter 1.000 SEK nur kurzfristig online verfügbar.

Nahe Brunnsparken, mit Spa und Freibad, Tendenz Massenbetrieb.

◎ **VILLA FLORA VIOLA HOTELL & B & B**, Ronneby, Fridhemsvägen 2, Tel. 076 – 174 50 05, www.mandeltartan.se. EZ 690, DZ 890, Familienzimmer ab 1.090 SEK, plus Frühstück.

Zwei Nostalgie-Villen aus dem 19. Jh. nebeneinander im Brunnspark. Das populäre Café Mandeltårtan jenseits des Flusses steht unter derselben Regie (siehe Seite 262).

◎ **RONNEBY BRUNNSPARK VANDRARHEM & B & B**, Övre Brunnsvägen 54, Tel. 0457 – 263 00. Ganzjährig geöffnet. EZ/DZ ab 345 SEK, 3-/4-Bett-Zimmer ab 545/695 SEK.

Ebenfalls eine schmucke Holzvilla am Kurpark, aus der Zeit um 1900. Die Gäste werden angenehm aufgenommen und persönlich betreut.

◀ Traumhaft schön: der frühere Kurpark Ronneby Brunnspark

Essen und Trinken

◎ **RONNEBY CAFÉ & MATSAL**, Prinsgatan 17, Tel. 0457 – 172 00, www.ronnebycafematsal.se. Mo–Fr 10 – 18 Uhr, Sa 10 – 16 Uhr.

Hausmannskost im gediegenen Matsal (Speisesaal), zum Lunch Mo–Fr 11.30–14 Uhr ein Dagens rätt (für 89 SEK) sowie ein Menü zur Wahl, dazu die üblichen Salate, Baguette, Ciabatta, Paj und auch Pizzateile.

◎ **CAFÉ MANDELTÅRTAN**, Fridhemsvägen 2 (auf Höhe der Halle im Brunnspark, jenseits des Flusses), Tel. 076 – 174 50 05. Di–So ab 10 Uhr geöffnet, im Sommer täglich.

Das einladende Lokal ist für einen schmackhaften, bezahlbaren Snack oder Mittagstisch zu empfehlen, der Kuchen selbst gebacken. Bei sonnigem Sommerwetter wird im Garten Platz genommen.

Stadtrundgang

RONNEBY BRUNN

Ein Faltblatt mit Lageplan und historischem Abriss auch auf Englisch erhalten Sie im Touristenbüro und vor Ort im Naturum und in Lokalen.

◎ Wie ein gartenarchitektonisches Kunstwerk fügt sich der **RONNEBY BRUNNSPARK** zwischen dem Fluss Ronnebyån und felsigen Hügeln ein.

Auf ebener Fläche nahe dem Ufer verteilen sich stolze, formidabel restaurierte HOLZVILLEN sowie andere Gebäude, die verschieden genutzt werden, bis hin zu B & B und Hostel. In der ehemaligen Gymnastikhalle in leuchtendem Grün ist das NATURUM eingerichtet, das geschickt und nicht überfrachtet grüne Themen aufbereitet und auch einen Ansprechpartner vor Ort hat (April bis November je nach Saison täglich oder lediglich wochenends). Zentrales Bauwerk ist die offene BRUNNSHALLARNA, eine überdachte Säulenhalle mit Seitenflügeln, wo bei Bedarf Veranstaltungen wie Märkte und Konzerte unterschlüpfen können. Gleich nebenan treffen sich die Boulespieler.

Ab Ende Mai verwandeln die blühenden RHODODENDREN den Park in eine Märchenlandschaft. Wasserläufe, Brunnen, weitere Gärten, vorwiegend asymmetrische Wege und am Rand nach Süden Freiflächen für Sport, Spiel, Freizeit belassen den Ruhesuchenden ihre Ruhe und den Aktiven genug Terrain. Oben in den Hügeln erstreckt sich ein Seerosenteich und verlaufen Loipen und Pfade; auf dem Naturstig kann man den steilen Hang überwinden. Skulpturen sind über das Gelände verteilt: oben am Teich ein Troll aus – Holz, oder ?

Dieser Park ist Skandinavien pur: hohe Lebensqualität für alle anstatt abgeriegelter Zone für Privilegierte.

BERGSLAGEN

Die Innenstadt Ronnebys ist keine Sommerfrische und »kein Muss«. Am

Unterwegs auf dem Karlsnäsleden am Fluss Ronnebyån: Wir empfehlen die streckenweise romantische Etappe zwischen Kallinge und Värperyd; wer die gesamte Route gehen will, könnte am Ziel ein Fahrrad deponieren und damit zum Start zurückkehren. ▶

ehesten lohnt sich ein Streifzug im historischen Stadtviertel Bergslagen.

◎ **HELIGA KORS KYRKA**: In der Heiligkreuz-Kirche aus dem 12. Jh. sind Freskomalereien aus dem 15./16. Jh. erhalten. Kyrkogatan 24. 1.6.–31.8. täglich 10–17 Uhr, sonst 10–16 Uhr.

◎ Nebenan lässt das HEIMATMUSEUM **MÖLLEBACKSGÅRDEN** KURPARK- u.a. ZEITEN Revue passieren. Ecke Kyrkogatan / Möllebacksgatan. Etwa 15.6.–31.8. Di–So 12–16 Uhr.

◎ Auf der anderen Straßenseite ist das **KULTURCENTRUM** mit großer KUNSTHALLE beheimatet. Kallingevägen 3. Di–Fr 11–16 Uhr, Sa+So 11–15 Uhr (nur falls Ausstellungen).

◎ Nur 50 m die Prinsgatan nach Süden, ist das **LOKAL** RONNEBY CAFÉ & MATSAL (siehe oben) erreicht.

Ferien aktiv

WANDERN, WALKEN, JOGGEN

◎ Allein **RONNEBY BRUNNSPARK** mitsamt den Hügeln zu durchstreifen, kann zusammen mit den anderen Wohltaten im Park einen halben Tag beanspruchen.

◎ **KARLSNÄSLEDEN** am Fluss Ronnebyån: 15 km markiert ab City Ronneby/Kirche bis Karlsnäs; wer primär auf Natur aus ist, beginne in Kallinge (s.u.); die jährliche Ronneby Kommun Karta des Touristenbüros genügt.

Die Route beginnt an der Kirche, quert nordwestlich via Möllebacksgatan den Fluss an dessen Westufer und wechselt mehrfach die Flussseite. Dort wo sie in Kallinge auf dem

Hangarvägen ans Ostufer wechselt, wird es landschaftlich attraktiv – wer hier einsteigt, parke an der östlichen Flussseite an der Kreuzung Kallebergavägen / Hangarvägen; anbei hält auch Bus 242 nach Eringsboda.

Von besagter Kreuzung aus führt ab Hangarvägen ein Weg diagonal an den Fluss und leitet die schönste Teilstrecke ein: ein Waldpfad, wo die Äste fast den Fluss verbergen, unterbrochen von einer Wiese, wo mitunter Pferde weiden. In Brantafors entfernt sich die Route vom Ufer, führt über Forstwege, nach links auf eine Straße, überquert den Fluss und begleitet das Westufer bis oberhalb des Wasserkraftwerks Värperyd, wo (nun wieder am Ostufer) ein entzückender Rastplatz an einem Bootsanleger gezimmert worden ist. Auf der Reststrecke bis zur Straßenbrücke beim Karlsnäsgården besteht kaum Sichtkontakt zum Fluss; wer die reizvolle Teilstrecke ab Hangarvägen bis Rastplatz Värperyd hin und zurück geht, kann etwa 2 Stunden veranschlagen.

◎ **JÄRNAVIKS NATURRESERVAT**: 94 ha Laubwälder und Schärenküste westlich von Ronneby. Ab Parkplatz (gleich der erste, nach rechts ausgeschilderte) geht es via Blekingeleden zum markierten Rundweg Kamrastigen: Einstieg Wald, an riesigen Findlingen vorbei auf den Felshügel Kamraberget, an dessen Westseite sich nette Aussichtsplätze befinden, wo es sich gut picknicken lässt. Dauer je nach Routenwahl rund 1 Stunde. Info-Tafeln vor Ort. Anfahrt ab Ronneby entweder küstennah via Saxemara oder E 22, Ausfahrt Bräkne-Hoby.

RAD FAHREN

◎ Der Radweg **BRÄKNELEDEN** ist 60 km lang und zieht einige Schleifen im Flusstal des BRÄKNEÅN. Er ist ausgeschildert, verfügt aber entlang der Straßen kaum über abgetrennte Wege. Wir empfehlen eine ca. 12 km lange Rundschleife im Süden bei Järnavik. Anfahrt zunächst wie zum Naturreservat (siehe oben) – wobei es drei ausgewiesene Parkplätze gibt.

Ausgangspunkt ist der zum Campingareal gehörende, aber öffentliche Strand von Järnavik (mit einem jener drei Parkplätze): Am Ende der Badewiese ist der Radweg nach links hinauf ausgeschildert; der Abschnitt durch Wald ist mehr Wanderpfad, so dass man eventuell kurzzeitig schieben muss. Heraus aus dem Forst, geht es nun auf Asphalt rechts hinunter zur Küste, dann links an Ferienhäusern vorbei, auf einem kurzen Damm zu einer Kreuzung und rechts ab als Bogen via Biskopsmåla nach Norden. In Sonekulla verlässt man den rechts abzweigenden Bräkneleden, bleibt auf geradeaus dem Sonnekullavägen, biegt links Richtung Aneberga ab und gelangt wieder zu jener Stelle, an der die Route aus dem Wald tritt. (Zu verlängern ist die Rundfahrt ab Sonekulla über Torp.)

Information: Broschüre in Touristenbüros oder via www.ronneby.se, Upplev & göra, Friluftsliv, cykling.

◎ **ÅSNEN**: Rundfahrt s. Seite 88 ff.

Die Outdoor-Ziele Järnavik und Bräkneleden eignen sich auch als Stationen im im Rahmen der Weiterreise nach Karlshamn. Oder man nimmt in Järnavik (Campingplatz/Jugendherberge) oder unweit in Tjärö (siehe Seite 268) Quartier.

BADEN, SCHWIMMEN

◎ An der **KÜSTE** vor Ronneby verteilen sich rund ZEHN BADEPLÄTZE. Sandstrände gibt es u.a. in Järnavik, in Saxemara (8 km westlich), Ekenäs und Karön (6/7 km südlich) sowie in Millegarne (15 km östlich).

◎ **RONNEBY BRUNNSBAD** setzt zeitgemäß mehr auf Spaß als auf Erholung. www.brunnsbadet.se.

GOLF

◎ **RONNEBY GOLFKLUBB**, Reddvägen 14, Tel. 0457 – 125 50, www.ronnebygk.se. 18-Loch-Platz südlich von Ronneby Brunnsbad/-park.

PADDELN

Erfahrene Kanuten paddeln bei Järnavik und Tjärö im Schärengarten.

◎ **KANUVERMIETUNG**: Paddelkompaniet, Havskajak Järnavik, Järnaviksvägen 80, Tel. 0457 – 803 00, www.paddelkompaniet.se.

Info-Mix

SIGHTSEEING

◎ **RONNEBY EXPRESS**: Sommerliche Bimmelbahn für Besucher, ab Marktplatz Ronneby torg bis hinaus zum Brunnspark.

◎ **ELCHGEHEGE**: Räntemåla Gård (westlich von Eringsboda, Anfahrt via Kallinge), Tel. 0455 – 720 19, www.rantemala.nu. 15.6.–15.8. Führung um 16 Uhr. Teilnahme 80/40 SEK.

KONTAKT, HILFE

◎ **ÄRZTLICHE BEREITSCHAFT**: s. Karlskrona / Karlshamn, Tel. 1177.

◎ **POLIZEI**: Gamla Karlshamnsvägen 2, Tel. 114 14, Notfall-Tel. 112.

◎ **POST**: Karlshamnsvägen 8 (ICA).

TRANSPORT, PARKEN

◎ **BUS**: Lokal- und Fernrouten halten am Busbahnhof beim Bahnhof in der Järnvägsgatan.

◎ **TAXI**: Tel. 0457 – 127 50.

◎ **PARKEN**: gebührenfrei im Stadtgebiet, am Brunnspark beschildert.

Weiterreise

◎ **FLUG**: Drei bis fünfmal täglich Linienflüge ab Ronneby Airport nach Stockholm-Arlanda (SAS) und Stockholm-Bromma (mit BRA). Tel. 010 – 109 54 00.

◎ **BAHN UND BUS**: Ronneby ist per Bahn mit Karlshamn und Karlskrona verbunden. Für Fernrouten werden Sie dort oder sogar an einem weiter entfernten Bahnhof (wie Hässleholm im Westen) umsteigen müssen.

◎ **AUTO**: **NACH KARLSHAMN**. Fix über die E 22 – unterwegs mögliche Abstecher nach Järnavik (siehe Seite 264) oder Eriksberg Vilt & Natur (siehe Seite 275).

NACH KARLSKRONA. Rasch über die E 22 – in umgekehrter Richtung beschrieben unter »Karlskrona, Weiterreise«.

Karlshamn

BRÜCKE INS BALTIKUM

Dank günstiger Hafenbedingungen vor allem im westlichen Stadtgebiet ist Karlshamn das Handelszentrum sowie *die* Industrie- und Hafenstadt Blekinges: Mehrere hundert Schiffe im Jahr löschen hier ihre Ladung, vor allem der Handel mit den baltischen Ländern ist von Bedeutung, und eine Fähre verbindet Karlshamn täglich mit Klaipeda in Litauen. Bekannt ist das bunte Östersjöfestivalen (zuvor Baltic Sea Festival) mit dem Baltic Song Contest im Juli. Das Jahresheft des Touristenbüros ist viersprachig (u.a. auf Polnisch). Weltoffenes Milieu begünstigen Firmenstandorte und auch die Fachhochschule im Sektor Neue Medien. Traditionell ist die Sparte Lebensmittelherstellung: früher bekannt für Molkereiprodukte, abgelöst durch pflanzliche Fette für Nahrungsmittel und Kosmetik.

Über 19.000 Bürger zählt die Stadt, mehr als 31.000 die Gemeinde inklusive Mörrum, Asarum, Svängsta, Åryd: ein Fünftel der Fläche Blekinges.

Als Blekinge 1658 schwedisch geworden war und Karl X. sein neues Reich inspizierte, stellte er fest, dass der natürliche, tiefe Ostseehafen des Fischerdorfes Bodekull ideal für seine Kriegsflotte war. Aber Karl X. starb bereits 1660. Bodekull erhielt 1664 die Stadtrechte durch Karl XI. sowie den neuen Namen Karlshamn zu Ehren des Königs; den Kriegshafen jedoch ließ dieser in Karlskrona bauen. Bodekull war in Folge der Kriege zwischen Schweden und Dänemark erheblich zerstört; die neue Stadt entwarf Erik Dahlberg, das rechtwinklige Straßennetz ist weitgehend intakt.

Karlshamn entwickelte sich zu einer lebhaften Handelsstadt, und die betuchten Kaufleute prägten mit ihren großen Handelshöfen und Magazinen das Ortsbild. Holländische Kaufleute machten hier Station, bevor sie über den eigens für sie angelegten HOLLÄNDAREVÄG nach Småland weiterreisten. 1763 vernichtete ein Brand viele Holzhäuser, die meisten erhaltenen alten Gebäude stammen aus der Zeit danach. Konjunktur belebend für Karlshamn war die Kontinentalblockade, Napoleons Handelsverbot für England/Deutschland, als der Handel über Schweden lief.

Ab Mitte des 19. Jhs. war Karlshamns Hafen die letzte Station vieler Schweden, bevor sie ihre Heimat verließen: *Axel Olsson* schuf das Denkmal der Auswanderer im Hafenpark.

INFORMATION

◎ **KARLSHAMNS TURISTBYRÅ (1)**, Pirgatan 2, SE–37481 Karlshamn, Tel. 0454 – 812 03, turistbyran@karlshamn.se, www.visitkarlshamn.se. Mitte Juni bis Mitte August Mo–Fr 10 – 18 Uhr, Sa+So 10 – 14 Uhr, sonst Mo–Fr 10–17 Uhr. Beispielhaftes Jahresheft.

◀ Oben im Kulturkvarteret Karlshamn (siehe Seite 271), unten Wandern auf dem Kohageladen (siehe Seite 276)

Unterkunft

IN KARLSHAMN

◎ **PORT HOTEL**, Drottninggatan 102–104, Tel. 0454 – 142 20, www.porthotel.se. Dynamische Preise je nach Buchungsstand, Normaltarife EZ/DZ ab 999/1.299 SEK. **(5)**

20 maritim eingerichtete Zimmer in City-Randlage, kurzer Weg zum Kulturviertel. Restaurant im Haus.

◎ STF **KARLSHAMN VANDRARHEM**, Surbrunnsvägen 1 C, Tel. 0454 – 140 40, info@hotellkarlshamn.se, www.stfturist.se. Etwa 15.1.–15.12. 72 Betten. EZ ab 390, DZ ab 450, alle Zimmer mit Bad. Ins Zentrum 5 Minuten zu Fuß, Bahnhof und Bushalt 500 m. **(6)**

◎ **KOLLEVIKS CAMPING BLEKINGE** (4 km südöstlich der Innenstadt), Kolleviksvägen 11, Tel. 0454 – 192 80, www.kollevikscamping.se. Ende März bis Ende September. Stellplatz ab 175 SEK, Ferienhütten ab 680 SEK.

An der BUCHT Kollevik gelegen, nahe Freizeitgebiet VÄGGA mit temperiertem Meerwasser-Bassin. **(7)**

IN DER UMGEBUNG

◎ **HOTELL WALHALLA**, Mörrum, Stationsvägen 24, Tel. 0454 – 500 44, www.hotelwalhalla.se. Dynamische Tarife, EZ ab 700 SEK, DZ ab 850 SEK, Familienzimmer (1+2) ab 1.150 SEK und (2+2) ab 1.450 SEK.

Mittelklasse-Hotel in Randlage am Bahnhof, Restaurant anbei. 26 Zimmer, zwei davon für Familien.

TJÄRÖ

Die Insel Tjärö ist ein Schärenidyll gut 10 km östlich von Karlshamn. Sie ist mehrmals täglich ab JÄRNAVIK (südlich von Bräkne-Hoby, kostenloser Parkplatz) mit einem Personenboot in 15 Minuten zu erreichen, zur Hochsaison ebenso mit Schärenbooten ab Karlshamn (siehe Seite 272). Gästehaus, Lokal, Gästehafen, Grillplatz, Zeltflächen, Kanuvermietung und Segelschule machen das 1 km breite und 2,5 km lange grüne Eiland mit seinen alten Bauernhäusern zum SOMMERPARADIES – darum sollte man auch reservieren.

◎ **TJÄRÖ RESTAURANG & MARINA**, Järnavik, Bräkne-Hoby, Tel. 0454 – 600 63, www.tjaro.com. Mai bis Mitte Oktober. EZ ab 450 SEK, DZ ab 600 SEK. Bootstransfer 80/20 SEK. FAHRPLÄNE im jährlichen Karlshamn-Guide.

◎ **LÅNGASJÖNÄS CAMPING** & HOLIDAY VILLAGE, Asarum, Långasjönäsvägen 30, Tel. 0454 – 32 06 91, www.langasjonas.com. Ostern bis ca. 20.9. Stellplatz ab 190, Campinghütten ab 340 SEK, Ferienhütten mit WC ab 450 SEK, 1.7.–15.8. nur wochenweise.

Naherholungsgebiet auf einer bewaldeten Landzunge 10 km nördlich von Karlshamn, prima geeignet zum Baden, Angeln, Paddeln, Wandern. Boots-, Kanu-, Fahrradvermietung.

Von Ende Mai bis August können im Touristenbüro Themenführungen gebucht werden, auch auf der Kastellinsel im Süden des Hafens.

KARLSHAMN
Skepparegatan
Kaptensgatan
Kolonigatan
Stationsvägen
Stadsportsgatan
Vinkelgatan
Långakärrvägen
Norra Fogdelyckegatan
Södra Fogdelyckegatan
Ågatan
Prinsgatan
Drottninggatan
Kyrkogatan
Kungsgatan
Schrödersgatan
Christopher
Erik Dahlbergsvägen
Hantverkaregatan
Genvägen
Rådhusgatan
Ronnebygatan
Bodestorpsvägen
Bodekulls-
vägen
Regeringsgatan
Bergsgatan
Lotsgatan
Hamngatan
Holländareplan
Näsgränden
Parkgatan
Borgmästaregatan
Hamn-
parken
Information/Orientierung:
1 Touristenbüro
2 Bahnhof
3 Busbahnhof
4 Post
Unterkunft/Gastronomie:
5 Port Hotel
6 Karlshamn Vandrarhem
7 zum Kolleviks Camping
8 Gourmet Grön
9 zu Wägga Fisk
10 Pastaco
Sehenswertes:
15 Karlshamns Museum
16 Holländarehuset
17 Skottsbergska Gården
18 Carl-Gustafs Kyrka
19 Aschierska Huset
20 Auswanderer-Denkmal
21 Anleger Schärenboote
0
300 m
N

◎ **HALENS CAMPING & STUGBY**, Olofström, Halenvägen 321, Tel. 0454 – 402 30, www.halenscamping.se. Ganzjährig geöffnet. Stellplatz ab 175, Campinghütten ab 490 SEK, Hostel-EZ ab 290 SEK, DZ ab 370 SEK, 4-Bett-Zimmer ab 450 SEK. Lokal anbei.

Große Camping- und Freizeitanlage in den Wäldern südwestlich von Olofström, 30 km nordwestlich von Karlshamn. Baden am Strand und in separatem Bassin, auch Angeln, Paddeln, Trimm- und Wanderwege. Kanu- und Fahrradvermietung.

◎ **MJÄLLBYHUS** PENSIONAT, Sölvesborg, Hälleviksvägen 123, Tel. 0456 – 503 37, www.mjallbyhus.se. Hostel: EZ ab 349 SEK, DZ ab 395 SEK. Pension: EZ ab 550, DZ ab 650 SEK. Ferner Hütten ab 795 SEK.

Schönes Anwesen mit betagtem Charme, behutsam renoviert. Küche für Selbstversorger und Lokal. Kurze Distanz zur Ostsee. E 22 westwärts, Abzweig Str. 123 Richtung Hällevik.

◎ **WÄGGA** FISK & DELIKATESSRÖKERI, Wägga Fiskhamn, Saltsjöbadsvägen 44, Tel. 0454 – 190 85. Laden Mo–Fr 9–18, Sa 9–14, So (nur Mai bis August) 11–15 Uhr. – Im Restaurant Lunchbuffet Mo–Fr 11.30–14.30 Uhr, abends (ab 17 Uhr) à la carte. **(9)**

FRISCHFISCH am Gästehafen, südwestlich der Innenstadt. Anfahrt über Stadtteil Rosenkällan – Idrottsvägen wird zum Saltsjöbadsvägen. Ladenverkauf und Lokal. Populäres Ausflugsziel, Campingplatz Kollevik und Badeplätze weiter östlich.

◎ **PASTACO** PASTA & SALLADSBAR, Stadsportsgatan 14, Telefon 0454 – 517 51, www.pastaco.se. Mo–Fr 11–19 Uhr. **(10)**

Nettes, unscheinbares Lokal am Rand der Innenstadt, an verkehrsberuhigter Straße zum Grünen hin, so dass man bei Sommerwärme auch draußen sitzen kann. Preisgünstige Pasta und Salate – gut geeignet, um sich vom Stadtrundgang zu stärken.

Essen und Trinken

◎ **GOURMET GRÖN**, Biblioteksgatan 6, Tel. 0454 – 164 40, www.gourmetgron.se. Mo–Fr 11.30 bis 14 Uhr.

Populäre Lunch-Adresse am östlichen Pier auf dem Areal der Technischen Hochschule. Erhielt Prämierungen und das Gütesiegel KRAV gemäß ökologischen Kritereien. Lunch Fleisch und fleischlos ab 80 SEK. **(8)**

Stadtrundgang

◎ Die **CARL-GUSTAFS KYRKA** entwarf Erik Dahlberg (1702); nordöstlich der achteckige GLOCKENTURM (1792). Drottningg./Kyrkog. **(18)**

◎ Am STORTORGET steht das ALTE RATHAUS, **ASSCHIERSKA HUSET** (1682). Die Fachwerkfassade unterschied sich erheblich von damaligen Holzbauten. Drottninggatan 53. **(19)**

KULTURKVARTERET – DAS KULTURVIERTEL

Im Viertel Kulturkvarteret scheint die Zeit still zu stehen. Einige der beieinander liegenden Gebäude – auch Holzhäuser im typischen Schweden-Rot – aus dem 18. / 19. Jh. beherbergen Ausstellungen und Museen, das älteste bewahrte steinerne Haus das Stadtmuseum:

◎ **KARLSHAMNS MUSEUM**, Drottninggatan/Vinkelgatan 8, Tel. 0454 – 148 68, www.karlshamnsmuseum.se. 1.6.–31.8. Di–So 13–17 Uhr, sonst Mo–Fr 13–16 Uhr. Eintritt 20/0 SEK. **(15)**

Die Sammlungen im SMITHSKA GÅRDEN (18. Jh.) und weiteren Gebäuden schildern Karlshamns kulturhistorische Entwicklung. Vom Innenhof aus sind u.a. ein Lager mit wertvollem Kircheninterieur und ein Tabakladen zugänglich – im 18./19. Jh. gab es 40 Tabakfabriken in der Stadt, die den Bedarf von ganz Småland deckten, auch an Snus, jener Tabak, der hinter der Lippe platziert wird, bis das Nikotin und die Geschmacksstoffe nicht mehr wirken. Ein Raum ist der Karlshamner Tochter *Alice Tegnér* gewidmet, deren Kinderlieder angeblich noch heute angestimmt werden.

◎ **HOLLÄNDAREHUSET** im Hinterhof ist vermutlich das älteste Haus in der Stadt (17. Jh.) und wurde 1943 hierher versetzt. Holländische Kaufleute, die in der Region u.a. Eisen bezogen, nutzten es als Speicher.

◎ In einem ehemaligen Lagerhaus zeigt **KARLSHAMNS KONSTHALL** primär zeitgenössische schwedische Kunst und Kunsthandwerk – auch Glaskunst. Hier stellen vor allem einheimische Künstler regelmäßig aus. In weiteren Räumen blieben Wandmalereien bewahrt, die man aus abgerissenen Häusern rettete. Vinkelgatan 7. **(16)** Hier geht's auch zum:

◎ Zwei ungewöhnliche Sparten dominieren im **PUNSCHMUSEET**: Beim schwedischen Punsch handelt es sich um ein süßes, alkoholfreies Getränk. Die Marke »Carlshamns Flaggpunsch« ist über die Landesgrenzen hinaus bekannt, vor Ort produziert wurde er von 1850 bis 1917; die Fabrik wurde demontiert und vor Ort in Teilen wieder aufgebaut. – Ein anderer Geschäftszweig waren Herstellung und Vertrieb von SPIELKARTEN, was besonders in der ersten Hälfte des 19. Jhs. florierte. – Ferner sind hier Werkstätten (Uhrmacher, Silberschmiede, Druckerei) zu besichtigen. Vinkelgatan 7. Eintritt 20/0 SEK. Souvenirverkauf Punsch/Spielkarten. **(16)**

◎ Der hölzerne Kaufmannshof **SKOTTSBERGSKA GÅRDEN** (1766) ist mit historischem Inventar, Möbeln und Tapeten AUTHENTISCH EINGERICHTET und von Wirtschaftsgebäuden umgeben. Der Namen stammt von einem Kaufmann, dem das Anwesen 1831–56 gehörte. Drottninggatan 91. Eintritt 20/0 SEK. **(17)**

Ein Foto aus dem Kulturviertel findet sich einleitend auf Seite 266.

◎ Im **HAMNPARKEN** erinnert das AUSWANDERER-DENKMAL von Axel Olsson an die Millionen Schweden, die aus wirtschaftlicher Not ihr Land verließen und ein Schiff nach Nordamerika nahmen. Vilhelm Moberg lässt seine Romanfiguren Karl-Oskar und Kristina in Karlshamn an Bord der »Charlotta« gehen. **(20)**

◎ Vom Denkmal gelangt man über die Villa Utsikten, einem nett gelegenen Haus – das lange ein Café beherbergte, zuletzt jedoch zum Verkauf stand – zum **VÄGGAPARKEN**, dem FREIZEITGEBIET nahe der Stadt, mit viel Grün, Spazierwegen, Bademöglichkeiten, Ferienanlage Kollevik usw. Am Gästehafen (früher auch ein Fischereihafen) befindet sich ein Frischfischverkauf (siehe Seite 270).

◎ In der Hafeneinfahrt erhebt sich auf der kleinen Insel FRISHOLMEN – früher holländischer Handelsplatz – das 1675 errichtete **KASTELL**, das dem Schutz des Hafens diente. Die nach Plänen von Erik Dahlberg entstandene Anlage ist mit ihren Mauern, Kanonen, dem Pulverhaus, Kerker und vergifteten Brunnen erhalten. Die Kirche der Festung aus dem 18. Jh. hat man rekonstruiert, heute beliebt als HOCHZEITSKIRCHE. Vom Yachthafen aus besteht regelmäßiger Fährverkehr zwischen Kastellinsel und Hafen: Anleger Skärgårdsterminalen (beim Hotel Carlshamn, **21**). Mitte Juni bis Mitte August täglich ab 10 Uhr. Ticket 50/30 SEK.

Ausflüge

IN DEN SCHÄREN

◎ **AUSFLUGSBOOTE**: Von Juni bis August verkehren »M/F Tuva« sowie »M/F Vindskär« bis TJÄRÖ (siehe Seite 268) mit Stops in Matvik (Festland) sowie in die Schären südöstlich der Stadt, nach TÄRNÖ u.a.

INFORMATION: bei Blekinge Skärgårdsturer, Tel. 0414 – 149 58, www.blekingetrafiken.se (»Hitta tidtabell«). Fahrplanheft im Touristenbüro. TICKETS an Bord. Anleger: Skärgårdsterminalen **(21)**.

KARLSHAMN-NORD

◎ **KREATIVUM**, Strömmavägen 28 (E 22 Ausfahrt Karlshamn N), Telefon 0454 – 30 33 60, www.kreativum.se. Etwa 25.6.–10.8. täglich 10–16 Uhr, sonst Fr–So 11–16 Uhr (bzw. in den Schulferien erweitert). Eintritt saisonabhängig 150–160/115–125 SEK, Familien (2+3) 485–545 SEK. Aufschlag für Kino Kreanova, Einzeltickets dort 90/55 SEK, Familie (2+3) 260 SEK.

In Sälen einer früheren Baumwollspinnerei können heute Entdecker- und Experimentierfreude ausgelebt werden. Die Themenausstellungen aus Technik und Naturwissenschaft wechseln in unregelmäßigen Abständen, im Sommer öffnet die OUTDOORABTEILUNG am Fluss MIEÅN. Das Kuppelkino KREONOVA präsentiert täglich mindestens zwei Vorstellungen – am besten, man informiert sich im Voraus über das Programm.

AM FLUSS MÖRRUMSÅN

Westlich Karlshamns liegt Mörrum, bekannt durch den Mörrumsån, der die Stadt durchfließt. Der Fluss gilt als eines der BESTEN LACHSANGELGEWÄSSER Schwedens. Früher versuchten hier weit über 10.000 Angler ihr Glück, die Hälfte aus dem Ausland. 10 Tonnen Ausbeute war noch vor 25 Jahren keine Sensation. Doch während in den 1970er Jahren über 1.500 Lachse mit dem geltenden Mindestgewicht gefangen wurden, sank die Zahl in den 90er Jahren unter 500 und in 2011 auf nicht mal 50. Als Ursachen sind der maßlose Fischfang in der Ostsee sowie die dortige Umweltbelastung im Fokus, als Folge können weniger Angellizenzen ausgegeben werden. So stehen die Aussichten auf eine MEERFORELLE am Mörrumsån derzeit günstiger.

◎ **LAXENS HUS**, Mörrums Kronolaxfiske (in Mörrum ausgeschildert), Tel. 0454 – 50123, www.morrum.com detailliert auch auf Deutsch. Mitte März bis 30.9. Mo–Sa 9–17, So 10–15 Uhr, sonst 9 – 16 Uhr. Eintritt 60/30–0 SEK.

Selbst Nicht-Angler finden Gefallen am Haus des Lachses, besonders am 13 m langen Strömungsaquarium, das den natürlichen Lebensraum im Fluss simuliert. Durch die unterirdischen Fenster zum Mörrumsån hin ist in dem trüben Wasser eher selten ein Fisch auszumachen, was die profunde Ausstellung zum Lebens der Lachse sowie zur Lachsfischerei auszugleichen hilft.

Im Erdgeschoss befindet sich ein Angelshop, oben das Restaurant mit zig Lachsgerichten und Blick auf die rauschende Stromschnelle KUNGSFORSEN draußen neben dem Haus.

◎ **RAD FAHREN** AM MÖRRUMSÅN: siehe Seite 276 ff.

◎ **ABU-MUSEUM**, Svängsta (nördlich von Mörrum), Holländarevägen 86. Anfang Juli bis Mitte August Mo–Fr 13–16 Uhr, Sa 10–13.30 Uhr, sonst Guidebuchung: Tel. 0454 – 32 80 33.

»ABU Garcia« steht für qualitativ hochwertige Angelausrüstung, u.a. für Angelrollentechnik. 1887 vom Erfinder, Forscher und Autor *Henning Hammarlund* gegründet, stellte ABU zunächst Uhren sowie feinmechanische Instrumente her: Von hier stammen die Uhren, die im Stadtmuseum Karlshamn (Kulturviertel) ausgestellt sind. Zu besichtigen sind historische, zum Teil funktionstüchtige Maschinen sowie Werkstätten in authentischem Industriemilieu.

OLOFSTRÖM

In Olofström wurde um 1735 eine Eisenhütte gegründet. Um das Jahr 1900 stellte man emaillierte Gefäße her, heute Karosserieteile beim Autobauer und wichtigen Arbeitgeber Volvo, so dass die Präsenz des lokalen Fahrzeugmuseums kein Zufall ist. Im Städtchen Olofström leben mehr als 7.300 Menschen, in der Gemeinde über 13.000.

◎ **OLOFSTRÖMS TURISTBYRÅ**, Östra Storgatan 24, Tel. 0454 – 931 00, www.visitolofstrom.se. Ende Juni bis Ende August Mo– Sa 9–17 Uhr.

Apropos Ausflugsziele: Das außergewöhnliche Wildgehege Eriksberg Vilt & Naturpark wird unter der Rubrik »Ferien aktiv« ab Seite 275 vorgestellt.

◎ **BROCENTER** BIL- OCH FORDONMUSEUM, Brostugevägen 1, www.brocenter.nu. Fr 9–15 Uhr (im Sommer auch Do 9–15 Uhr). Eintritt 80/0 SEK.

Volvo-Raritäten und andere historische Automobile, Motor- und Fahrräder, selbst Busse. Das zugehörige ÅKERIMUSEUM widmet sich der Geschichte der Fuhrbranche.

◎ **JÄMSHÖG**, südlich Olofströms, ist ein Dorf mit BEKANNTEN Schweden. Das Jämshögs Museum widmet zwei seiner berühmtesten Söhne eigene Ausstellungen: Nobelpreisträger *Harry Martinsson,* dessen futuristische Gedichtsammlung »Aniara« von der Zerstörung der Erde und der Fahrt im Raumschiff als Oper vertont wurde. Autor Sven-Edvin Salje setzte seiner Heimatstadt ein literarisches Denkmal. *Pehr Thomasson* war vor Strindberg ein gern gelesener Autor im Land, der Maler *Bengt Nordenberg* wurde in Düsseldorf bekannt, der Maler *Måns Jönsson* von Strindberg im Roman »Das rote Zimmer« als Olle Montanus verewigt. Hantverkaregatan 15, Tel. 0454 – 490 17. Der Besuch macht nur mit Schwedisch-Kenntnissen Sinn. Eintritt 20/0 SEK.

◎ Östlich von Olofström erhebt sich der Felsen **VALHALL** 40 m steil über dem See ORLUNDEN. Die Aussicht ist herrlich. Leichtes Schaudern mag eine/n ergreifen, wenn man der Legende Glauben schenkt, dass dies in heidnischer Zeit ein ÄTTESTUPA, ein Sterbeplatz war, wo alte Menschen hinuntergestoßen wurden oder sich selbst hinabstürzten.

Anfahrt über Olofström-Ost, Ortsteil Rösjö, aus Süden vom P.J. Rösjö väg rechts in den Valhallavägen.

SÖLVESBORG

Sölvesborg liegt an der Ostseebucht Sölvesborgviken; im Bezirk Blekinge ist sie die älteste und eine der kleinsten (8.400 Einwohner, 16.800 in der Gemeinde). Der Ort hatte mehrfach unter den Kriegen zwischen Dänen und Schweden zu leiden. Nach einer Feuersbrunst 1801 wurde er gemäß dem mittelalterlichen Stadtplan wieder aufgebaut; so blieb der etwas altertümliche Kleinstadtcharakter mit kleinen Holzhäusern und engen Gassen bis heute erhalten. Von der Festung (14. Jh.) blieben nach einem dänischen Angriff 1564 nur Ruinen.

Sölvesborg ist für Ankömmlinge in Blekinge oft die erste Station.

◎ **SÖLVESBORGS TURISTBYRÅ**, Repslagaregatan 1, SE–29434 Sölvesborg, Tel. 0456 – 81 610 81, www.solvesborg.se. Im Sommer Mo–Fr 8 –17 Uhr, Sa 10–14 Uhr, sonst Mo–Do 8–17 Uhr, Fr 8–16 Uhr.

◎ Neues Wahrzeichen der Stadt ist die 2012 fertig gestellte, 760 m lange Rad- und Fußgängerbrücke – die längste ihrer Art in Europa. Die **SÖLVESBORGSBRON** führt von der Innenstadt zur Insel Kaninholmen und weiter über die Sölvesborg-Bucht in den Stadtteil Ljungaviken; sie wird je nach Tages- und Jahreszeit passend beleuchtet; die Illumination setzt die Architektur der Bogenbrücke spektakulär in Szene.

Olofström liegt rund 30 km nordwestlich von Karlshamn. Auf Seite 270 haben wir einen dortigen Campingplatz (mit Hütten) aufgenommen.

◎ **SWEDEN ROCK FESTIVAL**: Seit der Premiere 1992 ist Sölvesborg eine Institution unter Rock-, Hardrock- und Metal-Fans weltweit geworden. Ca. 35.000 Fans und dutzend Bands lassen das Gelände Norje Havsbad erbeben. www.swedenrock.com.

◎ Die **SANKT NICOLAI KYRKA** im Stadtzentrum entstand ab dem späten 13. Jh. vorwiegend im gotischen Stil. Zu beachten sind Fresken und Triumphkruzifix (15. Jh.) sowie Altar und Kanzel (17. Jh.).

◎ Fahren Sie über Hällevik (Fischereimuseum) zum Fischerhafen NOGERSUND an der Küste; von hier aus verkehrt regelmäßig ein Boot zu der 2 km großen Insel **HANÖ,** mit einem 63 m hohen Leuchtturm, einem englischen Marinefriedhof, einigen Gesteinsformationen und frei lebenden Hirschen. – www.hanu.nu inklusive Link zum Bootsfahrplan. Etwa 20.6.–10.8. 7–8 x täglich, sonst reduzierter Fahrplan. Ticket einfach 60/30 SEK.

Ferien aktiv

Das Touristenbüro verkauft eine sehr gute Karte für Wander- und Radtouren in Karlshamn und (weitem) Umland: Cykla och vandra i Karlshamn, Text auch auf Englisch (40 SEK).

ERIKSBERGS VILT & NATURPARK
Einige Kilometer östlich Karlshamns liegt der ehemalige Wohnsitz des Schriftstellers und Naturliebhabers *Bengt Berg* (1885–1967), der hier Hirsche und Wildgänse züchtete. 1976 wurde in Eriksberg ein großes Reservat eingezäunt. In dem 9 km² großen Gehege leben ein paar hundert Wildschweine, Mufflons, Wisente, Dam- und Rotwild – auch Seeadler und eine kleine Fledermausart sind mittlerweile heimisch. Als Idylle präsentiert sich der See FÄRSKSJÖN mit seinen roten SEEROSEN, deren Ursprung der See Fagertärn im Nationalpark Tiveden ist. Wenn das Frühjahr nicht zu kalt war, entfaltet sich die Pracht bereits Mitte Juni. In den Hofgebäuden des Gutes, dessen Ursprung ins 17. Jh. zurückreicht, sind Hofladen, Lokale und Eriksberg Lodge untergebracht. Draußen verlaufen Wanderpfade (siehe unten: Kohageleden).

Sie können mit dem eigenen Pkw in das Gelände und an bestimmten Orten auch das Fahrzeug verlassen. Munter (und gut zu beobachten) sind die Tiere am ehesten gegen Abend.

◎ **ERIKSBERG** VILT & NATUR, Trensum, Tel. 0454 – 56 43 00, www.eriksberg.nu. Etwa 25.6.–20.8. täglich 12–19 Uhr Einlass – Ausfahrt spätestens bei Einbruch der Dunkelheit. Plus So in Vor- und Nachsaison. Eintritt 180/120 – 0, Familien (2+3) 450 SEK. E 22-Ausfahrt Åryd (Nr. 54), beschildert.

WANDERN, WALKEN, JOGGEN
◎ **UFERPROMENADE** vom Hamnparken mit dem Auswandererdenkmal (siehe Seite 272) nach Südosten über Saltsjöbaden und den Gäste-

Sölvesborg liegt rund 33 km südwestlich von Karlshamn. Auf Seite 270 haben wir das dortige Mjällbyhus mit Pensions- und Hostelzimmern aufgenommen.

hafen bei Wägga Fiskhamn. Zu verlängern bis in das waldreiche Gebiet rund um Kollevik/Campingplatz.

◎ Am Parkplatz Eriksberg links von der Einfahrt beginnt der ca. 5 km lange **KÜSTENPFAD KOHAGELEDEN** hinaus auf die südöstlich gelegene Landzunge beim Hof Kohagen. Teils fast am Zaun von Eriksberg entlang, auf Holzbohlen über matschige Passagen, über Stock und Stein und teils in stetem Auf und Ab Felsen erklimmend, sollte trittsicher sein, wer hier auf Tour geht. Die kurzen steilen Abschnitte belohnen schöne Blicke auf die umliegende Schärenwelt. Früher gab es hier Weidewiesen, die sich die Natur zurückholt. Wer nicht auf einem Fels oben picknicken mag (2–3 empfehlen sich mit AUSSICHT), kann dies auf dem Rastplatz am Wegende, vor dem Rückmarsch. Dauer retour etwa 2:10 Stunden, im Wald unterlegt mit Vogelgezwitscher, eine nette Tour.

◎ Auf 30 km begleitet der Wanderweg **LAXALEDEN** den FLUSS **MÖRRUMSÅN**, im Norden von Hovmansbygd bis zur Mündung in die Ostsee. Zu empfehlen ist der etwa 10 km lange Abschnitt zwischen Svängsta im Norden und Mörrum im Süden; beide Orte sind durch Bus und Bahn mit Karlshamn verbunden, so dass eine Strecke sparen kann, wem 20 km retour zu lang geraten.

◎ Ein schönes Gebiet für sportliche Aktivitäten liegt nördlich und nordöstlich von ASARUM (nördlich Karlshamns), mit kleinen Seen, Wäldern und Hainwiesen. Ein mögliches Ziel sind die GLETSCHERTÖPFE im Naturreservat **TARARP**: Die größten sind 3–4 m tief, die kleinsten nur zentimetergroßen leicht zu übersehen. Rund ums Feriendorfs LÅNGASJÖNÄS verlaufen Pade, so ab der Mündung des MIEÅN nach Nytorpet. Information im Feriendorf (siehe Seite 268).

RAD FAHREN

◎ Der **BANVALLSLEDEN** verläuft überwiegend auf der 280 km langen Trasse der früheren Eisenbahnlinie zwischen Karlshamn und Halmstad; auf den ersten 30 km verlief bis in die 1970er Jahre die VISLANDABANAN vom alten Bahnhof in Karlshamn bis Fridafors, an der Grenze zu Småland; allerdings sind die ersten Kilometer ab Karlshamn nicht gerade attraktiv.

Die Radtouren-Karte des Touristenbüros (siehe Seite 275) schlägt vier Rundkurse (24–93 km) vor; eine Kombination aus zweien ging als Favorit aus der Recherche hervor und führt auch über den Banvallsleden:

◎ **RUNDFAHRT** am **MÖRRUMSÅN** FLUSSNAH zwischen Svängsta und Hovmansbygd: 36 km. Gut, aber lückenhaft beschildert, Karte ratsam. Start in Svängsta am Sportplatz, ab südlicher Ortseinfahrt Str. 126 rechts ab in den Ebbarpsvägen, beschildert (Idrottsplats).

Auf dem Ebbarpsvägen 1 km weiter, links biegt der Banvallsleden ab, unterquert die Hauptstraße und führt auf der Trasse zwischen hohen Felsen hindurch – hier musste einst gesprengt werden. Die Route erreicht

Herrliches Revier zum Wandern (Laxaleden, siehe oben), Radfahren (u.a. Banvallsleden, siehe oben) und natürlich zum Angeln: am Fluss Mörrumsån, hier nördlich von Åkeholm ▶

den Fluss und wechselt auf die westliche Uferseite. Da sich der Banvallsleden ab ÅKEHOLM vom Fluss entfernt, lohnt es sich, hier auf die spärlich befahrene Straße am Ostufer zu wechseln, wo der Wald bis ans Wasser reicht und sich einige Rastplätze (auch für die spätere Rückfahrt) anbieten; mitunter steigt die Straße an und befindet sich einige Meter über dem Fluss, an dem frühere viele Sägewerke standen, von denen jedoch kaum etwas übrig blieb.

Bei km 11 an der Kreuzung, wo es rechts nach Öjamåla geht, hält man sich links und kehrt zum Banvallsleden zurück (der weiter südlich erneut den Fluss überquert hat). Vorbei am erhöhten Rastplatz mit der Aussicht auf die Stromschnelle Kungsforsen, wo einige alte Brückenfundamente auszumachen sind, ist der Radweg in sehr gutem Zustand. Die Route trifft in HOVMANSBYGD ein, ein fast verlassenes Nest, wo aber der alte Bahnhof, Waggons und andere Relikte aus der Bahnära dank eines Freundeskreises verblieben und ein Rastplatz eingerichtet ist; etwas weiter nördlich führt ein kurzer Abstecher links zur Eisenschmiede EBBEMÅLA BRUK, wo sommers eine schlichte Jugendherberge Kurzentschlossene aufnehmen kann (sofern Zimmer frei sind).

In Hovmansbygd verlässt die Route den Banvallsleden und hält sich an die Straße bergauf nach Osten, um bei km 20 und Letesmåla rechts auf die Nebenstraße nach Härnäs abzubiegen. Fast könnte man die Abfahrt

genießen, doch gilt es auf dem unbefestigten Untergrund aufzupassen; die Landschaft prägen Land- sowie Forstwirtschaft. In Härnäs links halten und bald ist die Kreuzung wieder erreicht, wo die Entscheidung ansteht: entweder bis Svängsta Rück- gleich Hinweg oder rechts ab die bekannten 1,3 km bis zum Banvallsleden sowie auf der Bahntrasse zurück – bis Åkeholm auf zwar neuer, jedoch weniger attraktiver Route.

◎ Die in der Karte des Touristenbüros lilafarben markierte RUNDFAHRT **ASARUM – HÄLLARYDSRUNDAN** (über 33 km) durchquert zwischendurch das NATURRESERVAT LÅNGASJÖNÄS zwischen den beiden Seen Långasjön und Kroksjön. Hier eignet sich das Feriendorf Långasjönäs als Unterkunft und Basis für Outdoorer (siehe Seite 268). Ein Abstecher führt zu Fuß zu den Gletschertöpfen von TARARP (siehe Seite 276).

◎ **FAHRRADVERMIETUNG**: Feriendorf Långasjönäs (siehe Seite 268).

ANGELN

Das Touristenbüro informiert über Angelcamps, -karten, Bootsvermieter und komplette »Angel-Arrangements« (wie zum Hochsee-Angeln).

◎ Für das Angeln an der **KÜSTE** ist kein Angelschein erforderlich. Hecht und Forelle sind die Favoriten.

◎ FLUSS **MÖRRUMSÅN** (siehe Seite 273): Mörrums Kronolaxfiske, Laxens Hus, Tel. 0454 – 501 23, www.morrum.com ausführlich auch auf Deutsch.

◎ Viele **SEEN** (Krokssjöarna, Borresjön, Harasjömåla) im Hinterland bieten den Sportanglern beste Reviere samt Infrastruktur.

BADEN, SCHWIMMEN

◎ **STADTNAH** IM MEER: im Osten die Bucht KOLLEVIK, im Süden STÄRNÖ (Sandvik an der Westseite), im Westen STILLERYD (Sandvik).

◎ INSEL **TJÄRÖ**: siehe Seite 268.

◎ **SEEN**: Långasjönäs (Feriendorf), ÖJASJÖN, ÄLLHÖLEN, HALASJÖ u.a.

GOLF

◎ **KARLSHAMNS GOLFKLUBB** im Nordosten von Mörrum (Hästaryd), Tel. 0454 – 500 85, www.karlshamnsgk.com. Zwei 18-Loch-Plätze am Fluss Mörrumsån. Weitere Anlagen gibt es in Olofström und Sölvesborg.

PADDELN

◎ ERFAHRENE Paddler sind im Seekajak in den **SCHÄREN** unterwegs, erkundigen sich über Wind und Wetter im Voraus. Klassische Ziele sind Sternö vor Karlshamn oder Tjärö. Als Basis eignet sich in der Bucht Matvik/Nytäppet KajakSyd (ca. 10 km östlich von Karlshamn), Tel. 070 – 942 67 38, www.kajaksyd.com.

◎ Schwedens »südlichste Wildnis«: Westlich von Olofström erstrecken sich dichte WÄLDER. Im Seensystem **HALEN - IMMELN - RASLÅNGEN** lässt es sich bestens paddeln; jedoch sind für Übernachtungen unterwegs »Naturschutzkarten« zu erwerben. Information in der Kanuzentrale:

Als Fischgewässer ist der Mörrumsån seit 1231 dokumentiert: Damals mussten die Bauern an den Grundbesitzer bezahlen, während der Bischof unentgeltlich fischen durfte, wenn auch nur zu festen Zeiten.

◎ Information und **KANUVERMIETUNG**: OFK Kanotcentral, Olofström, Strandvägen 14, Tel. 0454 – 402 80, www.halenkanot.se. – KajakSyd s.o.

REITEN

◎ **DUNEBO TURRIDNING**, Dunebo Gård, Torstebodavägen 160 (nordwestlich von Mörrum), Tel. 073 – 444 41 65. Ausritte auf Islandpferden.

◎ **POST**: Korpadalsvägen 3 (ICA Kvantum, nördlich der E22). **(4)**

TRANSPORT, PARKEN

◎ **TAXI**: Tel. 0454 – 150 65.

◎ **TAXI-BOOT**: Tel. 0702 – 50 05 76.

◎ **PARKEN**: In der östlichen Innenstadt gibt es kostenfreie Parkplätze; zu empfehlen ist der Langzeitparkplatz am Bahnhof, Järnvägsplan.

Info-Mix

SIGHTSEEING

◎ **BOOTSFAHRT ZUM KASTELL**: Ca. vom 20.6. bis Mitte August legen die Schärenboote am Kastell an, in Vor- und Nachsaison verkehrt außerdem sonntags »M/F Anemon«. Fahrplan im jährlichen Karlshamn-Guide, alles Weitere siehe Seite 272 unter »Kastell« und »Ausflugsboote«. Anleger: Skärgårdsterminalen **(21)**.

VERANSTALTUNGEN

◎ **ÖSTERSJÖFESTIVALEN** o. Karlshamn Baltic Festival: VOLKSFEST mit südlichem Flair, Umzug, Musik, Tanz, historischen Booten u.v.a. an einem verlängerten Wochenende im Juli.

KONTAKT, HILFE

◎ **ÄRZTLICHE BEREITSCHAFT**: im Krankenhaus Blekingesjukhuset in Karlshamn, Västra Vägen, Tel. 1177.

◎ **POLIZEI**: Erik Dahlbergsvägen 30 B, Tel. 114 14, Notfall-Tel. 112.

Weiterreise

◎ **BUS UND BAHN**: Die wichtigste Fernverbindung ist der Öresundståg (Zug) aus Karlskrona und Ronneby nach Malmö und Kopenhagen. Nach Småland kommt man direkt per Bus. Mit der Bahn gibt es Umsteigeverbindungen nach Växjö via Ronneby oder Hässleholm. Karlshamns Resecentrum im Bahnhof, Stationsgatan. Zuständig ist Blekingetrafiken, Tel. 0455 – 569 00, www.blekingetrafiken.se. Bahnhof und Busbahnhof siehe im Stadtplan **(2+3)**.

◎ **AUTO**: **NACH RONNEBY** auf der E 22; auf dem Weg liegt (ausgeschildert) Eriksberg Vilt & Naturpark (siehe Seite 275). Die Ausfahrt Bräkne-Hoby ermöglicht einen Abstecher zu den Outdoor-Zielen bei Järnavik sowie zum Radrundweg Bräkneleden (siehe Seite 264).

NACH VÄXJÖ Str. 29/27. In umgekehrter Richtung beschrieben unter »Växjö, Weiterreise« auf Seite 93.

Register

Der skandinavische Sonderbuchstabe Å (å) steht am Ende des Alphabets vor Ä (ä) und Ö (ö); alle drei Buchstaben stehen im Register dementsprechend eingereiht.

ORTS- / SACHREGISTER

Für fast alle Museen etc. verwenden wir im Buch die schwedischen Namen, da Ihnen deren deutsche Übersetzung vor Ort (etwa bei Nachfragen) nicht weiterhelfen würde.

Für fast alle Museen etc. verwenden wir im Buch die schwedischen Namen, da Ihnen deren deutsche Übersetzung vor Ort (etwa bei Nachfragen) nicht weiterhelfen würde.

Für fast alle Museen etc. verwenden wir im Buch die schwedischen Namen, da Ihnen deren deutsche Übersetzung vor Ort (etwa bei Nachfragen) nicht weiterhelfen würde.

PERSONENREGISTER

Bildnachweis

Geh, Alexander:
sämtliche Fotos außer den unten aufgeführten

Archiv Edition Elch:
Seite 61 / 109 / 115

Berge, Johann:
Seite 98

Bock-Schröder, Birgit:
Umschlag Hauptmotiv sowie u. re. / Seite 31 / 74 unten / 109 (mit Dank an Ohsabanan) / 130 oben / 140 / 164 / 183 / 205 unten

Image Bank Sweden:
Seite 63 (Per Pixel Petersson)
Seite 94 unten (Maria Emitslöf)
Seite 152 unten (Christoffer Collin)

Imagebank VisitSmåland:
Seite 7 oben (Daniel Breece)
Seite 53 unten rechts (Göran Assner)
Seite 83 (Alexander Hall)
Seite 145 oben (Vimmerby Turistbyrå)
Seite 196
Umschlag unten Mitte

Målerås Glasbruk AB:
Seite 198

Norrgavel:
Seite 94 oben / 100

Rydström, Cathrine:
Seite 45 unten links

Schröder, Max:
Seite 152 oben

Smålands Musik & Teater:
Seite 117 (Lars Kroon)

Tjustbygdens Järnvägsförening:
Seite 151